Erica James

Kostbare Augenblicke

Erica James

Kostbare Augenblicke

Roman

Aus dem Englischen
von Claudia Feldmann

Marion von Schröder

Für Edward und Samuel,
deren Zeit mit mir überaus kostbar ist

Gib gut Acht auf die Zeit und was du mit ihr tust,
Denn nichts ist so kostbar wie die Zeit.
In einem einzigen Moment, so kurz er auch ist,
Kann der Himmel dein sein – oder verloren.

Aus *The Cloud of Unknowing*,
einem mystischen Prosawerk aus dem 14. Jahrhundert

1

Clara Costellos Freunde waren sich einig: Sie war verrückt. Übergeschnappt, durchgeknallt, nicht ganz dicht, plemplem, meschugge, von allen guten Geistern verlassen – und das waren nur einige Beispiele für ihre Kommentare über sie. Und nur für die Akten: Meschugge gefiel ihr am besten, es war die liebenswerte Art ihrer Freunde zu sagen, dass sie nicht mehr alle Tassen im Schrank hatte.

Zu dieser Diagnose waren sie vor sechs Wochen gekommen, Ende Januar, als Clara erklärt hatte, sie werde ihren Job an den Nagel hängen – ihren gut bezahlten und sicheren Job, wie ihr mehrfach vor Augen geführt wurde –, um mit ihrem vierjährigen Sohn in einem gebrauchten Wohnmobil durchs Land zu reisen.

Louise, ihre beste Freundin und härteste Kritikerin, war enttäuscht gewesen, dass Clara ihre Reise auf die Gestade Großbritanniens beschränken wollte. »Wenn du dir schon unbedingt eine verfrühte Midlifecrisis gönnen musst, hättest du dir ja wenigstens etwas Abenteuerliches aussuchen können«, hatte sie gesagt. »Eine Rucksacktour durch Südostasien auf der Suche nach spiritueller Erleuchtung klänge doch wesentlich spannender.«

»Ja, weil du und David solche Snobs seid und an eurer Pinnwand in der Küche nur die exotischsten Postkarten aufhängen wollt«, hatte Clara gutmütig entgegnet.

»Und was ist mit Ned? Du hast gerade einen Platz an der St. Chad's für ihn bekommen. Den kannst du dann abhaken, und sogar ich weiß, dass die Warteliste für diese Schule immer länger wird, je älter dein Kind ist.«

»Das ist mir egal. Er ist gerade erst vier geworden, und auf dieser Reise wird er mehr lernen, als wenn er jeden Tag in einem langweiligen Klassenzimmer sitzt. Die Sache wird ihm Spaß machen, und es ist etwas, woran er sich garantiert immer erinnert. Außerdem muss er im Herbst in die Schule. Wenn ich es jetzt nicht mache, mache ich's nie. So eine Gelegenheit findet sich nicht wieder.«

Der Wagen vor ihnen bremste abrupt, und Clara tat dasselbe. Die Plastiktüte mit den Karten und Geschenken, die sie bei ihrem Abschiedsessen bekommen hatte, rutschte vom Beifahrersitz und fiel zu Boden. Clara ließ sie liegen, da ihr Blick auf einen Aufkleber an der Heckscheibe des rostigen Fiat Panda vor ihr gefallen war. »Keine Angst« stand darauf. Bedeutete das so viel wie »Nein danke, will ich nicht« oder eher »He, sieh mich an, ich bin ein wagemutiger Lebenskünstler, der sich vor nichts und niemand fürchtet«? Wie auch immer, der Aufkleber gefiel Clara. Ihre Freunde redeten oft davon, wie furchtlos sie sei. »Du bist kühner, als dir gut tut«, hatte David mehr als einmal gesagt.

»Stimmt nicht«, hatte sie widersprochen. »Ich analysiere immer alles von A bis Z, bevor ich mich kopfüber hineinstürze.«

Doch was weder ihre Freunde noch ihre Eltern wussten, war, dass sie alle mitschuldig an diesem überkandidelten Spleen waren, wie Louise Claras neue Sichtweise so charmant betitelt hatte.

Alles hatte nach Neujahr begonnen, als ihre Eltern zu der großen, lang ersehnten Reise nach Australien aufgebrochen waren, wo sie Claras Bruder Michael, seine Frau und ihr neugeborenes Baby auf unbestimmte Zeit besuchen wollten. Beim Abschied am Flughafen hatte Clara einen Stich des Zurückgelassenseins verspürt.

Es war kein Neid, sondern die plötzliche Erkenntnis, dass es allzu einfach war, still zu stehen und die wunderbaren Gelegenheiten des Lebens tatenlos an sich vorüberziehen zu lassen. Denn so lange sie denken konnte, hatten ihre Eltern davon gesprochen, einmal eine Weltreise zu machen. Doch erst jetzt, wo ihr Vater in den Ruhestand getreten war, hatten sie das Gefühl, eine so extravagante Reise rechtfertigen zu können – als sei sie die Belohnung für all die Jahre, die er für die Versicherungsgesellschaft gearbeitet hatte. Doch was, wenn nach all dem geduldigen Warten einer von beiden im letzten Moment krank geworden oder gar gestorben wäre? Warum nur verbringen wir so viel Zeit damit, das Leben aufzuschieben?, dachte Clara.

Während sie im Treiben des Flughafens stand und darüber nachsann, bemerkte sie plötzlich, dass Ned weinte. Er presste sein tränenüberströmtes Gesicht an die schmierige Glasscheibe und versuchte vergeblich, seine Großeltern noch ein letztes Mal zu sehen – sie hatten ihm versprochen, sie würden vom Flugzeug auf der Rollbahn aus winken. Clara beugte sich hinunter und drückte ihn an sich, ratlos, wie sie die riesige Lücke füllen sollte, die Omas und Opas Abreise in seine Welt gerissen hatte.

Am nächsten Abend war sie bei Louise und David zum Essen eingeladen. Es war ihre übliche Fünferrunde: David und Louise, Guy und Moira und sie selbst. Gegen Mitternacht fragte Guy, der zu später Stunde, wenn er vom Wein auf Hochprozentiges gewechselt hatte, gern zu philosophieren begann: »Was würdet ihr tun, wenn ihr nur noch ein Jahr zu leben hättet?«

»An deiner Stelle würde ich mich der freiwilligen Altenhilfe widmen«, scherzte David. »Da würdest du prima hinpassen, jetzt, wo dir die Haare ausgehen.«

»Und so wie ich dich kenne, würdest du das Jahr vergeuden.«

Louise griff nach einer Traube und sagte: »Ich würde mit der ewigen Diät aufhören. Ich würde mich rund und fett futtern und glücklich sterben.« Seufzend zupfte sie mit den Zähnen ein kleines Stück Haut von der Traube. Sie steckte gerade wieder einmal in einer ihrer Ich-bin-dick-und-hässlich-Phasen.

»Ich würde mir das Haus kaufen, von dem ich immer geträumt habe«, sagte Moira, »und zur Hölle mit den Kosten!«

»Was stört dich denn an dem Haus, das wir gerade gekauft haben?« Guy runzelte die Stirn. »Ich dachte, das *wäre* dein Traumhaus.«

»Es hat kein Gewächshaus, und der Garten ist zu klein.«

»Es hat fünf Schlafzimmer und fast einen halben Hektar Wiese. Was willst du denn noch?«

»Habe ich doch gerade gesagt, ein Gewächshaus und –«

»Ich weiß, was ich tun würde«, unterbrach David sie. »Ich würde aufhören zu arbeiten und reisen.«

»Nein, würdest du nicht«, sagte Louise schmunzelnd. »Nach einer Woche würdest du dich zu Tode langweilen. Du kannst ja nicht mal zwei Wochen Urlaub machen, ohne im Büro anzurufen. Außerdem würden wir uns wahrscheinlich ziemlich bald auf den Wecker gehen.«

Es war albernes, beschwipstes, nächtliches Geplänkel, bei dem niemand eine ernst gemeinte Antwort gab oder so intensiv über die Frage nachdachte, wie sie es verdient hätte. Sie waren eine Bande von Mittdreißigern ohne Kinder (abgesehen von Clara) und ohne wirkliche Verantwortung gegenüber einem anderen Menschen. Doch später auf dem Rückweg hatte Clara ernsthaft darüber nachgedacht, und nachdem sie den Babysitter bezahlt und verabschiedet hatte, war sie nach oben gegangen, um nach Ned zu sehen. Als sie neben seinem Bett kniete, verspürte sie die glühende Zärtlichkeit der Liebe, die sie in solchen Momenten stets für ihn empfand. Sie streichelte seine weiche, runde Wange und wusste genau, was sie tun würde, wenn ihre Tage gezählt wären. Sie würde ihre Zeit mit Ned verbringen.

Als allein erziehende Mutter und stark geforderte Produktionsmanagerin für eine internationale pharmazeutische Firma war ihr nur allzu bewusst, wie wenig Zeit sie für ihren Sohn hatte. Die Erkenntnis schmerzte, aber an irgendeinem Punkt hatte sie den Blick für die Prioritäten verloren, und das führte dazu, dass sie Ned mehr schlecht als recht in ihren vollen Terminkalender zwängte und er nur noch die müden, erschöpften Teile von ihr bekam anstatt der besten.

Wie hatte sie es zulassen können, dass sie zu einer Art Mensch wurde, die sie früher verachtet hätte? Zu jemandem, der mit vierunddreißig Jahren zu müde war, um die Zehn-Uhr-Nachrichten bis zum Ende anzusehen, und der ständig Überstunden machte, weil es wieder einmal ein Problem im Verpackungsbereich gab? Zu jemandem, der all dies damit rechtfertigte, dass die Hypothek und die gefräßige Rentenversicherung bezahlt werden mussten …

In Wirklichkeit hatte sie, genau wie ihre Freunde, Glück mit

Erfolg verwechselt. Und da sie dieses Glück auf dem Treibsand materiellen Erfolgs gebaut hatte, spürte sie, wie kräftezehrend es war, es zu erhalten. Finanzielle Sicherheit war ein strenger Zuchtmeister, und sie wusste, dass nur ein grundlegender Perspektivenwechsel ihre Lage verbessern würde. Und dann war er eingetreten, als sie am wenigsten damit gerechnet hatte.

Seit ihre Eltern verreist waren, war es noch schwieriger geworden, jemanden zu finden, der auf Ned aufpasste. Bisher hatten meistens sie ihn zu sich genommen. Sie hatten sich wunderbar um ihn gekümmert und waren ein ebenso wichtiger Teil in seinem Leben geworden wie Clara. Sie holten ihn aus der Vorschule ab, fuhren mit ihm in den Park, wo er auf dem Spielplatz toben und mit seinem Rad fahren konnte, machten nachmittags etwas zu essen und verwöhnten ihn nach Strich und Faden. Doch da sie nun nach Sydney geflogen waren, um ihren neuen Enkel kennen zu lernen, hatte Clara Ned dazu überreden müssen, in eine neue Vorschule zu wechseln, wo er im Nachmittagshort bleiben konnte, bis sie ihn abholte.

Am ersten Morgen hatten seine dunklen Augen sie angefleht, ihn nicht allein zu lassen. Seine kleinen Hände hatten sich an ihre geklammert und ihr lautlose Botschaften gesendet, dass dies nicht das war, was er wollte. Es war auch nicht das, was Clara wollte, aber ihr blieb keine andere Wahl. Sie half ihm, sich aus seinem steifen neuen Blazer zu winden, und hängte die Jacke zusammen mit seinem Rucksack an den Haken, der auf Höhe ihrer Hüfte angebracht war. Als sie sich zu ihm hinunterbeugte, um ihm einen Abschiedskuss zu geben, sah sie zu ihrem Entsetzen, dass sich die Augen unter seinen Ponyfransen mit Tränen füllten. »Es wird bestimmt toll, Ned«, sagte sie, die Kehle so zugeschnürt, dass sie die Worte kaum herausbrachte. »Du wirst so viel Spaß haben, dass der Tag im Nu vorbei ist, und ehe du dich umsiehst, bin ich schon wieder da und hole dich ab.«

Er schluckte. »Ich will nach Hause. Ich will zu Oma und Opa.«

»Oh, Ned«, flüsterte Clara, »ich wünschte auch, sie wären hier.« Dann hob sie betont munter sein Kinn an und rückte den Knoten seiner grau-roten Krawatte gerade, obwohl er bereits makellos gebunden war.

Zwei größere Jungen kamen vorüber und musterten Ned geringschätzig. Der eine sagte: »Was ist denn das da in deiner Hand?«

Ned setzte sein strahlendes Lächeln auf, von dem seine Großmutter immer sagte, es sei ein Geschenk der Engel, und zeigte ihnen stolz, was er in der Hand hielt. Es war eine kleine Meerjungfrau aus Plastik, die Clara gehört hatte, als sie Kind gewesen war, und die sie stets begleitet hatte. Jetzt schleppte Ned sie überallhin mit, sie war sein Glücksbringer, und er hatte sie immer bei sich. »Die ist alt«, sagte er stolz. »Fast so alt wie meine Mami.«

Die Jungen kamen näher, um einen genaueren Blick darauf zu werfen. »Das ist ja eine Puppe«, sagte der eine verächtlich. »Puppen sind was für Mädchen.« Spöttisch lachend schlenderten sie davon.

»Soll ich heute für dich auf Mermy aufpassen?«, fragte Clara und hätte Ned am liebsten auf den Arm genommen und ihn weggebracht, fort von der Gehässigkeit der älteren Jungen.

Er schüttelte den Kopf und schob Mermy wieder in seine Tasche. Ihr brach es fast das Herz, als sie sah, wie er die Schultern straffte und sich für den bevorstehenden Tag wappnete.

Während dieses Tages hatte sie sich die ganze Zeit um Ned gesorgt. Die Produktion des neuesten Medikaments gegen Unfruchtbarkeit hatte sie ebenso wenig interessiert wie die erneut aufgekommenen Gerüchte, Phoenix Pharmaceuticals USA hätte vor, ihre englische Vertretung in Epsom, Surrey, an eine französische Firma zu verkaufen. Guy und David hatten ihr aus den Büros in der Etage über ihr gemailt, was angeblich im Gange war. Beide hatten ihr geraten, ihr Französisch aufzupolieren: »Zut alors! Les Franzmänner werden nous garantiert envoyer dans le Wüste«, hatte Guy geschrieben, womit seine linguistischen Fähigkeiten vermutlich ausgeschöpft waren.

Clara machte so früh wie möglich Feierabend und fuhr wie der Wind – voller Angst, Ned als Häufchen Elend vorzufinden.

Was sie fand, war ein müde aussehender kleiner Junge, der inmitten einer Gruppe hypnotisiert dreinschauender Kinder im Schneidersitz auf dem Boden saß und auf einen riesigen Fernseher starrte, in dem ein Zeichentrickfilm lief. Eine der Erzieherinnen kam auf sie zu und fragte, ob sie »eine Sekunde Zeit« hätte.

»Er hat doch nichts angestellt, oder?«

»Oh nein, er ist ganz reizend«, sagte die Frau. »Er passt wunderbar in die Gruppe. Aber – und natürlich ist mir bewusst, dass es sein erster Tag bei uns ist – was für ein chaotischer kleiner Junge er ist! Ein richtiger Wirrkopf. Und er redet wie ein Wasserfall. Aber keine Sorge, wir beide werden ihn sicher bald in den Griff kriegen.« In ihrer Stimme lag ein Lachen, und Clara sah, dass sie es nicht abwertend meinte. Dennoch hätte sie die Frau am liebsten geohrfeigt. Himmel noch mal, er war erst vier Jahre alt! Was erwartete sie denn? Dass er einen Filofax mit sich herumtrug? Als Clara sich umschaute und die ordentlichen Reihen von Blazern, Tornistern und Turnbeuteln an den Haken sah, packte sie die Wut. Das also war Neds Zukunft. Er war vier Jahre alt und befand sich bereits auf dem Fließband der Gleichförmigkeit. Sein nächster Halt wäre ein Büro, wo er sein Jackett aufhängen konnte – und den Rest seines Lebens gleich mit.

An jenem Abend, als sie mit Ned, der Mermy fest umklammert hielt und vor Müdigkeit kaum den Kopf gerade halten konnte, nach Hause gefahren war, traf Clara ihre Entscheidung. Jetzt oder nie. Sie hatte noch bis September Zeit, Ned das zu geben, was er verdiente. Sie würde die kostbaren Monate nutzen und ihm ihre uneingeschränkte Aufmerksamkeit schenken – und als Zugabe hoffentlich ein paar Abenteuer.

2

Über zweihundertfünfzig Meilen entfernt, in Deaconsbridge, einem kleinen Marktflecken im Peak District, wo üppige, sanft geschwungene Hügel in torfige Moore von herber Wildheit übergingen, saß ein Mann auf einem unbequemen orangefarbenen Plastikstuhl und brütete unruhig vor sich hin. Er hieß Gabriel Liberty, und er war davon überzeugt, mit seinen neunundsiebzig Jahren habe er ein Anrecht darauf, nicht warten zu müssen.

Eine halbe Stunde saß er nun schon hier, eingesperrt in diesem miefigen Raum, in dem Gott weiß welche Bakterien herumschwirrten. Er streckte seine steifen Beine aus und stieß dabei einen Turm aus Bauklötzen um, den ein hässlicher, schniefender Bengel gerade in mühevoller Arbeit aufeinander gestellt hatte.

»Können Sie nicht aufpassen?«, beschwerte sich die Mutter des Kleinen. Sie legte ihre Zeitschrift beiseite, schob ihre Handtasche und den Säugling auf ihrem Schoß zurecht und beugte sich zu dem Bengel hinunter, der prompt ein nervtötendes Geheul anstimmte.

»Geschieht ihm ganz recht. Warum muss er sich auch genau vor meine Füße setzen?«, erwiderte Gabriel. »Und wo Sie schon dabei sind, putzen Sie ihm mal die Nase. Das ist ja widerlich!«

Eine schrille Klingel ertönte, gefolgt von einer noch schrilleren Stimme, die verkündete, der Doktor sei jetzt frei für den Patienten Nummer sechzehn.

Gabriel hievte sich aus seinem Stuhl. »Wurde auch Zeit«, knurrte er.

»Verzeihung, aber ich glaube, ich bin Nummer sechzehn«, sagte eine zögernde Stimme von der anderen Seite des Wartezimmers.

Finster starrte Gabriel einen teiggesichtigen Mann mit einer flachen Kappe an. Der würde es doch wohl nicht wagen, sich mit ihm anzulegen, oder?

»Ach, lassen Sie ihn doch gehen«, sagte die Mutter der beiden Kleinen. »Dann haben wir endlich Ruhe.«

Ohne anzuklopfen, betrat Gabriel Dr. Cunninghams Untersuchungszimmer. »Hm, Sie habe ich aber noch nie gesehen«, sagte er und setzte sich vor den unechten Teakholztisch, auf dem auf der einen Seite ein Computer und auf der anderen eine glänzende Frauenfigur aus Messing mit zu vielen Armen stand. Dazwischen saß ein munterer kleiner Inder in Hemdsärmeln. Sein Name war Dr. Singh, wenn man dem gravierten Schild vor ihm glauben durfte. »Was ist mit Dr. Cunningham passiert?«, fragte Gabriel.

»Er ist gestorben.«

»Hm ... das überrascht mich nicht. Er schien mir noch nie ein gutes Aushängeschild für seinen Beruf zu sein. Sah immer so aus, als ob er zu viel arbeitete und zu wenig aß. Beherzigte offenbar selbst nicht, was er predigte. Was hat ihn denn erwischt? Das typische Ärztelaster, Suff und Zigaretten?«

»Nein. Ein Autounfall in Portugal, als er mit seiner Familie im Urlaub war. Haben Sie es denn nicht in der Lokalzeitung gelesen?«

»Für solche Käseblätter habe ich nichts übrig. Nur haufenweise Stuss über irgendwelche Trödelmärkte und Einbrüche in Hühnerställe. Die Portugiesen sind doch die schlimmsten Autofahrer der Welt, nicht? Obwohl Ihr Völkchen auch nicht viel besser ist. Ich war mal in Delhi. Das reinste Chaos. Sie sind nur vorübergehend hier, oder?«

Dr. Singh lächelte schmallippig. »Nein, für länger. Und Sie?«

»Kommt ganz drauf an.«

»Auf etwas Bestimmtes?«

»Ja. Darauf, wie schnell ich hier wieder rauskomme. Entweder sterbe ich vor Langeweile, wenn ich auch nur eine Minute länger in diesem Raum eingesperrt bin, oder ich fange mir ein tödliches Virus ein.«

»Nun, dann wollen wir mal sehen, ob ich Ihnen einen Gefallen tun und Sie schnellstmöglich wieder fortschicken kann.« Dr. Singh wandte sich zur Seite und blickte auf den Computerbildschirm. »Wie ich sehe, ist es ein paar Monate her, seit Sie das letzte Mal hier waren, Mr Shawcross. Wie geht es Ihren trägen Gedärmen?«

Die Unverschämtheit des Mannes brachte Gabriel in Rage. »Meinen Gedärmen geht es prächtig, danke der Nachfrage – und träge sind sie noch nie gewesen. Und mein Name ist Liberty. Gabriel Liberty. Zumindest das sollten Sie richtig machen.«

Dr. Singh runzelte die Stirn und tippte ein paar Mal auf seine Tastatur. »Ich dachte, Mr Shawcross sei der Nächste auf meiner Liste.«

»Ach, der – der war nicht schnell genug. Wahrscheinlich haben ihn seine trägen Gedärme gebremst.«

Gabriel schnaubte über seinen eigenen Scherz, während Dr. Singh erneut etwas eintippte. »Ah, da haben wir's. Gabriel Liberty von Mermaid House, Hollow Edge Moor, Deaconsbridge. Sind Sie das? Habe ich *das* jetzt richtig gemacht?«

»Für den Anfang reicht's.«

Ein weiterer Blick auf den Bildschirm führte Dr. Singh zu seiner nächsten Frage. »Und, wie kommen Sie mit Ihrer Diät zurecht? Immer schön vorsichtig, was das Cholesterin betrifft?«

»Wachsam wie ein Adler«, antwortete Gabriel. Im Geist leckte er sich bereits die Lippen beim Gedanken an die Rindfleisch-Nieren-Pastete mit Pommes frites, die er sich einverleiben würde, sobald er hier raus war.

Wieder ein Blick auf den Bildschirm. »Und Ihre Arthritis?«

Gabriel schwenkte seine Hände mit den dicken Knöcheln. »Ich gönne ihnen ein bisschen Ruhe. Habe beschlossen, die komplizierten Gehirnoperationen an den Nagel zu hängen. Das Dumme ist nämlich, dass ich überhaupt keine Gehirne finde. Jedenfalls nicht in dieser Gegend.«

Dr. Singh stützte die Ellbogen auf den Schreibtisch. »Was kann ich dann für Sie tun?«

»Ich hatte mich schon gefragt, wann Sie endlich zur Sache kommen würden. Es geht um Folgendes …«

Das Mittagessen gestaltete sich nicht so genussvoll, wie Gabriel es sich vorgestellt hatte. Nicht genug damit, dass sein Stammplatz von ein paar Ausflüglern besetzt war, nein, obendrein gab es an diesem Tag auch keine Rindfleisch-Nieren-Pastete, und er musste sich mit Rührei, Bratwurst und Pommes begnügen. Er mochte keine Veränderungen. Und er mochte es nicht, sich begnügen zu müssen. Außerdem konnte er sich Rührei und Bratwurst auch selbst machen. Rindfleisch-Nieren-Pastete hingegen war etwas ganz anderes.

Er saß im Mermaid Café am Marktplatz, auf dem der freitägliche Wochenmarkt in vollem Gang war. Die Einheimischen machten ihre Einkäufe, wobei ihnen die vom warmen Frühlingswetter herbeigelockten Touristen im Wege standen. Gabriel streute noch eine zusätzliche Portion Salz auf die Pommes und griff nach der Zeitung, die im Café auslag, um sich über das Kreuzworträtsel herzumachen. Zu seiner Verärgerung war ihm jedoch schon jemand zuvorgekommen. Er stieß die Zeitung beiseite. Der Tag lief nicht gut.

So traurig es war, der Ausflug nach Deaconsbridge war für ihn zum Höhepunkt der Woche geworden. Es war der einzige Tag, der eine Struktur hatte. Jeden Freitag kam er hierher, um im Antiquariat zu stöbern, ein paar Lebensmittel zu kaufen – wie zum Beispiel die Heringe für heute Abend – und zur Bank und zur Post zu gehen. Und natürlich um sich mittags bekochen zu lassen.

Während er langsam auf einem Stück Bratwurst herumkaute, dachte er darüber nach, wie öde sein Leben geworden war. Das Eingeständnis fiel ihm nicht leicht, aber er langweilte sich. Abgesehen von seinem jüngsten Sohn Jonah, der den Großeinkauf für ihn erledigte, bekam er die ganze Woche über kaum jemanden zu sehen. Und selbst Jonah machte sich immer schnell wieder aus dem Staub. Was Caspar und Damson betraf, nun, die hatten sich, abgesehen von Vals Beerdigung, seit Jahren nicht mehr blicken lassen.

Seltsam, aber seit seine zweite Frau vor anderthalb Jahren gestorben war, musste er immer öfter an Anastasia denken, seine erste Frau. Die Erinnerung an sie war in dem Maße deutlicher geworden, wie die an Val verblasste.

Anastasia war die Mutter seiner Kinder gewesen und vor vierunddreißig Jahren gestorben.

Er war auf einer Geschäftsreise in Nigeria gewesen, als es passierte, und er traf erst zwölf Stunden nach ihrem Tod zu Hause ein. Damals war die Kommunikation nicht so unkompliziert gewesen wie heute, und so hatte man ihm bei seiner Ankunft mitgeteilt, er sei Witwer und Vater von drei Kindern – Anastasia war bei der Geburt von Jonah gestorben. Jemand kam, um sich um die Kinder zu kümmern, aber nichts war mehr so wie zuvor. Als die Jahre vergingen, wurde es unübersehbar, dass die Kinder – vor allem die Zwillinge, Caspar und Damson, die immer ungebärdiger wurden – eine Mutter brauchten. So heiratete er Val. Es war von beiden Seiten eine Vernunftehe: Er brauchte jemanden, der das Haus und die Familie versorgte, damit er sich um seine Firma, Liberty Engineering, kümmern konnte, und Val sehnte sich nach der Sicherheit, die ein Ehemann ihr zu geben vermochte. Sie hatten sich nie der Illusion hingegeben, dass es eine perfekte Verbindung war, aber Gabriel fand, es hatte im Großen und Ganzen gut funktioniert.

Sein Teller war schon vor einer Weile abgeräumt worden, und er war jetzt bereit für seinen Nachtisch. Geräuschvoll schlug er mit dem Löffel auf den Tisch, um die Kellnerin auf sich aufmerksam zu machen. Einige andere Gäste sahen zu ihm herüber, und er starrte verächtlich zurück. Jemand murmelte, wie ungehobelt er sei, doch die Kellnerin brachte ihm seinen Apfelkuchen mit Vanillesauce, wie sie es immer tat, wenn er sie mit dem Löffel herbeizitierte.

»Alles in Ordnung?«

Das fragte sie ihn jedes Mal, wenn sie ihn bediente. Er nahm an, dass es ihre Variante von »Einen schönen Tag noch« war und zu dem unmöglichen Aufzug gehörte, den sie und die anderen Kellnerinnen trugen – eine alberne rote Baseballkappe und einen kurzen roten Overall, in dem sie aussahen wie aus einem Freizeitpark entlaufen.

»Nein«, sagte er, »nichts ist in Ordnung. Ich sitze am falschen

Tisch, es gab keine Rindfleisch-Nieren-Pastete, und obendrein« – er schleuderte ihr die Zeitung entgegen – »hat jemand mein Kreuzworträtsel gelöst.«

»Na, dann müssen wir mal sehen, ob wir das nächsten Freitag besser hinkriegen«, sagte sie munter. »Tee oder Kaffee?«

»Sie wissen doch, dass ich immer Tee trinke.«

Den restlichen Nachmittag verbrachte er damit, seine Besorgungen zu erledigen, und zum Abschluss gönnte er sich eine Runde Stöbern im Antiquariat.

Schließlich fuhr er schlecht gelaunt zurück nach Mermaid House. Beim ersten Anlauf hatte er umkehren müssen, weil er vergessen hatte, zur Apotheke zu gehen. Dr. Singhs Worte noch in den Ohren, war er umgekehrt und in die Stadt zurückgefahren. Wahrscheinlich war der Mann übervorsichtig, aber er hatte gesagt, es sei absolut notwendig, dass Gabriel so bald wie möglich Antibiotika nahm. Außerdem hatte er gesagt, er müsse in ein paar Tagen noch einmal zu ihm kommen, um den Verband wechseln zu lassen.

Jede Menge Theater wegen nichts.

Trotzdem konnte es nicht schaden, den Quacksalber beim Wort zu nehmen, denn der Schmerz in seinem Arm war immer stärker geworden. In den letzten beiden Nächten war es so schlimm gewesen, dass er nicht schlafen konnte.

»Das ist aber eine üble Verbrennung, Mr Liberty«, hatte der Doktor gesagt, als Gabriel seinen Ärmel aufgekrempelt hatte. »Und entzündet ist sie auch. Wann und wie ist das passiert?«

»Irgendwann letzte Woche. Ich … ich war ungeschickt mit dem Wasserkessel.«

»Und Sie sind nicht auf den Gedanken gekommen, direkt zum Arzt zu gehen?«

»Ich dachte, es würde von selbst heilen.«

»Leben Sie allein, Mr Liberty?«

»Was hat das denn damit zu tun?«

Erneut hatte Dr. Singh auf den Computerbildschirm geblickt. »Ihre Frau ist vor nicht allzu langer Zeit gestorben, nicht wahr?«

»Schon möglich. Was steht denn da noch alles über mich?«

»Sie würden staunen. So, und jetzt schieben Sie Ihren Ärmel

bitte so hoch, wie es geht, damit ich das Ganze mal in Augenschein nehmen kann.«

»Für einen Ausländer ist Ihr Englisch gar nicht so schlecht.«

»Und für einen Mann mit einer Brandwunde von der Größe eines Chapati können Sie froh sein, dass Sie nicht im Krankenhaus liegen. Haben Sie irgendwelche Verwandten, die sich um Sie kümmern können?«

»Das geht Sie gar nichts an.«

Die Zufahrt zu Mermaid House war fast eine Meile lang und so holprig, dass es nur eine Frage des Zufalls war, wessen Stoßdämpfer zuerst kapitulierten – die des alten Landrover oder Gabriels. Obwohl er bei jedem Stoß fluchte, weil er ihm sofort in den Arm fuhr, wäre er eher gestorben, als umzuziehen. Was bedeutete schon eine kleine Unbequemlichkeit, wenn er direkt vor seiner Tür die vollkommenste Schönheit hatte?

Sein Haus, hoch oben auf dem Hollow Edge Moor gelegen, tausend Meter über dem Meeresspiegel, war von einer unvergleichlichen Landschaft umgeben. Die schönste in England, für seinen Geschmack. Von der Vorderseite des Hauses aus konnte man hinter der ausgedehnten Moorfläche gerade noch die alte Windmühle und die Fabrikschornsteine von Deaconsbridge erkennen, das sich in die flache Ebene schmiegte. Aber wenn man sich nach rechts wandte, Richtung Süden, blickte man auf die sanften Täler des White Peak. Ging man zur Seite des Hauses herum, konnte man an klaren Tagen am Horizont den windgepeitschten Gipfel des Kinder Scout ausmachen.

Als Gabriel die Tür aufschloss, sah er, dass Jonah da gewesen war. Auf dem Tisch standen drei Einkaufstüten, und daneben lag ein Zettel, der besagte, dass die empfindlichen Sachen bereits im Kühlschrank und im Eisfach verstaut waren.

Dieser verfluchte Junge!

Jonah hatte sich angewöhnt, immer dann zu kommen, wenn er wusste, dass sein Vater nicht zu Hause war.

3

Arthur Merrymans Beschäftigung brachte es mit sich, dass er mehr mit menschlichem Verlust zu tun hatte, als ihm lieb war. Da er Haushaltsauflösungen durchführte, bestand seine Aufgabe meistens darin, die Überreste eines Lebens auszusortieren, und das berührte ihn jedes Mal wieder. Ein Gebäude von seinen Möbeln und Besitztümern zu befreien und die hallenden Schritte auf Fußböden zu hören, die einst mit Teppichen belegt waren, gab ihm stets das Gefühl, er hätte dem Haus eigenhändig das Herz herausgerissen. Es war kein Zuhause mehr, sondern nur noch eine leere Hülle. Das Einzige, was ihn vor der Melancholie bewahrte, war der Gedanke an die Familie, die als Nächste dort einziehen würde. Es machte ihm Freude, sich vorzustellen, wie die Neuen sich einrichteten, wie Kinder die Treppen hinunterpolterten, Türen knallten, Stühle scharrten, Besteck klapperte und das Radio spielte.

Er war froh, dass er nach fünfundzwanzig Jahren in dem Beruf nicht gleichgültig geworden war, nicht nur weil es ihm einen guten Ruf verschaffte und ihm mehr Kundschaft eintrug als den anderen Trödelhändlern in der Gegend, sondern weil es ihm bewies, dass er nach wie vor derselbe alte Archie war. »Du hattest schon immer ein weiches Herz«, hatte seine Mutter oft gesagt, »weich wie Wollgras bist du, jawohl.«

Er stieg in seinen Transporter und lächelte den beiden Frauen, deren Vaters Haus er gerade geräumt hatte, zum Abschied zu. Was gäbe er darum, noch einmal solch einen zusammenhängenden Satz aus dem Mund seiner Mutter zu hören!

Vorsichtig wendete er den Transporter, um die Ladung nicht zu beschädigen. Nichts davon war besonders wertvoll – die besseren Stücke waren schon vorher für eine Versteigerung abgeholt worden –, aber die Sachen achtlos zu behandeln erschien ihm wie eine Respektlosigkeit gegenüber denjenigen, die sie einst besessen hatten. Einiges würde auf der Müllkippe landen – selbst er konnte verschlissene Badematten und brüchige Korkfliesen nicht mehr verkaufen –, aber für das meiste würde er einen Käufer finden.

Es war ein umfangreicher Auftrag gewesen, und Arthur hatte mehr Zeit dafür gebraucht, als er angenommen hatte. Ihm waren kleinere Häuser lieber, nicht weil er faul war, sondern weil er sich nicht gern zu weit in eine Geschichte hineinziehen ließ. Wenn man zu viel Zeit in einem Haus verbrachte, dachte man irgendwann wie die Angehörigen und schaffte es nicht mehr, objektiv zu sein. Gestern erst war es ihm wieder passiert. »Sind Sie sicher, dass Sie das nicht behalten wollen?«, hatte er die beiden Schwestern gefragt. An ihrem Blick erkannte er, dass er das Falsche gesagt hatte. Wahrscheinlich hatten sie bereits zahllose innere Kämpfe durchgefochten, um zu einem Entschluss zu kommen, was sie behalten wollten und was nicht, und nun kam er und machte alles noch schlimmer.

Langsam rollte er den Hügel hinunter, fort von dem steinernen Bauernhaus mit dem Zu-verkaufen-Schild. Im Rückspiegel sah er die beiden Frauen, die noch da standen, wo er sich von ihnen verabschiedet hatte. Sie weinten. Es überraschte ihn nicht. Das hatte er schon oft erlebt. Solange Geschäftliches erledigt werden musste, hatten sie sich zusammengerissen, aber nun, wo sie allein waren, konnten sie sich wieder der Trauer um ihren Vater hingeben.

Es war warm in dem Transporter, und Archie kurbelte das Fenster herunter. Sofort spürte er, wie seine Lebensgeister wieder munter wurden. Endlich sah es so aus, als ob der Frühling kam. Er liebte den März: leuchtend grüne, von einem Netz aus Natursteinmauern durchzogene Wiesen, auf denen Schafe grasten, während die neugeborenen Lämmer auf ihren staksigen Beinen umherhüpften. In der Ferne konnte er einen Turmfalken erkennen, der in der Luft schwebte und etwas auf dem Boden fixierte. Archie stieß einen tiefen Seufzer aus. Trotz all der traurigen Dinge war es auf der Welt gar nicht so übel, und solange niemand etwas Besseres anzubieten hatte, würde er noch eine Weile hier bleiben.

Während er weiterfuhr, überlegte er, was ihn wohl an diesem Abend zu Hause erwartete. Seit seine Mutter nach ihrem Schlaganfall bei ihnen eingezogen war, hatte sich die ohnehin schwierige Beziehung zwischen Stella und ihm noch weiter verschlechtert. »Nur über meine Leiche« – das waren ihre Worte gewesen, als er ihr den Vorschlag machte, und ihre Feindseligkeit hatte ihn nicht überrascht: Stella und seine Mutter waren nie gut miteinander ausgekommen. Aber er hatte gehofft, sie würde ihre Meinung mit der Zeit noch ändern. Glücklicherweise hatte sie das auch getan, und so war Bessie letzten Monat zu ihnen gezogen.

Als Archie seiner Mutter vorschlug, doch für eine Weile zu ihnen zu kommen, wie er es euphemistisch ausdrückte, war sie zu seiner Erleichterung recht schnell darauf eingegangen. Für gewöhnlich war sie nämlich sehr auf ihre Unabhängigkeit bedacht. »Wir betrachten es einfach als Urlaub«, hatte er gesagt, »nur ohne Sonnenbrand.« Doch vermutlich war ihr klar, dass sie nie in ihr Haus in Derby zurückkehren würde. Die Nachbarn passten in der Zwischenzeit darauf auf, sodass sie jederzeit zurückkommen konnte, wenn es ihr wieder besser ging. Die Tatsache, dass mit einem zweiten Schlaganfall zu rechnen war, der sie noch mehr schwächen würde, wurde nicht erwähnt.

Sie hatte den Schlaganfall kurz vor Weihnachten gehabt. Er war nicht dramatisch gewesen, hatte aber gereicht, um sie schwer zu erschüttern. Die starke, kompromisslose Frau, die Archie immer gekannt hatte, wurde gebrechlich und unsicher. Der Schlaganfall hatte ihr fast die gesamte Kraft im rechten Arm und in der rechten Hand geraubt, und auch ihr rechtes Bein hatte etwas abbekommen, was das Gehen langsam und schwierig machte. Auch die Verständigung war zum Problem geworden. Mittlerweile konnte sie sich dank wochenlanger, sorgfältiger Sprachtherapie bereits viel besser verständlich machen, aber manchmal war es immer noch sehr schwer, sie zu verstehen. Wenn sie müde oder ängstlich war, kamen die Worte undeutlich oder verdreht heraus – »Waschmine« statt »Waschmaschine« oder »Bahnwürste« statt »Zahnbürste«. Er hatte versucht, aus der Dechiffrierung ihrer Worte ein Spiel zu machen und ihre Frustration mit fröhlichem Humor abzumildern, doch Stella hatte für so etwas keine Geduld und war überhaupt in letzter Zeit ziemlich aufbrausend geworden. Er konnte es ihr nicht verübeln, schließlich war Bessie nicht ihre eigene Mutter.

Die Anstrengung, zwischen zwei Stühlen zu sitzen – einerseits den Frieden mit seiner Frau zu wahren und andererseits das Richtige für seine Mutter zu tun –, forderte ihren Tribut. Anfangs war alles recht gut gelaufen, aber dann war aus den Sticheleien Streit geworden, und in letzter Zeit hatten er und Stella Dinge gesagt, die niemals hätten gesagt werden dürfen. Bis dahin hatten sie ihre Gefechte immer leise ausgetragen. »Sie ist meine Mutter«, hatte er eines Abends in der Küche gezischt, als Stella mit Schranktüren und Schubladen knallte. »Sie ist krank! Was soll ich denn mit ihr machen?« Es war eine gefährliche Frage, da er sehr genau wusste, wie Stellas Antwort darauf lautete. Aber das würde er niemals tun. Zu oft sah er den Schmerz und das Gefühl, im Stich gelassen zu werden, wenn Familien, so wohlmeinend sie auch sein mochten, ihre älteren Angehörigen aus ihrem vertrauten, geliebten Zuhause holten und in ein Heim steckten. Manchmal gingen sie freiwillig, froh, die Last, sich um ein Haus kümmern zu müssen, los zu sein und von nun an versorgt zu werden. Doch meistens waren sie traurig und verwirrt und begriffen noch gar nicht so richtig, dass sie ihr Zuhause nie wieder sehen würden.

Nein. Das würde er Bessie Merryman nicht antun.

Was ihm das Herz am schwersten machte, war, dass sich seine Mutter häufig dafür entschuldigte, ihm zur Last geworden zu sein, und nichts konnte sie davon überzeugen, dass dem nicht so war. Die Frau, die ihn allein großgezogen und ihm beigebracht hatte, in anderen immer das Beste zu sehen, würde ihm nie zur Last fallen.

Sein Laden, Second Best, lag an der Ecke Millstone Row/Lower Haye in Deaconsbridge. Es war ein viktorianisches Haus mit zwei Schaufenstern, das ursprünglich einmal honiggelb gewesen war, im Laufe der Jahre aber eine schwärzliche Patina bekommen hatte. Ein kleines Stück vom Markt entfernt, verfügte es praktischerweise über einen Parkplatz an der Seite, wo Archie mit Samsons Hilfe den Transporter entlud. Samson – der in Wirklichkeit Shane hieß – war das Muskelpaket, das Archie zur Hand ging, wenn er mit größeren Möbelstücken nicht allein zurechtkam. Mit seinen Einsfünfundachtzig war Archie selbst nicht gerade klein, aber neben Samson sah er aus wie ein Zwerg. Samsons Konversationsfähigkeiten beschränkten sich auf ein Nicken und ein Grunzen, aber er war ein Gottesgeschenk, wenn es darum ging, einen Schrank oder einen Stapel Rosshaarmatratzen zu schleppen.

Bei den Gelegenheiten, wenn Samson Archie zu einer Haushaltsauflösung begleitete oder sie Möbel an einen Kunden lieferten, passte Genosse Norm – so genannt, weil seine Eltern ihn Norman Lenin Jones getauft hatten – stundenweise auf den Laden auf. An manchen Tagen hätten sie gut ein weiteres Paar Hände brauchen können, aber insgesamt lief das Geschäft nicht unbedingt blendend. Es reichte gerade für zweieinhalb Gehälter, aber ein bisschen mehr, und das finanzielle Gummi würde reißen.

Archie wünschte Samson einen schönen Feierabend, vergewisserte sich, dass alles abgeschlossen war, und machte sich auf den Heimweg – ein zehnminütiger Spaziergang durch die Stadt. Die tief stehende Sonne tauchte den Marktplatz in warmes Licht, und nun, da alle Geschäfte geschlossen waren – außer dem Mermaid Café, das bis sieben Uhr geöffnet blieb –, hatte sich eine angenehme Ruhe ausgebreitet. Die Marktleute waren nach Hause gefahren und hatten einen leeren kopfsteingepflasterten Platz zurückgelassen, der mit zerdrückten Obst- und Gemüseresten und Hotdog-Pappen gesprenkelt war. Drüben beim Kriegsdenkmal wirbelte der Wind eine blau-weiße Plastiktüte durch die Luft, bis sie am Fuß eines Mülleimers hängen blieb. Es war nur ein paar Meter von Archie entfernt, und so ging er hinüber, hob die Tüte auf und warf sie hinein. Als er sich aufrichtete, sah er Joe Shelmerdine, der gerade seinen Buchladen abschloss, und winkte ihm zu.

Ein Stück weiter war das Deaconsbridge Arms, und obwohl

die Brauerei es aufgemöbelt hatte, um die Touristen anzulocken, war es immer noch das Pub, in dem die alten Stammtrinker sich versammelten, um ihr Bier zu schlürfen und Dorftratsch auszutauschen. Archie setzte nur selten einen Fuß hinein. Er trank nicht. Er hatte miterlebt, wie der Alkohol seinen Vater in einen bösartigen Tyrannen verwandelte, und von Jugend an große Angst gehabt, dass ihm dasselbe passieren könnte. Zu oft war er aus der Schule nach Hause gekommen und hatte seinen Vater betrunken vorgefunden, bereit, seinen Zorn am erstbesten Menschen auszulassen, der ihm über den Weg lief. Schon in jungen Jahren hatte Archie begriffen, dass es besser war, wenn *er* die Schläge einsteckte und nicht seine Mutter.

Er ging flotten Schrittes weiter – dies war seine Form körperlicher Ertüchtigung, wenn sie auch nicht an die von Samson heranreichte –, wurde jedoch langsamer, als er die Cross Street erreichte. Sie war eine der steilsten Straßen des Ortes, und er war immer wieder überrascht, wie schnell sie ihn außer Atem brachte und seinen relativ gesunden fünfundfünfzigjährigen Körper in den eines keuchenden Neunzigjährigen verwandelte. Er blieb stehen, um nach Luft zu ringen, und lehnte sich an das lackierte Geländer, an dem Generationen von kleinen Kindern kopfüber gehangen hatten wie eine Reihe von bunten Fledermäusen.

Er und Stella hatten sich Kinder gewünscht, aber leider war es nicht dazu gekommen, und im Laufe der Jahre hatten sie sich damit abgefunden, dass sie eines von diesen kinderlosen Paaren waren, die nirgends so richtig hineinpassten. Sie waren kurz nach ihrer Heirat nach Deaconsbridge gezogen und hatten in einer Mietwohnung gelebt, bis sie genug Geld gespart hatten, um ein dreigeschossiges Reihenendhaus in der Cross Street anzuzahlen. Dort wohnten sie seither. Sie hätten umziehen können, und Stella war bereitwilliger gewesen als er, aber irgendwie hatten sie nie die Kurve gekriegt.

Als er zu Hause ankam, ging er durch die Hintertür hinein, überrascht, wie still es war. Normalerweise lief das Radio oder der Fernseher, manchmal auch beides gleichzeitig.

Sein sechster Sinn sagte ihm, dass etwas nicht in Ordnung war – derselbe sechste Sinn, der ihm den Mund ausgedörrt und die Nackenhaare aufgestellt hatte, als er kurz vor Weihnachten zum Haus seiner Mutter gekommen war und es dunkel und still vorgefunden hatte. Sie hatte neben dem Bett auf dem Fußboden gelegen, das Gesicht verzerrt, den Körper halb entblößt. Bei seinem Anblick waren ihr die Tränen in die Augen gestiegen. Sie hatte seit dem Morgen dort gelegen, unfähig, sich zu bewegen oder um Hilfe zu rufen.

Er begann zu laufen, rief ihren Namen, während er, zwei Stufen auf einmal nehmend, die Treppe hinaufstürmte. Er riss die Tür des ehemaligen Gästezimmers auf, das jetzt ihr Zimmer war.

Sie war nicht da.

Ins Bad.

Nichts.

Gerade als er in seinem und Stellas Schlafzimmer nachsehen wollte, hörte er ihre Stimme. Er beugte sich über das Geländer und sah seine Mutter, die von unten zu ihm heraufschaute.

»Bisspät«, sagte sie und deutete auf ihre Armbanduhr.

Er schob sein Herz dorthin zurück, wo es hingehörte, und ging zu ihr hinunter. »Ja, ich bin heute ein bisschen spät dran«, sagte er, noch immer voller Adrenalin. »Ich hatte viel zu tun. Wo warst du? Hast du mich nicht rufen gehört?«

Sie stützte sich auf seinem Arm ab und führte ihn ins Wohnzimmer. Wieder warnten ihn seine Nackenhaare vor einem drohenden Schock.

Auf der Konsole, zwischen zwei Schmucktellern aus Porzellan, stand ein Briefumschlag mit seinem Namen. Er wusste, ohne ihn zu öffnen, was darin stand.

Stella hatte ihn verlassen.

4

Es war Sonntagmorgen, und Clara und Ned wurden zum Abschied mit einer Brunch-Party verwöhnt. Während Moira Ned den Rest Chipolata und gebratenen Speck auf den Teller legte, sah Clara zu, wie Guy und David draußen letzte Hand an Winnie legten, das drei Jahre alte Wohnmobil, das bald Neds und Claras neues Zuhause sein würde.

Sich von ihrem schönen Mazda MX5 zu trennen war Clara ziemlich schwer gefallen, und sogar Ned hatte traurig ausgesehen, als sie am Morgen zuvor zugeschaut hatten, wie die neuen Besitzer mit dem Sportwagen davonfuhren. Er war immer stolz darauf gewesen, dass er das einzige Kind in seinem Freundeskreis war, das vorne neben seiner Mutter sitzen durfte. Sein Gesicht hatte sich jedoch aufgehellt, als das Wohnmobil ankam.

Es war gebraucht, aber in hervorragendem Zustand, und im Gegensatz zu einem fabrikneuen Wagen hatte es bereits eine richtige eigene Persönlichkeit und eine gemütliche Ausstrahlung, die glückliche Zeiten versprach.

Als Clara es zum ersten Mal gesehen hatte, hatte der Verkäufer ihr erklärt, es habe einem netten Paar gehört, das es nur deshalb verkauft hatte, weil es ein größeres Modell haben wollte. »Ich wusste gar nicht, dass Wohnmobile so gut ausgestattet sind«, sagte Clara, als sie hineinstiegen und sie den weichen Teppichboden unter ihren Schuhen spürte.

»Genau genommen ist das hier ein so genanntes Motorhome, allerdings ein relativ bescheidenes. Sie sollten mal sehen, was wir in der oberen Klasse anzubieten haben. Das Winnebago zum Beispiel, das ist ein Luxusmodell.« Er zeigte durch das Seitenfenster auf ein wuchtiges, busähnliches Gefährt, das aussah, als könne es problemlos zwei tourende Rockbands beherbergen.

»Du lieber Himmel! Wie viele Leute passen denn da rein?«, fragte Clara.

»Acht. Ein Bett ist einssechzig breit. Und es hat sogar eine Waschmaschine und einen Trockner.«

Aus einem Gefühl der Treulosigkeit gegenüber dem Wohnmobil, das sie gerade besichtigten, sagte sie: »Nun, wie wär's, wenn Sie mir mal zeigen, was dieses Schätzchen anzubieten hat?«

Während Ned seine eigene Inspektion durchführte – Türen öffnete und den Fahrersitz ausprobierte, der sogar Armlehnen besaß –, hielt der Verkäufer Clara einen Vortrag über die hervorragend verarbeitete Karosserie, die elegante Innenausstattung, die geräumige Essecke, den zweiflammigen Kombinationsherd, den rüttelsicheren Kühlschrank und die drehbaren Fahrersitze. Die hatte Ned bereits entdeckt – mal sah er nach vorn, mal nach hinten. Mit wachsendem Enthusiasmus zeigte der junge Mann Clara klapperfreie Aufbewahrungsschränke und Fächer. Es gab in die Wand eingebaute Halogen-Leselampen, gepolsterte Sitzbänke, zwei erstaunlich große Kleiderschränke und ein geniales Bad mit klappbarem, ergonomisch geformtem Waschbecken, Toilette mit Wasserspülung und Dusche. Die Schlafmöglichkeiten hob er sich für den Schluss auf und zeigte ihr mit der schwungvollen Geste eines Zauberers das Doppelbett über der Fahrerkabine samt kleiner Leiter und die beiden Einzelbetten in der Essecke, die ebenfalls zu einem bequemen Doppelbett umgebaut werden konnten.

»Haben die Vorbesitzer ihm einen Namen gegeben?«, fragte Clara, als er endlich innehielt, um Luft zu holen.

Der Verkäufer bedachte sie mit einem seltsamen Blick. »Nicht dass ich wüsste. Ich könnte aber auf der Zulassungsbescheinigung nachsehen – sie liegt im Büro.«

»Nein, ist nicht so wichtig.« Sie spürte, dass sein Elan nachließ. Vermutlich dachte er, sie sei auch nur eine von denen, die sich alles vorführen ließen und dann doch nichts kauften.

»Darf ich mal eine Probefahrt machen?«, fragte sie, bemüht, ihn wieder aufzumuntern. »Ich möchte sehen, wie ich damit zurechtkomme.«

Sofort kehrte sein Eifer zurück. »Selbstverständlich. Sind Sie schon mal ein Wohnmobil gefahren? Es ist schon ein wenig anders als das, was Sie gewohnt sind.« Er warf einen Blick auf ihren Sportwagen.

»Ich gewöhne mich bestimmt schnell daran.«

»Gehört es jetzt uns?«, fragte Ned und stieg die Leiter vom oberen Bett herunter, während der Verkäufer hinausging, um die Schlüssel zu holen.

»Möchtest du denn, dass es uns gehört?«

Ned kletterte auf den Fahrersitz, ergriff das Steuer und gab ein lautes *Brrrmmm* von sich, wobei er versuchte, mit den Füßen die Pedale zu erreichen.

»Ich nehme an, das heißt ja.« Sie lächelte.

Auf dem Rückweg, nachdem sie einen Scheck für die Anzahlung ausgestellt hatte, war das Wohnmobil dann getauft worden. Clara hatte an das alberne Ungetüm mit den acht Betten gedacht und verächtlich ausgestoßen: »Winnebago! Was ist denn das für ein Name?«

»Winnie, Winnie, Bago«, sang Ned. »Ist das der Name von unserem Wohnmobil?«, fragte er und sah von den bunten Prospekten auf, die er aus dem Büro des Verkäufers mitgenommen hatte.

»Wir könnten es auf Winnie verkürzen«, schlug Clara vor. »Was hältst du davon?«

Er dachte ernsthaft darüber nach und lächelte dann. »Ja, genau wie Winnie-der-Pu.«

Abgesehen davon, dass sie Winnie mit Proviant, Kleidung, Büchern, Spielzeug, Kassetten, einem Werkzeugkasten und allen möglichen anderen Dingen ausstatten mussten, die sie während der kommenden fünf Monate möglicherweise brauchen würden, musste auch noch einiges andere verpackt werden. Ein junges berufstätiges Paar hatte ihr Haus für die Zeit ihrer Abwesenheit gemietet, und es wollte Montag einziehen. Ursprünglich hatte Clara gar nicht vermieten wollen, aber der gesunde Menschenverstand sagte ihr, dass sie die Einnahmen daraus gut brauchen konnte, um die Hypothek abzuzahlen. Dann würde nicht so ein großes Loch in ihre Ersparnisse gerissen. Außerdem bedeutete es, dass sie die Sache, die sie angefangen hatte, auch durchziehen musste. Wenn sie bis Ende August kein Haus hatte, in das sie zurückkehren konnte, musste die Reise ein Erfolg werden.

Ihre Freunde hatten sich Sorgen um das Finanzielle gemacht. »Ich begreife einfach nicht, wie du zurechtkommen willst«, hatte Moira gesagt.

»Ich habe einen Investmentsparvertrag, der es kaum erwarten kann, ausgezahlt zu werden«, erwiderte Clara. »Ich weiß, dass der bei dir höchstens für ein langes Wochenende reichen würde, Moira, aber unsere Bedürfnisse werden ziemlich bescheiden sein, während wir unterwegs sind. Und wenn es ganz eng wird, können wir uns immer noch als Straßenmusikanten verdingen.«

»Das würde ich dir glatt zutrauen.«

»Oh, seit wann bin ich denn plötzlich so eine Rebellin?«

»Du warst schon immer eine Rebellin, Clarabelle«, sagte Guy. »Du warst noch nie so ganz wie wir.«

Obwohl Clara wusste, dass daran etwas Wahres war, verletzte es sie, es so deutlich gesagt zu bekommen. Sie und Ned waren noch keine Meile gefahren, und doch öffnete sich bereits eine Kluft zwischen ihr und den anderen. »Du meinst, ich bin anders, weil ich nicht verheiratet bin und mein Haus nicht jedes Jahr gegen ein größeres und schöneres austausche?«

»Komm, jetzt hack nicht auf Guy herum«, sagte Moira. »Es ist ja schließlich nicht seine Schuld, dass du ihm die Illusion geraubt hast, Margaret Thatcher sei das weibliche Gegenstück zum Nikolaus.«

Auf einmal hatte jeder etwas über sie zu sagen.

David behauptete: »Du weißt doch ganz genau, dass du die Praktischste von uns allen bist. Himmel noch mal, du bist die Einzige hier am Tisch, die weiß, wie man mit einem Schlagbohrer umgeht! Wann hast du zum letzten Mal einen Handwerker im Haus gehabt, hm?«

»Nichts kann dich aus der Fassung bringen, Clara«, meldete sich Louise zu Wort. »Während wir mit den Jahren immer kindischer und verwöhnter geworden sind, hast du dich zu einem vernünftigen Erwachsenen entwickelt.«

»Das klingt für mich eher wie eine Kritik«, sagte Clara abwehrend.

Doch sie achteten gar nicht auf sie, sondern erwärmten sich erst richtig für ihr Thema. »Du bist die geborene Führungskraft«, sagte Guy. »Eine Macherin, die die Dinge auf ihre eigene Art erledigt.«

»Willst du damit sagen, ich sei herrisch?«

»Nun, du hast doch gern die Zügel in der Hand, oder etwa nicht?«

»Nicht immer!«

»Leugnen ist zwecklos, Clara«, sagte David. »Du hast uns alle in den Schatten gestellt. Sieh doch nur mal, was du alles allein auf die Reihe gekriegt hast. Du hast dir eine tolle Karriere gebastelt, du hast –«

»Eine tolle Karriere, die ich vorsätzlich in den Wind jage«, hatte Clara ihn unterbrochen, um dieses peinliche Gespräch wieder in die Waage zu bringen.

Doch David hatte ihren Einwand beiseite gefegt. »Und du hast einen wunderbaren Sohn, der, wie sogar du zugeben musst, die Krönung deines Daseins ist.«

»Genug jetzt!«, hatte sie ausgerufen.

Clara beobachtete noch immer die Mätzchen, die ihre Freunde draußen an dem Wohnmobil vollführten, als Louise zu ihr ans Fenster kam. »Sieh sie dir an! Man könnte meinen, du wärst auf dem Weg zu deiner Hochzeit.«

Mit Luftschlangen und Rasierschaum dekoriert, sah Winnie tatsächlich aus wie ein typisches Flitterwochen-Gefährt.

»Du weißt ja, noch ist es nicht zu spät, um diese hanebüchene Schnapsidee abzublasen«, sagte Louise.

Ohne sich umzuwenden, entgegnete Clara: »Und warum sollte ich das tun?«

»Oh, jetzt, wo der Tag der Abreise tatsächlich da ist, könnte es dir ja dämmern, wie verrückt du gewesen bist und was für einen schrecklichen Fehler du machst. Nur bist du vielleicht zu stolz, um zuzugeben, dass dein Entschluss etwas übereilt war.«

Nun wandte sich Clara doch um und sah ihre Freundin an. »Und du bist zu stolz, um zuzugeben, dass du mich beneidest.«

»Ich? Dich darum beneiden, dass du fünf Monate lang in einem Schuhkarton auf Rädern mit Chemieklo eingesperrt bist? Spinnst du?«

»Komm schon, Louise, gib's zu! Bist du nicht ein klitzekleines bisschen neidisch, dass ich abhaue und mir eine Auszeit nehme, um einfach mal in den Tag hineinzuleben?«

»Nein. Ich lebe lieber in der wirklichen Welt anstatt in dieser Seifenblase, die du dir gemacht hast.«

»Für mich fühlt sich diese ›Seifenblase‹ durchaus wirklich an.«

»Na, warten wir mal ab, wie es sich in einer Woche anfühlt, wenn du dich langweilst und Ned jammert, dass er Heimweh hat.«

Clara blickte durch das Wohnzimmer von Louise und David hinüber zum Sofa, wo Ned mit Moira saß. Ein kleiner Stich der Unsicherheit durchzuckte sie, und sie fragte sich, ob sie vielleicht nicht ganz ehrlich mit sich selbst gewesen war. Für wen veranstaltete sie diese Reise? Für sich oder für Ned?

Für sie beide, sagte sie sich entschlossen. Sie brauchte eine Pause von der Arbeit, und sie wollte mit Ned zusammen sein. »Langeweile und Heimweh werden kein Thema sein«, sagte sie. »Das, was wir erleben, wird genauso real und nützlich sein wie alles, was hier passiert.«

»Aber es wird nur so real sein wie ein Urlaub, und wenn er vorüber ist, bist du wieder genau da, wo du angefangen hast.«

»Vielleicht auch nicht. Vielleicht finde ich irgendwo unterwegs mein persönliches Utopia und komme nie wieder zurück.«

»Also, eins will ich mal gleich klarstellen: Wenn du aufhörst, dir die Haare zu waschen, dich auch nur an einer einzigen Stelle piercen lässt und zu einem New-Age-Hippie mutierst, kündige ich dir die Freundschaft.«

Clara lächelte. »Versprochen?«

»Ach, komm her und lass dich drücken. Du wirst mir fehlen. Du schreibst mir doch, oder? Und einen Anruf ab und zu brauche ich auch, sonst gehe ich ein.«

Clara erwiderte die Umarmung. »Du wirst mir auch fehlen. Und natürlich melde ich mich. Glaubst du allen Ernstes, ich würde mir die Gelegenheit entgehen lassen, lang und breit davon zu schwärmen, was für ein herrliches Leben ich habe? Es wird mir ein Vergnügen sein, dir mein Glück ausgiebig unter die Nase zu reiben.«

Sie lösten sich voneinander. »Wehe, wenn du es weitererzählst«, sagte Louise, »aber ja, ein Teil von mir ist neidisch auf das, was du tust. Wer wäre das nicht?«

Clara umarmte sie erneut. »Dieser schöne Gedanke wird mich jedes Mal begleiten, wenn ich das Chemieklo sauber mache!«

Ein Knall gegen die Fensterscheibe ließ sie beide zusammenzucken. Guy und David drückten ihre zu Grimassen verzerrten Gesichter gegen das Glas. Kein hübscher Anblick.

»Und da ist noch eine schöne Erinnerung, die du mitnehmen kannst«, sagte Louise lachend. »Zwei Gruselfratzen!«

Endlich waren sie startklar.

»Kommt schon, ihr unerschrockenen Abenteurer«, sagte David und hob Ned von seinen Schultern, »jetzt ist es genug mit dem Abschiednehmen. Es wird Zeit, dass ihr euch auf den Weg macht.«

»Freut mich, dass du es kaum erwarten kannst, uns loszuwerden«, sagte Clara und schnallte Ned auf dem Beifahrersitz an.

»Ja, Herzchen, denn je eher du wegfährst, desto schneller bist du wieder zurück.«

»Darauf würde ich mich nicht verlassen.«

»Nichts als leeres Gerede, Clarabelle. Ich wette hundert Pfund, dass du innerhalb eines Monats nach Hause gekrochen kommst und darum bettelst, deinen alten Job zurückzubekommen.«

»Zweihundert dagegen.« Sie streckte Guy die Hand hin.

Er schlug ein. »Die Wette gilt!«

Clara umarmte alle noch einmal und nahm die überflüssigen Ratschläge gutmütig entgegen. Nein, sie würde sich nicht von Fremden anquatschen lassen. Nein, sie würde den Verkehr nicht allzu sehr aufhalten. Und ja, sie würde daran denken, keinen Müll in die Landschaft zu werfen.

Louise schob sich nach vorn, um das letzte Wort zu haben. »Und mach keine Dummheiten, während du weg bist.«

»Zum Beispiel?«

»Zum Beispiel irgendwelche unnötigen Risiken eingehen. Wir wollen, dass du gesund zurückkommst, okay?«

»Du wirst es nicht glauben, Louise, aber das möchte ich selbst auch.«

Nach einer Stunde Fahrt, als sie Walton-on-Wineham, wo sie alle lebten, ein gutes Stück hinter sich gelassen hatten, war Ned eingeschlafen. Die Mischung aus Aufregung und Vorfreude hatte ihn geschafft. Clara schaltete seine Kassette mit Geschichten aus, und nun, da sie sich daran gewöhnt hatte, Winnie zu fahren, und dank des baustellenbedingten Stop-and-go-Verkehrs auf der M25 mit den Launen der Schaltung mehr oder weniger vertraut war, entspannte sie sich ein wenig und verspürte ein herrliches Gefühl von Freiheit. Sie rollte gemütlich über die M40, High Wycombe als nächstes Ziel auf ihrem geistigen Routenplan. Sie genoss die Vorstellung, spontan irgendwo anhalten zu können, den Wagen zu parken und sich sofort zu Hause zu fühlen. Das war es auch, was sie gereizt hatte, als sie zum ersten Mal auf den Gedanken gekommen war, mit Ned eine Reise zu machen. Ein Wohnmobil würde ihnen eine Art fahrendes Zuhause bieten, in dem sie wunderbar unabhängig waren. Und jetzt, mit Ned neben sich, kam es ihr in der Tat so vor, dass sie alles hatte, was sie jemals zu ihrem Glück brauchen würde.

Ein Auto überholte sie, und der Fahrer lächelte ihr breit zu. Sie fragte sich, warum. Doch dann fiel ihr wieder ein, was Guy und David mit dem Wohnmobil gemacht hatten – die Luftschlangen waren größtenteils weggeweht, aber die Luftballons hingen immer noch an den Außenspiegeln und Türgriffen.

Clara schaltete das Radio ein. Es lief gerade ein Song, den sie kannte – »Waiting for Love« von Nanci Griffith –, und er bohrte sich ihr schmerzhaft ins Herz. Sie hatte ihn zum ersten

Mal gehört, als sie in Amerika lebte, und er würde immer ein Symbol für diese Zeit in ihrem Leben sein.

Damals war sie frisch dort angekommen, allein stehend und sorglos, voller Vorfreude auf den einjährigen Auslandseinsatz im Firmenhauptsitz von Phoenix in Wilmington. Fest entschlossen, hart zu arbeiten und ihre Karriere zu fördern, hatte sie die Gelegenheit nach Kräften nutzen wollen.

Doch es war nicht ganz der Karriereschub gewesen, den sie sich vorgestellt hatte. Sie war vor Ende des Auslandsjahres nach Hause zurückgekehrt, mit angeschlagenem Herzen und der Tatsache, dass sie ihren Freunden und Verwandten ihre Schwangerschaft erklären musste.

5

Gabriel war früher auf als sonst. Am Abend zuvor, als er die Vorhänge zugezogen hatte, war die Schiene von der Wand gekommen. Staub und Putz waren auf ihn niedergerieselt, und etwas war ihm ins Auge geraten. Er hatte versucht, es mit einer alten Augenwanne herauszubekommen, die er im Arzneischrank fand, aber es hatte nichts genutzt. Jetzt, nach der schlaflosen Nacht, schmerzte sein Auge wie verrückt, und jedes Mal, wenn er blinzelte, fühlte es sich an, als sei sein Lid mit Sandpapier überzogen.

Bevor er nach unten ging, um sich Frühstück zu machen, trat er ins Bad und kramte noch einmal im Arzneischrank, wühlte sich durch die Regale voller alter Tablettenröhrchen und Tiegel mit Schmierzeug, auf das Val so geschworen hatte. Ganz hinten auf dem obersten Regal fand er, wonach er gesucht hatte: eine alte Augenklappe. Das Gummiband war ausgeleiert, aber er schlang einen Knoten hinein, und so hielt sie einigermaßen am Kopf. Dummerweise waren seine Hände so steif und ungeschickt, dass er für die Aktion mehrere Minuten brauchte. Er schloss die Tür des Arzneischranks und betrachtete sich lange und eingehend in dem schmutzigen, schwarz gefleckten Spiegel.

Was er sah, war ein unrasierter grauhaariger Mann mit einer schwarzen Augenklappe.

Er strich sich über das dichte, ungekämmte Haar, das nach allen Seiten abstand, drehte sich seitwärts und stellte fest, dass er so auch nicht besser aussah. Die lange, gerade Nase, die Anastasia als stolz und königlich bezeichnet hatte, war zu etwas geworden, das nicht mehr in sein Gesicht zu passen schien. Sie wirkte zu groß, als hätte er sie sich von einem größeren Bruder geliehen, in der Hoffnung, dass er noch hineinwachsen würde. Seine Wangen hatten ihre Festigkeit verloren und hingen unter dem Gewicht zahlloser Falten herunter. Die Lippen waren zu einer starren, nach unten gezogenen Linie geschrumpft. Fleischige, schlaffe Ohrläppchen hingen rechts und links von seinem Gesicht, und aus den Ohrmuscheln sprossen dichte, borstige Haarbüschel. Du lieber Himmel, wann hatte er sich nur in dieses hässliche Scheusal verwandelt?

Sorgsam den Falten in dem verschlissenen Läufer ausweichend, ging er über den knarzenden Flur und blieb wie jeden Morgen stehen, um aus dem Fenster in den Garten hinunterzusehen. Die Sonne stand noch tief am östlichen Himmel, doch ein blasses Licht lag auf der leicht abfallenden Wiese, auf der hier und da Narzissen blühten. Ein Stück weiter unten stand eine dichte Rhododendronhecke, deren Knospen bald aufplatzen würden, und dahinter lag Hollow Edge Woods, ein kleines Wäldchen, in dem Generationen von Füchsen und Dachsen gelebt hatten. Weit hinten in der Ferne erhoben sich sanfte, von Schafen bevölkerte Hügel in den Morgenhimmel. Gabriel legte die Hände auf die steinerne Fensterbank und dachte, dass Byron Recht gehabt hatte, als er Derbyshire mit Griechenland und der Schweiz verglich und zu dem Schluss kam, es sei ebenso edel.

Für Anastasia war es Liebe auf den ersten Blick gewesen, als sie Mermaid House erblickte. Sie war eine unverbesserliche Romantikerin gewesen, die stets impulsiv handelte und eine kuriose Fantasie besaß – daher auch die ausgefallenen Namen der Kinder. Aber sie hatte hart arbeiten müssen, um Gabriel dazu zu kriegen, das Haus zu kaufen, so konservativ und nüchtern, wie er war. Es kostete wesentlich mehr, als sie sich leisten konnten, und die Fabrik von Liberty Engineering lag meilenweit entfernt, aber letzten Endes hatte er nachgegeben. Noch heute sah er vor sich, wie sie ihn mit vor Freude blitzenden Augen durch den Raum gewirbelt hatte, als er einwilligte, ein Angebot zu machen.

Erst als sie eingezogen waren, sahen sie, in welchem Zustand das Haus war. Es stammte aus der Mitte des neunzehnten Jahrhunderts, und es war ein Wrack: Trockenfäule, Nassfäule – welche Art von Fäule auch immer, Mermaid House hatte sie im Überfluss. Da Gabriel reichlich zu tun hatte, überließ er es Anastasia, sich darum zu kümmern – schließlich war es ihr Spleen gewesen. Sie stürzte sich mit vollem Elan in die Restaurierung, fest entschlossen, das Ganze von Grund auf in Ordnung zu bringen – wobei allerdings auch ihr Bankkonto gründlich leer geräumt wurde. Doch er hatte es nie bereut. Es genügte ihm, sie glücklich zu sehen. Dann waren Caspar und Damson gekommen. Ihr Leben wurde völlig auf den Kopf gestellt, doch Anastasia schaffte die Arbeit mit den Zwillingen mit links. Nie beklagte sie sich über Müdigkeit, wenn sie Nacht für Nacht auf dem Schaukelstuhl im Kinderzimmer saß, einen von den beiden Rackern auf dem Arm. Es störte sie nie, wie wenig sie schliefen und wie viel Unsinn sie anstellten, sobald sie anfingen, ihre Umgebung zu erkunden. Wenn sie sich auf ihre pummeligen Beinchen stellten und auf ihrer unersättlichen Suche nach etwas Neuem, mit dem sie spielen und das sie kaputtmachen konnten, Schränke, Schubladen und Regale durchwühlten. Die beiden waren ein unzertrennliches Zwei-Mann-Zerstörungskommando – nichts war vor ihnen sicher. Gabriel schlug vor, ein Kindermädchen einzustellen, das Anastasia zur Hand gehen sollte, doch sie wollte nichts davon wissen und behauptete, sie genieße die Herausforderung, zwei so lebendige Kinder zu haben.

Fünf Jahre waren vergangen, bevor sie sich entschlossen, es mit einem weiteren Kind zu versuchen. Dann war Jonah zur Welt gekommen.

Und Anastasia war gestorben.

Wenn Gabriel den Kopf ganz weit nach links drehte und das Gesicht an die schmutzstarrende Scheibe drückte, konnte er gerade noch den Kirchturm von Deaconsbridge erkennen. Dort waren seine beiden Frauen begraben.

Er zog den Gürtel seines Bademantels fest und ging weiter den Flur entlang, vorbei an geschlossenen, verstaubten Zimmern, die er seit Monaten nicht betreten hatte. Für die Stufen nahm er sich Zeit. Seine vorübergehende Einäugigkeit vermittelte ihm ein irreführendes Bild vom Boden – er war nicht so nah, wie er dachte. Auch die Treppe erinnerte ihn an Anastasia: Sie hatte sich immer als Scarlett O'Hara bezeichnet, wenn sie sie lachend und mit elegantem Schwung hinunterlief und das lange Haar um ihre Schultern tanzte.

Die Küche bekam nichts von der Morgensonne mit, und selbst in der Hitze des Sommers war sie der kälteste Raum im Haus. Val hatte einen Aga-Herd einbauen lassen und ihn morgens, mittags und abends mit Kohlen gefüttert. Er war schlimmer gewesen als ein hungriger Säugling: Während sie an der einen Seite Kohlen hineinschob, stieß er an der anderen Asche aus. Sie hatte es bald satt gehabt und ihn auf Gas umstellen lassen. Nicht lange nach ihrem Tod hatte er ebenfalls seinen Geist aufgegeben.

Danach hatte sich Gabriel einen stinknormalen Elektroherd und eins von diesen Heizgeräten auf Rädern mit einer großen Gaskartusche darin gekauft. Das schaltete er jetzt ein. Er musste den Knopf immer wieder drücken, bis endlich ein Funke zündete und mit einem leisen *Wumm* die Gasflammen auf den rußgeschwärzten Brennern aufflackerten. Genau bei dieser Aktion hatte er sich in der Woche zuvor den Arm verbrannt. Die Geschichte mit dem Wasserkessel, die er Dr. Singh erzählt hatte, hatte er absichtlich erfunden, weil er dachte, sonst würde es womöglich so aussehen, als könne er nicht mehr mit einem Gasofen umgehen. Sich zu verbrühen klang irgendwie weniger gefährlich.

Es war inzwischen vier Tage her, seit er in Deaconsbridge gewesen war und den Arm hatte verarzten lassen. Er war nicht wieder in der Praxis gewesen, er fand, es sei nicht nötig. Die Antibiotika-Behandlung hatte er ein paar Tage früher beendet als vorgesehen, und zwar auf der Basis der Theorie, dass die Tabletten schneller wirkten, wenn er am ersten und zweiten Tag die Dosis verdreifachte. Obendrein hatte er den Verband selbst gewechselt, indem er die Bandage gegen ein sauberes, mit ein paar Sicherheitsnadeln befestigtes Taschentuch austauschte. Eigentlich sollte ihm der Doktor dankbar sein, dass er ihm die zusätzliche Arbeit ersparte. Wenn mehr Leute so wie Gabriel wären, hätte der National Health Service nicht solche Finanzprobleme.

Doch jetzt plagte ihn dieses verdammte Auge. Er würde noch einen Tag oder zwei abwarten, und wenn es dann nicht besser war, würde er nach Deaconsbridge fahren. Er konnte ja seinen Freitagsbesuch auf den Donnerstag vorverlegen. Gabriel presste den Handballen gegen die Augenklappe und widerstand der Versuchung, heftig zu reiben. Wenn es nur nicht so jucken und brennen würde! Um sich abzulenken, machte er sich daran, Tee für sein Frühstück zu kochen.

Dafür, dass die Küche so groß war, gab es sehr wenig Platz zum Arbeiten. Sämtliche Oberflächen waren mit unordentlichen Stapeln von Geschirr und Papierkram bedeckt, die darauf warteten, dass er sich um sie kümmerte. Genau wie all die Dinge, die repariert werden mussten, wozu er sich aber ebenso wenig aufraffen konnte: eine Schreibtischlampe, die nicht in ihrer Halterung bleiben wollte, ein Batterieladegerät, das er über einen dieser Werbeprospekte bestellt und dann fallen gelassen hatte, ein Bügeleisen, das einen neuen Stecker brauchte, ein wackeliger Ständer für Porzellanbecher, ein hölzerner Brotkasten, der klemmte, und mehrere Hemden, an denen die Hälfte der Knöpfe fehlte. Doch das Chaos lähmte ihn. Es lag etwas Unentrinnbares in der Art, wie es unablässig um ihn herum wucherte. Er würde bald etwas dagegen tun müssen.

Aber nicht heute.

Hausarbeit war nichts für ihn. Er war nicht dafür geschaffen, Gefrierschränke abzutauen oder zu wissen, wie man die Wäsche knitterfrei aus der Waschmaschine bekam. Val hatte sich um all diese Dinge gekümmert. Es war ihr Bereich gewesen, und er hatte ihr ihn nur zu gern überlassen. Er schämte sich nicht zuzugeben, dass er noch zur alten Schule gehörte, wenn es darum ging, die Zuständigkeitsbereiche von Mann und Frau zu definieren. Das System hatte wunderbar funktioniert, bis die Welt verrückt geworden war und fortan alle auf Gleichberechtigung und Rollentausch bestanden.

Er schaltete das Radio ein, um die Sendung *Today* zu verfolgen, und schob einen Haufen benutzter Teller, Tassen, Messer und Gabeln, mehrere schmutzige Töpfe und Pfannen und ein paar leere Sardinenbüchsen beiseite, bis er zumindest ein wenig Raum rings um den Toaster und das Heißwassergerät geschaffen hatte. Als sein Frühstück fertig war, gab er einen Schuss zwölf Jahre alten Glenlivet in seinen Tee, nur einen Tropfen, um in die Gänge zu kommen. Früher war der Beginn eines neuen Tages für ihn wie das Köpfen eines Eis gewesen – ein kurzer, knackiger Schwung, und er war auf Achse. Jetzt musste er es langsam angehen lassen. Er setzte sich an den voll gepackten Tisch und debattierte mit dem Radio, teilte mit großzügiger Hand Einwürfe und Kritik aus. Er widersprach aus Prinzip allem, was die Moderatoren und Politiker sagten.

Gabriel saß noch immer am Tisch, als es an der Tür klopfte. Er warf einen Blick auf seine Uhr, als könne die ihm sagen, wer zu dieser unmöglichen Zeit wohl etwas von ihm wollte. Doch es war später, als er gedacht hatte, schon fast zehn. Trotzdem, wer konnte es sein? Besucher waren in Mermaid House so selten wie karierte Maiglöckchen.

Es klopfte erneut, lauter diesmal. Wer auch immer es war, er schien fest entschlossen, ihn an die Tür zu holen. Widerstrebend fuhr Gabriel mit den Füßen in seine Hausschuhe und schlurfte davon, um sich dem unerwünschten Besucher zu widmen. Er schob die beiden Riegel zur Seite, oben und unten, drehte den Schlüssel um und öffnete die Tür.

»Was zum Teufel wollen Sie?«, knurrte er, als er Dr. Singh vor sich stehen sah. »Erzählen Sie mir nicht, Sie wären zufällig vorbeigekommen und wollten nur mal sehen, ob ich da bin.«

»Nein, Mr Liberty, es würde mir nicht im Traum einfallen, Sie zu belügen. Ich bin hier, weil Sie nicht zu Ihrem Termin bei mir erschienen sind. Sie sollten in die Praxis kommen, damit ich nach Ihrem Arm sehen kann.«

»Sehr liebenswürdig von Ihnen. Aber zum einen habe ich nie einen Termin ausgemacht, und zum anderen verschwenden Sie nur Ihre Zeit, da es meinem Arm bereits viel besser geht.«

»Vielleicht wären Sie so gut, diese Beurteilung mir zu überlassen.«

Gabriel starrte ihn finster an. »Sie sind ganz schön hartnäckig.«

»Nennen wir es lieber professionell. Sollen wir die Untersuchung hier an der Türschwelle durchführen, oder darf ich hereinkommen?«

»Wie Sie wollen.«

Gabriel führte ihn in die Küche und begriff sofort, dass dies ein Fehler war. Er spürte förmlich, wie Dr. Singhs dunkle Augen den Raum erfassten, und das Durcheinander erschien ihm noch hundertmal schlimmer. Die Flasche Glenlivet auf dem Tisch machte das Ganze auch nicht besser, zumal er noch seinen schäbigen alten Pyjama trug. Mist! Er hätte ihn ins Wohnzimmer bringen sollen. Oder in jeden beliebigen anderen Raum, nur nicht hierher. In der Annahme, je eher er diesem aufdringlichen Mann seinen Arm zeigte, desto schneller würde er wieder verschwinden, schob er den Ärmel seines Bademantels hoch. »Hier«, sagte er und nahm den selbst gebastelten Verband ab, »genau wie ich's Ihnen gesagt habe. Praktisch so gut wie neu.«

Dr. Singh warf einen missbilligenden Blick auf das Taschentuch, nickte jedoch, als er Gabriels Arm begutachtete. »Sie haben Recht, es heilt gut. Aber da ich nun schon mal hier bin, kann ich ja auch einen ordentlichen Verband anlegen, und während ich das tue, können Sie mir erzählen, was mit Ihrem Auge passiert ist.«

»Da ist mir gestern Abend was reingeflogen«, sagte Gabriel unbekümmert. »Es brennt ein bisschen, weiter nichts. Kein Grund, sich das auch noch anzusehen.«

Doch Dr. Singh bestand darauf. »Und wie ist das passiert?«, fragte er, als Gabriel die Augenklappe entfernt hatte und das Auge wegen der plötzlichen Helligkeit zu tränen begann.

»Mir ist eine Vorhangschiene auf den Kopf gefallen, wenn Sie es genau wissen wollen.«

Nachdem er mit einer kleinen Taschenlampe hineingeleuchtet hatte, sagte Dr. Singh: »Das gefällt mir nicht. Damit müssen Sie zu einem Spezialisten. Das Auge ist entzündet, und es könnte sein, dass die Netzhaut beschädigt ist.«

»Seien Sie nicht albern. Ich habe einfach Staub hineinbekommen, das ist alles. Können Sie mir nicht ein paar Tropfen geben oder so?«

»Das ›oder so‹ ist eine Fahrt ins Krankenhaus, Mr Liberty. Wollen Sie wirklich riskieren, dass Sie auf dem Auge erblinden?«

»Gute Güte! Ihr Ausländer macht mich krank. Ihr seid doch alle gleich – kommt hierher, lasst euch auf unsere Kosten eine gute Ausbildung geben, und dann erzählt ihr uns, was wir zu tun haben. Sie wissen ja wohl, wo Sie sich Ihre Fahrt ins Krankenhaus hinstecken können, oder?«

Dr. Singh packte seine Taschenlampe wieder ein und ließ die Schlösser seines Arztkoffers zuschnappen. »Mr Liberty, jetzt hören Sie mir mal genau zu. Entweder Sie tun, was ich Ihnen sage, oder ich informiere die Sozialbehörde, dass Sie in Schmutz und Elend leben und nicht imstande sind, allein auf sich aufzupassen. Und glauben Sie mir, die werden schneller hier auftauchen, als Sie auch nur pieps sagen können, und Sie werden den Tag verfluchen, an dem Sie meinen Rat in den Wind geschlagen haben. Also, alter Knabe, wie sieht's aus?«

Gabriel klappte die Kinnlade herunter. »Das würden Sie nicht wagen.«

»Wollen Sie's drauf ankommen lassen?«

»Könnten wir es nicht erst mal mit Augentropfen versuchen?«

»Nein. Und jetzt seien Sie so gut und ziehen Sie sich an, ich bringe Sie ins Krankenhaus. Ich war sowieso auf dem Weg dorthin.«

»Was? Jetzt gleich?«

»Je eher, desto besser.«

»Ich halte nichts von Erpressung«, sagte Gabriel, als er sich in den kleinen Honda des Arztes zwängte. Seine Knie berührten fast sein Kinn, und der Kopf stieß an das Wagendach. Typisch Japaner – bauten Autos für Zwerge und zwangen sie dann dem Rest der Welt auf.

»Das war keine Erpressung«, erwiderte Dr. Singh, »sondern ein ganz klarer, offener Handel. Aber sagen Sie, warum haben Sie denn niemanden, der Ihnen in diesem Mausoleum von Haus zur Hand geht?«

»Wer sagt denn, dass ich niemanden habe?«

»Ihre Sauberkeitsvorstellungen müssen ziemlich lax sein, wenn Sie einer Putzfrau so etwas durchgehen lassen.«

»Es geht Sie zwar nichts an, aber die letzte habe ich entlassen, nachdem ich sie beim Stehlen erwischt hatte. Es störte mich ja nicht, dass sie sich bei dem Münzgeld bediente, das ich ab und zu herumliegen lasse, aber als sie sich mit meinem besten Maltwhisky aus dem Staub machen wollte, war Schluss.«

»Wie lange ist das her?«

»Knapp ein Jahr.«

»Und seither hat Ihnen niemand mehr geholfen?«

»Was soll das werden? Ein Kreuzverhör, und hinterher berichten Sie das Ganze der Sozialbehörde?«

Rappelnd fuhren sie über das Viehgitter am Ende des Weges, wo zwei Steinpfosten die Einfahrt zu Mermaid House markierten, und bogen dann auf die Hauptstraße ab. »Erzählen Sie mir von Ihrer Familie. Haben Sie Angehörige, die in der Nähe leben?«

Gabriel zerrte an dem Sicherheitsgurt, der ihn am Hals scheuerte. »Wollen Sie damit fragen, warum sie nicht die Rolle der liebenden Kinder spielen und alle zwei Tage vorbeikommen, um nach dem alten Herrn zu sehen?«

»So was in der Art.«

Es herrschte kurzes Schweigen, bevor Gabriel sagte: »Wir haben eine vollkommen ausgewogene Beziehung: Sie können mich nicht leiden, und ich kann sie nicht leiden.«

Dr. Singh bremste für ein Schaf, das in aller Ruhe die Straße überquerte. »Das sind harte Worte.« Er wandte sich zu Gabriel um und sah ihn ernst an. »Spüren Sie nicht, wie bedrückend das klingt? Wünschen Sie sich nicht, dass es anders wäre?«

Wieder Schweigen.

»Das Schaf ist weg«, murmelte Gabriel. »Sie können weiterfahren.«

6

Da er bis Mittag keinen Unterricht mehr hatte, beschloss Jonah, eine Runde zu schwänzen. Er zog sein Jackett an und lief, immer zwei Stufen auf einmal, die Treppe hinunter. Unten bei den Spinden stieß er auf Tim Allerton und Shazzie Butler, die in einer sabbernden, schmatzenden Umarmung ineinander verschlungen waren. Sie hatten ihn nicht gehört, deshalb blieb er einen Moment lang vollkommen reglos stehen, damit es ihnen auch richtig peinlich war, wenn sie ihn bemerkten. Schließlich klopfte er diskret gegen den Spind neben ihnen. »Ähem.«

Sie sprangen auseinander, was in Anbetracht des Gewirrs aus Armen und Beinen gar nicht so einfach war.

Mit ungerührter Miene sagte Jonah: »Da ich annehme, dass ihr inzwischen eure Gebisse ausgiebig erkundet habt, wäre ich euch sehr verbunden, wenn ihr euch in euren jeweiligen Unterricht begeben würdet. Ihr wisst ja, wie sehr ich eure Unterstützung schätze, wenn es darum geht, die Schule auf einen höheren Tabellenplatz zu befördern.«

Er schlenderte davon, damit die beiden sich trockenlegen konnten.

Draußen auf dem Parkplatz schloss er die Tür seines uralten Ford Escort auf und fragte sich wie immer, warum er sich überhaupt die Mühe machte, ihn abzuschließen. Die Hälfte der Jugendlichen, die er an der Deaconsbridge High School – beziehungsweise Dick High, wie die Schüler sie liebevoll nannten – unterrichtete, hätte ihn auch ohne Schlüssel innerhalb von Sekunden geöffnet.

Am Schultor bog er nach rechts ab und nahm die Lower Moor Road, die Richtung Zentrum führte, vorbei an einer scheußlichen Wohnsiedlung und einem noch hässlicheren Industriekomplex. Anfang der siebziger Jahre hatten die liberalen Stadtplaner ihre fantasielosen architektonischen Almosen mit gnadenloser Gerechtigkeit verteilt und der Deaconsbridge High School dasselbe grauenvolle Design verpasst wie ihren unmittelbaren Nachbarn. Ungefähr zur selben Zeit, als die Einführung des Dezimalsystems ihre Spuren im Land hinterließ, war die Plage der billigen Flachdachbebauung über Deaconsbridge hereingebrochen. Während der letzten zehn Jahre, als Restaurierung das Zauberwort geworden war, hatte das kleine Stadtzentrum reichlich Gelder zugeteilt bekommen, damit es mit benachbarten Touristenattraktionen wie Castleton und Buxton konkurrieren konnte, aber die Randgebiete hatten nichts von dem warmen Regen abbekommen. Seit die lukrativen Touristenhorden erfolgreich in die Stadt gelockt worden waren, wurden gelegentlich Rufe nach einer Umgehungsstraße laut, aber bisher rechtfertigte das saisonal bedingte Verkehrsaufkommen solche kostspieligen Maßnahmen noch nicht.

Und es war auch gut, dass auf den Straßen so wenig los war, denn Jonah hatte es eilig. Im Stadtzentrum angekommen, folgte er dem Einbahnstraßensystem, fuhr hinter dem Kriegsdenkmal auf dem Marktplatz vorbei und bog dann auf die Straße Richtung Hollow Edge Moor ab. Er wollte zu seinem Vater und hatte den Besuch absichtlich so gelegt. Da er nur anderthalb Stunden Zeit hatte, würde er sagen, was er zu sagen hatte, und wieder verschwinden. Knapp und direkt musste er sein. Und vor allem durfte er bei der Antwort seines Vaters, die mit Sicherheit giftig ausfallen würde, nicht mit der Wimper zucken. Zahllose Male hatte er die rasenden Beschimpfungsattacken seines Vaters miterlebt oder selbst abbekommen, und diesmal erwartete ihn garantiert eine volle Ladung.

Im Kopf hatte er das Gespräch bereits in allen Einzelheiten ausgesponnen, einschließlich jedes verletzenden Wortes, das sein Vater ihm an den Kopf werfen würde.

Als Erstes würde er zu hören bekommen, er sei hinterhältig, anmaßend und ein Intrigant. Dann würde es heißen, sein feiger

Bruder habe ihn vorgeschoben und er sei zu schwach und zu dumm, um etwas aus seinem Leben zu machen. Ohne diese uralte Kamelle würde glatt etwas fehlen. Jonah hatte sich mittlerweile an die Woge der Verachtung gewöhnt, die sich wegen seiner Berufswahl regelmäßig über ihn ergoss.

»Lehrer wird nur, wer sonst nichts kann«, hatte sein Vater gesagt, als Jonah nach dem Studium verkündet hatte, er habe sich für eine Lehrerausbildung beworben.

Er hatte das Thema mit Gabriel nicht weiter besprochen und schon gar nicht um finanzielle Unterstützung gebeten. Stattdessen hatte er seine Ausbildung mit Schichtarbeit in einer Fleischverarbeitungsfabrik finanziert und seither konnte er keine Fleischpasteten mehr sehen.

Das war inzwischen dreizehn Jahre her, aber Gabriel hatte Jonah noch immer nicht verziehen, dass er so einen »zweitklassigen« Beruf gewählt hatte.

Jonah spürte, wie ihm ein kalter Schauer über den Rücken lief, als er bei Mermaid House ankam. Sein Magen krampfte sich zusammen, und er beschloss, nicht eine Minute länger als nötig zu bleiben. Er versuchte sich einzureden, sein Unbehagen käme von der Düsternis und Abgelegenheit des Hauses, aber er wusste, dass das nicht stimmte. Es waren die Erinnerungen.

Mit seinem Turm, den vier Flügeln und dem kopfsteingepflasterten Innenhof wies Mermaid House eine ungewöhnliche, geradezu exzentrische Gestaltung auf. Es war aus dem Stein der Gegend gebaut, der im Laufe der Zeit einen deprimierenden dunklen Ton angenommen hatte. Als Jonah jetzt durch den breiten steinernen Torweg fuhr, hallte das Dröhnen seines Motors lauter als sonst von den Wänden wider. Das bestätigte, was er bereits morgens bei der Fahrt zur Arbeit befürchtet hatte: Der Auspuff war hin.

Jonah parkte neben dem schlammbespritzten Landrover seines Vaters vor dem so genannten Bankettsaal, der noch das ursprüngliche, unverputzte Fachwerk und einen gewaltigen Kamin aufwies.

Als er aus dem Auto stieg, bemerkte er, dass die Steuerplakette des Landrover nicht mehr gültig und einer der Reifen bis an die Grenze des Zulässigen abgefahren war.

Jonah überquerte den Innenhof und stellte fest, dass die Hintertür nicht verschlossen war. Der Form halber klopfte er kurz an, trat dann ein und wäre fast über ein Paar alte Stiefel gefallen, die auf dem Boden lagen. Er schob sie beiseite, rief nach seinem Vater und ging durch das Haus, vorbei an der Waschküche, wo er mehrere Haufen schmutziger Kleider, Bettwäsche und Handtücher vor der Waschmaschine liegen sah, und am Waffenraum, bis er zur Küche kam.

Mittlerweile schockierte ihn das Chaos als solches weniger als die Tatsache, dass er sich an die Bedingungen gewöhnt hatte, unter denen Gabriel zu leben bereit war. Ein unangenehmer Gestank nach vergammeltem Fisch schlug ihm entgegen, der, wie er bald entdeckte, von einer leeren Dose Sardinen in Tomatensauce stammte, die auf der Spüle lag. Er wollte sie in den Mülleimer werfen, stellte jedoch fest, dass der bereits bis zum Rand gefüllt war. Das war ein typisches Beispiel dafür, welches Niveau die Probleme in Mermaid House erreicht hatten. Keine Aufgabe ließ sich allein erledigen, es gab immer einen Dominoeffekt. Wenn man eine Glühbirne auswechseln wollte, musste man die Leiter holen, und um die Leiter zu holen, musste man den Kellerschlüssel finden, und der Schlüssel war sonst wo, aber nicht am dafür vorgesehenen Haken in der Küche.

Es war nicht immer so gewesen. In ihren besten Zeiten hatte Val den Haushalt mit geradezu militärischer Präzision geführt, fest entschlossen, in den Kindern trotz ihrer Widerspenstigkeit ein Gefühl für gemeinsame Verantwortung zu wecken. »Das Haus ist sehr groß, und da wäre ich euch dankbar, wenn jeder von euch mit anpackt«, hatte sie zu ihnen gesagt. Am letzten Tag vor den Ferien, wenn sie aus der Schule zurückkamen, ließ sie sie antreten und ging mit ihnen die Aufgabenliste durch. »Damson, ich möchte, dass du im Esszimmer Staub wischst und die Möbel polierst. Caspar, du kannst die Asche aus dem Kamin im Wohnzimmer fegen und neues Feuerholz hereinholen. Und für dich, Jonah, habe ich das Silber zum Reinigen auf den Küchentisch gestellt.«

»Warum kriegt er immer die leichteste Arbeit?«, hatte Damson maulend gefragt.

»Weil er der Jüngste ist. Er ist noch nicht so groß und stark wie ihr beide.«

Caspar, der genauso aufmüpfig war wie seine Schwester, wandte häufig ein, sein Vater sei reich genug, um eine ganze Horde von Bediensteten einzustellen, die diese Aufgaben erledigen konnten. Doch Val ließ sich nicht beirren. »Wir leben nicht mehr im Zeitalter der Sklavenarbeit, junger Mann. Wir haben Mrs Harper, die uns zur Hand geht, aber sie ist keine Bedienstete.«

Ohne Caspars abfällige Bemerkungen zu beachten, klatschte sie in die Hände und schickte die Kinder an die Arbeit. Und jedes Mal lief dazu dieselbe Musik in voller Lautstärke. Bis heute konnte Jonah kein Stück von Gilbert and Sullivan hören, ohne reflexartig nach der Silberpolitur zu greifen.

Die perfekte Ordnung, die Val so schätzte, zerbröckelte, als sie den ersten von mehreren kleineren Herzinfarkten erlitt. In dem Maße, wie sie ihnen langsam entglitt, verschwand auch die solide Haushaltsführung. Mrs Harper, die das Pensionsalter bereits seit langem überschritten hatte, kündigte, und die darauf folgende Prozession von Putzfrauen erwies sich als wenig zufrieden stellend. Sie kapitulierten vor der schieren Größe von Mermaid House – die zehn Schlafzimmer und drei Bäder waren mehr, als sie sich zumuten wollten.

Es war mehr, als jeder vernünftige Mensch sich zumuten würde, dachte Jonah, als er inmitten des Durcheinanders stand. Unvermittelt packte ihn der Drang, den größten Müllcontainer zu mieten, der aufzutreiben war, und alles hineinzuwerfen. Wie verführerisch der Gedanke war, Klarschiff zu machen und ganz von vorn zu beginnen. Er würde seinem dickköpfigen, verbohrten Vater den reinen Tisch machen, den er brauchte. Doch er wusste, dass das nie passieren würde. Nur eine Bombe konnte diesen speziellen Müll beseitigen.

Obwohl das, was er hier loswerden wollte, in gewisser Weise eine Bombe war.

Er rief erneut nach Gabriel, nahm sich einen Apfel aus der Obstschale, die er jede Woche für seinen Vater füllte, obwohl dieser sie kaum anrührte, und ging dann hinaus in den Flur. Er sah im Wohnzimmer nach, im Esszimmer und schließlich in der

Bibliothek, wo die Vorhänge zugezogen waren, um die Regale mit Büchern vor dem Sonnenlicht zu schützen. Doch er fand keine Spur von seinem Vater. Er stellte sich an den Fuß der Treppe und rief so laut, dass seine Stimme in der verstaubten Leere des riesigen Hauses widerhallte. Keine Antwort.

Die Ironie der Situation blieb Jonah nicht verborgen. Jede Woche, wenn er die Einkäufe für seinen Vater erledigte, versuchte er, seinen Besuch in Mermaid House in die Zeit zu legen, wo sein Vater in Deaconsbridge war, damit er nicht mit ihm reden musste. Jetzt wollte er mit ihm reden, und es ging nicht.

Wo steckte er?

Vielleicht war er spazieren gegangen. Und wenn er das getan hatte, war es zwecklos, nach ihm zu suchen. Jonah hatte keine Zeit, einen Suchtrupp zusammenzustellen. Er würde ein andermal wiederkommen müssen.

Zu seiner Schande war er erleichtert, als er zur Hintertür zurückging, weil er das, worum Caspar ihn gebeten hatte, vorerst doch nicht tun musste.

Er griff gerade nach seinem eigenen Schlüssel, um die Tür abzuschließen – Gabriel sollte sie wirklich nicht offen lassen –, als ihm der Gedanke kam, dass sein Vater vielleicht vergessen hatte, einen Schlüssel mitzunehmen.

Draußen in der angenehm warmen Sonne biss Jonah noch einmal in den Apfel, blickte auf die Uhr und beschloss, dass die Zeit noch reichte, um sich um den abgefahrenen Reifen des Landrover zu kümmern. Doch als er sich den Ersatzreifen ansah, stellte er fest, dass dieser in einem noch schlimmeren Zustand war.

Manchmal war Gabriel Liberty einfach nicht zu helfen.

7

Vier Tage waren vergangen, seit Stella ihn verlassen hatte, und obgleich die Trennung Archie nicht vollkommen unerwartet traf, war er doch überrascht über die Art, wie sie vorgegangen war. Stella hatte sich wie ein Feigling davongeschlichen, und das hätte er von ihr nicht erwartet.

Ihre Nachricht war kurz und unverblümt gewesen. Anscheinend war die Affäre, die er als beendet betrachtet hatte, wieder aufgeblüht, und Stella hatte endlich eine Entscheidung getroffen, wem ihre Zukunft gehörte. Und sie gehörte nicht Archie, dem Mann, mit dem sie seit sechsundzwanzig Jahren verheiratet war und der es nicht geschafft hatte, ihr die Kinder zu schenken, die sie sich immer gewünscht hatte.

Nachdem er den Blinker gesetzt hatte, bog er in einer scharfen Kurve von der Hauptstraße ab und fuhr auf den Parkplatz des Krankenhauses. Er war wütend. Immer war Stella diejenige, die den Schmerz über ihre Kinderlosigkeit gepachtet hatte. Und er? Warum hatte nie jemand nach seinen Gefühlen gefragt? Schließlich musste er mit dem Wissen leben, dass er nicht Manns genug war, um Vater zu werden. Er musste die Sticheleien über sich ergehen lassen, als Stellas Enttäuschung in Verbitterung umschlug. Auch er hatte sich Kinder gewünscht, aber niemand war auf die Idee gekommen, dass er ebenso unter dieser Unvollständigkeit in ihrer Ehe leiden könnte.

Seine Mutter, die neben ihm saß, kämpfte mit ihrem Sicherheitsgurt. »Warte, Liebes«, sagte er. »Ich helfe dir.« Er drückte auf den roten Knopf und löste den Gurt.

Sie rückte ihren Hut zurecht und lächelte ihn an. »Bin so weit.«

»Schön.« Er erwiderte das Lächeln.

Sie hatte sich extra fein gemacht. Die Fahrt zur Logopädin war für sie ein besonderes Ereignis. Archie hatte als Modeberater herhalten müssen. »Rosa oder Schweiß?«, hatte sie gefragt und ihm zwei Kleider hingehalten, während er, seine Cornflakes essend, auf der Bettkante saß.

»Rosa, auf jeden Fall«, erwiderte er, bemüht, entschlossen zu klingen. Wenn er auch nur das geringste Zögern erkennen ließ, würden sie vor Sonnenuntergang nicht aus dem Haus kommen.

Es schien zu funktionieren. Sie stellte sich vor den großen Spiegel und hielt sich das Kleid vor den Körper. Dann ließ sie es sinken und sagte: »Oder vielleicht das ... das ... das ...« Sie kniff die Augen zu, spitzte die Lippen, und ganz in ihrem Hinterkopf, wo irgendein Witzbold für sie die Sprache neu mischte, fand sie das Wort. »Oder das flaue?«

Archie musste vorsichtig sein. Wenn er das Falsche sagte, würde der begrenzte Vorrat an guten Wörtern, der ihr heute Morgen zur Verfügung stand, auf ein Nichts zusammenschrumpfen. Nach gründlicher Überlegung fuhr er mit dem Löffel durch die Luft und verkündete: »Nein, ich glaube, das rosafarbene ist am passendsten. Wie Liz Taylor in ihren besten Zeiten. Soll ich dir helfen?«

Jetzt half er ihr, im Wartezimmer des Krankenhauses Platz zu nehmen, und er spürte die schwere Müdigkeit in ihrem Körper. Die wenigen Schritte vom Parkplatz hierher hatten fast ihre ganze Kraft aufgebraucht. Doch das minderte in keiner Weise ihren Drang, den großen Ausflug zu genießen. Sie lächelte der Frau ihr gegenüber zu, die ebenfalls aussah, als hätte sie ihr bestes Ausgehkleid an. Allerdings hatte sie es mit dem Make-up übertrieben, und der rote Lippenstift passte nicht zu den violetten Rüschen am Kragen. Der Mann neben ihr, vermutlich ihr Ehemann, sah todmüde aus, und Archie fragte sich, zu welcher unchristlichen Stunde die beiden wohl aufgestanden waren, um pünktlich zu ihrem Termin zu erscheinen.

Doch die Frau reagierte nicht auf das freundliche Lächeln seiner Mutter. Enttäuscht wandte sich Bessie zu Archie um und sagte mit einer Stimme, die eigentlich ein Flüstern sein sollte, dies aber um mehrere Dezibel überstieg: »Eingesülzte Kuh.«

Er bemühte sich, nicht zu lachen, und kämpfte immer noch mit dem Lachreiz, als Bessie an der Reihe war und zu der jungen Frau hineinging, die ihr mit viel Geduld wieder das Sprechen beibrachte. Obwohl er sich angesichts eines so herrlichen Ausdrucks wie »eingesülzte Kuh« – der so viel treffender war als »eingebildete Kuh« – fragte, ob es nicht unterhaltsamer wäre, dem Rest der Welt beizubringen, wie Bessie zu sprechen. Er überließ sie ihren Sprechübungen und Bildkarten und machte sich auf die Suche nach einem glühend heißen Tee mit Styroporgeschmack, der ihm die oberste Hautschicht vom Gaumen lösen würde.

Der Automat stand in einem hellen, luftigen Raum, an dessen kahlen weißen Wänden Kunstwerke der örtlichen Gesamtschule aufgehängt waren. Dieser moderne Anbau, der im vergangenen Jahr von einem hier ansässigen Seifenopern-Star eröffnet worden war, hatte ein atriumähnliches Dach, und man hatte eher das Gefühl, in einem Luxushotel zu stehen als in einem Krankenhaus. Obwohl Archie selbst keinerlei Erfahrungen mit Luxushotels hatte. Das einzige Mal, dass er in einem etwas gehobeneren Hotel genächtigt hatte, war zu seinem und Stellas vierundzwanzigsten Hochzeitstag gewesen. Er hatte es als Überraschung geplant. Er hatte so getan, als hätte er den Jahrestag vergessen, und ihr dann an dem Morgen, als sie sich für die Arbeit fertig machte, die Zugtickets nach London und die Eintrittskarten für eine Show präsentiert.

Doch es war nicht so gelaufen, wie er es sich vorgestellt hatte. Stella war schlecht gelaunt und distanziert gewesen und hatte an fast allem etwas auszusetzen gehabt: Der Zug brauchte zu lange, das Hotel war zu klein, das Essen zu teuer und die Show zu laut. Auf der Rückfahrt fragte er sich, ob ihr alles gefallen hätte, wenn sie mit einem anderen Mann dort gewesen wäre. Archie behielt den Gedanken für sich, doch er erfuhr die Antwort wenig später. Er fand Briefe und ein paar Fotos. Er hatte nicht herumgeschnüffelt, Stella hatte sie in einer Schublade deponiert, ohne den geringsten Versuch, sie zu verbergen. Es war, als hätte sie sie absichtlich dorthin gelegt, damit er darüber stolperte. Falls sie auf eine Auseinandersetzung hoffte, so enttäuschte er sie. Archie tat so, als wäre nichts geschehen, und redete sich ein, wenn er es ignorierte, würde sie sicher bald genug haben, und dann würde alles wieder in Ordnung kommen. Jede Menge Ehen durchlebten solche Phasen, man musste nur durchhalten. Nach einer Weile war er überzeugt, dass er das Richtige getan hatte. Sie dachte sich keine Gründe mehr aus, warum sie abends später kommen würde, es gab keine plötzlichen Reisen zu ihrer Schwester mehr, und es war Schluss mit den Anrufen, bei denen niemand antwortete, wenn er den Hörer abnahm. Es schien ihr jedoch eher schlechter zu gehen – sie weinte oft oder war grundlos wütend. Beinahe hatte Archie Mitleid mit ihr. Wahrscheinlich hatte ihr Liebhaber beschlossen, das Verhältnis zu beenden. Vielleicht war er ebenfalls verheiratet und wollte seine Ehe nicht aufs Spiel setzen.

Selbstquälerisch verbrachte er viel zu viel Zeit damit, sich diesen unbekannten Mann vorzustellen. War er jünger als Archie? Attraktiver? Witziger? Intelligenter? War er reich?

Im Nachhinein war ihm klar, dass er ein Feigling gewesen war. Anstatt stundenlang über ihren Liebhaber nachzudenken, hätte er mit Stella reden sollen, sich bemühen sollen zu verstehen, was er falsch gemacht hatte.

Doch dafür war es nun zu spät. Jetzt nutzte auch das beste Gespräch nichts mehr. Sie war gegangen, zweifellos zu diesem vollkommenen Mann, der sie verstand. Und der keine … keine alternde Mutter hatte, um die er sich kümmern musste.

Archie trank seinen letzten Schluck Tee, und plötzlich überkam ihn Mutlosigkeit.

Wie sollte er ganz allein den Laden führen und sich um Bessie kümmern? Im Moment ging es ihr relativ gut, aber ihm war klar, dass sie bald jemanden brauchen würde, der rund um die Uhr für sie da war. Er zerdrückte den leeren Becher, warf ihn in den nächsten Mülleimer und verfluchte sich dafür, dass er Stella so ausgenutzt hatte. Froh, seine Mutter versorgt zu wissen, hatte er sich darauf verlassen, dass Stella, die nur halbtags arbeitete, nachmittags zu Hause blieb. Es geschah ihm ganz recht, dass sie ihn verlassen hatte. Er hatte ihr selbst den letzten Anstoß dazu gegeben.

Da ihm noch zehn Minuten blieben, bis seine Mutter fertig war, ging er ein wenig spazieren. Gerade als er an zwei hübschen Krankenschwestern vorbeikam, die sich über eine Party am Abend zuvor unterhielten, erblickte er ein bekanntes Gesicht. Es war der nette indische Arzt aus der Praxis in der Stadt, der so gut mit Bessie umgehen konnte. Er war freundlich, aber nicht übertrieben vertraulich, und das gefiel ihr. Sie sagte immer, wenn man sich schon für einen Arzt ausziehen musste, sollte er wenigstens wegsehen, und Dr. Singh war ihr gegenüber ausgesucht höflich und zuvorkommend.

Archie ging zu ihm, um hallo zu sagen. »Na, auf Patientensuche, Dr. Singh?«

»Ah, Mr Merryman, schön, Sie zu sehen! Sind Sie mit Ihrer Mutter hier?«

»Ja, sie ist bei der Logopädin. Es geht sehr langsam voran.«

»Nur Geduld, Mr Merryman, sie wird es schon schaffen. Denken Sie an das, was ich Ihnen gesagt habe: Es gibt ein Leben nach dem Schlaganfall, solange jeder der Betroffenen mithilft. Das Wichtigste ist, dass Sie die Hoffnung nicht aufgeben.«

»Ich weiß. An manchen Tagen läuft es recht gut, aber an anderen verstehe ich kein Wort von dem, was sie sagt. Was bringt Sie denn hierher?«

»Ein Akt der Barmherzigkeit. Und da kommt er auch schon.«

Ein großer Mann mit einer gewaltigen grauen Mähne kam auf sie zu. Ein weißer Verband verbarg das eine Auge, nicht jedoch den finsteren Ausdruck, der auf seinem Gesicht lag. »Stundenlang hocke ich in diesem verdammten Kasten, und alles nur, weil Sie Ihre Nase überall reinstecken müssen!«

Ohne sich aus der Ruhe bringen zu lassen, fragte Dr. Singh mit vollendeter Höflichkeit: »Mr Merryman, kennen Sie Mr Liberty?«

»Äh … nein.« Archie streckte die Hand aus. »Sehr erfreut, Ihre Bekanntschaft zu machen, Mr Liberty«, sagte er freundlich. Doch der ältere Mann machte keinerlei Anstalten, ihm die Hand zu geben. »Nun, ich sollte jetzt wohl besser zurückgehen. Bessie wundert sich bestimmt schon, wo ich bleibe.«

Im Gehen hörte er noch: »Die reinste Zeitverschwendung.

Ein paar Augentropfen hätten völlig ausgereicht, genau wie ich's Ihnen gesagt hatte!«

»Na, umso besser, Mr Liberty!«

Nachdem Archie kurz im Laden vorbeigeschaut und sich vergewissert hatte, dass Samson allein zurechtkam, ging er mit Bessie zum Nachmittagstee ins Mermaid Café. Eine kleine Leckerei, um dem Tag einen schönen Ausklang zu geben.

»Das sollten wir öfter tun«, sagte er, nachdem Shirley sie mit ihrer gewohnten Herzlichkeit bedient hatte. Eine richtig Nette, diese Shirley. Nichts schien ihr die Laune verderben zu können, nicht einmal das Scheitern ihrer Ehe vor ein paar Jahren. Archie schenkte seiner Mutter eine Tasse Tee ein und griff dann nach den Scones. Er schnitt sie auf, strich einen Klecks Marmelade darauf und krönte sie mit einem Löffel Sahne, doch als er ihr das Gebäck reichte, sank ihm das Herz. Ihre gequälte Miene sagte ihm, dass er zu weit gegangen war. Er hatte sie wie eine hilflose Invalidin behandelt und ihr die Würde genommen. »Entschuldige bitte«, murmelte er, entsetzt über seine Gedankenlosigkeit. »Möchtest du es lieber selbst machen?«

Sie schüttelte den Kopf. »Mir geht es gut«, sagte sie leise. »Ich bin nicht krank, Archie.«

»Natürlich nicht«, besänftigte er sie. »Dir geht es prima. Aber jetzt sag doch mal, wie es bei der Sprachtherapeutin war. Hat sie dir was über die eingesülzte Kuh mit dem knalligen Lippenstift erzählt?«

Sie zog die Brauen zusammen, wie sie es früher immer getan hatte, wenn sie ihn als Kind zurechtwies. »Ernst«, sagte sie und zeigte mit dem Finger auf ihn. »Keine Rügen. Sag mir die Wahrheit wegen Stella.«

»Welche Wahrheit?«

»Warum?«

Er wusste, wonach sie fragte, aber er wollte nicht darüber sprechen. Noch nicht.

Nachdem er Stellas Abschiedsbrief gelesen hatte, hatte er ihn in seine Tasche geschoben und war in die Küche gegangen, um das Abendessen zuzubereiten. Ein paar Minuten später erschien Bessie im Türrahmen und tat ihm zuliebe so, als sei nichts Ungewöhnliches geschehen. Als er sie abends zu Bett brachte, dachte er sich eine Geschichte aus, mit der sie sich zufrieden zu geben schien.

Doch nun, vier Tage später, wollte sie wissen, was los war.

»Warum?«, fragte sie erneut.

»Stella hat mich verlassen, Liebes«, sagte er. »Sie kommt nicht zurück. Ich habe gelogen, als ich sagte, sie sei für ein paar Tage zu ihrer Schwester nach Nottingham gefahren.«

Ausnahmsweise war Archie dankbar, dass die Sprachfähigkeiten seiner Mutter so beschränkt waren. Lange saßen sie in betretenem Schweigen da, die Augen niedergeschlagen und ganz auf ihre Scones konzentriert. Dann hörte er, wie sie fragte: »Ist es wegen mir? Sie dich wegen mir verlassen?«

Er blickte auf und sah, dass sich die Augen seiner Mutter mit Tränen gefüllt hatten. Ihre eine Hand hatte zu zittern begonnen, und rund um ihren Teller lagen Krümel. Sein Herz zog sich vor Mitleid zusammen. »Nein, Liebes. Sie hat mich nicht deinetwegen verlassen. Es war meine Schuld. Ich hätte ein besserer Ehemann sein sollen.«

Er musste sich abwenden, weil er genau wusste, was sie dachte: dass sie für ihn zu einer Last geworden war und seine Ehe ruiniert hatte. Doch das stimmte nicht.

8

Als das Telefon klingelte, stand Jonah gerade auf der obersten Sprosse der Leiter. Er wusste sofort, wer es war. Caspar war der einzige Mensch, der es fertig brachte, das Telefon auf drohende Weise klingeln zu lassen, und er suchte sich stets den unpassendsten Moment dafür aus.

Jonah schob sich den Pinsel zwischen die Zähne, griff nach dem Farbtopf und kletterte hinunter. Es dauerte noch eine Weile, bis er das Telefon unter der Schutzfolie neben dem Bett gefunden hatte, und er sah förmlich vor sich, wie sein Bruder am anderen Ende der Leitung mit den Zähnen knirschte. Nur um ihn zu ärgern, ließ er es noch dreimal klingeln, bevor er abnahm.

»Begleitservice Liberty, was kann ich für Sie tun?«

»Sehr witzig, Jonah. Könntest du dich vielleicht wie ein Erwachsener benehmen anstatt wie einer von den Rotzlöffeln, die du unterrichtest? Wie ist es gelaufen? Was hat der Alte gesagt?«

»Gar nichts.«

»Das kann ich mir kaum vorstellen.«

»Nicht ein Wort.«

Kurzes Schweigen.

»Oh, ich weiß, was passiert ist – du warst gar nicht bei ihm, stimmt's? Du hast den Schwanz eingekniffen, genau wie ich's mir gedacht habe. Du warst schon immer ein Feigling.« Caspars Stimme war kalt.

»Warum sprichst du nicht selbst mit ihm?«, fragte Jonah ruhig. »Schließlich war es deine Idee.«

»Ach, komm, das hatten wir doch alles schon. Du bist mittlerweile der Einzige, der vernünftig mit ihm reden kann. Auf dich hört er.«

Genervt fuhr sich Jonah mit der Hand durchs Haar. Zu spät bemerkte er, dass die Handfläche mit Windsor-Blau beschmiert war. Er wandte sich um, sodass er in den Spiegel über der Kommode schauen konnte, und sah, dass sein lockiges dunkles Haar – der Fluch seiner Kinderjahre – jetzt mit einem blauen Streifen verziert war. Immer noch besser als gelb, dachte er mit einem spöttischen Lächeln.

»Jonah? Bist du noch dran?«

»Leider ja. Und ich weiß nicht, wie du darauf kommst, dass es mir in irgendeiner Weise besser ergeht als dir und Damson.«

Ein lautes Schnauben sagte Jonah, dass er seinen Bruder schnell auf ein anderes Thema bringen sollte, weil er sonst wieder einmal die Tirade vom armen, von allen verstoßenen Caspar Liberty über sich ergehen lassen musste. »Ich bin heute Morgen zu ihm gefahren, aber er war nicht da.«

»Warum bist du dann nicht noch mal nach der Arbeit hingefahren?«

»Du wirst es nicht glauben, aber wenn ich nicht gerade die Dreckarbeit für dich erledige, habe ich auch noch so was wie ein Privatleben.«

»Aber du bist so geschickt im Aufstöbern und Apportieren, Bruderherz! An wen soll ich mich in unserer zersplitterten Familie denn sonst wenden?«

»Was du brauchst, Caspar«, sagte Jonah, »ist keine Familie, sondern ein Bataillon von Lakaien. Gibt es sonst noch was? Ich bin nämlich gerade dabei zu streichen und würde gern damit weitermachen.«

»Gute Güte, warum bestehst du nur darauf, wie ein Bauer zu leben? Besorg dir einen echten Bauern, der das für dich erledigt.«

»Caspar, gibt es sonst noch was?«

»Ja. Sprich mit Dad, so bald es geht. Je länger du es vor dir herschiebst, desto länger ... ach, vergiss es, mach's einfach.«

Jonah stieg wieder auf die Leiter und strich weiter an seiner Schlafzimmerdecke. Wenn je ein Kind die traute Zweisamkeit seiner Zwillingsgeschwister erschüttert hatte, dann war er es:

Caspar und Damson hatten ihn nie vergessen lassen, dass seine Geburt den Tod ihrer Mutter herbeigeführt hatte. Als Kinder waren sie hinterlistig und verschlagen gewesen, hatten Spaß daran gehabt, ihn als Sündenbock hinzustellen und dann zuzusehen, wie er bestraft wurde. Wenn etwas vermisst wurde, konnte man seinen letzten Penny darauf verwetten, dass es in seinem Zimmer gefunden wurde, ganz hinten im Schrank versteckt. Und wenn etwas kaputtging, konnte man sicher sein, dass Jonah direkt neben der zersplitterten Fensterscheibe oder der heruntergefallenen Vase stand, wenn es entdeckt wurde.

Ihre gemeinen Intrigen funktionierten jedes Mal. Sie taten so, als hätten sie beschlossen, ihn in ihren erlauchten Kreis aufzunehmen, und er – dumm, wie er war, und voller Sehnsucht, endlich akzeptiert zu werden – ließ sich willig auf jede Mutprobe ein, die sie ihm auferlegten. Immer wieder fiel er mit Pauken und Trompeten darauf herein. Er war der perfekte Hanswurst, der verzweifelt um die Anerkennung seiner Geschwister buhlte, während sie nur verächtlich auf ihn herabsahen – sie, die geheimnisvollen, allmächtigen Zwillinge, die in ihrem eigenen Universum lebten, zu dem er so gern gehören wollte.

Das war, bevor er begann, sich vor ihnen zu fürchten.

Einmal, als sie gesagt hatten, er dürfe bei ihrem neuesten Spiel mitmachen, hatten sie ihm die Augen verbunden und ihn in kaltes Wasser geworfen. Er war erst sechs Jahre alt gewesen, und sie hatten gesagt, er brauche bloß zur anderen Seite des Flusses hinüberzuschwimmen. Es hatte die ganze Woche davor geregnet, und das Wasser stand höher als sonst. Die mächtige Strömung, die hügelabwärts rauschte, riss ihn sofort mit. Lachend liefen sie am Ufer neben ihm her, und erst als er sich den Kopf an einem Stein stieß und zu schreien begann, fischten sie ihn heraus. Sie schüttelten ihn grob, zerrten an seinen Haaren, verpassten ihm Ohrfeigen, damit er nicht ohnmächtig wurde, und schleiften ihn zurück zum Haus. »Wir haben ihn unten am Fluss gefunden«, erklärte Caspar Val, »wo er mal wieder Blödsinn gemacht hat. Zum Glück kamen wir gerade vorbei, sonst wäre er womöglich gestorben.«

Caspar war der überzeugendste Lügner, den Jonah je gesehen hatte, damals wie heute.

Mit neun Jahren war er klüger geworden, ging seinem Bruder und seiner Schwester aus dem Weg und zog sich in sein Zimmer zurück. Doch sobald sie eine Gelegenheit fanden, trieben sie ihre Spielchen mit ihm. Spät am Abend, wenn er schon schlief, schlichen sie sich in sein Zimmer und stahlen seine Schätze – Briefmarken, Comics, Bücher, Taschengeld. Nach und nach jedoch lernte er, sie auszutricksen oder ihnen zuvorzukommen. Er entdeckte, dass er klüger war als sie, und als er elf war, verbrachte er mehr Zeit in der Bibliothek seines Vaters als irgendwo sonst. Und er entdeckte auch, dass es sehr viel lohnender war, die Anerkennung und den Respekt seines Vaters zu erlangen, als von Caspar und Damson akzeptiert zu werden.

Bis dahin war Gabriel in seinem Leben nicht mehr als ein gelegentlicher Besucher gewesen, immer in geschäftlichen Angelegenheiten unterwegs, vollkommen mit seinen eigenen Dingen beschäftigt, ein Autokrat. Doch als Jonah Interesse an den Büchern bekundete, die Gabriel im Laufe der Jahre gesammelt hatte, hätten die beiden fast zueinander gefunden.

Aus Eifersucht verschärften die Zwillinge ihre hinterhältige Kampagne noch, doch bald saßen die beiden bis zum Hals in der Tinte. Eines späten Abends überraschte Gabriel sie in der Bibliothek dabei, wie sie eine seiner wertvollsten Erstausgaben verschandelten. Ihr Plan war nach hinten losgegangen. Sie bekamen einen Monat Hausarrest, ihr Taschengeld wurde gestrichen, ihre gemeinsame Geburtstagsfeier abgesagt, und Val kommandierte sie ab, um den Dachboden aufzuräumen. An diesem Punkt begann Val zu zweifeln, ob Jonah all die Missetaten, die ihm zur Last gelegt worden waren, wirklich begangen hatte. Doch die Angelegenheit wurde nie im Familienkreis besprochen, das wäre viel zu offen und kommunikativ gewesen. Stattdessen wurde sie unter den Teppich gekehrt, und alle taten so, als wäre nichts geschehen.

Bei einer Gelegenheit, im Alter von dreizehn Jahren, hatte Jonah vollkommen untypisch reagiert. Es war nur ein einziges Mal passiert, aber es war ein so schockierender Akt der Gewalt, dass die Erinnerung daran ihn noch heute zusammenzucken ließ. Er war in der Schule gewesen, und der Klassentyrann hatte ihn einmal zu oft gepiesackt: Er hatte Jonah den Füllhalter weggenommen, den Val ihm zu Weihnachten geschenkt hatte. Wutentbrannt stürzte sich Jonah auf den Jungen, warf ihn zu Boden und schlug erbarmungslos auf ihn ein. Da der Lehrer gerade nicht im Raum war, standen alle auf und sahen staunend zu, wie der stille Streber den Tyrannen, der für Jonah zu einer Verschmelzung von Caspar und Damson geworden war, windelweich prügelte. Obwohl seine Klassenkameraden ihn als Helden feierten, fand der Direktor sein Verhalten alles andere als lobenswert. Jonah bekam einen Satz Stockschläge und musste einen fünfseitigen Aufsatz schreiben. Das Thema lautete: »Welche Verhaltensweise bietet dem Menschen die größeren Überlebenschancen, Pazifismus oder Gewalt?« Ironischerweise war der Aufsatz so gut, dass er am Ende des Schuljahrs dafür sogar eine Auszeichnung bekam.

Während Jonah eine alles andere als gute Meinung von seinem Bruder und seiner Schwester hatte, schätzten die beiden einander über alle Maßen. In Caspars Augen konnte Damson nichts falsch machen, doch soweit Jonah es sah, hatte sie den größten Teil ihres Erwachsenenlebens damit zugebracht, sich von einem Vergnügen ins andere zu stürzen, unterbrochen von Phasen, in denen sie sich völlig in sich selbst zurückzog. Sie war die Einzige von ihnen, die geheiratet hatte. Sie war auch die Einzige, die sich hatte scheiden lassen, und zwar zweimal und mit beträchtlichem Gewinn. Momentan hatte sie gerade ihre »Zentrierungsphase« und lebte voller Frieden und Harmonie in einer Kommune in Northumberland, die sie auf der selbst gebastelten Weihnachtskarte an Jonah als ein Zentrum für Selbsttherapie bezeichnet hatte.

Diese neueste Suche nach dem inneren Selbst war nur eine in einer langen Reihe, und zweifellos würde sie sich danach wieder in den hedonistischen Lebenswandel stürzen, den sie in der übrigen Zeit pflegte – Männer, Partys, Shopping und was sie sonst angeblich glücklich machte.

Jonah glaubte nicht, dass sie jemals wirklich glücklich gewesen war.

Um Punkt Mitternacht beschloss Jonah, dass es für heute genug war. Es war praktisch, direkt neben einer Kirche zu wohnen: Dank des Glockenschlags zur vollen und halben Stunde verlor man nie das Gefühl für die Zeit.

Er war im vergangenen August in Church Cottage eingezogen, als er zurückgekehrt war, um die Stelle als Fachleiter für Geschichte an der Dick High anzutreten. Davor hatte er »jenseits der Grenze«, wie die Alteingesessenen es nannten, im benachbarten Cheshire gelebt. Jonah hatte Lust auf eine Veränderung gehabt und war seinem Instinkt gefolgt, als er die Stellenausschreibung sah. Nun, da sein Vater allein lebte und es wenig wahrscheinlich war, dass Caspar und Damson ihm ihre Hilfe im Haus anbieten würden, hatte Jonah es für die richtige Entscheidung gehalten.

Und das Haus war auch der Grund für Caspars Drängen, dass Jonah mit Gabriel sprechen sollte. Caspar konnte es verbrämen, wie er wollte, Jonah wusste genau, dass er sich keinen Deut um das Wohlergehen ihres Vaters sorgte. Das Einzige, was ihn interessierte, war, das Kapital in die Finger zu bekommen, das der Verkauf von Mermaid House einbringen würde. Jonah hatte keine Ahnung, was Caspar mit dem Geld anstellte, das er verdiente – er besaß eines der exklusivsten Autohäuser im Süden Manchesters und zog den Leuten das Geld wohl nur so aus der Tasche –, aber wie viel es auch sein mochte, offenbar war es nicht genug. Jonah hatte es gewagt nachzufragen, als Caspar andeutete, er könne das Geld aus dem Verkauf gut brauchen, hatte jedoch klipp und klar gesagt bekommen, er solle seine Nase nicht in Dinge stecken, von denen er nichts verstehe. »Geld ist wohl kaum dein Fachgebiet, Jonah, also halte dich da raus! Überzeug den alten Trottel einfach, dass er in etwas Kleineres umziehen soll, dann geht's uns allen besser.«

Vieles von dem, was Caspar gesagt hatte, stimmte. Jonah war kein Finanzgenie, und ihr Vater hatte ein Alter erreicht, in dem es ihm vermutlich besser ging, wenn er in einem Haus wohnte, das höchstens ein Zehntel der Größe von Mermaid House hatte. Seit Vals Tod war Jonah zu der gleichen Ansicht gelangt, doch er hatte nie den richtigen Zeitpunkt und den Mut gefunden, Gabriel darauf anzusprechen, zumal er wusste, wie verlogen und geldgierig es für ihren Vater klingen mochte. Doch es ärgerte ihn, dass Caspar zu dem gleichen Schluss gekommen war, wenn auch aus anderen Gründen.

Was sein Bruder jedoch nicht wusste, war, dass Jonah vorhatte, den Vater – sofern er ihm überhaupt zuhörte – davon zu überzeugen, im Falle des Verkaufs von Mermaid House keinen einzigen Penny an seine Kinder weiterzuleiten, auch wenn sie damit die Erbschaftssteuer umgehen konnten – was natürlich genau Caspars Argument dafür war, bereits jetzt zu verkaufen.

Caspar würde auch in eine Dritte-Welt-Katastrophe investieren, wenn er glaubte, ungestraft davonzukommen. Und im Laufe der Jahre hatte es eine Menge Dinge gegeben, mit denen Caspar ungestraft davongekommen war. So wie er Jonah als Kind bestohlen hatte, hatte er sich auch als Erwachsener alles genommen, was ihm gefiel. Bisher hatte Jonah zwei Freundinnen und eine Verlobte an seinen Bruder verloren.

Gut, das mit den Freundinnen war in seiner Jugend gewesen, aber die Sache mit Emily war etwas ganz anderes, und er wusste nicht, ob er Caspar je verzeihen würde, was er getan hatte.

Während er unten in der Küche den Pinsel mit Spülmittel auswusch, fragte er sich, ob eine Familie, die so bitter zerstritten war wie seine, wohl jemals wieder versöhnt werden konnte.

9

Mit Neds Unterstützung und mit Hilfe einer einfachen Vorrichtung rollte Clara den Frischwasserbehälter wie einen Rasenmäher über das taufeuchte Gras des Happy-Dell-Campingplatzes hinüber zu Winnie. Das war eines der vielen Dinge, die Clara am Reisen im Wohnmobil genoss: die Unmenge an erstaunlich cleveren Erfindungen, die einem das Leben ein wenig leichter machten.

Es war ihr vierter Tag unterwegs, und Clara und Ned fühlten sich bereits wie alte Hasen. Sie kannten sich perfekt mit den Feinheiten ihrer Einbautoilette aus, bauten die Essbank mit der Geschwindigkeit und Geschicklichkeit einer Formel-1-Boxencrew in ein Doppelbett um, brutzelten auf dem Zweiflammenherd im Handumdrehen köstliche Mahlzeiten zusammen, und was vielleicht noch wichtiger war, sie taten all dies, ohne ein einziges Mal das Gefühl zu haben, sich gegenseitig im Weg zu stehen. Es war unglaublich, wie schnell sie sich an dieses Leben im Miniaturformat gewöhnt hatten. Es erinnerte Clara an die Zeit, als sie noch ein kleines Mädchen gewesen war und unablässig mit dem Puppenhaus gespielt hatte, das ihr Vater für sie gebastelt hatte. Sie war fasziniert gewesen von der winzigen Welt, und genauso ging es ihr jetzt mit Winnie. Alles war so ausgeklügelt entworfen und entsprach ihrem logischen Denken und ihrer Ordnungsliebe. Als Kind war sie geradezu übertrieben ordentlich gewesen: Ihre Sandkuchen waren immer mit größter Sorgfalt zubereitet, ihr Zimmer ordentlicher als jedes andere im Haus, ihre Hausaufgaben in Schönschrift verfasst und stets pünktlich fertig, und ihre Freizeitbeschäftigungen genauestens geplant nach den Aspekten wann, wo, wie und mit wem. Und wehe, wenn irgendjemand diese sorgfältig aufgebaute Struktur durcheinander brachte! Als sie zehn war, hatte sie Stunden damit zugebracht, Querschnitte von Häusern zu zeichnen, jeden Raum mit sämtlichen Einzelheiten, und die Leute hatten scherzend gesagt, sie würde später sicher Architektin oder Innenarchitektin werden. Als sie ihr Repertoire ausweitete und auch die Straßen zeichnete, an denen die Häuser standen, und schließlich sogar ganze Dörfer und Gemeinden voller harmonischer Symmetrie, legten sie ihr Stadtplanung nahe. Ihr Bruder behauptete, sie sei ein Kontrollfreak.

Doch Winnie entsprach nicht nur Claras Wunsch nach wohl geordneter Praktikabilität, sondern auch Ned liebte sein neues Zuhause, vor allem sein Bett über der Fahrerkabine. Er lag gern dort oben mit Mermy und seiner großen Schar von Kuscheltieren, denen er aus seinen Lieblingsbilderbüchern »vorlas«, und Clara war erleichtert, dass er bisher offenbar nichts von dem vermisste, was er zurückgelassen hatte. Doch wie Louise ihr sofort unter die Nase reiben würde, waren sie ja erst am Anfang ihrer Reise.

So begeistert Ned über sein Hochbett war, hatte dieses Arrangement auch einen Nachteil, der sich in der ersten Nacht bemerkbar gemacht hatte. Um drei Uhr morgens war er wach geworden, weil er zur Toilette musste. Er setzte sich auf, stieß sich dabei den Kopf und schrie auf. Der Lärm riss Clara aus dem Schlaf. Sie brauchte einen Moment, um sich zurechtzufinden, das Licht anzumachen und zu ihm hinaufzuklettern. Sie schob die Vorhänge beiseite, half ihm hinunter und trug ihn zur Toilette. Er war so schläfrig, dass er kaum mitbekam, wie sie ihn wieder ins Bett brachte, und schlief bereits fest, als sie zurück unter ihre Decke kroch.

Aber er war von jeher ein guter Schläfer gewesen, sogar als Baby. Bereits mit zwei Tagen hatte er sich einen wunderbar bequemen Schlaf- und Fütterrhythmus zugelegt, um den ihre Eltern Clara im Nachhinein beneideten. »Warum wart ihr beide damals nicht genauso?«, hatte ihre Mutter gesagt und sich voller Liebe über das Körbchen gebeugt, in dem ihr erster Enkel schlief, die winzigen Hände zu walnussgroßen Fäusten geballt, die Lippen bebend wie Schmetterlingsflügel. »Du und Michael habt mich zu den unmöglichsten Zeiten geweckt und mir nie auch nur eine Minute Frieden gegönnt. Oh, sieh mal, er hat die Augen geöffnet. Meinst du, ich könnte …?«

Clara und ihr Vater hatten sich zugelächelt. »Nur zu, Mum, ich mache uns in der Zwischenzeit einen Tee.«

»Kommt gar nicht in Frage, junge Dame«, hatte ihr Vater gesagt. »*Ich* mache den Tee. Und wenn ich mitkriege, dass du dich auch nur einen Zentimeter von diesem Stuhl fortbewegst, gibt es Ärger.«

»Tu lieber, was er sagt, Clara, du weißt ja, was für ein Tyrann er sein kann.«

Seit Jahren scherzten sie innerhalb der Familie, dass ihr Vater ein Tyrann sei; dabei war er in Wirklichkeit der größte Softie unter der Sonne. Und seinem Enkel gegenüber war er besonders nett und liebevoll. Sobald Ned laufen und sprechen konnte, war Claras Vater zur Höchstform aufgelaufen, hatte ihm vorgelesen, ihm beigebracht, einfache Puzzles zusammenzusetzen, und war mit ihm in den Park gegangen. »Komm, mein kleiner Pumpernickel«, sagte er, zog Ned Mantel und Mütze an und setzte ihn in den Kinderwagen. »Zeit für einen kleinen Ausflug unter Männern. Wir gehen jetzt mal die Enten füttern.«

Clara wusste, dass Neds Vaterlosigkeit der altmodischen Vorstellung ihrer Eltern von einer richtigen Familie widersprach, aber sie freute sich, dass ihr Vater bereit war, die Lücke zu füllen, die der Mann hinterlassen hatte, der niemals Teil von Neds Leben sein konnte. Und ihr Vater machte es genau richtig – ohne je die Grenze zu überschreiten, sorgte er für jenes undefinierbare Extra, für das Clara ihm immer dankbar sein würde.

In den letzten Tagen hatte sie an Ned eine Veränderung bemerkt: Er entwickelte sich rasant zu dem, was ihre Mutter als »richtiger kleiner Mann« bezeichnen würde. Unablässig bestand er darauf, ihr bei allem nur Erdenklichen zu helfen. Am liebsten machte er den Abwasch. Dann stand er, bis zu den Ellbogen im Spülwasser, auf dem kleinen Tritt, der eigentlich zum Ein- und Aussteigen gedacht war. Die Aktion dauerte eine ganze Weile länger, als wenn Clara es selbst erledigt hätte, aber

Neds Begeisterung bereitete ihr so viel Freude, dass sie es nicht über sich brachte, ihn davon abzuhalten. Und was machte es schon aus, wie lange etwas dauerte? Sie hatten schließlich alle Zeit der Welt.

Seit ihrer Abreise am Sonntag hatten sie sich langsam Richtung Norden bewegt. Die erste Nacht hatten sie auf einem Campingplatz in Stratford-upon-Avon verbracht, wo sie am nächsten Tag auf Shakespeares Spuren gewandelt waren und – für Ned wesentlich interessanter – ein Teddybär-Museum besucht hatten. Sie hatten den echten Sooty gesehen, und Clara hatte von ihrem ersten Besuch im Puppentheater erzählt, wo sie ganz vorn gesessen hatte und von Sooty und Sweep mit Wasserpistolen nass gespritzt worden war.

Von Stratford waren sie in die West Midlands gefahren, wo sie Cadbury World und das Museum für Wissenschaft und Industrie in Birmingham besuchten. Ned freute sich wie ein Schneekönig, als ihr Führer ihn aus der Menge auswählte, damit er den Knopf drückte, der die Dampfmaschine in Gang setzte. Noch glücklicher war er, als sie eine Stunde später das Museum mit einem Modell dieser Maschine verließen, und er brachte den Abend in Winnie damit zu, Clara voller Begeisterung zu erklären, wie die Dampfmaschine funktionierte.

Bisher hatten sie immer gemeinsam beschlossen, wohin es am nächsten Tag gehen sollte, während sie gemütlich im Bett lagen und Reiseführer und Karten durchblätterten. Doch ihr nächster Anlaufhafen sollte eine Überraschung für Ned sein, und Clara hoffte, dass es ihm gefallen würde.

Nachdem sie alles ordentlich weggeräumt und bei dem Mann im Büro des Campingplatzes bezahlt hatten, waren sie startklar.

»Anker dichten«, sagte Ned wie jeden Morgen, wenn sie aufbrachen.

Sie lächelte. Sie hatte es aufgegeben, ihm zu erklären, dass es »Anker lichten« hieß. »Anker dichten« klang genauso gut. Die Leute vom benachbarten Stellplatz winkten ihnen zum Abschied nach. Die beiden waren zwei interessante Mittfünfziger, die sich als »Vollzeitcamper« bezeichneten. Sie lebten das ganze Jahr über in ihrem Wohnmobil, dem sie als persönliche Note ihre Namen aufgemalt hatten, Ron an der Fahrertür und Eileen an der Beifahrertür. Am vergangenen Abend, als Ned bereits schlief, hatten sie Clara bei einem Glas Wein ihre Liste mit den zehn schönsten Campingplätzen Großbritanniens gegeben. Die Plätze waren ein wenig abgelegen und nicht in allen Reiseführern verzeichnet, und zu einem von ihnen wollte Clara an diesem Tag fahren. Ron und Eileen hatten ihr auch erzählt, wie sie zu »Vollzeitcampern« geworden waren: Sie hatten ihre sicheren Jobs aufgegeben und die letzten zwei Jahre damit verbracht, im Sommer und frühen Herbst bei der Obsternte zu helfen und über die Wintermonate mit anderen Vollzeitcampern nach Spanien und Tunesien zu fahren.

Als Clara jetzt zum Gruß auf Winnies Hupe drückte, fragte sie sich, was Louise und der Rest der Bande wohl von Ron und Eileen halten würden.

Mit der Karte auf den Knien, den Ellbogen auf den Armlehnen und dem Zeigefinger fest auf dem blauen Streifen, der die Autobahn markierte, über die sie gerade fuhren, sah Ned von Kopf bis Fuß wie ein erfahrener Steuermann aus. Dass die Karte verkehrt herum lag, war nicht weiter dramatisch. Nach Claras Schätzungen hatten sie noch etwa dreißig Meilen Autobahn vor sich, bis sie auf die kleineren Landstraßen abbiegen würden.

»Sollen wir an der nächsten Raststätte anhalten und uns ein bisschen die Beine vertreten?«, fragte sie. Ron und Eileen hatten geraten, so oft wie möglich öffentliche Waschräume zu benutzen, anstatt ihre eigenen Wasservorräte zu verschwenden.

Ned sah von der Karte auf. »Wenn Oma das sagt, sagt Opa immer, er braucht seine Beine nicht zu vertreten, die sind schon krumm genug.«

Clara lächelte. »Das nennt man einen Euphemismus.«

Er versuchte, das Wort nachzusprechen. »*Eu-feh-mis-mus*. Was heißt das?«

»Das ist, wenn wir ein Wort oder einen Ausdruck benutzen, um das, was wir eigentlich sagen wollen, zu umschreiben, damit es höflicher klingt. Was ich also eigentlich fragen wollte, ist, ob du anhalten und zur Toilette gehen möchtest.«

Er dachte darüber nach. »So, wie wenn Oma mich fragt, ob ich mal für kleine Jungs muss?«

»Genau.«

»Eu-feh-mis-mus«, wiederholte er.

Neds Wortschatz war ziemlich groß für sein Alter, was Clara darauf zurückführte, dass er mehr Zeit mit Erwachsenen verbracht hatte als mit Kindern. Weder ihre Eltern noch ihre Freunde hatten je Babysprache mit ihm gesprochen. Sie hatten ihn immer wie einen kleinen Erwachsenen behandelt, und er hatte entsprechend reagiert, wobei er in einem phänomenalen Tempo Informationen aufsog. Bei so viel erwachsener Gesellschaft hatte Clara befürchtet, dass er sich zu einem frühreifen Naseweis entwickeln würde, doch zum Glück sah es nicht danach aus.

Nachdem sie sich euphemistisch die Beine vertreten hatten und für kleine Jungs – beziehungsweise Mädchen – gewesen waren, fädelten sie sich wieder auf der Autobahn ein. Ned nahm sich erneut die Karte, diesmal richtig herum, blickte forschend darauf und fragte, wohin sie fuhren.

Sie lächelte ihn von der Seite an. »So leicht lasse ich mich nicht austricksen. Ich habe dir doch gesagt, es ist eine Überraschung. Warte es ab.«

»Aber Überraschungen sind nicht immer schön.«

»Ich verspreche dir, wenn es dir nicht gefällt, fahren wir einfach woandershin.«

Eine Stunde später, als die M6 bereits ein gutes Stück hinter ihnen lag, nahm Clara in Macclesfield die B5470, und wenig später fuhren sie durch eine sanft geschwungene, üppig grüne Hügellandschaft, die von einem Netz aus Natursteinmauern durchzogen war. Sie war so überrascht, dass sie anhielt, um sich umzusehen. Es war zauberhaft, genau wie Ron und Eileen gesagt hatten. »Wenn wir da oben Arbeit bekommen könnten, würden wir jeden Sommer dort verbringen«, hatte Ron gesagt. »Glauben Sie mir, Sie werden begeistert sein. Da kann man wunderbar wandern.«

Doch es waren nicht die Wanderungen über die Hügel, die Clara in diesen Teil des Peak District gelockt hatten, sondern das, was den Reiseführern zufolge bereits viktorianische Ausflügler aus den benachbarten Industriestädten und -dörfern angezogen hatte: die Gelegenheit, eine Meerjungfrau zu sehen. Keine echte natürlich, sondern eine unterirdische Höhle, in der es angeblich einen Felsen gab, der genauso aussah wie eine Meerjungfrau und jedem, der bereit war, seine Finger in das klare, stille Wasser des umgebenden kleinen Sees zu tauchen, einen Wunsch erfüllte. In Anbetracht von Neds Liebe zu Mermy – die er gerade in der Hand hielt – würde das für ihn vermutlich wie die Erfüllung eines Traumes sein.

Als sie weiterfuhren, wurde die Straße steiler, die Besiedlung spärlicher und die Landschaft, die sich unter dem Bilderbuchhimmel mit den kleinen Wolkentupfen erstreckte, noch atemberaubender. Unvermittelt, sodass Clara zusammenzuckte, wies Ned mit Mermy auf das Fenster zu seiner Linken und rief: »Guck mal, Mami, da auf den grünen Bergen sind lauter Schafe!«

»Das da sind keine Berge, sondern Hügel, Ned.«

»Auch der große da drüben?«

Clara lächelte. »Das ist nur ein kleiner Kohlkopf. Vielleicht fahren wir später auf unserer Reise nach Schottland und schauen uns ein paar richtige Berge an.«

»Hier gefällt's mir. Ist das meine Überraschung?«

»Noch nicht ganz. Jetzt muss ich mich aber auf die Straße konzentrieren. Ich suche nach einem Schild mit der Aufschrift Deaconsbridge. Sag Bescheid, wenn du irgendwas mit einem großen D siehst.«

Die Straße stieg immer weiter an, bis sie auf der Kuppe eines Hügels ankamen. Clara schaltete in einen niedrigeren Gang und rollte langsam auf der anderen Seite wieder hinunter, wobei sie in den engen Kurven besonders Acht gab.

Der erste Blick, den sie von Deaconsbridge erhaschten, zeigte ihnen eine kleine Stadt, die sich in die flache Senke eines Tals schmiegte. Aus der Ferne sah es nach einer gemilderten Variante von Industriegrau aus, mit etlichen Reihenhäusern, die bis an die Hänge gebaut waren. Ihre Gleichförmigkeit wurde hier und da von alten Mühlen und stattlichen Schornsteinen unterbrochen. An der einen Seite des Ortes stand eine Kirche, umgeben von einem Friedhof, dessen Grabsteine in die Weite des Moores dahinter zu treiben schienen. Für eine letzte Ruhestätte fand Clara die Anlage ziemlich spektakulär.

Eine Schlange ungeduldiger Autofahrer im Gefolge, rollten sie gemächlich weiter, und gerade als die Straße wieder eben wurde, sich verjüngte und ins Zentrum der Stadt mit seinem Einbahnstraßensystem führte, hüpfte Ned in seinem Sitz auf und ab und stieß einen lauten, aufgeregten Schrei aus. »Guck mal, eine Meerjungfrau! Und da drüben ist noch eine! Mami, hier sind überall welche!«

Nachdem Clara Winnie auf den kostenpflichtigen Parkplatz gezwängt hatte – was in Anbetracht des Betriebes, der in der Stadt herrschte, und des äußerst beschränkten Platzes keine Kleinigkeit war –, sah sie, dass Ned Recht hatte: Deaconsbridge war überschwemmt mit Meerjungfrauen. Beinahe jedes Geschäft an dem Marktplatz, an dem sie geparkt hatten, trug ein Schild mit einer Meerjungfrau, und jedes war anders. Es gab alles – von scheuen Schönheiten, die sich züchtig im Wasser hielten und nur die Spitze ihres schuppigen Schwanzes zeigten, über kecke blonde Badenixen, die auf einem Felsen posierten, bis hin zu drallen Busenwundern, die sich schamlos zur Schau stellten. Doch das Schild, das Clara am besten gefiel, war das über dem Antiquariat, auf dem eine Art Sylphide abgebildet war, die in einem Sessel saß und las – die Brille war ein charmantes Detail, fand Clara.

Auf der gegenüberliegenden Seite des Marktes hing ein Schild mit einer pausbäckigen Meerjungfrau, die eine Schürze trug und einen Kochlöffel in der Hand hielt. Es war ein heiterer und einladender Anblick. »Willkommen in Deaconsbridge, Ned«, sagte Clara. »Wie wär's mit Mittagessen?«

10

Das Mermaid Café war gut besucht, und auf den ersten Blick dachte Clara, dass sie es anderswo versuchen müssten. Doch ganz hinten in der Ecke, unter einem großen, von zwei auf die Wand gemalten Meerjungfrauen flankierten Spiegel, erblickte sie einen gerade frei gewordenen Tisch, der jetzt von einer Kellnerin abgewischt wurde. Die Gäste, die zuvor dort gesessen hatten, zwei imposant aussehende, in Leder gekleidete Motorradfahrer, waren aufgestanden, um vorne an der Kasse zu bezahlen. Der eine lächelte Ned zu, der zunächst seinen Pferdeschwanz, die Ohrringe und die glänzenden Nieten auf der fransenbesetzten Jacke anstarrte, dann jedoch zurücklächelte, dass seine makellosen Milchzähne funkelten.

Die Kellnerin räumte weiter schmutzige Teller auf ein Tablett, das bereits mit Stapeln von Geschirr und metallenen Teekannen beladen war, und so mussten Clara und Ned für einen Moment neben den beiden Motorradfahrern warten. Der mit dem Pferdeschwanz lächelte Ned erneut zu, diesmal mit einem Zwinkern. Dann wandte er sich an Clara. »Knuffiger kleiner Kerl«, sagte er. »Und seiner Mutter – oder ist es die große Schwester? – wie aus dem Gesicht geschnitten. Wenn ich Ihnen einen Tipp geben darf«, fuhr er fort, »nehmen Sie die Tagesempfehlung vom Küchenchef, die ist erste Sahne.«

»Insidertipp«, sagte sein Freund mit Verschwörermiene. Er griff in ein Glas mit Lutschern für die jungen Gäste und gab Ned einen davon. »Hier, der geht auf uns.«

Neds Gesicht leuchtete auf. »Danke«, sagte er.

»Aber du solltest ihn dir bis nach dem Essen aufheben. Wir wollen schließlich keinen Ärger mit deiner großen Schwester.«

Gerade als sich Clara ebenfalls bedanken wollte, kam die Kellnerin zu ihnen. »Tut mir Leid, dass Sie warten mussten«, sagte sie, »aber diese beiden Lederganoven machen so viel Dreck.« Sie grinste die Motorradfahrer breit an.

Derjenige, der Clara zuerst angesprochen hatte, schnippte leicht gegen die rote Kappe der Kellnerin. »Mum, ich hab dir doch gesagt, heb dir die dummen Sprüche für zu Hause auf. Soll ich dir das Tablett nach hinten tragen?«

»Nein, Robbie, sieh lieber zu, dass du bezahlst und dich vom Acker machst. Du stehst mir hier nur vor den Füßen herum. Was ist jetzt mit dem Gästezimmer, fängst du heute Abend an oder nicht? Tapeten und Kleister habe ich besorgt.«

»Na klar, so was lasse ich mir doch nicht entgehen.«

Clara dankte den beiden jungen Männern für den Lutscher und schob Ned eilig zu dem Tisch, bevor ihnen jemand zuvorkommen konnte.

»Die beiden Männer waren nett«, sagte Ned, kletterte auf seinen Stuhl und legte das unerwartete Geschenk vor sich auf die karierte Plastiktischdecke. Dann lehnte er Mermy an die Zuckerdose.

»Ja, nicht?«, erwiderte Clara und tat ausnahmsweise so, als hätte sie nicht bemerkt, dass er ein Stück Zucker stibitzt hatte. Offensichtlich überlegte er nun, wie er es sich unbemerkt in den Mund stecken sollte, also beugte sie sich hinunter zu ihrer Tasche, die auf dem Boden stand. Sie dachte an den jungen Mann, der ihr so nett geschmeichelt hatte. Er war bestimmt mindestens zehn Jahre jünger gewesen als sie. Große Schwester!

Als sie sich in dem Spiegel über Neds Kopf erblickte, dachte sie bei sich, dass es wohl an dem neuen Haarschnitt liegen musste. In Stratford hatte sie sich zu einer radikalen Veränderung entschlossen, da das schulterlange Haar auf der Reise vermutlich sehr unpraktisch zu pflegen sein würde. In dem Salon waren sich alle einig gewesen, dass der neue Schnitt Clara um Jahre jünger erscheinen ließ und dass ihr dunkles Haar das schmale Gesicht jetzt perfekt umrahmte und ihre braunen Augen hervorhob.

Sie wandte sich vom Spiegel ab und überlegte mit dem Gedanken an die beiden Motorradfahrer – die allerdings nicht ihr Typ gewesen waren –, wann ihr zuletzt ein Mann ein unerwartetes Kompliment gemacht hatte.

Sie konnte sich nicht erinnern und fragte sich, wann sie so unempfänglich für männlichen Charme geworden war.

Seit Neds Geburt hatte sie wenig Zeit, Lust und Gelegenheit gehabt, sich einen Freund zu suchen, obwohl es ein oder zwei Geplänkel gegeben hatte, vor allem einen unangenehmen Zwischenfall bei einem Kurs über Industrial Relations vor anderthalb Jahren. Da hatte sie abends in einer Bar ein aufdringlicher Typ mit Gin-Fahne angebaggert, der seine Finger nicht bei sich behalten konnte. Clara hatte ihm eine klare Absage erteilt: »Wie kommen Sie auf die Idee, eine intelligente Frau wie ich würde sich für einen Trottel wie Sie interessieren? Ziehen Sie Leine, bevor ich Ihnen meinen Drink ins Gesicht schütte.«

Es war nicht so, dass sie Männer nicht mochte, im Gegenteil, meistens fühlte sie sich in ihrer Gesellschaft wohler als in einer Gruppe von Frauen, aber sie wusste, dass Beziehungen ohne Zukunft ihr nicht gut tun würden. Außerdem wollte sie Ned nicht verwirren, indem sie einen Mann nach dem anderen nach Hause mitbrachte. Und was vielleicht noch wichtiger war, sie hatte große Angst vor einer weiteren ungeplanten Schwangerschaft.

Obwohl sie es nie bedauert hatte, Ned bekommen zu haben. Sie liebte ihn ganz genauso, als wenn sie seine Empfängnis bis ins letzte Detail geplant hätte.

Durch das Fenster des Cafés sah sie zu, wie die beiden jungen Männer in ihrer Lederkluft die Straße überquerten und zum Parkplatz gingen, wo zwei kraftvoll aussehende Motorräder auf sie warteten, deren blitzblank polierter Chrom in der Sonne glänzte. Clara sah, wie sie die Helme aufsetzten, dann hörte sie das satte Dröhnen der Maschinen, und obwohl sie noch nie zuvor das Verlangen verspürt hatte, sich auf irgendetwas Gefährlicheres als ein Dreirad zu setzen, kam es ihr so vor, als hätte sich ihre Einstellung kurzfristig geändert. Du meine Güte, noch nicht mal eine Woche unterwegs, und schon bekam sie Easy-Rider-Anwandlungen!

Sie zog die Speisekarte aus dem hölzernen Ständer und sah, dass die Tagesempfehlung keineswegs ein muskelfördernder Drei-Pfund-Burger war, sondern eine vegetarische Lasagne.

»Worüber lächelst du, Mami?«

Sie sah von der Karte auf. »Über mich selbst, Ned. Nun, was möchtest du essen?«

Genüsslich verspeisten sie Bratwürstchen mit Bohnen und Pommes frites, gefolgt vom besten Bakewell-Kuchen, den Clara je gegessen hatte. Als sie das der Kellnerin sagte, die sie bediente – die Mutter von Motorrad-Robbie –, erwiderte diese: »Das werde ich meiner Schwester sagen, da freut sie sich bestimmt. Es ist ein altes Familienrezept.«

»Ist das Café ein Familienunternehmen?«

»Nein, es ist reiner Zufall, dass wir beide hier arbeiten. Sind Sie nur heute hier, oder bleiben Sie länger? Das Wetter soll zum Wochenende umschlagen, da sollten Sie Ihre Wandertour lieber möglichst bald machen.«

»Ist das der Grund, warum die Leute herkommen – zum Wandern?«

»Das, und um sich die Meerjungfrau in der Höhle anzusehen. Sonst gibt es hier, ehrlich gesagt, auch nicht viel zu tun.«

Ned beugte sich auf seinem Stuhl vor. »Eine Meerjungfrau? Eine echte?«

Der Blick der Kellnerin glitt zu Mermy, die auf dem Tisch lag. Sie sog die Luft ein. »Hm, nun ja, ich schätze mal, sie ist so echt, wie man es möchte. Aber wenn Sie gekommen sind, um sie zu sehen, sind Sie zu früh. Die Höhle wird erst in einer Woche geöffnet. Die Touristensaison hat noch nicht richtig begonnen. Aber Sie können ja auch nach Castleton oder Buxton fahren. Die haben so viele Höhlen, dass sie gar nicht wissen, was sie damit anfangen sollen.«

»Gibt's da auch Meerjungfrauen?«

»Nein, kleiner Mann, so etwas Besonderes findet man nur bei uns.«

Sie verließen das Café, unsicher, was sie nun tun sollten. Zunächst woandershin fahren und später zurückkommen, weil die Meerjungfrauen-Höhle erst in einer Woche geöffnet wurde?

Oder hier bleiben und Deaconsbridge als Basis für Ausflüge in die Umgebung nutzen?

Clara ließ die Frage vorläufig offen und beschloss, erst einmal den Campingplatz zu inspizieren, von dem Ron und Eileen so geschwärmt hatten. Das erklärte sie Ned, als sie Winnie aufschloss und zur Seite trat, um die muffige Wärme herauszulassen, die sich während ihrer Mittagspause angestaut hatte. Doch nun, da er von der Höhle mit der Meerjungfrau gehört hatte, wollte er eindeutig hier bleiben. »Wenn uns der Campingplatz nicht gefällt«, fragte er besorgt, während er auf seinen Sitz kletterte, »dann finden wir doch bestimmt einen anderen, oder?«

»Wenn du das möchtest, sicher.«

Clara startete den Motor, griff nach der Karte und ärgerte sich dann, dass sie die nette Kellnerin nicht nach dem Weg zum Hollow-Edge-View-Campingplatz gefragt hatte. In dem *Touring Parks*-Prospekt, an den sie sich bisher gehalten hatte, war er nicht verzeichnet, aber Eileen hatte gesagt, er läge ein kleines Stück abseits der Straße nach Hollow Edge Moor. Die Straße – sofern es die richtige war – war auf der Karte eingezeichnet, und so manövrierte Clara Winnie aus dem Parkplatz am Markt und machte sich, eher mit Hoffnung als mit solider Überzeugung, auf die Suche nach einem Stellplatz für die Nacht.

Fast eine Stunde war vergangen, ehe sie schließlich aufgab. »Das ist doch nicht zu fassen«, schimpfte sie, als sie erneut an einer Gegend vorbeikamen, die sie bereits mehrmals passiert hatten. »Wir sind diese Straße so oft entlanggefahren, dass wir mittlerweile jedes Schaf beim Vornamen kennen. Ich wette, die lachen uns schon aus.«

»Schafe lachen nicht«, widersprach Ned ernst. »Sie machen bääh.«

»Und ich mache auch gleich bääh, wenn wir diesen verdammten Campingplatz nicht bald finden! Außerdem muss ich mal aufs Klo. Ich fahre jetzt einfach auf diesen netten kleinen Weg und parke irgendwo.«

Wie sich zeigte, war es ein Fehler, dass sie das Schild mit der Aufschrift »Privatgrundstück – Betreten verboten« ignoriert hatte. Der nette kleine Weg war länger und schmaler, als Clara gedacht hatte, und da sie mit Winnie fast an den Steinmauern entlangschrappte, war auch kein Platz zum Wenden. Ihr blieb nichts anderes übrig, als weiterzufahren, bis der Weg entweder in eine andere Straße mündete oder ihr eine Gelegenheit bot, im Zickzackverfahren zu wenden. Rückwärts zu fahren war keine brauchbare Variante, da dies der einzige Trick beim Wohnmobilfahren war, den sie noch nicht beherrschte.

Doch wie es mit Fehlern bisweilen so ist, schenkte er ihnen einige der schönsten Ausblicke, die sie bisher gesehen hatten, und bestätigte, was Clara am Abend zuvor im Reiseführer gelesen hatte, nämlich dass Deaconsbridge, genau zwischen dem Dark Peak in Derbyshire und seinem südlichen Gegenstück, dem White Peak, gelegen, eine interessante Kombination von beidem bot. Weit hinten in der Ferne konnte Clara, nach einem Kontrollblick auf die Karte, Richtung Norden das düstere, windige Moor des Kinder Scout erkennen. Bei einem weiteren Blick auf die Karte sah sie, dass dieser Weg nach einer Weile zu einem kleinen Wäldchen und einem Gebäude namens Mermaid House führte. Es sah so aus, als ob sich der Weg an dem Wäldchen weit genug verbreiterte, dass sie wenden und zur Hauptstraße zurückfahren konnte.

Ihre Vermutung bestätigte sich, und sie hielt im Schatten der Bäume an. »Zeit, mir die Beine zu vertreten«, sagte sie mit einem Lächeln zu Ned und ging nach hinten zu Winnies Toilette.

Als sie wieder herauskam, fragte Ned: »Können wir ein bisschen planschen? Da drüben ist ein Fluss mit einer Brücke, und vielleicht gibt es da ja Fische, die wir fangen und essen können.«

»Das müssen aber sehr faule Fische sein, wenn wir sie mit bloßen Händen fangen sollen.«

Er schlüpfte aus seinem Sitz. »Das ist ganz einfach. Ich hab's im Fernsehen gesehen. Der Mann hatte einen Stock, und er stand einfach da und wartete, bis die Fische zu ihm kamen, und dann –«

»Ja, ich hab schon verstanden«, unterbrach Clara ihn, um sich die unappetitlichen Einzelheiten zu ersparen. »Können wir ihnen nicht einfach die Hand geben und sie zu einem Fischessen einladen?«

Er verdrehte die Augen. »Fische haben keine Hände, Mami.«

»Bist du dir da sicher? Was ist mit Tintenfischen? Ich dachte, die hätten sogar acht Hände.«

»Jetzt erzählst du aber Quatsch. Die heißen doch Tabernakel!«

Sie lachte. »Tentakel, Ned. Na, komm, mein kleiner Professor, dann lass uns mal gucken, ob da nicht ein schönes Stück Räucherlachs rumschwimmt, das unsere Bekanntschaft machen möchte. Aber nicht zu lange. Ich will diesen Campingplatz finden, bevor es dunkel wird.«

Sie schnappten sich ein zusammengerolltes Handtuch und gingen zu der Brücke und dem Fluss, den Ned entdeckt hatte. Er schlängelte sich am unteren Rand des Wäldchens entlang, plätscherte den Hang hinunter unter der Brücke hindurch, legte dann an Tempo zu und schoss weiter hügelabwärts.

»Das dürfte aber ganz schön kalt sein«, sagte Clara mit einem zweifelnden Blick auf das klare, flache Wasser, das über die Steine sprudelte. »Möchtest du nicht lieber Pu-Stöcke spielen?«

Doch Ned saß bereits auf dem grasbewachsenen Ufer und zog an seinen Schnürsenkeln. »Das können wir danach noch tun. Hilfst du mir, Mami? Der hier hat sich verknotet.«

Sie löste den Schnürsenkel für ihn und schalt sich, weil sie so alt und langweilig klang. Wo war der Abenteuergeist, der sie überhaupt erst hierher gebracht hatte?

Trotz der warmen Frühlingssonne war das Wasser eisig, genau wie Clara es vorhergesagt hatte. Beide quiekten und schnappten nach Luft, als sie die Zehen hineintauchten. Doch sie krempelten ihre Jeans hoch und wagten sich mutig weiter hinein. Clara hielt Ned an der Hand, und da sie ihre Zehen ohnehin nicht mehr spürte, sponn sie den Gedanken mit der Suche nach ihrem Abendessen weiter. »Meinst du, hier gibt es Haie, Ned?«

»Schh!«, flüsterte er. »Ich sehe was.« Er ließ sie los, beugte sich zum Wasser hinunter, legte die Hände zu einer Schale zusammen und hob sie dann ruckartig hoch. »Ich hab was gefangen!«, rief er und spähte durch die Lücke zwischen seinen Fingern.

Erstaunt beugte Clara sich vor, um zu sehen, was er da hatte.

Mit einem übermütigen Kreischen spritzte er ihr das Wasser ins Gesicht. »Reingefallen!«

»Na warte, du kleines Monster! Das kriegst du zurück!«

Die Wasserschlacht war geräuschvoll und heiter, und hinterher waren sie beide klatschnass. Zitternd, aber noch immer lachend, schlüpften sie in ihre Schuhe und liefen zurück zu Winnie, um sich etwas Trockenes anzuziehen. Bald war ihnen wieder warm, und gerade als Clara ihnen etwas zu trinken machen wollte – einen Tee für sich und schwarzen Johannisbeersaft für Ned –, hörten sie das Geräusch eines Motors.

Ned, der auf dem Fahrersitz saß, streckte den Kopf aus dem Fenster.

»Es ist ein Auto«, sagte er. »Ein grünes, mit zwei Männern drin. Jetzt halten sie an und steigen aus.«

Clara beschloss, hinauszugehen und nachzusehen. Schließlich hatte sie das Schild von wegen Privateigentum nicht beachtet. Vielleicht war der Besitzer gekommen, um sie zu verscheuchen. Sie stieg aus, und was sie sah, gefiel ihr gar nicht. Zwei Männer, ungefähr im gleichen Alter wie die Motorradfahrer, kamen auf sie zu. Der eine hatte einen Baseballschläger in der Hand und schlug damit gegen seine Handfläche. Beide musterten Clara ausgiebig. Sie schluckte. Sämtliche Instinkte in ihr schrien, dass die beiden Ärger bedeuteten. Sie trat einen Schritt zurück, um Ned zu verbergen, der noch immer aus dem Fenster lehnte. »Geh runter«, flüsterte sie, den Kopf zur Seite gewandt, »und sag kein Wort.« Doch da waren die beiden Männer schon bei ihr angekommen. Sie stellten sich dicht neben sie und schubsten sie hart gegen die Fahrertür. Sie stanken nach Bier und abgestandenem Zigarettenrauch.

»Bitte«, sagte Clara, da sie sah, wie ihr Blick zwischen ihr und Ned hin und her wanderte, »nehmen Sie, was Sie haben wollen, und lassen Sie uns in Ruhe.« Nach außen hin bemühte sie sich, ruhig zu erscheinen, doch innerlich war sie halb wahnsinnig vor Angst.

Die beiden lachten, und eine derbe, fleischige Hand strich ihr über den Hals. Für den Bruchteil einer Sekunde erwog sie, dem Kerl ihr Knie in die Weichteile zu rammen, doch als die Hand sich fester um ihre Kehle schloss und sie schmerzhaft zusammendrückte, hörte sie, wie die Stimme eines anderen Mannes sagte: »Nehmt eure Finger von der Frau und seht zu, dass ihr verschwindet!«

Der Griff lockerte sich. Clara drehte ein wenig den Kopf und sah einen alten Mann mit einer flachen Kappe und einer Wachsjacke auf sie zukommen. Das eine Auge war unter einer Augenklappe verborgen, und an dem anderen lag eine doppelläufige Schrotflinte. Claras Knie begannen zu zittern, und sie betete, dass der Alte wusste, wie man damit umging.

Das Gewehr im Anschlag, kam er näher. »Und zwar ein bisschen plötzlich, bevor ich die Geduld verliere und euch den Schädel wegpuste!« Die Stimme, die anfangs nur ein tiefes, drohendes Knurren war, hatte sich zu einem dröhnenden Bellen erhoben. »Verschwindet, hab ich gesagt!«

11

Die Hand löste sich von Claras Kehle. »Immer mit der Ruhe, Opa, sonst kriegst du womöglich noch 'nen Herzinfarkt.«

»Pass auf, was du sagst, Nichtsnutz. Ihr befindet euch auf meinem Land, und ich will, dass ihr verschwindet. Und zwar dalli! Versteht ihr das, oder muss ich noch deutlicher werden?«

Die beiden jungen Kerle traten den Rückzug an. »Spuckst aber ganz schön große Töne, Alterchen.«

Der Mann legte den Finger fester um den Abzug und senkte die Flinte, bis der Lauf genau auf die Lenden des jungen Mannes gerichtet war. »Ach ja?«, knurrte er. »Sollen wir mal ausprobieren, was du für Töne spuckst, wenn ich abdrücke? Haut ab!«

Die beiden flüchteten zu ihrem Auto, wendeten, das Gewehr nach wie vor auf sie gerichtet, und jagten über den Pfad davon, dass eine Staubwolke aufwirbelte.

Clara merkte, dass sie die Luft angehalten hatte, und ließ sie jetzt in einem tiefen Seufzer der Erleichterung heraus. Ihre Beine bebten noch immer, und der Himmel drehte sich über ihr. Sie lehnte sich an das Wohnmobil, atmete einmal tief durch, öffnete dann die Tür und streckte die Arme nach Ned aus. Sein Gesicht war genauso weiß, wie ihres sich anfühlte. Er zitterte in ihren Armen, und sie drückte ihn an sich.

Dann wandte sie sich zu dem kauzigen alten Mann, der sie gerettet hatte. »Ich bin Ihnen ja so dankbar«, sagte sie. »Wenn Sie nicht gekommen wären …« Sie schluckte und nahm dann einen neuen Anlauf. »Na ja, ich weiß nicht, wie ich da herausgekommen wäre. Vielen herzlichen Dank.«

Zu ihrer Überraschung machte der Mann keinerlei Anstalten, ihr weitere Unterstützung zu gewähren. Er starrte sie nur mit finsterer, missbilligender Miene an. Dann klappte er mit lautem Krachen die Gewehrläufe ab und schob sich den Kolben unter den Arm. »Die Schmeicheleien können Sie sich sparen«, knurrte er. »Das interessiert mich nicht. Vielleicht überlegen Sie es sich in Zukunft zweimal, bevor Sie in Privatgrundstücke eindringen, vor allem, wenn sie so abgelegen sind wie dieses. Wie kann man nur so dämlich sein, sich und das Kind in Gefahr zu bringen. Frauen! Allesamt töricht und ungeschickt!« Er wandte sich um und wollte davonstapfen.

Clara war empört. »He, Sie unhöflicher alter Griesgram!«, rief sie ihm wütend nach. »Kommen Sie augenblicklich zurück und entschuldigen Sie sich.«

Er blieb stehen und blickte über die Schulter. »Wie haben Sie mich genannt?«

»Das haben Sie doch gehört. Und wenn ich nicht ein verängstigtes Kind auf dem Arm hätte, würde ich noch ganz andere Sachen sagen.«

»Dass das Kind verängstigt ist, haben Sie sich selbst zuzuschreiben.«

»Oh ja, natürlich, weil ich eine Frau ohne Begleitung bin, darf ich mit meinem Sohn nicht planschen gehen. Ist es das, was Sie sagen wollen?«

»Planschen?«, wiederholte er. »In *meinem* Wasser? Dafür sollte ich Sie eigentlich zur Kasse bitten.«

»Tun Sie das, Sie alter Geizhals, dann zeige ich Sie bei der Polizei an, weil Sie auf bedrohliche Weise mit einer gefährlichen Feuerwaffe hantiert haben. Gerade solche verrückten alten Trottel mit Gewehr bringen unschuldige Leute um!« Claras Stimme bebte vor Zorn.

»Das haben Sie aber vor ein paar Minuten noch nicht gedacht. Ich wette, Sie waren noch nie so froh, einen verrückten alten Trottel mit einem Gewehr zu sehen.«

»Wenn ich gewusst hätte, dass Sie es sind, hätte ich mich lieber allein aus der Affäre gezogen.«

»Von wegen!«, spottete er.

Sie starrten sich an. In dem darauf folgenden Schweigen hob

Ned den Kopf von Claras Schulter. »Ich muss mal«, wimmerte er und begann zu schluchzen. Dann spürte Clara, wie etwas Warmes, Feuchtes an ihr herunterlief.

Der bärbeißige alte Mann blickte auf die Pfütze, die sich zu ihren Füßen bildete. »Armer kleiner Kerl«, brummelte er. »Ziehen Sie ihm was anderes an, und ich mache Ihnen einen Tee.«

Selbst den Tränen nahe, aber entschlossen, ihre Selbstachtung zu wahren, sagte sie: »Besten Dank, aber ich komme allein zurecht. Ich möchte nicht noch mehr von Ihrer wertvollen Zeit –«

Er brachte sie mit einem bohrenden einäugigen Blick zum Schweigen. »Sie sollten einem geschenkten Gaul nicht ins Maul schauen, junge Dame, wenn Sie nicht wirklich sicher sind, dass Sie es sich leisten können.«

Winnie wirkte plötzlich viel zu klein, als sie zu dritt darin herumkramten. Ihr Gast, der polternd versuchte, eine Kanne Tee zu kochen, war zu groß und sperrig für solch einen engen Raum. Als Clara Ned beruhigt und ihn und sich umgezogen hatte und sie schließlich beim Tee saßen, fand sie, dass es an der Zeit war, sich vorzustellen. Und eine Entschuldigung war auch angebracht.

»Ich heiße Clara Costello, und ich möchte mich für einige Dinge entschuldigen, die ich vorhin gesagt habe. Das ist mein Sohn Ned.«

Der Mann nahm seine Kappe ab und legte sie auf den Tisch. »Nun, Miss Costello, mein Name ist Liberty, Mr Liberty, und ich entschuldige mich nie für etwas, das ich sage.«

Gegen ihren Willen musste sie lächeln. »Das überrascht mich nicht. Gehen Sie oft nachmittags mit einem Gewehr spazieren?«

»Wenn ich Lust habe, etwas zu schießen, ja.«

»Nun, so wenig ich auch von Waffenbesitz halte, bin ich doch froh, dass Sie heute den Drang verspürten, etwas zu schießen.«

»Seien Sie nicht so verdammt überheblich. Trinken Sie Ihren Tee und seien Sie still. Das gilt auch für dich, junger Mann.«

»Aber da ist Zucker drin«, sagte Ned, nachdem er einen Schluck aus seinem Becher getrunken hatte, und verzog das Gesicht, das mittlerweile wieder seine übliche gesunde Farbe angenommen hatte.

Der Mann stieß ein verächtliches Schnauben aus. »Grundgütiger! Jetzt sag bloß, deine Mutter ist eine von diesen neumodischen Gesundheitsfanatikern, die Zucker verdammen.«

»Auf Cornflakes darf ich Zucker tun«, sagte Ned leise. »Und auf Pampelmusen«, fügte er hinzu.

»Sehr großzügig von ihr.«

»Was ist denn mit deinem Auge passiert?«

»Das geht dich gar nichts an, Mister Naseweis.«

Doch Ned ließ sich nicht beirren. »Du siehst aus wie ein Pirat.«

Das schien ihren Gast zu amüsieren. »Ein schwarzbärtiger, säbelschwingender, furchteinflößender Freibeuter, hoffe ich doch, und nicht so ein spitzenbesetzter, schwadronierender Hübschling.«

Dieser Unterscheidung konnte Ned nicht folgen. »Wenn du dir die Hand abhackst, könntest du Captain Hook sein.«

Der Mann sah hinunter auf seine stark angeschwollenen Finger, die er um den Becher gelegt hatte. »Ich werde darüber nachdenken.«

»Komm, Ned«, sagte Clara sanft, »trink deinen Tee und lass unseren Gast in Ruhe.«

»Muss ich? Er schmeckt scheußlich, viel zu süß. Kann ich nicht ein Glas Saft haben? Bitte.«

Clara schlüpfte aus der Sitzbank, die sie sich mit Ned teilte, ging zum Kühlschrank, schenkte ein Glas Johannisbeersaft ein und nahm ein Päckchen Kekse aus einem Schrankfach. Sie verspürte keine Lust, den Besuch ihres Retters lange auszudehnen, aber sie hatte das Gefühl, dass sie ihm zumindest einen Jaffa-Keks schuldig war.

Er war ein seltsamer alter Kauz, mit seinem schäbigen, mottenzerfressenen grünen Pullover, der an den Ärmeln ausgefranst und an den Ellbogen durchgescheuert war. Die Spitzen seines Hemdkragens waren ebenfalls abgewetzt, und die braune Kordhose war verschlissen und schmutzig. Seine Schuhe waren nicht geputzt und die Nähte vor kurzem repariert worden, aber mit der falschen Farbe. Clara setzte sich wieder ihm gegenüber und bot ihm die Kekse an. Seine verformten Finger nestelten ungeschickt an der Verpackung, und sie fragte sich, wie gut er wohl getroffen hätte, wenn er das verflixte Gewehr tatsächlich abgefeuert hätte. Sie warf der Waffe einen misstrauischen Blick zu. Die Flinte lehnte zusammen mit der müffelnden alten Wachsjacke ihres Besitzers am Kleiderschrank an der Rückwand des Wohnmobils.

»Keine Sorge«, sagte er, als er ihren Blick sah. »Da kann nichts passieren. Ich habe die Patronen rausgenommen. Sind in meiner Jackentasche.«

Clara sparte sich jeden Kommentar, sagte jedoch, da ihr einfiel, dass er sich in der Gegend sicherlich auskannte: »Wir suchen einen Campingplatz für heute Nacht. Vielleicht können Sie uns sagen, wo er ist.« Sie stand auf, um die Karte zu holen.

»Das bezweifle ich sehr«, sagte er. »Camping gehört nicht zu meinen bevorzugten Freizeitbeschäftigungen.«

»Meine Güte, sind Sie immer so hilfsbereit?«

Er trank seinen letzten Schluck Tee. »Sie haben mich noch an einem guten Tag erwischt.«

»Na, da haben wir ja Glück gehabt.« Sie legte die Karte auf den Tisch und zeigte auf den Punkt, wo der Campingplatz nach der Beschreibung von Ron und Eileen liegen sollte. »Er heißt Hollow Edge View. Man hat mir gesagt, dass –«

»Den gibt's nicht mehr«, unterbrach er sie. »Die Besitzer haben sich letzten Winter in Richtung Süden aus dem Staub gemacht. Sind Pleite gegangen. Keine Spur von Geschäftssinn. Weicheier aus London, die dachten, sie könnten hier oben das süße Landleben genießen. War mir klar, dass sie es nicht schaffen würden. Habe ich ihnen auch gesagt.«

»Na, wie undankbar von ihnen, dass sie nicht länger geblieben sind, um Ihre herzliche Nachbarschaft zu genießen. Wie konnten sie nur?«

Er blickte abrupt auf, die Nasenflügel gebläht. »Ist doch nichts dagegen einzuwenden, wenn man seine Meinung sagt.«

»Kommt darauf an, wie diese Meinung aussieht und wie man sie äußert. Können Sie uns einen anderen Platz für die Nacht empfehlen?«

»Nein.«

»Nun, da wir Ihre Liebenswürdigkeit offensichtlich zur Genüge strapaziert haben, können Sie uns jetzt allein lassen. Ich wünschte, ich könnte sagen, es war mir ein Vergnügen, Sie kennen gelernt zu haben. Seien Sie so gut und machen Sie die Tür hinter sich zu, *Mister* Liberty, ja?«

Gabriel lächelte in sich hinein, als er im spätnachmittäglichen Sonnenschein über die Felder nach Hause trottete. Seit langem hatte er sich nicht mehr so amüsiert. Es kam nicht oft vor, dass er jemandem begegnete, der sich traute, mit ihm die Klingen zu kreuzen, aber diese widerborstige, scharfzüngige junge Frau war mutiger gewesen als alle anderen zuvor. Dr. Singh hatte immerhin einen Versuch gemacht, obgleich er zu sehr auf seinen beruflichen Status achtete, um einen echten verbalen Haken loszulassen. Aber diese kleine Costello hatte sich keinen Deut darum geschert, wie er reagierte. Und sie war nicht auf den Kopf gefallen. Obwohl er nach wie vor fand, dass es verdammt dämlich war, allein mit einem kleinen Kind durch eine einsame Gegend zu spazieren. Damit beschwor man heutzutage das Unglück herauf. Man konnte nie wissen, wer oder was hinter der nächsten Ecke lauerte.

Zurück in Mermaid House, schloss er die Tür auf und ging zum Waffenraum. Erst als er vor der verschlossenen Vitrine stand, fiel ihm auf, dass er das Gewehr nicht bei sich hatte.

Verflucht! Er hatte es bei der jungen Frau und ihrem Sohn vergessen. Ein ungutes Gefühl packte ihn, als er an die Patronen in der Tasche seiner Jacke dachte, die er ebenfalls dort liegen gelassen hatte. Blieb nur zu hoffen, dass diese junge Frau den kleinen Jungen ebenso gründlich vor dem Spielen mit Schusswaffen gewarnt hatte wie vor dem Genuss von Zucker.

Gerade als er sich erneut auf den Weg über die Felder machen wollte, um zu sehen, ob das Wohnmobil noch da war, klingelte das Telefon.

Zu seiner Überraschung hörte er am anderen Ende Jonahs Stimme. Was hatte denn das zu bedeuten? Seine Kinder riefen doch sonst nie an.

Ned bemerkte es als Erster. »Sieh mal, Mami, Mr Liberty hat seine Jacke und sein Gewehr vergessen.« Er streckte die Hand nach dem doppelten Lauf aus, und Clara schrie: »Nicht anfassen!«

Ned zuckte zusammen. »Ich wollte doch nur mal gucken«, sagte er verletzt.

»Entschuldige«, sagte sie, »aber diese Dinger können töten, und es ist besser, wenn du etwas so Gefährliches niemals anfasst.«

»Was sollen wir damit machen?«, fragte er beunruhigt.

»Wir können entweder abwarten, ob Mr Liberty zurückkommt, um die Sachen zu holen, oder wir versuchen, ihn zu finden.« Sie wandte sich um und sah auf die Karte, die noch auf dem Tisch lag. »Da er behauptet hat, dies wäre sein Land«, überlegte sie, »nehme ich an, unser Freund Mr Griesgram Liberty wohnt hier.«

Ned kletterte auf die Sitzbank, um besser sehen zu können. »Wo? Zeig's mir.«

Clara deutete mit dem Finger darauf. »Wenn wir den Weg zurückfahren, den wir gekommen sind, der Hauptstraße folgen und dann hier rechts abbiegen, dürften wir uns wieder in der Gesellschaft des muffeligsten Mannes der Welt befinden. Was meinst du? Sollen wir uns die Mühe machen?«

Ned stellte sich auf den Sitz, um mit ihr auf Augenhöhe zu sein. »Ich fand ihn lustig.«

»Ich nicht. Er war unhöflich zu uns.«

Ned sah nachdenklich aus. »Er hat die beiden Männer verjagt, die dir wehtun wollten. Und er hat uns Tee gekocht, weil ich Angst hatte.« Er senkte den Blick. »Es ... Es tut mir Leid, dass ich in die Hose gemacht habe.«

Bei der Erinnerung an das, was der alte Teufel für sie getan hatte, schloss Clara ihren Sohn in die Arme. »Ich hätte mir selbst fast in die Hose gemacht«, gestand sie. »Ich hatte genau solche Angst. Und du hast Recht«, fügte sie entschlossen hinzu, »es wird Zeit, dass ich gegenüber den Fehlern anderer Leute toleranter werde.«

Nachdem Clara das Gewehr in einem Schrank verstaut hatte, wuschen sie die Tassen ab, räumten sie an ihren Platz und machten sich auf den Weg nach Mermaid House.

Wie nicht anders zu erwarten, gab es kein hilfreiches Schild am Ende jenes Pfades, der nach Claras Vermutung zu Mr Libertys Behausung führte. Sie bog von der Hauptstraße ab, ratterte über ein Viehgitter und trat wieder aufs Gas. Bald jedoch stellte sie fest, dass sie auf Schritttempo abbremsen musste. Fast eine halbe Meile holperten sie so dahin, bis sich ihnen plötzlich ein atemberaubender Anblick bot. Clara stieß einen Pfiff aus. »Donnerwetter, das nenne ich ein Haus!«

Auch Ned war beeindruckt. »Das ist ein Schloss, Mami!«

Zinnen hatte es zwar nicht, aber in die eine Ecke des Hauses war ein Turm gebaut, und man brauchte nicht allzu viel Fantasie, um sich vorzustellen, wie Mr Liberty fluchend am Fenster stand, das Gewehr im Anschlag, bereit, sein Heim gegen den Ansturm von Isolierfenstervertretern zu verteidigen.

Sie kamen zu einem Torweg, der in einen großen Innenhof führte. Clara parkte neben einem verbeulten alten Landrover, zog die Handbremse an und stellte den Motor aus. Von nahem sah das Haus düsterer aus als aus der Ferne. Die Sonne stand jetzt tief, und der mit Kopfstein gepflasterte Hof lag im Schatten. An einigen Stellen waren die Steinmauern fast schwarz, und es sah aus, als könnten sie eine gründliche Reinigung vertragen. Eine Mauer war fast völlig mit Efeu überwuchert, was die bedrückende Wirkung von so viel farblosem Stein etwas milderte, aber ansonsten war das Haus ebenso finster und abweisend wie sein Besitzer.

Doch wie anders muss es damals ausgesehen haben, als es gebaut wurde, dachte Clara, während sie sich Mr Libertys Jacke über die Schulter warf und nach dem Gewehr griff. Sie und Ned gingen auf eine Tür zu, die aussah, als ob sie regelmäßig benutzt wurde – darauf ließen zumindest die Stapel von Tüten schließen, die um einige Mülltonnen drapiert waren und einen abstoßenden Gestank nach verrottetem Abfall verströmten. »Home, sweet home«, murmelte Clara bei sich und hielt nach einer Klingel Ausschau. Da sie keine fand, klopfte sie laut gegen das Holz.

»Bestimmt bereitet er gerade das siedende Öl und die brennenden Pfeile vor«, sagte sie zu Ned.

»Soll ich ihn rufen?«, fragte er und klappte den Briefschlitz auf.

»Das ist wahrscheinlich keine gute Idee«, erwiderte Clara.

Doch es war schon zu spät. Ned spähte bereits durch die Klappe. »Uii!«, rief er aus, »da ist es aber unordentlich! Überall liegen Sachen rum. Oh, ich kann Mr Liberty sehen. Hallo, Mr Liberty, wir sind's! Du hast dein Gewehr vergessen, und wir sind gekommen, um es dir zurückzubringen.«

»Kein Grund, so einen Aufstand zu machen, junger Mann.«

Als sich Clara hinunterbeugte, sah sie, dass Ned Nase an Nase mit dem Furcht erregenden einäugigen Besitzer des Hauses war.

»Und deine Jacke haben wir auch mitgebracht«, fuhr Ned fort, als sei es das Normalste von der Welt, sich durch einen Briefschlitz zu unterhalten. »Dein Haus ist toll. Wie ein richtiges Schloss. Darf ich reinkommen und es mir ansehen? Ich ziehe mir auch die Schuhe aus wie bei Oma und Opa, damit deine Teppiche nicht schmutzig werden. Und ich werde auch nicht herumrennen und Sachen umstoßen, das verspreche ich.«

Es war Zeit einzuschreiten. »Keine Sorge, Mr Liberty«, sagte Clara. »Wir wollen Sie nicht stören. Ich lege Ihr Gewehr und Ihre Jacke hier vor die Tür, und dann lassen wir Sie in Ruhe. Danke noch mal für Ihre Unterstützung heute Nachmittag. Ned und ich sind wirklich froh, dass Sie uns geholfen haben.« Sie nahm ihren Sohn bei der Hand und senkte die Stimme. »Komm, Ned, wir dürfen ihn nicht belästigen. Außerdem wird es bald dunkel, und wir müssen noch einen Campingplatz finden.« Sie wandte sich zum Gehen.

Plötzlich ging die Tür auf. »Sie sind zu früh.«

»Zu früh wofür?«

»In dieser Gegend gibt es nur einen Campingplatz, und der öffnet erst in zwei Wochen.«

Clara seufzte. »Das ist ja fantastisch. Genau das, was mir jetzt noch gefehlt hat. Warum haben Sie das denn nicht eher gesagt?«

»Ach, jetzt ist es also meine Schuld, dass Sie sich vor Ihrer Reise nicht gründlich genug informiert haben, ja? Typisch Frau, ihre eigenen Fehler dem nächstbesten Mann in die Schuhe zu schieben.«

Sie seufzte erneut, diesmal jedoch mit einem leicht verärgerten Unterton. »Mr Liberty, ist Ihnen eigentlich klar, wie unhöflich Sie sind? Falls nicht, versichere ich Ihnen hier und jetzt, dass ich selten einem so streitsüchtigen und böswilligen Mann begegnet bin wie Ihnen.«

Er lächelte. Nun ja, sie nahm an, dass es ein Lächeln sein sollte. Seine Lippen verzogen sich jedenfalls in eine, wie sie annahm, ziemlich ungewohnte Position, bei der zwei Reihen großer, schiefer Zähne freigelegt wurden.

»Und ich bin selten einer Frau mit so viel undankbarer Taktlosigkeit begegnet wie Ihnen, Miss Costello«, gab er zurück. »Und daher schlage ich Ihnen auch gar nicht erst vor, eines meiner Felder als Übernachtungsplatz zu nehmen, da Sie es mir ohnehin nur als Unverschämtheit auslegen würden.«

Verdutzt zögerte Clara. Es war schon spät, das Licht schwand zusehends, und sie war müde. Sich jetzt noch auf die Suche nach einem Platz zu machen, wo sie sich für die Nacht niederlassen konnten, schien wenig verführerisch. Außerdem hatte der Zwischenfall am Nachmittag sie mehr mitgenommen, als sie zugeben mochte. Allein bei dem Gedanken daran begann ihr Herz wieder zu hämmern. Es erschien ihr überaus sinnvoll, innerhalb der Rufweite eines anderen Menschen zu bleiben, auch wenn es ein frauenfeindlicher alter Kauz mit unmöglichen Ansichten war.

»Vielleicht könnten wir uns auf eine andere Variante einigen«, sagte sie, ihre Worte sorgfältig wählend. »Wie wäre es, wenn wir, anstatt eines Ihrer Felder zu ruinieren, einfach hier auf dem Hof bleiben?«

Er überlegte. »Nur für diese eine Nacht?«

»Nur für diese eine Nacht«, bestätigte sie. »Wir machen uns gleich morgen früh wieder aus dem Staub. Sie werden nichts mehr von uns sehen oder hören.«

Er wandte sich an Ned. »Und du, junger Mann, versprichst du mir, dass du dich benimmst? Ich will keinen Ärger mit dir. Kein Heulen, kein Herumlaufen und vor allem kein Geschrei durch meinen Briefschlitz. Ich hab's hier gern schön ruhig. Wenn ich heute Nacht auch nur ein Schnarchen von dir höre, gibt's Ärger. Verstanden?«

Ned nickte feierlich. Und dann schenkte er Gabriel sein strahlendstes Lächeln. »Möchtest du mit uns zu Abend essen, Mr

Liberty? Bei uns gibt es Pfannkuchen. Oh, Mami, bitte sag, dass Mr Liberty mit uns zu Abend essen kann.«

Clara schob die Hände in die Taschen ihrer Jeans. Gut gemacht, Ned, dachte sie. Ein gemütlicher Abend mit Mister Miesepeter. Super. »Sie sind herzlich willkommen, Mr Liberty«, log sie, »aber es wird sehr einfach sein. Etwas Ausgefallenes kann ich Ihnen leider nicht anbieten.«

Mr Libertys Begeisterung schien sich ebenso in Grenzen zu halten wie ihre eigene. Abschätzig sagte er: »Pfannkuchen? Die kann ich nicht ausstehen. Ich habe ein schönes Rumpsteak und ein Glas Wein, auf die ich mich freue.« Er wandte sich um und ging zurück ins Haus, warf ihnen jedoch, bevor er verschwand, noch eine Mahnung hinterher. »Und denken Sie dran: keinen Krach oder sonstige Störungen.«

12

Gabriel ging an dem Abend früh zu Bett. Das tat er oft. Schlaf war ein willkommenes Mittel gegen die Langeweile. Und gottlob war Schlaf etwas, womit er noch keine Probleme hatte. Wenn auch sein Körper ihn zusehends im Stich ließ – die Hände, die Blase, das Herz und ein gelegentliches Zittern in den Gelenken –, der Schlaf gehorchte ihm immer noch aufs Wort.

Er stieg über den Haufen aus Putz und Vorhängen, den er noch nicht weggeräumt hatte, seit die Stange vor zwei Tagen heruntergekommen war, und kroch unter die Decke. Das Bettzeug fühlte sich kalt und klamm an. Gabriel machte das Licht nicht sofort aus, sondern blieb noch eine Weile sitzen, um den Tag Revue passieren zu lassen – eine von Anastasias Angewohnheiten, die auf ihn abgefärbt hatten. »Jeder Tag ist eine Herausforderung«, hatte sie oft gesagt, »aber die wirkliche Herausforderung liegt darin, über die schlechten Teile des Tages nachzudenken und aus ihnen zu lernen.« Das war einer ihrer idealistischen Ticks, die im Gegensatz zu seiner eher pragmatischen Lebenseinstellung gestanden hatten – alles, was ihm an einem Tag nicht gefiel, hakte er einfach ab. »Ich habe keine Zeit, über Dinge nachzudenken, die längst vorbei sind«, hatte er einmal gesagt.

Mit ihrem wissenden Lächeln hatte Anastasia sich neben ihm im Bett ausgestreckt und seine Wange gestreichelt. »Gabriel Liberty, ich verspreche dir, eines Tages, wenn du alt und grau bist, wirst du mehr Zeit haben, als dir lieb ist, und dann wirst du es verstehen.«

»Wir werden nie alt sein«, hatte er voller Inbrunst erwidert. »Lieber bin ich tot als alt und klapprig.«

Als er das sagte, war er nicht viel älter gewesen als seine Kinder jetzt, aber er erinnerte sich daran, als wäre es gestern gewesen. Anastasia hatte ihn mit einem Finger auf seinen Lippen zum Schweigen gebracht. »Gestern, heute, morgen, jung oder alt, was macht das schon, solange wir zusammen sind und das Beste daraus machen?« Dann hatte sie ihn geküsst. Einer dieser langen, innigen Küsse, die ihm die ganze Welt versprachen. Wenn er die Augen schloss, konnte er noch immer die Wärme ihrer feuchten Lippen spüren.

Gabriel riss die Augen auf. Das war absurd. Was tat er denn da? Er griff nach dem Buch, das auf dem Nachttisch lag – ein dicker Wälzer mit den Erinnerungen eines Politikers, das beste Mittel gegen solchen sentimentalen Unsinn. Doch es blieb geschlossen, da seine Gedanken erneut abgelenkt wurden. Nicht von der fernen Vergangenheit, sondern von den Ereignissen dieses Tages. Er fragte sich, was seine Gäste wohl gerade taten.

Er dachte an die Pfannkuchen, die sie sicher genossen hatten, und dann an sein eigenes Abendessen – eine lauwarme Portion Tomatensuppe aus der Dose. Mit dem Rumpsteak und dem Wein hatte er gelogen, so wie er auch Jonah häufig belog, wenn es darum ging, was er zu sich nahm. Oft aß er das, was Jonah für ihn besorgte, gar nicht. Das Obst, das Gemüse, die Hähnchenbrust – alles viel zu viel Arbeit. Für sich allein zu kochen war ja schon schlimm genug, aber allein zu essen war noch viel schlimmer.

Warum hatte er dann die Einladung nicht angenommen, gemeinsam mit dem wohlerzogenen kleinen Jungen und seiner Mutter zu Abend zu essen? Zumal ihr Erscheinen unten am Fluss der Höhepunkt seines ansonsten furchtbar langweiligen Tages gewesen war.

Seit Vals Krankheit und Tod hatte er verlernt, mit Leuten umzugehen, zumal er ohnehin nie sehr gesellig gewesen war. Val war die treibende Kraft gewesen, wenn es darum ging, bei irgendwelchen gesellschaftlichen Anlässen zu erscheinen; er war nur um des lieben Friedens willen mitgegangen. Er hatte es vorgezogen, sich seiner Arbeit zu widmen. Doch selbst das war im Laufe der Jahre verblasst. Und dann war der Moment gekommen, als er sich endlich mit der Tatsache abfinden musste, dass keines seiner Kinder das Geschäft übernehmen wollte, das er von seinem Vater geerbt hatte. Es war ein bitterer Tag gewesen, als er die Firma verkauft und sich zur Ruhe gesetzt hatte. Diese Enttäuschung hatte er Caspar und Jonah nie verziehen – Damson war in seiner Vorstellung nie wirklich als Nachfolgerin in Frage gekommen. Sie hätten keinen verletzenderen Weg finden können, ihm ihre Gleichgültigkeit zu zeigen. Alles, wofür er gearbeitet hatte, in der Hoffnung, es an sie weitergeben zu können, hatten sie durch ihr Verhalten verächtlich zurückgewiesen. Eine solide Maschinenbaufirma, deren Name überall auf der Welt bekannt und angesehen war, war wohl nicht gut genug für sie, was? Nein, anscheinend nicht.

Und was hatten sie stattdessen gemacht?

Nicht viel.

Nach einem abgebrochenen Studium hatte sich Caspar, dessen kolossaler Egoismus wesentlich größer war als sein Wille, sich die Hände mit echter Arbeit schmutzig zu machen, in eine Reihe von Reich-im-Handumdrehen-Unternehmungen gestürzt, die sich allesamt als finanzielle Katastrophen erwiesen. Während der achtziger Jahre hatte er sich als aufstrebenden Yuppie gesehen, doch seine unternehmerischen Fähigkeiten hielten diesem Ideal nie stand. Er war ein fauler Nichtsnutz, der meinte, die Welt schulde ihm einen Gefallen. Sein schlimmster geschäftlicher Reinfall war der Verkauf von Ferienwohnungen in Spanien gewesen. Als der Hacienda-Markt in den Keller ging, machten die Banken dicht, die Investoren verloren ihr Geld, und einer von Caspars Partnern landete wegen Betrugs im Gefängnis. Aber was konnte man von der Costa del Crime auch anderes erwarten?

Man mochte es drehen, wie man wollte, Caspar war ein katastrophaler Geschäftsmann und ein noch schlechterer Menschenkenner. Jetzt verdiente er sich seinen Lebensunterhalt mit dem Verscherbeln überteuerter Autos.

Was Jonah betraf, den Intelligentesten von den dreien, so verschwendete er sein Talent, indem er für einen Hungerlohn in einer drittklassigen Schule unterrichtete.

Damson wiederum hatte natürlich nie eine richtige Arbeit gehabt. Sie war viel zu sehr damit beschäftigt, das Leben zu genießen.

So war Gabriel also in die Grauzone des Ruhestands gerutscht, und er war nicht gut damit zurechtgekommen. Abgeschnitten von der einzigen Welt, die ihn interessiert hatte – Maschinenbau: Röhren, Dichtungen und Ventile –, war ihm bald klar geworden, dass er nur wenige Freunde besaß. Die Leute, mit denen er zu tun gehabt hatte, waren Geschäftskollegen aus dem Stahl produzierenden Herzen von Sheffield gewesen, und abgesehen von seinen geliebten Büchern gab es nichts, womit er sich beschäftigen konnte. Ohne es zu wollen, waren ihm die Tage wie Sand durch die Finger gerieselt. Anastasia hätte ihm das niemals durchgehen lassen. Für sie hatte jeder Tag gezählt. Val wiederum versuchte, ihn davon zu überzeugen, dass sie gemeinsam die Welt entdecken sollten, doch da Gabriel aus geschäftlichen Gründen so viel gereist war, ignorierte er die Prospekte, die sie überall im Haus verteilte, und zog sich in seine Bibliothek zurück.

Dann war sie gestorben, und es war noch einfacher geworden, sich abzuschotten, einfach die Luken dicht zu machen und die Welt auszusperren.

Ihm war klar, dass das Haus ein einziges Chaos war und dass er etwas dagegen unternehmen sollte. Aber wo sollte er anfangen? Das Ganze hatte sich mittlerweile so angehäuft, dass der Berg unüberwindlich erschien.

Er wusste auch, dass er bisweilen abweisend und grob war, aber er hatte einfach nicht die Geduld, höflich zu sein. Er war immer offen und direkt gewesen – das war die einzige Art, wie man in der Geschäftswelt überlebte. Mit aufgesetzten Schmeicheleien hätte er gar nichts erreicht. Was zum Henker war falsch daran, das Kind beim Namen zu nennen? Seit wann war heuchlerische Unaufrichtigkeit eine Alternative zu guter, altmodischer Ehrlichkeit?

Das war es, was ihm an der jungen Costello gefiel: Sie sagte klipp und klar, was sie dachte. Sie hatte den Mut gehabt, ihn einen unhöflichen alten Griesgram zu nennen. Gut für sie. Das billigte und respektierte er. Er hasste es, wenn seine Kinder wortlos alles einsteckten, was er ihnen an den Kopf warf. Dann würde er sie am liebsten schütteln und brüllen: »Warum könnt ihr nicht mehr wie ich sein? Wo ist euer verdammtes Rückgrat?«

Und intelligent war sie auch. Das hatte er an ihrer bissigen, schlagfertigen Art gemerkt. Er hatte ihr angeboten, den Wagen auf eines seiner Felder zu stellen, aber sie hatte etwas Besseres gewollt und keine Scheu gehabt, danach zu fragen. Sie war eine zielstrebige Frau, die es gewohnt war, die Dinge auf ihre Weise zu erledigen. Obwohl er bezweifelte, dass ihr Mundwerk sie aus der hässlichen Situation mit den beiden Dreckskerlen hätte retten können. Sie hatte Glück gehabt, dass er so oft zu dem Wäldchen hinunterging, und noch mehr Glück, dass er an diesem Tag den Drang verspürt hatte, ein paar Schüsse auf die Krähen abzufeuern. Er hasste die Biester, seit er als Junge einmal gesehen hatte, wie eine von ihnen einem neugeborenen Lamm die Augen ausgehackt hatte. Mit dem Gewehr unterm Arm war er auf dem Weg zu seinem Nachmittagssport gewesen, als er das Wohnmobil bemerkte, das auf seinem Land parkte. Er hatte einen Schritt zugelegt, um dem Eindringling ein paar klare Worte zu sagen, und dann war das Auto aufgetaucht. Es hatte ihm richtig gut getan, die dummen Gesichter der beiden Nichtsnutze zu sehen, als sie plötzlich den doppelten Lauf einer Schrotflinte vor der Nase hatten. Und noch mehr, als sie davongelaufen waren. Miese Feiglinge – sich über eine junge Mutter und ihr Kind herzumachen!

Vielleicht war er zu weit gegangen, als er sie anbrüllte, aber der Zorn hatte seine Worte aufgeheizt. Zorn über die Welt, in der er lebte, wo junge Frauen und Kinder nicht mehr auf dem Land spazieren gehen konnten, ohne ausgeraubt zu werden oder weiß Gott was sonst noch. Gabriel dachte daran, wie sich der arme Knirps in die Hose gemacht hatte, und wünschte, er hätte diesen hinterhältigen Schweinehunden noch mehr Angst eingejagt.

Die Vorstellung, dass der kranke Abschaum der Städte jetzt auch schon einen Ort heimsuchte, der für ihn immer heilig gewesen war, brachte ihn zur Weißglut. Anastasia war auch immer sehr gern allein durch die Hügel gestreift, und die Kinder genauso. Vor allem Jonah hatte die Einsamkeit des Moors genossen und war oft für Stunden darin verschwunden.

Gabriel hatte Miss Costello und ihrem Sohn das Feld angeboten, weil er ernsthaft um ihr Wohlergehen besorgt war. Was, wenn sie zu müde war, um einen anständigen Campingplatz zu finden, und an irgendeinem gottverlassenen Ort anhielt, wo sie womöglich noch mehr Schwierigkeiten bekam? Auch wenn manche Leute ihn für einen mürrischen alten Teufel hielten, würde er eine junge Frau nicht einfach ziehen lassen, wenn sie keine sichere Bleibe hatte.

Mit leisem Lächeln dachte er an die Beschimpfungen, die er an diesem Tag eingesteckt hatte.

Unhöflicher alter Griesgram.

Alter Geizhals.

Verrückter alter Trottel.

Streitsüchtiger und böswilliger Mann.

Nicht übel für den Anfang.

Gabriel schaltete das Licht aus und fragte sich, was ihn wohl am nächsten Morgen erwartete. Dann erinnerte er sich, dass sein kampflustiger Gast gesagt hatte, sie würden bereits frühmorgens wieder verschwinden – »Sie werden nichts mehr von uns sehen oder hören.«

Er machte das Licht noch einmal an, griff nach seinem Wecker und stellte ihn auf halb sieben. Nur für den Fall, dass er verschlief. Wäre doch schade, sich die Gelegenheit für eine Abschiedssalve entgehen zu lassen.

13

Archie, der nicht schlafen konnte, starrte an die Decke über seinem Bett. Die Vorhänge am Fenster waren dünn und nicht gefüttert, und von draußen schimmerte das orangegelbe Licht der Straßenlaterne durch den billigen Stoff. Es war hell genug, dass er mit dem Blick den Rissen im Putz folgen konnte, als wären es Straßen auf einer Karte. Das passt, dachte er müde, ich suche nach dem Ausweg. Oder zumindest nach einem Hinweis, in welche Richtung es gehen soll.

Er drehte sich auf die Seite, in der Hoffnung, dass der Schlaf vielleicht käme, wenn er sich anders hinlegte. Doch vergebens. Jetzt hörte er ein paar Jugendliche, die aus dem Pub kamen. Sie kickten eine leere Dose vor sich her, und ihr heiteres Geplauder schien seine sorgenvollen Gedanken zu verhöhnen.

Er hatte einen Brief von Stellas Anwalt bekommen. Der graue Bogen mit der übertrieben förmlichen Sprache hatte ihm mitgeteilt, was er bereits wusste, nämlich dass mehr als zwanzig Jahre Ehe reduziert werden sollten auf *Mrs S. Merryman gegen Mr A. F. Merryman*. Der Ton des Schreibens deutete an, dass die Sache ohne großen Aufwand geregelt werden könne, da Mrs Merryman gern bereit sei, Mr Merrymans geschäftliche Angelegenheiten aus den Verhandlungen herauszulassen, das Haus jedoch sei eine andere Sache. Wie Mr Merryman sicher bewusst sei, habe Mrs Merryman sowohl zu der Anschaffung des Hauses als auch zur Ableistung der Hypothekenzahlungen beigetragen und somit Anspruch auf ihren Anteil des ehelichen Heims.

Dagegen konnte Archie nichts einwenden. Was da stand, stimmte. Und so gern er auch den Wirbel vermieden hätte, den der Verkauf des Hauses bedeutete, wusste er doch, dass ihm nichts anderes übrig blieb. Es gab keine andere Möglichkeit, Stella auszuzahlen.

Noch immer voller Unruhe, drehte er sich auf die linke Seite und versuchte sich zu entspannen. Doch seine Gedanken rasten durch die Jahre, die er und Stella gemeinsam verbracht hatten. Die guten und die schlechten Zeiten.

Es war ihm wichtig, dass die Vergangenheit intakt blieb, so wie ihm wichtig war, dass vorläufig noch Spuren von Stellas Gegenwart im Haus waren, sosehr sie ihn auch schmerzten. Zum Beispiel ihre Bürste, die sie auf der Kommode liegen gelassen hatte und zwischen deren Borsten noch ihre Haare hingen. Die Kleider, die sie nicht mitgenommen hatte, die Zeitschrift auf der Arbeitsfläche in der Küche, noch aufgeschlagen auf einer Seite, wo ein Filmstar mit der neuen Liebe seines Lebens abgebildet war.

Zehn Minuten später, als der Schlaf sich noch immer nicht einstellen wollte, stieß Archie einen resignierten Seufzer aus.

Schlaflosigkeit war für ihn eine neue Erfahrung, und außer aufzustehen und sich einen Tee zu kochen, fiel ihm nichts ein, was er hätte tun können. Er schlüpfte in seinen Bademantel und ging leise nach unten, um seine Mutter nicht zu stören. Sie wachte seit neuestem manchmal mitten in der Nacht auf und dachte, es sei Zeit aufzustehen. Wie letzte Nacht. Um drei Uhr morgens hatte er ein Geräusch aus der Küche gehört und war nach unten gerannt, weil er meinte, jemand sei eingebrochen. Was er sah, war jedoch Bessie, die den Frühstückstisch deckte: Teller und Schälchen, Müslipackungen und Brotscheiben für den Toaster. Sein Erscheinen in der Küche hatte sie so erschreckt, dass sie kein verständliches Wort herausbrachte. Es hatte eine Weile gedauert, bis er sie davon überzeugt hatte, dass es noch mitten in der Nacht war. Als er sie in ihr Zimmer zurückgebracht hatte, war sie in eine lange, inbrünstige und leidenschaftliche Rede ausgebrochen, von der er nicht ein einziges Wort verstand. Er hatte sich auf den Rand ihres Bettes gesetzt, sich geduldig bemüht, ein verständliches Wort aus ihr herauszubekommen, und ihren Kummer besänftigt, bis er nach und nach begriff, dass sie sich schuldig fühlte, weil Stella ihn verlassen hatte, und sich bemühte, ihm zu helfen, indem sie sich um den Haushalt kümmerte. »Aber Mum«, sagte er, »ich komme prima allein zurecht. Ich will nicht, dass du dir wegen so etwas Sorgen machst.« Am liebsten hätte er noch hinzugefügt, dass Stella sowieso nie den Frühstückstisch gedeckt hatte, das war immer sein Job gewesen.

Eine ganze Stunde lang hatte er ihr immer wieder versichert, dass er alles im Griff habe, und war dann schließlich in sein eigenes Bett zurückgekehrt. Doch um fünf war sie erneut aufgestanden und hatte sich ein Bad einlaufen lassen.

Wenn Bessie ein Bad nehmen wollte, gab es die goldene Regel, dass jemand in der Nähe sein musste, um ihr zu helfen ... nur für den Fall.

Für den Fall, dass sie stürzte.

Für den Fall, dass sie einschlief.

Für den Fall, dass sie sich verbrühte.

Doch so, wie Archies goldene Regel lautete, dass sie nur unter Aufsicht baden durfte, lautete ihre goldene Regel, dass er das Bad nicht betreten durfte, während sie unbekleidet war. So hatte er bei leicht geöffneter Tür draußen auf dem Treppenabsatz gesessen und unablässig mit ihr über den Laden, Samson, Genosse Norm und die Kunden geplaudert, die sogar um einen Eierbecher aus Stahl feilschen mussten.

Jetzt stand er im harten Licht der Neonlampe in der Küche und wartete darauf, dass das Wasser kochte. Die Logopädin im Krankenhaus hatte gesagt, Bessie mache Fortschritte, und er klammerte sich an diesen Strohhalm, versuchte sich davon zu überzeugen, dass seine Mutter wieder gesund würde, wenn auch vielleicht nicht hundertprozentig.

Er goss das kochende Wasser in die vollkommen verfärbte Teekanne und dachte, wie ungerecht es war, dass Bessie das Leben nun nicht mehr genießen konnte. Sie hatte all die Jahre hart gearbeitet, hatte jede Herausforderung, mit der sie konfrontiert wurde, angenommen und überwunden. Die meisten davon waren eine direkte Folge der Tatsache, dass Archies Vater sie sitzen gelassen hatte, als sie schwanger wurde, und sie allein zusehen musste, wie sie Tag für Tag über die Runden kam und das Kind großzog. Wenn er sich ein für alle Mal aus dem Staub gemacht hätte, wäre es ja noch gegangen, aber er nutzte Bessies großzügige Natur aus und tauchte immer wieder auf, um sich von ihr aushalten zu lassen, wenn ihm danach war. Es bedeutete immer eine große Erleichterung, wenn er die regelmäßigen Mahlzeiten und ihre Bereitschaft, ihm zu vergeben, satt hatte und verschwand.

Archie setzte sich an den Küchentisch, um seinen Tee zu trinken, und dachte daran, was Dr. Singh gesagt hatte, nämlich, dass er mit Schwankungen und Turbulenzen rechnen musste. Auch im Radio hatte er etwas zu dem Thema gehört. Dass man Schlaganfallpatienten möglichst viel beschäftigen sollte, nicht nur körperlich, sondern auch geistig. Anscheinend mussten die angeschlagenen geistigen Fähigkeiten trainiert und gestützt, Langeweile und Einsamkeit hingegen um jeden Preis vermieden werden.

Ihm kam der Gedanke, dass er Bessie vielleicht für ein paar Stunden am Tag in den Laden holen konnte. Das würde ihr sicher gefallen. Die Nachbarn waren zwar nett, aber Bessie hatte sich kaum bemüht, sie näher kennen zu lernen, und außerdem fiel es ihr jetzt natürlich schwer, sich mit Fremden zu unterhalten. Ihre Art zu sprechen war ihr peinlich, und sie wusste, dass es ihnen ebenfalls peinlich war.

Nein, die beste Lösung war, sie mit in den Laden zu nehmen. Ihr kleine Aufgaben zuzuweisen, zum Beispiel ein paar von den kleineren Möbelstücken zu polieren. Und die Pferdegeschirre aus Messing, die er neulich bei der Haushaltsauflösung mitgenommen hatte, konnten auch ein bisschen liebevolle Pflege brauchen. Ebenso wie der Kasten mit Gedenktellern, die voller Staub und Schmutz waren. Wenn er es sorgfältig plante, würde er jede Menge kleine Arbeiten für sie finden. Aber er musste es geschickt anstellen, seine Mutter war nicht dumm. Er würde es so darstellen müssen, dass sie ihm einen großen Gefallen tat, dass er ihre Hilfe brauchte. Zudem würde ein einziger Blick auf Samsons riesige, ungeschickte Pranken genügen, um ihr klar zu machen, dass dieser Koloss nicht dazu geschaffen war, zartes Porzellan zu reinigen.

Archie trank seinen letzten Schluck Tee, spülte die Tasse ab, stellte sie fürs Frühstück auf den Tisch und ging wieder nach oben ins Bett. Als er die Decke über sich zog, erschien ihm das Leben schon nicht mehr ganz so grau.

Er war immer der Ansicht gewesen, dass es für jedes Problem eine Lösung gab. Man musste nur gründlich genug nachdenken.

Während er in den Schlaf sank, fühlte er sich besser als in den ganzen Tagen zuvor. Vielleicht ging es ja von nun an wieder aufwärts.

14

Clara wachte vom Geräusch des Regens auf, der auf das Dach des Wohnmobils prasselte. Sie räkelte sich unter der Decke, schlug die Augen auf und sah auf ihren Wecker. Es war acht Uhr. Du meine Güte, schon so spät! Aber es gab ja keinen Anlass zur Hektik, und da Ned noch fest schlief, konnte sie ausnahmsweise mal ein bisschen liegen bleiben. Sie schloss die Augen, lauschte auf den Regen und hoffte, dass er sich nicht zu einem Dauerguss entwickeln würde. Leider sah es so aus, als hätte die Wettervorhersage der Kellnerin gestern im Café nicht ganz gestimmt. Der Regen war bereits früher gekommen. Bisher hatten sie Glück gehabt: Dies war ihr erster nasser Tag. Kapitäns-Logbuch, 29. März, dachte sie mit einem Lächeln, 5. Tag – Regen.

Sie sollte ein Tagebuch führen. In späteren Jahren, wenn sie sich wieder in der Tretmühle abplagte, war es bestimmt eine interessante Lektüre. Und für Ned wäre es auch schön. Eine Erinnerung daran, dass sie mutig genug gewesen waren, sich über die Konventionen hinwegzusetzen.

Nun, dafür war es ja noch nicht zu spät. Sie würde in Deaconsbridge ein Buch kaufen und Ned ermuntern, auch dazu beizutragen. Er konnte eigene Einträge gestalten, ein paar Bilder malen und vielleicht Postkarten von Orten einkleben, an denen sie gewesen waren. Noch etwas, das sie vergessen hatte: Postkarten. Ihre Freunde und Eltern erwarteten, dass sie sie über ihre Reiseerlebnisse auf dem Laufenden hielt, aber irgendwie war sie noch nicht dazu gekommen. Und Louise hatte sie auch nicht angerufen. Aber das war ein absichtlicher Versuch gewesen, sich von zu Hause zu distanzieren. Um diese Reise so intensiv wie möglich zu erleben, wollte sie Abstand zu dem bekommen, was sie zurückgelassen hatte.

Postkarten kaufen war also ein weiterer Tagesordnungspunkt für heute, dachte sie und stellte im Geist bereits eine Liste zusammen. Sie mussten Lebensmittel einkaufen, und ein Besuch im Waschsalon wäre auch nicht schlecht. Es machte ihr nichts aus, ein paar Unterhosen und Socken mit der Hand auszuwaschen, aber größere Teile waren einfach lästig. Nach dem gestrigen Tag mit dem wiederholten Kleiderwechsel würde sie am liebsten alles in eine Maschine werfen und mit Ned ein bisschen in den Geschäften am Marktplatz stöbern, während die Maschine durchlief. Vielleicht konnten sie auch noch mal im Mermaid Café zu Mittag essen und sich dort überlegen, was sie als Nächstes tun wollten. Falls es sich einregnete, könnten sie eventuell nach Castleton fahren und die unterirdischen Höhlen besichtigen, von denen laut Reiseführer einige das ganze Jahr über geöffnet waren.

Clara räkelte sich erneut und stieß einen wohligen Seufzer aus. Wie angenehm zu wissen, dass die einzige Aufgabe des Tages darin bestand, eine Waschmaschine und etwas zu essen aufzutreiben, plus die eine oder andere Freizeitbeschäftigung! Ein himmelweiter Unterschied zu der Sorge um die aktuellen Fließbandquoten. Sie vermisste ihre Arbeit nicht im Geringsten, außer vielleicht die albernen E-Mails und Mätzchen von den Jungs. Guy hatte an Tagen, an denen sie am liebsten die Wände hochgegangen wäre, stets die Stimmung aufgelockert. Manchmal kam er in ihr Büro gestürzt wie ein Mitglied des Armee-Geheimdienstes, rollte sich über den Boden, sprang auf und brüllte, einen Tacker auf sie gerichtet: »Keine Bewegung!« Als er das zum ersten Mal machte, war sie vor Schreck fast vom Stuhl gefallen. Dies war zugleich auch ihre erste Begegnung gewesen. »Hi«, hatte er hinzugefügt und sich den Tacker in den Hosenbund geschoben. »Man hat mir gesagt, ich solle mich vorstellen, da Sie ja neu in unserer Abteilung sind. Wie läuft's denn so, Miss Clarabelle Costello?«

»Wunderbar – bis Sie hier reingesprungen sind und versucht

haben, mich festzutackern. Könnten Sie in Zukunft bitte anklopfen? Schließlich kann man ja nie wissen, was ich hier drinnen gerade tue. Und ich heiße Clara, nicht wie so ein alberner Zuchtpudel.« Das mit dem Klopfen wurde nichts, aber sie gewöhnte sich bald an seine Art hereinzukommen – und an den Spitznamen.

Bei der Erinnerung musste sie lächeln. Es war die Kameradschaft, die sie vermisste, nicht die Arbeit. Schon jetzt merkte sie, wie sich durch den Abstand ihre Perspektive veränderte. Obwohl sie auch früher schon mit Ned Urlaub gemacht hatte, war es diesmal anders. Sie hatten alle Zeit der Welt. Sie mussten nicht alles in eine Woche stopfen.

Selbst der schreckliche Zwischenfall am Tag zuvor hatte ihre Begeisterung nicht gedämpft. Sie war kein ängstlicher Mensch, aber sie war Mr Liberty doch dankbar, dass er ihnen erlaubt hatte, über Nacht hier zu bleiben – für ihren eigenen Seelenfrieden und den ihres Sohns. Doch ihre Sorge war unbegründet gewesen: Ned hatte sein Abendessen mit Appetit verdrückt und war fröhlich zu Bett gegangen. Die Campingplätze, auf denen sie bisher übernachtet hatten, waren nie geräuschlos gewesen – zuklappende Wohnmobiltüren, Toilettenspülungen, Radios und Fernseher. Hier, im Innenhof von Mermaid House, war es absolut still. Abgesehen von leisem Blätterrascheln und einem gelegentlichen Tierlaut in der Ferne hörte man keinen Ton.

Was vermutlich der Grund dafür war, dass sie so tief und fest geschlafen hatte. Von einem allgemeinen Wohlgefühl erfüllt, kam ihr der Gedanke, dass sie bei ihrem Ausflug nach Deaconsbridge am Vormittag vielleicht ein kleines Geschenk für Mr Liberty besorgen konnten. Außerdem wollte sie versuchen, ihr unhöfliches Verhalten wieder gutzumachen. Die Angst und Erschöpfung hatten sie wohl etwas mitgenommen. Sie fragte sich, ob er ein Einzelmodell war oder ob es in Mermaid House noch mehr von seiner Sorte gab. Eine ganze Familie von exzentrischen Libertys, die sich nach und nach gegenseitig in den Wahnsinn trieben, wie in *Cold Comfort Farm*.

Passend zu seinem verschrobenen Besitzer war auch das Haus ein echtes Kuriosum. So etwas hatte Clara noch nie gesehen, und sie hoffte, dass sie sich das Ganze einmal anschauen durfte, falls es ihr gelang, mit Mr Liberty Frieden zu schließen. Vielleicht konnte sie Ned dazu überreden, ihn zu fragen. Aus dem Mund eines Vierjährigen klänge es weniger aufdringlich.

Bei dem Gedanken an Ned rollte sich Clara auf die Seite und sah hinauf zu seinem Schlafplatz. Hinter dem Vorhang regte sich noch immer nichts. Er musste am Abend zuvor vollkommen erschlagen gewesen sein, wenn er so lange schlief. Das kommt von der frischen Luft, dachte Clara. Ihre Mutter würde es aus vollem Herzen begrüßen. Als Babys waren sie und Michael bei jedem Wetter im Kinderwagen nach draußen gestellt worden. »Hat euch prima abgehärtet«, sagte ihre Mutter, die mit Ned dasselbe versucht hatte. »Ich wollte ihn nur ein bisschen lüften«, erklärte sie, als Clara nach der Arbeit kam, um ihn abzuholen, und ihn draußen auf der Terrasse vorfand, wo ein kräftiger Wind um den Kinderwagen fegte.

»Lüften oder schockgefrieren, Mum?«

Obwohl sie deutlich gesagt hatte, wie sie ihren Sohn behandelt wissen wollte, wusste Clara, dass ihre Mutter doch tat, was sie für richtig hielt, sobald Clara zur Tür hinaus war. Aber solange es Ned dabei gut ging, beschwerte sie sich nicht. Außerdem war sie froh, dass sie überhaupt Eltern hatte, die bereit waren, ihr zu helfen. Ohne sie wäre sie nicht halb so gut zurechtgekommen.

Als sie entdeckt hatte, dass sie schwanger war, war es für sie keine Frage gewesen, das Kind zu bekommen. Sie hatte den Vater ihres ungeborenen Kindes geliebt, also war es für sie nur natürlich, dass sie sein Baby wollte. Ihren Eltern diese Schwangerschaft zu beichten war allerdings so ziemlich das Schwerste gewesen, das sie je getan hatte. Sie wusste, dass sie sie enttäuscht hatte.

»Besteht denn wirklich keine Chance, dass der Vater zu seiner Verantwortung steht?«

»Nein, Mum. Er ist bereits verheiratet.«

Das war der zweite Schock gewesen, den sie verdauen mussten: dass ihre vernünftige, wohlerzogene Tochter dumm genug gewesen war, sich mit einem verheirateten Mann einzulassen. Anfangs wollten sie dem hinterhältigen Mistkerl die Schuld geben, der sie unter Vorspiegelung falscher Tatsachen verführt hatte, doch Clara sagte: »Ich wusste von Anfang an, dass er verheiratet ist. Zu der Zeit war er allerdings von seiner Frau getrennt.«

Sie stürzten sich sofort auf diesen Hoffnungsschimmer.

»Und, ist er inzwischen geschieden?«, fragte ihr Vater.

»Nein. Er und seine Frau haben sich wieder versöhnt.«

Ihr Vater pickte sich genau den Punkt heraus, den sie bisher unter den Teppich gekehrt hatte. »Hast du ihm gesagt, dass du schwanger bist?«

»Nein.«

»Aber, Liebes, warum denn nicht? Er ist der Vater, er sollte es wissen«, protestierte ihre Mutter.

»Das sagt ihr nur, weil ihr darauf hofft, dass er den Zauberstab schwingt und meiner Schwangerschaft einen ehrbaren Rahmen verleiht.«

»Jetzt bist du aber ein bisschen unfair«, sagte ihr Vater.

»Aber es stimmt doch, oder? Denkt doch nur mal an die Weihnachtskarten: ›Ach, übrigens, Clara ist mit unserem ersten Enkelkind schwanger, aber wir wissen nicht, wer der Vater ist.‹«

»Du hast uns seinen Namen noch nicht gesagt«, hakte ihre Mutter prompt ein.

»Das ist auch nicht nötig. Ihr werdet ihm nie begegnen.«

Nachdem sich der Schock ein wenig gelegt hatte, erklärten ihre Eltern schließlich, dass sie zu ihr halten würden. »Es ist dein Leben«, sagten sie, »und wir tun, was wir können, um dir zu helfen.« Ihre Liebe und Solidarität war genau das, was Clara brauchte. Noch heute spürte sie einen Kloß im Hals, wenn sie an die liebevolle Unterstützung ihrer Eltern dachte.

Gegen Ende der Schwangerschaft verteidigten sie Clara gegen jede noch so verhaltene Kritik und fuhren sie ins Krankenhaus, als die Wehen einsetzten. Sie hatte ihren Vater noch nie so schnell fahren sehen wie in jener Nacht. Mit jaulender Hupe raste er über sämtliche roten Ampeln. Ihre Mutter, die neben Clara auf dem Rücksitz saß, atmete so schwer, dass man nicht wusste, wer von den beiden vor der Niederkunft stand. Louise wartete bereits im Krankenhaus auf sie. Sie hatte sich – zur großen Erleichterung der restlichen Bande – dazu überreden lassen, die Rolle der Geburtspartnerin zu übernehmen. »Du weißt, ich bin dein größter Fan, Clarabelle«, hatte Guy gesagt, »aber zuzuschauen, wie du auf dem Rücken liegst und dir die Seele aus dem Leib schreist, würde die wunderbare Illusion zerstören, die ich von dir habe.«

In den frühen Morgenstunden war Ned dann zur Welt gekommen. Mit seinen großen Augen und dem Wust dunkler Haare war er das unglaublichste, winzigste Wunderwesen, das sich Clara vorstellen konnte. Sie vermochte den Blick nicht von ihm zu lösen. Als sie in sein kleines Gesicht blickte, kam es ihr so vor, als hätte sie ihn schon immer gekannt. »Da bist du also«, hätte sie beinahe gesagt. »Ich hatte mich schon gefragt, wo du bleibst.« Sogar Louise, die größte Kinderhasserin der Welt, war zu Tränen gerührt gewesen, als er seine winzigen Finger um ihren Daumen legte – obwohl sie später behauptete, sie habe nur vor Hunger und Erschöpfung geweint.

Auch Claras Eltern waren ergriffen von ihrem Enkel. Ihr Vater hatte seine feuchten Wangen mit dem Argument, jemand müsse diesen Augenblick schließlich festhalten, hinter einer nagelneuen Pentax versteckt, die er extra für diese Gelegenheit gekauft hatte, aber ihre Mutter schniefte ziemlich unverhohlen, als sie Ned auf den Arm nahm und stolz für die Kamera posierte.

Später zur Besuchszeit kam die ganze Bande zu Clara ins Zimmer, beladen mit Blumen und Champagner, Schokolade und einem riesigen Teddybär.

»Das arme Kerlchen wird sich zu Tode erschrecken«, sagte Moira und warf einen vorsichtigen, aber neugierigen Blick auf Ned, der schlafend in Claras Armen lag. »War es so schlimm, wie Louise es uns beschrieben hat?«

Louise hob entschuldigend die Hände. »Tut mir Leid, Clara, aber, ja, ich habe ihnen die unappetitlichen Details geschildert. Nach dem, was ich mitbekommen habe, war es ziemlich grauenhaft. Aber du hast mir einen Riesengefallen getan, denn jetzt bin ich fürs Leben kuriert.«

Noch jetzt, vier Jahre später, sagte Louise, wenn ihre Hormone gelegentlich verrückt spielten, brauche sie nur an jene Nacht mit Clara im Krankenhaus zu denken, und sofort sei wieder Ruhe.

Obgleich keiner von ihren Freunden je Kinder gewollt hatte, liebten sie Ned und verwöhnten ihn nach Strich und Faden. Auch wenn er nicht mit einem kompletten Elternpaar ausgestattet war, hatte er in allen anderen Bereichen großes Glück: Er hatte Großeltern, die ihn vergötterten, und die liebevollsten Onkel und Tanten, die sich ein Kind nur wünschen konnte.

Clara schlüpfte aus dem Bett und füllte den Kessel. Als sie ihn auf die Gasflamme stellte, fiel ihr ein, dass sie noch den Wasservorrat auffüllen musste, bevor sie fuhren. Der Behälter fasste genug für zwei Tage mit Duschen, Kochen und Abwaschen, aber da sie nicht riskieren wollte, plötzlich auf dem Trockenen zu sitzen, behielt sie ihn sorgsam im Auge. Und wenn sie schon dabei war, würde sie auch gleich den Gasvorrat überprüfen.

Nachdem sie das Kondenswasser abgewischt hatte, das sich auf dem Fenster über dem Herd gesammelt hatte, öffnete sie eine der beiden großen Dachluken einen Spalt, sodass zwar frische Luft hereinkam, aber kein Regen. In der Zwischenzeit kochte das Wasser, und Winnie hatte einen, wie Clara fand, gemütlichen Campinggeruch nach brennendem Gas angenommen. Sie bereitete eine Kanne Tee zu und trat dann, erstaunt, dass das Pfeifen des Kessels Ned nicht geweckt hatte, auf die unterste Stufe der Leiter und steckte den Kopf durch die Vorhänge.

Ihr sackte das Herz in die Hose.

Neds Bett war leer.

15

Es war der schlimmste Alptraum jeder Mutter. Kalte, lähmende Angst breitete sich in Clara aus, dann packte sie wilde Panik. Sie beugte sich über Neds zerwühltes Bett und riss die Decke hoch, als könne er doch noch darunter sein. Auch sein Kopfkissen warf sie beiseite und suchte hektisch zwischen seiner Ansammlung von Stofftieren herum.

Dann stolperte sie die Leiter hinunter und stürzte zum Bad, in der schwachen Hoffnung, dass er vielleicht in der Nacht allein zur Toilette gegangen war, um sie nicht zu stören, und dort eingeschlafen war. Doch keine Spur von ihm.

Nein. Ned musste einfach nach draußen gegangen sein. Im Regen?

Ohne sich die Mühe zu machen, ihr großes Schlaf-T-Shirt gegen etwas anderes zu tauschen, zog Clara sich eine Jeans an und schlüpfte in ihre Turnschuhe. Dann öffnete sie die Tür und trat hinaus. Der Regen fiel jetzt kräftiger und klatschte ihr ins Gesicht, als sie den Hof absuchte. Sie hatte Mermaid House gestern schon düster gefunden, aber im strömenden Regen war es noch viel schlimmer. Unter dem bleigrauen Himmel wirkten die Mauern noch dunkler, und aus einem kaputten Stück Dachrinne platschte das Wasser herunter. Clara rannte hinüber zur Tür und pochte aus Leibeskräften dagegen. Es war ihr egal, dass sie Mr Liberty versprochen hatte, keinen Lärm oder Ärger zu machen. Wenn sie Ned finden wollte, brauchte sie seine Hilfe. Er würde sicher wissen, wohin es ein neugieriges Kind auf seinem Land ziehen würde.

Voller Ungeduld hieb sie erneut mit den Knöcheln gegen das geriffelte Glas der Tür. »Nun machen Sie schon!«, rief sie drängend. Dann beugte sie sich hinunter, genau wie Ned am Tag zuvor, stieß die Briefklappe auf und spähte hinein. »Mr Liberty!«, rief sie, »entschuldigen Sie bitte, dass ich störe, aber ich brauche Ihre Hilfe. Bitte machen Sie die Tür auf.«

Noch immer keine Antwort.

Verzweiflung überkam sie, und da sie ungeschützt im Regen stand, war sie mittlerweile vollkommen durchnässt und halb erfroren. Ihr war übel vor Angst, und in ihrem Kopf formten sich immer beunruhigendere Bilder – Ned, der sich in dieser fremden Gegend verlaufen hatte, über die Felder wanderte und schließlich zu dem Fluss kam, wo sie gestern geplanscht hatten. An der Stelle war das Wasser nicht tief gewesen, aber was, wenn er zu einem gefährlicheren Abschnitt gelangt war, wo … wo ein kleiner Junge ertrinken konnte?

Wie eine Wahnsinnige hämmerte sie gegen die Tür. Endlich, als ihr schon fast die Tränen kamen, hörte sie den vertrauten, nun jedoch willkommenen Klang von Mr Libertys fluchender Stimme. »Kreuzdonnerwetter noch mal, was soll denn dieser Krach?«, bellte er, riss die Tür auf und starrte sie wütend an.

»Es ist wegen Ned.« Clara schluckte. »Er ist verschwunden, und ich weiß nicht, wo ich anfangen soll, ihn zu suchen. Können Sie mir helfen? Bitte! Ich dachte, Sie wüssten vielleicht –« Hinter ihm tauchte ein Kopf auf, gefolgt von Neds restlicher Erscheinung in Schlafanzug, Hausschuhen und gestreiftem Bademantel, dessen Gürtel über den Boden schleifte. Clara sackten vor Erleichterung fast die Knie weg. Ihm war nichts passiert. Sie schob sich an Mr Liberty vorbei, kniete sich auf die Steinfliesen und drückte Ned an sich. Doch direkt nach der Erleichterung überflutete sie rasender Zorn, und zu ihrer Beschämung konnte sie sich nur mit Mühe zurückhalten, ihn zu schütteln. »Du weißt ganz genau, dass du das Wohnmobil nicht allein verlassen sollst«, sagte sie so ruhig sie konnte. »Ich habe mir solche Sorgen gemacht. Ich dachte, dir wäre etwas Schlimmes zugestoßen.«

»Bitte sei nicht böse auf mich, Mami«, sagte Ned mit zitternder Stimme. »Mr Liberty hat gesagt, es wäre in Ordnung.«

Nachdem Clara zuerst den Drang verspürt hatte, Ned zu schütteln, hätte sie jetzt am liebsten Mr Liberty das gesunde Auge aus dem Kopf gerissen. Sie stand auf. »Augenblick mal. Habe ich das richtig verstanden? Das Ganze war *Ihre* Idee?«

Er räusperte sich. »Ich habe gesehen, wie der Kleine zum Fenster rausgeschaut hat, und da dachte ich, er hätte vielleicht gern ein bisschen Gesellschaft. Und so war es auch. Nicht wahr, junger Mann?«

Seine unbekümmerte Art brachte Clara zur Weißglut. »Was fällt Ihnen ein, meinen Sohn dazu zu ermuntern, gegen eine Regel zu verstoßen? Was haben Sie sich dabei gedacht?«

»Mami –«

»Ned, bitte, ich unterhalte mich.«

»Aber Mami, Mr Liberty hat mir eine Geheimtür gezeigt und den Turm! Er hat gesagt, da oben gab es früher mal ein Gespenst. Und er hat mir erzählt, dass –«

»Ähem, das ist jetzt wohl nicht der richtige Moment, junger Mann«, murmelte Mr Liberty. »Vielleicht sollten wir uns bei deiner Mutter entschuldigen. Sie scheint ein wenig beunruhigt.«

Clara warf ihm einen zornfunkelnden Blick zu. »Beunruhigt? Ich war außer mir vor Sorge. Ich dachte –« Sie hielt inne. Sie wollte nicht noch einmal die entsetzliche Vorstellung heraufbeschwören, dass Ned vielleicht von einem perversen Irren entführt worden war, dass er irgendwo tot herumlag, dass sie ihn nie wieder sehen, nie wieder seinen kleinen Körper an sich drücken, nie wieder über seine samtige Wange und das seidig weiche Haar streichen würde. Ihr Zorn verflog, und sie verspürte erneut das schmerzhafte Ziehen der Erleichterung. »Ich dachte, Sie halten nichts davon, sich zu entschuldigen.«

Gabriel sah betreten aus. »In diesem Fall bin ich bereit, eine Ausnahme zu machen.«

»Worauf warten Sie dann noch?«

»Miss Costello, ich wollte weder Ihnen noch Ihrem Jungen etwas Böses tun, und es tut mir Leid, dass ich Sie so in Sorge versetzt habe.«

»Mir tut's auch Leid, Mami.« Neds Hand schob sich in ihre. »Nicht böse sein«, fügte er hinzu und löste jegliche verbleibenden Zornesreste mit seinem herzerweichenden Lächeln auf.

Einen Moment lang brachte Clara kein Wort heraus, doch Mr Liberty füllte das Schweigen. »Wenn wir mit den Gefühlswallungen fertig sind, könnten Sie sich vielleicht überlegen, wie es weitergehen soll!« Allmählich bekam er wieder Oberwasser. »Sie können entweder den Rest des Tages hier herumstehen, den Regen hereinlassen und sich zu Tode frieren, oder Sie kommen in die Küche und wärmen sich am Ofen auf, während ich Ihnen einen Tee koche. Eine Aufgabe, die ich durchaus beherrsche, wie sich bereits gezeigt hat.«

Clara beschloss, das Angebot anzunehmen, und sie und Ned folgten Mr Liberty nach drinnen. Was sie dort sah, schockierte sie. Schmutz und Unordnung überall, und Müll, wohin das Auge blickte. Außerdem stank das Haus. Sie hatte sich eine gemütliche altmodische Küche mit einem riesigen Kamin vorgestellt, in dem früher ein ganzes Schwein am Spieß gebraten wurde, gedreht von einer Küchenmagd. Dieser schäbige, eiskalte Raum mit den schmierigen Wänden, von denen die Farbe abblätterte – vor allem über dem Herd, der mit einer dicken Fettschicht überzogen war –, entsprach ganz und gar nicht ihren Erwartungen. Und ebenso wenig der klapprige Gasofen, an dem sich Mr Liberty gerade zu schaffen machte. Sie fragte sich, warum in aller Welt er dieses Gerät benutzte, wenn direkt dahinter ein Aga im Format eines Kleinwagens stand.

»Manchmal will das Ding ums Verrecken nicht anspringen«, fluchte Mr Liberty, während er wieder und wieder auf einen Knopf an der Seite des Ofens drückte, um die Flamme zu zünden. Endlich klappte es, und er richtete sich triumphierend auf. »Na bitte! Dem habe ich aber gezeigt, wer hier der Boss ist.« Sein Gesicht verriet ihr, dass das Anzünden des Ofens ein täglicher Willenskampf war.

»Nun kommen Sie schon näher«, sagte er in befehlendem Ton. »Setzen Sie sich.« Scharrend zog er einen der schweren Stühle unter dem langen Tisch hervor und stellte ihn direkt vor den Ofen. Zögernd durchquerte Clara den Raum, wobei ihre Schuhsohlen bei jedem Schritt an dem schmutzigen Boden festklebten, und setzte sich vor die mickrige Wärmequelle. Mr Liberty warf Ned ein Geschirrtuch zu. »Steh nicht so tatenlos herum, junger Mann«, sagte er. »Hilf deiner Mutter, sich die

Haare zu trocknen. Wir wollen ja schließlich nicht, dass sie sich den Tod holt.«

»Sie verwöhnen mich doch nicht etwa mit Ihrem besten irischen Leinen, oder?«, fragte sie, als Ned ihr das schmuddelige Tuch reichte.

Mr Liberty räusperte sich geräuschvoll, wandte sich ab und machte sich daran, Tee zu kochen.

Eine verdächtige braune Kruste auf dem Geschirrtuch weckte Zweifel in Clara, ob das mit dem Tee eine so gute Idee war. Der Himmel wusste, was sie sich dabei womöglich einfing. Sie versuchte diskret, sich des Geschirrtuchs zu entledigen, indem sie es zusammenfaltete, um es unter irgendeinem Gegenstand in Reichweite zu verstecken, doch Ned nahm es ihr ab und begann hilfsbereit, ihr das Haar damit abzutupfen. Sie duckte sich zur Seite. »Nicht, Ned«, flüsterte sie. »Es ist schmutzig.«

»Soll ich Mr Liberty fragen, ob er ein sauberes hat?«, flüsterte er zurück. Er hätte sich ebenso gut ein Megaphon vor die Lippen halten und die Frage an den gesamten Peak District richten können.

Mr Liberty, der gerade ein paar Becher abwusch, fuhr herum. »Schon wieder etwas zu meckern, Miss Costello? Dabei wollte ich Sie gerade zum Frühstück einladen.«

Bei der bloßen Vorstellung wurde Clara übel. Doch zu ihrem Entsetzen sagte Ned: »Oh ja, gern.« Er strahlte Mr Liberty an. »Was hast du denn zu essen? Ich bin sehr hungrig.«

Eilig griff Clara ein. »Wie wär's, wenn ich uns drüben im Wagen etwas Leckeres zusammenbrutzele?« Um einer Magen-Darm-Grippe zu entgehen, würde sie alles tun, sogar für diesen ungenießbaren alten Mann kochen. »Wir haben jede Menge Eier und Speck.«

Er warf ihr einen scharfen Blick zu. »Wollen Sie damit andeuten, dass mein Haus für Sie nicht gut genug ist? Dass es nicht sauber ist?«

»Ich will gar nichts andeuten«, erwiderte sie und stand auf, um den giftigen Ausdünstungen des Gasofens zu entgehen, »sondern ich sage es Ihnen klipp und klar: Das Haus, oder zumindest das, was ich davon gesehen habe, ist eine einzige Gesundheitsgefahr.«

Er blähte die Nasenflügel. »Für jemanden, der noch so jung ist, haben Sie ganz schön Nerven, Miss Costello. Sind Sie Menschen gegenüber, die Sie kaum kennen, immer so direkt?«

Sie lächelte ihm versöhnlich zu. »Wie Sie vorhin gesagt haben, bisweilen kommt man in eine Situation, wo man gezwungen ist, eine Ausnahme zu machen. Womit ich sagen will, dass ich Ihnen gegenüber sehr zurückhaltend bin. Sie sollten sich glücklich schätzen.«

Er stieß ein kurzes, bellendes Lachen aus. »Ned, mein Junge, du hast eine außergewöhnliche Mutter, wusstest du das? Und nur zum Beweis, dass ich nicht nachtragend bin, werde ich ihr Frühstücksangebot annehmen. Das dürfte ihr eine Lektion sein, ihre impertinente Zunge im Zaum zu halten, meinst du nicht auch?«

Im Wohnmobil machte sich Gabriel hungrig über seinen Teller mit Eiern und Speck her und genoss jeden Bissen davon. Er konnte sich nicht erinnern, wann er zuletzt etwas Warmes zum Frühstück gegessen hatte.

»Möchtest du etwas Ketchup, Mr Liberty?«, fragte Ned über den schmalen Tisch hinweg, ein Stück gebratenen Speck am Gabelzinken.

»Ketchup ist was für Imbissbuden«, erwiderte Gabriel kurz angebunden. »Das ist das Opium des gemeinen Volks.«

»Was ist Opium?«

»Das braucht er nicht zu wissen«, mischte sich seine Mutter ein. »Und mit vollem Mund spricht man nicht.«

»Meinen Sie mich oder Ihren Sohn?«

»Sowohl als auch.«

»Warum brauche ich das nicht zu wissen?«

»Ja, Miss Costello, nur zu, keine falsche Zurückhaltung. Sie haben doch sicher eine Antwort für Ihren wissbegierigen Sohn. Wo Sie doch sonst anscheinend auch auf alles eine Antwort haben.« Zu seiner Freude zeigte ihm eine leicht hochgezogene Braue, dass er einen Treffer gelandet hatte.

»Das ist eine Droge, die aus Mohn hergestellt wird, Ned«, sagte sie, »und sie macht sehr süchtig. Sie löst einem das Gehirn auf. Und bevor du fragst, was süchtig heißt, das bedeutet, dass man die Sache immerzu haben will.«

»Wie Schokolade?«

»Ja. Nur noch viel schlimmer.«

»Aber wie kann es einem das Gehirn auflösen? Und wenn ich zu viel Schokolade esse, löst sich mein Gehirn dann auch auf? Läuft es mir dann zu den Ohren heraus, gluck-gluck-gluck, wenn ich den Kopf schüttele?« Er demonstrierte das Ganze mit rollenden Augen.

Er erinnerte Gabriel an Caspar und Damson, als sie klein waren. Sie hatten ihn unablässig bestürmt, mit einer ermüdenden Frage nach der anderen. Und es hatte nie genug Antworten für sie gegeben. Jonah war das genaue Gegenteil gewesen, er hatte kaum die Zähne auseinander bekommen. Wenn er etwas wissen wollte, fand er es selbst heraus. »Jonah ist ein intelligenter Junge, Gabriel«, hatte Val oft gesagt. »Du solltest ihn mehr ermutigen. Zeig ihm, dass du stolz auf ihn bist.« Doch Jonah hatte sein Talent verschleudert.

Innerlich seufzend und um seine gute Laune gebracht, tunkte Gabriel ein Stück Toast in das Eigelb seines zweiten Spiegeleis. Er erinnerte sich noch gut an den schmerzhaften Schlag, den Jonah ihm mit seiner Ankündigung versetzt hatte, er wolle Lehrer werden. Sie waren in der Bibliothek gewesen. Die untergehende Sonne hatte den Raum in bernsteinfarbenes Licht getaucht, in ihren letzten Strahlen hatten Staubkörnchen in der warmen Luft getanzt, und aus irgendeinem anderen Teil des Hauses war Musik herübergeklungen. »Bitte, Dad«, hatte Jonah gesagt, die Hände in die Hosentaschen gestopft, »mach es mir nicht schwerer, als es ohnehin schon ist. Hör mich einfach an und versuch, meine Entscheidung zu respektieren. Mehr verlange ich nicht.«

»Das Einzige, was ich je von dir verlangt habe, ist Respekt, Loyalität und Pflichtgefühl, wie mein Vater es von mir verlangt hat.«

»Vielleicht hatte dein Vater Unrecht, so viel von dir zu verlangen. Wenn er dich anders behandelt hätte, hättest du vielleicht auch uns anders behandelt.«

Erzürnt über die doppelte Kritik, gegenüber ihm selbst und seinem Vater – einem Mann, den er gleichermaßen gefürchtet und angebetet hatte –, tat Gabriel das Unvorstellbare: Er holte aus und schlug Jonah, und zwar so fest, dass er hintenüberfiel. Schockiert sah er, wie sein jüngster Sohn wieder aufstand und seinen blutenden Mundwinkel berührte. Doch in Gabriel tobte etwas Schlimmeres als Zorn, etwas, das ihn reizte, Jonah erneut zu schlagen. Er hatte nie herausgefunden, ob es Absicht gewesen war, aber als Jonah den Staub von seinen Kleidern klopfte, wanderte sein Blick von Gabriels Gesicht zu dem Porträt von Anastasia, das über dem Kamin hing, als wolle er sagen: »Wie fände sie wohl dein Verhalten?« In Wirklichkeit jedoch fragte er mit leiser, vollkommen gefasster Stimme: »Warum lässt du mich mein Leben nicht selbst vermasseln, Dad? Warum willst du es für mich tun?«

Sie hatten kein weiteres Wort gewechselt. Weder an dem Abend noch in der Woche und den Monaten, die folgten. Nachdem Jonah an jenem Abend aus dem Raum gegangen war, bekam Gabriel ihn ein Jahr lang nicht zu Gesicht. Er hatte seinen jüngeren Sohn nie für stur gehalten – das war eher Caspars und Damsons Art –, aber die Tatsache, dass er zwölf Monate lang keinen Fuß nach Mermaid House setzte, bewies zu Genüge, dass Jonah genauso stur war wie er selbst. Dafür respektierte er seinen Sohn sogar beinahe.

Das Geräusch eines Motors schreckte Gabriel aus seinen Gedanken. »Soll ich mal nachschauen, wer es ist?«, fragte Ned, glitt prompt von seinem Sitz und öffnete die obere Hälfte der Seitentür, sodass er hinausspähen konnte. »Es ist ein Auto«, verkündete er, auf den Zehenspitzen stehend. »Da kommt dich jemand besuchen, Mr Liberty.«

»Gut beobachtet, junger Mann«, sagte Gabriel, wischte mit dem Finger auf der beschlagenen Fensterscheibe ein Guckloch frei und erkannte verärgert die fahrende japanische Folterkammer, die gerade auf den Innenhof rollte. Hatte der verfluchte Kerl denn keine Kranken und Sterbenden, um die er sich kümmern konnte?

»Soll ich ihn reinholen, Mami?«

»Nein, Ned, Mr Liberty möchte seinen Gast sicher lieber in seinem eigenen Haus empfangen.«

Gabriel schob sich ein letztes Stück Würstchen in den Mund und erhob sich steif von der Bank. Er hatte das ungute Gefühl, dass er bereits wusste, weshalb Dr. Singh gekommen war, und wenn er diesen nervtötenden Quacksalber jemals loswerden wollte, würde er seine grauen Zellen ein wenig anstrengen müssen.

Bis Gabriel durch den Regen über den Hof gegangen war, stand Dr. Singh bereits vor der Hintertür und klopfte. »Wissen Sie, was Ihr Problem ist?«, sagte er zu dem Arzt. »Sie haben zu viel freie Zeit. Ich nehme mal an, Sie wollen reinkommen?«

»Guten Morgen, Mr Liberty. Ja, in Anbetracht des scheußlichen Wetters wäre es sicher nicht verkehrt, wenn wir ins Haus gehen würden.«

»Und es wäre ebenfalls nicht verkehrt, wenn Sie mit Ihren krummen Spielchen aufhören würden«, sagte Gabriel, als sie in der Küche standen und Dr. Singh, nachdem er sich seines nassen Mantels entledigt hatte, einen Blick auf den Arm verlangte. »Sie sitzen mir ständig im Nacken, und das gefällt mir nicht.«

»Hm ... sieht gut aus. Es heilt sehr schön. Und jetzt das Auge. Was für krumme Spielchen?«

»Das ist doch alles nur ein Vorwand, um mir wieder zu erzählen, dass ich mir eine Haushaltshilfe besorgen soll. Und wenn ich nicht tue, was Sie sagen, kommen Sie mir wieder mit Erpressung.«

»Aber, aber, Mr Liberty, ich verstehe gar nicht, was Sie meinen. Hm ... ja, auch Ihr Auge sieht schon viel besser aus. Aber Sie brauchen tatsächlich Hilfe, und ich bin fest entschlossen, Sie davon zu überzeugen. Ihr Haus ist sehr groß, und Sie –«

»Und ich werde nicht jünger«, beendete Gabriel den Satz für ihn. »Blablabla. Sie können es kaum erwarten, mir die Sozialbehörde auf den Hals zu hetzen, was? Am liebsten würden Sie mich doch in so eine kleine Schachtel verpflanzen, wo alle zehn Minuten eine Krankenschwester in der Tür steht, um nachzusehen, ob ich mich nicht vor lauter Langeweile umgebracht habe. Warum machen Sie nicht gleich Nägel mit Köpfen und lassen mir einen passenden Sarg zimmern?«

»Ein verführerischer Vorschlag, den man durchaus erwägen sollte. So riskant es auch aussieht, darf ich mir mal die Hände waschen?« Er nahm ein kleines Handtuch und ein winziges Stück eingepackter Seife aus seiner Arzttasche.

»Oh bitte, nur zu.«

»Wie ich sehe, haben Sie Gäste?« Der Arzt blickte durch das Fenster hinaus in den Hof. »Jemand aus der Familie? Oder wollen Sie ein wenig durchs Land ziehen und Ihren Horizont erweitern?«

»Mein Horizont ist weit genug, besten Dank. Wenn Sie es unbedingt wissen wollen ...« Doch er sprach den Satz nicht zu Ende. »Familie«, wiederholte er. »Wieso haben Sie das gesagt?«

»Ein Schuss ins Blaue.«

Familie, dachte Gabriel bei sich. Gar keine schlechte Idee. Aber ob es funktionieren würde? Nun, versuchen konnte man es ja mal. »Wie es der Zufall will, ist Ihr Schuss ins Blaue ein Treffer. Meine Tochter ist für eine Weile zu Besuch gekommen.«

Dr. Singh drehte den Wasserhahn mit der Spitze seines Zeigefingers zu, nahm das kleine weiße Handtuch von seiner Schulter und trocknete sich die Hände ab. »Sie haben also Ihre Meinung geändert?«

Gabriel sah ihn verständnislos an. »Wie meinen Sie das?«

»Als wir uns das letzte Mal unterhielten, hatte ich den Eindruck, Ihre Familie läge Ihnen nicht besonders am Herzen. Hat es eine Versöhnung gegeben?«

»Äh ... ja, etwas in der Art.«

Dr. Singh lächelte. »Das sind ja wunderbare Nachrichten. Werden Sie Ihrer Tochter denn gestatten, von nun an eine aktivere Rolle in Ihrem Leben zu spielen?«

»Oh, bitte tun Sie mir den Gefallen und reden Sie nicht drum herum. Was Sie eigentlich fragen wollen, ist doch, ob ich zulassen werde, dass sie mir hilft, meinen Dreck wegzuräumen.«

»Sehr treffend formuliert, Mr Liberty.«

»Und wenn dem so wäre, würden Sie mich dann in Ruhe lassen? Würden Sie dann aufhören, unter irgendwelchen albernen Vorwänden hier aufzutauchen und mich zu erpressen?«

»Schon möglich.«

»Gut, dann rühren Sie sich nicht von der Stelle, ich hole meine Tochter herüber. Sie werden sofort sehen, dass ich in den besten Händen bin.«

Gabriel stapfte erneut über den Hof, ohne die geringste Ahnung, ob Miss Costello das Spiel mitspielen würde, aber, wie er sich selbst gerade gesagt hatte, versuchen konnte man es ja mal. Schließlich brauchte er sie nur dazu zu überreden, ein oder zwei kleine Notlügen zu erzählen, und dann wären alle glücklich.

Oder genauer gesagt, *er* wäre glücklich.

16

Während Clara die schmutzigen Teller auf der Spüle stapelte, Ned neben sich auf seinem kleinen Tritt, bereit, ihr zu helfen, hörte sie sich Mr Libertys ungewöhnliche Bitte an. Amüsiert ließ sie ihn herumdrucksen, bis seine Stimme schließlich erstarb und seine Worte verlegen zwischen ihnen in der Luft hingen. Auf ihre Antwort wartend, trat er von einem Fuß auf den anderen, wie ein ungezogener Schuljunge vor dem Direktor. »Moment mal«, sagte sie. »Habe ich das richtig verstanden? Sie wollen, dass *ich* Ihre Tochter spiele?«

Erneuter Fußwechsel. »Ich dachte eigentlich, dass ich mich klar genug ausgedrückt hätte.«

»Wäre es unverschämt zu fragen, warum?«

»Ich hätte mir ja denken können, dass Sie Schwierigkeiten machen. Warum können Sie nicht einfach akzeptieren, worum ich Sie bitte?«

»Weil es nicht meinem Wesen entspricht. Ich möchte alle wichtigen Fakten kennen, bevor ich eine Entscheidung treffe. Wenn ich bei Ihrem seltsamen Täuschungsmanöver mitspielen soll, finde ich es nur recht und billig, dass ich erfahre, warum und wozu. Also raus mit der Sprache – oder lassen Sie Ned und mich weitermachen. Wir haben heute noch einiges vor.«

»Himmelherrgott noch mal! Sie sind wirklich die nervenaufreibendste Frau, die mir je begegnet ist, Miss Costello!«

»Bei allem Respekt, Mr Liberty, mir scheint, Sie brauchen meine Hilfe dringender als ich Ihre Unverschämtheiten, wenn Sie also mit Ihrem Geschimpfe fertig sind –«

»Schon gut, schon gut. Ich möchte, dass Sie meine Tochter spielen, damit dieser lästige Quacksalber mich in Ruhe lässt. Und dazu muss ich ihm beweisen, dass ich ein liebendes Familienmitglied an meiner Seite habe, das es kaum erwarten kann, sich um mich zu kümmern.«

»Und wenn Ihnen das nicht gelingt?«

»Dann habe ich wahrscheinlich in null Komma nichts die Sozialbehörde am Hals. Und Sie haben ja gesehen, in welchem Zustand das Haus ist – die werden mich sofort in ein Altenheim abschieben, weil ich angeblich nicht imstande bin, allein zurechtzukommen.«

»Meinen Sie nicht, dass Sie ein wenig übertreiben? So einfach geht das doch nicht.«

»Wenn es um Ihre Freiheit ginge, würden Sie es riskieren?«

Clara dachte über seine Worte nach. Gut, vielleicht war er paranoid, und vielleicht wäre er in einer geordneteren Umgebung mit regelmäßigen Mahlzeiten wirklich besser aufgehoben, aber wer außer ihm selbst konnte schließlich beurteilen, ob er sich dort auch besser *fühlen* würde? Wenn er den Rest seines Lebens in seinem eigenen Dreck verbringen wollte, bis er an der Beulenpest starb, war das schließlich sein gutes Recht. Sie hatte keine Ahnung von Altersheimen und wusste nicht, welche Rechte die Sozialbehörden besaßen, aber sie verstand genug, um zu wissen, dass es hier um etwas Grundsätzliches ging. Offensichtlich hatte Mr Liberty den Eindruck, dass dieser Dr. Singh, der gerade darauf wartete, die liebende und treu sorgende Tochter seines Patienten kennen zu lernen, ihn nicht in Frieden lassen würde, bis er davon überzeugt war, dass sich jemand um den alten Herrn kümmerte. Wenn ein paar Flunkereien genügten, um alle zufrieden zu stellen, warum sollte sie nicht mitspielen?

»Gut«, sagte sie, »ich mache es. Und da Ihr Doktor schon lange genug wartet, bringen wir es am besten sofort hinter uns. Wir haben keine Zeit, uns irgendetwas Kunstvolles zusammenzustricken, also halten wir das Ganze möglichst einfach. Einverstanden?«

Gabriel nickte. »Ich dachte mir, wenn er fragt, könnten Sie ihm sagen, Sie seien auf unbestimmte Zeit hier.«

»Und Ned? Was erzählen wir über ihn?«

Mr Liberty zögerte. »An den Jungen hatte ich gar nicht gedacht. Nun, er wird dann wohl mein Enkel sein müssen.«

Bei dieser Bemerkung wandte sich Ned vom Spülbecken um, eine riesige Seifenblase in den Händen. Er strahlte und pustete vorsichtig gegen die Seifenblase. Sie löste sich von seinen Händen, schwebte auf Mr Liberty zu und landete auf seiner Schulter. Dort zerplatzte sie.

»Hoffentlich passiert das nicht auch mit unserer Geschichte, wenn wir zu Ihrem Dr. Singh gehen«, bemerkte Clara.

Dr. Singh war in eine drei Monate alte Ausgabe des *Daily Telegraph* vertieft, die auf einer Schachtel mit alten Schuhen und Marmeladengläsern lag, als Gabriel und seine frisch erworbenen Angehörigen die Küche betraten. Sobald er ihre Schritte hörte, hob er den Kopf.

Mit lauter, jovialer Stimme sagte Gabriel: »Dr. Singh, darf ich Ihnen meine Tochter Damson und meinen Enkel Ned vorstellen?«

»Sehr erfreut, Sie kennen zu lernen«, sagte der Arzt und trat vor, um ihnen die Hand zu geben. »Mr Liberty, Sie haben mir gar nicht erzählt, dass Sie bereits Großvater sind. Und so ein reizender Junge. Ganz wie seine Mutter. Die Ähnlichkeit ist unübersehbar.«

»Sie sind nicht mein Pfarrer, ich muss Ihnen nicht alles beichten.«

Dr. Singh lächelte Clara verschwörerisch zu. »Ihr Vater ist ein höchst ungewöhnlicher Mann. Ich schätze, seine Art von Humor ist nicht jedermanns Sache.«

»Oh, er ist schon immer ein komischer alter Kauz gewesen, aber das ist sein besonderer Charme. Nach außen bärbeißig, aber im Grunde doch ganz liebenswert, nicht wahr, *Dad*?«

Sie genießt das Ganze von A bis Z, dachte Gabriel mit halbem Lächeln. Aber er genauso, wenn er ehrlich war. Vor allem gefiel ihm die Vorstellung, diesem neugierigen Quacksalber eins auszuwischen. »Wenn du meinst, *Liebes*.«

»Er hat mir erzählt, dass Sie für eine Weile bei ihm bleiben wollen«, sagte Dr. Singh.

»Ja, das stimmt. Ich dachte mir, ich nehme ihn mal unter

meine Fittiche, räume hier ein bisschen auf und bekomme ihn vielleicht sogar dazu, eine Haushälterin einzustellen.«

Dr. Singh lächelte erneut. »Na, da wünsche ich Ihnen viel Glück.« Bedeutungsvoll ließ er den Blick durch die Küche wandern.

»Oh, keine Sorge, ich kriege meinen alten Haudegen von Vater schon auf Trab, darauf können Sie sich verlassen.«

»Wenn ihr beide jetzt genug über mich hergezogen seid, als wäre ich ein Volltrottel«, sagte Gabriel bissig, »könntest du vielleicht so nett sein, *Damson,* und den Doktor zur Tür begleiten. Irgendwo warten sicher Dutzende von Sterbenskranken, die es kaum erwarten können, in den Armen ihres Hausarztes dahinzusiechen.«

»Ja, natürlich, *Dad.*«

Überrascht, wie leicht sie mit der Geschichte durchgekommen waren, sah Gabriel den beiden nach. Er hörte die Hintertür aufgehen und wollte sich gerade begeistert auf die Schulter klopfen, als der Arzt zurückkam. Gabriel erstarrte. Verdammt! Hatte der verflixte Kerl ihnen nur etwas vorgespielt?

»Oje«, seufzte Dr. Singh, »man sollte ja eigentlich meinen, ich hätte es inzwischen gelernt.« Er trat näher und griff nach seiner Arzttasche, die er auf einem Stuhl liegen gelassen hatte. »Man hat mir schon hundertmal gesagt, dass ich längst meinen Kopf vergessen hätte, wenn er nicht angewachsen wäre.« Er lachte fröhlich.

Gabriel zwang sich mitzulachen. »Haben Sie jetzt alles?«, fragte er.

»Ich hoffe es. Ich habe jedenfalls keine Lust, heute noch mal hier rauszufahren. Ihre Einfahrt ist tödlich für meine Stoßdämpfer.«

»Dann bleiben Sie am besten weg.«

Trotz des Regens begleitete Clara den Arzt zu seinem Wagen. Durch das Fenster sah Gabriel, dass sie tief ins Gespräch versunken waren. Keine Frage, worüber sie sprachen. Zweifellos horchte der gute Doktor die verlorene Tochter nach ihrem armseligen alten Vater aus.

»Und?«, fragte er, als sie in die Küche zurückkam.

»Und was?« Sie schüttelte die Regentropfen aus ihrem Haar.

»Sind wir damit durchgekommen?«

»Fürs Erste, ja.«

»Wie bitte?«

»Sie haben Verschnaufpause bis nächste Woche. Er sagte, er würde versuchen, am Montag noch mal vorbeizukommen, um sich zu vergewissern, dass Ihr Auge wieder in Ordnung ist.«

»Das ist Schikane!«, wetterte Gabriel. »Das lasse ich mir nicht bieten! So eine Unverschämtheit!«

»Eine Menge Leute würden für solch einen fürsorglichen Arzt ihr letztes Hemd geben.«

»Aber ich nicht! Ich – ich werde so tun, als wäre ich nicht da. Oder noch besser, ich fahre zu seiner Praxis. Da wird er aber dumm gucken, dieser Quälgeist!« Dann sagte er in ruhigerem Ton: »Warum können die Leute nicht begreifen, dass ich einfach nur meine Ruhe haben will? Ist das denn wirklich zu viel verlangt?« Er sank auf einen Küchenstuhl.

Die Hände auf Neds Schultern gelegt, beobachtete Clara ihn von der anderen Seite des Raums aus. Der arme Mann bot ein trauriges Bild. Und zum ersten Mal, seit sie ihm begegnet war, sah sie nicht einen knurrenden, zähnefletschenden Tyrannen, sondern einen alten Mann, der darum kämpfte, seine Würde zu bewahren. Nur dass er es auf die falsche Weise anging.

Die moderne Welt funktionierte nicht nach den alten Regeln der Diktatur. Heute lief sie über andere Schienen wie Kompromissbereitschaft, Takt, List und subtile Manipulation. Clara wusste, wovon sie sprach: Sie hatte all dies während ihrer Zeit bei Phoenix oft genug eingesetzt. Sie konnte die Management-Lehrgänge schon nicht mehr zählen, bei denen ihr immer wieder eingebläut worden war, Probleme gebe es nicht: Probleme sind Herausforderungen, und Herausforderungen muss man sich stellen.

Doch wie sollte sich der alte Mann daran anpassen? Wie sollte er zu der großen, allgemein gültigen Erkenntnis gelangen, dass alles ein Geben und Nehmen war?

17

Da es nichts mehr zu sagen gab, nahm Clara Ned bei der Hand und wandte sich zum Gehen. »Warum ist Mr Liberty so traurig?«, fragte Ned, wieder ein wenig zu laut und zu deutlich.

»Ich bin nicht traurig«, grummelte Mr Liberty, das Gesicht in den Händen verborgen. »Ich bin noch nie in meinem Leben traurig gewesen.«

Seine Hand aus Claras Griff lösend, ging Ned zurück zum Tisch, stellte sich neben den alten Mann und sah ihn neugierig an. »Warum versteckst du dich hinter deinen Händen?«, fragte er. »Ist das ein Spiel? Opa macht das auch mit mir. Er sitzt ganz still, öffnet seine Finger ein Stück, und dann macht er plötzlich *buh*! Ich erschrecke mich jedes Mal. Soll ich's dir zeigen?« Bevor Clara oder Mr Liberty ihn davon abhalten konnten, stieß Ned ein ohrenbetäubendes *buh!* aus. Mr Liberty zuckte zusammen, doch Clara sah, dass er versuchte, es zu kaschieren. »Willst du das mit mir spielen?«, fragte Ned. »Vielleicht wirst du dann wieder fröhlich.«

»Ned, ich glaube, Mr Liberty möchte im Moment gar nichts spielen. Er ist nicht in der richtigen Stimmung. Außerdem müssen wir unseren Teil der Vereinbarung einhalten.«

Bei diesen Worten hob Mr Liberty den Kopf. »Welche Vereinbarung?«

»Sie haben uns großzügigerweise einen Platz für die Nacht angeboten, unter der Bedingung, dass wir Ihnen nicht lästig fallen und gleich frühmorgens wieder verschwinden.« Sie sah auf die Uhr. »Frühmorgens ist mittlerweile ein paar Stunden her, aber bis Mittag sollten Sie uns los sein.«

Mr Liberty schien sich zusammenzureißen. »Natürlich. Ich will Sie nicht länger aufhalten. Eine Vereinbarung ist eine Vereinbarung. Wohin fahren Sie? Haben Sie sich schon einen Campingplatz ausgesucht?«

»Noch nicht, aber ich dachte mir, wir fahren erst mal nach Deaconsbridge und stocken unsere Vorräte auf. Außerdem bräuchte ich einen Waschsalon.«

»Da können Sie lange suchen.« Nun klang er schon fast wieder so streitsüchtig wie immer. »Wir hatten mal einen, aber daraus haben sie eine überdrehte Galerie gemacht, in der sie scheußliche Bilder an dämliche Touristen verkaufen, die nicht die geringste Ahnung von Kunst haben.«

Clara lächelte. »Dann werden wir dort zuerst hingehen.« Erneut wandte sie sich zum Gehen, zögerte dann jedoch. »Sollen wir Ihnen irgendetwas mitbringen? Es wäre überhaupt kein Problem.«

Er sah sie unsicher an. »Kommen Sie denn wieder hier vorbei?«

»Nicht unbedingt, aber es macht mir nichts aus, den kleinen Schlenker zu fahren. So weit sind Sie doch nicht von der Stadt entfernt, oder?«

»Das ist nett von Ihnen«, brummte er und nahm Ned einen Kugelschreiber weg, weil er pausenlos darauf herumdrückte und das Klicken an Gabriels Nerven nagte. »Aber ich brauche nichts.«

Sie betrachtete ihn nachdenklich. »Sie sind Freundlichkeit nicht gewohnt, was?«

Er straffte die Schultern und setzte sich aufrecht hin. »In meinem Alter lässt sich Freundlichkeit nicht mehr von Wohltätigkeit unterscheiden.«

»Es wäre Ihnen also lieber, wenn mein Angebot aus dem Wunsch resultieren würde, mich in Ihre Angelegenheiten einzumischen, als zu akzeptieren, dass ich Ihnen einfach nur helfen will?«

Er sagte nichts, sondern nahm Ned eine Lupe aus der Hand, die er aus einem überquellenden Schuhkarton voller Krempel gefischt hatte, der auf dem Tisch stand. Ned hatte sie benutzt, um Mermy genauer zu inspizieren.

»Hören Sie«, sagte Clara, um einen versöhnlichen Tonfall bemüht, »es tut mir Leid, dass die Sache mit Ihrem hartnäckigen Arzt nicht besser gelaufen ist, aber die einzige Art, ihn loszuwerden, besteht darin, ihm ein Stück entgegenzukommen. Räumen Sie das Haus auf und beweisen Sie ihm, dass Sie allein zurechtkommen. Können Sie Ihre echte Tochter nicht bitten, Ihnen zu helfen?«

Gabriel legte die Lupe mit einem lauten Knall auf den Tisch. »Damson lässt sich nur blicken, wenn es sein muss.« Seine Stimme klang hart, verächtlich.

»Damson ist ein ungewöhnlicher Name. Ich wollte vorhin schon danach fragen.«

»Klingt eher wie eine Katze, nicht? Passt auch zu ihr. Damson kann genauso glatt und gerissen sein wie diese verflixten Viecher. Und genauso widerborstig, wenn sie will.«

»War der Name Ihre Idee?«

Er schüttelte den Kopf. »Nein, er geht auf das Konto meiner ersten Frau. Sie hatte eine Schwäche für Ausgefallenes.«

Clara fiel auf, dass dies das erste Mal war, dass er von seiner Familie sprach. »Haben Sie noch mehr Kinder?«, fragte sie.

»Zwei Söhne, beide auf ihre Art Trottel. Caspar ist ein Bauernfänger mit dem Geschäftssinn eines Hamsters, ein geldgieriger Nichtsnutz, der wie Ikarus noch immer nicht begriffen hat, dass es gefährlich ist, zu nah an der Sonne zu fliegen. Jonah, mein anderer Sohn, ist ein willensschwacher Idealist.«

»Und was für ein schreckliches Verbrechen hat er begangen, um so ein Urteil zu verdienen?«

»*Das,* Miss Costello, geht Sie gar nichts an. Und wieso stellen Sie mir überhaupt so viele Fragen? Ich dachte, Sie wollten gehen.«

»Ich habe mich nur gefragt, warum Sie sie nicht um Hilfe bitten. Und Sie haben mir die Antwort gegeben. Sie haben sie vergrault, nicht wahr? Aber wie Sie schon sagten, das geht mich nichts an, also werde ich mich jetzt verabschieden. Es war sehr lehrreich, Sie kennen zu lernen.« Sie streckte ihm die Hand hin.

Er starrte darauf, erhob sich und umfasste sie mit seiner großen, verformten Hand. Dann ließ er los und sah sie an, als beschäftige ihn etwas Wichtiges. »Sagen Sie, Miss Costello«, begann er langsam, »Sie wirken auf mich wie eine Frau, die Herausforderungen genießt. Stimmt das?«

»Das behauptet man von mir, ja.«

»Und beim Frühstück haben Sie mir erzählt, dass Sie keine konkreten Pläne haben, dass Sie und Ihr Sohn einfach von Ort zu Ort ziehen. Sehe ich das richtig?«

»Ihr Gedächtnis trügt Sie nicht. Worauf wollen Sie hinaus?«

»Ich möchte Ihnen einen Vorschlag machen. Helfen Sie mir, diesen lästigen Quacksalber loszuwerden, indem Sie noch ein Weilchen meine Tochter spielen.«

»Soll das heißen, noch mehr Lügen? Und vielleicht könnten Sie etwas präzisieren, was Sie unter ›ein Weilchen‹ verstehen. Noch einen Tag? Zwei Tage?« Sie sah, wie er schluckte, und ahnte, dass er auf mehr hoffte.

»Das kommt darauf an, wie lange es Ihrer Meinung nach dauern wird, dieses Chaos zu beseitigen.« Er deutete auf die Küche.

Clara war sprachlos. Das konnte doch nicht sein Ernst sein! »He, Moment mal, ich glaube, ich hab mich verhört. Wie um alles in der Welt kommen Sie darauf, dass ich auch nur die geringste Lust habe, mich um Ihren Krempel zu kümmern? Ned und ich sind im Urlaub. Hinter jemandem herzuputzen steht nicht auf unserem Programm.«

»Aber Sie schulden mir einen Gefallen.«

»Seit wann das denn?«

»Seit ich Sie vor diesen Schlägern gerettet habe, als Sie sich unerlaubterweise auf meinem Land aufhielten.«

Das war doch wohl nicht zu fassen! »Pff, netter Versuch«, sagte sie abfällig. »Aber wenn Sie meinen, Sie könnten mir ein schlechtes Gewissen machen und mich damit angeln, haben Sie sich geschnitten, guter Mann. Außerdem habe ich mich bereits revanchiert, indem ich Dr. Singh vorgelogen habe, ich sei Ihre Tochter.«

»Nun, wenn ich über Ihre Gutmütigkeit nichts erreiche, dann vielleicht über Ihren Geldbeutel.«

»Tut mir Leid, ich bin nicht interessiert. Wenn Sie jemanden bestechen wollen, versuchen Sie's in den Gelben Seiten.«

»Ich würde aber lieber jemanden bestechen, den ich kenne und dem ich vertraue.«

»Woher wollen Sie wissen, dass ich Sie nicht beklaue?«

»Ich bilde mir ein, eine gute Menschenkenntnis zu besitzen.«

»Auf die Schmeichelei springe ich nicht an, nicht einmal aus Ihrem Mund. Suchen Sie sich eine professionelle Reinigungsfirma mit gutem Ruf.«

»Ich will aber keine Fremden in meinem Haus. Bitte, denken Sie doch wenigstens über mein Angebot nach. Ich zahle Ihnen jeden Preis.«

Doch Clara blieb stur. »Hören Sie, Sie sind es vielleicht gewohnt, Leute herumzukommandieren, aber bei mir funktioniert das nicht. Und nur zu Ihrer Information: Ich bin nicht käuflich.«

»Ach, kommen Sie, alles ist käuflich, das müssten Sie doch wissen. Und denken Sie doch mal an die Herausforderung!«

»Die Antwort ist nach wie vor ein klares Nein.«

Es war die lächerlichste und absurdeste Idee, die Clara je gehört hatte, und während sie und Ned Winnie abreisefertig machten, wusste sie nicht, ob sie sich von Mr Libertys Angebot und seiner damit verbundenen Anerkennung geschmeichelt fühlen oder tödlich beleidigt sein sollte, weil er ernsthaft angenommen hatte, sie sei bereit, ihren Urlaub dafür zu verschwenden, für ihn die Putzfrau zu spielen.

»Der hat sie ja wohl nicht alle«, murmelte sie vor sich hin, während sie in Winnie herumlief, Päckchen und Dosen an ihre Plätze räumte und Schranktüren zuknallte. »Für wen hält der Kerl sich eigentlich?«

Es musste etwas mit Macht zu tun haben, dachte sie.

Der alte Dragoner brauchte eine Dienstmagd, die er umherscheuchen konnte. Darum ging es. Nun, aber nicht mit ihr. Sie war niemandes Dienstmagd. *No Sir*. Und was für eine Frechheit, ihr Geld anzubieten! Sie hatte ihren gut bezahlten Job doch nicht aufgegeben, um diesem ungenießbaren alten Knacker hinterherzuputzen!

Gabriel sah dem Wohnmobil nach, das langsam die Einfahrt entlangholperte, bis es verschwunden war. Dann wandte er sich wütend und enttäuscht von dem bleiverglasten Turmfenster ab – wütend, weil er sich so weit erniedrigt hatte, jemanden um Hilfe zu bitten, und enttäuscht, weil er wusste, dass ihm diese Miss Costello und ihr Sohn fehlen würden. Sie waren nicht lange bei ihm gewesen, aber sie hatten etwas an sich, das er mochte. Ihre Gesellschaft hatte ihm gefallen.

Die direkte, offene Art der Frau war eine wohltuende Abwechslung zu der kriecherischen Herablassung, mit der man ihn sonst so oft behandelte, und der Junge war sehr aufgeweckt, ihm entging nichts von dem, was um ihn herum geschah. Er hatte vergessen, wie ehrlich Kinder sein konnten. Wie sie den Finger auf die Wunde legen und erbarmungslos darin herumstochern konnten. Traurig hatte ihn der Kleine genannt. Ja, in dem Moment war er tatsächlich traurig gewesen. Und müde. Erschöpft. Ausgelaugt. Ein Schatten seines früheren Selbst. Alt – und bereit, das Handtuch zu werfen.

Er wusste, dass er gegen das System ankämpfte, und dass dieses alle Trümpfe in der Hand hatte. Es war nur eine Frage der Zeit, bis Dr. Singh und seinesgleichen mit ihren üblen Plänen Erfolg haben würden. Und die Vorstellung, eines Tages aus seinem Haus verscheucht zu werden, um den Rest seines Lebens inmitten von lauter unerträglichen Fremden zu verbringen, deren einzige Ablenkung im Wechseln der Inkontinenzwindel nach einer Runde Bingo bestand, trieb ihm den Angstschweiß auf die Stirn. Ihm war auch klar, dass diese Angst ans Pathologische grenzte und durch keinerlei persönliche Erfahrungen begründet war, aber er hatte genug Horrorgeschichten in den Zeitungen gelesen, um zu wissen, dass Altersheime fürchterlich waren. Letztes Jahr, bevor der Fernseher kaputtging, hatte er eine schauerliche Serie über ein paar arme alte Damen und weißhaarige Burschen gesehen, die ihr Lebensende zu den Klängen von »It's a long way to Tipperary« und »The Hokey-Cokey« abgesessen hatten. Manchmal hatte er heute noch deswegen Albträume, aus denen er schweißgebadet und mit wild pochendem Herzen aufwachte, voller Panik, dass er seine letzten Jahre umgeben von ekelhaft mütterlichen Frauen verbringen würde, die ihm anboten, ihm beim Pinkeln zu helfen. Großer Gott, eher würde er sich eine seiner Schrotflinten an den Kopf setzen.

Deshalb hatte er diese Miss Costello angebettelt. Er hatte sie für stark und tüchtig gehalten, für jemanden, dem er vertrauen konnte, wenn es darum ging, Mermaid House auszumisten. Er wusste, dass es dringend nötig war, und wenn er nur jemanden fand, der ihm beim Anfang half, würde er den Rest schon schaffen.

Schon seit einer ganzen Weile vor Vals Tod war nichts mehr gemacht worden, und ihre ganzen Sachen lagen noch überall herum – Kleider, Schmuck, Parfüm, Bücher, lauter Zeug, mit dem er nichts anfangen konnte, das er aber auch nicht wegwerfen mochte. Es erschien ihm wie ein Sakrileg, ihr Leben auf diese Weise zu demontieren.

Als Anastasia starb, war es genauso gewesen. Es hatte Jahre gedauert, bis er ihren Kleiderschrank und ihre Kommode leer geräumt hatte. Aber damals hatte er es einfach nicht über sich gebracht, sich von ihren Sachen zu trennen. Ihre Dinge um sich zu haben hatte sie irgendwie lebendig erhalten. Noch lange Zeit nach ihrem Tod öffnete er abends vor dem Zubettgehen den Schrank und strich mit der Hand über ihre Kleider, drückte den weichen Stoff an sein Gesicht und atmete ihren süßen, sinnlichen Duft ein. Eines Abends, als er dachte, die Kinder schliefen bereits, schlich sich Damson plötzlich herein und fragte ihn, was er da tue. Sie stand im Türrahmen, den Kopf zur Seite geneigt, und sah ihn an, als sei er übergeschnappt. »Du solltest alles wegwerfen«, sagte sie nüchtern, »oder verbrennen. Caspar und ich könnten ein Feuer für dich machen.«

Er konnte kaum glauben, was er da hörte: Sieben Jahre alt, und sie schlug ihm vor, die wenigen greifbaren Erinnerungen, die noch von ihrer Mutter existierten, zu verbrennen! Die Grausamkeit ihrer Worte entsetzte ihn. »Warum bist du nur so abscheulich gefühllos?«, fragte er.

Sie antwortete nicht, sondern starrte ihn nur an, bis er die Schranktür schloss.

Er hatte den Zwillingen gesagt, dass ihre Mutter nicht zurückkommen würde, wie viel sie auch weinten, doch er konnte sich nicht erinnern, bei Caspar und Damson auch nur eine einzige Träne gesehen zu haben. Nicht einmal bei der Beerdigung, als sie vollkommen gefasst in der heißen Sommersonne neben ihm standen und trockenen Auges auf den Sarg ihrer Mutter blickten, Hand in Hand, auf eine Weise verbunden, die ihn ausschloss.

Gabriel ging über den staubigen Holzboden zu der schmalen Treppe, die durch einen kurzen, unbeleuchteten Gang zur Bibliothek führte, wo sich rechts neben dem Kamin eine Geheimtür befand. Das war es, was er Ned morgens gezeigt hatte. Die Augen des Jungen waren groß wie Untertassen geworden, als Gabriel ihm den verborgenen Hebel zeigte, bei dessen Betätigung die untere Hälfte des Bücherregals aufschwang. »Wohin kommt man da?«, hatte Ned mit einem vorsichtigen Blick in die Dunkelheit gefragt.

»In den Turm, den man von der Vorderseite des Hauses sieht.«

»Gehst du mit mir rauf? Bitte, ich bin auch ganz brav.«

»Wenn du mir versprichst, Acht zu geben, wo du deine Füße hinsetzt«, erwiderte Gabriel, zog den Kopf ein und erklomm die Stufen. »Hier ist es stockfinster, also bleib dicht bei mir.«

»Gibt es hier Spinnen?«

»Und wie.«

»Große?«

»Riesige, und sie haben Nagelstiefel und abgesägte Schrotflinten. Also schau ihnen lieber nicht in die Augen, sonst verspeisen sie dich zum Frühstück.«

Es hatte ihm solchen Spaß gemacht, den Gesichtsausdruck des Jungen zu sehen – der offensichtlich zu erraten versuchte, was davon stimmte –, dass er noch mehr geheimnisvolle Geschichten erzählte, von Geistern, die im Turm lebten und im Dunkel der Nacht mit ihren Ketten rasselten und Türen zuschlugen. Natürlich alles erfunden, aber Kinder liebten so etwas.

Als er frühmorgens aus dem Küchenfenster geblickt und gesehen hatte, dass Ned hinter der Scheibe des Wohnmobils zu ihm herüberschaute, war er einem seltenen Impuls gefolgt und hinausgegangen, um den Jungen zu fragen, ob er sich das Haus ansehen wolle. Jetzt war ihm klar, dass es ein Fehler gewesen war, ihn zu einem Verstoß gegen die Regel seiner Mutter zu animieren – dass er den Wagen nicht ohne ihre Erlaubnis verlassen durfte –, aber in dem Moment hatte er sich nichts dabei gedacht. Sie schlief tief und fest, und ihm erschien es sinnvoller, ihr noch ein wenig Ruhe zu gönnen, während ihr Sohn seinen Spaß hatte.

Und den hatte er gehabt. Er war hingerissen von dem Geheimgang und dem Turm und hatte Gabriel höflich gefragt, ob er ihn hochheben würde, damit er nach draußen schauen konnte.

Es war Ewigkeiten her, seit Gabriel im Turm gewesen war, und er sah schlimmer aus, als er ihn in Erinnerung hatte. Das letzte Mal war er hinaufgegangen, um einen Vogel zu befreien, der durch eine zerbrochene Fensterscheibe hereingeflogen war, und die Kleckse klebten noch immer am Boden und an den Wänden.

Caspar und Damson hatten sich als Kinder oft im Turm verkrochen. Jonah hatte ihn nie betreten dürfen. Selbst als Val einschritt, weigerten sich die Zwillinge, ihn hineinzulassen. »Er ist ein dummes Baby«, riefen sie durch die verschlossene Tür, »und wir wollen ihn hier nicht haben. Er verdirbt uns nur den Spaß.«

Als Gabriel in der Bibliothek angekommen war und die Geheimtür hinter sich geschlossen hatte, stieß er einen Seufzer aus. So viele Erinnerungen hingen in diesem Haus! Schöne und weniger schöne. Und ein paar ganz schreckliche.

Vielleicht würde er, wenn er das Haus von einem Teil des Mülls befreite, auch die Erinnerungen loswerden, die ihn plagten. Ein gründlicher Frühjahrsputz, innerlich wie äußerlich, das war es, was er brauchte.

Als er zum zweiten Mal Witwer geworden war, hatte er geglaubt, dass er den Haushaltskram mit links schaffen würde. Ist doch kein Problem, hatte er gedacht, solange er sich ein Ei kochen konnte und einmal in der Woche die Waschmaschine anwarf. Doch er hatte nicht damit gerechnet, dass Dinge schief gehen oder lästige, zeitaufwändige Aufgaben sich ansammeln würden, bis er ihrer nicht mehr Herr wurde.

Gabriel fluchte leise darüber, dass diese Miss Costello sein Angebot nicht angenommen hatte. Nun waren sie und ihr Sohn verschwunden.

Na, umso besser! Einfach hier aufzutauchen und sich umsonst bei ihm einzunisten! Pah!

18

Clara hatte gehofft, dass Mr Libertys Behauptung sich nicht bestätigte, doch bisher war ihre Suche nach einem Waschsalon in Deaconsbridge erfolglos verlaufen, genau wie er es ihr vorhergesagt hatte. Dennoch war das Ganze keine völlige Zeitverschwendung gewesen: Sie kannte sich jetzt ein wenig im Ort aus und wusste, dass ein kleines Stück vom Marktplatz entfernt ein bescheidener Supermarkt war, wo sie ihre Vorräte aufstocken konnten.

»Tja«, sagte sie zu Ned, als sie ein letztes Mal um den Markt fuhren und die langen Scheibenwischer unter dem inzwischen noch stärkeren Regen hin und her surrten, »ich fürchte, dies ist einer der seltenen Momente, wo ich mich geschlagen geben muss. Vielleicht gibt es auf dem nächsten Campingplatz ja eine Waschmaschine, die wir benutzen können. Sollen wir jetzt unsere Einkäufe erledigen?«

»Und danach im Mermaid Café zu Mittag essen?«

»Gute Idee, und da überlegen wir uns dann, was wir als Nächstes machen. Wir schauen uns die Karte an und gucken, ob wir einen Campingplatz finden, dessen Name uns gefällt. Oh, und da ist noch was, das wir erledigen sollten, bevor wir fahren. Wir müssen ein großes Notizbuch und ein paar Postkarten kaufen.«

Während sie die nächste Straße nach links nahm, erzählte sie Ned von ihrer Idee, ein Tagebuch zu führen. Der Gedanke gefiel ihm. »Oh, können wir auch ein paar neue Malstifte kaufen? Bitte!«

Clara lächelte. Was war das nur mit Kindern und Malstiften? Egal wie viele Päckchen man ihnen kaufte, es mussten immer ein paar neue her. Von dem Moment an, als Ned alt genug war, einen Stift zwischen seinen Fingern zu halten, war er zu einem Papierwarenfanatiker geworden. Zu Hause ordnete er pausenlos seinen Vorrat an Filzstiften, Radiergummis, Büroklammern und Zeichenblöcken. Claras Mutter behauptete, sie sei als Kind genauso gewesen, nur dass ihre Sammlung noch mehrere Dutzend Bleistiftspitzer umfasst habe. Anscheinend hatte sie unablässig nach der ultimativen scharfen Spitze gestrebt. »Ich denke, dafür wird das Budget reichen«, sagte sie.

»Dann male ich Mr Liberty und sein Schloss.«

»Langsam, Ned, das soll ein Tagebuch werden, kein Gruselkabinett.«

»Und dann den Geheimgang und den Turm, den er mir gezeigt hat«, fuhr Ned begeistert fort. »Er hat mir erzählt, da wären lauter Spinnen, aber ich habe keine gesehen. Und er hat gesagt, sie hätten Stiefel und Gewehre, aber ich wusste, dass das nur ein Witz war. Spinnen sind doch gar nicht groß genug, um ein Gewehr zu tragen, Mami, oder?«

»Vielleicht brauchen sie welche, wenn sie bei einem Mann wie Mr Liberty wohnen. So, da wären wir, und zum Glück kostet das Parken nicht mal was, wenn wir nur eine Stunde hier bleiben. Das Leben wird immer besser, Ned.«

Der Supermarkt war klein und gehörte offenbar keiner Kette an. Mit seiner Front aus unverputztem Stein und getöntem Glas stach er aus den alten Häusern der Umgebung heraus.

Sie rannten durch den Regen zum Eingang, schnappten sich einen Einkaufswagen und legten los. Doch mit Ned am Steuer war es nur eine Frage der Zeit, bis sie ihren ersten Zusammenstoß erlebten. Er war vollkommen auf seine Aufgabe konzentriert, und ihr erstes Opfer war eine Gefriertruhe mit »Hühnchen Kiew« im Sonderangebot, die unpraktischerweise mitten in einem Gang platziert war. Als Nächstes erlegten sie einen großen Flechtkorb mit Walker's Chips, und schließlich, beim Endspurt am Regal mit Wein und Spirituosen, rammten sie einen anderen Einkaufswagen, der von einem langgesichtigen Mann in einem teuren Anzug geschoben wurde. Wie durch ein

Wunder kamen sie relativ unversehrt und mit allem Gewünschten, außer dem Notizbuch und den Stiften, an der Kasse an.

Da nur zwei Kassen besetzt waren, stellten sie sich bei der mit der kürzeren Schlange an. Verlegen bemerkte Clara, dass sich der Langgesichtige hinter sie stellte. In seinem Wagen standen ein Dutzend Flaschen Champagner, der im Angebot war. Mit dem Champagner und dem edlen Anzug wirkte er vollkommen fehl am Platz. »Grundgütiger«, murmelte er nach ein paar Minuten genervt und tappte ungeduldig mit seinem teuer beschuhten Fuß. »Warum dauert das denn so lange?«

Die Frage war an niemand Bestimmtes gerichtet, und Clara hatte nicht die Absicht, sie zu beantworten. Stattdessen packte sie ihre Waren aufs Band und betrachtete die Frau, die vor ihr stand. Sie war schätzungsweise Mitte oder Ende siebzig und trug einen Filzhut, wie Claras Großmutter ihn immer getragen hatte. Sie wirkte bestürzt und blickte von der Kassiererin zu dem Portemonnaie in ihrer zitternden Hand. Dann sagte sie etwas, das Clara nicht verstand. Als Antwort wanderte bei der Kassiererin eine strichdünn gezupfte Augenbraue in die Höhe. »Sie haben was?«

Was die alte Dame auch gesagt haben mochte, sie kam damit offenbar nicht weiter, und das Mädchen – eine mürrische Göre in einem rosa-weiß gemusterten Overall – klickte mit ihren schimmernden falschen Nägeln auf die Kasse und verdrehte, zu Clara gewandt, die Augen, als wolle sie sagen: »Die hat mir gerade noch gefehlt.«

»Würden Sie bitte mal etwas Tempo machen?«, nörgelte der Anzug von hinten. »Im Gegensatz zu den meisten Leuten in diesem Kaff habe ich nicht den ganzen Tag Zeit.«

Nervensäge, dachte Clara angewidert. Sie überließ Ned seiner Besteigung des Einkaufswagens und trat vor, um zu sehen, ob sie helfen konnte. »Was ist los?«, fragte sie die Kassiererin.

»Keine Ahnung. Ich versteh kein Wort von dem, was die Alte sagt.«

Clara wandte sich an die ältere Frau. »Kann ich Ihnen helfen?«

Ein blasses, aufgeregtes Gesicht voller Verwirrung und Hilflosigkeit sah sie an. Zitternde Hände zeigten ihr das Portemonnaie mit dem Druckverschluss: Es war leer. Oje, dachte Clara, was nun?

»Himmelherrgott, das ist ja zum Verrücktwerden! Kann denn nicht jemand mal was tun?«

Mit zuckersüßem Lächeln drehte sich Clara zu dem Anzug um. »Wie wär's, wenn Sie als Erstes mit Ihrem Gemecker aufhören würden? Oder Sie nehmen am besten Ihren Billigschampus und stellen sich an der anderen Kasse an.«

Er starrte sie wütend an. »Und wie wär's, wenn *Sie* besser auf Ihren Bengel aufpassen würden? Er ist mir schon dreimal auf den Fuß getreten, seit ich hier stehe.«

Clara streckte ihm die Zunge heraus und wandte sich dann wieder der Frau und ihrem leeren Portemonnaie zu. »Wie viel ist es?«, fragte sie das Mädchen an der Kasse.

»Wie viel ist was?«

»Die *Rechnung* der Kundin«, sagte sie langsam und mit spöttischer Betonung. »Bitte sagen Sie Bescheid, wenn ich zu schnell spreche.«

»Drei Pfund siebzehn«, erwiderte das Mädchen beleidigt.

»Gute Güte, was für ein Vermögen.« Clara griff in ihre Tasche und holte ihre Kreditkarte heraus. »Buchen Sie es hier drauf und dann tippen Sie meinen Einkauf ein, so schnell es Ihre hilfsbereiten kleinen Finger auf die Reihe kriegen, *okay*?«

»Arrogante Ziege«, murmelte das Mädchen, als Clara sich zu der Frau umdrehte, um ihr das Ganze zu erklären. Sie wirkte noch verwirrter und bestürzter als zuvor.

»Machen Sie sich keine Sorgen«, sagte Clara. »Die Sache ist erledigt. Ich habe für Sie bezahlt.« Doch ihre Worte schienen die Aufregung der Frau noch zu verstärken, und sie begann so schnell zu sprechen, dass Clara nichts verstand. »Hier«, sagte sie langsam, »das ist Ihre Einkaufstüte. Kommen Sie jetzt zurecht?«

Doch die alte Dame schüttelte den Kopf und ergriff Claras Arm. Nach einem quälend langen Anlauf brachte sie hervor: »Sie … mit mir.«

»Sie möchten, dass ich Sie begleite?«

Ein erleichtertes Lächeln und ein Nicken bestätigten ihr, dass sie richtig verstanden hatte.

»Aber wohin?«

Es folgte ein weiterer chaotischer Wortschwall, der keinerlei Erleuchtung brachte.

»Wollen Sie, dass ich Sie nach Hause bringe?«

Clara verstand die Antwort nicht, aber nachdem sie ihre Einkäufe bezahlt und in Tüten gepackt und Ned gegenüber durchgesetzt hatte, dass jetzt sie den Einkaufswagen schob, verließen die drei den Supermarkt. Sie kamen nur langsam vorwärts, da ihre neue Freundin offenbar Schwierigkeiten mit ihrem Bein hatte und jeden Schritt mithilfe eines Stocks so vorsichtig setzte, als bewege sie sich durch ein Minenfeld. Da ihre Parkzeit abgelaufen war, erklärte Clara der Frau, dass sie mit dem Wohnmobil zu ihr nach Hause fahren mussten. Die Wegbeschreibung gestaltete sich jedoch ausgesprochen schwierig. Dann kam ihr der Gedanke, die Frau zu bitten, ihre Adresse aufzuschreiben.

Doch als sie ihr ein Stück Papier und einen Stift gab, stellte sich heraus, dass ihre Hände nicht richtig greifen konnten. Nach einigen mühsamen Anläufen las Clara jedoch das Wort »Schlaganfall«. Ach, das war es also. Sie fragte die Frau, wohin sie wollte. Es dauerte lange, doch schließlich las sie »Second Best« und »Sohn«.

Den Handzeichen der Frau folgend, fuhren sie zurück zum Marktplatz, an der Buchhandlung und am Deaconsbridge Arms vorbei, und bogen dann auf eine Seitenstraße namens Millstone Row, und dort, genau auf der Ecke, erblickte Clara ein Geschäft mit dem Namen Second Best. Davor war gerade genug Platz, um zu parken, und durch die Scheiben konnte Clara eine Schatzhöhle voller Krimskrams und gebrauchter Möbel erkennen. Da sie sah, dass ihre Mitfahrerin mit dem Verschluss des Sicherheitsgurtes kämpfte, half sie ihr und rief dann nach hinten zu Ned: »Okay, du kannst jetzt aussteigen!«

Untermalt vom Bimmeln einer Glocke betraten sie das Geschäft. Es war bis unter die Decke mit Eckregalen, Kleiderschränken und Sitzgruppen voll gestellt. Außerdem gab es Beistelltische, Bücherregale, Stehlampen, Spiegel, diversen Zierrat und jede Menge Stühle – Esszimmerstühle, Küchenstühle, Gartenstühle, Barhocker und sogar einen Schaukelstuhl, der Ned anzog wie ein Magnet. Trotz der Masse von Möbeln und Kleinkram, die in dem beengten Raum zusammengepfercht waren, wirkte der Laden erstaunlich ordentlich, und von irgendwoher erklangen die *Vier Jahreszeiten* von Vivaldi.

»Komme sofort!«, rief ihnen eine Männerstimme zu. »Ich hocke hier nur gerade mit Des O'Connor und Val Doonican hinterm Schrank, aber da müssen Sie sich nichts bei denken.«

Noch bevor sie den Besitzer der Stimme zu Gesicht bekommen hatte, war Clara überzeugt, dass sie ihn mögen würde. Er klang so fröhlich, wie ein frischer Wind.

Die alte Frau bewegte sich mühsam durch den Laden und verschwand hinter einem alten Gaskocher.

»Hallo, Mum, schon zurück? Dann hat Samson dich also abgeholt? Was ist los?«

Immerhin ein Fortschritt, dachte Clara. Sie hatten den Sohn gefunden. Nach einem Schwall unverständlicher Worte erschien er mit seiner Mutter. Auf dem Arm trug er einen Karton mit alten LPs.

Clara erklärte ihm, wer sie war und was sich im Supermarkt abgespielt hatte. Seine Mutter, die neben ihm stand, murmelte immer wieder etwas, das klang wie »Welt, kein Welt«, und zeigte ihm zweimal ihr leeres Portemonnaie. Dann begann sie zu weinen. Ihr Sohn stellte den Karton auf den Boden und legte den Arm um sie. »Ist doch nicht schlimm, Mum. Du hast einfach das falsche Portemonnaie erwischt, weiter nichts. Das hätte jedem passieren können. Jetzt setz dich erst mal hin, und ich mache dir eine Tasse Tee, ja?«

Er half ihr aus dem Mantel, hängte ihn an eine Garderobe, die praktischerweise gerade in Reichweite stand, und führte sie zu einem schokoladenbraunen Sofa aus unechtem Leder. Clara fiel auf, wie freundlich und geduldig er war und wie wenig es ihm offenbar ausmachte, dass seine Mutter in Gegenwart einer Fremden weinte. Der Mann war gut einen Meter achtzig groß und wirkte auf Clara wie ein sanfter Riese. Sie schätzte ihn auf Mitte fünfzig. Er war korpulent, aber sein massiger Körper schien seine natürliche, warmherzige Art noch zu unterstreichen.

»Würden Sie mich für einen Moment entschuldigen?«, sagte er zu Clara, als die Tränen versiegt waren. »Ich setze nur schnell

Teewasser auf.« Während er fort war, gesellte sich Clara zu seiner Mutter auf das Sofa. Die Frau ergriff Claras Arm, wie sie es im Supermarkt getan hatte, und stammelte nach einer Weile: »Bes-sie. Name … Bessie.«

»Schön, Sie kennen zu lernen, Bessie. Bei den ganzen unfreundlichen Leuten an der Kasse haben wir ja vorhin ganz vergessen uns vorzustellen. Ich heiße Clara, und das da drüben im Schaukelstuhl ist mein Sohn Ned.«

Der gequälte Gesichtsausdruck verwandelte sich in ein Lächeln. »Wetter Hunge. Föne Laugen.«

»Wetter Hunge?«, wiederholte Clara fragend.

»Sie sagt, er ist ein netter Junge und hat schöne Augen.«

Der Sohn war wieder zurückgekommen. Er stellte einen Becher mit Tee auf einen kleinen Beistelltisch neben seiner Mutter und trieb sogar irgendwo einen Untersetzer auf.

»Ich heiße übrigens Archie Merryman«, sagte er und hielt Clara seine große, kräftige Hand hin, »und ich bin Ihnen überaus dankbar. Meine Mutter hatte vor nicht allzu langer Zeit einen Schlaganfall, und seither kommen die Worte nicht immer so heraus, wie sie sollten.«

»Ja, das hat sie mir mitgeteilt. Ich war auf die vermeintlich großartige Idee gekommen, ihr einen Stift und Papier zu geben, damit sie die Adresse aufschreiben konnte, nur war mir nicht klar, dass ihr das Schwierigkeiten bereiten würde.«

»Der Schlaganfall hat vor allem deine rechte Seite erwischt, nicht wahr, Mum?«, sagte er, um sie in das Gespräch einzubeziehen.

In der folgenden Stille bemerkte Clara, dass die Musik aufgehört hatte, und ebenso das Knarzen des Schaukelstuhls. Sie wandte den Kopf, um zu sehen, wo Ned geblieben war, und entdeckte ihn an der anderen Seite des Ladens, wo er eine Kommode inspizierte. »Wofür ist das, Mami?«, rief er herüber.

»Das erkläre ich dir später.« Sie warf dem Besitzer des Geschäfts einen Blick zu. Er lächelte. »Kinder«, sagte sie mit einem Achselzucken. »Fragen, Fragen, Fragen, und immer im unpassendsten Moment.«

»Geschieht Ihnen dämlich«, sagte Bessie.

Clara sah Archie fragend an.

Er übersetzte, ohne eine Sekunde zu zögern: »Sie sagt, er sieht Ihnen ähnlich.«

»Ja, der arme Junge kann seine Herkunft nicht verleugnen. Ich hoffe, es stört Sie nicht, dass er hier überall herumstöbert?«

»Natürlich nicht. Es freut mich, wenn die Leute sich hier wohl fühlen. Er ist ein goldiger kleiner Kerl. Sind Sie hier, um sich Deaconsbridge anzusehen?«

»Ist es so offensichtlich, dass wir Touristen sind? Ich dachte, wir passen ganz gut hierher.«

Er lachte. »Ich bin schon über zwanzig Jahre hier und falle immer noch auf wie ein bunter Hund. Aber wo habe ich nur meine Manieren? Ich hätte Ihnen etwas zu trinken anbieten sollen. Was möchten Sie?«

»Danke für das Angebot, aber ich habe dem jungen Sprössling versprochen, zum Mittagessen ins Mermaid Café zu gehen.« Ned war von der Kommode zu einem Beistelltisch gewandert, wo er ein *Star Wars*-Puzzle entdeckt hatte. »Nein, lass es im Kasten, Ned!«, rief Clara, da sie sah, dass er drauf und dran war, sich häuslich niederzulassen. Hier gab es genug Dinge, um selbst das hyperaktivste Kind bei Laune zu halten. Sie erhob sich. »Auf Wiedersehen, Bessie, es war nett, Sie kennen zu lernen. Passen Sie gut auf sich auf.« Zu Archie Merryman gewandt, fragte sie: »Ich weiß, ich bin unverschämt, aber wäre es in Ordnung, wenn ich unser Wohnmobil vor Ihrer Tür stehen lasse, während wir etwas essen? Es dauert bestimmt nicht lange.«

»Na klar. Das ist doch das wenigste, was ich für Sie tun kann. Genießen Sie Ihr Mittagessen.«

Das Glöckchen klingelte fröhlich, als sie hinausgingen, und während sie auf eine Lücke im Verkehr warteten, um zum Marktplatz zurückzugehen, dachte Clara, wie sympathisch Archie Merryman war. »Ein wetter Mann«, sagte sie lächelnd zu sich selbst.

»Ich fühle mich hier schon wie zu Hause«, sagte Clara zu Ned, als sie am selben Tisch landeten wie am Tag zuvor und von derselben Kellnerin bedient wurden; sie hieß Shirley.

»Warum konnte die Frau nicht richtig sprechen?«, fragte Ned, während sie auf ihr Essen warteten.

Clara erklärte ihm, dass Bessie Merryman einen Schlaganfall gehabt hatte, und versuchte ihm zu beschreiben, was das war, ohne ihm Angst zu machen. »Es kann vorkommen, wenn man jung ist, aber normalerweise passiert es erst, wenn man älter wird.«

Ned dachte darüber nach und fuhr mit dem Zeigefinger über die Karos auf der Tischdecke. »Passiert das auch Oma und Opa?«, fragte er, als sein Finger beim Salzfass ankam und es umstieß.

»Ich hoffe nicht, aber niemand kann wissen, was die Zukunft für ihn bringt. Genau darum geht es im Leben.«

»Warum hat sie geweint?«

»Nun, die Leute im Supermarkt waren nicht besonders nett zu ihr. Der Mann in dem teuren Anzug denkt vermutlich nur an sich selbst, und das Mädchen an der Kasse war vielleicht damit beschäftigt zu überlegen, was sie heute Abend zum Ausgehen anziehen soll. Für sie war die arme Bessie nur ein Ärgernis, und sie hatten keine Lust, sich um sie zu kümmern oder ihr zu helfen. Das wusste Bessie, und es war ihr schrecklich unangenehm und brachte sie ganz durcheinander.«

»Ich mochte den Mann nicht.«

»Hast du ihm deshalb auf den Fuß getreten?«

Ned sah unter seinen langen Wimpern verlegen zu ihr auf.

»Dachte ich's mir doch, du kleiner Halunke.«

Im Café war an diesem Tag noch mehr Betrieb, und es dauerte eine Weile, bis Shirley ihnen das Essen brachte. Sie erklärte, so sei es immer, wenn es anfing zu regnen. »Dann kommen die ganzen Wanderer aus den Hügeln und Mooren und wünschen sich etwas Warmes für den Magen«, sagte sie. »Es wird wohl noch ein paar Tage so voll bleiben.«

»Sie hatten doch gesagt, das Wetter würde erst zum Wochenende umschlagen. Was ist denn mit der Vorhersage schief gelaufen?«

Shirley wischte sich die Hände an ihrem roten Overall ab. »Ich habe mich ja nur um ein paar Tage vertan. Außerdem haben wir hier unser eigenes Klima. Da gelten andere Regeln.«

»Was bedeutet, dass sie, wie jeder waschechte Deaconite, alles nur erfindet.«

Die drei wandten sich um, um zu sehen, wer da gesprochen hatte.

»Ach, was verstehst du denn schon vom Wetter, Archie Merryman? Sind die Blumen zufällig für mich?«

Er zwinkerte ihr zu. »Ausnahmsweise nicht, Shirley.« Dann sagte er, zu Clara gewandt: »Darf ich mich kurz zu Ihnen setzen? Ich werde Sie nicht lange aufhalten.«

»Ja, natürlich. Bitte, nehmen Sie Platz. Was ist denn los?«

»Nichts. Ich hatte bloß vergessen, Ihnen das Geld für den Einkauf meiner Mutter zurückzugeben. Und ... und ich wollte Ihnen die hier geben, um mich für Ihre Hilfe zu bedanken.« Er reichte die Blumen über den Tisch.

Clara war gerührt. »Ich weiß gar nicht, was ich sagen soll. Vielen Dank. Sie sind wunderschön.« Sie atmete den berauschenden Duft der violetten Freesien ein. »Mmh ... herrlich. Aber Sie hätten sich nicht so viel Mühe zu machen brauchen.«

»Das sehe ich anders. Und das hier ist für dich, Ned.« Aus einer Tragetasche, die Clara bis dahin gar nicht bemerkt hatte, nahm er das *Star Wars*-Puzzle.

»Oh, danke schön«, sagte Ned, legte klirrend Messer und Gabel weg und kletterte mit den Knien auf den Sitz, um sich das Puzzle genauer anzusehen.

»Das ist wirklich sehr großzügig von Ihnen«, sagte Clara, »aber –«

»Kein Aber, junge Frau. Davon will ich nichts hören.« Aus seiner Hemdtasche zog er eine Rolle Geldscheine. »Also, wie viel haben Sie für meine Mutter ausgelegt?«

»Du lieber Himmel, laufen Sie immer mit so viel Geld herum?«

»In meiner Branche wird meistens bar bezahlt.«

»Nun, Sie können es wieder einstecken. Ich will das Geld nicht zurückhaben.«

Archie runzelte die Stirn. »Das Arrangement gefällt mir nicht. Ich bin es gewohnt, meine Schulden zu begleichen.«

»Der Betrag war lächerlich. Ich habe mich einfach nur gefreut, dass ich helfen konnte.«

Archie wandte sich zu Ned, der mit dem Finger auf dem Puzzlekarton die Kontur von Luke Skywalker nachzeichnete und gleichzeitig an einem langen Spaghettiband sog. Seine Wangen waren ganz weit eingezogen, und um seine Lippen klebte Sauce Bolognese. »Ned, du hast eine wunderbare Mutter. Pass gut auf sie auf.«

Clara lachte. »Bitte hören Sie auf, Sie machen ihn ja ganz verlegen. Von mir ganz zu schweigen.«

»In dem Fall gehe ich wohl besser.« Archie stand abrupt auf.

Enttäuscht, dass er schon wieder gehen wollte, fragte Clara: »Haben Sie Ihre Mutter allein im Geschäft gelassen?«

»Nein, Samson, mein Mitarbeiter, ist jetzt bei ihr. Er steckte im Stau und kam nicht rechtzeitig zum Supermarkt, wo er meine Mutter abholen sollte. Ich versuche, ihr so viel Unabhängigkeit wie möglich zu lassen, aber es ist nicht einfach. Na ja, genug gejammert. Reisen Sie heute weiter, oder kommen wir in den Genuss, Sie noch ein paar Tage in der Stadt zu haben?«

»Wenn ich einen brauchbaren Campingplatz in der Nähe finde, stehen die Chancen gut, dass Sie uns wiedersehen. Unsere Pläne sind ziemlich flexibel.«

»Wir wollen uns die Höhle mit der Meerjungfrau ansehen«, ließ Ned sich vernehmen. »Und ich habe sogar eine eigene Meerjungfrau. Sie lebt in meiner Tasche. Willst du sie sehen?«

»Eine Meerjungfrau in deiner Tasche? Aber natürlich möchte ich die sehen.« Archie sah zu, wie Ned in seinen Taschen kramte. »Sie wissen, dass die Höhle noch nicht geöffnet ist?«, sagte er zu Clara.

»Ja, Shirley hat uns gestern die schlechte Nachricht mitgeteilt.«

»Mami«, sagte Ned mit zitternder Stimme und unglücklicher Miene, »ich kann Mermy nicht finden!« Seine Unterlippe bebte. Er kletterte von seinem Stuhl, lief zu Clara und verbarg das saucenverschmierte Gesicht in ihrem Schoß. »Ich hab Mermy verloren«, jammerte er.

19

Ned war untröstlich. Er hatte Mermy zuvor erst einmal verlegt, während einer Übernachtung bei Oma und Opa, als Clara auf einer Geschäftsreise gewesen war. Er war so aufgelöst gewesen, dass seine Großeltern das ganze Haus auf den Kopf gestellt, jeden Quadratzentimeter des Gartens abgesucht und das Auto durchkämmt hatten. Als sie schließlich aus schierer Verzweiflung den Mülleimer in der Küche umgekippt hatten, war Mermy in einer zusammengedrückten leeren Teepackung zum Vorschein gekommen. Niemand wusste, wie sie da gelandet war, aber ihr Wiederauftauchen hatte augenblicklich Neds Tränen getrocknet.

So ahnte Clara, dass sie ihren Sohn nur beruhigen konnte, indem sie ihn davon überzeugte, dass sie Mermy auf jeden Fall wiederfinden würden.

Unter den mitfühlenden Blicken zahlreicher Gäste des überfüllten Cafés hob Clara Ned auf ihren Schoß. Sie nahm eine Papierserviette aus dem Halter auf dem Tisch und wischte ihm die Tränen ab. »Schon gut, Ned«, sagte sie besänftigend, »wir finden sie. Keine Sorge. Wahrscheinlich ist sie dir im Supermarkt aus der Tasche gerutscht.«

»Oder vielleicht ist sie auch bei mir im Laden«, sagte Archie und beugte sich hinunter, sodass er mit Ned auf einer Augenhöhe war.

Doch so leicht ließ sich Ned nicht trösten. »Und wenn sie nun jemand mitgenommen hat?«, wimmerte er unter heftigen Schluchzern und drückte sein Gesicht an Claras Schulter.

Shirley kam herüber. »Na, Archie, hast du dem Jungen mit deiner hässlichen Visage Angst eingejagt?«

Clara erklärte ihr, was passiert war.

»Ach herrje«, seufzte Shirley. »Da bleibt Ihnen wohl nichts anderes übrig, als alle Orte abzuklappern, wo Sie heute waren.«

Ned löste sich von Claras Schulter. »Mami, ich glaub, ich weiß, wo sie ist.«

»Tatsächlich?«

Er schniefte laut. »Ich hab sie im Haus von Mr Liberty liegen lassen.«

Clara wusste nicht, ob sie erleichtert oder enttäuscht sein sollte. Noch ein Besuch bei Mermaid House und seinem spleenigen Besitzer – das konnte ja heiter werden. »Bist du sicher?«

Ein weiteres feuchtes Schniefen und ein Nicken. »Ich hab am Tisch mit ihr gespielt, als du mit Mr Liberty geredet hast.«

Clara erinnerte sich vage, dass Ned Mermy mit einer Lupe untersucht hatte. »Und seither hast du sie nicht mehr gesehen?«, hakte sie nach. »Auch nicht in Winnie?«

»Nein, ich glaube nicht.«

»Na, dann scheint das Problem ja gelöst zu sein«, sagte Archie. »Wo wohnt denn dieser Mr Liberty? Müsst ihr da weit fahren?«

»Er wohnt in einem Schloss«, erwiderte Ned und wischte sich mit dem Handrücken über die Augen. »Er hat einen Turm, und ich bin drin gewesen. Einen Geheimgang hat er auch.«

»Das ist nicht zufällig Mr Liberty von Mermaid House in Hollow Edge Moor, oder?«, meldete sich Shirley zu Wort.

»Kennen Sie ihn?«, fragte Clara.

»Ich schätze mal, die meisten Leute hier kennen ihn«, erwiderte Shirley. »Er kommt jeden Freitagmittag zum Essen hierher. Keine von den anderen« – sie deutete mit einer Kopfbewegung Richtung Küche – »will ihn bedienen. Ich bin die Einzige, die dickhäutig genug ist. Der Mann hat noch nie ein freundliches Wort herausgebracht. Wenn ich höflich wäre, würde ich sagen, er ist ein armer alter Trottel, der nicht mehr ganz beieinander ist. Aber wenn ich ehrlich wäre, würde ich sagen, er ist ein unausstehlicher alter Miesepeter, dem man dringend Manieren beibringen müsste.«

»Glauben Sie nicht, dass er nur ein einsamer alter Mann mit etwas exzentrischen Gewohnheiten ist?« Clara fragte sich, warum sie den Drang verspürte, ihn zu verteidigen.

»Versuchen Sie mal, ihn zu bedienen, wenn hier die Hölle los ist und er mit dem Löffel gegen den Teller schlägt, um Ihre Aufmerksamkeit zu bekommen.«

»Eine liebenswerte, tolerante Frau, finden Sie nicht?«, sagte Archie, als Shirley zu einem anderen Tisch gegangen war.

»Wie ist denn Ihre Meinung von Mr Liberty?«

»Wenn es derselbe Kerl ist, dem ich neulich im Krankenhaus begegnet bin, dann würde ich sagen, er hat einen recht spröden Charme und ziemliche Defizite, was Takt und Diplomatie betrifft. Was wollen Sie jetzt tun? Direkt nach Hollow Edge Moor fahren und nachsehen, ob das Spielzeug des Jungen dort ist, oder brauchen Sie erst einmal Hilfe bei der Suche hier in der Nähe?«

Abermals gerührt von seiner Aufmerksamkeit, sagte Clara: »Da Ned offenbar ziemlich sicher ist, dass er Mermy in Mermaid House gelassen hat, werden wir unsere Suche dort beginnen. Falls wir keinen Erfolg haben« – sie senkte die Stimme, um Neds Hoffnung nicht zu zerstören – »kommen wir zurück und schauen im Supermarkt nach. Aber vielen Dank für Ihr Angebot.«

»Ich sehe mich trotzdem mal im Laden um, man kann ja nie wissen. Wenn ich sie finde, lege ich sie für Sie beiseite. So, jetzt muss ich aber los. Viel Glück, und nochmals danke, dass sie Bessie geholfen haben.«

Als Clara und Ned schließlich das Café verließen und über den Marktplatz zu Winnie zurückgingen, hatte es aufgehört zu regnen. Durch das Schaufenster von Second Best sah Clara, wie Archie mit einem hünenhaften jungen Mann sprach, der Schultern wie ein Gewichtheber hatte. Als sie den Motor anließ, wandten sich beide um, und Archie winkte. Sie winkte zurück und drückte kurz auf die Hupe.

»Also gut«, sagte sie zu Ned. »Dann wollen wir mal hoffen, dass Mermy da ist, wo du meinst.« Und dass Mr Liberty nicht irgendetwas Schlimmes mit ihr gemacht hat, ergänzte sie in Gedanken, während sie sich in den Verkehr einfädelte. Na bitte, jetzt tust du es schon wieder, rügte sie sich. Sie sprach abfällig über einen Mann, den sie kaum kannte. Vielleicht sollte sie damit endlich aufhören und sich lieber fragen, warum er so ein Griesgram war. Was war geschehen, das ihn so unausstehlich gemacht hatte? Warum hatte er den Respekt vor und die Freude an der Welt um ihn herum verloren? Und warum zog er sich absichtlich von ihr und von den Menschen zurück, die ihm eigentlich die meiste Freude schenken sollten: seinen Kindern?

Da sie selbst von ihrer eng verwobenen Familie nichts als Liebe und Unterstützung bekommen hatte und zum Glück wunderbare Freunde besaß, konnte sich Clara nicht vorstellen, wie es sich anfühlen musste, so allein zu sein. Und sich von Ned abzuwenden wäre genauso, als würde sie sich einen Arm oder ein Bein abhacken.

Bevor sie mit Ned schwanger geworden war, hatte sie nie zu den Frauen gehört, die schon beim Anblick eines Prénatal-Katalogs dahinschmolzen. Kein einziges Mal hatte sie ihre biologische Uhr ticken hören, die sie eindringlich mahnte, dass die Zeit für die Gründung einer Familie allmählich knapp wurde. Vielleicht kam es daher, dass sie immer davon ausgegangen war, dass sie erst heiraten würde, bevor sie ein Kind bekam. Und da sie nicht verheiratet war und auch keinen Drang dazu verspürte, war ihr nie in den Sinn gekommen, dass ihr ein Baby fehlen könnte.

Doch dann war sie Todd begegnet, und zum ersten Mal hatte sie mit dem Gedanken gespielt, dass eine Ehe durchaus erstrebenswert für sie sein könnte, vielleicht sogar Kinder. Das Verliebtsein hatte ihr Denken und Handeln stark verändert. Sie hatte alle Vorsicht in den Wind geschlagen und sich kopfüber in eine leidenschaftliche Affäre mit einem Mann gestürzt, der sich erst vor kurzem von seiner Frau getrennt hatte. Wenn sie zu Hause gewesen wäre, hätten ihre Verwandten und Freunde ihr gesagt, dass es verrückt war, sich mit einem frisch getrennten Mann einzulassen. Doch sie war nicht zu Hause, und so verschwendete sie keinen Gedanken an die Folgen.

Er hieß Todd Mason Angel und war genauso attraktiv, wie sein Name klang. Er war sieben Jahre älter als Clara und hatte ein Lächeln, das sein Gesicht erstrahlen ließ und die Linien um seinen Mund verwischte. Er stammte aus Wichita, Kansas, und arbeitete schon seit dem Ende seines Studiums beim Hauptsitz von Phoenix in Wilmington. Obwohl er durchaus Ehrgeiz besaß und in seiner Arbeit aufging, war er nicht skrupellos oder abgebrüht, wie man in Anbetracht seiner Position hätte vermuten können. Er war ehrlich und geradeheraus und hatte ihr weder seine Ehe verschwiegen, die vor kurzem zerbrochen war, noch die Gefühle, die er noch immer für die Frau empfand, mit der er fast zehn Jahre verheiratet gewesen war und die die Mutter seiner zwei innig geliebten Töchter war. Clara hatte darauf bestanden, dass sie ihre Affäre in der Firma geheim hielten, weil sie sich nicht dem Vorwurf aussetzen wollte, sie schlafe sich nach oben. Er hatte das akzeptiert, aber sie hatte immer den Eindruck, dass es weniger aus Respekt ihr gegenüber geschah als aus der Hoffnung, sich eines Tages wieder mit seiner Frau zu versöhnen. Kurzum, Clara wusste von Anfang an, dass sie mit dem Feuer spielte und dass sie niemandem außer sich selbst einen Vorwurf machen konnte, falls er die Beziehung beendete.

Ironischerweise erfolgte die Versöhnung zwischen den Eheleuten genau vierundzwanzig Stunden nachdem Clara entdeckt hatte, dass sie schwanger war. Todd und sie hatten vorgehabt, für ein langes Wochenende zu verreisen, und während dieses Ausflugs hatte sie ihm sagen wollen, dass sie ein Kind bekam.

An dem Tag, als sie losfahren wollten, kam er eine Stunde vor der Mittagspause in ihr Büro, machte die Tür hinter sich zu und sagte, Gayle habe angerufen, und sie sei bereit, ihrer Ehe noch eine Chance zu geben. Obwohl er sich bemühte, Clara das Ganze möglichst schonend beizubringen und sein Glück zu verbergen, riss der Knall, mit dem ihr Herz zu Boden schlug, ihre Welt aus den Angeln. Ihr wurde klar, dass sie ihm niemals von ihrer Schwangerschaft erzählen konnte. Mit tapferem Lächeln sagte sie, sie wünsche ihm alles Gute, und wenn es eine Chance gebe, seine Ehe zu retten, müsse er sie ergreifen, das sei er sich und seinen Kindern schuldig.

»Ich werde nie vergessen, was wir aneinander gehabt haben,

Clara«, sagte er und stand auf, bereits voller Elan, seine Ehe wieder aufzubauen. Er fügte hinzu: »Ich habe in meinem Leben nur zwei Frauen geliebt, meine Frau und dich. Ich hoffe nur, du hast nicht das Gefühl, ich hätte dich benutzt, denn das stimmt nicht. So ein Mann bin ich nicht.«

Mit einer beiläufigen Handbewegung sagte Clara: »Na los, raus mit dir. Du hast eine Familie, die auf dich wartet.«

»Du bist mir also nicht böse?«

»Du kennst doch uns Engländer: Haltung bewahren bis zum letzten Atemzug.«

Er beugte sich über den Schreibtisch und küsste sie auf die Stirn. »Es tut mir Leid, Clara. Ich wünschte, das Ganze müsste nicht so enden.«

Sie zuckte die Achseln. »Hey, wir wussten doch beide, dass es irgendwann vorbei sein würde. Und das mit dir und Gayle freut mich wirklich. Aber jetzt lass mich weiterarbeiten.« Sie wollte, dass er aus ihrem Büro verschwand. Noch eine Minute länger, und ihre Entschlossenheit wäre dahin gewesen. Besser, die Kontrolle zu wahren und ihr gebrochenes Herz im Stillen zu pflegen.

Manch einer würde vielleicht sagen, sie habe sich heldenhaft verhalten, doch Clara sah es anders. Ihre Liebe zu Todd war so tief, dass sie wusste, sie musste ihr eigenes Glück seinem unterordnen und ihn gehen lassen.

Den restlichen Tag versuchte sie mechanisch ihre Arbeit zu erledigen, bis sie schließlich aufgab und mit der Behauptung, sie fühle sich nicht wohl, früher nach Hause ging. Es stimmte sogar. Ihr war tatsächlich übel. Während der nächsten zwei Monate war ihre morgendliche Übelkeit so schlimm, dass Clara spürbar abnahm. Einen Monat später kehrte sie nach Hause zurück.

Louise war die Erste, der sie es erzählte, und wie nicht anders zu erwarten, war die Freundin entsetzt. Doch sosehr sie auch bohrte, Clara weigerte sich, den Namen des Vaters zu nennen. Sie versuchte zu lügen, um Todds Anonymität zu wahren, stellte sich dabei allerdings nicht besonders geschickt an. »Komm mir nicht mit der Tour von wegen es war nur ein kleiner Flirt«, sagte Louise. »Ich weiß besser als jeder andere, dass du nicht der

Typ für einen One-Night-Stand bist, Clara Costello. Der Mann muss dir etwas bedeutet haben, denn warum würdest du sonst sein Kind behalten wollen?« Doch Clara blieb stur. Es war der einzige Bereich in ihrer Freundschaft zu Louise und dem Rest der Bande, der tabu war. Sosehr sie Louise auch mochte, wusste Clara doch, dass sie eine Plaudertasche war und es garantiert David erzählen würde, der es wiederum Guy erzählen würde, und im Handumdrehen wüsste jeder bei Phoenix Pharmaceuticals, dass Todd Mason Angel, der frisch ernannte Finanzchef der Firma, der Vater von Clara Costellos Baby war.

Und jedes Mal, wenn Claras Mutter sagte, Neds Lächeln sei ein Geschenk der Engel, kam sie der Wahrheit, ohne es zu ahnen, sehr nah. Todds Lächeln brachte selbst das kälteste Herz zum Schmelzen, und Ned hatte es geerbt.

Als Clara jetzt über das Viehgitter auf dem Weg nach Mermaid House fuhr, hoffte sie, dass Ned bald seinen kostbarsten Schatz zurückbekam und damit auch sein Lächeln wiederfand.

Ob Mr Liberty lächeln würde, wenn er sie wiedersah, stand allerdings auf einem anderen Blatt.

Als Gabriel beim Händewaschen aus dem Küchenfenster blickte und das Wohnmobil durch den Torbogen kommen sah, breitete sich ein sardonisches Lächeln auf seinem Gesicht aus. Sieh an, sie kam zurück! Also war die unverschämte kleine Giftzange doch käuflich. Na, das konnte ja spannend werden.

Er trocknete sich die Hände an seiner Hose ab und ging hinaus, um die beiden zu begrüßen. »Sieht aus, als könnten Sie sich nicht von mir trennen, Miss Costello«, sagte er, als sie vom Fahrersitz stieg. »Aber ich wusste, dass Sie es sich noch mal überlegen würden und dass es nur eine Frage des Geldes war. Nun, welche Summe haben Sie sich vorgestellt?«

Doch er bekam keine Antwort. Ned kam auf ihn zugerannt. »Mr Liberty, hast du meine Meerjungfrau? Ist sie noch in der Küche auf dem Tisch, wo ich sie liegen gelassen habe?«

Und da begriff Gabriel, warum sie zurückgekommen waren: nicht um ihm zu helfen, sondern um sich selbst zu helfen.

»Am besten schaust du mal nach«, sagte er zu dem Jungen. »Du kennst ja den Weg. Aber pass auf, dass du nichts von meinen Sachen anfasst oder durcheinander bringst!«, rief er ihm nach. Ned schoss bereits auf das Haus zu.

Peinlich berührt über seinen Irrtum, starrte Gabriel hinunter auf das eingerissene Leder seiner Schuhe und sagte: »Wie es aussieht, habe ich mich gerade kolossal blamiert, nicht?« Seine Stimme klang kleinlaut, und er ließ die Schultern hängen.

Clara verspürte plötzlich eine Woge des Mitleids für ihn. Wie schwer er sich das Leben machte, dachte sie. Und was für ein Kontrast zu Archie Merryman, der alles tat, um anderen zu helfen. »Vielleicht ein kleines bisschen«, sagte sie sanft. »Aber sagen Sie mir, nur aus Neugier, wann haben Sie zuletzt jemandem Blumen geschenkt?«

Er hob seinen einäugigen Blick. »Wie bitte?«

»Die Frage ist doch ganz einfach. Aber was ich eigentlich meine, ist: Wann haben Sie zuletzt jemandem spontan etwas Gutes getan und sich darüber gefreut? Denn ich bin überzeugt, wenn Sie das öfter täten, wären Sie nicht in der Situation, in der Sie sich jetzt befinden – einem wildfremden Menschen Geld dafür bieten zu müssen, dass er Ihnen hilft. Wenn Sie netter wären, würden sich die Leute darum reißen, Ihnen zu helfen.«

»Wollen Sie damit sagen, wenn ich netter wäre, würden *Sie* sich darum reißen, mir zu helfen?«

»Ich meinte es eher allgemein, dass Sie freundlicher zu Ihrem Nächsten sein sollten.«

»Allgemeines interessiert mich nicht. Und was meinen Nächsten betrifft –«

»Lassen Sie die Haarspalterei.«

»Warum? Sie tun's doch auch.«

»Mr Liberty, hören Sie auf, sich mit jedem anzulegen. Seien Sie freundlicher und warten Sie ab, was passiert. Anstatt heute Morgen beispielsweise unter dem Vorwand, ich schulde Ihnen einen Gefallen, einen Erpressungsversuch zu starten, hätten Sie mich einfach höflich fragen sollen, ob ich bereit wäre, Ihnen zu helfen. Aber so wie Sie es angegangen sind, habe ich natürlich auf stur geschaltet. Und ich vermute, so gehen Sie mit den Leuten immer um, nicht wahr?«

»Ein Mann muss er selbst sein können«, sagte er dickköpfig, holte tief Luft und reckte sich zu voller Größe.

»Ich bin vollkommen Ihrer Meinung, aber ein wenig grundlegende Höflichkeit könnte nicht schaden.«

Da erklang Neds Stimme, und sie wandten sich beide um. »Mami!«, rief er, »ich hab Mermy gefunden. Sie war auf dem Tisch, genau da, wo ich sie hingelegt hatte.« Er kam auf sie zugelaufen und stürzte sich auf Clara, die ihn hochnahm und an sich drückte. Sehen Sie, hätte sie am liebsten zu Mr Liberty gesagt, es braucht nicht viel, um glücklich zu sein. Dann kam ihr ein bedrohlicher Gedanke. Wie viel Mühe, wie viel *echte* Mühe, würde es sie kosten, Mr Liberty glücklich zu machen? Warum war es vorhin so einfach gewesen, Archie Merrymans Mutter in einer schwierigen Situation beizustehen, und jetzt so schwierig, diesem streitsüchtigen alten Mann zu helfen? Gut, seine Ansprüche bewegten sich auf einem anderen Niveau, und er wirkte alles andere als liebenswert, aber wie kam sie dazu, sich ein Urteil herauszunehmen? Wieso stand sie da und hielt ihm einen Vortrag darüber, dass er freundlicher sein sollte, anstatt ihm mit gutem Beispiel voranzugehen?

Weil sie im Urlaub war! Seine Probleme gingen sie nichts an.

Aber sie wäre immer noch im Urlaub, widersprach sie sich selbst. Und Ned würde es hier genauso gut gefallen wie irgendwo anders. Außerdem hatten sie so viel Zeit, was würde es da schon ausmachen, wenn sie einwilligte, ihm eine Woche lang zur Hand zu gehen? Obendrein würde sie ein bisschen Geld verdienen, sie hätten freie Unterkunft, und am Ende der Woche war dann auch die Höhle mit der Meerjungfrau geöffnet. Sie dachte an das, was Ron und Eileen über ihre Lebensweise erzählt hatten, die ihnen so gut gefiel: dass sie jeden Tag nahmen, wie er kam, sich den zahllosen Herausforderungen stellten, die ihnen unterwegs begegneten, und sich durch die Erfahrungen stets bereichert fühlten.

Doch das war eine Entscheidung, die sie nicht allein treffen konnte. Sie flüsterte Ned, der noch immer die Beine um ihre Hüften geschlungen hatte, ins Ohr: »Was hältst du davon, wenn wir für eine kleine Weile hier bleiben?«

»Schauen wir uns trotzdem die Meerjungfrau in der Höhle an?« Seine Lippen kitzelten sie am Ohr.

»Natürlich.«

Er nickte und lächelte.

Clara setzte ihn auf dem Boden ab. »Mr Liberty, ich mache Ihnen einen Vorschlag. Ich schenke Ihnen eine Woche meiner kostbaren Zeit, und im Gegenzug müssen Sie einige Bedingungen akzeptieren. Vor allem müssen Sie mir versprechen, dass Sie sich bemühen, weniger ungenießbar zu sein, sodass Sie nach Neds und meiner Abreise umgänglich genug sind, um auch von anderer Seite Hilfe angeboten zu bekommen. Was halten Sie davon?«

»Klingt, als würde ich dabei eindeutig den Kürzeren ziehen. Was sind die anderen Bedingungen?«

Clara lächelte schelmisch. »Um die kümmern wir uns, wenn es so weit ist. Fürs Erste brauche ich einen Stromanschluss für das Wohnmobil. Den Sie mir selbstverständlich nicht in Rechnung stellen werden. Außerdem brauche ich Wasser.«

»Sonst noch was?«

»Ja. Ich will eine aktuelle Ausgabe der Gelben Seiten.«

»Mir kommen keine Reinigungsfirmen ins Haus, das habe ich Ihnen doch gesagt. Entweder Sie machen es oder keiner.«

»Was ich suche, ist ein Müllcontainer. Ich vermute, Sie haben hier das Gerümpel eines ganzen Lebens herumliegen, und das muss erst mal aussortiert werden, bevor es weitergehen kann. Stehen Sie nicht so herum, ab an die Arbeit.«

»Ich werde diese Entscheidung doch nicht bereuen, oder?«

»Hoffen wir, dass keiner von uns beiden sie bereut.«

20

Es regnete wieder, als Jonah nach der Schule nach Hause fuhr, und es begann bereits zu dämmern. Abgesehen von einem Stapel Aufsätze über den Aufstieg der Nazis in den zwanziger Jahren, die er korrigieren musste, freute er sich auf einen ruhigen, gemütlichen Abend. Abendessen und die neueste Aufnahme von Mahlers 5. Sinfonie, mehr brauchte er nicht.

Trotz des trüben Wetters war er in entspannter und fröhlicher Stimmung. Der Tag war konstruktiv und ergiebig gewesen. Mit Ausnahme einiger Schüler war er sehr zufrieden mit seiner Abschlussklasse und setzte große Hoffnungen in sie, wenn sie im Sommer ihre Prüfungen machten. Wenn es ihm gelang, sie bei der Stange zu halten, ihre Motivation noch ein wenig zu steigern und sie davon zu überzeugen, dass Bildung Macht war, konnte er möglicherweise die besten Ergebnisse in Geschichte erzielen, die Dick High seit Jahren gehabt hatte. Schon jetzt sagten etliche von seinen Schülern, dass sie das Fach mit in die Oberstufe nehmen wollten, und es war ein beflügelndes Gefühl zu wissen, dass ihm in seiner kurzen Zeit als Fachleiter eine so dramatische Verbesserung gelungen war. Sein Vorgänger hatte seit langem das Handtuch geworfen; er war es leid gewesen, gegen Etatkürzungen, den Druck von Leistungstabellen und negative Bewertungen der Schulaufsichtsbehörde anzukämpfen. Schlimmer noch, er hatte den Willen verloren, es mit desinteressierten Schülern aufzunehmen, die, sobald sie einmal gemerkt hatten, dass sie die Stärkeren waren, einen schwachen Lehrer im null Komma nichts fertig machen konnten. Letzten Herbst, in seiner ersten Woche, hatte es eine Gruppe in der elften Klasse auch mit Jonah versucht. Sie saßen in der letzten Reihe, die Füße auf dem Tisch, ihre Schnürsenkel nicht mehr als fingerlange Stummel. Ihn scheinbar ignorierend, reichten sie Ausgaben von *Loaded* und *FHM* herum und erzählten dem Rest der Klasse von den aufregenden nächtlichen Ereignissen in ihrer Wohnsiedlung. Die moderne Weltgeschichte war für sie genauso irrelevant wie die FTSE-Indizes für ihre zukünftige Arbeitslosenunterstützung – oder zumindest meinten sie das.

»Kriegführung«, hatte Jonah gesagt, sein Jackett ausgezogen und es über die Stuhllehne gehängt. »Kann jemand etwas dazu sagen?«

Nachdem er damit für einen kurzen Moment ihre Aufmerksamkeit gewonnen hatte, schrieb er an die Tafel »Niemandsland«, »Zermürbungskrieg« und »Sprungangriff«. Dann bat er um einen Freiwilligen aus der letzten Reihe, der nach vorne kommen und einen Grundriss von der Siedlung zeichnen sollte, in der er und seine Freunde wohnten.

»Nur keine falsche Schüchternheit, meine Damen und Herren«, sagte Jonah und ließ den Blick auf einem speziellen Jungen ruhen. Er hieß Jase O'Dowd, und Jonah hatte seit seiner Ankunft in Dick High nur Übles über ihn gehört. Wie viele Jungen in der Klasse trug er das Haar kurz geschoren, aber mit einer unglaublichen gelgestylten Tolle über der Stirn. Er sah Jonah herausfordernd an, schob sich eine halb gerauchte Zigarette hinters Ohr und sagte: »Ich dachte, das hier wär 'ne beschissene Geschichtsstunde. Karten machen wir in Erdkunde.«

Die anderen feuerten ihn an. »Na los, Jase!«, riefen sie im Chor, »zeig dem Sir, wo wir wohnen.«

»Ja, und gib dir Mühe, wir wollen ja nicht, dass der Sir denkt, bei uns ist es nicht so schick wie bei ihm.«

Pfiffe und Gegröle begleiteten Jase, als er nach vorne schlurfte. Er schnappte Jonah den Filzmarker aus der Hand und zeichnete zwei große Rechtecke, die sich, getrennt durch einen schmalen Streifen, gegenüberlagen. Mit lässigen Strichen unterteilte er die beiden Rechtecke in kleinere Kästchen.

»Könntest du, um dem Ganzen einen künstlerischen Touch zu verleihen, bitte noch mit Pfeilen anzeigen, wo du und deine

Freunde wohnen?«, bat Jonah. Genau wie er es vermutet hatte, landeten die Pfeile alle in dem einen Rechteck. »Und wer wohnt da?«

Neben das andere Rechteck malte Jase einen Totenschädel mit gekreuzten Knochen und schrieb darunter »Wichser«.

»Gut, und was ist dieser Streifen zwischen den Rechtecken?«

»'ne blöde Straße natürlich – was dachten Sie denn?«

»Aha. Und ich nehme an, wenn euch danach ist, jemanden ordentlich zu vermöbeln, müsst ihr diese Straße überqueren, stimmt's?«

Jase grinste. »Wow – Volltreffer. Sie sind gar nicht so doof, wie Sie aussehen, Sir.«

»Nun, Jase, dann wird es dich sicher freuen zu erfahren, dass die Taktiken, die ihr benutzt, um die Terrorherrschaft über eure Nachbarn auszuüben, auf denselben Regeln basieren, die auch die Generäle 1915 im Grabenkrieg an der Westfront zum Einsatz gebracht haben.« Jonah nahm ihm den Stift ab und malte ein Eisernes Kreuz über das eine Rechteck, die britische Flagge über das andere und dann einen Pfeil von dem Wort Niemandsland zu der Straße, die Jase gezeichnet hatte. »Eine Aufgabe habe ich noch für dich, Jase. Könntest du, während ich eine etwas detailliertere Karte von Belgien und Nordfrankreich zeichne, den Fernseher und das Videogerät für mich startklar machen?«

Lautes Gejubel brach aus. »Was gucken wir denn, Sir? *Heiße Titten und geile* –«

»Leider nicht, das müsst ihr euch für die Theater-AG aufheben. Heute werden wir uns den vierten Teil von *Blackadder* anschauen.«

Am Ende der Stunde wusste Jonah, dass er sein Ziel erreicht hatte: Er hatte ihre Aufmerksamkeit gewonnen. Das war erst mal das Wichtigste. Nun, sechs Monate später, war eine Klasse von Leistungsverweigerern, die unter den Lehrern seit langem als die sozialen Außenseiter der Zukunft gehandelt wurden, imstande, einen akzeptablen Aufsatz zu verfassen, und zeigte ein überdurchschnittliches Interesse an einem Thema, das sie bisher abgetan hatte – so, wie auch sie unfairerweise abgetan worden waren.

Nachdem Jonah das Stadtzentrum umfahren hatte, bog er in die Church Brow ab und folgte langsam der steilen, mit Kopfstein gepflasterten Straße. Auf der rechten Seite war eine Reihe von Autos geparkt, und als er sich seinem Cottage näherte, das am Ende der Straße direkt neben der Kirche stand, löste sich der Plan von einem gemütlichen Abend in Luft auf. Vor seiner Tür, in einem protzigen knallblauen Maserati, wartete sein Bruder Caspar.

Was wollte *der* denn hier?

Jonah parkte neben dem Cottage, nahm seine alte lederne Aktenmappe vom Rücksitz des klapprigen Ford Escort und ging zu dem edlen Sportwagen, dem neuesten in einer endlosen Reihe. Der hier musste seinen Bruder selbst mit Händlerrabatt ein kleines Vermögen gekostet haben. Allein das Nummernschild – *Caspar 1* – war vermutlich teurer gewesen als Jonahs fahrender Schrotthaufen, als er frisch vom Band kam.

Das Einzige, was Jonah und sein Bruder gemeinsam hatten, war ihre Liebe zur klassischen Musik, obwohl diese Übereinstimmung bei Caspars Hang zu den überdreht-esoterischen Werken einiger zeitgenössischer Komponisten aufhörte. Und genau diese Art von schriller, dissonanter Musik hörte Jonah jetzt, als er an die Scheibe der Fahrertür klopfte, um seinen Bruder auf sich aufmerksam zu machen. Caspars Kopf ruhte auf der weichen Kopfstütze aus cremeweißem Leder, und seine Augen waren geschlossen, während er mit den Fingern ein imaginäres Orchester hinter dem Armaturenbrett dirigierte.

Die elektrische Scheibe glitt herunter. »Du wirst nass, Bruderherz«, sagte Caspar, untermalt von markerschütterndem *Ting*, *Ping* und *Schrapp*.

»Das dürfte wohl am Wetter liegen. Kommst du rein, oder willst du weiter hier draußen sitzen bleiben und meine Nachbarn mit deinem neuen Auto beeindrucken?«

Caspar bedachte ihn mit einem geringschätzigen Blick. »Willst du damit sagen, in diesen winzigen Hütten leben tatsächlich Menschen? Das kann doch nicht dein Ernst sein!«

Jonah ließ ihn herein. Er hängte seine Lederjacke in den Schrank unter der Treppe und führte seinen Bruder dann in die Küche. Er wusste, dass Caspar das alte Weberhäuschen nicht leiden konnte; es war ihm zu überfüllt und beengt. Caspar wohnte allein in einem kahlen Loft in Manchester, einem Tempel des Minimalismus und der klaren Linien. Soweit Jonah wusste, empfing er dort nie Gäste und ließ kaum jemanden hinein. Jonah selbst hatte die Wohnung nur einmal betreten dürfen, nämlich als Caspar damit angeben wollte. Sie hinterließ in ihm das Gefühl, dass das Geld, das sein Bruder dafür bezahlt hatte, in solch oberflächlichem Glanz zu leben, schlecht angelegt war.

Er sah zu, wie sein Bruder unruhig in der engen, niedrigen Küche auf und ab ging und seine kalten grauen Augen einen wenigstens halbwegs erträglichen Punkt suchten, an den er sich stellen konnte. Caspar trug einen teuren dunkelblauen Anzug mit makellos weißem Hemd und roter Seidenkrawatte und schwarze Schnürschuhe. Sein feines hellbraunes Haar war sorgfältig geschnitten und wies an den Schläfen erste graue Einsprengsel auf. Der Kontrast zwischen den beiden Brüdern hätte nicht größer sein können. Jonah trug ausgebeulte Kordhosen, ein locker sitzendes Hemd mit ein paar Farbklecksen an der Schulter und eine Krawatte, die er schon seit zig Jahren besaß. Sein dunkelbraunes Haar war dicht und lockig, das Gegenteil von Caspars glatten, gepflegten Wellen. Die Jugendlichen in der Schule zogen Jonah oft auf, mit seinem zerzausten Lockenschopf sähe er aus wie David Ginola nach einem Schleudergang.

»Wie ich sehe, hast du die Küche noch immer nicht renoviert«, bemerkte Caspar, der weiter herumtigerte, bemüht, sich nicht den Kopf an den Pfannen zu stoßen, die an einem der Balken hingen. Schließlich blieb er vor einem Regal stehen, das mit Taschenbüchern und CDs voll gestopft war. Mit einem abfälligen Blick auf die handbemalten Schränke fügte er hinzu: »Das ist ja wirklich Landhausstil vom Schauerlichsten. Du solltest die Küche komplett entrümpeln und neu einrichten. Vielleicht was anbauen, damit man sich wenigstens bewegen kann.«

»Zufällig *ist* sie renoviert, Caspar. Bleibst du lange genug, dass es sich lohnt, dir was zu trinken anzubieten?«

»Kommt drauf an, was du hast.«

»Wenn du was anderes als Instantkaffee haben willst, musst du schon ein bisschen liebenswürdiger sein.«

»Was muss ich tun, um ein anständiges Glas Chablis zu bekommen? Männchen machen?«

»Nein, losgehen und welchen kaufen. Ich habe nichts Derartiges hier, das deinem empfindsamen Gaumen gerecht würde.«

Caspar warf ihm einen mitleidigen Blick zu. »Ha, ha, komisch wie immer, unser guter Jonah.«

»Ich gebe mir Mühe. Man weiß ja schließlich nie, wann der große Bruder unangemeldet vorbeikommt, um einem den Abend zu ruinieren.«

»Hattest du etwa was vor? Was für eine Überraschung! Eine Nacht voller hemmungsloser Leidenschaft mit einer Kollegin aus dem Lehrerzimmer? Oder eine geschmeidige Gespielin frisch vom College? Erzähl!«

Jonah wandte Caspar den Rücken zu und nahm eine Flasche Merlot aus dem Weinregal. »Nein, eigentlich hatte ich vor, einige Aufsätze über den Aufstieg der Nazis zu korrigieren«, sagte er. Er füllte zwei Gläser und reichte eines davon Caspar.

Caspar schnupperte misstrauisch daran und fischte dann demonstrativ ein Stückchen Korken heraus. »Nicht übel«, sagte er und schwenkte den Wein im Glas. Er probierte einen Schluck. »Jedenfalls besser als der grässliche Rachenputzer von Sauvignon vom letzten Mal. War er nicht aus Argentinien?«

»Chile.«

»Wie auch immer.«

Merkte er denn nicht, wie lächerlich er war, dachte Jonah, wie er da in seinem teuren Anzug stand und sich großspurig über einen Fusel ausließ, der aus dem Supermarkt stammte und nur drei Pfund gekostet hatte? Wie konnte man nur zu solch einem albernen Schnösel werden und derart arrogant mit seinem Geld angeben? Leider waren Äußerlichkeiten für seinen Bruder schon immer das Wichtigste gewesen. Die richtigen Referenzen zu haben, die richtigen Leute zu kennen, das richtige Auto zu besitzen – das alles gehörte zu Caspars sorgfältig inszeniertem Image. Nach Jonahs Erfahrungen war Caspar vermutlich ein Opfer seiner eigenen Arroganz geworden: Er hatte keine wirklichen Freunde, nur Mitläufer.

»Was tust du hier, Caspar?«, fragte er. »Ist das Telefon seit neuestem nicht mehr gut genug für dich?«

Caspar wechselte die Position. Er ging hinüber zu dem alten Rayburn-Herd, den Jonah gebraucht gekauft und mit viel Geduld restauriert hatte. »Ich habe die berauschenden Sehenswürdigkeiten von Deaconsbridge besichtigt«, sagte er, »insbesondere das Büro von Mainwaring, dem hiesigen Immobilienmakler. Es ist genau, wie ich gedacht habe: Jetzt ist der beste Zeitpunkt, um Mermaid House zu verkaufen. Ich habe mit Mainwaring gesprochen, und er meinte, bis Ende des Sommers sei der Immobilienboom vorbei. Entweder wir verkaufen jetzt, oder wir müssen ein Jahr oder sogar länger warten, bis der Markt wieder anzieht.«

»Und, was wäre dagegen einzuwenden?«

Caspars graue Augen verengten sich. »Ich hab's dir doch schon gesagt, Jonah, wir müssen die Sache so bald wie möglich in Gang bringen. Wenn wir den Alten weiter da wohnen lassen, wird das Haus völlig verfallen. Es ist so schon schlimm genug, und ich wage mir gar nicht vorzustellen, wie es in einem Jahr aussieht.«

»Woher weißt du denn, wie es jetzt aussieht? Wann hast du Dad das letzte Mal besucht?«

Caspar knallte sein Glas auf den Tisch, der zwischen ihnen stand. Seine kühle, arrogante Gelassenheit war wie weggeblasen. »Darum geht es doch gar nicht! Warum musst du immer so verdammt pingelig sein? Kannst du nicht einfach akzeptieren, dass ich Recht habe? Herrgott noch mal! Du warst schon immer eine Nervensäge. Ich hätte wissen müssen, dass es völlig zwecklos ist, hierher zu kommen und zu hoffen, dass man sich vernünftig mit dir unterhalten kann!«

Jonah lehnte sich an die Spüle, schlug lässig ein Bein über das andere und fragte sich, was Caspars Ausbruch zu bedeuten hatte. Es war nichts Ungewöhnliches, dass Caspar ausflippte, aber diesmal war es anders. Normalerweise hielt er die Rolle des hochmütigen Besserwissers mindestens bis zum zweiten Glas Wein durch, bevor er zum Angriff überging. Warum war der Verkauf von Mermaid House plötzlich so dringend? Hatte er sich wieder einmal in finanzielle Schwierigkeiten gebracht? Jonah beschloss nachzubohren. »Da du schon mal hier bist«, sagte er freundlich, »könntest du doch nachher einfach bei Dad vorbeifahren. Wenn du Geld brauchst, wird er sich vielleicht dazu erweichen lassen, dir ein paar Pfund zuzustecken.« Er wusste, dass seine Bemerkung Caspar auf die Palme bringen würde, aber es war ihm egal. Wenn er seinen Bruder auf diese Weise loswurde, umso besser.

Wie vorauszusehen war, sprang Caspar darauf an. »Wie zum Teufel kommst du darauf, dass ich Geld brauche? Diese Behauptung finde ich aus dem Mund von jemandem, der keinerlei Ahnung von Geschäften hat, ziemlich absurd.«

»Es war eine logische Schlussfolgerung. Seit Wochen nervst du mich, dass ich zu Dad gehen soll, um –«

»Ja, und ich wüsste gern, wieso du es noch nicht gemacht hast.«

»Ich hatte zu tun. Wenn du es unbedingt wissen willst, ich habe mich für morgen mit ihm verabredet.«

Das schien Caspar zu besänftigen, und er griff erneut nach seinem Glas. »Oh. Gut. Nun, es wurde ja auch Zeit. Aber denk daran, bleibe hart. Lass dich nicht von ihm einschüchtern.«

Die amüsante Ironie dieser Ermahnung klang noch lange nachdem Caspar gegangen war in Jonah nach. Als er die Aufsätze korrigiert, Mahler aufgelegt und mit der Zubereitung seines Abendessens begonnen hatte, ließ Jonah den unwillkommenen Besuch seines Bruders Revue passieren.

Ihm stand das Wasser bis zum Hals, schloss er, während er das Pilzrisotto umrührte und ein wenig Brühe dazugab. Anders ließ sich nicht erklären, weshalb er sich so weit erniedrigt hatte, mit einem Mann, den er verachtete, in einem Haus, das er hasste, billigen Supermarktwein zu trinken. Caspars Geldnöte schienen schlimmer zu sein als je zuvor, was wahrscheinlich bedeutete, dass er noch hartnäckiger als sonst versuchen würde, seinen Willen durchzusetzen.

Keine angenehme Aussicht.

Caspars Gaunereien ergäben eine unterhaltsame Lektüre, wäre da nicht immer eine arme Seele, die unter seiner Skrupellosigkeit zu leiden hatte. Lügen, betrügen und die Gefühle anderer Leute mit Füßen treten, um zu bekommen, was er wollte – das waren Caspars große Talente. Für ihn war es ein Sport.

Das atemberaubendste Beispiel dafür hatte sich zweieinhalb Jahre zuvor abgespielt, als Jonah unklugerweise und wider besseres Wissen beschlossen hatte, Emily seiner Familie vorzustellen. Er hatte es fast ein halbes Jahr vor sich hergeschoben, doch nun, da sie planten zu heiraten, schien es an der Zeit, dass Val und sein Vater seine zukünftige Frau kennen lernten. Val, die keinen Versuch ausließ, sie als Familie zusammenzubringen, bestand darauf, ein großes Liberty-Treffen daraus zu machen, bei dem alle das Wochenende in Mermaid House verbringen sollten. Damson litt gerade unter akutem Scheidungstrauma, und Caspar kam mit seiner neuesten Freundin, einem Model, sonnenbankgebräunt und nur halb so alt wie er, das er während des gesamten Wochenendes ignorierte. Er interessierte sich viel mehr für Emily.

Und genau davor hatte Jonah Angst gehabt. Bis zu dem Zeitpunkt hatte er Emily absichtlich von Caspar fern gehalten und ihr sogar erklärt, warum. Doch sie hatte ihn nicht ernst genommen und gemeint, er sei paranoid. »Ich liebe *dich*! Warum sollte ich mich auch nur im Entferntesten für deinen Bruder interessieren?«

Doch bei jenem Abendessen sah er, wie Caspar Emily mit seinem Charme umgarnte und dass sie von seiner Aufmerksamkeit geschmeichelt war. Und warum auch nicht? Er sah gut aus, und wenn er wollte, konnte er klug und geistreich sein. Er war der perfekte Dinnerparty-Gast und erheiterte Emily mit Geschichten von Jonah, als er klein war, und erzählte ihr, was für ein wunderbarer kleiner Bruder er gewesen sei und wie viele lustige und freundschaftliche Dinge sie angeblich zusammen erlebt hatten.

»Das klingt ja, als hättet ihr eine idyllische Kindheit gehabt«, sagte Emily, »wie in *Die Schilfpiraten*.«

Mit einem drohenden Blick zu Jonah, der ihm gegenübersaß, sagte Caspar: »Stimmt doch, was sie sagt, nicht wahr, Jonah? Wir hatten eine wunderbare Kindheit.«

Die Wahrheit zu sagen hätte griesgrämig und kleinlich gewirkt, also erwiderte er: »Ab und zu war es wirklich ganz schön.«

Caspar lachte. »Hört ihn euch an!« Dann fuhr er fort: »Warum ziehst du so ein Gesicht, Jonah? Man könnte meinen, das hier wäre ein Begräbnis und nicht die Feier anlässlich deiner baldigen Hochzeit mit diesem göttlichen Wesen. Jetzt lächle doch mal, zum Kuckuck!«

Als sie an jenem Abend zu Bett gingen, sagte Emily: »Dein Bruder hatte Recht, du hast beim Essen wirklich eine Trauermiene aufgesetzt. Bist du sicher, dass du bei den Geschichten über ihn nicht ein bisschen übertrieben hast?«

»Warum sollte ich das tun?«

»Weil du neidisch auf ihn bist.«

»*Neidisch*? Das ist ja wohl ein Witz!« Jonah versuchte, ihren Vorwurf mit einem Lachen beiseite zu wischen, doch sie ließ nicht locker.

»Du hast ihn die ganze Zeit angesehen, als ob du ihn hasst, Jonah. So kenne ich dich überhaupt nicht. Ich finde das ziemlich beunruhigend. Du zeigst mir eine Seite von dir, von deren Existenz ich bislang nichts wusste.«

Das Einzige, was er dazu sagen konnte, war: »Du hast mich eben noch nie im Schoß meiner Familie erlebt.« Er versuchte, mit ihr zu schlafen, um sich zu vergewissern, dass sich ihre Gefühle ihm gegenüber nicht verändert hatten, doch es funktionierte nicht. Er war zu ängstlich, zu überzeugt von seinen Schwächen. Resigniert drehte er sich von ihr weg.

Am nächsten Tag schlug Caspar nach dem Frühstück vor, ein bisschen Luft zu schnappen und einen Spaziergang zu machen. Val sagte, sie wolle in die Kirche, und ihr Vater meinte, er habe Wichtigeres zu tun. Damson wiederum wollte allein sein, damit sie meditieren und ihre Aura zentrieren könne, und Caspars Freundin, die begriffen hatte, dass sie nicht mehr angesagt war, schmollte und sagte, sie habe keine passenden Schuhe dabei. Doch Emily reagierte so begeistert, als hätte er sie eingeladen, zum Mittagessen nach Paris zu fliegen. »Was für eine wunderbare Idee, Caspar! Du scheinst Gedanken lesen zu können. Ein Spaziergang ist genau das, was ich brauche, um die Spinnweben wegzupusten.«

»Spinnweben, Emily? Sag bloß, mein Bruder geht nicht oft genug mit dir aus und lässt zu, dass du Spinnweben ansetzt!«

Obwohl die Bemerkung alles andere als witzig war, brach

Emily in hysterisches Gelächter aus, und Jonah begriff, dass das Einzige, was weggepustet wurde, seine Hochzeit mit Emily war.

Caspar und Emily gingen vorneweg und ließen Jonah neben dem beleidigten Model herstapfen, das ein Paar Stiefel von Val und eine geborgte Wachsjacke trug.

»Ist Caspar immer so?«, fragte sie und hielt zum x-ten Mal an, um nach Luft zu schnappen, während sie einen vollkommen harmlosen Hügel erklommen. Sie war zwar schlank wie ein Rennpferd, hatte aber nicht mehr Durchhaltevermögen als ein aufgeweichtes Knäckebrot.

»Was meinst du?«

»So unhöflich. Und warum unternimmst du nichts dagegen, dass er dir deine Freundin ausspannt? Oder bist du so blöd, dass du es noch nicht gemerkt hast?«

Natürlich hatte Jonah es gemerkt, und wenn diese magere, salatmümmelnde Tussi nicht alle paar hundert Meter anhalten müsste, hätten Caspar und Emily auch nicht so einen Vorsprung gewonnen. Weit vor ihnen, im Schutz eines Felsvorsprungs, sah er Caspar hinter Emily stehen, einen Arm auf ihre linke Schulter gelegt, während er ihr angeblich die markanten Punkte der Landschaft zeigte – Kinder Scout, Cracken Edge und Chinley. Dann sah er, wie seine Hand über ihr windzerzaustes Haar strich. Als sich Emily zu ihm umdrehte, das Gesicht aufwärts gewandt, damit er sie küssen konnte, wusste Jonah, dass es vorbei war.

Er überließ Caspars Freundin ihrem Schicksal und marschierte zurück nach Mermaid House, wo er seine Sachen packte und ohne eine Wort zu Val oder seinem Vater verschwand.

Ein anderer Mann – ein echter Mann, wie sein Vater sofort hinzugefügt hätte – hätte Caspar zur Rede gestellt und ihn windelweich geprügelt. Doch abgesehen von dem einen Zwischenfall in der Schule hatte Jonah nie Gewalt zum Einsatz gebracht, und dabei wollte er es auch belassen.

Abends rief Emily ihn an, um ihm mitzuteilen, was er bereits wusste, nämlich dass ihre Verlobung gelöst war. Voll im Bann der Euphorie, die Caspars Aufmerksamkeit in ihr ausgelöst hatte, erklärte sie Jonah, sie habe erst jetzt bemerkt, wie langweilig er sei. Sie sagte, sie würde mit Caspar zusammenziehen und sie sei noch nie einem so faszinierenden Mann begegnet. »Es war Liebe auf den ersten Blick«, fuhr sie fort. »Ich hoffe, du verstehst das. Er hat mich buchstäblich im Sturm erobert.«

Doch nur wenige Wochen später musste sie erfahren, wie es war, fallen gelassen zu werden. Wie nicht anders zu erwarten, verlor Caspar das Interesse an ihr. Sie schrieb Jonah, entschuldigte sich für das, was geschehen war, sagte, sie ein Dummkopf gewesen und wisse gar nicht, was in sie gefahren sei. Sie fragte ihn sogar, ob es irgendeine Chance gebe, noch einmal neu anzufangen.

Er antwortete nie auf ihren Brief. Was gab es da zu sagen? Er hatte sie gewarnt, dass es Caspars Lieblingsbeschäftigung sei, mit den Gefühlen anderer Leute zu spielen.

Ebenso zwecklos war es, Caspar zu fragen, warum er das getan hatte. Seine Antwort hätte, genau wie beim ersten Mal, als er Jonah eine Freundin ausspannte, gelautet: »Weil ich es kann, Jonah.« Als der schlimmste Wirbel vorbei war, sagte er lediglich: »Sie hat dich ganz eindeutig nicht geliebt, Jonah, denn sonst wäre ich für sie nie eine Versuchung gewesen. Im Grunde habe ich dir sogar einen Gefallen getan. Sei froh, dass du sie los bist. Du brauchst mir nicht zu danken.«

Als Jonah jetzt sein Pilzrisotto auf den Teller füllte und sich noch ein Glas Wein einschenkte, fragte er sich, ob es wohl irgendetwas gab, das Caspar dazu bringen konnte, sich wie ein anständiger Mensch zu benehmen.

21

Archie war an diesem Abend zu müde, um noch etwas zu kochen, und so hatte er auf dem Heimweg vom Geschäft zwei Portionen Fish and Chips mitgenommen. Er packte die Kartons aus, schüttete den Inhalt auf die beiden Teller, die er unter dem Grill vorgewärmt hatte, und stellte sie auf den Tisch, wo sich Bessie gerade abmühte, ein paar Scheiben Weißbrot mit Butter zu bestreichen. Ihre Bewegungen waren herzzerreißend langsam und ungeschickt, und Archie musste plötzlich an frühere Weihnachtsfeste denken, als Bessie immer den größten Truthahn gekauft hatte, den sie sich leisten konnten, und alle Nachbarn, die allein waren, eingeladen hatte, mit ihnen zu feiern. An einem Weihnachtsmorgen hatte sie Archie mit dem Fahrrad losgeschickt, um Miss Glenys Watson herüberzuholen, eine pensionierte Musiklehrerin, die so stolz war, dass sie lieber allein zu Hause saß und Radio hörte, als zuzugeben, dass sie es sich nicht leisten konnte, angemessen Weihnachten zu feiern. Und ebenso wenig wollte sie eingestehen, dass sie außer ihrer alten Katze niemanden hatte, mit dem sie die Feiertage hätte verbringen können. »Bitte, Miss Watson«, sagte Archie, nachdem er an ihre Tür geklopft hatte, »Mum sagt, sie braucht Ihre Hilfe. Sie will, dass wir alle nach dem Mittagessen Weihnachtslieder singen, und Sie sind die Einzige, die so Klavier spielen kann, dass Mum davon keine Kopfschmerzen bekommt. Können Sie nicht kommen?«

Miss Watson wusste sicher, was seine Mutter im Schilde führte, aber sie ließ es sich nicht anmerken. Sie willigte freundlich ein, zog Hut, Schal, Mantel und Handschuhe an, schloss die Tür ab und ging neben Archie her, der sein Rad jetzt schob. Als sie fast bei ihm zu Hause angekommen waren, fragte sie: »Spielst du eigentlich Klavier, Archie?«

»Oh nein, Miss Watson, ich bin ganz unmusikalisch.«

»Vielleicht ist es an der Zeit, dass es dir jemand beibringt. Ich könnte dir nach der Schule Unterricht geben.«

Er erwiderte, das fände er wunderbar, aber er glaube nicht, dass sich seine Mutter das leisten könne. »Aber Sie dürfen ihr nicht sagen, dass ich Ihnen das erzählt habe«, fügte er vertraulich hinzu.

Miss Watson lächelte und sagte: »Ich bin sicher, dass wir für dieses kleine Problem eine Lösung finden.«

Er war damals zehn Jahre alt und verstand noch nicht, dass er gerade zu einer Brücke zwischen der warmherzigen Großzügigkeit seiner Mutter und dem Stolz einer alten Dame geworden war. Er wusste nur, dass es der Weihnachtsmorgen war und ein ganzer Tag vor ihm lag, an dem seine Mutter glücklich sein würde. Nichts machte ihr mehr Freude, als Menschen um sich zu haben, vor allem solche, denen sie etwas Gutes tun konnte. »Die Welt ist voll von traurigen und einsamen Menschen«, sagte sie oft zu Archie, »also müssen wir anderen uns bemühen, ein Lächeln auf ihr Gesicht zu zaubern.« Eines ihrer Lieblingsspiele bestand darin, sich in einen Bus zu setzen und zu sehen, wie viele Leute sie während ihrer Fahrt zum Lächeln bringen konnte. Je größer die Herausforderung, desto mehr Spaß machte es ihr. »Siehst du die arme Alte, die gerade eingestiegen ist? Die mit dem abgewetzten Mantel und dem griesgrämigen Gesicht?«, hatte sie ihm einmal zugeflüstert. »Ich wette um zwei Pfefferminzbonbons, dass ich ihre Mundwinkel zum Zucken bringe, bevor sie aussteigt.« Und natürlich war es ihr auch gelungen, und zwar mit Leichtigkeit. »Es braucht nicht viel, um anderen ein wenig Glück zu schenken«, sagte Bessie immer.

Das erste Weihnachten, das Miss Watson bei ihnen verbrachte, war auch das Jahr, als sein Vater überraschend am zweiten Weihnachtstag auftauchte. Jahrelang hatten sie nichts von ihm gehört, und dann war er plötzlich da, lümmelte sich auf dem Sofa, warf Erdnüsse in die Luft und versuchte, sie mit dem

Mund aufzufangen, und erwartete, eine Mahlzeit serviert zu bekommen, bevor er sich auf den Weg zum Pub machte, um mit seinen früheren Saufkumpanen Wiedersehen zu feiern. Als Archie an dem Abend im Bett lag, hörte er, wie seine Mutter zu seinem Dad sagte, wenn er zurückkommen wolle, dann müsse es, mit Rücksicht auf ihren Sohn, für immer sein oder gar nicht. Archie hielt den Atem an. Er wollte seinen Vater nicht um sich haben. Er wusste, dass es seine Mutter unglücklich machen würde und dass es nur weitere betrunkene Anfälle von Raserei bedeutete. Dann wäre Schluss mit den fröhlichen gemeinsamen Busfahrten und mit den gemütlichen Abenden am Ofen, wo seine Mutter ihm etwas vorlas. Ihm blieb das Herz stehen, als er hörte, wie sein Vater sagte: »Natürlich bin ich für immer zurück, Bess. Was kann ich tun, um dir zu zeigen, dass ich ein ganz anderer Mensch geworden bin? Ich nehme den ersten Job an, der mir über den Weg läuft, und beweise dir, dass ich es ernst meine.«

Natürlich wurde nie etwas aus dem Job, und er lag rauchend und Bier trinkend auf dem Sofa, während Bessie in der Bäckerei arbeitete. Er schlug sogar vor, da er ja zu Hause sei, um sich um den Jungen zu kümmern – für ihn war Archie immer »der Junge« –, solle sie länger arbeiten. Das zusätzliche Geld könnten sie gut brauchen.

Archie hatte nie begriffen, warum seine Mutter, die so stark sein konnte – sie galt in der Nachbarschaft als Fels in der Brandung –, so schwach gewesen war, wenn es um ihren faulen, egoistischen und jähzornigen Mann ging. Vielleicht waren ihre Gefühle für ihn stärker gewesen als ihr gesunder Menschenverstand und hatten es zugelassen, dass sie nachgab, wo sie normalerweise standhaft geblieben wäre.

Und hatte er sich bei Stella nicht genauso verhalten? Selbst als er wusste, dass sie ihn betrog, hatte er sich an die Hoffnung geklammert, sie würde eines Tages wieder dasselbe für ihn empfinden, das er für sie empfand. Wie stolz er gewesen war, solch eine Prachtfrau ergattert zu haben! Sie hätte jeden haben können, aber sie hatte sich für den langweiligen, alten Archie Merryman entschieden. »Weil du mich von alldem hier wegholst«, sagte sie lachend, wenn er sie fragte, warum sie ihn liebte. »All das« war die laute, robuste Familie, in der sie aufgewachsen war. Archie fand, dass ihre Eltern und Geschwister amüsant waren und das Leben zu genießen wussten, doch sie sagte, sie schäme sich für sie, weil sie überhaupt keinen Ehrgeiz besaßen. Stella erwartete so viel vom Leben, und das war auch einer der Gründe, warum er sich selbständig gemacht hatte. Niemand in ihrer Familie hatte das je getan. Die Männer hatten in den Stahlwerken von Sheffield gearbeitet, und die Frauen waren putzen gegangen und hatten Kinder geboren.

»Archie?«

Er sah von seinem Teller auf. Offenbar hatte seine Mutter versucht, mit ihm zu reden. »Entschuldige, Mum, was hast du gesagt?«

»Traurig?«

Er schüttelte den Kopf. »Nein, nur müde. Es war ein langer Tag.«

Mit ihrer guten Hand spießte sie ein Stück Pommes frites auf. »Tut mir Leid.«

»Was denn?«

Ihre Worte sprudelten in einem langen, wirren Durcheinander hervor, doch nach und nach begriff er ihren Sinn. »Ich habe es dir doch schon gesagt, es gibt nichts, wofür du dich entschuldigen müsstest. Es war wunderbar, dass du dich kräftig genug fühltest, um einkaufen zu gehen, und du hast einfach nur aus Versehen das falsche Portemonnaie mitgenommen. Und das hat dich so durcheinander gebracht, dass du dich nicht mehr klar ausdrücken konntest. Erinnerst du dich, was die Therapeutin gesagt hat? Wenn du aufgeregt bist, bleiben die Wörter in deinem Kopf hängen.«

Und wenn die Leute im Supermarkt mehr Verständnis gehabt hätten, wäre es gar nicht erst so weit gekommen, dachte er und stand auf, um Wasser aufzusetzen. Dem Himmel sei Dank, dass diese junge Frau und ihr kleiner Sohn sich um Bessie gekümmert hatten. Er mochte gar nicht darüber nachdenken, was passiert wäre, wenn sie nicht eingegriffen hätten. Ihm brach das Herz bei der Vorstellung, wie verzweifelt Bessie gewesen sein musste, weil sie nicht imstande war zu erklären, was mit ihr los war.

Das Wasser lief über den Rand des Kessels, und er drehte den Wasserhahn zu. Seine Traurigkeit verwandelte sich in Zorn. Sie hatten seine Mutter behandelt, als wäre sie nicht ganz dicht, bis eine Fremde ihr zu Hilfe kam. Noch vor ein paar Monaten war Bessie genauso stark und tüchtig gewesen wie sie auch.

Seine Mutter aß noch immer ihre Fish and Chips, als er sich mit den beiden Teebechern wieder zu ihr setzte. Sie war nie eine schnelle Esserin gewesen, aber jetzt brauchte sie doppelt so lange wie früher. Doch das störte ihn nicht. Er hatte an diesem Abend nichts weiter vor und leistete ihr gern Gesellschaft. Er griff nach der Lokalzeitung und schlug den Anzeigenteil auf, um sich zu vergewissern, dass seine ständige Annonce für Haushaltsauflösungen darin abgedruckt war. Sein Blick blieb an der Spalte mit Veranstaltungen hängen. Es war Jahre her, dass er im Kino gewesen war – Stella konnte nie lange genug still sitzen, um sich einen Film anzusehen –, und er verspürte plötzlich Lust dazu. »Was hältst du davon, am Wochenende ins Kino zu gehen?«, fragte er seine Mutter.

Ohne ihre Antwort übersetzen zu müssen, sah er, dass ihr die Idee gefiel. Früher war ein Kinobesuch für sie immer etwas Besonderes gewesen. Clark Gable, Rex Harrison, Audrey Hepburn und Omar Sharif hatten ihr eine dringend benötigte Portion Ablenkung und Glamour geschenkt.

Archie faltete die Zeitung zusammen und legte sie zwischen ihnen auf den Tisch, damit sie ihre Wahl treffen konnten. Die Filmstars waren zwar heutzutage nicht mehr so glanzvoll wie zu Bessies Zeiten, aber vielleicht gaben sie ihr die Gelegenheit, für eine kleine Weile der Ungerechtigkeit ihres Lebens zu entfliehen.

22

Nachdem das Frühstück beendet und alles weggeräumt war, konnte Clara es kaum erwarten, mit Mermaid House zu beginnen. Ihre einzige Sorge war, Ned bei Laune zu halten, während sie arbeitete. Obwohl er sich durchaus für eine Weile allein beschäftigen konnte, war sie nicht sicher, wie lange es dauern würde, bis er anfing sich zu langweilen. Und wie jede Mutter wusste sie, dass Langeweile zu gefährlichen Unternehmungen oder Dummheiten führen konnte.

Die Lösung bestand darin, ihm etwas zu tun zu geben, und nachdem sie einige der Räume im Erdgeschoss inspiziert hatte, war sie überzeugt, dass dort genug relativ ungefährlicher Krempel herumlag, mit dem sich Ned stundenlang beschäftigen konnte.

Mr Liberty hatte ihnen am Abend zuvor angeboten, sie durchs Haus zu führen, doch Clara hatte abgelehnt. Stattdessen war sie mit Ned noch einmal zu dem Supermarkt nach Deaconsbridge gefahren, wo sie mit einem Vorschuss aus Mr Libertys Brieftasche mehrere Tüten voller Reinigungsprodukte, Gummihandschuhe, Lappen, Politur, Raumduftspray und etliche Rollen Müllbeutel gekauft hatte.

Halbe Sachen waren nicht ihr Ding, und da sie mit dem alten Mann eine Vereinbarung getroffen hatte, war sie fest entschlossen, ihren Teil zu erfüllen. Es hatte keine Gefahr bestanden, dass sie morgens aufwachte und ihren Entschluss bereute. Das war nicht ihre Art. Schon als Kind war sie so gewesen, wie ihre Mutter ihr oft erzählt hatte. Wenn sie beschlossen hatte, die Beste in Französisch zu werden, ließ sie nichts unversucht, um dieses Ziel zu erreichen. Umgekehrt war sie, wenn sie etwas nicht wollte, zum Beispiel eine angefangene Stickarbeit für die Handarbeitsstunde fertig stellen, durch nichts dazu zu bewegen.

Louise und der Rest der Bande zogen sie immer damit auf, dass sie das Leben so klar sah. »Deine Sicht der Welt ist durch nichts zu trüben, was?«, hatte Guy eines Tages in der Firma gesagt, als sie sich um einen Streit zwischen zwei Fließbandarbeiterinnen kümmerte, die behaupteten, nicht miteinander arbeiten zu können. Und vermutlich hatte er damit Recht. Trotzdem wünschte Clara, der Satz hätte nicht wie eine Kritik geklungen.

Zu ihrer Belustigung und Neds Freude hatte Mr Liberty ihnen am Abend zuvor beim Essen im Wohnmobil Gesellschaft geleistet. »Nanu, heute kein Steak und Wein?«, hatte sie gefragt, als er ihre Einladung zu gegrillten Lammkoteletts mit Nudeln annahm. Er hatte etwas Unverständliches gebrummt, was ihre Vermutung bestätigte, dass es eine Weile her war, seit er sich etwas Richtiges gekocht hatte. Wenn überhaupt.

Beim Abendessen schnitt er das Thema an, wie viel Geld Clara für ihre Arbeit erwartete. »Ich bin kein Trottel«, sagte er und deutete mit dem Messer auf sie. »Über den Tisch ziehen lasse ich mich nicht.«

»Und ich bin auch nicht auf den Kopf gefallen, also machen Sie sich auf einiges gefasst. Billig wird das nicht. Wenn Sie das Beste wollen – mich –, müssen Sie auch entsprechend zahlen. Ich hoffe doch, Sie haben genug Geld.«

»Das ist ja wohl die Höhe!«

»Ich möchte nur sichergehen, dass wir beide wissen, woran wir sind. Es könnte ja schließlich sein, dass Sie ein abgebrannter alter Kauz sind, der nicht mehr besitzt als die Kleider auf seinem Leib.«

»Jetzt werden Sie mal nicht unverschämt. Erstens bin ich kein alter Kauz, und zweitens verwette ich mein letztes Hemd, dass ich mehr Geld habe als Sie.«

»Freut mich zu hören. Warum haben Sie sich dann noch nicht irgendeinen anderen Idioten gesucht, der Ihnen für ein Bündel Scheine die Arbeit abnimmt? Oder sind Sie etwa geizig?«

»Ich war noch nie geizig, nur vorsichtig. Wenn ich ein Geizhals wäre, würde ich Ihnen wohl kaum kostenlos Wasser und Strom zur Verfügung stellen, während Sie hier sind. Und für meine letzte Putzfrau habe ich mir keinen Ersatz gesucht, weil ich keine Lust hatte, mir noch eine diebische Elster ins Haus zu holen, die sich an meinen Sachen bedient.«

»Und was hat Sie dazu gebracht, Ihre Meinung zu ändern?«

»Dieser verflixte Arzt, der sich in alles einmischt.« Gabriel erzählte Clara, wie er sich den Arm verbrannt hatte und widerstrebend zur Praxis gegangen war. »In dem Moment, als der Kerl mich fragte, wie ich seit dem Tod meiner Frau zurechtkäme, wusste ich, dass es Ärger geben würde. Prima, habe ich gesagt, aber das glaubt einem ja keiner. Und dann ist er hier aufgetaucht, und ich hatte etwas ins Auge bekommen, und da hat er mich erpresst, mit ihm ins Krankenhaus zu fahren, um es untersuchen zu lassen.«

»Er hat Sie erpresst?«

»Ja, so wahr ich hier sitze. Er hat mir mit der Sozialbehörde gedroht, falls ich nicht auf der Stelle zu ihm ins Auto steige und mit ins Krankenhaus fahre.«

Die Kühnheit des Arztes reizte Clara zum Lachen, doch sie riss sich zusammen. Außerdem tat ihr Mr Liberty auch Leid. Er hatte offensichtlich große Angst davor, man könne ihm seine Unabhängigkeit nehmen. Diese Tatsache überzeugte sie, dass es richtig war, ihm zu helfen, und dass sie ihn unbedingt dazu bringen musste, sich eine dauerhafte Hilfe zu suchen, sobald sie fort war. Wenn er es nicht tat, würde er innerhalb weniger Wochen wieder genau da sein, wo er jetzt war, die Angst vor der Sozialbehörde nach wie vor im Nacken. Falls sie denn wirklich solch eine Bedrohung darstellte.

Bei dem Gedanken an die Tage, die vor ihr lagen, hatte sie gelächelt. Sie würde Mr Liberty eine Dosis von seiner eigenen Medizin verpassen – eine großzügige Portion Tyrannei.

Die Tüten mit Putzzeug in der Hand, ließ Clara Ned vorlaufen, um an die Tür zu klopfen. Sie wurde fast augenblicklich geöffnet, als habe ihr Arbeitgeber nur darauf gewartet, dass sie pünktlich erschien. »Geht es Ihrem Auge jetzt besser?«, fragte Ned. Die Augenklappe war verschwunden, und ohne sie sah Mr Liberty etwas weniger furchteinflößend aus.

»Es ist so gut wie neu«, erwiderte er steif und trat zurück, um sie hineinzulassen. »Wo wollen Sie anfangen? In der Küche?«

»Als Erstes fangen wir damit an, unsere Arbeitsbeziehung zu verbessern«, sagte Clara. »*Sie* werden *uns* einen guten Morgen wünschen, und dann werden *Sie* anbieten, Wasser aufzusetzen. Und während *Sie* uns einen Kaffee kochen, werde ich mir den Schutthaufen ansehen und eine Schadensbegutachtung vornehmen.« Sie drückte Gabriel eine der Tragetaschen in die Hand. »Da drin ist ein Glas Instantkaffee und eine Packung Kekse, die Ihre anstrengenden Pflichten als Tee- und Kaffeebereiter noch zusätzlich erschweren.«

Er stieß ein Grunzen aus und führte sie in die Küche.

»Schon mal daran gedacht, eine Spülmaschine anzuschaffen?«, fragte sie, als sie die Stapel schmutzigen Geschirrs sah, die noch immer unberührt auf der Spüle standen.

»Pure Geldverschwendung für einen allein.«

»Es gibt ein paar erschwingliche Modelle, die kleiner sind, extra für Leute, die allein leben.«

»Erschwinglich«, wiederholte er. »Ich brauche keine Sachen, die *erschwinglich* sind. Ich habe Ihnen doch gesagt, dass ich Geld besitze.«

»Na, dann geben Sie doch mal was davon aus! Oder wollen Sie ums Verrecken alles Ihrer Familie vererben, von der Sie so liebevoll gesprochen haben?«

Gabriel schnaubte spöttisch. Dann griff er nach einem Stift und einem alten Briefumschlag und reichte beides Clara. »Machen Sie eine Liste mit allen Sachen, die ich Ihrer Meinung nach brauche.«

»Gut, dann fangen wir am besten gleich mal mit einem neuen Herz an, ja?«

Als Erstes musste Clara Platz schaffen, indem sie den größten Teil des Krempels entweder auf den Tisch oder auf den Boden räumte, damit sie die Arbeitsfläche schrubben konnte. Nachdem sie die Spüle gesäubert hatte, machte sie den Abwasch, und dann nahm sie sich die Schränke vor, die rappelvoll waren mit Dingen, die vermutlich nie benutzt wurden. In einem der Schränke fand sie ganz hinten eine zwei Jahre alte Packung

Mehl, die vor Maden wimmelte. Mit angewidertem Gesicht warf sie sie in eine Mülltüte, zusammen mit einem Dutzend Dosen abgelaufenem Shippam's-Aufstrich, zwei angebrochenen Gläsern Sauerkraut, einem Glas Meerettich, der einen seltsamen Gelbton angenommen hatte, und einer Dose steinharter Brühwürfel. Es war nicht schwer zu erraten, wovon der arme Mann sich ernährte: Die Stapel von Dosen mit Sardinen und Tomatensuppe sprachen eine deutliche Sprache.

Nachdem sie mit Neds Hilfe die Unterschränke von alten Pfannen, verbeulten Deckeln, Dampfkochern und gewaltigen, uralten Fischtöpfen befreit hatte, rief Clara Mr Liberty herbei. Er erschien im Türrahmen und starrte fassungslos auf das Durcheinander. »Das sieht ja noch schlimmer aus als vorher!«

»Besten Dank für die Ermunterung«, erwiderte Clara scharf. »Hören Sie, Sie müssen mir sagen, was Sie davon behalten wollen.«

Er zuckte die Achseln. »Das überlasse ich Ihnen.«

Sie nahm ihn beim Wort, und da es vermutlich höchst unwahrscheinlich war, dass er in der nächsten Zeit Marmelade einkochen, einen ganzen Lachs pochieren oder genug Gemüse dampfgaren würde, um eine ausgehungerte Armee zu verpflegen, stellte sie eine bescheidene Auswahl an Töpfen und Pfannen für seine grundlegenden Kochbedürfnisse zusammen und wies Ned an, sie zur Spüle hinüberzutragen. So konnte er unter dem Vorwand, sie abzuwaschen, ein wenig mit Spülwasser herumplanschen.

»Was wollen Sie mit dem Rest machen?«, fragte Mr Liberty.

»Ein Teil davon ist reif für die Tonne – dabei fällt mir ein, der Müllcontainer, den ich bestellt habe, müsste gegen Mittag kommen –, aber die, die noch in Ordnung sind, könnten wir in einen Wohltätigkeitsladen geben. Haben Sie so etwas in Deaconsbridge?«

»Es gab mal einen, aber als die Mieten rings um den Marktplatz hochgingen, musste er zumachen.«

»Zum Wegwerfen sind sie aber zu schade. Setzen Sie noch mal den Kessel auf, und ich überlege inzwischen ein bisschen.«

Mit einem Eimer heißem, großzügig mit Desinfektionsmittel versetztem Wasser machte sie sich daran, die Schränke auszuwischen. Es hatte etwas Befriedigendes, aus Chaos Ordnung zu schaffen, und obwohl sie es Mr Liberty gegenüber nie zugegeben hätte, genoss Clara ihre Aufgabe. Wenn der Tag zu Ende war, würde sie das wohltuende Gefühl verspüren, höchstpersönlich diese schmuddelige Rumpelkammer in eine Küche zurückverwandelt zu haben. Und der Raum würde picobello aussehen, so wahr sie Clara Costello hieß.

Als sie sich selbst bei ihrem vollen Namen nannte, musste sie an die förmliche Anrede denken, die Mr Liberty und sie benutzten. Es amüsierte sie, und wenn sie sich nicht irrte, ging es ihm genauso.

Hinter sich hörte sie, wie Ned mit Mr Liberty sprach, der gerade Kaffeepulver in die Becher füllte. Er redete wie ein Wasserfall, genau wie er es zu Hause mit seinem Großvater tat, und sie erkannte, dass sich Ned nicht langweilen würde, solange er jemanden hatte, mit dem er sich unterhalten konnte.

Als Mr Liberty ihr einen Becher Kaffee reichte und sie ihm bedeutete, ihn neben ihr auf den Boden zu stellen, sagte er: »Sie schuften wie ein Kuli, seit Sie hier sind. Gönnen Sie sich doch mal eine Pause.«

Clara wrang den Lappen über dem Eimer aus und tippte sich an eine imaginäre Kappe. »Gott schütze Sie, Sir, dass Sie Mitleid mit einem einfachen Küchenmädchen haben. Ich bin gerührt.«

Sie war sogar noch gerührter, als er die Hand ausstreckte, um ihr hochzuhelfen. »Nehmen Sie Ihren Kaffee mit, dann zeige ich Ihnen das Haus«, grummelte er.

Sie zog die Gummihandschuhe aus und folgte ihm und Ned, der sich die Kekspackung schnappte. Mr Liberty blieb für einen Moment in der Eingangshalle stehen, als müsse er sich erst orientieren. Schließlich war es ein großes Haus.

»Brauchen wir eine Karte?«, fragte Clara mit gutmütigem Spott.

Er warf ihr einen abschätzigen Blick zu. »Meinen Sie etwa, ich wäre schon so senil, dass ich mich in meinem eigenen Haus nicht mehr zurechtfinde?«

»Ganz und gar nicht. Ich wollte nur andeuten, dass Ihr Haus ein wenig größer ist als der Durchschnitt. Wie viele Schlafzimmer hat es denn?«

»Nur zehn.«

»Nur zehn«, wiederholte sie. »Das ist natürlich nicht gerade viel.«

»Ich weiß, wo's langgeht«, sagte Ned und schoss den dunklen Flur entlang, dessen holzgetäfelte Wände mit einem merkwürdigen Sammelsurium aus afrikanischen Masken, einem Barometer, einem großen, üppig verzierten Messingteller, der indisch aussah, und einem mottenzerfressenen Bärenkopf dekoriert waren. Alles war mit einer dicken Staubschicht überzogen, einschließlich des von einem wuchtigen Goldrahmen umschlossenen Ölgemäldes, das einen Hochlandhirsch darstellte.

»Wohin führt er uns?«, fragte Clara. »Und ist Ihnen das überhaupt recht?«

»Zur Bibliothek, und es sieht nicht so aus, als ob ich eine Wahl hätte.«

Als sie Ned einholten, drückte er gerade eine schwere Tür auf. »Nun mal langsam, Partner«, sagte Clara. »Und du hast genug Kekse gegessen.«

Sie nahm ihm die Packung weg und reichte sie Mr Liberty. Ihr Blick fiel auf seine von der Arthritis geschwollenen und verformten Hände. Sie hob den obersten Keks mit der Spitze ihres Daumes an, damit er ihn leichter nehmen konnte. Ihre Blicke kreuzten sich. »Machen Sie sich meinetwegen nur keine Umstände«, grummelte er.

»Hatte ich nicht vor.«

Die Bibliothek war muffig und kalt, aber relativ aufgeräumt, da sie nur wenige Möbelstücke enthielt: zwei Ledersessel rechts und links vom steinernen Kamin, zwei weitere am Erkerfenster, zusammen mit einem großen, rissigen Tisch, ein Schemel und eine Stehlampe mit einem angeschlagenen Schirm, dessen Goldfransen sich auflösten. Zwei Wände waren vom Boden bis zur Decke mit Büchern zugestellt. Doch es war schwierig, irgendwelche Einzelheiten zu erkennen – die Vorhänge waren zugezogen, sodass kein Licht hereinkam und der abgestandene Geruch nach Alter und Ruß nicht entweichen konnte. Clara nahm an, dass der Kamin gereinigt werden musste. »Lassen Sie die Vorhänge immer zu?«

»Nicht immer«, sagte Gabriel und zog kräftig an den weinroten Samtschals. »Aber ich will nicht, dass die Bücher ausbleichen.«

Der Mann hatte also einen schwachen Punkt. Bücher waren ihm offenbar wichtiger als Menschen.

Doch sie revidierte ihre Meinung, als das Licht den Raum durchflutete, und sie das Bild über dem Kamin erblickte. »Wer ist das?«

Mr Liberty stellte sich neben sie. »Meine erste Frau, Anastasia.«

Clara betrachtete die junge Frau, ihren selbstsicheren Blick und die bezaubernde Sanftheit ihres Gesichtsausdrucks. Die Augen strahlten Wärme und Humor aus und waren ebenso dunkel wie das dichte, üppige Haar, das so schimmernd und lebensecht gemalt war, dass Clara meinte, die seidigen Locken zwischen ihren Fingern spüren zu können. »Ist es gut getroffen?«, fragte sie leise.

Geräuschvoll trank er einen Schluck von seinem Kaffee. »Ja.«

»Sie war sehr schön.«

»Und ich nehme an, Sie fragen sich, was sie an jemandem wie mir gefunden hat.«

Bevor sie widersprechen konnte, rief Ned: »Mami, komm mal her! Hier ist der Geheimgang.«

Sie ging zu ihm hinüber und blickte auf die Reihen von ledergebundenen Büchern, auf die er zeigte. »Bist du sicher?«, fragte sie, um das Spiel mitzuspielen. »Ich sehe bloß einen Haufen alter Bücher.«

Neds Augen funkelten vor Aufregung, als er sich zu Mr Liberty umwandte. »Soll ich's ihr zeigen?«, fragte er und schob die Hand bereits in das Regal, wo vermutlich der Griff verborgen war.

Mr Liberty sog den Atem ein und stieß ihn dann mit einem zweifelnden Kopfschütteln wieder aus. »Ich weiß nicht, mein Junge. Kann sie ein Geheimnis für sich behalten? Wir wollen ja schließlich nicht, dass sie es in der ganzen Gegend herumposaunt.«

Ned sah Clara mit feierlicher Miene an. »Mami, du erzählst es doch keinem weiter, oder? Schwörst du es?«

»Ehrenwort«, sagte sie so ernst sie konnte. »Ich schwöre,

dass ich keiner Sterbensseele von Mr Libertys dunklem Geheimnis erzählen werde.«

Mr Liberty stieß ein Schnauben aus. Doch die Andeutung eines Lächelns auf seinem Gesicht entging Clara nicht.

Trotz des feinen Regens war der Ausblick vom Turm spektakulär. Er wäre noch schöner, wenn die Fenster geputzt wären, dachte Clara und überlegte, ob sie im Laufe der kommenden Woche genug Zeit haben würde, um den Turm zu ihrer Liste hinzuzufügen. Doch lohnte sich das? Dr. Singh würde wohl kaum seine Einschätzung, ob sein Patient imstande war, allein zurechtzukommen, davon abhängig machen, ob diese liebenswerte architektonische Spinnerei blitzblank geputzt war. Konzentrier dich aufs Wesentliche, sagte sie sich.

»Wann wurde das Haus erbaut?«, fragte sie.

»1851. John Temple, der Besitzer eines Steinbruchs hier in der Gegend, hat es für sich und seine Familie bauen lassen. Er hat es Temple House genannt, doch als sein Sohn es erbte und später die unterirdische Höhle mit der seltsamen Felsformation entdeckte, ging der ganze alberne Zirkus mit der Meerjungfrau los. Als Folge davon und um das Ego des Sohns aufzuplustern, wurde das Haus umgetauft.«

»Das klingt, als hielten Sie nicht viel davon.«

»Ich halte nichts von Betrugsmanövern.«

»Was ist ein Betrugsmanöver?«, fragte Ned.

Da Clara nicht wollte, dass Neds Vorfreude zerstört wurde, warf sie Mr Liberty einen warnenden Blick zu. Zu ihrer Überraschung und Freude sagte er: »Nichts, worüber du dir Gedanken machen müsstest, junger Mann.«

»Gab es irgendeinen besonderen Grund, warum der Geheimgang gebaut wurde?«, fragte Clara. »Dem Alter des Hauses nach kann es ja kein Priesterversteck gewesen sein, und für Schmuggler ist es die falsche Gegend.«

»Soweit ich weiß, gab es dafür keinen wirklichen Grund, außer dass John Temple etwas haben wollte, das keiner von seinen Nachbarn besaß. Wenn Sie genug gesehen haben, können wir jetzt weitergehen.«

Er führte sie die knarzende, enge Treppe hinunter, durch den dunklen Gang und zurück in die Bibliothek. Dann zeigte er ihnen die restlichen Räume im Erdgeschoss: das Esszimmer und das Wohnzimmer, die genauso nach Ruß rochen wie die Bibliothek, den Waffenraum, den Clara lieber nicht näher inspizieren wollte, und den Waschraum, der eine einzige Rumpelkammer war. Der Steinboden war übersät mit Stapeln von vergilbten Zeitungen, leeren Whiskyflaschen und schmutzigen Kleidern, Handtüchern und Bettbezügen. Mr Liberty trat mit dem Fuß gegen den Wäschehaufen. »Die Maschine tut's nicht«, grummelte er, peinlich berührt. Er hob einen hölzernen Kleiderständer auf und lehnte ihn an eine der mit Feuchtigkeitsflecken übersäten Wände.

»Wissen Sie, was damit ist?« Clara beugte sich hinunter, um sich die Maschine genauer anzusehen.

»Keine Ahnung. Mit diesem modernen Kram kenne ich mich nicht aus. Jonah hat sie letztes Jahr gekauft, und es war pure Geldverschwendung. Angeblich soll sie nicht nur waschen, sondern auch trocknen, aber das Einzige, was sie tut, ist Krach machen.«

»Ich sehe mir sie nachher mal an«, sagte sie, »obwohl sie bestimmt noch Garantie hat.«

Er sah sie spöttisch an. »Sie können eine Waschmaschine reparieren?«

»Natürlich. Solange es nicht an der Elektronik liegt, ist das meist relativ einfach. Klingt ganz so, als hätte sich der Antriebsriemen gelockert.«

»Mami kann alles Mögliche reparieren«, sagte Ned, griff nach einer Whiskyflasche und drehte den Verschluss ab. Er roch daran und verzog das Gesicht. »Puh!«

»Tatsächlich?« Mr Liberty nahm ihm die Flasche ab und verschloss sie wieder.

»Ich lasse mich nicht gern von Dingen tyrannisieren«, erwiderte Clara.

»Von Menschen ebenso wenig, nehme ich an.«

»Gut erkannt. So, soll ich mich jetzt wieder an die Arbeit machen, oder zeigen Sie uns noch den Rest des Hauses?«

Die Tour ging oben weiter, und zum Glück wurde das Chaos nicht noch schlimmer. Soweit Clara sehen konnte, war der Schaden eher oberflächlich, aber es war die schiere Masse, die einen erschlug. Das, und die bedrückende Atmosphäre einiger der Räume.

»Das war das Zimmer meiner zweiten Frau … Hier ist sie auch gestorben.« Mr Liberty schloss die Tür auf und ließ sie hinein. Die Art, wie er es gesagt hatte, war seltsam und veranlasste Clara zu der Frage, wie viele Frauen er denn gehabt habe.

»Nur zwei. Und sehen Sie mich nicht so an, als hätte ich nicht ordentlich auf sie Acht gegeben.«

Der Raum war ein lang gezogenes Rechteck mit Blick über den Garten und das Moor dahinter. »Val liebte den Ausblick auf den Kinder Scout«, sagte er und trat ans Fenster. »Deshalb hatte sie sich dieses Zimmer ausgesucht. Wir haben nie zusammen …« Er räusperte sich. »Wir hatten nicht diese Art von Beziehung.«

Clara hätte diese spannende Andeutung gern weiterverfolgt, hielt sich jedoch weise zurück. Stattdessen fragte sie: »Woran ist sie gestorben? Ned, nicht anfassen!«

Beide blickten zu Ned hinüber, der sich auf den Hocker vor der Frisierkommode gesetzt hatte. Vor ihm stand eine staubige Ansammlung von Parfümzerstäubern, Tuben und Töpfen mit Creme, Lippenstiften, Puderdosen, Halsketten und Nagellackfläschchen. Bei den Worten seiner Mutter ließ er die Hände, die bereits über einer Lesebrille geschwebt hatten, wieder sinken.

»Sie hatte was am Herzen«, sagte Mr Liberty und trat an die Frisierkommode, wo er die Brille nahm und sie in einen mit Stoff bezogenen Kasten legte. »Ich hätte das ganze Zeug längst wegtun sollen, aber ich habe es nicht über mich gebracht. Jetzt halten Sie mich für einen sentimentalen alten Trottel, nicht?«

Ohne darauf einzugehen, sagte Clara: »Soll ich die Sachen für Sie aussortieren?«

»Die Kleider sind auch noch da.« Er zeigte auf zwei große Mahagonischränke und die dazugehörigen Kommoden.

»Sagen Sie mir einfach, was Sie behalten möchten, und ich verpacke es für Sie … wenn Sie möchten.«

Als Nächstes zeigte er ihr die früheren Kinderzimmer. Als sie in dem Raum standen, der einmal Mr Libertys Tochter gehört hatte, begriff Clara plötzlich, dass es gerade die Dinge waren, die er nicht sagte, kombiniert mit der Leere einiger Räume des riesigen Hauses, die am meisten über ihn verrieten. Und ihr fiel auf, dass sie kein einziges Foto von seinen Kindern gesehen hatte. Abgesehen von dem Porträt der ersten Mrs Liberty und den Sachen der zweiten Ehefrau gab es keinerlei Hinweis darauf, dass hier auch noch andere Menschen gelebt hatten. Clara dachte an die bescheidene Doppelhaushälfte ihrer Eltern und die zahllosen Bilder von ihr und ihrem Bruder Michael in allen Altersstufen, die überall verteilt waren, ergänzt durch Schnappschüsse von Ned und ihrem jüngsten Enkelkind. Als Heranwachsende war Clara die Sammlung von Fotos, die ihre Entwicklung vom zahnlosen Säugling zum pickeligen Teenager zeigte, schrecklich peinlich gewesen, doch als schließlich das Bild von ihrer Studienabschlussfeier neben dem von Michael an der Wand des Esszimmers prangte, hatte sie sich mit dem Stolz ihrer Eltern abgefunden und akzeptiert, dass sie später vermutlich genau dasselbe tun würde.

Und so war es auch. Seit dem Tag von Neds Geburt war sein Abbild bereits viele Male festgehalten worden. Als sie ihr Haus für das junge Paar aufgeräumt hatte, das während ihrer Abwesenheit dort wohnen würde, hatte sie Stunden damit zugebracht, die Bilder einzusammeln, in Papier zu hüllen und sie in einem Karton zu verstauen, der auf den Dachboden kam. Sie hatte Ned in jeder nur denkbaren Pose fotografiert: lächelnd, schmollend, kauend, lachend, krabbelnd, klatschend, sitzend, gehend und sogar schlafend.

Die Zimmer von Caspar, Damson und Jonah waren schäbig und kahl. In jedem von ihnen gab es ein nicht bezogenes Holzbett, einen Teppich, ein paar funktionelle Möbelstücke und ein paar geisterhafte Schatten an der Wand, wo früher Regale und Bilder gehangen hatten. Clara dachte bei sich, dass jemand sich viel Mühe gegeben hatte, diese Zimmer leer zu räumen. Es wirkte so lieblos. Rachsüchtig. Beinahe bedrohlich.

Doch als Mr Liberty ihnen die übrigen Schlafzimmer zeigte, die mit großen Truhen und wuchtigen, hässlichen Möbeln voll gestellt waren, konnte sie gut nachvollziehen, warum der alte Mann so unglücklich war. Wenn sie in solch einem Mausoleum wohnen müsste, wäre sie auch zu einem mürrischen alten Giftzahn geworden. Plötzlich überkam sie Zorn auf seine Kinder. Wieso ließen sie ihn einfach hier vermodern? Gut, er war wirklich kein einfacher Mensch, aber warum hatten sie sich nicht die Mühe gemacht, ihn für sich zu gewinnen? Weil es leichter war, ihm den Rücken zuzudrehen und ihn zu vergessen. Sie waren ein Haufen träger, armseliger Feiglinge, und sie sollten sich schämen.

Dieser Gedanke beschäftigte sie noch immer, als Mr Liberty ihr sein Schlafzimmer zeigte. Es war fast zehn Meter lang, mit einem fantastischen Ausblick auf den Garten und das Moor dahinter. Clara machte sich im Geist einen Vermerk, sich um die Vorhänge zu kümmern, die auf dem Boden lagen.

Als Mr Liberty ihr überraschenderweise das Angebot machte, Ned zu unterhalten und ein Spiel mit ihm zu spielen, kehrte sie mit frischer Energie und Entschlossenheit in die Küche zurück. Sie schaltete das Radio ein, suchte sich den Klassiksender und zog die Gummihandschuhe wieder an. Ihr Plan sah vor, jeden Tag mindestens einen Raum in Angriff zu nehmen, sodass am Ende der Woche wenigstens sieben Räume geputzt und aufgeräumt waren, was schon mal ein guter Schritt zur Restaurierung des Hauses war.

Clara wandte ihre Aufmerksamkeit dem Aga zu und hoffte, dass er nicht vollkommen ruiniert war. Wenn sie den zum Laufen bekam, wäre die trübe Atmosphäre in der Küche sofort wie verwandelt.

23

Gabriel gab Ned das Päckchen Spielkarten und bat ihn, sie zu mischen.

»Das kann ich aber nicht besonders gut«, sagte Ned, kniete sich auf den Sessel und nahm das Päckchen unsicher in seine kleinen Hände.

»Du kannst es bestimmt immer noch besser als ich.«

Während Ned die abgegriffenen Karten mischte, fragte er: »Warum sind deine Finger so komisch, Mr Liberty? Sie sind ganz knubbelig und krumm.«

»Weil ich der knubbelige alte Mann bin, der im krummen alten Haus wohnt.«

»Nein, bist du nicht. Und dein Haus ist gar nicht krumm. Was wollen wir spielen?«

»Was kannst du denn?«

»Hm ... Memory. Aber dafür nehmen wir sonst immer Bildkarten. Oma hat sie mir zum Geburtstag geschenkt.«

»Nun, versuchen wir es mal mit diesen. Hast du sie auch gründlich gemischt?«

»Ich glaube schon. Soll ich sie austeilen?«

»Tu dir keinen Zwang an.«

Ned beugte sich über den staubigen Tisch und legte die Karten mit dem Bild nach unten aus. »Das sagt Opa auch immer zu mir.«

»Hm?«

»Wenn ich ihn frage, ob ich draußen spielen darf, sagt er: ›Tu dir keinen Zwang an.‹«

»Ich bin überrascht, dass dein Opa überhaupt ein Wort dazwischen kriegt, wenn du da bist. Redest du immer so viel?«

»Oma und Opa sind in Australien«, fuhr Ned unbeirrt fort. »Opa nennt mich manchmal seinen kleinen Pumpernickel. Ich habe jetzt einen kleinen Cousin. Im Internet habe ich Fotos von ihm gesehen. Glaubst du, dass Oma und Opa Kängurus sehen werden? Kängurus sind witzig. Sie machen *boing, boing, boing.*«

Gerade als Gabriel angesichts dieser rasanten Themenwechsel verzweifeln wollte, kletterte der Junge von seinem Sessel und machte vor, wie seiner Vorstellung nach ein Känguru durch die Bibliothek von Mermaid House hüpfen würde: Füße zusammen, Ellbogen an den Körper gedrückt und die Hände nach vorne ausgestreckt.

»Und du machst auch gleich *boing,* wenn du dich nicht wieder hinsetzt. Ich dachte, wir spielen Memory.«

Gabriel sah zu, wie der Kleine zurück auf den Sessel kletterte und weiter die Karten austeilte. Immerhin war er nicht frech und tobte nicht ständig polternd durchs Haus. Er war wissbegierig, und das gefiel Gabriel. Dieser Drachen von seiner Mutter gab sich wirklich Mühe mit seiner Erziehung. So wie sie sich Mühe mit der Küche gab. Er war noch immer überrascht, dass sie ihre Meinung geändert und sich auf seinen Vorschlag eingelassen hatte. Vielleicht hatte sie doch das Geld gelockt.

Obwohl sie nicht so aussah, als ob sie knapp bei Kasse war. Leute wie sie – einfallsreich, intelligent, wortgewandt und selbstbewusst – hatten für gewöhnlich keine Schwierigkeiten zurechtzukommen. Sie wussten, was sie wollten, sie hatten ein Ziel und verfolgten es. Sie ließen sich nicht treiben, schmarotzten sich nicht bei anderen durch. Womit er wieder bei der Anfangsfrage war: Warum zum Henker mistete sie seine Küche aus?

Er hoffte, dass es nicht aus Wohltätigkeit geschah. Wohltätigkeit war etwas für Leute, die zu schwach waren, um sich selbst zu helfen. Das traf auf ihn nicht zu. Und würde es auch nie.

Aus der Küche klang Musik herüber – dieses verdammte Weibsstück hatte an seinem Radio herumgedreht! –, und Gabriels Blick wanderte von dem Jungen zu dem Porträt von Anastasia über dem Kamin.

Sie war sehr schön, hatte Miss Costello vorhin gesagt, aber das beschrieb nicht einmal annähernd das, was Anastasia für ihn bedeutet hatte.

Ihre innere Stärke, ihr Humor und ihre verblüffende Offenheit hatten ihn sofort angezogen, als sie sich bei der Hochzeit eines gemeinsamen Bekannten kennen lernten. Im Vergleich zu seinen Altersgenossen hatte Gabriel relativ spät geheiratet. Als Grund dafür schob er seine Arbeit vor, doch in Wahrheit war er vor Anastasia noch nie einer Frau begegnet, mit der er mehr als eine Nacht hätte verbringen wollen, geschweige denn ein ganzes Leben. Das hatte sich geändert, sobald sie sich hinten in der Kirche neben ihn setzte. Während der entsetzlich langen Predigt über die Heiligkeit der Ehe, gehalten von einem Pfarrer, der offensichtlich nichts mehr genoss als ein aufmerksames Publikum, beugte sie sich zu ihm und flüsterte: »Ich weiß, in solchen Momenten sollte man eigentlich schrecklich pietätvoll sein, aber würden Sie den Kerl nicht auch am liebsten von der Kanzel zerren, damit wir endlich mit der Feier anfangen können, die hoffentlich ein bisschen fröhlicher wird?«

Gabriel lächelte und stimmte ihr zu.

»Ich kann Ihnen gar nicht sagen, wie sehr ich eben versucht war, aufzuspringen und zu sagen, ich wüsste einen Grund, warum diese Ehe nicht geschlossen werden darf«, fügte sie hinzu, und die breite Krempe ihres Huts stupste gegen seinen Kopf, da sie sich noch weiter zu ihm beugte.

»Und der wäre?«, fragte er amüsiert.

»Ich weiß, dass sich die beiden innerhalb eines Jahres wieder trennen. Ich kann mir kein unpassenderes Paar vorstellen.«

Als sie draußen vor der Kirche waren und zusahen, wie das vom Unglück bedrohte Brautpaar für den Fotografen posierte, sagte sie: »Meinen Sie, jemand hätte etwas dagegen, wenn ich den Hut abnähme?«

Er hätte ihr am liebsten geantwortet, falls es jemanden gebe, würde er ihn höchstpersönlich zu Boden schlagen. Er sah zu, wie sie ihn abnahm, ein paar Nadeln löste und eine herbstliche Woge lockigen braunen Haars über ihre Schultern fallen ließ.

Es betonte ihren langen, schmalen Hals und ließ sie noch anziehender aussehen. »Ich finde, Sie sollten überhaupt keine Hüte tragen. Sie sehen wunderbar aus ohne.«

Anastasia schenkte ihm ein strahlendes Lächeln. Keines von diesen unechten, aufgeklebten Gesellschaftslächeln, sondern ein funkelndes, sonniges Aufleuchten. »Meinen Sie wirklich?«, sagte sie. »Unter uns gesagt, für den hier habe ich ein kleines Vermögen bezahlt, und das nur, um mein unmodisches Haar zu verbergen. Alle anderen Frauen hier, einschließlich der Braut, sind blond gefärbt wie Grace Kelly. Haben Sie das bemerkt?«

Um die Wahrheit zu sagen, hatte Gabriel keine einzige Frau bemerkt, bevor sie sich neben ihn setzte.

»Für den Hut bin ich extra nach London gefahren. Da kann ich ihn doch nicht einfach einmotten.«

Sie besaß keinerlei Eitelkeit, nur einen Hauch von Ironie. Und das war etwas, das Gabriel bald an ihr lieben lernte. Sie war am besten, wenn sie ganz sie selbst war.

»Haben Sie den neuesten Film von Grace Kelly gesehen, *Ein Mädchen vom Lande*?«, fragte sie. »Für so eine Naturschönheit war sie überraschend gut als einfaches Bauernmädchen.«

»Nein. Ich gehe nicht ins Kino. Dazu habe ich keine Zeit.«

»Wofür haben Sie denn Zeit?«

»Hauptsächlich für die Arbeit. Tut mir Leid, wenn das langweilig klingt.«

»Dann brauchen Sie jemanden, der das für Sie ändert.«

Er sah sie prüfend an, weil er meinte, sie mache sich über ihn lustig, doch dem war nicht so. Ihr Lächeln war unverstellt, und in seinem Herzen wusste er, dass an ihr nichts Falsches oder Hinterlistiges war. Er wusste weder wie sie hieß noch wo sie wohnte, doch plötzlich wollte er alles über sie erfahren. Vor allem wollte er die Gewissheit, dass er sie wiedersehen würde. Und so fragte er sie: »Was machen Sie, wenn diese schauerliche Party vorbei ist?«

Selbstbewusste Augen, ebenso braun wie ihr Haar, sahen ihn an, und für eine Sekunde verließ ihn der Mut. Warum sollte diese bezaubernde junge Schönheit sich auch nur im Entferntesten für einen Mann interessieren, den seine Freunde als unverbesserlichen, eingefleischten Junggesellen bezeichneten?

»Mit Ihnen zu Abend essen, hoffe ich«, lautete ihre Antwort.

Ein Jahr später, 1956, zeigte sich, dass sie mit ihrer Vorhersage, die Ehe ihrer gemeinsamen Bekannten würde scheitern, Recht gehabt hatte. Sie erfuhren die Neuigkeit zwei Tage vor ihrer eigenen Hochzeit, und es veranlasste Gabriel zu fragen: »Ist dir irgendein Grund bekannt, warum wir beide nicht heiraten sollten?«

»Kein einziger. Wir sind das passendste Paar, das ich kenne.«

Anastasia hatte Recht gehabt. Sie waren die besten Gefährten und die besten Liebenden gewesen. Sie war wunderbar eigenständig, was ihm nur recht war. Da er so viel zu tun hatte und so häufig auf Geschäftsreisen ging, war ihm sehr wichtig, dass sie sich ohne ihn nicht einsam fühlen oder mit der Führung eines großen Haushalts überfordert sein würde. Zu oft hatte er Ehen zerbrechen sehen, weil einer der beiden Partner sich zu stark auf den anderen stützte. Er und Anastasia genossen ihre Unabhängigkeit, doch der Empfang, den sie ihm bereitete, wenn er nach einer langen Reise nach Hause zurückkehrte, ließ ihn nie darüber im Zweifel, dass seine Frau ihn noch immer ebenso leidenschaftlich liebte wie er sie.

Den Blick nach wie vor auf das Porträt geheftet, spürte Gabriel, dass Miss Costello Anastasia in vielerlei Hinsicht ähnlich war. Sie war eine selbstbewusste junge Frau, die auf der Stärke ihrer Entschlusskraft durchs Leben gleiten würde. Eine von der Sorte, die alles nahm, wie es kam, und das Beste daraus machte. Für Anastasia war es nie ein Drama gewesen, wenn etwas schief ging – nicht einmal als der Turm vom Blitz getroffen wurde, während er in Kanada war. Kein Zweifel, die beiden waren aus demselben Holz geschnitzt, und vielleicht war das der Grund, weshalb er den Drang verspürt hatte, Miss Costello um Hilfe zu bitten. Er hatte instinktiv gewusst, dass sie dank ihrer unkomplizierten Art imstande sein würde, das Chaos in Mermaid House so weit einzudämmen, dass er die Dinge wieder in den Griff bekam.

Doch obgleich er ihre zahlreichen Stärken schätzte, ging ihm auf, dass er kaum etwas über sie wusste. Was tat sie, wenn sie nicht mit ihrem kleinen Sohn im Wohnmobil durchs Land zog? Wo lebten sie und der Junge? *Wie* lebten sie? Wo war der Vater des Jungen? War er ihr Ehemann? Und wieso war er, Gabriel, davon ausgegangen, dass sie nicht verheiratet war? Er versuchte sich ihre linke Hand ins Gedächtnis zu rufen, sich an einen Ring zu erinnern. Es gelang ihm nicht, aber Beobachtung war noch nie seine Stärke gewesen.

Er wusste, das er es nicht tun sollte, aber nun, da seine Neugier voll aufgeflammt war und das Mittel, sie zu befriedigen, ihm direkt gegenübersaß, sah er keinen Grund, warum er nicht ein paar Fragen stellen durfte.

»Fertig!«, sagte Ned, lehnte sich im Sessel zurück und bewunderte sein Werk. Der runde Tisch war jetzt ein Flickenteppich aus blauem und grünem Karo. »Soll ich anfangen?«

»Wie dein Opa sagen würde: Tu dir keinen Zwang an.«

Eine kleine Weile später, als Neds Stapel erfolgreich aufgedeckter Kartenpaare größer war als sein eigener, sagte Gabriel: »Du kannst das verdammt gut. Bist du sicher, dass du nicht vorhin beim Austeilen unter die Karten gelinst hast?«

»Nein!«, rief Ned voller Entrüstung. »Ich kann mir die Karten einfach besser merken.«

»Nun, ich kann mir auch viele Dinge merken. Sogar welche, die schon vor langer Zeit passiert sind –«

»Aber nicht, wo die Herz-Dame liegt!« Gabriel hatte die falsche Karte umgedreht, und so schnappte sich Ned das Paar. »Ich gewinne, nicht wahr?«

»Spielst du das oft zu Hause mit deiner Mutter?«

»Jetzt ja. Aber nicht, als wir noch zu Hause waren. Da hatte Mami zu viel zu tun.«

»So? Was denn?«

»Arbeit. Sie hatte einen sehr wichtigen Job. Sie hat ganz vielen Leuten gesagt, was sie tun sollen.«

Gabriel bemerkte die Vergangenheitsform – *hatte* einen sehr wichtigen Job. Arbeitsplatzabbau, was? Nun, das kam ja sehr häufig vor.

»Und den Job hat sie aufgegeben, um mit mir zusammen zu sein«, sagte Ned mit unverhohlenem Stolz. Er nahm ein weiteres Kartenpaar vom Tisch. »Sie hat gesagt, sie will mir ein Abenteuer schenken, das ich nie vergesse.«

»Und jetzt sitzt du hier und spielst Karten mit einem alten

Mann, der sich nicht erinnern kann, wo die Kreuz Neun ist … Ah, gefunden!«

»Du holst auf, Mr Liberty. Aber ich gewinne trotzdem.«

»Wer hat denn auf dich aufgepasst, wenn deine Mutter weg war, um den Leuten zu sagen, was sie tun sollen?«

»Oma und Opa. Und im Kindergarten war ich auch. Oma und Opa sind in Australien.«

»Das hast du schon gesagt. Vermisst du sie?«

Er nickte. »Ja. Aber jetzt nicht mehr so.«

»Warum denn nicht?«

»Weil Mami jetzt die ganze Zeit bei mir ist.«

»Und das gefällt dir besser, was?«

»Oh ja. Es soll immer und immer so bleiben. Ich will nie in die Schule.«

»Aber du musst doch irgendwann wieder nach Hause, oder?«

»Ja, ich glaube schon.«

»Und deine Mutter muss wieder Leute herumkommandieren. Das kann sie bestimmt gut.«

»Mich kommandiert sie nie herum.«

»Wirklich nicht? Bist du sicher?«

»Sie hat mich lieb.«

Als er hörte, wie der Junge dies so schlicht und arglos sagte, durchzuckte Gabriel etwas, das er nicht verstand. Es war eine schwache Erinnerung an ein Gefühl, das tief in ihm vergraben war. Von der anderen Seite des Tisches ertönte ein Jauchzen.

»Uiii! Ich habe die Joker gefunden!«

»Und was ist mit deinem Vater?«, fragte Gabriel beiläufig, nachdem er zugesehen hatte, wie Ned in rasantem Tempo einige weitere Paare aufdeckte. Mittlerweile lag kaum noch etwas auf dem Tisch, der Junge hatte ein außergewöhnliches Gedächtnis. »Du erzählst nie von ihm.« Sobald er die Worte ausgesprochen hatte, bedauerte er es. Der Kleine, der sonst so aufgeweckt und offen war, sah verwirrt aus, als verstünde er die Frage nicht oder wisse nicht, wie er sie beantworten sollte. Gabriel kam sich plötzlich vor wie ein gefühlloser Trottel. Und wenn sein Vater nun tot war?

»Das Mittagessen ist fertig, falls es jemanden interessiert«, sagte eine kühle Stimme.

Es war die Mutter des Jungen, und Gabriel lief vor Scham rot an. *Verdammt!* Wie lange stand sie schon da? Und was hatte sie mitbekommen?

Sein schlechtes Gewissen verstärkte sich noch um ein Vielfaches, als er in die Küche kam und die Verwandlung sah.

Sämtliche Arbeitsflächen waren freigeräumt und blank geputzt, und die Türen der Küchenschränke waren so gewienert, dass man sich darin spiegeln konnte. Der Fußboden klebte nicht mehr, die Fenster sahen aus, als seien gar keine Scheiben darin, und die Spinnweben, die wie vergessene Weihnachtsgirlanden an der Decke gehangen hatten, waren verschwunden. Der Herd war von sämtlichen Fettschichten und eingebrannten Resten befreit, die Kühlschranktür sah aus, als wäre sie mit weißem Lack gestrichen worden, der Krempel, der auf dem Tisch gelegen hatte, war weggeräumt, und stattdessen war für drei Personen gedeckt. Den Tisch zierte eine weiße Spitzentischdecke, die er noch nie gesehen hatte, und inmitten der Sandwich-Teller und der Orangensaftgläser stand eine kleine Vase mit ein paar violetten Blumen. Ihr zarter Duft war unter den stärkeren Gerüchen der Reinigungsprodukte gerade noch wahrnehmbar.

Es kam Gabriel vor, als wäre er in eine fremde Küche spaziert. Er hätte es niemals für möglich gehalten, dass ein paar Stunden Arbeit eine solche Veränderung bewirken konnten. »Ich weiß gar nicht, was ich sagen soll«, murmelte er. In seiner Kehle steckte ein dicker Kloß. Je länger er sich umsah, desto beeindruckter war er.

»›Danke‹ wäre ein guter Anfang.«

Er hörte Claras Stimme an, wie wütend sie auf ihn war.

»Ned, willst du noch aufs Klo gehen, bevor wir essen?«, fragte sie in einem freundlicheren Ton. »Es ist hinten beim Waschraum, wo Mr Liberty seine leeren Flaschen aufbewahrt. Und vergiss nicht, dir die Hände zu waschen. Ich habe ein sauberes Handtuch hingehängt.«

Verlegen ging Gabriel hinüber zum Aga, der ebenfalls gereinigt und poliert war. Er fuhr mit der Hand über den glatten grünen Lack und erblickte in der spiegelblanken Chromabdeckung der Herdplatte ein verzerrtes Gesicht mit einer riesigen

Knollennase. »Miss Costello, ich bin absolut überwältigt von dem, was Sie geschafft haben. Ich danke Ihnen von ganzem Herzen.«

Sie warf ihm einen eisigen Blick zu und stellte das Radio ab, das sie von der Oberfläche des Kühlschranks auf die Fensterbank geräumt hatte. »Wenn Sie wollen, dass ich unsere Vereinbarung einhalte, möchte ich Sie dringend bitten, meinen Sohn nicht auszufragen. Verstanden?«

Er ließ den Kopf hängen. Seit langem hatte er sich nicht mehr so geschämt. »Es tut mir Leid«, murmelte er.

»Haben Sie wenigstens den Anstand, mich anzusehen, wenn Sie sich bei mir entschuldigen.«

»Es tut mir Leid«, wiederholte er, klarer diesmal und mit einem offenen Blick in ihre Augen. »Ich hätte das dem Kleinen nicht antun dürfen. Das war nicht in Ordnung. Geht mich schließlich nichts an.«

»Gut«, sagte sie knapp. »Sollten Sie noch einmal das unpassende Bedürfnis verspüren, den Großinquisitor zu spielen, dann fragen Sie bitte einfach *mich,* okay?«

»In Ordnung.« Zerknirschung. Reue. So fremd ihm diese Gefühle waren, genau das verspürte er jetzt. Und das Bedürfnis, einen Menschen zu besänftigen, dem er eindeutig Unrecht getan hatte. Aber wie?

Was konnte er tun, damit sie eine bessere Meinung von ihm bekam? Und wann hatte er sich eigentlich das letzte Mal darum geschert, was andere über ihn dachten?

24

Noch immer kochend vor Zorn über Mr Libertys dreistes Verhalten, beschloss Clara, die überschüssige Energie sinnvoll einzusetzen. Nachdem das Essen beendet war und sie ihm – ziemlich kurz angebunden – aufgetragen hatte, das Geschirr abzuwaschen, nahm sie die schmuddeligen Vorhänge, die sie von den Küchenfenstern abgenommen hatte, und ging damit in den Hof. Sie wollte den gröbsten Staub und die klebrigen Spinnweben loswerden, bevor sie sie in die Waschmaschine steckte. Der feine Sprühregen hatte aufgehört, und während sie die Vorhänge ausschüttelte, ließ ihr Zorn allmählich nach. »Wenn der Kerl noch einmal so eine krumme Tour versucht«, grummelte sie vor sich hin, »bin ich schneller weg, als er pieps sagen kann!«

Sie marschierte zum Waschraum und warf die Vorhänge auf den Boden. Dann öffnete sie die Werkzeugkiste, die sie von Winnie herübergeholt hatte, und begann die Waschmaschine auseinander zu nehmen.

Zu ihrer Befriedigung war ihre Diagnose richtig gewesen. Glücklicherweise war nichts beschädigt, und im Handumdrehen hatte sie die Maschine einsatzbereit. Nachdem sie zwei Ladungen Wäsche auf die zuvor im Hof gezogene Leine gehängt und eine dritte in Gang gesetzt hatte, ging sie hinaus, um eine Verschnaufpause einzulegen. Die Sonne gab sich mittlerweile redlich Mühe zu scheinen, und während Clara im Hof stand und zusah, wie die Kleider und Vorhänge sich in der leichten Brise aufblähten, wurde der Müllcontainer gebracht.

»Tut mir Leid, dass ich so spät komme«, sagte der Mann, als

er ihn abgeladen hatte und Clara die Lieferbescheinigung unterschrieb, »aber heute ist wieder mal einer von diesen Tagen.«

»Wem sagen Sie das!«, erwiderte Clara voller Inbrunst.

Ned und Mr Liberty kamen neugierig heraus, als der Mann gerade vom Hof fuhr. »Wenn Sie etwas machen, machen Sie es richtig, nicht wahr, Miss Costello?«, sagte Mr Liberty, als er die Szenerie betrachtete – ein großer gelber Müllcontainer und eine Leine voller frisch gewaschener Kleidungsstücke, einschließlich einiger Teile, die er lieber nicht so öffentlich präsentiert gesehen hätte.

»Ja, soweit es geht«, gab sie zurück. »Wollen Sie mir nicht dafür danken, dass ich Ihre Waschmaschine repariert habe?«

»Wollte ich gerade. Aber warum benutzen Sie den Trockner nicht?«

»Wozu, wenn wir Ihre Unaussprechlichen umsonst trocknen können? Im Übrigen wäre es sicher nicht verkehrt, mal in ein paar neue zu investieren.«

Peinlich berührt blickte er zu Boden.

Seine Verlegenheit genüsslich auskostend, sagte sie: »Nun, da ihr beide schon mal hier seid, könnt ihr mir helfen, einen Teil des Plunders wegzuwerfen, den ich aussortiert habe. Als Erstes die Kartons mit den leeren Flaschen aus dem Waschraum.«

Unter ihrer Anleitung arbeiteten sie ohne Unterbrechung anderthalb Stunden lang, bis Mr Liberty sich erbot, einen Tee zu kochen. »Muss ja die Arbeiter bei Laune halten«, sagte er und machte sich aus dem Staub.

In dem Augenblick, als Jonah morgens durch das Schultor gefahren war und gehört hatte, wie sein Auspuff auf den Asphalt fiel, wusste er, dass es ein übler Tag werden würde.

Jetzt war es drei Uhr, und er war mit Jase O'Dowd unterwegs zur Arztpraxis in Deaconsbridge. Er hatte im Lehrerzimmer einen Kaffee getrunken, während er den temperamentvollen Kopierer überwachte und über den Elternabend der elften Klasse in der folgende Woche nachdachte, als Larry Wilson, der Lehrer für Werkkunde, seinen ungewaschenen grauen Schopf zur Tür hereingesteckt und gefragt hatte, ob jemand Zeit habe, O'Dowd zum Tierarzt zu bringen, damit der ihn einschläfern könne. »Der verdammte Trottel hat versucht, sich einen Finger abzuhacken«, knurrte er, als sich Jonah bereit erklärte, seine Freistunde zu opfern. »Hundertmal hab ich ihm gesagt, er soll in meinen Stunden keinen Blödsinn machen. Geschieht diesem dämlichen Nichtsnutz ganz recht, dass er sich mal richtig wehgetan hat.«

Jonah fand Jase vor dem Büro der Sekretärin, und obwohl er lässig wie immer an der Wand lehnte und mit dem Fuß dagegen trat, war sein Gesicht so weiß wie die Zettel am Notizbrett hinter ihm. Als Jonah auf ihn zukam, hob er den notdürftig verbundenen Finger. »Ich werde die Schule verklagen«, sagte er. »Das ist ja lebensgefährlich, diese beschissenen Meißel so scharf zu machen! Ich such mir den besten Anwalt, den ich über die Prozesskostenhilfe kriegen kann.«

»Prima Idee, aber eins nach dem anderen. Jetzt lassen wir dich erst mal wieder zusammennähen, okay?«

Ohne Auspuff röhrten sie zum Schultor hinaus, durch die Stadt und auf den Parkplatz der Arztpraxis. Jonah zog die Handbremse an und stellte den Motor ab. »Ich schädige ganz schön deinen Ruf, was, Jase?«

»Könnte schlimmer sein. Stellen Sie sich mal vor, Old Ma Wilson hätte mich hergebracht.«

»Ich meinte mein Auto, nicht den Status und die Qualität eines meiner Kollegen.«

»Klaro, aber Sie sehen's doch genauso, oder? Der Typ ist ein richtiges altes Waschweib.«

Jonah verzog keine Miene. »Dazu kann ich mich nicht äußern.«

Sie meldeten sich am Empfang und setzten sich ins Wartezimmer. »Übrigens, ich nehme doch an, Mr Wilson hat deinen Eltern Bescheid gesagt?«

»Nö, ich hab ihm gesagt, das bringt nichts.«

Jonah seufzte. »Jase, die Schule muss sie informieren. Das weißt du genauso gut wie ich. Wir müssen uns an die Regeln halten, sonst macht uns dein Prozesskostenhilfe-Anwalt sofort zur Schnecke.«

Mit sturer Miene sagte Jase: »Lassen Sie's, Sir.« Dann fügte er hinzu: »Was meinen Sie, wie lange es dauert, bis das verheilt ist?«

Jonah sah auf Jases notdürftig verbundene Hand hinunter. »Eine Woche oder zwei, hängt davon ab, wie tief der Schnitt ist. Warum? Hast du Angst, dass es dein Liebesleben behindert?« Vom Schulhoftratsch wusste er, dass Jase seit Weihnachten weniger Zeit mit Prügeleien in seiner Wohnsiedlung verbrachte und mehr mit Heidi Conners, einem schüchternen Mädchen, das erschreckend dünn war. Jonah hielt sie für magersüchtig.

Jase lief bis zu seiner steil aufragenden Tolle rot an. Er stand auf und ging zu einem Tisch, auf dem ein Stapel Broschüren über Verhütung lag. »Scheiße, Mann, Sie haben vielleicht 'ne schmutzige Fantasie! Ich hab an meine Prüfungen im Sommer gedacht und daran, ob ich dann wieder schreiben kann.«

Leicht verdutzt über diese Zurechtweisung, entschuldigte sich Jonah. »Nun, ich denke, bis dahin ist es sicher wieder in Ordnung.« Er wusste, dass Jase mittlerweile imstande war, einen Geschichtsaufsatz zu verfassen, der genug wichtige Punkte behandelte, um ihm eine Drei einzutragen, oder vielleicht sogar eine Zwei, wenn er sich richtig Mühe gab und der Wind aus der richtigen Richtung wehte. Aber was seine übrigen Prüfungsfächer betraf, war Jonah da nicht so sicher. Gelegentlich hörte er im Lehrerzimmer Bemerkungen, denen zufolge Jase O'Dowd nichts weiter war als ein Unruhestifter, und es ärgerte Jonah, dass die anderen den Jungen so schnell abhakten.

»Sir?«

»Ja?«

»Was meinen Sie, wie meine Chancen stehen, 'nen Job zu kriegen, wenn ich im Sommer abgehe?«

»Hast du was Bestimmtes im Sinn?«

Jase warf ihm einen spöttischen Blick zu. »Na, ich dachte mir, mit den Noten, die ich absahne, fang ich mal mit was Einfachem an – Investmentbanking oder so.«

Jonah ignorierte seinen Sarkasmus. »Du hast also nicht vor, die Oberstufe zu machen?«

»Was, *ich*? Spinnen Sie jetzt, oder was?«

»Heidi macht doch weiter, nicht wahr?«

Erneut errötete Jase. »Ja, aber für sie ist das auch okay, sie hat schließlich Köpfchen.«

»Und du auch, Jase. Du setzt es nur nicht immer ein. Ich finde, du solltest darüber nachdenken.«

Jase kam zurück und setzte sich wieder, an einem schmutzigen Fingernagel kauend. »Kann ich mir schenken. Dafür ist es zu spät.«

»Wer sagt das?«

»Old Ma Wilson zum Beispiel.«

Jonah verfluchte im Stillen Larry Wilson, der Jases Stufenleiter war. Wie konnte dieser desillusionierte Sechzehnjährige Hoffnung schöpfen, wenn der Mensch, der ihm eigentlich Unterstützung und Anleitung geben sollte, ihn als einen der zahllosen Null-Bock-Jugendlichen abtat, die das Land bevölkerten?

Ein schrilles Klingeln verkündete, dass jemand nun bereit war, sie zu empfangen. Jonah warf einen Blick auf seine Uhr und war in Anbetracht der kurzen Wartezeit froh, dass Dick High es vorzog, leichtere Verletzungsfälle zur Praxis in Deaconsbridge zu schicken und nicht ins Krankenhaus.

Da er davon ausgegangen war, dass eine Arzthelferin Jases Finger nähen würde, war Jonah überrascht, vor einem zierlich gebauten Mann zu stehen, der sich als Dr. Singh vorstellte.

»Ich habe ja schon gehört, dass die Schuletats gekürzt worden sind«, sagte der Arzt, während er den Verband von Jases Hand löste, »aber den Schülern einen Finger abzuschneiden geht meiner Meinung nach doch ein bisschen zu weit. Ah, da haben wir es ja. Hm, für einen ersten Versuch schon gar nicht schlecht. Und schön blutig, das muss man dir lassen.«

Bei diesen Worten rollten Jases Augen nach hinten, und er wurde ohnmächtig.

Jonah packte den Jungen, bevor er vom Stuhl rutschte, und half dem Arzt, ihn lang auszustrecken. Dann ging er auf Dr. Singhs Bitte zu dem kleinen Waschbecken in der Ecke des Raums und füllte einen Pappbecher mit kaltem Wasser.

Als Jase wieder zu sich kam, nahm er den Becher, ohne Jonah anzusehen. Jonah wusste, dass ihm der Schwächeanfall peinlich war, und hätte ihm gern versichert, dass er niemandem davon erzählen würde, doch der Arzt bedeutete ihm, aus dem Weg zu gehen.

»So, junger Mann, damit das nicht noch mal passiert, schlage ich vor, du siehst woandershin, während ich dich zusammenflicke.« Während Jase ein Poster studierte, das eine gesunde Ernährung mit viel Obst und Gemüse anpries, erledigte der Arzt seine Aufgabe schnell und geschickt. Sein Geplauder brach nicht eine Sekunde ab, während die Nadel auf und ab tanzte und ein professioneller Verband angelegt wurde. »An deinen Eintragungen sehe ich, dass alle Impfungen plangemäß durchgeführt worden sind, also kann ich dir die Schmach einer Tetanusspritze ersparen. Damit ist der Tag doch schon halb gerettet, oder? Und, ist die Schule noch so grauenhaft, wie ich sie in Erinnerung habe? Sind die Lehrer – anwesende Personen ausgenommen, versteht sich – immer noch so sadistisch wie zu meinen Zeiten?«

Jase zuckte die Achseln. »Manche schon, aber Mr Liberty ist okay.«

Der Arzt, der jetzt am Waschbecken stand und sich die Gummihandschuhe abzog, sah zu Jonah hinüber. »Entweder hat der junge Mann Angst vor Ihnen, oder Sie haben einen echten Fan.«

»Ersteres«, erwiderte Jonah lächelnd. »Er hat Schiss, dass ich ihm den Finger beim nächsten Mal wirklich abhacke.«

Wieder an seinem Schreibtisch angekommen, hielt der Arzt inne. »Verzeihen Sie meine Neugier, aber sind Sie zufällig mit Mr Gabriel Liberty von Mermaid House verwandt?«

Überrascht bestätigte Jonah, dass Gabriel sein Vater war.

Der Arzt setzte sich und krempelte seine Ärmel herunter. »Na, so ein Zufall. Ist das Leben nicht seltsam? Auf einmal ist die Welt voller Libertys. Es wimmelt geradezu von ihnen.«

»Tut mir Leid, Dr. Singh, aber ich kann Ihnen nicht folgen.«

»Entschuldigen Sie, aber ich habe innerhalb einer Woche erst Ihren Vater, dann Ihre Schwester und nun auch noch Sie kennen gelernt.«

»Meine Schwester?« Jonah hatte keine Ahnung, dass Damson in Deaconsbridge war. Was tat sie hier? Dann fiel ihm Caspar ein. Natürlich, die beiden wollten ihren Vater in die Zange nehmen.

»Oh ja«, sagte Dr. Singh. »Ich habe sie gestern gesehen, und Ihren Neffen auch. Sie sind bei Ihrem Vater zu Besuch, wussten Sie das nicht?«

Jonah starrte ihn fassungslos an. Neffe? Gute Güte, Damson hatte ein Kind!

Es war sinnlos, zur Schule zurückzufahren – der Unterricht war seit zwanzig Minuten zu Ende. Jonah brachte Jase nach Hause und fuhr zurück in die Stadt und zum Supermarkt, wie er es freitagnachmittags um diese Zeit immer tat. Er brachte rasch seine eigenen Einkäufe nach Hause und fuhr dann weiter nach Mermaid House, noch immer fassungslos, dass Damson nicht nur bei ihrem Vater zu Besuch war, sondern inzwischen selbst ein Kind hatte. Er hatte sie seit Vals Beerdigung nicht mehr gesehen, aber er konnte sich nicht vorstellen, dass sie sich in der Zwischenzeit plötzlich gewandelt hatte und zu einer hingebungsvollen Mutter geworden war.

Es dämmerte schon, als Clara einfiel, dass sie noch die Wäsche hereinholen musste. Sie war trocken genug zum Bügeln, und so legte sie sie sorgfältig in die armselige Kopie eines Wäschekorbs, mit dem Gedanken, sie sich vielleicht später noch vorzunehmen, wenn sie nicht zu müde war. Gerade als sie die letzte von Mr Libertys verschlissenen Unterhosen auf den Stapel legte, ertönte ein ohrenbetäubendes Knattern, das langsam näher kam. Jemand brauchte dringend einen neuen Auspuff.

Sie ging ins Haus, um Mr Liberty zu warnen, dass ein Besucher im Anmarsch war. Wahrscheinlich Dr. Singh, und wenn das stimmte, musste sie mit Mr Liberty absprechen, ob sie sich im Hintergrund halten oder die hilfsbereite Tochter spielen sollte.

Sie betrat die Bibliothek, wo gerade eine turbulente Partie Schnippschnapp im Gange war, und sagte Mr Liberty, dass er Besuch bekomme. Genau wie sie nahm er an, dass es Dr. Singh war, und stand sofort auf, kampfbereit bis in die Haarspitzen. Sie folgte ihm im Abstand von ein paar Schritten, blieb jedoch außer Sichtweite, sobald sie die Küche erreichten. Als sie um den Türrahmen spähte, sah sie, dass sie sich geirrt hatten. Neben dem Tisch stand ein groß gewachsener Mann mit Lederjacke, der mehrere Einkaufstaschen neben sich abgestellt hatte. Sein Haar, das um den Kragen spielte, war dicht und lockig, und sein Profil erinnerte Clara an ein Renaissancegemälde.

»Du meine Güte, Jonah, was machst du denn hier?« fragte Gabriel.

Jonah wandte sich um. »Heute ist Freitag, Dad, der Tag, an dem ich immer für dich einkaufen gehe. Außerdem waren wir für heute verabredet. Was ist denn hier passiert? Das sieht ja unglaublich aus. Hat Damson das gemacht?« Polternd stellte er die Taschen auf den Tisch, vorsichtig darauf bedacht, die Blumenvase nicht umzustoßen.

Mr Liberty sah ihn verständnislos an. »Damson?« Er schnaubte verächtlich. »Die kann von mir aus in der Hölle schmoren!«

Als sie begriff, dass sie den jüngsten von Mr Libertys lieblosen Sprösslingen vor sich hatte, beschloss Clara, die beiden allein zu lassen. Sie machte kehrt, um zu Ned in die Bibliothek zurückzugehen, doch eine herrische Stimme bellte: »Oh nein, Miss Costello, Sie kommen her und holen sich das Lob für all Ihre harte Arbeit ab.«

Clara trat in die Küche. »Ich brauche kein Lob«, sagte sie knapp und mit abweisender Stimme. Ohne zu wissen, warum, wollte sie diesem lässig aussehenden Renaissancemann klarmachen, dass sie ihn nicht mochte. Dass sie ihn verachtete, weil er zu schwach war, seinen Vater am abgewetzten Kragen zu packen und ihm Benimm beizubringen.

»Miss Costello und ich haben eine Art Vereinbarung, Jonah«, erklärte Mr Liberty mit anzüglichem Lächeln. »Für eine exorbitante Summe hat sie sich bereit erklärt, eine Woche bei mir zu bleiben und meine Wünsche zu erfüllen.«

»Was Ihr Vater auf seine ungeschickte Weise zu erklären versucht«, sagte Clara scharf, »ist, dass ich hier bin, um in Mermaid House Ordnung zu schaffen.« Sie warf den beiden einen vorwurfsvollen Blick zu. »Und da Sie offensichtlich vorhaben, sich für einen gemütlichen Familienabend zusammenzusetzen, machen Ned und ich uns jetzt aus dem Staub.«

Mr Liberty lachte laut auf, doch sein Sohn starrte sie noch immer verwirrt an. »Könnte mir vielleicht mal jemand erklären, was hier vor sich geht? Und wo ist Damson?«

»Himmel noch mal, wie kommst du denn darauf, dass sie hier ist?«

»Das hat man mir gesagt. Und anscheinend habe ich auch einen Neffen, den ich gern kennen lernen würde.«

Clara und Mr Liberty sahen sich an. »Haben Sie zufällig mit einem gewissen Dr. Singh gesprochen?«, fragte sie.

»Ja, heute Nachmittag. Ich war mit einem Schüler in seiner Praxis, und er hat mir gesagt –«

»Dass deine Schwester hier ist«, unterbrach ihn Mr Liberty. Er grinste Clara triumphierend an. »Habe ich nicht gesagt, er hat's geschluckt? Ha! Den Trottel haben wir erstklassig eingewickelt! Wir sind ein gutes Team.«

Doch Claras Begeisterung hielt sich in Grenzen. »Nicht so hastig. Bevor Sie die Sektkorken knallen lassen, sollten Sie vielleicht mal mit Ihrem Sohn abklären, was er dem Arzt gesagt und ob er Ihr kleines Manöver nicht bereits ruiniert hat.«

Liberty junior hob die Hände. »Ich habe zwar keine Ahnung, von welchem Manöver die Rede ist, aber ich habe ganz bestimmt nicht versucht, es zu ruinieren.«

Sein Vater war noch nicht überzeugt. »Bist du sicher?« Sein Tonfall ließ vermuten, dass er möglicherweise nach der Schrotflinte greifen würde, falls die Antwort ihm nicht gefiel.

»Keine Sorge, ich habe die Rolle des ahnungslosen Trottels mit Bravour gespielt.«

»Das überrascht mich nicht«, murmelte Clara.

Selbst in ihren eigenen Ohren klang die Bemerkung gemeiner, als sie beabsichtigt hatte, und Liberty junior sah sie mit gerunzelter Stirn an. Dann begann er, die Taschen auszupacken, und sagte zu seinem Vater: »Tut mir Leid, wenn ich mich wiederhole und noch dämlicher erscheine, als ich bin, aber könntest du mir freundlicherweise verraten, warum du Dr. Singh zu der Annahme verleitet hast, deine Tochter sei zu Besuch gekommen?«

»Ich dachte, das wäre offensichtlich.«

»Für mich bedauerlicherweise nicht.«

Eine kleine Weile später, nachdem die Einkäufe verstaut, Tee gekocht und die nötigen Erklärungen gegeben waren, sah Jonah seinem Vater nach, der die Küche verließ, um Miss Costellos Sohn zu holen. Während er vor dem Aga stand und mit den

Fingern über die glänzende Oberfläche fuhr, war er überwältigt von der Scham, die diese bissige, unbarmherzige Zauberfee in ihm ausgelöst hatte. Er hätte ihr gern für das gedankt, was sie getan hatte und in den nächsten Tagen noch tun würde, aber zugleich fühlte er sich gedemütigt, weil eine Fremde einfach in das Leben seines Vaters getreten war und etwas schaffte, was kein Familienmitglied zustande brachte. Oder, um genauer zu sein, was keiner von ihnen auch nur versucht hatte.

Er hörte, wie hinter seinem Rücken eine Kekspackung geöffnet wurde, die er mitgebracht hatte. Als er sich umwandte, sah er, wie die junge Frau die Schokokekse in einer perfekten Spirale auf einen Teller gleiten ließ. Er fragte sich, ob alles in ihrem Leben so glatt lief. »Das kommt Ihnen sicher merkwürdig vor«, sagte er. »Von außen betrachtet, muss es so aussehen, als würden wir, seine Kinder, uns nicht um ihn kümmern.« Er hoffte, dass sie ihn nicht zu sehr verurteilen würde.

Sie betrachtete ihn streng. Wertend. Abschätzend. »Offensichtlich tun Sie das auch nicht. Jedenfalls nicht genug.«

»Das ist nicht fair«, verteidigte er sich.

Sie knüllte die leere Packung zu einem festen Ball zusammen und warf sie in den Mülleimer. »Na gut, dann bin ich mal großzügig und sage, dass Sie sich einfach an das Chaos und den Dreck gewöhnt haben, in dem Ihr Vater lebt, und darüber hinwegsehen.«

»Sind Sie immer so direkt?«

»Ja.«

»Dann ist vermutlich genau das der Grund, warum mein Vater Sie mag. Es gibt nur sehr wenige Menschen, die seine Anerkennung gewinnen. Und die Tatsache, dass man mit jemandem verwandt ist, bedeutet nicht unbedingt, dass man sich versteht. Oder auch nur miteinander auskommt.«

Sie hielt ihren Blick weiter kühl und taxierend auf ihn gerichtet. Betreten wandte er sich ab.

So unglaublich es schien, Jonah hatte seinen Vater noch nie im Umgang mit einem Kind erlebt, und so beobachtete er neugierig, wie er mit Miss Costellos Sohn sprach. Der Kleine war ein Bild von einem Jungen, und sein Gesichtsausdruck konnte wie auf ein Fingerschnippen von ernst zu strahlend wechseln. Er hatte ein unglaubliches Selbstvertrauen, war überhaupt nicht schüchtern und schien sich prächtig mit Gabriel zu verstehen, obwohl Jonah angenommen hätte, dass er sich vor ihm zu Tode fürchten würde. Er hatte schimmerndes dunkelbraunes Haar, in der gleichen Farbe wie seine Mutter, sehr aufgeweckte dunkle Augen und ein bezauberndes Lächeln. Ob er das auch von seiner Mutter geerbt hatte, konnte Jonah nicht beurteilen, da sie bisher noch nicht gelächelt hatte. Stattdessen warf sie ihm missbilligende Blicke zu, aus denen Jonah schloss, dass sie ihn verachtete, weil er nicht mehr getan hatte, um seinem Vater zu helfen.

Obwohl Jonah eher an Teenager gewöhnt war, musste er zugeben, dass Ned für seine vier Jahre erstaunlich gut erzogen war und nicht ein einziges Mal mit seinem Saft kleckerte oder auf dem Tisch herumkrümelte. Der einzige kleine »Fauxpas«, der ihm unterlief, war, dass er seiner Mutter mit vollem Mund erzählte, Mr Liberty wolle ihm am nächsten Morgen das Dame-Spiel beibringen. »Er hat gesagt, ich darf Weiß nehmen und anfangen. Er hat mir das Brett gezeigt, es ist sehr alt.«

»Mr Liberty wird dir gar nichts beibringen, wenn du alle mit Kekskrümeln bestreust, Ned«, wies seine Mutter ihn sanft zurecht. »Iss erst mal auf, bevor du mit uns sprichst.«

Mit fest verschlossenen Lippen kaute er so schnell, dass seine kleinen Augenbrauen auf und ab hüpften, schluckte einmal kräftig und fuhr aufgeregt fort: »Aber er sagt, ich bin vielleicht nicht klug genug, um Dame zu spielen, weil ich noch so klein bin. Glaubst du, ich bin klug genug, um Dame zu spielen, Mami?« Plötzlich sah er sie aus großen Augen ganz ernst an.

»Du bist genauso klug, wie du sein musst, Ned«, versicherte sie ihm. »Nicht mehr und nicht weniger.«

»Wieder eine von Ihren unergründlichen Antworten, Miss Costello. Bravo. Denken Sie sich die nachts im Bett aus, wenn Sie nicht schlafen können?«

»Ganz und gar nicht, Mr Liberty. Ich bin von Natur aus unergründlich. Außerdem habe ich nie Probleme mit dem Schlafen. Was vermutlich an meinem reinen Gewissen liegt.«

Jonah, der aufstand, um noch ein wenig heißes Wasser in die

Kanne zu gießen, fühlte sich merkwürdig isoliert. Der muntere Wortwechsel zwischen dieser Frau und seinem Vater schien ihn auszuschließen. Er kam sich vor wie ein Eindringling – was er in gewisser Weise auch war. Kurioserweise erschien es ihm, als belausche er heimlich das schäkernde Geplänkel eines Liebespaars.

Er blickte hinaus in den dämmrigen Hof, wo der gelbe Container stand und ein Stück dahinter Miss Costellos Wohnmobil. Während er den Kessel nahm und das sprudelnde Wasser in die Kanne gab, fragte er sich, was hier eigentlich vorging. Wer war diese selbstbewusste, tüchtige Frau, die so entspannt am Tisch seines Vaters saß und sich amüsierte Wortgefechte mit ihm lieferte? Und warum kränkte ihn die offensichtliche Sympathie zwischen den beiden so? Warum führte es dazu, dass er sich noch mehr als sonst in diesem Haus als Versager fühlte? Es war bei jedem Besuch dasselbe – als strahlten die Mauern von Mermaid House eine magische Kraft aus, die ihn in den verschüchterten kleinen Jungen von einst zurückverwandelte.

Als er seinen Vater hinter sich lachen hörte – und zwar nicht das übliche verächtliche Schnauben, das er gewohnt war, sondern ein richtig herzhaftes Lachen –, durchzuckte ihn ein hässlicher Gedanke: Er war eifersüchtig. Eifersüchtig, weil diese Fremde mit ihrem direkten, unverblümten Wesen, die vermutlich noch nie irgendwelche Selbstzweifel durchlebt hatte, seinen Vater glücklich machen konnte, und er nicht.

Plötzlich verspürte er einen heftigen, brennenden Schmerz. Er hatte nicht aufgepasst und sich kochendes Wasser über die Hand gegossen. Mit einem unterdrückten Schmerzensschrei sprang er zur Spüle und hielt die Faust unter kaltes Wasser.

»Lassen Sie mich mal sehen.« Die tüchtige Miss Costello war sofort zur Stelle.

»Es ist nichts«, wehrte er ab, ließ aber zu, dass sie die Hand inspizierte.

»Halten Sie sie weiter unter das kalte Wasser, ich hole schnell meinen Verbandskasten«, wies sie ihn an.

Während er durchs Fenster zusah, wie sie über den Hof lief, trat sein Vater zu ihm an die Spüle. »Du versuchst nicht zufällig, die Aufmerksamkeit auf dich zu lenken, oder?«

Und du bist nicht zufällig dabei, dich wegen einer hübschen jungen Frau zum Narren zu machen, oder?, hätte Jonah am liebsten entgegnet.

Innerhalb weniger Minuten war Clara zurück und hielt eine Cremetube hoch. Ein wenig atemlos sagte sie: »Am Anfang brennt es ein bisschen, aber dann kühlt es.«

»Was ist das?«, fragte Jonah, drehte den Wasserhahn zu und zog ein sauberes Taschentuch aus der Hosentasche, um sich die Hand abzutrocknen.

»Eine homöopathische Creme gegen Verbrennungen. Wirkt wahre Wunder. Also, wie ich sagte, am Anfang brennt es ein bisschen –«

»*Autsch*!« Er zog seine Hand weg.

»Sie sind ja schlimmer als ein Baby! Ihr Männer seid doch alle gleich. Sobald es mal ein bisschen ziept, kippt ihr gleich aus den Latschen.«

»Wohingegen ihr tapferen Frauen alles schluckt und noch um einen Nachschlag bettelt.«

»Nein, wir ertragen es einfach mit einem Lächeln auf den Lippen.«

Jonah zwang sich zu einem Lächeln und streckte ihr erneut seine Hand hin. »Also gut. Ich werde es tapfer ertragen, nur um Ihnen zu beweisen, dass ich kein Feigling bin. Ich bin sicher, es bereitet Ihnen großes Vergnügen, einem wehrlosen Mann Schmerz zuzufügen.«

Sie lächelte unerwartet, und zum ersten Mal ahnte er, dass da noch mehr war als die spröde, selbstgerechte Frau, für die er sie gehalten hatte. »Tut mir Leid, Sie zu enttäuschen«, sagte sie, »aber ich hole mir meinen Spaß auf sehr viel befriedigendere Weise. So, das war's. Und keine einzige Träne. Sie dürfen sich auf die Schulter klopfen.«

»Würde ich ja, aber meine Hand ist bedauerlicherweise völlig gefühllos.«

»Sie haben doch zwei davon, Mr Liberty junior, oder ist für Sie das Glas immer eher halb leer als halb voll?«

Bevor er antworten konnte, schraubte sie die Tube zu und wandte sich zu seinem Vater um. »Ich denke, Ned und ich haben uns einen freien Abend verdient. Ist Ihnen acht Uhr morgen früh recht? Ich möchte den Waschraum fertig ausmisten, und dann knöpfe ich mir das Esszimmer vor.«

Er schnaubte. »Acht Uhr? Kaum hier, und schon auf Teilzeit! Dachte ich's mir doch, Sie sind zu gut, um wahr zu sein.«

»Und Sie sind viel zu liebenswürdig. Komm, Ned. Zeit fürs Abendessen und für ein gemütliches Stündchen unter uns.«

Zusammen begleiteten Jonah und sein Vater sie zur Hintertür und sahen ihnen nach. Als in den Fenstern des Wohnmobils ein sanftes, warmes Licht aufleuchtete, schloss Gabriel die Tür, ging zurück zur Küche und sagte: »Nun, worüber wolltest du mit mir reden?«

Als Jonah daran dachte, weshalb er gekommen war, fühlte er sich schlagartig wieder als das, was er kurz zuvor noch geleugnet hatte: als Feigling.

25

Wie oft Jonah die Szene in Mermaid House auch Revue passieren ließ oder sich einzureden versuchte, dass er überreagierte, er wusste, er war am Abend zuvor von der schnippischen Miss Costello gewogen und für zu leicht befunden worden.

Es war Samstagmorgen, und er lag im Bett und versuchte, den langsamen, eigentlich entspannenden Start in den Tag zu genießen. Doch es gelang ihm nicht. Sein Wohlfühlniveau war auf einem absoluten Tiefstand. Er verschränkte die Hände hinter dem Kopf und starrte an die Decke. Als er sah, dass die indigoblaue Farbe, die er ein paar Tage zuvor aufgetragen hatte, in dem hellen Sonnenlicht, das durch die vorhanglosen Fenster fiel, scheckig aussah, sank seine Stimmung noch weiter.

Miss Costello würde so etwas bestimmt nie passieren. Alles, was sie anstrich, war gewiss makellos.

Verärgert, dass sie schon wieder in seinen Gedanken aufgetaucht war und dass er nur diese formelle Bezeichnung für sie kannte – als wäre sie eine altmodische Gouvernante –, rief er sich in Erinnerung, dass die Wahrheit über seine Familie noch andere Ausmaße besaß, die sie nicht kannte und nie verstehen würde. Kein Außenstehender konnte sie begreifen. Doch das tröstete ihn nicht, sondern verstärkte seine Schuldgefühle nur. Er verschanzte sich hinter Ausreden.

Jonah schloss die Augen und öffnete sie dann wieder, in der Hoffnung, dass er sich die Ungleichmäßigkeit der Farbe nur eingebildet hatte. Nein, hatte er nicht. Das planlose Zickzack war klar zu erkennen. Es war eine einzige Katastrophe. Wieso hatte er das bisher nicht bemerkt? Und warum hatte er sich nicht um seinen Vater gekümmert, anstatt zu warten, bis eine Fremde es für ihn tat?

Frustriert, weil seine Gedanken nur sinnlos im Kreis liefen und er immer wieder an dem Punkt landete, wo er angefangen hatte, schwang er sich aus dem Bett. Er trat ans Fenster und sah hinunter auf den langen Streifen Garten hinter dem Haus, den er zu zähmen versuchte. Der Garten verlief parallel zum Friedhof und schmiegte sich nahtlos in die sanft geschwungene Hügellandschaft. Am hinteren Ende war ein Gewirr von Brombeersträuchern, das im Laufe der Jahre eine zauberhafte alte Rose überwuchert hatte, die früher sicher die Königin des Gartens gewesen war. An der Backsteinwand des Schuppens stand eine Forsythie, die ebenfalls etwas übermütig geworden war und um die er sich kümmern musste. Von Anfang an hatte er gedacht, dass dies genau die Art von Garten war, in der Val gern herumgewerkelt hätte. Der Park von Mermaid House war dafür nicht geeignet, er war zu groß, viel zu verwildert und zu wenig geschützt, um darin irgendetwas Zartes zum Blühen zu bringen.

Normalerweise heiterte ihn der Blick aus seinem Schlafzimmerfenster auf. Das saftige grüne Weideland hatte eine angenehm beruhigende Wirkung. Doch an diesem Morgen war seine Stimmung noch immer getrübt von Miss Costellos strengen Worten und der vorwurfsvollen Weise, wie sie ihn behandelt hatte. Es lag etwas irritierend Besitzergreifendes in der Art, wie sie mit seinem Vater umging. Er hätte Gabriel am Abend zuvor, nachdem sich Miss Costello und ihr Sohn in den Wohnwagen zurückgezogen hatten, gern ein wenig ausgehorcht, doch es war ihm nicht gelungen, das Gespräch in diese Richtung zu lenken, ohne seinen Vater zu verärgern. Er hatte jedoch bald gespürt, dass das Besitzergreifende offenbar auf Gegenseitigkeit beruhte. Gabriel war nicht bereit gewesen, irgendwelche Informationen über Miss Costello zu enthüllen. Aber vielleicht gab es auch gar nichts, was er hätte enthüllen können. Anscheinend wusste er selbst nicht viel über sie.

»Was tut es schon zur Sache, woher sie kommt?«, hatte er auf Jonahs Vorstoß erwidert. »Sie macht mit ihrem Sohn Urlaub und ist bereit, ein wenig für mich zu arbeiten. Wozu sollte ich – oder gar du – mehr über sie wissen wollen?«

»Aber ich verstehe immer noch nicht, warum ihr Dr. Singh diese Komödie vorspielt.«

»Und ich verstehe, ehrlich gesagt, nicht, warum du dich plötzlich so für mich interessierst, Jonah. Mische ich mich vielleicht in deine Angelegenheiten ein? Nein, ich lasse dich ungestört dein Leben vermasseln, wie du es wolltest, seit du damals gegangen bist.«

Da diese Worte ihn zu schmerzlich an die Szene in der Bibliothek erinnerten, wo sein Vater ihn geschlagen hatte, wechselte Jonah das Thema und schlug vor, etwas zum Abendessen zu kochen. Doch Gabriel lehnte das Angebot kalt ab. »Ich bin durchaus in der Lage, mir selbst etwas zu kochen. Wie wär's, wenn du endlich aufhören würdest, unsere Zeit zu verschwenden, und zur Sache kämst?«

Das tat er dann auch, aber erst, als sein Vater die Küchenschränke nach einer Flasche Whisky absuchte, wobei er mit den Türen knallte und knurrte: »Wo zum Teufel hat dieses verflixte Weib sie hingestellt?«

»Dad, hast du schon mal darüber nachgedacht, dass jetzt vielleicht ein guter Zeitpunkt wäre, Mermaid House zu verkaufen?«

Die letzte Küchentür krachte zu, und sein Vater drehte sich um, eine Flasche Single Malt in der Hand. Er stellte sie polternd auf den Tisch, schraubte den Verschluss ab, schenkte sich eine kräftige Portion ein und hob das Glas, ohne ein Wort zu sagen, an die Lippen. Er trank einen ausgiebigen Schluck. »Und warum sollte ich das tun?«, fragte er schließlich.

»Weil du dich in etwas Kleinerem, weniger Aufwändigem vielleicht wohler fühlen würdest.«

Gabriel schenkte sich nach. »Wie klein hattest du es dir denn vorgestellt? So wie ein Sarg?«

»Sei nicht albern, Dad.«

»Das ist ja wohl die Höhe! Findest du es nicht eher albern, hierher zu kommen und mir vorzuschlagen, dass ich meinen Lebensstil ändern soll, damit du ein ruhiges Gewissen hast?«

»Mit meinem Gewissen hat das gar nichts zu tun.«

»Nein? Dann vielleicht mit deiner Brieftasche. Und der von Caspar und Damson. Haben *sie* dich dazu gedrängt, hier aufzutauchen und den alten Trottel davon zu überzeugen, dass es für alle das Beste ist, wenn er das Haus verkauft, damit sie sich den Zaster einstecken können?«

»Natürlich nicht!«

Gabriel stieß ein verächtliches Schnauben aus. »Du warst schon immer ein schlechter Lügner, Jonah. Im Gegensatz zu deinem Bruder. Auf welcher Schiene argumentiert er denn? Erbschaftssteuer? Soll ich mein Haus verkaufen und den Erlös meinen lieben Kindern schenken, in der Hoffnung, dass ich noch lange genug lebe, damit sie keine Erbschaftssteuer zahlen müssen? Was für ein hübsches Happyend für alle Beteiligten ... außer für mich.«

»Was immer Caspar im Sinn haben mag, du musst dich ja nicht darauf einlassen.«

Er schnaubte erneut. »Nanu? Widerstand in den eigenen Reihen?«

»Hör zu, Dad, ich weiß nicht, was es dir für einen Kick gibt, mich gegen Caspar auszuspielen, aber ich bin heute Abend hierher gekommen, um dir zu sagen, dass es für *dich* vielleicht von Vorteil wäre, in ein Haus zu ziehen, das bequemer und leichter zu unterhalten ist. Das hat mit uns überhaupt nichts zu tun. Und was du mit dem Geld aus dem Verkauf von Mermaid House machst, ist allein deine Sache. Mir persönlich wäre es sogar lieber, wenn du es für dein eigenes Vergnügen ausgibst oder es jemandem schenkst, der es mehr verdient hat als irgendwer mit dem Namen Liberty.«

»Einem Tierheim vielleicht? Oder wie wäre es mit Miss Costello? Sie hätte es sich wahrlich verdient, findest du nicht?«

Bei diesen Worten warf Jonah ihm unwillkürlich einen scharfen Blick zu. »Es ist dein Geld, du kannst damit tun, was du willst. Wenn du meinst, dass Miss Costello es brauchen kann, dann gib es ihr.« Er zog seine Jacke an. »Da ich alles losgeworden bin, was ich loswerden wollte, gehe ich jetzt, bevor einer von uns etwas sagt, das ihm hinterher Leid tut. Gute Nacht.«

Erst auf dem Heimweg war ihm aufgefallen, dass er etwas

Wichtiges nicht gesagt hatte: dass ihm vor allem das Wohl und Glück seines Vaters am Herzen lag.

Als er unten in der Küche saß, an einer Scheibe Toast kaute und seine Post durchsah, ging Jonah durch den Kopf, dass sein Vater es nie lassen konnte, das schwelende Feuer eines schwierigen Gesprächs anzufachen, bis es zu einem lodernden Streit anwuchs. Seine Bemerkung, Miss Costello habe *es sich wahrlich verdient,* war ein unverhohlener Versuch, ihren hitzigen Austausch in Gang zu halten. Dennoch beschäftigte Jonah die Frage, wie Caspar wohl reagieren würde, falls die Drohung tatsächlich wahr gemacht wurde.

Der Gedanke ließ ihn den ganzen Tag nicht mehr los, und als nachmittags das Telefon klingelte und Caspar wissen wollte, was bei Jonahs Besuch in Mermaid House herausgekommen war, konnte er es sich nicht verkneifen, seinem Bruder einen hinterhältigen kleinen Stachel einzupflanzen.

Obwohl es kindisch und kleinlich war, schilderte er Caspar, was in Mermaid House vor sich ging, wobei er besonders hervorhob, dass ihr Vater von der attraktiven Frau, die aus dem Nichts erschienen war, um für ihn zu arbeiten, offenbar überaus angetan war.

Das blanke Entsetzen in der Stimme seines Bruders zu hören und sich sein wutverzerrtes Gesicht vorzustellen entschädigte Jonah für jede Sekunde der Beschimpfungsarie, die er danach über sich ergehen lassen musste.

26

Caspar überlegte nicht länger als eine Minute. Er strich seine Pläne für den Abend – die Eröffnung eines neuen Restaurants in Manchester – und rief Damson an. Nicht dass er große Hoffnung hatte, sie tatsächlich an den Apparat zu kriegen.

Die arme, fehlgeleitete Damson war zurzeit so in ihrem mystischen Hokuspokus versunken, dass sie völlig abgedreht in den Tiefen irgendeines heiligen Gartens hockte, sich mit Duftkerzen und Kräutertees zudröhnte und die Vorzüge von esoterischem Sex erprobte.

Zu Caspars Verärgerung konnte er sich nicht einmal mehr erinnern, wann sie zuletzt ein vernünftiges Gespräch geführt hatten. Sie redete immer nur irgendetwas von Biorhythmus und ihrem Karma. Manchmal kam er sich vor wie in einem Gedicht von Edward Lear: Die Worte kamen klar und deutlich hervor, aber er verstand nicht im Geringsten, was sie ihm sagen wollte. Und er fand, es wurde immer schlimmer. »Das ist doch bloß New-Age-Geschwafel, Damson«, hatte er zu ihr gesagt, »hohl und bedeutungslos. Darf man fragen, wie viel du für das Privileg hinblätterst, dich einer Gehirnwäsche zu unterziehen?«

»Mein lieber Caspar, ich weiß, du willst nur mein Bestes, aber das Gefühl, sein inneres Selbst zu finden, ist unvergleichlich. Du solltest es mal versuchen.«

So weit kommt's noch, dachte er. Die Vorstellung, dass sie auf so eine hanebüchene Betrügerei hereingefallen war, schockierte ihn, obwohl ein Teil von ihm den Menschen bewunderte, der das Ganze aufgezogen hatte – unter kommerziellen Gesichtspunkten schien das Projekt recht einträglich zu sein.

Während Caspar darauf wartete, dass irgendein Idiot in Northumberland seinen Hintern in Bewegung setzte und den Hörer abnahm, schlug er ein Bein über das andere und sah sich um. Von allen Dingen, die er je besessen hatte, bereitete ihm sein Loft das meiste Vergnügen. Es war ein umgebautes Brauereilager in unmittelbarer Nähe zum Schwulenviertel von Manchester, und obwohl viele seiner Nachbarn Homos waren, hatten sie einen guten Geschmack, waren ordentlich und ließen ihn in Ruhe – solange sie ihre Matratzenakrobatik hinter verschlossener Tür abhielten, hatte er nichts gegen sie. Die Restaurants und Bars in der Gegend waren auch nicht übel und trugen kräftig zur Stärkung der rosaroten Atmosphäre bei.

Vom ersten Tag an hatte er sich hier zu Hause gefühlt. Die Leere und Schmucklosigkeit der Wohnung sprachen sein ausgeprägtes Gefühl für Ästhetik an. Das wilde Durcheinander, das ihn während seiner Kindheit in Mermaid House umgeben hatte, war ihm zuwider. Für ihn musste alles auf die Reinheit von Linie und Form beschränkt sein, und genau das hatte er hier umgesetzt: Polierte Holzböden, geweißtes Mauerwerk, riesige Glasfenster, Chrom und Granitplatten gaben ihm die Strenge, nach der er sich sehnte. Auch von Farben hielt er sich fern und mied die grelle Palette vulgärer Töne, mit denen sich so viele Leute umgaben. Die einzigen Abweichungen von seiner kompromisslosen Schlichtheit waren ein großes cremeweißes Sofa und das maßgefertigte runde Bett, das im Zwischengeschoss stand.

Doch wenn innerhalb der nächsten vier Wochen kein Wunder geschah, würde er das Loft möglicherweise verlieren. Und den Wagen auch. In seiner Branche brauchte er eigentlich kein eigenes Auto – einer der Vorzüge seines Jobs bestand darin, dass er mehr oder weniger alle Wagen fahren konnte, die ihm gefielen –, aber solche vorübergehenden Arrangements waren nicht sein Ding. Was zählte, war Besitz, und seinen Maserati würde er nur in allergrößter Not verkaufen. Und so weit würde er es nicht kommen lassen. Deshalb war es wichtig, dass sein Vater einsah, wie vernünftig es war, Mermaid House zu verkaufen und das beträchtliche Kapital freizusetzen. Eines Tages würde es sowieso passieren. Der Alte konnte nicht mehr ewig dort wohnen, also war es doch viel besser, das Ganze jetzt über die Bühne zu bringen und seine Kinder von dem Geld profitieren zu lassen, das sie ohnehin irgendwann bekommen würden.

Es war pure Bosheit, die den Alten davon abhielt. Genau wie einige Monate zuvor, als er seinen Vater um ein Darlehen gebeten hatte, damit die Bank ihn in Ruhe ließ. »Genug ist genug!«, hatte Gabriel gebrüllt. »Das kannst du abhaken, Caspar. Solange ich lebe, kriegst du von mir keinen müden Penny mehr.«

Endlich ging in Northumberland jemand ans Telefon. »Rosewood Manor Healing Centre«, verkündete eine quäkende Stimme, die klang, als könne ihre Besitzerin einen Fußtritt gebrauchen.

»Dies ist ein Notfall«, log Caspar und setzte sich auf. »Ich muss dringend mit Damson Liberty sprechen. Sagen Sie ihr, ihr Bruder ist am Apparat, und sie soll unbedingt ans Telefon kommen.«

»Damson wie?«

»Liberty – ich meine, Ackerman«, sagte er ungeduldig. Bei ihrem ständigen Namenswechsel verlor er allmählich den Faden. Gereizt fügte er hinzu: »Wie viele Damsons gibt es denn bei Ihnen?«

»Oh, Sie meinen *Damson*. Bleiben Sie dran, ich sehe mal nach, ob ich sie finde.«

»Tun Sie das, und zwar ein bisschen dalli, wenn ich bitten darf.«

Mit den Fingern auf das weiche Leder des Sofas trommelnd, lauschte Caspar auf die Schritte der Frau, die sich durch einen vermutlich dunklen und zugigen Flur entfernten, und während die Minuten vergingen, überlegte er, was er seiner Schwester sagen sollte. Er musste sofort in der ersten Sekunde ihr Interesse wecken. Wenn er bei Damson auch nur für einen Moment die Zügel schleifen ließ, würde er nie einen zusammenhängenden Satz aus ihr herauskriegen. Dann würde sie wieder in eine ihrer surrealen Fantasien abtauchen.

Er musste ihr begreiflich machen, wie wichtig es war, dass sie gemeinsam ihren Vater bearbeiteten und ihn dazu brachten,

Mermaid House jetzt zu verkaufen, während der Immobilienmarkt noch boomte. Wenn sie bis nächstes Jahr warteten, würden sie Verluste machen. Und entgegen Jonahs Ansicht zählte jedes Pfund. Aus irgendeinem dämlichen, nervigen Grund wollte sein Bruder einfach nicht begreifen, dass sie die günstige Marktsituation ausnutzen mussten. Genau wie er beklagenswert naiv war, was diese unbekannte Frau in Mermaid House betraf.

Was zum Henker heckte ihr Vater da bloß aus? Und wer war sie? Eine geldgierige Opportunistin, die ein williges Opfer witterte?

Wütend schlug Caspar mit der flachen Hand auf die Sofalehne. Als ob er nicht schon genug Sorgen hätte, ohne dass sein Vater sich mit einer umherziehenden Hippiefrau einließ! Er sah sie förmlich vor sich: eine verantwortungslose, allein erziehende Mutter mit rasiertem Kopf und zahllosen Piercings, in Springerstiefeln und Uniformhosen herumschlurfend, die ihr drei Nummern zu groß waren. Allein die Vorstellung, wie sie ihre ungewaschenen Füße unter den Tisch von Mermaid House streckte, war Anlass genug, sofort aktiv zu werden.

Er musste Damson klarmachen, dass sie sich, wenn sie nicht schnellstens etwas unternahmen, womöglich draußen im Regen wiederfinden würden, mit einer neuen Stiefmutter, die das Regiment führte. Gabriel Liberty wäre nicht der erste und auch nicht der letzte alte Mann, der sich wegen einer wesentlich jüngeren Frau zum Narren machte.

Schritte am anderen Ende sagten ihm, dass Damson gleich den Hörer aufnehmen würde. Caspars Muskeln lockerten sich, und er merkte, wie angespannt er gewesen war. Er wusste, sobald er seine Schwester am Apparat hatte, würde es wieder wie in alten Zeiten sein, und sie wären unbesiegbar.

Doch er irrte sich. Die Schritte stammten nicht von Damson, sondern von der Frau mit der quäkenden Stimme. »Sind Sie noch dran?«

»Ja, natürlich. Wo ist Damson?«

»Es tut mir Leid, aber sie kann im Moment nicht ans Telefon kommen. Sie hat mich gebeten, Ihnen auszurichten, dass sie gerade in einer sehr wichtigen holistischen –«

»Aber ich muss sie sprechen!«

Eingeschüchtertes Schweigen sickerte durch den Hörer, gefolgt von einem lauten Gong. »Es tut mir wirklich schrecklich Leid«, fiepte die Frau, »aber ich muss jetzt auflegen. An Ihrer Stelle würde ich es später noch mal versuchen.«

»Und an Ihrer Stelle würde ich mir das Gehirn amputieren lassen!« Er knallte den Hörer auf die Gabel.

Was jetzt?

Er würde das Problem vor Ort behandeln müssen. Caspar schnappte sich die Schlüssel aus der Glasschale neben der Wohnungstür, fuhr mit dem Aufzug hinunter in die Garage und schlüpfte hinter das Steuer seines Maserati. Nachdem er sich in den Verkehr eingefädelt hatte, versuchte er, seine schlechte Laune abzumildern, indem er den CD-Spieler einschaltete und seine Gedanken auf das Fahren konzentrierte.

Es funktionierte.

Als er auf der A6 angekommen war und Disley hinter sich gelassen hatte, spürte er, wie sich die Knoten in seinem Nacken lösten. Er wusste, dass er mehr über den Dingen stehen sollte, und er wusste auch, dass er sich nicht auf Damson verlassen konnte, solange sie unter dem Pantoffel dieser Hippies in Northumberland stand. Aber alte Gewohnheiten waren hartnäckig: Für ihn war sie nach wie vor sein Fels in der Brandung. Zu Kinderzeiten war sie immer die Wagemutigere und Gewitztere von ihnen beiden gewesen. Wenn ihn einmal der Mut verließ, hatte Damson ihm stets versichert, es könne gar nichts schief gehen.

Aber wo war sie jetzt, da er ihre Unterstützung und Ermunterung brauchte?

Auf Selbsterforschungstrip mit einem Haufen durchgeknallter Esoterikfreaks, deren Chancen, ihr inneres Selbst zu finden, ungefähr so groß waren wie die, dass er die nächste Königin von England wurde.

Seine Schultern begannen sich wieder zu verspannen, und er bemühte sich, nicht daran zu denken, wie sehr er Damson vermisste. Es war ewig her, seit er sie das letzte Mal gesehen hatte – wahrscheinlich bei Vals Beerdigung.

Caspar trat aufs Gaspedal und raste nach Mermaid House,

zu der verschlagenen Frau, die es auf seinen Vater abgesehen hatte.

Vielleicht hatte sie seinen jüngeren Bruder schon getroffen und war zu dem Schluss gekommen, dass er ihr nicht mehr Widerstand bot als eine nasse Papiertüte. Aber sie rechnete ganz gewiss nicht mit Caspar Liberty.

27

Für Archie war es ein guter Tag gewesen. Von morgens an hatte er reichlich zu tun gehabt. Ein kalter Nordostwind hatte ihm einen stetigen Strom von Ausflüglern geschickt, die zum Stöbern und Aufwärmen in den Laden kamen. Auch ein paar ernsthaft interessierte Kunden waren darunter gewesen, wie zum Beispiel das elegant gekleidete Paar, das ein Cottage in Castleton für die Vermietung in der Sommersaison ausstatten wollte. »Natürlich wollen wir keine neuen und teuren Sachen hineinstellen«, hatte die Frau mit hochmütiger Stimme gesagt, »wenn billiges Zeug völlig ausreicht. Und Sie sind ja erstaunlich gut ausgestattet. Ich hoffe doch, die Sachen sind sauber?«

Ohne auf die kaum verhüllte Beleidigung zu reagieren, räumte Archie lächelnd alles an Möbeln und Kleinkram beiseite, was in Frage kam, und verabredete, dass die Sachen am Montagmorgen geliefert werden sollten.

Kurz danach war ein weiteres Paar gekommen, Mann und Frau im Fleece-Partnerlook, die regelmäßig bei ihm vorbeischauten. Sie waren Händler aus Buxton, die davon lebten, dass sie das untere Ende des Marktes nach den Antiquitäten von morgen durchforsteten. Er war immer wieder überrascht, was sie sich aus seinen Regalen fischten. Im vergangenen Monat war es ein hässlicher Aschenbecher aus Chrom gewesen, eins von diesen albernen Dingern mit Ständer, die dauernd umfielen. Diesmal hatten sie eine Bakelituhr mitgenommen. Archie verstand nicht, was die Leute an Bakelit fanden, er hasste das Zeug. Es erinnerte ihn daran, wie er früher als Kind in seinem

Zimmer gelegen und auf das Gebrüll seines Vaters unten in der Küche gelauscht hatte. Um wach zu bleiben, für den Fall, dass seine Mutter Hilfe brauchte, hatte er die Nachttischlampe angelassen. Doch nach einer Weile war sie zu heiß geworden und hatte fürchterlich nach Fisch gestunken.

Jetzt war er allein im Laden und dabei abzuschließen. Samson hatte Bessie schon vor einer Weile nach Hause gebracht, damit sie sich in Ruhe für ihren großen Samstagabendausflug ins Kino fertig machen konnte. Gerade als er den letzten Riegel vor die Tür schob, klingelte das Telefon. Da Archie sofort an seine Mutter dachte, stürzte er nach hinten ins Büro und riss voller Angst den Hörer von der Gabel.

»Ist dort Mr Merryman von Second Best?«, fragte eine selbstbewusste Frauenstimme.

»Ja, ganz recht. Was kann ich für Sie tun?«

»Sie erinnern sich vielleicht nicht mehr an mich, ich bin Clara Costello, und ich war neulich mit meinem Sohn –«

»Natürlich erinnere ich mich an Sie. Wie geht es Ihnen? Genießen Sie immer noch die Schönheiten von Deaconsbridge?«

»Ja, allerdings auf eine etwas andere Weise, als ich mir vorgestellt hatte. Ich weiß, es ist schon recht spät, aber ich hätte Ihnen etwas vorzuschlagen. Haben Sie einen Moment Zeit?«

»Ich bin ganz Ohr.«

Nachdem sich Archie ihren Vorschlag angehört hatte, lachte er. »Doch, ich denke, das lässt sich einrichten. Wie wäre es mit Montagnachmittag, drei Uhr? Wäre das früh genug?«

»Ja, wunderbar. Brauchen Sie eine Wegbeschreibung?«

»Nein, danke. Ich habe eine Spürnase wie ein Bluthund.«

Er legte auf und griff nach seinem Terminkalender, um die Verabredung mit Clara Costello in Mermaid House einzutragen. Erst da fiel ihm wieder ein, dass er an dem Morgen ja ein ganzes Haus voller »billigem Krempel« an Mr und Mrs Hochnäsig nach Castleton liefern sollte. Ach, dann mussten er und Samson eben doppeltes Tempo vorlegen.

Erstaunlich munterer Stimmung verließ Archie den Laden und machte sich auf den Heimweg. Er überquerte den Marktplatz, winkte Shirley durch das Fenster vom Mermaid Café zu und erklomm dann langsam die steile Cross Street. Die abendliche Luft war kalt und fuhr durch sein dünnes Jackett. An der gewohnten Stelle blieb er stehen und lehnte sich an das Geländer, um wieder zu Atem zu kommen. Die Kälte des Metalls brannte auf seiner Haut, und er fragte sich, ob der Winter ihnen noch einmal einen Besuch abstatten würde. Er erinnerte sich an etliche Aprilmorgen, an denen er das Eis von der Windschutzscheibe hatte kratzen müssen. Dann fiel ihm ein, dass das Auto beim Laden stand. An diesem Morgen war er mit dem Wagen gefahren, weil er seine Mutter mitgenommen hatte, unter dem Vorwand, er brauche noch einmal ihre Hilfe. »Ich stecke bis zu den Knien in Sachen, die sauber gemacht werden müssen«, hatte er ihr am Abend zuvor gesagt. »Meinst du, du könntest noch mal mitkommen und mir ein bisschen zur Hand gehen?«

Als er schließlich den Volvo vor seinem Haus geparkt hatte, war es fast sieben. Jetzt würde er Dampf machen müssen, sonst verpassten sie den Anfang des Films. Er schloss die Tür auf und rief nach seiner Mutter. Das war der Moment des Tages, den er am meisten fürchtete, abgesehen vom Morgen, wenn er als Erstes an Bessies Schlafzimmertür klopfte. Er ermahnte sich immer wieder, sich nicht ständig das Schlimmste auszumalen, aber die Erinnerung daran, wie er Bessie ein paar Monate zuvor bei ihr zu Hause auf dem Fußboden vorgefunden hatte, war schwer abzuschütteln.

Er hörte Stimmen und nahm an, dass Bessie im Wohnzimmer saß und fernsah. Als er jedoch die Tür öffnete, sah er sie in einem ihrer besten Kleider – mit verdrehtem Kragen und falsch geschlossenen Knöpfen – am Tisch sitzen, wo sie aufmerksam einem ernsten jungen Mann zuhörte, der nicht älter als siebzehn sein konnte. Er las aus einer Ausgabe des *Wachturms,* und neben ihm saß eine ältere Frau, die gerade Tee einschenkte. Alle drei blickten auf, als er ins Zimmer kam.

»Hallo«, sagte er, nach außen hin freundlich, innerlich jedoch verärgert. »Was ist denn hier los?«

»Archie«, sagte seine Mutter, ohne die Spannung zu bemerken, die seine Anwesenheit ausgelöst hatte, »das ist Rickie und seine Murmel.«

»Ich glaube, sie meint ›Mutter‹«, sagte die Frau und stellte die Teekanne ab.

»Und ich glaube, sie hat ein bisschen die Zeit vergessen«, erwiderte Archie bestimmt. »Wir müssen in ein paar Minuten weg, also wäre es wohl besser, wenn wir diese gemütliche Runde jetzt auflösen.« Er kochte inzwischen vor Zorn. Was bildeten sich diese Leute eigentlich ein, sich über eine wehrlose Frau herzumachen und sie mit ihren religiösen Überzeugungen zu indoktrinieren?

»Dann vielleicht ein andermal?«, sagte die Frau gelassen, stand auf und zog sich ihren Mantel an. Sie war wahrscheinlich schon öfter aus Häusern hinausgeworfen worden.

Während er sie zur Tür drängte, fiel ihm auf, wie ungewöhnlich grob er war. »Hören Sie«, sagte er, »es tut mir Leid, aber Sie hätten schließlich auch irgendwelche Räuber oder Mörder sein können. Meine Mutter ist einfach freundlicher, als ihr gut tut. Sie denkt von allen immer nur das Beste.«

»Ein Fehler, den mehr Leute haben sollten«, sagte die Frau mit einem so versöhnlichen Lächeln, dass Archie sich noch ungehobelter vorkam.

Als die beiden das schmiedeeiserne Tor hinter sich zuzogen, sah er, dass die Hose des Jungen zu kurz für seine langen, dünnen Beine war, und sein Gewissen zwickte ihn erneut. Er wünschte, er könnte den Film zurückspulen und die Szene noch einmal anders ablaufen lassen. Es ist nicht eure Religion oder euer Glaube, der mir Probleme macht, hätte er ihnen am liebsten nachgerufen, sondern die Welt, in der wir leben. Eine harte, unbarmherzige Welt, die unschuldige Kinder und alte Damen ausnutzt.

Später, als sie zum Kino fuhren, ging ihm abermals durch den Kopf, wie grob er gewesen war. Er wusste, dass er die Gefühle seiner Mutter verletzt hatte, indem er sich wie ein ungehobelter, arroganter Tyrann aufgeführt und selbstherrlich ihre kleine Freude abgewürgt hatte. Das war schon schlimm genug, aber was ihn noch mehr quälte, war, dass er sich wie sein eigener Vater benommen hatte.

Entschlossen, sich von diesen Gedanken nicht den Abend verderben zu lassen, und in dem Wissen, dass Bessie noch immer durcheinander war, sagte er: »Es tut mir Leid, dass ich Rickie und seine Mutter rausgeworfen habe, aber heutzutage solltest du wirklich gut überlegen, wen du ins Haus lässt.«

Ihre Antwort darauf verstärkte noch sein schlechtes Gewissen. »Einsam, Archie, ganz allein.«

Tief getroffen fuhr Archie schweigend weiter. Dann fiel ihm etwas ein, das sie vielleicht aufheitern würde, und er erzählte ihr von dem Telefonat mit Clara Costello. »Stell dir vor, sie arbeitet jetzt für den grässlichen alten Mann, von dem ich dir im Krankenhaus erzählt habe. Du weißt schon, der so unhöflich zu Dr. Singh war. Ich hoffe nur, sie lässt sich nicht von ihm ausnutzen.«

28

»Mr Liberty, glauben Sie ja nicht, Sie könnten mich ausnutzen. Zu der Art Frauen gehöre ich nicht.«

Gabriel zog eine finstere Miene. Clara drehte ihm erbarmungslos die Worte im Mund herum. Aber was sie konnte, konnte er schon lange. »Miss Costello, ich habe in letzter Zeit vielleicht einen Teil meiner Umgangsformen eingebüßt, und es mag sein, dass die Verwendung der englischen Sprache sich geändert hat, seit ich zuletzt jemandem ein solches Angebot gemacht habe, aber soweit ich mich entsinne, habe ich Ihnen lediglich vorgeschlagen, Sie zum Abendessen einzuladen. Ich habe nicht die geringste Absicht, Sie zu verführen, auch wenn Sie das vielleicht enttäuscht.« Ha! Mal schauen, was ihr darauf einfiel!

Sie standen im Esszimmer, wo Clara den ganzen Tag hart gearbeitet hatte. Sie polierte gerade ein Paar silberne Kerzenleuchter, die er seit langem nicht mehr gesehen hatte. Er konnte sich nicht einmal mehr erinnern, wo sie eigentlich herkamen. Sie hielt inne, faltete das gelbe Poliertuch sorgfältig zusammen und ging zum Kamin, um die Leuchter auf den Sims zu stellen. Ohne ihn anzusehen oder auf seine Tirade zu antworten, fragte sie: »Was verstecken Sie da hinter Ihrem Rücken?«

Er räusperte sich und gestand ihr im Geist den Punkt zu. Sie war gut, sehr gut sogar. Aber jetzt waren sie beim schwierigen Teil angelangt. Er musste sich bei ihr entschuldigen. »Ähem … eine Art Friedensangebot.«

Clara wandte sich langsam um, und er hielt ihr einen fest gebundenen Strauß roter Tulpen hin, deren Blüten noch geschlossen waren. Sie sagte nichts. Aus dem verzweifelten Drang heraus, die unbehagliche Stille zu füllen, sprudelte er hervor: »Sie haben mich neulich ziemlich unhöflich gefragt, wann ich zuletzt jemandem Blumen geschenkt habe – nun, die hier habe ich heute Nachmittag in Deaconsbridge gesehen, und sie erinnerten mich an Sie.«

Sie machte keine Anstalten, ihm die Blumen abzunehmen, senkte jedoch den Blick, um sie zu betrachten. »Sie erinnern Sie an mich?«, fragte sie. »Was meinen Sie denn damit?«

Gabriel räusperte sich erneut. »Für mich haben Tulpen etwas Tüchtiges. Sie sind so gerade und schnörkellos. Sie sehen aus, als wollten sie ihre Zeit nicht damit vergeuden, im Blumenbeet herumzutollen. Kurz gesagt, sie wirken zielstrebig. So ... so wie Sie.«

Clara sah ihm in die Augen. Ihr Blick war sanfter als zuvor. »Na, na, Mr Liberty, jetzt machen Sie mal langsam mit den Schmeicheleien, sonst werde ich noch ganz rot. Aber sagten Sie nicht, es wäre ein Friedensangebot? Wofür denn?«

»Müssen Sie mich wirklich bis aufs Blut peinigen?«

»Aber natürlich. Also, raus damit. Und kein Genuschel. Entschuldigungen höre ich gern laut und deutlich. Damit ich sicher sein kann, dass sie auch ernst gemeint sind.«

Mühsam die Reste seines Mutes zusammensuchend, zupfte er an seiner Nase, kratzte sich am Kinn und versuchte sich an die Worte zu erinnern, die er sich auf der Rückfahrt aus der Stadt zurechtgelegt hatte. Er stellte sich vor, er wäre ein Nachrichtensprecher, der die Sätze von einem Teleprompter ablas, sich jedoch bemühte, ihnen etwas Bedeutung zu verleihen. »Ich wollte nur sagen, dass die Sache mit Ihrem Sohn mir einen hässlichen Geschmack auf der Zunge hinterlassen hat. Ich hatte kein Recht, in Ihren Angelegenheiten herumzuschnüffeln, und ich möchte Ihnen sagen, dass es mir wirklich Leid tut.« Nachdem er die Ansprache hinter sich gebracht hatte, drückte er ihr unbeholfen den Strauß in die Hand und machte kehrt, um zu fliehen.

Er war schon fast an der Tür, als sie sagte: »Das war wirklich nicht übel, Mr Liberty. Volle Punktzahl für den Inhalt, aber für das Davonlaufen vor der Schlusspose gibt es leider einen Abzug in der künstlerischen Note.«

Er traute sich nicht, sie anzusehen, und blieb mit dem Gesicht zur Tür gewandt. »Bitte machen Sie sich nicht über mich lustig. Nicht, wenn ich –«

»Versuche, nett zu sein?«, beendete sie den Satz für ihn. »Warum kommen Sie nicht her und geben mir die Möglichkeit, mich zu bedanken? Oder sind Sie etwa zu feige?«

Dieser Herausforderung konnte er natürlich nicht widerstehen. Er war noch nie feige gewesen. Wie kam sie dazu, ihm so etwas vorzuwerfen? Doch als er wieder vor ihr stand und sie sich auf die Zehenspitzen stellte, um ihm einen sanften Kuss auf die Wange zu geben, fragte er sich, ob er nicht seinen Meister gefunden hatte. »Wir machen schon noch einen richtigen Menschen aus Ihnen, Mr Liberty«, sagte sie lächelnd.

Überrumpelt, wie er war, konnte er sich nicht verkneifen, die Hand an die Wange zu heben und mit den Fingerspitzen die Stelle zu berühren, wo er noch immer den leichten Druck ihrer Lippen spürte. Dann bemerkte er, dass er sich nicht rasiert hatte. Hatte er sich wenigstens gewaschen? Voller Abscheu über sich selbst trat er einen Schritt zurück.

Noch immer lächelnd, sagte sie: »Ich hoffe, Sie ziehen Ihr Angebot mit dem Abendessen nicht zurück.«

Mit übermächtiger Willensanstrengung gelang es ihm, so ruppig zu klingen wie immer. »Sie sollten doch inzwischen wissen, dass ich ein Mann bin, der sein Wort hält. Aber erwarten Sie kein ausgefallenes Menü. Im Eis fliegen noch irgendwo ein paar Packungen Kabeljau in Petersiliensauce herum. Jonah bringt mir das Zeug ständig mit, und ich vergesse immer, es zu essen. Ist das gut genug für Ihro Gnaden und den Herrn Sohn?«

»Ist es, besten Dank. Apropos Ned: Wo steckt er überhaupt?«

Froh über die Ablenkung führte Gabriel sie aus dem Esszimmer und den Flur entlang. »Ich habe mir erlaubt, ihm ein kleines Mitbringsel zu kaufen, als ich in Deaconsbridge war.«

In der Küche kniete Ned auf einem Stuhl, den Kopf über den Tisch gebeugt. Als sie hereinkamen, sah er auf. »Mami, Mr Liberty hat mir ein Malbuch und Postkarten mitgebracht! Ich habe ein Bild von seinem Haus gemalt. Gefällt es dir?«

Aus dem Augenwinkel beobachtete Gabriel nervös die Mutter des Jungen. War er zu weit gegangen? Würde sie denken, er mischte sich wieder ein? Aber er hatte es nur getan, weil ihm der Junge bei dem Spaziergang vor dem Mittagessen erzählt hatte, sie habe vergessen, ihm die Sachen mitzubringen. »Wir wollen ein Tagebuch über unsere Ferien schreiben«, hatte Ned gesagt. Dann ließ er Gabriels Hand los und hüpfte wie ein übermütiges Osterlamm davon.

»Lauf nicht zu weit weg«, rief er ihm, gegen den Wind ankämpfend, nach. »Deine Mutter hat gesagt, du sollst in meiner Nähe bleiben. Und wenn ich nach Hause komme und ihr sage, dass ich dich verloren habe, macht sie aus meinen Eingeweiden Frikassee.«

Der Junge ging langsamer, bis Gabriel ihn eingeholt hatte. »Was sind Eingeweide und Frikassee?«

Mit dem Finger in seinen Bauch stupsend, sagte er: »Eingeweide sind das glitschige Zeug, was hier drin steckt. Und Frikassee ist ein Gericht mit klein gehacktem Fleisch.«

Nachdenklich zog Ned den Reißverschluss seines Anoraks auf und betastete durch die Kleider seinen Bauch. »Aber wie kriegt Mami denn deine Eingeweide da raus?«

»Je nachdem, wie wütend sie wird, wenn ich ihr sage, dass ich dich verloren habe, nimmt sie wahrscheinlich ein großes Messer und schneidet mir den Bauch auf.« Er zog eine Linie von seiner Brust hinunter zu seinem Gürtel. »Dann wickelt sie meine Eingeweide um einen Stock und zieht sie heraus.«

»Und dann?«

»Tja, vermutlich wird sie sie dann klein hacken, einen großen Topf nehmen und das Ganze mit einer Soße aufkochen.«

»Würde sie dich denn hinterher wieder zunähen?«

»Ja, aber mit der dicksten, rostigsten und stumpfesten Nadel, die sie finden kann.«

Sie setzten sich wieder in Bewegung, die kleine, warme Hand des Jungen nun fest in seiner großen. Gabriel führte Ned zu dem Wäldchen, wo er hoffte, ihm einen Dachsbau zeigen zu können. Als sie, vom kalten Wind geschoben, die abfallende Wiese hinuntergingen, auf der ihre schlammigen Schuhe immer wieder ausglitten, sagte Ned: »Ich glaube dir nicht, Mr Liberty.«

»Hmm ... Was glaubst du nicht?«

»Das mit Mami und deinem glitschigen Zeug.«

»Meinst du, ich erzähle dir Lügengeschichten?«

»Das war doch nur ein Witz, oder? Hast du Angst vor meiner Mami?«

»Heiliger Strohsack! Angst vor einem zierlichen Mädchen wie deiner Mutter? Jetzt bist du aber derjenige, der Witze macht.«

Doch als er nun in der Küche stand und auf ihren Kommentar zu seinen Einkäufen wartete, die zu dem Durcheinander von Buntstiften und Klebstoff auf dem Tisch hinzugekommen waren, musste Gabriel zugeben, dass ein Teil von ihm tatsächlich Angst vor ihr hatte – davor, ihr auf die Zehen zu treten und sie zu verletzen.

Er beobachtete, wie sie zu dem Jungen herumging, ihm geistesabwesend über den Kopf strich und sein Bild betrachtete. »Das ist wunderschön, Ned. Den Turm hast du ganz prima gemalt.« Sie legte die Tulpen auf den Tisch und beugte sich zu ihm hinunter, um es sich genauer anzusehen. »Du meine Güte, wer ist denn der gut aussehende Mann da?«

Der Junge strahlte. »Mr Liberty.«

Neugierig trat Gabriel dazu, um zu sehen, wie er dargestellt worden war. Er rechnete damit, einen griesgrämigen alten Mann mit wild abstehendem Haar zu erblicken, sah jedoch stattdessen ein riesiges Strichmännchen, neben dem der Turm seines Hauses – der erstaunliche Ähnlichkeit mit dem Schiefen Turm von Pisa hatte – geradezu zwergenhaft wirkte. Sein massiger Kopf war mit grotesk großen Augen und einem halbmondförmigen Grinsen ausgestattet. »Du hast meine Nase vergessen«, sagte er.

Ned griff nach einem Stift und verpasste dem Strichmännchen einen hellrosa Kringel, der sein eines Auge verdeckte.

»Perfekt«, lobte seine Mutter ihn. »Und vielen Dank, Mr Liberty. Ein schöneres Geschenk hätten Sie Ned gar nicht machen können. Das war sehr nett und aufmerksam von Ihnen.«

Der Junge drehte den Stift in der Hand und versuchte dann, ihn auf seiner Oberlippe zu balancieren. »Mr Liberty hat gesagt, er hilft mir morgen beim Schreiben.«

»Aber nur, wenn du brav bist«, sagte Gabriel und ging zum Eisfach über dem Kühlschrank. Als er nach einigem Wühlen zwischen den Erbsen und dem Mais den Stapel mit Kabeljau in Petersiliensauce gefunden hatte, bemerkte er, dass Miss Costello hinter ihm stand. »Was gibt's denn da zu grinsen?«, fragte er.

»Sie versuchen doch nicht etwa, mich zu umgarnen, oder?«

»Natürlich nicht. Das ist purer Egoismus. Indem ich den Jungen davon abhalte, Unsinn zu machen, sorge ich dafür, dass Sie mehr geschafft kriegen. Dann haben Sie nämlich keinen Vorwand zum Faulenzen.«

»Gut, und während ich nicht faulenze, werde ich morgen mal das Eis abtauen ... und nur damit Sie mich nicht falsch verstehen: Ich meine das im Kühlschrank, nicht Ihre frostige Hülle.«

Um das Ganze abzurunden, beschloss Clara, dass sie das Abendessen in dem Raum einnehmen würden, den sie tagsüber sauber gemacht hatte. Es war deutlich weniger Arbeit gewesen als in der Küche. Das Esszimmer war einfach nur sich selbst überlassen worden und brauchte eine kräftige Portion liebevoller Pflege.

Als Erstes hatte sie die Fenster aufgerissen und eine dringend nötige Woge frischer Luft hereingelassen, dann hatte sie das Parkett, die Teppiche und die Vorhänge abgesaugt. Mit Hilfe einer hohen Leiter, die sie in einem Schuppen gefunden hatte, fuhr sie mit dem auf niedrigste Stufe gestellten Staubsauger vorsichtig über die Stoffbahnen, die von der jahrelangen Sonnenbestrahlung brüchig waren, und entfernte die dicke graue Schicht. Die walnussgroßen Fusselballen unter dem Mahagonitisch, zwischen den Stuhlbeinen und in den Zimmerecken wurden zusammengefegt, und dickbeinige Spinnen mussten sich mit einer fristlosen Kündigung ihres Wohnsitzes abfinden.

Als Nächstes staubte sie die verblichene Holztäfelung ab, die vom Boden bis zur Decke reichte, und die daran aufgehängten antiken Karten von Derbyshire. Dann räumte sie die Anrichte und die beiden dazugehörigen Glasvitrinen aus, die rechts und links neben dem Kamin standen. Wenig später wünschte sie sich, sie hätte es gelassen, so voll waren sie. Abgesehen von den Hunderten von kristallenen Weingläsern, Cognacschwenkern und Whiskygläsern, die alle von Hand gespült werden mussten, gab es eine atemberaubende Menge von elegantem, aber angelaufenem Silberzeug: Teekannen, Kaffeekannen, Sahnekännchen, Untersetzer, Zuckerzangen, Schnupftabakdosen, Kerzenleuchter, Löschhütchen und Teesiebe. Und von allem entdeckte sie mehrere Exemplare. Als Clara das Zeitungspapier auf dem Tisch ausbreitete und mit dem Silberputzen begann, ging ihr durch den Sinn, dass alles im Haus, mit Ausnahme seines Bewohners, mindestens in dreifacher Ausfertigung existierte. Gestern in der Küche war es genauso gewesen: Nachdem sie einen Rührmixer gefunden hatte, war eine ganze Familie davon aufgetaucht. Sie fragte sich, wer die Sachen so gehortet hatte. Ganz sicher nicht Mr Liberty. Wahrscheinlich seine beiden Frauen. Vielleicht hatte er aus purer Bosheit vorgehabt, seinen Kindern das Chaos zu hinterlassen, nur um ihnen noch eine letzte Lektion zu erteilen.

Als Clara jetzt den Tisch für das Abendessen deckte – mit Besteck, Sets, Gläsern, ihren hübschen Tulpen und einem Kerzenleuchter an der einen Schmalseite –, dachte sie an das jüngste Mitglied der Familie Liberty, das sie am Abend zuvor kennen gelernt hatte. Eigentlich war er ganz nett gewesen, aber genau deshalb hatte sie ihn paradoxerweise von Anfang an nicht leiden können. Seine etwas zögernde Art war ihr auf die Nerven gegangen, und am liebsten hätte sie ihm an den Kopf geworfen: »Wie können Sie hier direkt in der Nähe wohnen und Ihrem Vater so wenig helfen? Den wöchentlichen Einkauf kann jeder erledigen, aber wie wär's mit Bodenschrubben oder Kloputzen?«

Mr Liberty schien der edel gestaltete Rahmen für sein einfaches Aufwärm-Menü sehr zu amüsieren. Er hatte vorgehabt, in der Küche zu essen, aber Clara hatte darauf bestanden, das Ergebnis ihrer Mühen zu präsentieren, und die Tür verbarrikadiert, bis sie alles perfekt vorbereitet hatte.

»*Ta-daa!*«, tönte sie, als sie ihm und Ned schließlich gestattete einzutreten.

Sie beobachtete Gabriels Gesicht, als er, ein großes Tablett mit dem dampfenden Essen in der Hand, einen Moment dastand und den Blick umherschweifen ließ. Selbst in ihren kritischen Augen sah der Raum fantastisch aus. Da es draußen bereits dunkel war, hatte sie die schweren Brokatvorhänge zugezogen und überall Kerzen aufgestellt, deren flackerndes, sanftes Licht sich in den Möbeln und der Holzvertäfelung spiegelte. Der Raum strahlte eine warme, schimmernde Opulenz aus, und die frische Luft und der Duft der Lavendelpolitur hatten den muffigen Geruch der Vernachlässigung vertrieben.

Neds weit aufgerissene Augen funkelten. »Das ist ja wie Weihnachten«, sagte er. »Nur größer.«

Mr Liberty stellte das Tablett auf dem Tisch ab und verbeugte sich tief. »Ein neuer Tag, ein neues Wunder aus Ihrer Hand, Miss Costello. Ich zolle Ihnen erneut Beifall. Nur eins würde mich interessieren: Wo kommen die ganzen Kerzen her? Ich wusste gar nicht, dass ich so viele habe.«

»Die habe ich auf einem Regal im Waschraum gefunden. Einige davon sind so alt, dass sie wahrscheinlich aus irgendwelchen mittelalterlichen Kirchen stammen.«

»Bitte, nur zu, solange wir nicht in Flammen aufgehen. Meinen Sie, es ist hier drinnen warm genug?« Er sah hinüber zu dem leeren Rost im Kamin, auf den Clara einen Krug mit Narzissen aus dem Garten gestellt hatte.

»Ich wollte eigentlich Feuer machen, fand es dann aber zu riskant. Abgesehen von den mittelalterlichen Kerzen sind Sie vermutlich auch stolzer Besitzer einer Tonne von antikem Ruß. Ich werde einen Schornsteinfeger bestellen. Aber jetzt habe ich erst mal einen Bärenhunger.«

Obwohl es ein ausgesprochen schlichtes Mahl war, war es ihr bisher geselligstes – woran die zweite Flasche Chablis, die sie rasant leerten, möglicherweise nicht ganz unschuldig war. Ned, der auf zwei Kissen und einem Telefonbuch saß, um an den Tisch heranzureichen, und erstaunlich munter war für jemanden, der bereits seit gut einer Stunde im Bett liegen sollte, erzählte Clara gerade Mr Libertys grausige Geschichte von den Eingeweiden und dem Frikassee, als sie ein Geräusch hörte und ihn unterbrach. »Was war das?« Sie drehte den Kopf in Richtung Tür.

»Was war was?«, fragte Mr Liberty.

Clara gestattete ihm, ihr Wein nachzuschenken. »Ich glaube,

ich verbringe zu viel Zeit mit Ihnen. Jetzt fange ich schon an zu spinnen und Stimmen zu hören.«

Er stieß mit ihr an. »Auf Sie! Mögen Sie immer offen sagen, was Sie denken!«

»Versuchen Sie mal, mich davon abzuhalten.«

»Ich schätze, ich bräuchte einen Panzer, um Sie von irgendetwas abzuhalten, das Sie sich in den Kopf gesetzt haben.«

Beide lachten. Da bemerkte Clara, wie sich die Tür am Ende des Raums langsam öffnete. Sie erstarrte. Mr Liberty wandte den Kopf, um ihrem Blick zu folgen. Ein elegant gekleideter Mann war hereingekommen. Clara hätte ihn überall wiedererkannt. Es war der langgesichtige, unhöfliche Mann aus dem Supermarkt mit der Wagenladung Billig-Champagner.

»Hallo, Vater«, sagte er mit widerlich öliger Stimme. »Ich hoffe, ich störe nicht.«

29

Doch, du störst in der Tat. Was soll das? Auf einmal tun alle so, als wäre das hier Liberty's in London.«

Caspar zwang sich zu einem Lächeln. »Ach ja, die alten Scherze sterben nicht aus.« Er trat ein paar Schritte in den von Kerzen erleuchteten Raum, wobei seine Ledersohlen in der plötzlichen Stille laut hallten. »Liberty's – also wirklich.« Die Worte waren an seinen Vater gerichtet, aber er interessierte sich mehr für Gabriels Dinnergäste, vor allem für die Frau: die intrigante Miss Costello. Obwohl sie schmuddelige Uniformhosen (na bitte!) und ein ziemlich weites T-Shirt mit irgendwelchen Flecken trug, über deren Ursprung er lieber nicht weiter nachdachte, und die Art von kindlichem, unattraktivem Haarschnitt hatte, die er bei erwachsenen Frauen noch nie leiden konnte, entsprach sie doch nicht so ganz dem gepiercten, tätowierten New-Age-Hippie, den er sich vorgestellt hatte.

Aber der Schein konnte trügen.

Komisch, je länger er sie und das Kind betrachtete, desto mehr hatte er das Gefühl, die beiden schon mal gesehen zu haben. Aber wo?

Er merkte, dass sie ihn musterte und dass seine Gegenwart ihr nicht passte. Was seine Vermutung bestätigte: Sie versuchte, den Alten zu umgarnen, und hatte nun begriffen, dass ihr da jemand in die Quere kam. Pass bloß auf, Mädel, ich setz dich vor die Tür, bevor du dich hier breit machen kannst.

»Caspar, willst du den ganzen Abend da stehen und uns anstarren?«, bellte sein Vater. »Dürfen wir vielleicht erfahren, was dich hergeführt hat? Oder warst du gerade zufällig in der Gegend und wolltest mal nach deinem lieben alten Vater schauen? Um dich zu vergewissern, dass er noch nicht den Löffel abgegeben hat?«

»Zufällig in der Gegend« war in der Tat die Ausrede, die Caspar sich zurechtgelegt hatte, und so zog er sich neben seinem Vater einen Stuhl heraus, machte sich in der einladenden Szenerie aus Kerzen, Blumen und bestem Silber breit und legte mit seiner vorbereiteten Geschichte los. »In der Tat hatte ich zufällig in der Gegend zu tun«, sagte er. »Ich habe unseren kleinen Jonah besucht. Du würdest dich wundern, wie besorgt er um dich ist.«

Gabriel schnaubte. »Ha! Das wäre ja ganz was Neues, wenn einer von euch sich um mich sorgen würde.«

Caspar lachte dröhnend. »Komm schon, Dad, jetzt tu nicht so. Du weißt ganz genau, dass wir dich alle gern haben. Aber wo sind deine Manieren geblieben? Willst du mich deinen Gästen nicht vorstellen?« Er beugte sich mit ausgestreckter Hand über den Tisch. »Caspar Liberty, Ihr ergebener Diener und ältester Wächter über das Wohl meines Vaters. Und Sie sind?«

Seine Worte waren als Warnung gedacht, doch als seine Hand ignoriert wurde und Gabriel sagte: »Ich glaube kaum, dass es nötig ist, euch vorzustellen«, spürte er seinerseits die drohende Kraft seines Vaters.

»Tut mir Leid, Dad, aber da komme ich nicht mit. Du weißt, dass ich mit verschwommenen Anspielungen nichts anfangen kann. Das ist eher dein Bereich, bei all den Kreuzworträtseln, die du machst. Kriege ich vielleicht ein Glas von dem Wein?«

»Lass den Quatsch, Caspar. Ich weiß genau, warum du hier bist. Und das lasse ich mir nicht bieten.« Gabriel schlug mit seiner knotigen Hand auf den Tisch, dass das Geschirr klapperte und der kleine Junge mit den großen dunklen Augen zusammenzuckte und sich an seine Mutter drückte.

»Nicht doch, Dad, du jagst deinen Gästen Angst ein! Ein unverzeihlicher Verstoß gegen die Etikette. In manchen Gegenden gilt es ja durchaus als akzeptabel, seine Gäste zu vergiften, aber sie zu Tode zu erschrecken –«

»Caspar, mir ist zwar seit langem klar, dass du dich gern selbst schwafeln hörst, aber das können meine Gäste nicht wissen, und daher bitte ich dich dringend, ihnen zuliebe die Klappe zu halten.«

»Ich glaube, wir gehen jetzt besser, Mr Liberty.«

Das intrigante Biest war aufgestanden und fixierte Caspar mit einem bohrenden Blick. Doch als sie den Jungen von seinem Stuhl hob und sich seine Beine um die Hüften legte, sah Caspar, dass sie recht klein war. Gar nicht die drohende Amazone, nach der sie im Sitzen ausgesehen hatte. Eigentlich sogar ziemlich unscheinbar.

»Es ist nicht nötig, dass Sie gehen, Miss Costello«, sagte sein Vater. »Im Gegenteil, ich würde es vorziehen, wenn Sie blieben.« Seine Stimme war herrisch, wie Caspar sie aus seiner Kindheit in Erinnerung hatte. *Du bleibst, wo du bist, junger Mann. Du verlässt diesen Raum erst, wenn ich es dir sage, und keine Sekunde eher.*

»Nein, Mr Liberty. Ned ist müde, und ich muss ihn ins Bett bringen. Morgen früh um die gleiche Zeit?«

»Wie Sie wünschen, Miss Costello. Gute Nacht.«

Was hatte das zu bedeuten? *Wie Sie wünschen, Miss Costello* und *Nein, Mr Liberty*? Was spielten die beiden denn für ein Spielchen?

Die Tür fiel leise hinter ihnen ins Schloss, das Zeichen, dass Caspar nun zur Sache kommen konnte. Er schob den Stuhl ein Stück zurück und wandte sich zu seinem Vater um. Doch Gabriel kam ihm zuvor, indem er sich mit krachenden Gelenken erhob. »Ich hoffe, du bist zufrieden, Caspar«, fauchte er zu ihm hinunter. »Zum ersten Mal seit langer Zeit habe ich mich richtig wohl gefühlt, und dann kommst du und machst wieder alles kaputt. Du änderst dich wohl nie, was?«

Caspar blieb der Mund offen stehen. Großer Gott, es war schlimmer, als er gedacht hatte. Den alten Trottel hatte es richtig erwischt. Er wusste nicht, ob er lachen oder entsetzt aufspringen sollte. Er entschloss sich, ruhig zu bleiben und so viele peinliche Einzelheiten wie nur möglich aus seinem Vater herauszuholen. »Ich verstehe nicht ganz, worauf du hinauswillst, Dad. Wobei habe ich dich denn heute Abend gestört?« Vielsagend ließ er den Blick über die Reste des romantischen Essens gleiten.

Die eine Hand auf den Kaminsims gestützt, die andere als Faust in die Hüfte gestemmt, starrte sein Vater ihn an. Plötzlich begann er ohne jeden erkennbaren Grund zu lachen. Ein boshaftes, spöttisches Lachen, das als leises Glucksen begann, sich zu einem dröhnenden Gelächter steigerte, das seinen ganzen Körper schüttelte, bis es schließlich in keuchenden Husten umkippte. Großer Gott! Wenn der Alte so weitermachte, würde er sich noch umbringen! Caspar stand auf. »Alles in Ordnung, Dad?«

Nach Luft ringend, schob Gabriel Caspar wie eine lästige Fliege beiseite. Er ging zum Tisch zurück und trank einen Schluck aus seinem Weinglas, dann noch einen. Gerade als er seine Atmung halbwegs wieder unter Kontrolle hatte, hätte er beinahe erneut angefangen zu lachen. Das Ganze war zu komisch.

Zum Brüllen komisch!

Caspar, der dämliche, geldgierige Caspar glaubte, sein Vater wäre auf seine alten Tage endgültig übergeschnappt und hätte sich in ein hübsches junges Mädchen verliebt! Ha, ha, ha! Na, sollte der arrogante Trottel doch denken, was er wollte!

»Würdest du mir vielleicht verraten, worüber du gelacht hast, Dad?«

Listig setzte Gabriel eine undurchschaubare Miene auf und stellte sich neben Caspar an den Kamin. Er legte seinem Sohn väterlich den Arm auf die Schulter. »Caspar, ich weiß, das wird dich jetzt schockieren. Um ehrlich zu sein, war es auch für mich ein heftiger Schock. Es ist nämlich so, dass mir die reizende Miss Costello ziemlich den Kopf verdreht hat. Aber das hast du sicher schon gemerkt. Du hast ja gesehen, was für eine schöne Frau sie ist. Hinreißend, findest du nicht? Intelligent, selbstbewusst und unglaublich charmant. Ein ganz hübscher Fang für einen alten Knacker wie mich.«

Zu seiner Erheiterung spürte er, wie sein Sohn sich versteifte, und er musste sich zusammenreißen, um nicht zu grinsen. Mit dem tiefen Seufzer eines hoffnungslos verliebten Mannes zog er die Schraube noch ein wenig fester. »Und aus irgendeinem

Grund, den ich selbst nicht so recht nachvollziehen kann, scheint sie ganz verrückt nach mir zu sein. Was ich damit sagen will – oh, ich weiß, sie ist viel zu jung für mich –, könntest du dir vorstellen, eine neue Stiefmutter zu bekommen? Dein Einverständnis wäre mir schon wichtig, weißt du.«

30

Da es vollkommen nutzlos war, Caspar zu sagen, er solle sich beruhigen – Jonah hatte es bereits versucht und damit nur einen noch lauteren und unverständlicheren Ausbruch ausgelöst –, schenkte er seinem Bruder ein Glas Wein ein.

Caspar nahm das Glas und kippte die Hälfte des Inhalts in einem Schluck hinunter. Zu Jonahs Erleichterung brachte ihn das wieder auf den Teppich, und er wiederholte etwas ruhiger, was er bei seiner Ankunft in Church Cottage gesagt hatte. »Das beweist ganz klar, dass der Alte den Verstand verliert!«

»Du hast immer noch nicht gesagt –«

Doch Caspar legte bereits wieder los. »Ich hatte dich gewarnt, dass so was passieren könnte. Aber hast du auf mich gehört? Oh nein, du hast es wie immer vorgezogen, den Kopf in den Sand zu stecken. Vielleicht achtest du künftig mehr auf das, was ich sage.«

»Das würde ich vielleicht tun, wenn du mir endlich erklären würdest, was eigentlich los ist«, erwiderte Jonah mit ruhiger Stimme. »Was ist passiert, das dein sonst so ruhiges Blut in Wallung bringt?«

»Spar dir den geistreichen Sarkasmus für deine hirnlosen Schüler auf. Hast du denn nicht gehört, was ich gesagt habe?«

»Jede einzelne Silbe, aber ich kapiere noch immer nicht, wovon du redest.«

Caspars Gesicht verhärtete sich. »Jonah, unser Vater ist kurz davor, zum dritten Mal zu heiraten. Ist dir klar, was das für uns bedeutet? Dass wir leer ausgehen!«

»Wen will er denn heiraten?«

»Die geldgeile Miss Mopp.«

»Aber das kann doch nicht sein!« Jonah war fassungslos.

Caspar betrachtete ihn mitleidig. »Sage ich doch! Aber es freut mich, dass der Groschen endlich gefallen ist. Wir müssen diesem Unsinn einen Riegel vorschieben ... Hast du noch was von diesem Rachenputzer?«

Jonah goss den Rest des Weins in Caspars leeres Glas. Dann griff er nach dem Korkenzieher, um eine zweite Flasche zu öffnen, und fragte sich, ob der Scherz, den er sich mit seinem Bruder erlaubt hatte, von seinem Vater noch übertroffen worden war. Er vermochte sich einfach nicht vorzustellen, dass die selbstsichere Frau, die er am Tag zuvor kennen gelernt hatte, daran interessiert sein könnte, einen Mann wie Gabriel Liberty zu heiraten. Oder hatte Caspar womöglich Recht, und die tüchtige Miss Costello war tatsächlich nur eine geldgierige Intrigantin? Jonah dachte an die Eifersucht, die ihn in der Küche von Mermaid House geplagt hatte, weil sie sich auf eine Weise mit Gabriel zu verstehen schien, wie es bislang kaum einem Menschen gelungen war, am wenigsten den Mitgliedern seiner Familie.

Dennoch konnte er Caspars Theorie nicht akzeptieren. Nichts in ihrem Verhalten hatte darauf hingewiesen, dass sie aus Geldgier einen alten Mann umgarnte, damit der sie heiratete. Aber warum war sie dann in Mermaid House?

Er lehnte sich gegen den Herd. »Jetzt erzähl mir mal genau, was Dad gesagt hat. Was waren seine Worte? Und übertreib nicht.«

Caspar verdrehte die Augen. »Hör auf, mich wie einen Trottel zu behandeln, Jonah. Auch wenn ich von der Uni geflogen bin, wie Dad mir immer wieder gern vorhält, bin ich doch intelligent genug, um die Zeichen zu erkennen. Außerdem hast du mich doch überhaupt erst darauf gestoßen, was da läuft! Wenn du mir gestern Abend am Telefon nicht gesagt hättest –«

»Erzähl mir einfach, was er gesagt hat.«

»Meine Güte, bist du auf einmal schnippisch. Er hat mich gefragt, ob ich mir vorstellen könnte, eine neue Stiefmutter zu bekommen. Und ich schätze, selbst *du* kapierst, was das zu bedeuten hat. Außerdem hat er gesagt, die reizende Miss Costello habe ihm den Kopf verdreht, und sie sei genauso verrückt nach ihm. *Und* er hat mir den Arm um die Schultern gelegt.« Caspar schüttelte sich und trank er einen großen Schluck Wein. »Ich kann mich gar nicht mehr erinnern, wann er mich zuletzt berührt hat.«

»Hat er sonst noch was gesagt?«

»Jede Menge, und das meiste davon lässt mich jetzt noch schaudern. Nachdem er einmal angefangen hatte, war er nicht mehr zu bremsen. Er hat mich sogar um Rat gefragt, wo sie ihre Flitterwochen verbringen sollen, und ob es sich lohnt, seinen Arzt nach Viagra zu fragen! Wenn du mich fragst, ist er komplett übergeschnappt.« Er stellte das Glas ab, zupfte an den Manschetten seines weißen Hemdes, die unter den Jackettärmeln hervorlugten, und rückte seine Manschettenknöpfe gerade. »Meinst du, auf der Schiene könnten wir vorgehen? Die Heirat unterbinden, indem wir beweisen, dass er nicht mehr zurechnungsfähig ist?«

Nachdem er sich Caspars Tiraden angehört hatte, war Jonahs Vermutung, dass sein Bruder einer List zum Opfer gefallen war, nur noch stärker. Nie im Leben konnte er sich vorstellen, dass ihr Vater sich nach Viagra erkundigte. Damit war für Jonah die Sache klar. Je mehr er darüber nachdachte, desto überzeugter war er, dass sich ihr Vater mit Caspar einen Scherz erlaubt hatte, genau wie mit Dr. Singh. Aber warum wollte Caspar das nicht einsehen? »Hat das Objekt von Dads Verehrung irgendetwas dazu gesagt?«

»Nein. Das Ganze passierte erst, nachdem sie uns allein gelassen hatte. Sie waren mitten in einem romantischen Dinner bei Kerzenschein, als ich reinkam.«

»Und ihr Sohn?«

»Oh, der war auch da.«

»Also ein romantisches *dîner à trois*?«

Caspar warf ihm einen vernichtenden Blick zu. »Sie konnte ihn ja schlecht mit einer Flasche Cola und einer Tüte Chips vor die Tür setzen.«

Ohne darauf einzugehen, sagte Jonah: »Ich glaube, unsere beste Vorgehensweise besteht darin, ruhig zu bleiben und abzuwarten, was passiert.«

»Ach, das ist mal wieder typisch! Irgendeine Tussi ist scharf darauf, sich unser Erbe unter den Nagel zu reißen, und du willst so tun, als ob nichts wäre. Ist es dir denn völlig egal, dass wir Mermaid House abhaken können, wenn sie die dritte Mrs Liberty wird?«

»Du tust gerade so, als hättest du ein Anrecht darauf«, sagte Jonah.

Caspars Miene verhärtete sich abermals, und seine Nasenflügel bebten wie bei ihrem Vater. »Habe ich auch. Ein Teil von Mermaid House steht mir von Geburt an zu. Ich muss dir ja wohl nicht erklären, dass unsere Mutter das für jeden von uns so gewollt hätte.«

Da Jonah auf diese letzte, gefährlich bedeutungsschwangere Bemerkung absolut nichts zu erwidern wusste, hielt er den Mund und wartete darauf, dass sein Bruder ging.

Am nächsten Morgen gewann Jonahs Neugier die Oberhand, und nach einem kurzen Stopp bei Kwik-Fit, wo er einen neuen Auspuff einbauen ließ, fuhr er hinaus nach Hollow Edge Moor.

Dunkle Wolkenbänke schoben sich über den Himmel, und ein böiger Wind rüttelte am Auto. Jeden Moment konnte es anfangen zu regnen. Nur ein paar ganz hartgesottene Wanderer mit bodenlangen Regencapes über den Rucksäcken kämpften gegen die Elemente, ihre fernen Silhouetten krümmten sich auf den Hügelkämmen gegen den Wind. Schwarzbeinige Lämmer drängten sich im Schutz der Steinmauern gegen ihre Mütter, und das warme Frühlingswetter der vergangenen Tage war nur noch eine verschwommene Erinnerung. Doch das unfreundliche Wetter störte Jonah nicht, er fand es belebend.

Als der düstere Umriss von Mermaid House in Sicht kam, überfielen ihn Zweifel. Was versprach er sich von einem erneuten Besuch bei seinem Vater? »Zwei Besuche in einer Woche, Jonah?«, würde er spötteln. »Anscheinend bin ich auf einmal der beliebteste Mann im Peak District.«

Tief in seinem Innern hoffte Jonah wohl, die Bestätigung zu finden, dass sein Vater Caspar tatsächlich einen Bären aufgebunden hatte und ihn vielleicht einweihen würde.

»Diese Geschwisterrivalität macht uns alle zu Narren«,

grummelte er, als er durch den Torbogen fuhr und neben Miss Costellos Wohnmobil parkte.

Er schaltete den Motor aus und verspürte nichts als Verachtung für sich selbst. Warum hatte er Caspar am Abend zuvor nicht einfach gesagt, dass ihr Vater sich vermutlich nur einen Scherz mit ihm erlaubte?

Weil sie alle so daran gewöhnt waren, gegeneinander zu kämpfen.

Aus seinem Wagen sah er, wie die tatkräftige Miss Costello einen Pappkarton in den Container warf. Erst vor ein paar Tagen hatte er sich gewünscht, er hätte den Mut, für seinen Vater Klarschiff zu machen, und jetzt tat eine Fremde genau das. Der Gedanke ärgerte ihn. Er schlenderte hinüber, in dem unbehaglichen Wissen, dass er sich zu sehr bemühte, unbefangen zu wirken.

Als sie ihn bemerkte, sagte sie, ohne ihre Tätigkeit zu unterbrechen: »Na, haben Sie Ihren Auspuff reparieren lassen?«

»Ja. Und Dad lässt Sie sogar am Sonntag schuften?«

Sie leerte einen weiteren Karton in den Container, und ein Windstoß packte ein paar Bögen Zeitungspapier. Sie drückte sie kräftig nach unten und wischte sich die Hände an der Rückseite ihrer engen Jeans ab. »Nur damit wir uns verstehen, Master Liberty, ich bin diejenige, die den Einsatzplan macht. Ich entscheide, wann ich arbeite.«

»Das bezweifle ich nicht im Geringsten. Warten Sie, ich helfe Ihnen.« Er rechnete damit, dass sie sein Angebot ablehnen würde, doch sie tat es nicht, und so hievten sie gemeinsam einen zusammengerollten, stinkenden Teppich auf den Müllhaufen. »Caspar wird ausrasten, wenn er mitkriegt, dass Sie lauter Familienerbstücke rausschmeißen.« Jonahs Ton war scherzhaft, doch sie griff nur wortlos nach einem schwarzen Plastiksack und warf ihn auf den Teppich. »Wie ich gehört habe, hatten Sie gestern Abend das Vergnügen, ihn kennen zu lernen«, fügte er hinzu.

»Das Vergnügen hatte ich schon vorher.«

»Tatsächlich?«

»Im Supermarkt von Deaconsbridge. Schon da fand ich, dass er der unhöflichste, egoistischste und arroganteste Mann ist, der mir je unter die Augen gekommen ist.«

Jonah verkniff sich ein Grinsen. »Und hat der gestrige Abend Ihre Meinung geändert?«

Sie antwortete ihm nicht. Stattdessen sagte sie: »Falls Sie Ihren Vater suchen, er ist in der Bibliothek.«

Er war offensichtlich entlassen, und verdutzt fragte er sich, womit er eine so frostige Behandlung verdient hatte. »Miss Costello, Sie mögen mich nicht besonders, stimmt's?«

Sie hielt inne, hob den Kopf und sah ihm mit kühler Miene in die Augen. »Stört Sie das?«

Er nahm ihr ein verstaubtes Blumenarrangement aus der Hand, das Val vor langer Zeit zusammengestellt hatte, und legte es vorsichtig in den Conatiner. Von seiner Familie war er gnadenlose Offenheit gewohnt, aber nicht von Menschen, die er kaum kannte. Er beschloss sich zu wehren, sie dazu zu zwingen, die ärgerliche abweisende Fassade abzulegen, die sie offenbar extra für ihn zum Einsatz brachte. »Wenn Sie meine Stiefmutter werden«, sagte er milde, »sollten wir dann nicht versuchen, etwas besser miteinander auszukommen?« Er beobachtete sie genau.

»Tja, was soll ich sagen?«, erwiderte sie, ohne eine Miene zu verziehen. »Wahrscheinlich haben Sie Recht. Wie sollen wir denn Ihrer Meinung nach vorgehen, Master Liberty?«

»Erstens könnten Sie aufhören, mich ›Master Liberty‹ zu nennen. Ich heiße Jonah. Und zweitens könnten Sie ehrlich zu mir sein.«

»Oh, ich weiß nicht, ob das so eine gute Idee ist. Verwandte sind doch selten ehrlich zueinander, oder? Es gibt immer Dinge, die man lieber für sich behält. Wo wir gerade dabei sind: Woher wissen Sie überhaupt, dass Ihr Vater und ich zusammen sind?«

»Dad hat es gestern Abend Caspar erzählt.«

Das Gespräch lief ganz und gar nicht so, wie Jonah es sich vorgestellt hatte. Wer nahm hier eigentlich wen auf den Arm? Aber er war fest entschlossen, das Theater nicht länger mitzumachen. »Bitte, Miss Costello, können Sie nicht offen zu mir sein?«

Sie hob die Hand. »Seien Sie doch nicht so formell. Nennen Sie mich Mutter. Oder ist Ihnen Mum lieber?«

»Bitte«, versuchte er es erneut, »eine klare Antwort auf eine klare Frage. Spielen Sie meinem Vater zuliebe wieder bei einem seiner selbstgefälligen Spielchen mit?«

»Wie ich immer zu Ned sage, man muss glauben, was man glauben will.«

»Wenn das so ist, glaube ich kein Wort von dem, was mein Vater Caspar erzählt hat. Und genauso wenig, dass Sie eine geldgierige Intrigantin sind, wie mein Bruder meint.«

Provozierend streckte sie die Brust heraus und stemmte die Hände in die Hüften. »Gefalle ich Ihnen denn nicht als neue Stiefmutter?«

Er wusste, dass sie ihn aufzog, aber ihr spielerischer Ton und der Anblick ihrer Brüste, die sich durch das dünne T-Shirt abzeichneten, erregten ihn überraschenderweise. »Ich fürchte, mir Sie als Stiefmutter vorzustellen, überfordert meine Fantasie.« Jonah senkte den Blick. Ihm blieb nichts anderes übrig, als zu akzeptieren, dass er bei ihr auf Granit biss. Frustriert fragte er: »Was sagten Sie, wo mein Vater ist?«

»Er ist mit Ned in der Bibliothek.«

Während Clara Jonah nachsah, empfand sie fast Mitleid mit ihm. Was um alles in der Welt heckte der unverbesserliche Alte denn nun schon wieder aus? Er hätte sie ja wenigstens darauf vorbereiten können, dass sie nicht nur seine Ersatztochter spielen sollte, sondern auch noch seine Verlobte. Wie sollten sie das nur Dr. Singh erklären?

31

Auf dem Weg zur Bibliothek bemerkte Jonah die Veränderungen und Verbesserungen, die Miss Costello ganz allein zustande gebracht hatte. Wie auch immer seine Gefühle ihr gegenüber waren – und er war sich nicht ganz sicher, wie die aussahen –, er konnte ihre Wirkung auf Mermaid House nur bewundern. Es strahlte eine Leichtigkeit aus, die er seit Jahren nicht mehr gespürt hatte. Nein, mehr noch: Es war, als würde das Haus mit jedem Raum, dessen sie sich annahm, ein Stück mehr von der Trauer befreit, die auf ihm gelastet hatte, so lange sich Jonah erinnern konnte. Er steckte den Kopf durch die Esszimmertür, die einen Spalt offen stand. Dort sah und roch er noch mehr Spuren von Miss Costellos Zauberkraft – poliertes Holz, Blumen auf dem Kamingitter und auf dem Tisch, funkelnde Gläser und Silbersachen in den Regalen der blitzblanken Glasvitrinen. Die Verwandlung war unglaublich.

Als er ein fröhliches, helles Lachen hörte, ging er weiter zur Bibliothek, wobei er laut nach seinem Vater rief, damit der ihm nicht vorwerfen konnte, er würde sich heimlich anschleichen. Er öffnete die Tür und wappnete sich für die nächste schwierige Auseinandersetzung. Doch er hatte die Stimmung seines Vaters falsch eingeschätzt.

»Jonah? Na, ich kann nicht sagen, dass es mich überrascht, dich zu sehen, da ich ja anscheinend der Star der Woche bin, aber du kommst genau im richtigen Moment. Nimm dir einen Stuhl und hilf mir. Dieser gerissene Dreikäsehoch hält mich ganz schön in Atem.«

Der Raum hatte noch nicht die Miss-C-Behandlung bekommen, und so nahm Jonah einen Stapel staubiger *National Geographics* von einem der Stühle und setzte sich zu den beiden an das Erkerfenster, wo gerade eine Partie Dame im Gang war. Der »gerissene Dreikäsehoch« lächelte ihn strahlend an. »Ich habe Mr Liberty gerade wieder einen Stein weggenommen«, sagte er stolz und hielt Jonah die schmuddelige Elfenbeinscheibe hin. »Und guck mal, wie viele ich schon habe!«

»Genug mit der Angeberei, junger Mann. Und Ruhe jetzt, ich muss nachdenken, bevor ich meinen nächsten Zug mache. Was rätst du mir, Jonah?«

Jonah betrachtete das Brett, dasselbe, an dem er selbst Schach und Dame gelernt hatte – Spiele, bei denen sein Vater immer rücksichtslos auf Gewinn spielte, egal wie jung oder unerfahren sein Gegner war. Mehrmals hatte Val ihm gesagt, er solle Jonah eine Chance geben. »Er ist doch noch ein Kind! Wie soll er je besser werden, wenn du ihn nicht ermutigst?« Als Jonah jetzt das Brett und das einseitige Gemetzel sah, konnte er nur zu dem Schluss kommen, dass entweder Ned ein geborenes Genie war oder aber Vals Rat endlich gefruchtet hatte: Gabriel besaß nur noch ein paar Steine. »Sieht aus, als wärst du ernsthaft in Schwierigkeiten, Dad«, sagte er. »Jeder Zug, den du machen könntest, erscheint mir riskant.«

»Seit wann habe ich Angst, ein Risiko einzugehen?« Gabriel fuhr sich mit der Zunge über die rissigen Lippen und schob einen seiner wenigen verbleibenden Steine vor. »Da, du kleiner Halunke, daran kannst du dir die Zähne ausbeißen!«

In den Tiefen des Ledersessels gegenüber versunken, das Kinn auf das angezogene Knie gestützt, fixierte der Junge das Brett. Seine wachen Augen huschten von rechts nach links. Das einzige Geräusch im Raum waren Gabriels rasselnder Atem – war er vorher auch schon so laut gewesen? – und das Ticken der Uhr auf dem Kaminsims. Jonah hoffte gebannt, Ned würde von selbst bemerken, dass er mit einem einfachen Zug gewinnen konnte. Die kleine Hand schwebte über der linken Seite des Bretts. Jonah war enttäuscht, der Junge hatte das Offensichtliche nicht gesehen. Er räusperte sich, um Neds Aufmerksamkeit zu gewinnen, und blickte demonstrativ auf die andere Seite des

Bretts. Es dauerte einen Moment, bis Ned den Hinweis verstand, doch dann wanderte seine Hand zu einer seiner Damen, und er schnappte sich mit einer Woge freudigen Begreifens Gabriels letzten Stein. Lächelnd lehnte er sich im Sessel zurück. »Mr Liberty, ich glaube, du hast verloren.«

Gabriel betrachtete das Brett und schmunzelte. »Nun, offensichtlich war ich ein zu guter Lehrer. Gut gemacht, junger Mann.« Er hob die Hände und applaudierte dem Jungen. Jonah bemerkte, dass sein Vater bei jedem Klatschen zusammenzuckte.

Ned beugte sich wieder vor und brachte seine Steine erneut in Stellung. »Können wir noch mal spielen?«

Gabriel stöhnte. »Nicht jetzt. Vielleicht nach dem Mittagessen. Mein armes altes Gehirn braucht eine Pause. Lauf zu deiner Mutter und erzähl ihr, was für ein kluges Kerlchen du bist, ich unterhalte mich derweil mit meinem Sohn. Ich bezweifle, dass ich dafür mein Gehirn brauche.«

Nun, da sie allein waren, nahm Jonah an, dass sich die Stimmung seines Vaters ändern würde. Er begann, die Steine für eine neue Partie aufzustellen. »Weißt du noch, wie du mir das Spiel beigebracht hast?«

Gabriel erhob sich, und seine Gelenke krachten. »Als wär's gestern gewesen. Apropos gestern – ich nehme an, das ist der Grund, weshalb du hier bist, oder? Um die Neuigkeit über meine bevorstehende Hochzeit aus meinem eigenen Mund zu hören.«

Nachdem er den letzten Damestein platziert hatte, erwiderte Jonah: »Warum tust du das, Dad?«

»Was? Die reizende Miss Costello heiraten? Würdest du nicht dasselbe tun, wenn du die Gelegenheit hättest?«

Jonah hatte bereits ein Gespräch aus dem Ruder laufen lassen, und noch einmal würde ihm das nicht passieren. »Wir reden jetzt aber nicht über mich, Dad«, sagte er mit Nachdruck. »Wir reden darüber, warum du Caspar vormachst, du hättest die Absicht, die *reizende* Miss Costello, wie du sie nennst, zu heiraten.«

»Wer hat denn etwas von Vormachen gesagt?«

»Ich. Das ist doch wieder nur eins von deinen Spielchen, oder?«

»Eins muss man dir lassen, Jonah, du bist erstaunlich scharfsinnig.«

»Warum also hast du Caspar auf den Arm genommen?«

»Weil es mir Spaß gemacht hat! Du hättest den dämlichen, arroganten Nichtsnutz sehen sollen. Ich habe gedacht, er fällt vor Schreck in Ohnmacht. Seit Jahren habe ich mich nicht mehr so amüsiert.«

»Aber ist es richtig, das auf Kosten anderer zu tun?«

Gabriel fegte die angedeutete Kritik beiseite. »Was interessieren mich Caspars zarte Gefühle? Er und Damson haben doch auch nie Rücksicht auf meine genommen.«

»Nanu, bin ich bei dieser Verdammung nicht eingeschlossen?«

»Wenn du so weitermachst, landest du noch ganz oben auf der Liste!« Sein Vater wandte sich abrupt ab und sah aus dem Fenster. »Mist! Es hat angefangen zu regnen. Eigentlich wollte ich nachher mit dem kleinen Ned spazieren gehen. Willst du zum Mittagessen bleiben? Oder hast du was Besseres vor?«

Jonah trat neben seinen Vater und blickte durch die schmutzigen Scheiben auf den heftigen Guss, der die Narzissen draußen auf der Wiese niederdrückte. Er konnte sich nicht erinnern, wann sein Vater zuletzt so spontan eine Einladung ausgesprochen hatte. Er wusste nicht, wie und warum, aber ihm schien, dass gerade eine kleine Brücke geschlagen worden war. Bereit, alles zu nehmen, was ihm geboten wurde, erwiderte er: »Ja, ich bleibe gern zum Essen, danke. Soll ich mich darum kümmern, während du dich auf das nächste Gefecht mit deinem Schützling vorbereitest?«

Oben in Val Libertys ehemaligem Schlafzimmer ging Clara die Sachen der Verstorbenen durch. Sie hatte sich schon gefragt, wer für den ganzen Krempel im Haus verantwortlich war, und jetzt war sie überzeugt, die Schuldige gefunden zu haben: Die zweite Mrs Liberty war eine unverbesserliche Horterin gewesen.

So wie die Schubladen, Regale, Nachttische und Kleiderschränke aussahen, hatte sie nie etwas weggeworfen. Unter ihren Sachen war allerlei kurioses Zeug: Zugfahrkarten nach Sheffield und Manchester, Zettel mit Zahnarztterminen, Friseurquittungen, Einkaufslisten, verbogene Haarnadeln, alte

Hüftgürtel, leere Parfümflaschen, Haarbürsten, bröselige Badewürfel, Dosen mit Sicherheitsnadeln und halb aufgebrauchte Tuben mit Handcreme. Es gab eine Sammlung von Wärmflaschen, so alt und miteinander verklebt, dass man sie als Gummicollage in der Tate Gallery ausstellen konnte. Außerdem fand Clara mehrere Kartons mit elektrischen Lockenwicklern der Marke »Carmen« und eine von diesen aufblasbaren Hüllen, mit denen man sich die Haare trocknen konnte.

Mr Liberty hatte ihr *carte blanche* gegeben, alles wegzuwerfen. »Ich kann damit sowieso nichts anfangen, also tun Sie's ruhig weg«, hatte er gesagt. Das war morgens gewesen, als sie bei Arbeitsantritt verkündete, sie brauche eine Abwechslung vom Schrubben und Polieren.

»Aha! Jetzt versuchen Sie also schon, sich vor der richtigen Arbeit zu drücken und sich einen lauen Lenz zu machen, was?«

»Heben Sie sich Ihre liebevollen Worte für Ihre Familie auf, Mr Liberty. Haben Sie den späten Herrenabend mit Ihrem Sohn genossen?«

Er hatte ein polterndes Lachen ausgestoßen. »Und wie! Ich erzähle Ihnen später davon, wenn ich Ihnen das zweite Frühstück bringe. Ned, mein Junge, du kommst mit mir. Heute ist der Tag, an dem du lernst, wie man Dame spielt.«

Während Clara den x-ten dicken Wollrock zusammenfaltete und ihn in den Sack mit Kleidern packte, die sie bereits aussortiert hatte – es gab zwei Säcke, einen für den Wohltätigkeitsladen und einen für den Müllcontainer –, dachte Clara darüber nach, wie seltsam es war, dass sie alle drei in solch eine kuriose, aber unkomplizierte Routine gerutscht waren. Ned kam wunderbar mit Mr Liberty zurecht, den er vermutlich als vorübergehenden Ersatzgroßvater ansah, und das war ihr nur recht. Soweit sie es beurteilen konnte, profitierte jeder von ihnen von dieser Woche. Mr Liberty bekam einen Frühjahrsputz, Ned hatte Gesellschaft und lernte Dame spielen, und sie wurde gut genug bezahlt, um sich sagen zu können, dass sie nicht verrückt gewesen war, dieses Engagement anzunehmen.

Am Abend zuvor, nachdem sie Ned eine Gutenachtgeschichte vorgelesen hatte, hatte sie ihre erste Postkarte an Louise und die Bande geschrieben.

Unglaublich – erst eine Woche, seit Ned und ich mit Winnie losgezogen sind! Kommt mir vor, als wären wir schon ewig unterwegs. Erleben hier völlig verrückte Sachen. Nicht ganz das, was ich im Kopf hatte, aber trotzdem jede Menge Spaß. Sind zurzeit bei einem verrückten alten Mann im Peak District – so weit im Norden, dass du ein Wörterbuch bräuchtest, Louise! – und betätigen uns als Missionare (Erklärung folgt). Ned ist völlig begeistert und lernt jeden Tag dazu. Mehr auf der nächsten Karte.

Liebe Grüße an alle, Clara.

PS: Ob ich die Arbeit vermisse? Von wegen!

Sie hatte absichtlich nicht erwähnt, dass sie sich für eine Woche in eine Putzfrau verwandelt hatte, da Louise dann sofort David losgeschickt hätte, um sie nach Hause zu holen.

Die Stange des ersten Kleiderschranks war jetzt leer, und so kletterte Clara auf einen Stuhl, um das Regalfach darüber auszuräumen. Unter einer rosafarbenen Tagesdecke aus Frotteeplüsch kam eine zerdrückte Hutschachtel zum Vorschein, die ziemlich schwer war. Als sie den Deckel abnahm, fand sie darin einen Stapel großer Notizbücher.

Sie stieg hinunter, setzte sich aufs Bett und zog an dem ausgefransten Satinband, das die Bücher zusammenhielt. In der Annahme, darin nur die wortreiche Fortsetzung der sammelwütigen Frau zu finden, die sie bisher kennen gelernt hatte, zog Clara ein Buch heraus und schlug es auf.

Doch sie sah auf den ersten Blick, dass es sich bei dem, was sie da in der Hand hielt, um ein Tagebuch handelte.

Sie wusste, dass es nicht richtig war, aber sie konnte es sich einfach nicht verkneifen, die unregelmäßige Handschrift zu lesen, die die linierten Seiten bedeckte.

Sonntag, 16. September

Es gibt Zeiten, da hasse ich dieses schreckliche Haus! Ich weiß, es klingt theatralisch, aber heute ist wieder mal solch ein Tag.

Ich hatte Gabriel gewarnt, dass so etwas passieren würde, dass Caspar durchaus zu einem derartigen widerwärtigen Betrug imstande ist. Aber wie immer hat sich der sture alte Kerl geweigert, etwas dagegen zu unternehmen. »Sie sind erwachsene Männer, sie sollten in der Lage sein, das unter sich auszumachen«, hat er heute Abend gesagt, als ich ihm erzählte, was passiert ist. »Männer werden nie ganz erwachsen«, erwiderte ich, doch er warf mir nur einen seiner hasserfüllten Blicke zu und verschwand in seiner verdammten Bibliothek.

Der Ärger begann in dem Moment, als Caspar und seine unterbelichtete Freundin (ihren Namen habe ich vergessen, aber da wir sie vermutlich sowieso nicht wiedersehen, ist es auch nicht wichtig) hier ankamen, um die Verlobung von Jonah und Emily zu feiern. Schon beim Abendessen war mir klar, was Caspar im Schilde führte (ich habe es schon so oft gesehen, dass ich die Anzeichen inzwischen kenne), und ich wusste, dass dieses Wochenende nichts Gutes bringen würde. Und das Ganze war meine Schuld – schließlich hatte ich darauf bestanden, dass alle kommen sollten. Sobald diese törichte Emily anfing zu kichern, wusste ich, dass sie angebissen hatte. Der arme Jonah saß nur da, den Kopf gesenkt, und kochte still vor sich hin. »Tu was!«, hätte ich ihm am liebsten zugerufen, doch er rührte sich nicht. Ließ seinen Bruder auf sich herumtrampeln, wie er es immer getan hat. Ich weiß, er hat Angst vor ihm. Genau wie vor Damson. Auch Damson sah, was Caspar vorhatte, und ich glaube, sogar sie war ein wenig schockiert. Aber sie machte keinen Versuch, ihn aufzuhalten. Sie ist die Einzige, die das könnte, und indem sie nichts tat, billigte sie sein Verhalten. Obwohl sie so sehr mit sich selbst beschäftigt ist, dass sie sich womöglich gar nicht darum schert. Die Hälfte der Zeit verstehe ich überhaupt nicht, wovon sie spricht. Sie hat einfach nicht genug zu tun. Das ist das eigentliche Problem. Wenn sie ein echtes Ziel in ihrem Leben hätte, wäre sie anders. Nicht so abgehoben.

Um die Mittagszeit war alles vorbei. Jonah verschwand, ohne ein Wort zu sagen. Ich sah ihn durchs Küchenfenster, als er vom Hof fuhr – ich glaube, ich habe noch nie jemanden gesehen, der so wütend war und so unfähig, seinem Zorn Luft zu machen.

Ein paar Minuten später kam Caspars Freundin in den Stiefeln, die sie sich von mir geliehen hatte, in den Hof gehumpelt, und die wiederum konnte ihrem Zorn hervorragend Luft machen, mein lieber Schwan! Ausdrücke hatte die auf Lager! (Nur gut, dass sie bei ihrer Arbeit nicht reden muss.) Nach allem, was ich ihrem überaus bildhaften Bericht entnehmen konnte, haben sie und Jonah gesehen, wie Caspar Emily geküsst hat, noch dazu an Jonahs Lieblingsplatz bei den Felsen, wo er gern sitzt und nachdenkt. Und während diese junge Frau darauf wartete, dass Caspar und Emily zurückkamen, rief sie sich ein Taxi und packte ihre Sachen. Als Caspar endlich sein Gesicht zur Tür hereinsteckte, verpasste sie ihm eine kräftige Ohrfeige und verschwand. (Was ich ihr nicht verübeln kann.) Emily, die dumme Gans, hatte wenigstens noch den Anstand, beschämt auszusehen, doch Caspar war arrogant wie immer. »Tja«, sagte er in seinem anmaßenden Tonfall (ich weiß, es ist falsch, aber mich juckt es immer, ihm eine zu langen, wenn er diesen Ton anschlägt!), »da verlässt uns eine junge Dame mit einigem Temperament. Ich wünsche ihrem nächsten Sparringspartner viel Glück.« Dann hatte er Frechheit, zu mir zu sagen: »Val, altes Haus, das mit dem Mittagessen wird wohl nichts. Vielleicht ein andermal?«

Und wo war Gabriel bei all diesem Durcheinander? Wo er immer ist: in seiner verflixten Bibliothek. Warum kümmert er sich nicht um seine Familie? Warum überlässt er das immer mir? Ich bin es so leid, so unendlich leid. Oft frage ich mich, was wohl aus ihnen allen würde, wenn ich nicht mehr da wäre.

Fußgetrappel auf dem Treppenabsatz ließ Clara zusammenfahren. Sie warf die Notizbücher zurück in die Hutschachtel, knallte den Deckel darauf und erhob sich hastig. Die Tür flog auf, und Ned kam herein. »Mami, weißt du was? Ich habe Mr Liberty beim Damespielen geschlagen!«

»Na, da warst du aber clever!« Clara ging in die Hocke und drückte ihn an sich.

Zappelnd wand er sich aus ihrer Umarmung und sagte mit großen Augen: »Das ist ein richtiges Erwachsenenspiel, Mami, und ich hab trotzdem gewonnen, ehrlich. Und keiner hat mir geholfen. Na ja, vielleicht der Sohn von Mr Liberty, aber nur ein klitzekleines bisschen.«

Sie küsste ihn auf die Nasenspitze, voller Freude über seine Euphorie. »Willst du mir hier oben ein wenig helfen? Oder ist dir das zu langweilig?«

Den Raum auf seinen Unterhaltungswert prüfend, sah sich Ned um. Als sein Blick auf die Kleiderhaufen fiel, schüttelte er den Kopf. »Ich male lieber unten mit Mr Liberty in meinem Buch.« Er war schon halb auf dem Weg zur Tür.

»Okay, aber ärgere ihn nicht, hörst du?«

»Nein.«

»Oh, und wenn du zu Mr Liberty gehst, erinnere ihn doch bitte daran, dass er mir meinen Kaffee bringt. Es ist schon nach elf.«

Sobald sie wieder allein war, nahm Clara den Deckel von der Hutschachtel und griff nach einem weiteren Tagebuch. Nur ein paar Seiten, sagte sie sich.

Freitag, 2. Dezember

Er hat es tatsächlich getan. Ich hätte nie gedacht, dass es so weit kommt, aber er hat verkauft. Und ich weiß, dass er sich schrecklich fühlt. Natürlich sagt er nichts, aber die ganze Sache hat ihn weit mehr mitgenommen, als er je zugeben würde.

Aber warum musste er an eine Konkurrenzfirma verkaufen? Noch dazu an eine Firma, die er seit Urzeiten verachtet? Die sich das herauspickt, was sie gebrauchen kann, und den Rest wegwirft? Es ist fast, als hätte er es absichtlich getan. Als wolle er aus reiner Bosheit, dass alles den Bach runtergeht. Er sagt, es sei ihm egal, was daraus wird. »Ich habe damit nichts mehr zu tun«, verkündete er heute Nachmittag, als er von der Besprechung mit seinen Anwälten und Buchhaltern zurückkam, und schenkte sich ein großes Glas von seinem teuersten Whisky ein. Aber ich kann einfach nicht glauben, dass er es ernst gemeint hat. »Was ist mit all den Männern und Frauen, die so treu für dich gearbeitet haben?«, habe ich ihn gefragt. »Ist dir denn ganz egal, was aus denen wird?« Er grunzte nur etwas Unverständliches und sagte, davon verstünde ich nichts. Mag sein. Aber ich verstehe sehr wohl, dass Gabriel das, wofür er sein ganzes Leben lang gearbeitet hat, und sein Vater vor ihm, nicht einfach so beiseite schieben kann. Und ich verstehe auch, wie sehr es ihn verletzt, dass keines von den Kindern in seine Fußstapfen treten wollte – er hatte sich so sehr gewünscht, dass wenigstens einer von ihnen das Geschäft übernehmen würde. Aber ich verstehe auch ihren Standpunkt: Sie haben ihre eigenen Träume, die sie umsetzen wollen.

Warum muss er nur alles immer so persönlich nehmen?

Erneut erklang das Geräusch von Schritten – langsameren diesmal –, und Clara verbarg eilig das Tagebuch in der Hutschachtel und tat so, als lege sie einen verfilzten Strickpullover zusammen.

»Dad hat mich raufgeschickt, um Ihnen Ihr zweites Frühstück zu bringen. Er lässt für die Verspätung um Entschuldigung bitten.« Es war Jonah, mit einem Becher Kaffee und einem Teller Ingwerkekse. Er gab Clara den Becher und machte auf dem Nachttisch ein wenig Platz, um die Kekse abzustellen. »Wie läuft's denn so?«

»Langsam.«

Er sah sich im Zimmer um. »Ich schätze, für Sie als Außenstehende ist es einfacher. Mir selbst würde es schwer fallen, objektiv zu sein. Ich hatte Dad angeboten, es für ihn zu machen, aber es war wohl noch zu früh.« Sein Blick blieb an dem Pullover hängen, den sie gerade zusammengefaltet hatte. »Ich weiß noch, wie Val den gestrickt hat. Es war ein Weihnachtsgeschenk für Dad, aber er ist eingelaufen, und hinterher passte er ihr viel besser als ihm. Sie hat ihn immer nur im Garten angehabt. Oh, und falls es die Lage zwischen uns entspannt: die Verlobung ist gelöst.«

Einen Moment lang dachte sie, er bezöge sich auf das, was sie gerade in dem Tagebuch gelesen hatte – die Verlobung zwischen ihm und Emily –, doch dann begriff sie, dass er das unmöglich meinen konnte. »Wie bitte?«

Er zuckte die Achseln. »Es ist in Ordnung, Sie brauchen mir nicht länger etwas vorzuspielen. Dad hat mir die Wahrheit gesagt. Er wollte damit nur meinen Bruder auf den Arm nehmen.«

»Wie schade, dann bekomme ich ja nicht mal die Gelegenheit, vor dem Altar sitzen gelassen zu werden. Dabei hatte ich mich schon so darauf gefreut, Ihre böse Stiefmutter zu werden.«

Als ihr klar wurde, in welchem Raum sie sich gerade befanden, wünschte Clara, sie hätte es nicht gesagt. Ihre Wangen brannten. Wie hatte sie so unsensibel sein können?

Jonah sprach, bevor sie sich entschuldigen konnte. »Nicht alle Stiefmütter sind böse, wissen Sie.«

»Tut mir Leid.« Um den Schaden wieder gutzumachen und weil die Tagebucheinträge sie neugierig gemacht hatten, fragte sie: »Wie war Ihre Stiefmutter?«

Nach kurzem Zögern sagte er: »Um uns Libertys ertragen zu können, war Val zu zwei Dritteln Heilige und zu einem Drittel Hauptfeldwebel. Aus heutiger Sicht glaube ich, wir haben ihr das Leben verdammt schwer gemacht. Sie war bestimmt nicht sehr glücklich.«

Obwohl Clara dies schlecht bestätigen konnte, war sie beeindruckt von seiner Hellsichtigkeit. »Wie alt waren Sie, als Val Ihren Vater geheiratet hat?«

Er wandte sich vom Bett ab und trat ans Fenster. »Etwas jünger als Ned, und bevor Sie fragen, nein, ich habe keine Erinnerung an die Zeit davor.«

»Nicht einmal an Ihre leibliche Mutter?«

»Das dürfte schwierig sein, da sie bei meiner Geburt gestorben ist.«

Erneut wünschte Clara, sie könnte ihre Worte zurücknehmen. »Oje. Es tut mir Leid. Ich trete aber auch ständig ins Fettnäpfchen.«

»In der Tat – ›oje‹. Der Satz ist ein echter Stimmungskiller, was?« Jonah ging zur Tür. »Vergessen Sie Ihren Kaffee nicht. Mittagessen gibt's in einer Stunde, also futtern Sie nicht zu viele Kekse, sonst wird der Küchenchef böse.«

»Und wir wissen ja alle, was passiert, wenn man Ihren Vater verärgert.«

»Tut mir Leid, Sie zu enttäuschen, aber Sie werden diesmal nicht in den Genuss der kulinarischen Fähigkeiten meines Vaters kommen. *Ich* koche das Mittagessen.«

In der folgenden Stunde arbeitete Clara mit doppeltem Tempo, um die Zeit aufzuholen, die sie mit Lesen vertrödelt hatte. Doch während sie Val Libertys Sachen aussortierte, fragte sie sich immer wieder, was für eine Frau sie gewesen sein musste, um sich solch eine Familie aufzuladen. Was für eine enorme Herausforderung hatte sie angenommen, als sie einwilligte, Mr Liberty zu heiraten – oder Gabriel, wie Clara ihn jetzt im Stillen nannte –, einen Witwer mit drei kleinen Kindern, die ihre Liebe und Geduld gewiss bis ins Unerträgliche strapaziert hatten.

Clara hatte in ihrem Leben viele Dinge getan, die sie im Nachhinein bereute, aber dies war vermutlich das Unwürdigste. Sie wusste, dass sie kein Recht dazu hatte, aber die Neugier war einfach zu stark. Nun, da sie die Familie in einem neuen Licht erspäht hatte, wollte sie mehr wissen, sie besser verstehen. Also nahm sie die Tagebücher aus der Hutschachtel und legte sie in eine Tasche, um sie später zu lesen. Sie wollte sie gleich morgen früh zurückbringen, und niemand würde je etwas davon erfahren.

Wem schadete sie damit? Sie lieh sie sich ja nur aus.

32

Abends im Bett, als Ned längst tief und fest schlief, las Clara die Tagebücher. Während sie in dem sanften Lichtstrahl die Seiten umblätterte, wurde ihr bewusst, dass sie sich die Bücher zwar nur »ausgeliehen« hatte, aber in Wirklichkeit die intimen Gedanken einer Frau stahl, die, wäre sie noch am Leben, jedes Recht der Welt hätte, wütend auf Clara zu sein, weil sie in ihrem ehrlichen Bericht über die eigenen Fehler und die Unzulänglichkeiten der anderen herumschnüffelte. Aus dem, was Clara gelesen hatte, wusste sie, dass Val eine gerechte Frau gewesen war. Sie hatte sich stets bemüht, eine schwierige Situation von allen verschiedenen Gesichtspunkten aus zu betrachten. Doch es gab auch Momente, in denen sich Clara über Vals ewiges Verständnis ärgerte. Am liebsten hätte sie gerufen: »Hör endlich auf, sie alle in Schutz zu nehmen!« Die Streiche, die Caspar und seine Schwester ihr gespielt hatten, waren erschreckend teuflisch, und da ihr Vater diese Vorgänge konsequent ignorierte, war er kein Stück besser als seine intrigante Brut.

Das erste Tagebuch begann einen Monat nachdem Val nach ihren eigenen Worten »die Stelle als Kindermädchen und Haushälterin in Mermaid House angenommen« hatte. Diese triste Beschreibung von sich selbst, so kurz nach ihrer Hochzeit, schien das Ergebnis von allerlei guten Vorsätzen ihrerseits zu sein, die fürchterlich fehlgeschlagen waren.

Ich kann einfach nicht fassen, was heute passiert ist! Ich zittere jetzt noch vor Wut und Empörung. Die ganze Situation ist so grauenhaft zerstörerisch, dass ich meine aufgebrachten Gedanken zu Papier bringen muss – daher dieses Tagebuch, etwas, das ich seit Jahren nicht mehr gemacht habe, genau genommen seit der Zeit, als ich als Kind mit Tb lange im Sanatorium lag und dachte, ich würde sterben vor Einsamkeit. (Da gibt es bestimmt einen Zusammenhang!! Darüber denke ich nach, wenn ich mich beruhigt habe!)

Das Ganze begann letzte Woche, und ich könnte mich wirklich in den Hintern treten, weil ich nicht bemerkt habe, wie ich manipuliert wurde – genau wie die Heldin aus *Rebecca* von dieser grässlichen Mrs Danvers –, aber woher sollte ich es auch ahnen? Ich hatte Caspar und Damson vorgeschlagen, dass wir uns zu dritt zusammensetzen und uns etwas für Jonahs Geburtstag ausdenken. »Woher weißt du, dass Jonah Geburtstag hat?«, hatte Damson gefragt und mir unter ihrem langen Pony einen verschlagenen Blick zugeworfen. »Wieso? Ist es ein Geheimnis, Liebes?«, entgegnete ich (ja, ich bemühe mich, die Kinder liebevoll anzureden, auch wenn ich es die Hälfte der Zeit nicht so meine). Sie sagte nichts, und ich machte mir keine Gedanken darüber, dass bis zu diesem Augenblick niemand erwähnt hatte, dass Jonahs vierter Geburtstag vor der Tür stand. Ich fand es nur durch Zufall heraus, als ich irgendwelche Papiere wegräumte, die Gabriel – wie so vieles andere – im Haus herumliegen gelassen hatte. Als ich die Briefe und Unterlagen auf seinen Schreibtisch legte, entdeckte ich eine Karte, die offenbar mit der Post gekommen sein musste. Sie war von der Arztpraxis in Deaconsbridge und erinnerte daran, dass Jonah zur Auffrischung seiner Impfungen vorbeigebracht werden sollte. Und da fiel mir sein Geburtsdatum ins Auge. Das Einzige, was ich in dem Moment dachte, war, wie gut, dass ich die Karte gefunden habe, denn sonst wäre der Geburtstag des Kleinen angesichts von Gabriels Schusseligkeit bei allem, was seine Kinder betrifft, bestimmt unbemerkt vorübergegangen.

Als ich mit Caspar und Damson am Tisch saß – Jonah war schon im Bett –, fragte ich sie, warum mir keiner gesagt hatte, wann der Geburtstag ihres Bruders war. Damson meinte achselzuckend: »Du hast uns ja nicht gefragt.« In ihrer Stimme lag etwas, das mich in Rage brachte. Damson war kalt und hochmütig und behandelte mich, als wäre ich bloß die Putzfrau. Mich mühsam zusammenreißend, sagte ich: »Was haltet ihr davon, wenn wir ein Fest für ihn organisieren? Das würde euch doch bestimmt Spaß machen, oder? Ihr könnt mir helfen, die Luftballons aufzublasen und Wackelpudding zu kochen.« Ich dachte, ich täte das Richtige, indem ich sie wie Gleichberechtigte behandelte, statt wie lästige Kinder. (Gott, was bin ich erschöpft von den ewigen Versuchen, sie für mich einzunehmen! Dabei gönnen die beiden mir nicht mal die Luft zum Atmen!)

Schließlich beschlossen Caspar und Damson, dass wir am kommenden Samstag eine Überraschungsparty für Jonah organisieren würden, was gut passte, da ihr Vater an dem Tag von seiner dreiwöchigen Reise nach Helsinki zurückkam. Ich hätte riechen müssen, dass etwas faul war, als Caspar und Damson darauf bestanden, Gabriel nichts davon zu erzählen, aber ich war so stolz und froh, endlich eine Verbindung zu den Zwillingen aufgebaut zu haben, dass ich die Warnzeichen nicht bemerkte. Ach, wäre ich doch nur aufmerksamer gewesen! Die beiden bereiteten die Einladungen vor – Zettel, auf die sie einen Kuchen malten (meiner Meinung nach ziemlich ungeschickt für ihr Alter) –, und ich beschriftete die Umschläge mit den Adressen von Jonahs kleinen Freunden aus dem Kindergarten. Die wurden von Caspar und Damson auch postwendend abgeschickt – zumindest dachte ich das, und selbst heute nach dem ganzen Aufruhr schworen sie noch Stein und Bein, sie wären bis zum Ende der Einfahrt gegangen und hätten sie dem Postboten selbst gegeben, aber ich bin mir sicher, wenn ich Mr Potts danach fragte, würde er das Gegenteil bestätigen.

In der Zwischenzeit hatte ich fleißig eingekauft und gebacken, und gestern Abend, als die Kinder schliefen, habe ich wie eine Verrückte im Bankettsaal geschuftet, Luftballons aufgeblasen, Tapeziertische aufgestellt und sie mit bunten Papiertischdecken, Papptellern und -bechern dekoriert. Ich stellte einen Kassettenrekorder auf den Tisch am Kamin, damit wir »Reise nach Jerusalem« und »Schokoladeauspacken« spielen konnten, und bevor ich zu Bett ging, machte ich noch den Zuckerguss für den Kuchen, malte »Herzlichen Glückwunsch, Jonah« darauf und steckte vier blaue Kerzen hinein, an jeder Ecke eine.

Heute Morgen dann gratulierte ich Jonah zum Geburtstag, verriet jedoch auf Anweisung von Caspar und Damson nichts von dem Geschenk, das wir für ihn hatten, da die Zwillinge meinten, es sei ihrem Vater gegenüber nicht fair, wenn Jonah es ohne ihn aufmachte. Wieder hätte ich misstrauisch werden sollen, als Jonah nichts weiter dazu sagte. Er betrachtete nur die Karte, die ich ihm gegeben hatte, drehte sie um und fuhr mit dem Finger über das eingeprägte Bild von einem Jungen, der mit großer Geschwindigkeit auf einem Fahrrad daherflitzte. So genau, wie er sie untersuchte, hätte man meinen können, er habe so etwas noch nie gesehen.

Warum konnte ich dumme Gans nicht zwei und zwei zusammenzählen? Warum habe ich mich nicht gewundert, dass er in den Tagen vor seinem Geburtstag nie davon sprach? Zu meiner Verteidigung kann ich nur meine mangelnde Erfahrung mit Kindern und deren Verhalten anführen. Und Jonah ist ein ausgesprochen stiller Junge. Ich habe noch nie jemanden erlebt, der von Natur aus so schweigsam ist. Er sagt kaum etwas, außer wenn man ihn direkt anspricht, und selbst dann antwortet er so zögernd, dass man ihn kaum versteht. »Red lauter!«, brüllt Gabriel ihn an. »Hör auf zu nuscheln!« Doch das macht es nur schlimmer, wie ich ihm schon oft gesagt habe. Jonah braucht jemanden, der sanfter ist als sein Vater. Jemanden, der Geduld genug hat, die Worte aus ihm herauszulocken, und ihm das Selbstvertrauen gibt, das ihm so sehr fehlt. Ich wage kaum, mir vorzustellen, was für Kindermädchen die drei gehabt haben müssen. Die Zwillinge sind praktisch unkontrollierbar, kaum besser als Wilde. Jonah hingegen hat den ängstlichen Blick eines Menschen, der seinem Glück nicht traut.

Kurz nach dem Frühstück rief Gabriel an, um zu sagen, dass sein Flug Verspätung hatte, er hoffte jedoch, gegen drei zu Hause zu sein, was – ohne dass er es ahnte – bedeutete, dass er die erste Stunde der Party verpassen würde. Aber das schreckte mich nicht ab. Zumindest würde er dabei sein, wenn die Kerzen auf dem Kuchen ausgepustet wurden und Jonah sein Geburtstagsständchen bekam. Mittlerweile war ich selbst fast so aufgeregt wie ein Kind und stellte mir die Freude auf Gabriels Gesicht vor, wenn er mitten in die Geburtstagsfeier seines jüngsten Sohnes hineinspazierte. Doch um halb vier war meine Begeisterung verflogen. Nicht ein einziges Kind war gekommen. Der arme Jonah stand im Bankettsaal, einen Partyhut mit einer langen Feder auf dem Kopf, den Damson ihm aufgesetzt hatte, der Inbegriff trauriger Verständnislosigkeit.

»Sieht aus, als ob niemand käme«, sagte Caspar, nahm sich ein Cocktailwürstchen und schnippte den Spieß auf den Boden.

Jonah ging hinüber zu den Tischen und starrte auf die Teller mit Chips und Sandwiches und die Krüge mit Saft. Auf seinem Gesicht lag ein merkwürdiger Ausdruck, den ich mir absolut nicht erklären konnte. Dann hörten wir das Geräusch eines Autos. Es war Gabriel. Die Zwillinge liefen hinaus, um ihn zu begrüßen, doch Jonah trat zu mir. Wenn ich aufmerksamer gewesen wäre, hätte ich gemerkt, dass er Angst hatte. Sekunden später kam Gabriel hereingestürmt, wobei er eine Traube von Luftballons wegschlug, die über der Tür hing. »Was zum Teufel geht hier vor?«, brüllte er. »Wessen Idee war das?« Jonah versteckte sich hinter mir – großer Gott, er hatte Angst vor seinem eigenen Vater! Ich spürte, wie sich sein kleiner zitternder Körper an meine Beine drückte.

Es bricht mir das Herz zu schildern, was danach geschah, doch Gabriel brüllte weiter, ohne zu bemerken, was er Jonah antat und vermutlich bereits die ganzen vergangenen vier Jahre angetan hat. Schließlich nahm ich Jonah, der aussah, als würde er sich gleich vor Angst übergeben, auf den Arm und trug ihn durch den Hof hinüber in den Hauptteil des Hauses. Gabriel folgte mir, die Zwillinge rechts und links neben ihm, und sagte, ich hätte kein Recht, das zu tun, was ich getan hatte. »Aber warum nicht?«, wollte ich wissen – mittlerweile standen mir selbst fast die Tränen in den Augen. Und dann kam alles heraus. Jonahs Geburtstag wurde nie gefeiert, weil es der Tag war, an dem seine Mutter – Gabriels erste Frau – gestorben war. »Aber – aber warum hat mir das denn keiner gesagt?«, stammelte ich. Der Magen rutschte mir in die Knie, und mir wurde ganz schwummrig vor Schreck. »Ich rede nicht gern darüber«, bellte Gabriel mich an. »Und was ist mit Jonah?«, bohrte ich nach. Der arme Junge drückte sich noch immer verängstigt an mich. »Hat er nicht etwas Besseres verdient als das hier?« Ich bekam keine Antwort, und nachdem Gabriel davongestürmt war und die Zwillinge hinter ihm her, musste ich Jonah erklären, dass es eine schreckliche Verwechslung gegeben hatte. Gute Güte, was für eine Untertreibung! Gerade als Jonah dachte, er bekäme endlich auch eine Geburtstagsparty, wurde sie ihm vor der Nase weggenommen. Und die ganze Zeit sagte er kein Wort. Er stand nur da und kämpfte mit erhobenem Kinn und wild blinzelnden Augen gegen die Tränen. Ich beugte mich hinunter und schloss ihn in die Arme. »Keine Sorge, mein Kleiner, du bekommst deine Party, und wenn es das Letzte ist, was ich tue.«

Innerlich Caspars und Damsons Hinterhältigkeit verfluchend – mein Gott, wie die beiden verschlagenen Gören mich hinters Licht geführt und mich zu ihrem puren Vergnügen manipuliert hatten! –, erkannte ich, dass ich meine ganze Kraft brauchen würde, um diese Familie zusammenzubringen.

Mehrere Wochen waren vergangen, bevor Val wieder zum Füller gegriffen hatte. Anscheinend hatte sie für sich und Jonah einen kleinen, aber wichtigen Sieg errungen. Nach den wenigen Ausschnitten, die Clara bisher gelesen hatte, kam sie aufgrund der Unregelmäßigkeit der Einträge und ihres aufgebrachten, zornigen Inhalts zu dem Schluss, dass Val offenbar nur dann geschrieben hatte, wenn ihr etwas auf der Seele lag. Clara fragte sich, ob die arme Frau wohl irgendwelche Freunde gehabt hatte, an die sie sich wenden konnte. Wenn nicht, musste es furchtbar für sie gewesen sein, derart isoliert in Mermaid House zu leben, wo sie so viele Kämpfe auszufechten hatte.

Nie hätte ich gedacht, dass ich so sehr die Rolle der vermittelnden Diplomatin spielen müsste. Wir sind zu einer Einigung gekommen. Jonah darf seinen Geburtstag feiern, aber nur unter der Bedingung, dass es eine Woche nach dem offiziellen Datum geschieht. Nach Gabriels Worten würde so seiner verstorbenen ersten Frau der Respekt erwiesen, der ihr zustünde.

Ich weiß sehr wenig über die Frau, an deren Stelle ich getreten bin, abgesehen von dem, was mir das Porträt in der Bibliothek verrät – dass sie bildschön und heiter war, mit einer gewissen amüsierten Entschlossenheit unter der sanften Oberfläche. Zu meiner Schande lausche ich jetzt gebannt auf alle Klatschgeschichten, die ich bei meinen Einkaufsrunden in Deaconsbridge aufschnappe, und auf die Informationshäppchen, die die Putzfrau fallen lässt. Bisher hatte ich mich gezwungen, mich nicht zu sehr mit Gabriels erster Ehe zu beschäftigen, habe sein Schweigen bereitwillig akzeptiert und mir gesagt, dass man die Vergangenheit am besten ruhen lassen sollte. Doch leider ist der Schutzschild meines gesunden Menschenverstands gefallen, und ich sauge gierig jede Einzelheit auf.

Ebenfalls zu meiner Schande beginne ich mich zu fragen, ob ich nicht ein wenig zu hastig in diese Ehe eingewilligt habe. Wäre es denn so schlimm gewesen, allein und unverheiratet zu bleiben? Aus heutiger Sicht sage ich mir, ich hätte Gabriel besser kennen lernen sollen, bevor ich seinen Antrag annahm, aber wir haben wohl beide zu sehr auf die Vorteile geblickt, die wir einander zu bieten hatten. Wie soll ich nur je mit Caspar und Damson zurechtkommen? Natürlich verstehe ich, dass sie beide darunter leiden, ihre Mutter so früh und in einem so zarten Alter verloren zu haben, aber irgendwann müssen sie sich auch mal zusammenreißen und mit ihrem Leben weitermachen. Aber jetzt bin ich wieder zu hart mit ihnen. Ich darf nicht vergessen, dass sie schließlich noch Kinder sind.

Da Clara die Augen zufielen, schaltete sie widerstrebend das Licht aus, doch anstatt einzuschlafen, kehrten ihre Gedanken zu Jonah und dem Mittagessen am Küchentisch zurück. Sie hatte ihn beobachtet, während er sich mit seinem Vater unterhielt und ihm eine Portion Tunfisch-Nudel-Salat auffüllte, und erkannt, dass sein betont lockeres Verhalten, das ihr so auf die Nerven ging, nur Maske war. Die entspannte Körpersprache sollte sein Unbehagen überdecken, denn die Reserviertheit zwischen Vater und Sohn hätte nicht größer sein können. Und als Clara jetzt über seine Unfähigkeit nachdachte, mehr als nur den wöchentlichen Einkauf für seinen Vater zu erledigen, fragte sie sich, ob dies für ihn vielleicht die einzige Möglichkeit war, einem Mann zu helfen, vor dem er sich fürchtete. Zugegeben, noch vierundzwanzig Stunden zuvor hätte sie ihn als Feigling beschimpft, weil er sich vor seinem Vater duckte, doch nun lagen die Dinge für sie etwas anders. Sie sah nicht den erwachsenen Mann, sondern den kleinen Jungen, der sich hinter dem Rock einer Frau versteckte, die er kaum kannte, während sein Vater sich darüber aufregte, dass er die Frechheit besaß, seinen Geburtstag feiern zu wollen.

Und was war mit Gabriel Liberty? Welchen Schmerz verbarg er hinter seinem ruppigen Äußeren? Welche Verbitterung hegte er noch immer wegen der Weigerung seiner Kinder, das Familiengeschäft weiterzuführen?

Am nächsten Morgen wurde Clara früh wach, machte sich eine Tasse Tee – sorgsam darauf bedacht, dass der Kessel nicht pfiff und Ned aufweckte – und schlüpfte wieder unter die Decke, um dort weiterzulesen, wo sie am Abend aufgehört hatte. Das Tagebuch war mittlerweile im Jahr 1973 angelangt.

Dienstag, 29. August

Meine Güte! Gabriel ist heute Morgen wieder zu einer seiner größeren Reisen aufgebrochen – diesmal ist es Oslo, wo er eine Pipeline inspizieren soll, zu der er irgendwelche Teile geliefert hat –, und ich komme mir vor wie in einem Irrenhaus! Letzte Woche haben Caspar und Damson dem Pfarrer erzählt, ich würde den Haushalt zum Katholizismus bekehren wollen, was natürlich Unsinn ist. Ich habe lediglich gesagt, mir würde etwas Aufbauenderes als der trübsinnige Gottesdienst in St. Edmund's besser gefallen, woraufhin Gabriel nur schnaubte und mich eine weihrauchgierige Papistin nannte … Herrje, ich verliere schon wieder den Faden. Was ich sagen wollte, ist, dass Caspar und Damson zu alldem seit neuestem eine morbide Begeisterung für den Tod entwickelt haben und alles Tote, was sie auf den Hügeln und im Moor finden, kunstvoll beerdigen. Obendrein verkleiden sie sich jetzt ständig wie Figuren aus einem Gruselroman. Ich habe keine Ahnung, wo sie die Sachen herhaben, aber sie wandern den ganzen Tag in schwarzen Samtumhängen durchs Haus. Damson verbringt ihre Abende damit, sich ihr langes Haar mit Stoffstreifen aufzuwickeln – wie mir aufgefallen ist, fehlt ein Kopfkissenbezug von ihrem Bett –, damit sie morgens eine, wie sie meint, stilechte Lockenmähne hat. Sehr passend für unsere Zeit! Unter ihrem Umhang trägt sie ein altes Baumwollnachthemd, und als Vorbild scheint sie sich Cathy aus *Sturmhöhe* ausgesucht zu haben. Caspar mit seinen Reitstiefeln und einem weißen Flatterhemd – viel zu lange Manschetten und schlaffer Kragen – sieht aus wie ein zweiter Lord Byron. Oh ja, er trägt sogar einen absurden Hut! Gestern waren sie den ganzen Tag draußen im Moor. Als ich sie fragte, was sie da eigentlich tun, sahen sie mich an, als hätte ich keinerlei Recht, eine solche Frage zu stellen. Mit einer Überheblichkeit, für die ich ihm eins mit der Zeitung hätte verpassen können, hielt Caspar mir ein Buch unter die Nase und sagte: »Wenn du es unbedingt wissen willst, wir haben Gedichte gelesen.« Obwohl ich es natürlich immer begrüße, wenn jemand sein Wissen erweitert, wünschte ich doch, sie wären mehr wie andere Teenager. Normale Teenager. Was gäbe ich darum, wenn ich mich nur damit auseinander setzen müsste, dass Damson die Wände ihres Zimmers mit Postern von Popstars beklebt und von morgens bis abends wegen irgendeiner unerwiderten Schwärmerei vor sich hin seufzt und Caspar keine Ruhe gibt, weil er unbedingt ein Motorrad haben will! Ich meine, so sind Teenager doch normalerweise, oder? Ich frage mich auch manchmal, ob die Art, wie Caspar und Damson zusammenstecken, nicht ein wenig ungesund ist. Ich bringe es kaum über mich, das zu schreiben, aber jedes Mal, wenn ich die beiden Arm in Arm sehe, den Blick aufeinander fixiert, überkommt mich ein höchst ungutes Gefühl. Das ist doch sicher nur ein Irrtum, oder? Oh bitte, lieber Gott, mach, dass es nur ein Irrtum ist. Bitte lass ihr seltsames Verhalten – dieser Drang, miteinander allein zu sein und den Rest der Welt verächtlich als Ignoranten abzutun – nur eine Phase des Heranwachsens sein. Nichts Schlimmeres. Nichts Ungehöriges.

Samstag, 18. November

Gerade als ich dachte, das Leben hätte sich ein wenig beruhigt, ist das so sorgsam aufgeschichtete Gebäude der Normalität wieder über mir zusammengebrochen. Zum vierten Mal innerhalb eines Monats ist Jonah aus der Schule weggelaufen. Aber zumindest muss Gabriel diesmal etwas unternehmen, er muss seinen Dickschädel aus dem Sand ziehen und ETWAS UNTERNEHMEN!

Zu wissen, dass Jonah so unglücklich ist, gibt mir das Gefühl, nachlässig und nutzlos zu sein. Dabei hatte ich in letzter Zeit den Eindruck, wir hätten mit ihm die Kurve gekriegt. Er kam ein wenig aus seinem Schneckenhaus heraus, redete mehr. Nun ja, mit mir zumindest – sobald sein Bruder und seine Schwester auftauchten (oder sein Vater), zog er sich sofort wieder zurück. Auch die Berichte aus der Schule bestätigten, dass er sich aktiver am Unterricht beteiligte. Er war sogar einigen AGs beigetreten und verbrachte weniger Zeit allein. Es hatte alles so ermunternd geklungen, als ob er endlich aus dem Schlimmsten heraus sei. Doch dann kam der Anruf aus der Schule, dass er versucht hatte wegzulaufen, wir uns jedoch keine Sorgen machen sollten. Eine aufmerksame Lehrerin hatte ihn auf ihrem Weg zur Schule gefunden, als er versuchte, per Anhalter mitgenommen zu werden. »Alles unter Kontrolle, Mrs Liberty«, sagte der Heimleiter. »Die meisten von den kleinen Teufeln versuchen es irgendwann.« Seine Stimme klang ölig und herablassend, obwohl er vermutlich dachte, er würde mich damit beruhigen.

Als es zum dritten Mal passierte, schlug ich Gabriel vor, die Situation neu zu überdenken – den Ausdruck hatte Jonahs Heimleiter gebraucht, als er anrief, um uns mitzuteilen, dass Jonah schlafend an einer Bushaltestelle gefunden worden sei. »Vielleicht, Mrs Liberty, ist es für uns alle an der Zeit, die Situation neu zu überdenken.« Worauf Gabriel erklärte, Jonah versuche nur, die Aufmerksamkeit auf sich zu lenken, und er müsse endlich die Tatsachen akzeptieren – es gab nun mal Dinge im Leben, die verdammt unangenehm waren, aber dann musste man sich eben zusammenreißen und sich mit seinem Schicksal abfinden. Ende der Diskussion.

Ende der Diskussion! Ich hätte ihm am liebsten mit der Bratpfanne eins übergezogen!!

Doch anstatt Gabriel zur Rede zu stellen, wie ich es hätte tun sollen, rief ich den Heimleiter an und fragte ihn, was sie Jonah antaten, dass er so unglücklich war. »Was für eine Schule ist denn das, in der Sie zulassen, dass Kinder, die Ihrer Aufsicht unterstellt sind, an Bushaltestellen übernachten?«

»Ich verstehe Ihre Besorgnis, Mrs Liberty, aber ich versichere Ihnen, dass wir tun, was wir können. Doch wenn ein Schüler nicht bereit ist zu kooperieren, dann ist das leider ein sehr mühsamer Kampf, und wir sind ziemlich machtlos.«

Kooperieren!

Mühsamer Kampf!

Wo war die Liebe und Unterstützung, die diese Kinder brauchten? Außerdem fiel mir auf, dass dieser grässliche Kerl Jonah während des gesamten Gesprächs nicht ein einziges Mal als Kind bezeichnete. Er war nichts weiter als einer der zahllosen Fleischklumpen, die durch den Wolf gedreht wurden und am anderen Ende als reife und verantwortungsvolle Mitglieder der Gesellschaft herauskommen sollten.

»Er ist nicht glücklich«, sagte ich zu Gabriel, als der vierte Anruf kam. Diese unübersehbare Wahrheit wurde vom Schulleiter unterstrichen (anscheinend waren wir jetzt über das Niveau eines einfachen Heimleiters hinausgewachsen), als er uns bat, zu einem Gespräch in die Schule zu kommen. Gabriel versuchte, sich vor dem Termin zu drücken, aber ich blieb stur. »Du wirst mir diesen kleinen Gefallen tun, Gabriel Liberty, oder ich schwöre dir, du wirst es bereuen.« So unnachgiebig war ich ihm gegenüber noch nie gewesen.

Da saßen wir also in dem kargen, ungemütlichen Allerheiligsten des Schulleiters, um über Jonahs weiteres Schicksal zu diskutieren. Gabriel war nach wie vor der Ansicht, Jonah müsse lernen, auch Unangenehmes zu ertragen, aber ich blieb hartnäckig (ich wusste, dass ich es mir nie verzeihen würde, wenn ich jetzt klein beigab) und sagte: »Ich habe heute Nachmittag nichts gesehen oder gehört, was mich davon überzeugen könnte, dass dies die richtige Umgebung für einen sensiblen Jungen wie Jonah ist.« Nachdem Gabriel mit seinem wütenden Geräusper fertig war, erwiderte der Schulleiter: »Ich neige dazu, Ihnen zuzustimmen, Mrs Liberty. Und glauben Sie mir, es kommt nur selten vor, dass ich mit den Eltern darin übereinstimme, was für ihren Nachwuchs das Beste ist. Da fehlt meiner Meinung nach einfach die Objektivität. Aber in Jonahs Fall bin ich in der Tat überzeugt, dass er von einem Schulwechsel profitieren würde.«

Ja, dachte ich, als wir mit dem aschfahlen Jonah auf dem Rücksitz nach Hause fuhren, du willst bloß ein schwieriges Kind loswerden, das das gesamte Ethos deiner grässlichen Schule in Frage stellt.

Gabriel wiederum kann sich nicht mit der Tatsache abfinden, dass er der Vater eines schwierigen Kindes ist. »Dafür kann doch niemand etwas«, sagte ich zu ihm, während er kochend vor Zorn das Lenkrad umklammerte. Sein Gesicht war finster, und er antwortete nicht, aber ich sah, wie sein Blick in den Rückspiegel wanderte und er voller Abscheu seinen Sohn betrachtete.

Armer Jonah, acht Jahre alt und die Last der ganzen Welt auf seinen schmalen Schultern.

Ein Knarzen aus Neds Bett über der Fahrerkabine ließ Clara das Tagebuch zuklappen und unter die Decke schieben. Sie wartete, bis er die kurze Leiter herabgeklettert war und zu ihr ins Bett gekrabbelt kam, um sich seine heiß geliebte erste Umarmung des Tages abzuholen.

Gerade noch rechtzeitig fiel ihr ein, welcher Tag heute war. Als er neben ihr stand, sagte sie: »Oh, Ned, was hast du denn da an der Nase?«

Seine Hand zuckte zu seinem Gesicht. »Was denn?«, fragte er alarmiert.

»April, April!« Clara lachte. Dann zog sie ihn zu sich ins Bett, gab ihm einen dicken Kuss auf die Stirn und drückte ihm laut prustend die Lippen auf den Nacken. Als er sich kreischend und kichernd in ihren Armen wand, spürte sie, wie sich die Liebe für ihn machtvoll in ihr ausbreitete, und sie drückte ihn fest an sich und schwor sich, ihn niemals so unglücklich werden zu lassen, wie Jonah Liberty es gewesen war. Und möge Gott verhüten, dass du je so sadistische Geschwister bekommst wie Caspar und Damson, dachte sie.

Ein besserer Mensch war vielleicht bereit, Nachsicht mit Leuten wie den Libertys zu haben, weil sie den Tod von Anastasia, die einen so zentralen Platz in ihrem Leben eingenommen hatte, nie wirklich verwunden hatten, doch Clara dachte, dass nichts in der Welt sie dazu bringen würde, Mitgefühl mit Caspar und seiner anscheinend ziemlich durchgeknallten Schwester zu empfinden.

Sie konnte solche machiavellistischen Männer wie Caspar nicht ausstehen. Eitle Kerle, die sich an ihrer eigenen vermeintlichen Vollkommenheit ergötzten. Ihre treibende Kraft war weniger das Testosteron als ein überdimensionaler Narzissmus. Sie hatte ihn schon im Supermarkt verabscheut, und die zweite Begegnung am Samstagabend hatte ihre erste Reaktion bestätigt.

Sie hoffte, dass diese Abneigung auf Gegenseitigkeit beruhte und er keinerlei Drang verspürte, Mermaid House erneut mit seiner Gegenwart zu beehren, solange sie noch hier war.

33

Erleichtert stellte Archie fest, dass sie ihr morgendliches Pensum schneller schafften, als er gedacht hatte. Als sie an dem Cottage in Castleton angekommen waren, hatte die Frau, die am Samstag im Laden schon so viel unsinniges Zeug geschwätzt hatte, einen Blick auf Samson und seinen Schlachtschiffkörper geworfen und gesagt: »Sie sind aber vorsichtig, nicht? Wir haben gerade alles renoviert.«

»Wir werden wie auf rohen Eiern gehen, Herzchen«, hatte Archie ihr versichert. Die Art, wie sie ihn ansah, sagte ihm, dass sie es nicht schätzte, »Herzchen« genannt zu werden. Tja, dann gibt's wohl keinen Tee, ging es ihm durch den Kopf, während er zusammen mit Samson ein dreisitziges Sofa über die Schwelle trug, sorgsam darauf bedacht, die kitschige Blümchentapete und die mahagonifarbene Holzverkleidung nicht zu beschädigen.

Nun waren sie fertig und gingen zu Mrs Hochnäsig, um die Abrechnung zu machen. Als erfahrene Händler warteten sie geduldig im Flur, während die Frau in der Küche den Scheck ausstellte, und kehrten dann eilig zum Laden zurück, wobei sie unterwegs aus der Bäckerei ein paar Sandwiches für ein verspätetes Mittagessen mitnahmen.

Genosse Norm hatte in der Zwischenzeit die Stellung gehalten, zusammen mit Bessie, die sich ein paar Kartons mit Geschirr vorgenommen hatte. In eine alte Kittelschürze aus Nylon gekleidet, die sie früher bei der Hausarbeit getragen hatte, stand sie gut gelaunt in der kleinen Küche, neben sich Stapel von frisch gespülten Tellern, Tassen und Untertassen. Mit langsamen, vorsichtigen Bewegungen trocknete sie jedes einzelne Teil ab und platzierte es dann in einem billigen Lackregal im vorderen Ladenbereich. Archie tat, als bemerke er die zerbrochene Zuckerdose im Mülleimer nicht, die halb von einer alten Zeitung verdeckt war.

Nachdem sie ihr Mittagessen verzehrt hatten, nahm er den Lieferwagen und fuhr zu Hause vorbei, um nach der Post zu sehen – in letzter Zeit kam sie nie, bevor er zur Arbeit fuhr –, doch als er entdeckte, was auf der Matte im Flur lag, wünschte er, er hätte sich den Abstecher gespart. Es war ein weiterer gedrechselter Brief von Stellas Anwalt, der wissen wollte, welcher Anwalt Archie in der Scheidungsangelegenheit vertreten würde. Welche Ironie, dass er ausgerechnet heute, am 1. April, ein solches Schreiben bekam! Es war der Tag, an dem er Stella den Heiratsantrag gemacht hatte, und seit jeher hatten sie darüber gewitzelt, dass es wohl nur ein Aprilscherz gewesen war.

»Blöder Hund« und »du kannst mich mal« waren die Worte, die Archie auf der Zunge lagen, als er den Brief zu Ende gelesen hatte. Doch er schluckte sie hinunter, da ihm klar war, dass er sich längst einen Anwalt hätte suchen sollen. Er hatte sich nicht bewusst davor gedrückt, es war nur nicht der wichtigste Punkt auf seiner Liste gewesen. Außerdem hatte er in letzter Zeit ja kaum noch eine Minute für sich. Während er noch immer auf den steifen grauen Bogen in seiner Hand starrte, überlegte er, ob es nicht besser war, direkt mit Stella zu verhandeln. Wenn sie auf die Mittelsmänner verzichteten, konnten sie eine Menge Geld und Aufwand sparen. Aber vielleicht war er naiv – in diesen gierigen Zeiten schnappte sich der Gewinner alles. Nur dass es bei einer Scheidung keinen wirklichen Gewinner gab. Es konnte immer nur zwei enttäuschte, verletzte Opfer geben, die mit der traurigen Gewissheit leben mussten, dass sie als Paar gescheitert waren.

Mit einem Seufzen ging er hinaus zum Lieferwagen. Jetzt war nicht der richtige Moment, in Selbstmitleid zu versinken, wies er sich zurecht, schließlich wartete in Mermaid House eine hübsche junge Frau auf ihn.

Während des Wochenendes hatte es fast ununterbrochen geregnet, aber heute bemühte sich die Sonne vorsichtig, einen Riss in der dicken, grauen Wolkendecke zu finden. Doch es war noch immer ungewöhnlich kalt, und Archie schaltete die Heizung im Wagen an.

Mermaid House war das ausgefallenste Gebäude, das er seit langem gesehen hatte. »Heiliger Strohsack«, sagte er, als er es zum ersten Mal auf der Hügelkuppe erblickte. »Was für ein gottverlassenes Haus!« In fassungslosem Staunen rollte er die mörderische Einfahrt entlang. Klappernd holperte der leere Lieferwagen durch die matschigen Pfützen. Als er neben Clara Costellos Wohnmobil parkte, fragte er sich, wie oft sein bescheidenes Reihenendhaus wohl in diesen riesigen alten Kasten passte. Er stieg aus und ging über das nass glänzende Kopfsteinpflaster des Innenhofs, blieb jedoch stehen, als er an dem Müllcontainer ankam. Er konnte sich nicht verkneifen, einen kurzen Blick hineinzuwerfen – schließlich war der Abfall des einen der Lebensunterhalt des anderen. Sein verstohlenes Stöbern fand jedoch ein abruptes Ende, als eine Tür aufflog und eine alles andere als freundliche Stimme knurrte: »Wer zum Teufel sind Sie, und wie kommen Sie dazu, in meinen Sachen herumzuschnüffeln?«

Clara hatte Archie gewarnt. »Mr Liberty spielt gern den Oberfeldwebel«, hatte sie am Telefon gesagt, »aber lassen Sie sich von seiner herrischen Art nicht beeindrucken. Wenn man ihn näher kennen lernt, ist er ein richtiges Goldstück.«

Archie trat vor. »Mein Name ist Archie Merryman. Miss Costello hat mich am Samstag angerufen, wegen ein paar Sachen, die Sie loswerden wollen.«

Er wurde misstrauisch beäugt. »Ah, Sie sind also der Lumpensammler, den sie bestellt hat? Dann sollten Sie wohl besser hereinkommen. Aber putzen Sie sich die Schuhe ab.«

Archie tat, wie ihm geheißen, und folgte dem alten Herrn in die Küche. Weiter durfte er jedoch nicht. Der bärbeißige Alte befahl ihm zu bleiben, wo er war, und ging zu einem Durchgang. »Miss Costello«, bellte er, »Ihr zwielichtiger Lumpensammler ist da!«

Eine Tür ging auf, und Schritte erklangen.

»Mr Liberty, es gibt keinen Grund zu schreien. Und wie oft

muss ich Ihnen noch sagen, dass Mr Merryman einen Secondhand-Laden hat und absolut nicht zwielichtig ist.« Ihre Stimme und das Geräusch ihrer Schritte kamen näher, und schließlich tauchte sie in der Küche auf. Sie trug schmutzige Jeans, ein ebenso schmutziges T-Shirt, und ihr dunkles Haar zierten Spinnweben. Sie sah jünger aus, als Archie sie in Erinnerung hatte. Die wachen Augen und das warme Lächeln waren jedoch dieselben. »Hallo, Archie«, sagte sie. »Hat der Kommandant Sie so unhöflich behandelt, wie ich es Ihnen vorausgesagt hatte?«

»Nicht ganz. Wie geht es Ihrem Jungen? Hat er seine Meerjungfrau wiedergefunden?«

»Oh ja. Sie lag hier, genau wie er vermutet hatte. Und wie geht es Ihrer Mutter, alles in Ordnung mit –«

»Heiliges Kanonenrohr, wie lange muss ich mir dieses Teepartygeschwätz denn noch anhören? Ich dachte, hier ginge es um Geschäftliches?«

Clara zwinkerte Archie zu und schnalzte missbilligend. »Das Geschäftliche überlassen Sie mal mir, Mr Liberty. Und da Sie schon von Teepartys sprechen, wie wär's, wenn Sie den Kessel aufsetzen? Mr Merryman hätte sicher nichts gegen eine Tasse von unserem edlen PG Tips.«

Mr Libertys Nasenflügel blähten sich, und Archie überlegte schmunzelnd, wer hier wohl der Kommandant war. Er folgte Clara, die ihn durchs Haus führte. Ihre Gummisohlen quietschten auf dem gebohnerten Parkett. »Ich fürchte, wirklich wertvoll ist nichts davon«, sagte sie, »aber ich habe versucht, alles in zwei Stapel einzuteilen: Sachen, die Sie vielleicht noch verkaufen können, und Sachen, bei denen ich mir nicht so sicher bin.«

Sie drückte eine schwere Tür auf und führte ihn in ein riesiges Wohnzimmer, das bestimmt zehn mal sieben Meter maß. Stella wäre begeistert gewesen, dachte Archie plötzlich – die Eleganz des Raums, die hohe Decke, der große steinerne Kamin und die schönen Sprossenfenster … Seit Jahren hatte sie ihn gedrängt umzuziehen. »Wir brauchen mehr Platz«, hatte sie oft gesagt, in der Lokalzeitung geblättert und Häuser bewundert, die weit über ihre Verhältnisse gingen. Archie konnte nicht verstehen, wieso sie sich damit quälte. »Aber warum denn?«, hatte er entgegnet. »Wir sind doch nur zu zweit, und hier ist Platz genug für uns.« Statt einer Antwort warf sie ihm nur einen ihrer Das-verstehst-du-nicht-Blicke zu. Nun, in diesem Fall hatte sie Recht gehabt. Er verstand nicht, warum sie die Finanzen noch weiter strapazieren wollte, nur um dann in einem etwas größeren Haus ihren Einrichtungsfimmel auszutoben. Aber dieses Exemplar hätte ihr vielleicht gerade ausgereicht. Hier hätte sie so viel Platz gehabt, wie sie sich nur wünschen konnte. Platz genug, um Rollschuh zu fahren, falls es sie danach gelüstete.

Die Möbel waren allerdings nichts Besonderes. Die meisten waren verschlissen und nicht viel besser als das, was er in seinem Laden verkaufte. Der Raum beherbergte ein wildes Durcheinander von Kuriositäten: einen Elefantenfuß, der zu einem Übertopf für eine altersschwache Monstera umfunktioniert worden war, einen Bambustisch mit einer gesprungenen Glasplatte, einen handgenähten Lederpuff mit einem großen Loch, aus dem die Füllung herausquoll, einen Wandbehang aus chinesischer Seide, einen Satz afrikanischer Trommeln, eine Lackkommode und eine Vitrine voller Jade- und Elfenbeinfiguren und geschnitzten Holztieren. Mitbringsel von einem Mann, der viel gereist war, dachte Archie mit einem Anflug von Neid.

Er begann sich etwas kritischer im Raum umzusehen und bemerkte die Risse in der hohen Decke, die verschimmelten Fußleisten und die Löcher im Putz darüber. Der Kasten war doch nur ein anspruchsvoller Klotz am Bein und kostete bestimmt ein Vermögen an Heiz- und Reinigungskosten. Welcher vernünftige Mensch – außer Stella – würde sich freiwillig so etwas antun?

Archie merkte, wie seine Stimmung sank, und er dachte erneut an den Brief des Anwalts, um den er sich kümmern musste, wenn er heute Abend nach Hause kam. Zum ersten Mal, seit Stella ihn verlassen hatte, packte ihn Zorn. Bisher hatte er sich resigniert in die Geschehnisse gefügt: Er hatte seine Frau enttäuscht, was konnte er da anderes erwarten? Doch nun spürte er die Ungerechtigkeit von Stellas Verhalten, den Stich der Kritik und Schuldzuweisung, die Grausamkeit und Hinterhältigkeit, mit der sie ihr Verhältnis weitergeführt hatte. Und dann ihre ständige Stichelei, weil er sie angeblich gebremst hatte. »Ich hätte ein viel besseres Leben haben können, wenn ich dich nicht geheiratet hätte«, warf sie ihm einmal vor. Sie entschuldigte sich später dafür, doch einmal ausgesprochene Worte konnte man nicht mehr zurücknehmen. Archie hatte sich selbst immer für einen rücksichtsvollen Mann gehalten, der anderen Menschen unvoreingenommen begegnete und niemanden verurteilte, denn jeder machte Fehler. Und deshalb hatte er Stella auch nie wegen ihrer Affäre zur Rede gestellt. Er hatte ihr Raum geben wollen, um für sich Klarheit zu finden. Doch nun sah er, wie schwach er gewesen war und dass Stella ihn ausgenutzt und zum Narren gehalten hatte.

Als ihm klar wurde, dass Clara ihn offenbar etwas gefragt hatte, riss er sich aus seiner Niedergeschlagenheit. »Entschuldigung, was haben Sie gesagt?«

»Ich meinte nur, falls die Sachen zu scheußlich sind und Sie nichts damit anfangen können, sagen Sie ... Ist alles in Ordnung, Archie? Sie sehen ein bisschen mitgenommen aus.«

Er zwang sich zu einem Lächeln. »Ich bin nur müde, weiter nichts. Nun, dann wollen wir uns das Zeug mal ansehen. Sie haben ja ein hübsches Sammelsurium zusammengetragen.« Mit geradezu übermenschlicher Willensanstrengung lenkte er seine Aufmerksamkeit auf die Kartons am Boden. Ohne sie allzu gründlich durchsehen zu müssen, sah er, dass der bunte Krempel größtenteils verkäuflich war – Töpfe, Pfannen, Suppenkellen, ein Toasthalter aus Porzellan in Form eines Brotlaibs, ein leicht angerosteter Schneebesen, verschiedene ausgeblichene und altmodische Küchengeräte, eine Nachttischlampe und eine alte Sparbüchse. Der übliche Haushaltskram, den er jeden Tag zu sehen bekam. Was er nicht loswurde, konnte er an einen Kollegen in New Mills weitergeben, dessen Kundschaft nicht so wählerisch war wie seine. Er zog seine Geldscheinrolle aus der Hosentasche. »Kein Problem«, sagte er, »ich nehme das ganze Zeug, dann sind Sie die Sachen los. Ist das alles?«

Sie zog eine Grimasse. »Leider nicht. Oben ist noch jede Menge mehr. Ach, und bevor ich es vergesse: Die elektrischen Geräte funktionieren alle. Ich habe sie ausprobiert.«

Archie packte sein Geld erst einmal wieder weg. »Eins muss man Ihnen lassen, Sie haben gründliche Arbeit geleistet.«

»Bisweilen ein bisschen zu gründlich.« Mr Liberty kam mit zwei Bechern hereingeschlurft. »Sie um sich zu haben ist so ähnlich wie Abführmittel nehmen«, sagte er zu Archie und gab ihm einen Becher mit Tee. »Sie putzt einen gründlich durch, ob es einem passt oder nicht.«

»Was für ein schmeichelhafter Vergleich, Mr Liberty.« Schmunzelnd nahm Clara ihren Becher entgegen. »War sonst noch was?«

Nach dem Zucken in seinen Mundwinkeln zu urteilen, nahm der alte Knabe seine Entlassung mit Amüsement hin. Seltsamer Mann, dachte Archie. Er schlürfte seinen Tee. »Wie um alles in der Welt sind Sie nur auf die Idee gekommen, diese Herkulesarbeit auf sich zu nehmen?«, fragte er Clara.

Sie lachte. »Das frage ich mich auch mehrmals täglich, seit ich damit angefangen habe.«

»Und die Antwort?«, hakte er nach.

»Ich würde ja sagen, aus purem Altruismus, aber meine Freunde würden sicher behaupten, aus meinem perversen Drang heraus, die Zügel in die Hand zu nehmen und alles um mich herum zu organisieren.«

»Genau das könnte ich auch brauchen.«

»Nanu?«

Etwas in ihrem Tonfall weckte in ihm den Wunsch, sich die Last von der Seele zu reden. Der Gedanke schockierte ihn: Bis zu diesem Moment hatte er sich nie als einen Mann gesehen, der eine Last trug. Er betrachtete Claras fragendes Gesicht und überlegte, ob es ihr wohl etwas ausmachen würde, als seelischer Mülleimer herzuhalten. Denn genau das brauchte er. Einen Außenstehenden, dem er sich anvertrauen konnte. Seine Freunde hatte er nicht um Rat gefragt. Wahrscheinlich aus männlichem Stolz. Und weil er nicht wollte, dass ganz Deaconsbridge seine Privatangelegenheiten mitbekam. So eine Kleinstadt war tödlich, was den Klatsch betraf. Außerdem wollte er nicht, dass die Leute ihn bemitleideten, ihn mit anderen Augen sahen. Er war immer der gute alte Archie gewesen, zuverlässig und guter Dinge. Auch wenn er wusste, dass es unsinnig war, bildete er sich ein, alle zu enttäuschen, wenn sich das plötzlich änderte.

Mach schon, drängte er sich, vertrau dich ihr an. Sie ist nicht von hier. Wem sollte sie es erzählen? Sag etwas. Irgendetwas. Denn wenn du noch länger so dastehst und sie anstarrst, wird sie denken, du hättest einen Sprung in der Schüssel.

Clara beobachtete ihn über den Rand ihres Bechers und fragte: »Es geht mich ja nichts an, aber hat es etwas mit Ihrer Mutter zu tun?«

Ihr vorsichtiges Nachbohren brachte die Reste seines Widerstands zum Einsturz, und er gestand sich ein, dass ihn ein nagender Schmerz erfüllte, seit Stella gegangen war. »Ja und nein«, begann er. »Bessie macht mir in der Tat einige Sorgen, aber ... die Sache ist die, meine Frau hat mich vor kurzem verlassen, und ich weiß einfach nicht, wie ich damit umgehen soll. Ich dachte, ich hätte alles im Griff, aber auf einmal bin ich mir da nicht mehr so sicher.«

»Wann war das denn?«

»Erst –« Er schluckte, mühsam um seine Selbstbeherrschung ringend. »Erst vor einer Woche.«

»Oh, Archie, das tut mir schrecklich Leid.« Clara streckte die Hand aus und berührte ihn leicht am Arm. »Kommen Sie, setzen Sie sich.« Sie führte ihn durch den Raum, vorbei an dem ausgeweideten Puff und dem Elefantenfuß, zu zwei hohen Lehnsesseln am Erkerfenster. »Das muss ja schrecklich für Sie sein. Hatten Sie denn geahnt, dass das passieren würde?«

»Ich würde lügen, wenn ich behauptete, es wäre eine Überraschung gewesen. Wir hatten schon seit einiger Zeit Schwierigkeiten, und als dann noch Bessie ihren Schlaganfall bekam und bei uns einzog, nun ja ... sagen wir einfach, ich habe wenig getan, um die Lage zu entspannen.«

»Aber das muss ja ein furchtbarer Schlag gewesen sein.«

Er fuhr mit dem Finger über den ausgefransten Stoff seiner Stuhllehne. »Ich glaube, so richtig begreifen tue ich es erst jetzt. Zu meiner Beschämung muss ich zugeben, dass ich wütend auf sie bin.«

»Na und? Warum denn auch nicht? Das ist doch ganz normal.«

»Weil …« Er versetzte der Lehne einen leichten Schlag, und eine Staubwolke flog auf. »Weil ich nicht so bin. Ich werde sonst nie wütend.«

»*Nie*? Dann müssen Sie aber ein außergewöhnlicher Mann sein.«

»Nein, nicht außergewöhnlich. Weiß Gott nicht.« Vor seinem inneren Auge sah er, wie sein Vater einen Wutanfall bekam und auf Bessie einschlug. Bis Archie groß genug gewesen war, um dazwischenzutreten und den Albtraum für sie zu beenden.

»Was rät Ihnen Ihr Anwalt?«

»So weit bin ich noch nicht.« Er erzählte ihr von dem Brief, der an dem Morgen angekommen war. »Sie halten mich jetzt sicher für einen dummen und feigen Drückeberger, nicht wahr?«

»Ganz und gar nicht. Aber Sie müssen akzeptieren, dass das Problem nicht von allein verschwindet. Haben Sie mit Ihrer Frau gesprochen, seit sie gegangen ist?«

»Nein.«

»Wissen Sie, wo sie ist?«

»In Macclesfield, bei dem Mann, der –« Er verstummte. Ein quälender Moment verging, bevor es ihm gelang, sich zusammenzureißen. »Tut mir Leid, aber es laut auszusprechen macht die ganze Sache erst richtig real. Wahrscheinlich hab ich es deshalb die ganze Woche über für mich behalten, damit ich nicht darüber nachdenken musste, wie es weitergehen soll.«

»Und wissen Sie nun, wie es weitergehen soll? Welche Entscheidungen Sie treffen müssen?«

Er lächelte kläglich. »Oh, und ob ich das weiß. Ich werde in die Scheidung einwilligen, das Haus verkaufen und mir etwas Kleineres und Billigeres suchen. Ich führe den Laden weiter und kümmere mich irgendwie um meine Mutter.«

»Na, wenn's weiter nichts ist – das machen Sie doch mit links.«

Trotz seiner Niedergeschlagenheit musste er lachen, und er spürte, wie gut es ihm tat. »Das ist genau das, was ich jetzt brauche.« Er leerte seinen Becher. »Jetzt sollten wir uns aber wieder an die Arbeit machen, sonst hetzt Ihr Mr Liberty seine Meute auf mich.«

Sie standen auf. »Danke«, sagte er. »Tausend Dank.«

»Wofür? Ich habe Ihnen doch keinen Schritt weitergeholfen. Leider.«

»Nein, aber Sie haben mir zugehört, und das war vielleicht erst mal das Wichtigste.«

34

Noch bevor er die Augen öffnete, wusste Gabriel, dass dieser Tag kein guter sein würde. Es war Freitagmorgen, und es war Neds und Miss Costellos letzter Tag in Mermaid House. Er wusste nicht, wie es passiert war, aber im Laufe dieser Woche hatte er sich so daran gewöhnt, die beiden um sich zu haben, dass er sie vermissen würde, wenn sie abreisten.

Ein vorsichtiger Blick zum Wecker auf dem Nachttisch verriet ihm, dass es Viertel nach sieben war. Er schlug die Decke zurück und schwang unter quietschendem Protest der Sprungfedern die Füße auf den Boden. Nach einem kurzen Wackeln mit seinen verformten alten Zehen drückte er sich steif von der Bettkante ab. Dann trat er ans Fenster und zog vorsichtig an den Vorhängen. Sie glitten sanft und geräuschlos zur Seite, und er sah Miss Costello vor sich, wie sie ihn zurechtgewiesen hatte, weil er ihr nicht zutraute, mit einem Bohrer umgehen zu können und die richtigen Dübel auszuwählen. Sie hatte sogar die Stellen zugespachtelt, wo der Putz aus der Wand gebrochen war. Er stand am Fenster und atmete den frischen Duft der Vorhänge ein, die sie am Tag zuvor gewaschen und in dem böigen Wind und dem Sonnenschein zum Trocknen aufgehängt hatte. Sie hatte sie gebügelt, als sie noch ein wenig feucht waren, und in der Küche hatte sich eine gemütliche, dampfende Wärme ausgebreitet. Gabriel hatte derweil Ned bei seinem neuesten Werk in dem Malbuch geholfen – einem Bild von einer Kiste auf Rädern (vermutlich das Wohnmobil) und drei Zeilen krakeliger Schrift. »Wie schreibt man Felge?«, hatte der Junge gefragt.

»F Ä L G E«, hatte Gabriel erwidert.

»F *E* L G E«, korrigierte Miss Costello ihn durch eine Dampfwolke.

»Deine Mutter hätte Lehrerin werden sollen.« Er zwinkerte Ned zu.

»Jonah ist doch Lehrer, nicht wahr? Kannst du bitte ›Felge‹ für mich schreiben?« Ein Stück Papier wurde über den Tisch geschoben. »Er muss sehr klug sein, wenn er Lehrer ist. Da muss man ja *alles* wissen!«

»Darüber kann man streiten.« Gabriel gab den Zettel zurück. »Jeder Idiot kann sich vor eine Klasse stellen und den Schülern sagen, was sie tun sollen. Das könnte sogar ich.«

Aus der Richtung des Bügelbretts erklang spöttisches Lachen. »Der Rechtschreibunterricht dürfte interessant werden.«

»Das war bloß ein Versprecher.«

»Wie schreibt man ›Motor‹?«

»Gib mir am besten direkt den Zettel, bevor deine Mutter die Kreide hervorholt. Oder womöglich gar den Stock, um mich zu schlagen.«

»Eine ordentliche Tracht Prügel und eine Runde Nachsitzen würde Ihnen nur gut tun, Mr Liberty.«

»Dazu müssten Sie mich erst mal kriegen.«

»Reichen Ihnen zehn Minuten Vorsprung?«

»Deine Mutter ist eine harte, grausame Frau, Ned.«

Der Junge sah von seinen wackeligen Buchstaben auf. »Meine Mami ist nicht grausam. Sie ist nett. Und sie bringt dich zum Lachen.«

»Pah! Wer hat dir das erzählt? Das ist so gelogen, dass sich das Blaue vom Himmel herunterbiegt.«

»Ähem, meinen Sie nicht eher, dass sich die Balken biegen? Ein prima Lehrer wären Sie, wenn Sie schon die Metaphern durcheinander werfen.«

»Mag sein, aber so klingt es doch viel eindrucksvoller, oder? Ich glaube, diesmal ziehen Sie den Kürzeren, Miss Costello. Der Punkt geht an mich.«

Gabriel, der noch immer am Schlafzimmerfenster stand, stieß einen tiefen Seufzer aus. Es würde verdammt langweilig werden, wenn sie nicht mehr da waren.

Er ging in sein blitzblankes Bad, um sich zu waschen, zu rasieren und anzuziehen, packte seine schmutzigen Sachen ordentlich in den Wäschekorb, wie es ihm befohlen worden war, und ging nach unten. Die Küche war gemütlich warm – wieder eins von Miss Costellos Wundern. Sie hatte einen Fachmann kommen lassen, um den Aga zu reparieren, und wie sich herausgestellt hatte, war lediglich ein Thermostat kaputt gewesen. Der heimtückische Gasofen, an dem er sich den Arm verbrannt hatte, war in den Waffenraum verbannt worden. Apropos Heimtücke: Der lästige Dr. Singh glänzte verräterisch durch Abwesenheit, obwohl er doch angedroht hatte, am Montag noch einmal vorbeizuschauen. Nicht dass Gabriel sich darüber beschwerte – je weniger er diesen nervtötenden Quacksalber sah, desto besser.

Er setzte Wasser auf und ließ sich auf einem der hölzernen Lehnstühle nieder, die jetzt vor dem Aga standen. Auch das war eine von Miss Costellos Neuerungen. Sie hatte den Tisch ein Stück zur Seite gerückt und Platz vor dem Aga geschaffen, sodass er sich dort bequem die Füße wärmen konnte. Die Stühle hatte sie aus einem der oberen Zimmer heruntergeholt und ihm und Ned aufgetragen, sie zu polieren, während sie sich der wenig beneidenswerten Aufgabe annahm, das große Badezimmer zu reinigen.

Am ersten Tag ihres »Engagements« hatte sie ihn beim Wort genommen und eine Liste mit Dingen zusammengestellt, die ihm ihrer Ansicht nach das Leben leichter machen würden. Vorgestern dann hatte sie ihn in die Stadt geschleift, um mit ihm diese angeblich arbeitssparenden Geräte zu kaufen. »Sie haben doch hoffentlich daran gedacht, Ihre Brieftasche einzustecken, oder?«, fragte sie, als sie mit ihrem Wohnmobil zu dem Einkaufszentrum etwas außerhalb von Deaconsbridge fuhren, wo er noch nie gewesen war. Die riesige Auswahl an Elektrogeräten in dem Geschäft war verwirrend. »Wie lange dauert das hier denn?«, fragte er misstrauisch, als sein Blick über die Regale mit bunten Heißwassergeräten, Bügeleisen und Toastern glitt, die wie Spielzeuge aussahen.

Seine Sorge erwies sich als unbegründet. Sie wusste genau, was sie wollte, und schaffte es zu seiner Bewunderung sogar noch, dem jungen Verkäufer einen Nachlass von zehn Prozent und kostenlose Lieferung am gleichen Abend abzuringen.

Noch bewundernder hatte er zugesehen, wie sie spätabends, nachdem sie Ned zu Bett gebracht hatte, auf die Knie ging und den Geschirrspüler anschloss. »Versuchen Sie absichtlich, mir das Gefühl zu geben, vollkommen nutzlos zu sein?«, fragte er, reichte ihr einen Schraubenschlüssel und wünschte sich im Stillen, vierzig Jahre jünger zu sein.

»Ganz und gar nicht. Das können Sie selbst viel besser. So, mal sehen, ob das Schätzchen funktioniert. Ich lasse kurz einen Spüldurchgang laufen.« Clara krabbelte unter der Arbeitsfläche hervor, stand auf und ruckelte den extraschmalen Geschirrspüler an seinen Platz. Sie drückte die Tür zu, drehte klickend den Schalter und drückte den Startknopf. Wasser sprudelte durch die Leitung, und die Maschine brauste und summte. Gabriel warf ihr einen zweifelnden Blick zu. »Ist das Geräusch normal?«

»Absolut. Und glauben Sie mir, das Ding wird Ihr Leben verändern. Sie werden sich fragen, wie Sie je ohne ausgekommen sind. Gut, und jetzt die Mikrowelle.«

»Und was machen Sie als Zugabe? Auf dem Wasser gehen?«

»Eins nach dem anderen, Mr Liberty. Eins nach dem anderen.«

Während er vor dem Aga seinen Toast mit Marmelade aß, den Teller auf dem Schoß abgestellt, verfolgte Gabriel die Nachrichten im Radio – beziehungsweise in seiner neuen, tragbaren Super-Luxus-Minianlage mit Radio, CD-Spieler und Kassettenteil. »Tun Sie sich doch mal was Gutes«, hatte Clara gesagt. »Oder muss ich Sie erst mit Gewalt dazu zwingen?« Der Empfang und die Klangqualität waren eindeutig besser als bei seinem alten Radio, aber die Nachrichten waren genauso schlecht wie immer. Und ab morgen würde der Höhepunkt seines Tages wieder darin bestehen, gegen irgendwelche überheblichen Emporkömmlinge zu wettern, die meinten, sie verstünden etwas von Politik.

Clara und Ned saßen ebenfalls beim Frühstück, und während ihr Sohn seine Coco-Pops löffelte und dabei in seinem Malbuch blätterte, das auf dem schmalen Tisch lag, dachte Clara, dass er alles andere als glücklich über die Abreise war. Er hatte nichts gesagt, aber die Art, wie er jede einzelne Seite betrachtete, verriet ihr, dass ihm die Trennung von Mermaid House schwer fallen würde.

Aber das galt für sie genauso. Da gab es doch ein altes Lied, in dem es darum ging, dass man sich an ein Gesicht gewöhnt hat. Woher stammte das noch? Ach ja, aus *My Fair Lady,* einem der Lieblingsmusicals ihrer Mutter. Clara hatte sich zwar nicht in den verschrobenen Besitzer von Mermaid House verliebt, aber es hatte ihr Spaß gemacht zuzusehen, wie seine harte Schale aufweichte. Und es hatte ihr Spaß gemacht, das spielerische Förmliche zwischen ihnen aufrechtzuerhalten. Trotz der Veränderung in ihrer Beziehung zueinander hatte sie ihn weiterhin stur Mr Liberty genannt, so wie er sie Miss Costello nannte, obwohl er in ihren Gedanken zu Gabriel geworden war. Nicht gerade ein Erzengel, aber ein Mann mit einer weichen Seite, die zu zeigen er nicht gewohnt war.

Andererseits war es eine anstrengende Woche gewesen, wie ihr schmerzender Rücken und die rauen Hände bewiesen. Aber sie würde in dem Wissen fahren, dass sie in der Zeit etwas Positives und Nützliches getan hatte, wenn sie auch nicht wusste, wie lange die Früchte ihrer Arbeit hielten. Wenn man ihn sich selbst überließ, würde Gabriel die Dinge sicher wieder schleifen lassen. Aber daran konnte sie nichts ändern. Vielleicht schaffte sie es vor ihrer Abreise noch, mit Jonah zu sprechen und ihn davon zu überzeugen, dass sein Vater eine Putzfrau oder vielleicht sogar eine Haushälterin brauchte.

Aber das wusste er längst. Wozu die Mühe?

Im Geist hörte sie, wie Louise und die Bande sie ermahnten: »Hör auf, etwas kontrollieren zu wollen, was dich nichts angeht.«

Guter Rat.

Zum Glück hatte sich Caspar von Mermaid House fern gehalten, und Jonah hatte sie auch seit Sonntag nicht mehr gesehen. Anscheinend war er mit seinem Geschichtskurs nach Nordfrankreich und Belgien gefahren. Nachdem Clara einige von Vals Tagebüchern gelesen hatte, konnte sie nur staunen, dass die Liberty-Sprösslinge ihre Kindheit überlebt hatten. Clara war abwechselnd wütend auf Gabriel gewesen, weil er die Bedürfnisse seiner Familie ignoriert hatte, und dann wieder voller Mitleid. Der Tod seiner ersten Frau hatte ihm offensichtlich das Herz gebrochen, und es gab niemanden, mit dem er hätte reden können. Mehrmals im Laufe der Woche hatte Clara den Drang verspürt, ihm Fragen über seine Familie und die Vergangenheit zu stellen, doch der richtige Zeitpunkt hatte sich nie gefunden. Entweder war Ned dabei, oder er und Gabriel waren auf einem ihrer Abenteuerausflüge.

In den letzten Tagen hatte sich das Wetter wieder gebessert, und während Clara damit beschäftigt gewesen war, Schränke auszuwischen, vernachlässigte Möbelstücke zu polieren, Archie anzurufen, damit er noch mehr Sachen abholte, und dafür zu sorgen, dass die Schornsteine gefegt und der Müllcontainer abgeholt wurden, war Gabriel mit Ned zum Spielen an den Fluss gegangen. Gestern waren sie mit dem Geruch nach frischer Luft und mit vom Wind geröteten Gesichtern zurückgekommen und hatten verkündet, sie seien am Verhungern. »Was für ein Glück, dass ich heute Morgen beim Bäcker war und Scones und Crumpets mitgebracht habe«, sagte Clara, während sie ihre schlammbeschmierten Stiefel auszogen und drauf und dran waren, sie mitten im Flur liegen zu lassen. Ein Blick von ihr, und sie stellten sie ordentlich unter ihre aufgehängten Jacken.

Doch was auch immer Gabriel und seine Familie in der Vergangenheit an schwierigen Dingen durchgemacht hatten, es ging Clara nichts an, und sie hatte kein Recht, sich in ihre Angelegenheiten einzumischen. So wie er kein Recht hatte, Ned nach seinem Vater auszufragen. Sie zuckte zusammen. Und was war mit Vals Tagebüchern? Mit schlechtem Gewissen erinnerte sie sich daran, dass sie sie noch zurücklegen musste, bevor sie abfuhren.

Als sie Ned betrachtete, der seine letzten Coco-Pops zusammenkratzte, war ihr klar, dass ihre Hauptaufgabe an diesem Tag darin bestehen würde, ihn bei guter Laune zu halten. Sie wollte nicht, dass er traurig war, weil sie weiterreisten, und das Einzige, was sie ihm als Trost anbieten konnte, war der Besuch in der Meerjungfrauen-Höhle, sobald sie ihre Arbeit hier beendet hatte.

Auf Gabriels nachdrücklichen Wunsch wollten sie im Mermaid Café in der Stadt zu Mittag essen. »Es ist ein Uhr, und ich erkläre Ihren Vertrag hiermit für beendet«, sagte er, als Clara in der Erwartung, ein Sandwich vorzufinden – oder ein »Sämbisch«, wie Ned sie nannte –, in die Küche kam. Gabriel reichte ihr einen Umschlag und fügte hinzu: »Das ist Ihr Honorar. Sie werden feststellen, dass ich mehr als großzügig war.«

Clara schob den Umschlag, ohne ihn zu öffnen, in ihre Tasche. »Einverstanden, aber wir fahren mit meinem Wagen. In diesen Schrotthaufen von Landrover setze ich keinen Fuß. Mindestens zwei von den Reifen sind blank gefahren, und ich wette, das Ding hat seit Jahren keine Werkstatt von innen gesehen.«

Der Form halber versuchte er ihr zu widersprechen, was ihm jedoch nichts nutzte, und nachdem sie sich umgezogen hatte, fuhren sie los.

»Mami, darf ich Pommes haben?«, rief Ned von seinem Platz im hinteren Teil des Wohnmobils, als sie sich dem Marktplatz näherten. »Mit Ketchup?«

»Heute ist Wochenmarkt«, sagte Gabriel. »Es könnte schwierig werden, einen Parkplatz zu finden.«

»Und dazu Bohnen.«

»Wenn wir meinen alten Schrotthaufen genommen hätten, wäre das natürlich kein Problem gewesen.«

»Mmh ... mit ganz viel Essig! Ich mag Essig. Ich finde es lustig, wenn meine Lippen ganz weiß werden, weil ich zu viel davon gegessen habe.«

»Mist! Jetzt müssen wir noch eine Runde drehen!«

»Und können wir auch Nachtisch bestellen?«

»Da! Da ist ein freier Platz. Schnell!«

»Herrgott noch mal, jetzt beruhigen Sie sich doch, Mr Liberty! Sonst kriegen Sie noch einen Herzinfarkt.«

»Nichts da. Den hebe ich mir auf, bis ich mich an einer von meinen geliebten Cholesterinbomben überfressen habe.«

Shirley begrüßte sie mit überrascht hochgezogener Augenbraue, als sie sah, wen sie bei sich hatten. »Wir haben Sie letzten Freitag vermisst, Mr Liberty«, sagte sie, während sie die Speisekarten verteilte. »Wir dachten schon, Sie wären zur Konkurrenz abgewandert.«

»Das hätten Sie wohl gern, was?«

Shirley lächelte Clara zu. »Soll ich Ihnen schon etwas zu trinken bringen, während Sie auswählen?«

Gabriel nahm seine Kappe ab und schlug damit gegen den Tisch. »So wie Sie das sagen, könnte man meinen, Sie würden uns was Anständiges anbieten, zum Beispiel ein Glas Single Malt.«

»Bringen Sie meinem liebenswerten Freund einfach ein Glas von Ihrem besten Essig und beachten Sie ihn gar nicht weiter.«

»Keine Sorge, das tue ich nie. Was darf's denn sein? Vielleicht ein leckerer Erdbeermilchshake? Wir haben gerade eine neue Maschine bekommen, und ich kann es gar nicht erwarten, sie einzuweihen.« Diese letzte Bemerkung war an Ned gerichtet, der begeistert nickte.

Es war Ned, der schließlich auf ihre Abreise zu sprechen kam. Während er geschickt ein Stück Pommes frites in den Ketchupklecks auf seinem Teller tunkte, fragte er: »Wirst du uns vermissen, wenn wir weg sind, Mr Liberty? Bist du traurig, wenn du wieder ganz allein bist?«

Clara hoffte, dass der alte Kauz etwas Nettes sagte. Aber auch wiederum nicht zu nett.

»Das kommt darauf an«, sagte er ausweichend und blickte vorsichtig zu Clara hinüber.

»Worauf?«, fragte Ned.

»Nun, wenn ich wüsste, dass ich nie wieder etwas von euch höre, könnte mich das schon traurig machen.«

Beide sahen Clara erwartungsvoll an. »Du könntest Mr Liberty ab und zu eine Postkarte schreiben«, sagte sie schnell, im Stillen überrascht, dass Gabriel etwas so Freundliches und Taktvolles gesagt hatte. »Dann weiß er immer, was wir gerade machen.«

Das nächste Stück Pommes wurde in den Ketchup getaucht, während Ned darüber nachdachte. »Aber wie wissen wir dann, was Mr Liberty macht?«

»Gar nicht, mein Junge. Niemand weiß je, was ich aushecke. Und so soll es auch bleiben.«

Neds gerunzelte Stirn zeigte, dass dies nicht die Antwort war, die er hören wollte. »Können wir nicht noch bleiben, Mami?

Du könntest doch noch ein bisschen Mr Libertys Haus putzen.«

Clara lächelte. »Mr Libertys Haus ist wie die Forth Bridge. Ich könnte es bis in alle Ewigkeit putzen.«

Bei der Vorstellung leuchtete Neds Gesicht auf. Er wandte sich zu Gabriel. »Würde dir das gefallen, wenn Mami dein Haus bis in alle Ewigkeit putzt?«

»Sehr sogar, aber ich fürchte, deiner Mutter nicht. Was ist jetzt, willst du deine Pommes essen oder warten, bis sie Wurzeln schlagen?«

Beim Nachtisch – dem obligatorischen Bakewell-Kuchen mit Vanillesauce – sagte Gabriel: »Müssen Sie wirklich so schnell verschwinden, Miss Costello? Wir haben doch vor einer Woche eine Abmachung getroffen, könnten wir so etwas in der Art nicht noch mal versuchen?«

»Und was ist mit dem Urlaub, den Ned und ich genießen wollten? Ich habe Ihnen doch gesagt, ich mache diese Reise, um mehr Zeit mit meinem Sohn zu verbringen, und nicht, um den ganzen Tag hinter Ihnen herzuputzen. Oder hinter irgendwem sonst.«

»Aber finden Sie nicht auch, dass die Zeit in Mermaid House Ihrem Sohn gut getan hat?«

Mit strengem Blick und bemüht ruhiger Stimme erwiderte sie: »Lassen Sie die krummen Touren, Mr Liberty, das passt nicht zu Ihnen.«

»Nach meiner Erfahrung gibt es nun mal keine geraden Touren.«

Ihre Geduld war am Ende. »Hören Sie, Ned und ich sind seit über einer Woche hier, und wir haben noch nichts von dem gemacht, weswegen wir eigentlich hergekommen sind. Wir wollen uns die Gegend anschauen. Wir wollen Touristen sein. Wir wollen faulenzen, überteuerte handgefertigte Karamellbonbons essen, über scheußliche Souvenirs lästern und sie dann trotzdem kaufen. Wir wollen durch den Regen über die Hügel stapfen. Wir wollen –«

»Dann bleiben Sie noch ein paar Tage als Gäste in Mermaid House und machen Sie alles, wonach Ihnen der Sinn steht.«

Clara zögerte, und in dem Augenblick wusste sie, dass sie

nicht länger die Oberhand hatte. Gabriel beugte sich zu ihr. »Miss Costello, bitte hören Sie mir zu. Ich würde mich sehr freuen, wenn Sie noch blieben, damit ich mich wenigstens ein bisschen für Ihre Freundlichkeit revanchieren kann.«

»Aber das haben Sie doch schon getan! Sie haben mir Geld gegeben.«

»Es geht nicht immer nur ums Geld.«

Sie lächelte. »Ist das derselbe Mann, der mir noch vor kurzem gesagt hat, alles sei käuflich?«

Er rutschte auf seinem Stuhl herum. »Nun ja, vielleicht habe ich …« Seine Stimme erstarb.

»Vielleicht haben Sie was?«

Er runzelte die Stirn, knüllte seine Papierserviette zusammen und warf sie auf seinen leeren Teller. »Vielleicht habe ich mich geändert«, murmelte er.

Clara musste sich zusammenreißen, um nicht über seine Verlegenheit zu lachen. Der arme Kerl hatte in nur einer Woche einen weiten Weg zurückgelegt. »Also gut«, sagte sie, »nur damit wir uns klar verstehen: Wenn – und ich sage *wenn* – wir bleiben, ist Schluss mit Schrubben und Polieren?«

»Einverstanden.«

»Und Schluss mit –«

»Ich sagte, *als meine Gäste*. Hören Sie denn nie zu?«

»Nur wenn mir das, was vorgebracht wird, gefällt.«

»Und, gefällt es Ihnen?«

»Zum Teil. Aber bevor ich etwas dazu sage, muss ich die Sache erst mit dem Boss besprechen.« Sie wandte sich zu ihrem Sohn. »Ned, was sollen wir deiner Meinung nach tun?«

Sein begeistertes Gesicht war Antwort genug.

35

Als Clara Ned abends zu Bett brachte, bemühte sie sich, seine freudige Erregung ein wenig zu dämpfen, indem sie ihm klarmachte, dass sie ihren Aufenthalt nur um ein paar Tage verlängern würden. »Am Montagmorgen fahren wir direkt nach dem Frühstück weiter, Ned«, sagte sie. »Es gibt so viel zu sehen und zu tun! Wer weiß, was uns noch alles erwartet?« Ned stupste gegen das Buch, aus dem sie ihm vorlesen sollte. Er hat gar nicht zugehört, dachte sie, als sie schließlich seine Lampe ausknipste und ihm einen Gutenachtkuss gab. Er meint, aus den zwei Tagen werden drei, dann vier und dann wer weiß wie viele.

Die Stille und das Alleinsein genießend, setzte sie sich mit einem Glas Wein, ein paar Kräckern und einer zerlaufenen Camembert-Ecke an den schmalen Tisch und fragte sich, warum sie sich so dagegen sträubte, noch länger in Mermaid House zu bleiben. Es wäre doch auch Urlaub für sie beide, warum also die Gegenwehr?

Weil sie es nicht so geplant hatte.

Sie schnitt sich ein Stück von dem klebrigen Käse ab, schob es in den Mund und ließ es auf der Zunge zergehen. Während sie sich einen weiteren Bissen nahm, dachte sie an ihren ursprünglichen Plan, nach dem sie und Ned sich als kühne Abenteurer fühlen sollten. Sie hatte Ned zeigen wollen, wie aufregend die Welt war, damit er in dem Wissen aufwuchs, dass es dort draußen für ihn zahllose Möglichkeiten gab. Sich in dem Leben von ein paar Leuten zu verfangen – so nett sie auch sein mochten – war dabei nicht eingeplant gewesen.

Wieder hörte sie Ron und Eileen die Vorzüge ihrer improvisierten, unkomplizierten Lebensweise preisen. »Oh ja, am Anfang haben wir immer einen Plan«, hatte Ron gesagt. »Wir nehmen uns alles Mögliche vor, aber das Leben wird doch erst spannend, wenn man seine Meinung ändert und gegen Regeln verstößt. Spontaneität ist das A und O.«

Das ist ja alles schön und gut, dachte Clara und stand auf, um ihre Schreibsachen aus dem Schrankfach über dem Tisch zu holen, aber manchmal macht einem die Spontaneität auch einen Strich durch die Rechnung. Auch wenn es paradox klang, Spontaneität musste sorgfältig geplant werden.

Sie schob diese Gedanken erst einmal beiseite und schrieb einen Brief an ihre Eltern in Australien, mit einem beigefügten Extrabogen für ihren Bruder Michael. Dann griff sie nach der Postkarte, die sie nachmittags in Deaconsbridge gekauft hatte und auf der eine bunte Ansammlung von Geschäftsschildern mit Meerjungfrauen abgebildet war.

Liebe Louise,
werden Deaconsbridge nun bald verlassen, da unsere Missionsarbeit abgeschlossen ist – die Eingeborenen sind nahezu zivilisiert! Am Wochenende schauen wir uns endlich die Sehenswürdigkeiten an (kleiner Tipp: Es hat etwas mit den Meerjungfrauen zu tun!), und dann geht's weiter in die Fremde, vermutlich gen Norden. Melde mich nächste Woche mal, nur um zu hören, ob alles in Ordnung ist.

Alles Liebe,
Clara und Ned

Nun, da sie es schriftlich festgehalten hatte, erschien ihr die Abreise am Montag greifbarer, und das gefiel ihr. Denn, wie Louise immer sagte, es kam selten vor, dass Clara Costello ihre Meinung änderte oder eine Entscheidung rückgängig machte. Nach den Clara-Costello-Managementprinzipien waren Kehrtwenden etwas für lebensuntüchtige Feiglinge.

Sie räumte die Reste ihres Imbisses weg, legte die Schreibutensilien an ihren gewohnten Platz zurück und machte ihr Bett. Als sie die Decke aus dem Fach unter der Sitzbank nahm, blieb ihr Blick an der schmutzigen Jeans hängen, die an der Tür zur Dusche hing, und ihr fiel ein, dass Gabriel ihr angeboten hatte, seine Waschmaschine zu benutzen, bevor sie weiterfuhren. Außerdem erinnerte sie sich an den Umschlag, den er ihr gegeben und den sie in ihre Hosentasche geschoben hatte. Am besten nahm sie ihn direkt heraus, bevor sie ihn womöglich vergaß und am nächsten Tag mit in die Waschmaschine steckte. Sie riss den Umschlag auf und fand darin einen Zettel mit den Worten: »Kommen Sie ja nicht auf die Idee, das nicht anzunehmen!« Mit einer Büroklammer war ein Scheck daran befestigt. Als sie die Zahl sah – er hatte den vereinbarten Betrag verdoppelt –, schüttelte sie den Kopf, zum Teil aus Ungläubigkeit, aber auch aus Zuneigung. »Verrückter alter Kerl«, murmelte sie. Eine Woge der Rührung trieb ihr die Tränen in die Augen. Sie war zutiefst bewegt. »Dieser törichte alte Spinner! Ich hab's doch gleich gesagt, mehr Geld als Verstand.«

Am nächsten Morgen wurde Ned als Erster wach. Er zog sich an, ohne Clara zu wecken, und sie bemerkte erst, dass er schon auf war, als er zum Kuscheln unter ihre Decke schlüpfte.

»Sollen wir Mr Liberty fragen, ob er heute mit uns kommen will?«, fragte er, als er aus der Umarmung auftauchte.

»Meinst du, er hätte Lust dazu? Er hat die Höhle mit der Meerjungfrau doch bestimmt schon hundertmal gesehen.«

»Aber nicht mit uns.«

»Stimmt.«

Lächelnd krabbelte Ned aus dem Bett. »Soll ich rübergehen und ihn fragen?«

»Wie wäre es erst mal mit Frühstück?« Doch er stand schon an der Tür und drehte am Schloss. »Na gut, dann lauf.« Clara gab nach. »Aber wundere dich nicht, wenn er dich ausschimpft, weil du ihn störst.«

Mit einem Gähnen stand sie widerstrebend auf, wischte die kondensierte Feuchtigkeit vom Fenster über dem Tisch und sah zu, wie Ned über den Hof hüpfte. Die Hintertür ging auf, bevor er dort angekommen war, und Clara sah, wie Gabriel auf seinen morgendlichen Besucher hinunterblickte. Sie fand Neds Vorschlag ausgezeichnet und hoffte, dass Gabriel die Einladung annahm: So hatte sie eine Möglichkeit, sich für den überaus großzügigen Scheck zu bedanken.

Mit einer Karte und mehreren Reiseführern bewaffnet, Gabriel vorn neben Clara, Ned hinten mit Mermy, starteten sie zu einem Tagesausflug, bei dem sie etliche Sehenswürdigkeiten besichtigen wollten.

Doch zunächst war ein Zwischenstopp im Ort fällig.

»Ich muss nur kurz zur Bank«, sagte Clara, stellte den Motor ab und griff nach ihrer Tasche. »Ich brauche Geld.« Außerdem wollte sie Gabriels Scheck loswerden. Da die Bank samstags nur am Vormittag geöffnet war, musste sie sich in eine lange Schlange stellen, die sich durch das ganze Gebäude zog. Ein paar Sekunden später reihte sich jemand hinter ihr ein. Es war Archie.

»Hallo«, sagte sie. »Wie kommt's, dass Sie sich in eine Bank verirren? Ich dachte, Sie arbeiten nur mit Bargeld?«

»Na ja, meine Matratze wird ein bisschen unbequem, wenn ich zu viel darunter schiebe. Da bekomme ich immer Rückenschmerzen. Hat der Kommandant Ihnen Ausgang gegeben?«

»Meine Arbeitszeit ist inzwischen abgelaufen. Ned und ich sind jetzt offiziell wieder im Urlaub. Wir fahren mit Mr Liberty zur Meerjungfrauen-Höhle.«

»Heißt das, Sie verlassen uns bald?«

»Montagmorgen.«

Archie sah enttäuscht aus. »Wie schade. Sie werden uns fehlen.«

»Oh, ich denke, Sie kommen schon zurecht.«

Vorn verließ jemand die Schlange, und sie rückten einen Schritt vor.

»Übrigens«, sagte er, »ich wollte Ihnen noch danken, dass Sie mir die ganzen Sachen zugeschustert haben. Das war wirklich nett von Ihnen. Ach, und vielleicht interessiert es Sie zu wissen, dass ich Ihren Rat befolgt habe. Ich habe mir jetzt einen Anwalt genommen. Der Ball ist ins Rollen gekommen, wie man so sagt.«

Wieder bewegte sich die Schlange ein Stück nach vorn.

»Es kommt bestimmt alles wieder ins Lot, Archie. Auch wenn es vielleicht ein wenig dauert.«

Er zuckte die Achseln. »Wahrscheinlich haben Sie Recht. Aber mir geht's schon gleich viel besser, wenn Sie mir versprechen, dass Sie noch mal vorbeikommen, bevor Sie und Ned abreisen. Falls nicht, muss ich dem Sheriff Bescheid sagen, dass er einen Kopfgeldjäger auf Sie ansetzt.«

»Versprochen.«

Die Meerjungfrauen-Höhle war nur ein paar Meilen von Deaconsbridge entfernt. Die Straße stieg stadtauswärts an, und schlagartig veränderte sich die Landschaft: Sie wurde weicher, grüner, geschwungener. Dies war das Kalksteinland, über das der White Peak herrschte, während das dunklere, rauere Gebiet des High Peak gen Norden zurückwich.

Den Reiseführern zufolge wurde die Meerjungfrauen-Höhle wegen der größeren und stärker kommerzialisierten Höhlen im nahe gelegenen Castleton oft übersehen. Dennoch waren sich alle einig, dass sie geologisch und historisch interessant und einen Besuch wert sei.

Doch die große Preisfrage war: Sah der Meerjungfrauen-Fels wirklich wie eine Meerjungfrau aus?

Während Clara Winnie zwischen einem weiteren Wohnmobil mit holländischem Kennzeichen und einem PKW mit zwei hechelnden, sabbernden Labradoren parkte, fragte sie Gabriel, ob er die Antwort wisse.

»Es ist schon so lange her, dass ich sie gesehen habe, ich kann mich nicht erinnern«, sagte er.

»Wie lange denn? Meinen Sie, sie ist inzwischen gewachsen?«

»1963, wenn Sie es unbedingt wissen müssen.«

»Oh, das war ja noch lange vor meiner Geburt.« Sie wandte sich nach hinten zu Ned. »Okay, Partner, du kannst den Gurt aufmachen. Wir sind gelandet.«

»Ich war mit Anastasia hier. Hinterher wollten wir noch ein Picknick machen, aber es fing an zu regnen. Es schüttete so heftig und so plötzlich, dass wir uns unter einen Baum flüchten mussten. Sie meinte im Scherz, wir würden vom Blitz getroffen, sterben und im Himmel landen. Darauf sagte ich zu ihr, ich sei schon im Himmel.«

Gerührt von der unerwarteten Zärtlichkeit in seiner Stimme

und dem lebendigen Bild, das seine Worte entworfen hatten, drehte sich Clara langsam zu ihm um. »Und seither waren Sie nie wieder dort?«

Er sah sie verwirrt an. »Wo? Im Himmel?«

»Nein.« Sie lächelte. »In der Höhle.«

»Es wäre nicht dasselbe gewesen.«

Schilder führten sie zu einem Pfad, der an einer Reihe hübscher Cottages vorbeiführte, in deren kleinen, gepflegten Gärten gelbe Narzissen, violette Krokusse und kleine Blausterne leuchteten. Aus den Schornsteinen stiegen Rauchfahnen auf, und die kühle Morgenluft war erfüllt vom altmodischen Geruch nach brennender Kohle.

Den Eingang zur Höhle erreichte man über eine Treppe, die in den Fels gehauen war. An einigen Stellen waren die Stufen rutschig vom Regen der Nacht. Clara hielt Neds Hand und war versucht, auch Gabriels zu ergreifen, ließ es jedoch sein. Er hatte sicher seinen Stolz. Und der schien an diesem Tag auch seine Erscheinung beeinflusst zu haben. Wenn sie sich nicht täuschte, hatte er sich in Schale geworfen und trug unter seinem V-Pullover – der ausnahmsweise keine Löcher hatte – sogar eine Krawatte.

Sie zahlten ihren Eintritt an einer Holzbude und wurden zu einem spärlich beleuchteten Tunnel geleitet, wo sie sich einer Gruppe anschlossen, die gerade zu einer Führung durch die ehemalige Bleimine aufbrach.

Eine Viertelstunde später war Clara froh, dass sie Ned in seine wärmsten Sachen gepackt hatte. Es herrschte eine Grabeskälte, und die eisige Feuchtigkeit war bereits durch ihre Schuhsohlen gedrungen und nagte an ihren Zehen. Auch Claras Ohren und Nasenspitze prickelten, und die Tropfen, die gelegentlich von der niedrigen Decke auf ihre Haut fielen, ließen sie erschauern.

Während sie den Erklärungen des Führers lauschte und dem Strahl seiner Taschenlampe folgte, mit der er interessante Details beleuchtete – Sintergestein, Stalagmiten und Stalaktiten –, dachte sie daran, unter welch harten Bedingungen die Bergarbeiter hier früher geschuftet hatten.

Der Führer leitete sie tiefer in die Höhlenreihe hinein und

warnte sie, vorsichtig zu sein und sich während des steilen Abstiegs zu dem unterirdischen See am Geländer festzuhalten.

»Kommen wir jetzt zu der Meerjungfrau?«, flüsterte Ned und drückte ihre Hand.

»Gleich.«

Unten wartete ein Boot auf sie. Sie stiegen vorsichtig hinein, und als alles gesichert war, glitten sie lautlos durch das Wasser. Anfangs sah es nicht besonders atemberaubend aus. Die Höhle war noch immer recht niedrig, und obwohl hier und dort an den Felsen Strahler angebracht waren, gab es nicht viel zu sehen.

Doch dann kamen sie um eine Ecke, und ein lautes *Ahh!* erhob sich aus dem Boot. Selbst Gabriel, der Inbegriff der Gleichgültigkeit, wirkte beeindruckt. Die Höhlendecke wölbte sich hoch über ihren Köpfen, und schimmernde Lichter verliehen ihr etwas Feierliches, Kathedralenartiges. Alle griffen nach dem Fotoapparat, auch Clara. Nachdem sie ihre Bilder gemacht hatten, ging die Führung weiter.

Sie gelangten zu einem großen Felsen, der in den See hineinragte, glitten um ihn herum, und da war sie, direkt über dem Wasser und sanft von mehreren Scheinwerfern beleuchtet: die Meerjungfrau. Zu Claras Überraschung und Freude brauchte man weder Fantasie noch guten Willen, um sie zu erkennen. Da war ihr Schwanz, dessen Flossen die Oberfläche des Sees berührten, und ihr wohl gerundeter Körper, der sich elegant an einen anderen Felsen lehnte.

Für diejenigen, die eine gute Märchengeschichte mochten, erzählte der Führer, wie sie dort gelandet war. Angeblich war sie eine echte Meerjungfrau gewesen, die sich im Meer verirrt hatte und irgendwie in der Höhle gelandet war – die Tatsache, dass diese sich so weit im Landesinnern befand, wurde elegant überspielt. Die Höhle hatte ihr so gut gefallen, dass sie sich dort niederließ, und auf ihren Wunsch hin, für immer dort bleiben zu können, wurde sie in Stein verwandelt, um fortan anderen ihre Wünsche zu erfüllen. Wie die meisten Märchen war die Geschichte weit hergeholt und wirklichkeitsfremd, aber Ned gefiel sie, und während Clara ihn an sich drückte, hoffte sie, er würde nie die Fähigkeit zu staunen verlieren, die sich in seinen

Augen widerspiegelte. Alles war so wunderbar für ihn! So neu, aufregend, geheimnisvoll. Mochte der Himmel ihn davor bewahren, dass das Leben für ihn je zur Routine wurde.

Gerade, als ihr dies durch den Kopf ging, zeigte der Führer mit seiner Taschenlampe auf ein kleines, erhöhtes Wasserbecken hinter der Meerjungfrau. »Wenn Sie möchten, dass sie Ihnen einen Wunsch erfüllt«, sagte er, »müssen Sie eine Münze in ihr Becken werfen.«

Nach der Anzahl der Münzen zu schätzen, die in dem kristallklaren Wasser lagen, waren bereits viele Menschen hier gewesen, die sich auf das Spiel eingelassen hatten. Clara griff nach ihrer Tasche. »Nur zu, Ned«, flüsterte sie. »Wünsch dir was.«

Er nahm ihr das Zehn-Pence-Stück ab. »Aber was ist mit dir, Mami? Willst du nicht mitmachen? Und Mr Liberty, du musst dir auch was wünschen.«

Gabriel zog eine Grimasse. »Das ist das Absurdeste, was ich in meinem ganzen Leben gehört habe. Nichts als Volksveräppelung.« Doch dann lächelte er – was Clara an den großen bösen Wolf aus *Rotkäppchen* erinnerte – und nahm eine Ein-Pfund-Münze aus der Tasche. »Wenn schon, dann richtig, was, Ned? Kommen Sie, Miss Costello, holen Sie Ihr Geld raus. Nach Ihrem Besuch bei der Bank heute Morgen können Sie es sich ja leisten.«

Sie warteten, bis die übrigen Mitglieder der Gruppe ihre Münzen geworfen und sich etwas gewünscht hatten, und dann waren sie endlich an der Reihe. »Aber du darfst es nicht laut sagen«, erklärte Ned Clara, »sonst geht es nicht in Erfüllung.« Erst vier Jahre alt, und kannte sich schon so gut mit solchen Dingen aus! »Und man darf auch niemandem erzählen, was man sich gewünscht hat«, sagte er hinterher, als der Führer das Boot zurücksteuerte und sie der Meerjungfrau zum Abschied zuwinkten. »Das bringt nämlich Unglück, und das wollen wir doch nicht, oder, Mami?«

»Nein, Ned. Ganz bestimmt nicht.«

Claras Wunsch war derselbe gewesen wie jedes Mal, wenn es um irrationale Schicksalsbeschwörungen ging: Sie wollte, dass Ned glücklich war. Doch bei dieser Gelegenheit hatte sie noch eine Extrabitte angehängt: dass die Monate, die vor ihnen lagen, genauso fröhlich sein würden wie die vergangenen zwei Wochen.

Sie warf in dem Dämmerlicht einen Blick auf Gabriels Gesicht. Was er sich gewünscht hatte, war nicht zu erraten.

36

Als Clara am Montagmorgen Winnies Stromversorgung von Mermaid House kappte, war Ned alles andere als glücklich. Er wollte noch bleiben. Das Wochenende war mit all den Ausflügen viel zu schnell vorbeigegangen. Sie hatten sich Peveril Castle angesehen, das Pestdorf in Eyam, Buxton und sogar noch eine weitere Höhle – die Blue-John-Höhle in Castleton. Doch nun machten sie sich zur Abreise bereit.

»Es gibt hier doch noch mehr zu sehen«, sagte Ned und zeigte ihr zum Beweis ein Foto in einem ihrer Reiseführer, auf dem die Seilbahn in Matlock Bath abgebildet war, mit der man auf die bewaldeten Hügel fahren konnte. »Können wir heute nicht dahin fahren? Bitte bitte!«

Clara hielt in ihren Vorbereitungen inne, setzte sich und zog Ned auf ihren Schoß, wohl wissend, dass sie mit einem tränenreichen Aufstand rechnen musste, wenn sie nicht vorsichtig war. Sie blätterte in dem Reiseführer zum nächsten Abschnitt vor. »Und schau mal, was es *hier* alles zu sehen gibt.«

Er starrte auf das Bild eines alten Dampfers, der über den Lake Windermere fuhr, dann auf das des Beatrix-Potter-Museums. Clara hoffte, dass der Anblick von Peter Hase in seiner blauen Jacke, der an einer Möhre knabberte, Ned die Abreise etwas schmackhafter machen würde.

Ursprünglich hatte sie vorgehabt, den Peak District als Sprungbrett für Yorkshire zu benutzen, von dort über Berwick-upon-Tweed nach Schottland weiterzufahren, sich bis zur Nordspitze vorzuarbeiten und dann an der Westküste entlangzureisen, bis nach Devon und Cornwall, und dort den Sommer zu verbringen. Doch als sie am Abend zuvor im Bett lag, hatte Clara beschlossen, die Route zu ändern. Der Lake District mit all seinen Schönheiten und Überraschungen war besser geeignet, Ned aus Deaconsbridge wegzulocken.

Auf Neds Entgegnung war sie nicht vorbereitet.

»Können wir Mr Liberty nicht mitnehmen, wenn wir uns Peter Hase ansehen?«

Sie legte einen Arm um ihn. »Ich glaube nicht, dass er ein Beatrix-Potter-Fan ist, Ned. Außerdem hat er seine Freunde und Verwandten, um die er sich kümmern muss.«

Ned schüttelte ihren Arm ab und sah sie trotzig an. »Er hat keine Freunde. Das hat er mir erzählt. Er hat gesagt, die meisten von ihnen sind schon tot.«

»Das war bestimmt wieder eine von seinen Übertreibungen. So alt ist er doch noch nicht.«

»Ist er wohl! An seinem nächsten Geburtstag wird er *achtzig.*«

»Es tut mir Leid, Ned, aber die Antwort ist immer noch nein. Winnie hat gerade Platz genug für uns beide. Stell dir nur mal vor, wir müssten ihn mit so einem großen Mann wie Mr Liberty teilen.« Die Vorstellung war so grotesk, dass sich Clara das Lachen verkneifen musste. Mit bemüht ernsthaftem Gesicht fügte sie hinzu: »Und ich wette, Mr Liberty schnarcht so laut wie ein Riese.«

Zum ersten Mal, seit er an dem Morgen aufgestanden war, lächelte Ned. »Genau wie der Riese aus *Jack und die Wunderbohne.* Wenn der geschnarcht hat, war es so laut, dass alle Knöpfe an Jacks Mantel abgefallen sind.«

Clara kicherte. Dieses charmante Detail stammte von ihrem Vater. Er reicherte die Geschichten, die er Ned vorlas, immer mit eigenen Ausschmückungen an. »Aufpeppen« nannte er es. Sie drückte Ned an sich. »Na, und wir wollen doch nicht, dass *uns* jedes Mal die Knöpfe abfallen, wenn Mr Liberty ein Nickerchen macht. Das wäre ja schrecklich peinlich.«

Nachdem sie die Situation mehr oder weniger unter Kontrolle gebracht hatte und sich Ned daran machte, seine Kuscheltiersammlung zu sortieren, räumte Clara weiter das Wohnmobil auf. Als sie nahezu alle Schrankfächer geprüft hatte, ob unterwegs nichts klappern konnte, klopfte es laut an der Tür. »Zeit für die Abreise, nicht wahr?«

Es war Gabriel.

»Gäste sind wie Fisch – nach einer Weile fangen sie an zu stinken«, knurrte er. Mit seiner großen Gestalt füllte er den ganzen Türrahmen aus. »Denk immer dran, Ned. Wenn es Zeit ist zu gehen, dann geh. Kein Hinauszögern.«

Clara verspürte eine Woge der Dankbarkeit, weil er sich gewohnt ruppig gab und Ned das Ganze nicht noch schwerer machte, indem er ihn mit sentimentalen Zuneigungsbekundungen überschüttete. »Auch Ihnen einen guten Morgen, Mr Liberty.«

Er trat ein und sah auf seine Uhr. »Es ist schon fast Nachmittag, so wie Sie herumtrödeln.«

»Mr Liberty, rate mal, wohin wir fahren«, ließ sich Ned vernehmen. »Wir gucken uns Peter Hase an und ein paar große Seen und Berge. Willst du mal sehen?« Er hielt den Reiseführer hoch, in dem er und Clara zuvor geblättert hatten. »Mami sagt, wir fahren mit einem richtig alten Schiff, aus dem Dampf kommt! Und dann ist da ein Museum, wo wir zuschauen können, wie Stifte gemacht werden. Und danach wollen wir –«

»Klingt viel zu anstrengend für mich«, unterbrach Gabriel ihn ohne einen näheren Blick auf das, was Ned ihm zeigte.

»Ich glaube, wir sind jetzt mehr oder weniger startklar«, sagte Clara und schloss mit einem Klacken das letzte Schrankfach. Sie nahm Ned das Buch ab und verstaute es in dem Fach mit den übrigen Karten und Reiseführern. »Wenn du Mr Liberty auf Wiedersehen gesagt hast, kannst du auf deinen Sitz klettern und dich festschnallen.«

Doch plötzlich stand Ned wie angenagelt da. Er schob die Hände hinter den Rücken und bohrte den einen Absatz in den Fußboden. Sein Blick senkte sich auf Gabriels Knie, doch Clara hatte gesehen, wie sich seine Augen mit Tränen füllten. Mit leiser Stimme murmelte er: »Auf Wiedersehen.« Dann begann seine Unterlippe zu beben, und Clara wusste, dass es jetzt wirklich ernst wurde. Sie trat auf ihn zu, um ihm tröstend die Hand auf die Schulter zu legen, doch Gabriel war schneller. Mit knackenden Gelenken beugte er sich zu Ned hinunter, hob ihn mit seinen verformten alten Händen vorsichtig hoch und trug ihn nach draußen.

Clara blieb, wo sie war, und sah ihnen nach. Dieser Moment gehörte ihnen allein. Nur um etwas zu tun, rückte sie die Dinge in einem der Fächer noch einmal zurecht, bemüht, den dicken Kloß in ihrer Kehle und die aufsteigenden Tränen zu ignorieren. Dieser verfluchte Kerl – wie und wann hatte er es nur geschafft, sie beide so um den Finger zu wickeln?

Endlich saßen sie auf ihren Plätzen, der Motor lief, und es war wirklich Zeit zu fahren. Gabriel ging zur Fahrerseite herum und steckte den Kopf durch das offene Fenster. »Passen Sie gut auf sich auf, Miss Costello.«

»Ist das ein Befehl?«

»Wenn es sein muss, ja.«

»Aber Sie geben auch gut auf sich Acht, hören Sie? Und verlieren Sie die Anleitungen nicht, die ich Ihnen so mühsam aufgeschrieben habe. Die Spülmaschine braucht ab und zu Salz und Klarspüler, und Sie müssen –«

»Ja, ja, *ja,* Miss Costello. Ich habe Ihre grässlichen Anleitungen innen an die Schranktür geklebt, wie Sie es unbedingt wollten. Und wenn es Sie glücklich macht, lasse ich sie mir auch noch auf die Brust tätowieren.«

Clara brachte den Motor auf Touren und schaltete in den ersten Gang. »Nun, dann gibt es wohl nichts mehr zu sagen. Außer danke, dass Sie uns eingeladen haben. Ned und ich haben die Zeit sehr genossen. Wir werden Sie nicht so bald vergessen, das verspreche ich Ihnen.«

»Pah! Sie vergessen mich so schnell, dass Sie nicht einmal daran denken werden, mir eine Karte zu schicken.«

»Doch, das machen wir!«, rief Ned im Brustton der Überzeugung. »Wir schicken dir jede Woche eine.«

»Auf Wiedersehen, Mr Liberty. Trotz allem war es mir ein Vergnügen.« Sein ergrauter Kopf war noch immer nah beim Fenster, und so ergriff sie die Gelegenheit, beugte sich vor und gab ihm einen Kuss auf die stoppelige Wange.

»Wofür war das?«

»Was meinen Sie denn, Sie dusseliger alter Kerl?«

»Ich hätte nie gedacht, dass ich das mal sagen würde, Miss Costello, aber wenn ich jünger wäre –«

Sie lachte. »Wenn Sie jünger wären, hätte ich mich nicht getraut, Sie zu küssen.«

»Aha, das Alter nimmt mir also den Sexappeal, was?«

»Nein, aber es nimmt mir die Hemmungen, Sie gottverdammte alte Nervensäge!«

Gabriel lachte ebenfalls. Dann griff er durch das Fenster, nahm ihre rechte Hand vom Steuer, hob sie an seine Lippen und drückte einen sanften Kuss darauf. »Ich werde Sie vermissen, Sie wunderbar scharfzüngiger Drachen. Sie waren für mich wie ein frischer Wind. Machen Sie's gut. Fahren Sie vorsichtig. Und wenn Sie mal in der Gegend sind …« Er beendete den Satz nicht.

Gerührt sagte sie: »Es würde uns nicht im Traum einfallen, nicht hallo zu sagen, wenn wir hier vorbeikämen. Das können Sie als Versprechen nehmen. Oder als Drohung!«

Unter lautem Hupen steuerte sie Winnie aus dem Hof, und beide winkten der einsamen Gestalt zu, die im Schatten des Torbogens stand. Bald war sie verschwunden.

Bis zur Mitte der langen Einfahrt sagte weder Clara noch Ned ein Wort. Dann sah Ned aus dem Fenster und fragte: »Soll ich noch mal winken, falls Mr Liberty uns vom Turm aus nachschaut?«

Sie tätschelte sein Knie. »Gute Idee.«

Er winkte, bis das Haus fast außer Sichtweite war. Als sie beinahe am Ende der Einfahrt angelangt waren, kam ihnen ein Auto entgegen. Es war Jonah.

Clara war froh, ihn zu sehen. Gabriel konnte jetzt sicher ein wenig Gesellschaft brauchen, selbst wenn es nur jemand war, den er herumkommandieren wollte. Sie fuhr zur Seite, sodass Jonah neben dem Wohnmobil Platz hatte. Beide kurbelten gleichzeitig die Scheibe herunter.

Clara sagte: »Wie war der Ausflug mit Ihrer Klasse?«

»Im Westen nichts Neues, wie es so schön heißt. Kalt und nass war's.«

»So ein Pech. Und, sind Sie heute nicht in der Schule, um fruchtbare junge Geister zu formen?«

»Nein, jetzt sind Osterferien. Ich bin gekommen, um Dad zu fragen, ob er etwas braucht. Wohin sind Sie denn unterwegs?«

»Zum Lake District. Sie werden erfreut sein zu hören, dass ich es aufgegeben habe, Ihren Vater zur Ehe zu überreden und ihm sein großes Vermögen abzuknöpfen.«

»Sie reisen ab?«

»Ja, Ned und ich brechen zu neuen Ufern auf, wo geldgierige Intrigantinnen mit dem gehörigen Respekt behandelt werden.«

Jonah lächelte, nur ein wenig, aber es genügte, um ihr bewusst zu machen, wie attraktiv er war. Doch was ihr in diesem Bruchteil einer Sekunde – als sie den Schwung seiner Lippen bemerkte und die Art, wie sich das Licht in seinen goldbraunen Augen fing – am stärksten auffiel, war, wie sehr er der jungen Frau auf dem Bild in der Bibliothek seines Vaters ähnelte. Er war seiner Mutter wie aus dem Gesicht geschnitten. Clara fragte sich, ob er sich dessen bewusst war und ob Gabriel es wohl als Trost empfand oder als quälende Erinnerung an das, was er verloren hatte.

»Caspar wird erleichtert sein, das zu hören«, erwiderte er gutmütig. »Eine potenzielle Stiefmutter zu vergraulen wäre für ihn eine zeitaufwändige Beschäftigung gewesen.«

»Das glaube ich sofort. Aber tun Sie mir einen Gefallen, ja? Bemühen Sie sich um Ihren Vater.«

Das Lächeln verschwand, und Jonahs Gesicht verschloss sich. Frustriert, weil sie offenbar ein unglaubliches Geschick hatte, ihm gegenüber die falschen Worte zu gebrauchen, sagte sie: »Ich habe Sie bei unserer ersten Begegnung wohl falsch eingeschätzt, aber ... nun ja, nach einer Woche mit Ihrem Vater verstehe ich wohl manches ein wenig besser.«

Doch das Lächeln tauchte nicht wieder auf, wie sie gehofft hatte. »Das bezweifle ich«, erwiderte er mit Nachdruck. »Trotzdem danke für alles, was Sie für Dad getan haben. Ich werde mein Bestes tun, um da weiterzumachen, wo Sie aufgehört haben. Das heißt, falls er mich lässt.«

»Nach meiner Erfahrung funktioniert die Schrotflintentechnik am besten. Sie rammen sie ihm unter die Nase und stellen Ihre Forderungen. Ganz einfach. Auf Wiedersehen.«

37

9. April

Lieber Archie,
bitte entschuldigen Sie, dass wir nun doch klammheimlich verschwunden sind, aber Ned war so unglücklich über die Abreise von Mermaid House, dass ich ihm nicht noch mehr Abschiede zumuten wollte. Wie Sie sehen, sind wir jetzt im Lake District – regnerisches Wetter, fantastische Landschaft, und die Leute sind fast so nett wie die in Deaconsbridge.

Danke noch mal für Ihre Hilfe in Mermaid House.

Herzliche Grüße,
Clara und Ned

PS: Wo bleibt der Kopfgeldjäger?

10. April

Liebe Louise und lieber restlicher Haufen,
das Elend geht weiter! Schmachten derzeit mit *Frau Igelliesschen* und Konsorten am herrlichen Lake Windermere und stopfen uns mit Tee und Kuchen voll. Morgen machen wir uns auf die Suche nach einsamen Wolken und Unmengen von goldenen Narzissen. Tut mir Leid, dass ich es immer noch nicht geschafft habe anzurufen – werde mir Mühe geben, es wieder gutzumachen. Ich hoffe, ihr seid alle brav und vermisst uns schrecklich.

Alles Liebe von Clara und Ned

PS: Frohe Ostern!

11. April

Lieber Mr Liberty,
nur zum Beweis, dass wir unser Versprechen halten: Beste Osterwünsche aus Dove Cottage, dem Heim von William Wordsworth. Vielleicht sollten Sie auch ein paar Gedichte schreiben und Mermaid House für Besichtigungen öffnen. Sie fänden es doch sicher herrlich, wenn Tausende von Touristen durch Ihr Haus trampelten. Stellen Sie sich nur mal vor, wie Sie die anpflaumen könnten!

Ned bedankt sich ganz herzlich für das Geld, das Sie ihm gegeben haben – das war sehr ungehörig von Ihnen, aber auch sehr nett. Für einen Teil davon hat er sich einen kleinen Peter Hase gekauft.

Alles Gute,
Ned und Miss Costello

PS: Haben Sie schon wegen einer Putzfrau annonciert?

Bateson, Hardy, Willets & Co.
Steuerberater
Dean Street
Manchester
M10 9PQ

16. April 2001

Betr.: Steuererklärung C. Liberty

Lieber Caspar,
anbei findest du eine Kopie des letzten Schreibens vom Finanzamt.

In Anbetracht der gestellten Forderungen würde ich vorschlagen, dass wir uns zusammensetzen und uns gemeinsam eine Strategie überlegen, wir wir unsere Freunde bei der Finanzbehörde zufrieden stellen können.

Beste Grüße,
Harvey Wilson

2 Canal View
Manchester

21. April

Liebe Damson,
was zum Teufel ist los? Warum willst du nicht mit mir sprechen? Fünfmal habe ich versucht, dich ans Telefon zu kriegen, und jedes Mal hat mir so ein verschnarchter Müslityp mit Vollbart und Gesundheitslatschen gesagt, es würde jetzt gerade nicht passen. Seit wann passt es nicht, wenn dein Bruder dich anruft? Oder gehört das zu der Gehirnwäsche, die die bei euch abziehen?

Damson, du weißt doch, wie so was läuft. Teile und herrsche, das ist das Prinzip, nach dem solche Sekten funktionieren. Sie isolieren dich von denen, die dir nahe stehen, und behaupten, es wäre nur zu deinem Besten.

Wenn ich nicht bald von dir höre, werde ich höchstpersönlich raufkommen und diesem arroganten Nichtsnutz, der dich nicht ans Telefon lässt, die Visage polieren.

Caspar

PS: Wie viel Geld haben die eigentlich aus dir rausgesaugt?

Rosewood Manor Healing Centre
Blydale Village
Northumberland

26. April

Mein liebster Caspar,
wenn du mir wirklich etwas Gutes tun willst, dann lass den Unsinn, hierher zu kommen, um deinen Ärger an dem armen Roland auszutoben – der im Übrigen weder verschnarcht ist noch einen Bart hat, und Gesundheitslatschen trägt er schon gar nicht. Warum schreibst du mir nicht einfach, was dich quält? Und tu jetzt bitte nicht so, als wäre nichts – als deine Zwillingsschwester spüre ich sofort, wenn mit dir etwas nicht stimmt.

Alles Liebe und Gute,
Damson

27. April

Liebe Louise & Co.,
wir haben die Grenze überschritten! Glasgow ist fantastisch! Moira, du wärst im siebten Himmel – ein Designershop neben dem anderen. Und Design-Kram von Rennie Mackintosh, so viel das Herz begehrt, obwohl ich fürchte, dass Ned meine Begeisterung nicht so ganz teilt. Morgen brechen wir zu den wildromantischen Ufern des Loch Lomond auf – Rob Roy lässt grüßen.

Och aye the noo!
Clara und Ned

PS: Es war neulich schön, mal wieder mit dir zu quatschen, Louise – fast hätte ich dich vermisst!

28. April

Lieber Mr Liberty,
als ich diese köstliche Karte mit dem finster dreinblickenden Schotten und seinem Dudelsack sah, musste ich sofort an Sie denken! Schon mal daran gedacht, Ihre Haare rot zu färben?

Ich hoffe, Sie passen gut auf sich auf und sind nicht in Ihre alten schlechten Gewohnheiten zurückgerutscht.

Herzliche Grüße,
Ned und Miss Costello

Bateson, Hardy, Willets & Co.
Steuerberater
Dean Street
Manchester
M10 9PQ

1. Mai 2001

Betr.: Steuererklärung C. Liberty
Lieber Caspar,
anbei die Kopie eines weiteren Schreibens vom Finanzamt. Wie du an der ausführlichen Dokumentation siehst, bleibt uns wenig Raum zum Manövrieren.

Beste Grüße,
Harvey Wilson

2 Canal View
Manchester

5. Mai

Liebe Damson,
ich würde die Angelegenheit lieber am Telefon oder am besten sogar unter vier Augen besprechen. Bitte gib mir eine Möglichkeit, mit dir zu reden.

Caspar

PS: Roland – der Name passt zu dem blöden Kerl!

Rosewood Manor Healing Centre
Blydale Village
Northumberland

6. Mai

Liebster Caspar,
so viel Zorn! Bitte sag mir doch einfach, was los ist.

Ich denke an dich. Alles Liebe,
Damson

17 Cross Street
Deaconsbridge

7. Mai

Liebe Stella,
was hältst du davon, wenn wir uns treffen und die Angelegenheit erst mal unter uns besprechen, bevor die Anwälte ihre teuren Spielchen ins Endlose treiben? Ich finde, das sind wir uns schuldig.

Hoffnungsvolle Grüße,
Archie

PS: Wir müssen uns nicht in Deaconsbridge treffen, wenn du nicht möchtest. Den Ort überlasse ich dir.

2a Carlisle Terrace
Macclesfield
Cheshire

12. Mai

Lieber Archie,
nächsten Dienstag nach der Arbeit hätte ich Zeit, aber nicht lange. Ich warte um sechs am Musikpavillon in Buxton auf dich.

Stella

Datum: 14.05.01, 14 : 44 WEZ
Von: ClaraCost@hotmail.com
An: GuyXXX@Phoenix.co.uk

Na, ich wette, du sitzt wieder mal im Büro und drehst Däumchen, wie immer!

Früher oder später musste es ja passieren: Ich sitze in einem Cybercafé in Edinburgh und schreibe eine Mail an euch dumme Kerle. Wie sieht's aus? Was gibt's Neues aus der Klatschbörse? Nur keine falsche Zurückhaltung!

Datum: 14.05.01, 14 : 49 WEZ
Von: GuyXXX@Phoenix.co.uk
An: ClaraCost@hotmail.com

Hey, Clarabelle, bist du das wirklich? Ist ja wie in alten Zeiten. Da fällt mir richtig auf, wie ich deine bissigen Mails vermisse! Heute arbeite ich zu Hause, da können wir ungestört tratschen – keine Gefahr, dass die Surfpolizei die Ohren spitzt. Aus gut unterrichteten Kreisen (David) verlautet, dass die Häuptlinge in Wilmington ein paar von ihren scharfen Jungs rüberschicken, um alles für die Übernahme vorzubereiten – Les Français Garçons legen tatsächlich ihre Francs auf den Tisch, also geht's jetzt ans Eingemachte. Offiziell ist das alles natürlich top secret, aber wie du weißt, hat es sich hier längst rumgesprochen, dass unsere Niederlassung nicht in die strategische Zielrichtung der Geschäftsleitung passt. Und rate mal, wer uns besuchen kommt – der Oberfuzzi der Rechtsabteilung, Fenton Bexley, und der viel gepriesene Finanzchef Todd Mason Angel. Was sind wir doch für Glückskinder!

Allerbeste undsoweiter,
Guy

PS: Hast du TMA nicht bei deinem Austauschjahr in Wilmington kennen gelernt? Wie ist er denn so? Meinst du, er verdreht allen Frauen den Kopf? Du weißt ja noch, wie die sich bei dem letzten blauäugigen Zauberjungen von drüben aufgeführt haben – fast hätten wir eine Klage wegen sexueller Belästigung gekriegt!

38

Fünf Wochen waren vergangen, seit Gabriel die erste Karte von Ned und Miss Costello bekommen hatte, und er hatte jede von ihnen aufgehoben. Sorgfältig aufgereiht zierten sie die Fensterbank in der Küche, und jeden Tag gegen zwölf, wenn der Postbote vorbeikam, flackerte in Gabriel die Hoffnung auf, dass eine weitere Karte für die Sammlung dabei war.

Es war ein milder, sonniger Maimorgen, und er beugte sich hinunter, um das Durcheinander von Umschlägen aufzuheben, das derart im Flur verstreut war, dass er sich fragte, ob sich der Postbote einen Spaß daraus machte, die Briefe so weit wie nur möglich durch den Schlitz zu schleudern.

Wieder war keine Karte dabei, und Gabriel verspürte den mittlerweile vertrauten bitteren Geschmack der Enttäuschung. Dummer alter Trottel, schalt er sich selbst. Reiß dich gefälligst zusammen. Doch dann erblickte er unter einem beigefarbenen Umschlag, adressiert »An den Hauseigentümer«, ein Eckchen blauen Himmel. Das Pendel seiner Gefühle schwang von Enttäuschung zu freudiger Erwartung. Ohne die Karte anzusehen – er wollte sich den Genuss noch ein wenig aufheben –, nahm er das Ganze mit in die Küche, wo er den beigefarbenen Umschlag direkt in den Müll warf. Als Nächstes überprüfte er seinen monatlichen Kontoauszug auf irgendwelche Unregelmäßigkeiten, schob den Prospekt eines Buchclubs und das Angebot für einen günstigen Kredit über fünfzehntausend Pfund beiseite, und dann erst griff er nach der Karte, langsam und bedächtig, um das Vergnügen auszukosten.

Das Hochglanzbild zeigte einen geschäftigen Hafen mit großen und kleinen Booten, steil ansteigende Reihen von Häusern mit roten Ziegeldächern und in der Ferne, auf der Spitze einer Klippe, die Ruinen einer Abtei. Er erkannte den Hafen sofort. Es war Whitby. Wie gut er den Ort kannte!

Drei Jahre hintereinander war sein Vater damals, als Gabriel noch ein Kind war, mit ihm dorthin gefahren. Nur sie beide. Jedes Mal hatten sie in der gleichen bescheidenen Pension gewohnt, und immer in der ersten Augustwoche. Der Tagesablauf war stets derselbe gewesen: morgens fischen, Mittagessen am Kai, und nachmittags lange, belebende Spaziergänge. Auch nach siebzig Jahren hörte er noch die Stimme seines Vaters, die das Tosen der Wellen an der Klippe unter ihnen übertönte: »Komm schon, Gabriel, nicht trödeln. Leg einen Schritt zu.« Bei ihrem letzten Aufenthalt war Gabriel gestolpert und hatte sich das Knie an einer rostigen Konservendose aufgeschnitten, aber er hatte nicht geweint, nichts gesagt, weil er nicht als Weichling dastehen wollte. Erst zwei Tage später, als sie wieder zu Hause waren und er in der Nacht mit schlimmem Fieber aufwachte – er hatte Albträume von Kobolden gehabt, die ihn über eine Klippe jagten –, erlaubte er seiner Mutter, sich das Bein anzusehen. Sie hatte sofort den Arzt gerufen: Die Wunde an seinem Knie hatte sich entzündet, und seine Temperatur war gefährlich gestiegen.

Gabriel drehte die Postkarte um und lächelte. Der Text stammte von Miss Costello, aber Ned hatte selbst unterschrieben, und seine krakeligen, riesigen Buchstaben trudelten über den Rand der Karte wie umgestürzte Bauklötze.

Er las die Karte noch einmal und stellte sie dann auf die Fensterbank. Doch im Gegensatz zu den anderen drehte er sie so, dass die beschriebene Seite nach vorn zeigte. Und während er sich ein zeitiges Mittagessen zubereitete, das aus ungelenk geschnittenen, dicken Scheiben Körnerbrot und einem Brocken Wensleydale-Käse bestand, betrachtete er weiter Neds Kunstwerk und stellte sich vor, wie der Junge auf der Sitzbank im Wohnmobil kniete, den Stift in der Hand, eine Haarsträhne in der Stirn und die Zungenspitze vor lauter Konzentration in den Mundwinkel geschoben. Bei dem Gedanken an Neds Entschlossenheit und die Zuneigung, die er offensichtlich zu ihm gefasst hatte – einem alten Mann, den er kaum kannte – hörte er auf, an seinem Brot zu kauen.

Seinem Sämbisch.

Es dauerte eine Weile, bis er den Bissen, den er im Mund hatte, hinunterschlucken konnte.

Hätte ihm jemand vor zwei Monaten gesagt, dass er so gerührt sein konnte, hätte er ihm ins Gesicht gelacht.

Doch jedes Mal, wenn er an Ned dachte, spürte er, wie sich etwas in seiner Brust zusammenzog. Und bei dem Gedanken an den Moment im April, als der Junge versucht hatte, ihm Lebewohl zu sagen, überkam ihn eine solche Trauer, dass er kaum atmen konnte. Auch jetzt spürte er sie – ein Gefühl, als hätte jemand sein Herz durchbohrt.

Aus einem Impuls heraus hatte er Ned an jenem Tag zur Vorderseite des Hauses getragen, wo sie sich nebeneinander auf die steinerne Bank unterhalb des Bibliotheksfensters setzten. »Ich will nicht weg«, hatte der arme kleine Kerl beinebaumelnd geschnieft und sich mit dem Ärmel durchs Gesicht gewischt. »Nirgendwo ist es so schön wie hier.« Der klägliche Ton in seiner Stimme traf Gabriel wie ein Pfeil.

»Na, das kann aber nicht sein, Mister Naseweis«, erwiderte er, legte ihm einen Arm um die Schulter und drückte ihn an sich – er war so klein ... »Glaubst du etwa, deine Mutter würde mit dir irgendwohin fahren, wo es dir nicht gefällt? Das würde sie doch nie tun. Dazu ist sie eine viel zu gute Mutter.«

Ned zog die Nase kraus. »Ich wünschte, du könntest mit uns kommen. Ich hab Mami gefragt, aber sie meint, du würdest schnarchen und uns die ganze Nacht wach halten.«

Lachend erwiderte er: »Deine Mutter ist eine sehr kluge Frau, Ned, aber – und du musst mir versprechen, dass du das für dich behältst, denn das braucht niemand zu wissen – ich bin zu alt zum Reisen.«

»Ich weiß, dass du sehr alt bist«, sagte Ned mit so ernster Miene, dass sich Gabriel das Lächeln verkneifen musste, »aber du musst ja auch nicht fahren. Das macht Mami.«

»Und damit hat sie schon genug zu tun, ohne dass ich ihr noch im Weg herumstehe. Jetzt trockne dir die Augen und versprich mir, dass du gut auf sie aufpasst. Wenn du älter bist, wirst du feststellen, dass gerade die Leute, die am wenigsten auf Hilfe angewiesen zu sein scheinen, sie am nötigsten brauchen. Bekomme ich noch eine Abschiedsumarmung?«

Ned hatte sich an Gabriel gedrückt, den Kopf an seinem Hals vergraben und ihn fest umarmt.

Selbst jetzt, nach all den Wochen, konnte Gabriel noch immer den warmen, süßen Duft des Jungen riechen und die sprudelnde Energie in seinem kleinen Körper spüren. Es war eine glückliche Erinnerung, aber sie löste in ihm auch Trauer und Müdigkeit aus. Und schreckliche Einsamkeit.

Die Leere des Hauses und die Grabesstille darin hatten ihn noch nie so bedrückt wie jetzt, und das, obwohl Jonah ihn ständig belästigte. Bisher hatte das Alleinsein Gabriel nichts ausgemacht, doch nun hatte er genug davon. Er sehnte sich nach der aufgeregten Stimme eines kleinen Kindes, das nach ihm rief, nach den schnellen, zielstrebigen Schritten einer jungen Frau, ihren frechen, humorvollen Sticheleien und ihrem selbstsicheren, spöttischen Lächeln. Doch er wusste, sosehr er sich auch danach sehnte, er würde es nie wieder bekommen.

Durch das Fenster sah er jenseits des Hofs einen Turmfalken in der Luft schweben, der leicht mit den Flügeln schlug. Ein paar Sekunden vergingen, dann war er verschwunden, angelockt von irgendetwas in der Ferne.

Oh, wie er diese kleine Löwenbändigerin und ihren Sohn vermisste.

Laut Schulordnung war es einem Lehrer nicht gestattet, einen Schüler allein zu Hause zu besuchen, schon gar nicht, wenn es sich dabei um ein Mädchen handelte. Daher hatte Jonah Barbara Lander um Hilfe gebeten – eine erfahrene, unerschütterliche Erdkundelehrerin –, um herauszufinden, warum Sharna Powell schon wieder im Unterricht fehlte. Er ahnte bereits, was der Grund dafür war, und hatte beschlossen, dass es an der Zeit war, einmal persönlich zu erscheinen. Er hatte diese etwas unorthodoxe Taktik gewählt, anstatt das Jugendamt einzuschalten, da er glaubte, das Problem auch allein lösen zu können, selbst wenn sich seine Vermutung als falsch erwies. Natürlich konnte er auch, wie so viele andere, die schwierigen Kinder einfach an eine höhere Autorität weitergeben und die Sache zu den Akten legen, aber so würde das seelsorgerische System in einer Schule wie Dick High nie besser werden.

Die Familie Powell lebte in derselben Siedlung wie Jase O'Dowd und der größte Teil der Jugendlichen von Dick High, doch während die meisten anderen nur gelegentlich und aus Jux schwänzten, hatte Sharnas häufiges Fehlen Jonahs Ansicht nach einen schwerwiegenderen Grund als nur den Bandenzwang.

Jonah parkte vor dem Haus Capstone Close Nummer 23. »Danke, dass du mitgekommen bist, Barbara«, sagte er zu seiner Kollegin. »Ich kann deine Hilfe gut brauchen.«

»Kein Problem. Nur versprich dir nicht allzu viel davon. Wenn es wirklich so ist, dass die Mutter Sharna zwingt, zu Hause zu bleiben, dürfte unser Besuch für einigen Wirbel sorgen.«

»Ich weiß, aber es ist doch einen Versuch wert, oder?«

Barbara schob sich den Riemen ihrer Tasche über die Schulter. »Wie ich vorhin schon sagte, das Reden überlasse ich dir. Das ist dein Auftritt, und wenn *du* es nicht schaffst, diesen Vogel vom Baum zu locken, dann weiß ich nicht, wer sonst.«

Jonah drückte seine Tür auf und stieg aus. »Was soll das denn heißen?«

Sie sah ihn über das Wagendach hinweg an. »Tu nicht so schockiert. Es ist doch im Kollegium allgemein bekannt, dass deine Bekehrungstechniken unseren weit überlegen sind. Wahrscheinlich liegt es an deinem hübschen Gesicht und dem entwaffnenden, jungenhaften Lächeln. Das überrascht die kleinen Ungeheuer und weckt in ihnen den Wunsch, dir zu helfen. Alte Drachen wie ich erreichen nur etwas, indem wir sie fest an die Kandare nehmen. Insofern freue ich mich sogar, dass du mich gebeten hast mitzukommen, weil ich dich so mal im Einsatz und aus nächster Nähe beobachten kann.«

»Ich hatte keine Ahnung, dass ich derart im Zentrum der Aufmerksamkeit stehe«, sagte Jonah trocken.

»Ach komm, Jonah, du musst doch wissen, dass das gesamte Kollegium dich nur noch Mr Chips nennt.«

»Mr Chips?«

»Ja, wie der Lehrer aus dem alten Film, *Goodbye, Mr Chips.*«

»Na toll, das hat mir gerade noch gefehlt, ein Spitzname aus diesen finsteren Zeiten!«

Sie lachte. »Willst du wissen, was sie hinter deinem Rücken sagen?«

»Die Schüler oder die Kollegen?«

Wieder lachte sie. »Was die hormongeplagten Mädchen über dich sagen, lassen wir lieber unerwähnt, aber im Lehrerzimmer geistert das hartnäckige Gerücht, dass sie dir im Herbst die Oberstufe geben wollen.«

»Ist das ein Witz?«

»Keineswegs. Bei dem Tempo, das du vorlegst, bist du bald der Moses von Dick High, der mit einem Schütteln seiner engelsgleichen Locken die Wasser teilt. Guck nicht so finster, Jonah, das zerstört die ganze Wirkung. Als feuriger Enthusiast darfst du keine Stress- und Sorgenfalten haben wie wir anderen.«

Das Reihenhaus der Powells war genauso heruntergekommen wie die Häuser daneben – die Traufbretter mussten ersetzt werden, die Fensterscheiben waren schmutzig, und der von Unkraut überwucherte Vorgarten beherbergte ein Durcheinander aus zwei auseinander gebauten Motorrädern, mehreren aufgerissenen Zementsäcken und einem Einkaufswagen ohne Räder.

Vorsichtig suchten sie sich einen Weg durch den Schrott und klopften an der Tür. Sie stand einen Spalt offen, und Jonah hörte drinnen einen Fernseher laufen. Er klopfte noch einmal kräftiger. Der Fernseher wurde leiser gestellt, und eine Frauenstimme rief: »Shar, sieh mal nach, wer da ist!«

»Hallo Sharna«, sagte Jonah, als die Tür sich ganz öffnete und ein übergewichtiges Mädchen darin erschien. Ihr teigiges Gesicht errötete zutiefst, was nicht zu dem winzigen violetten Top passte, das sie trug. Der untere Teil ihres Körpers war gerade eben noch von einem fast im Schambereich hängenden Rock bedeckt, und als wolle Sharna die Wirkung von so viel entblößter Hüfte mildern, schob sie ein Bein hinter das andere.

»Mr Liberty! Was machen Sie denn hier?«

»Das Gleiche könnte ich dich fragen. Können wir kurz reinkommen?«

Widerstrebend führte sie die Besucher zur Küche, die an der Rückseite des kleinen Hauses lag. Neben einem dampfenden Wasserkessel standen zwei Becher mit Kaffee, ein offenes Glas Nescafé und eine Packung H-Milch. Außer dem Duft nach Instantkaffee hing noch ein unangenehmerer Geruch in der Luft, der von einem Gasherd kam, auf dem eine verkohlte Pfanne mit einer Schicht aus erstarrtem Bratfett stand. Es sah aus, als wäre es schon viele Male benutzt worden. Aus der harten, ranzigen Oberfläche lugten schwarze Klumpen von verbranntem Essen hervor.

Mit dem wiedergefundenen Kampfgeist einer Vierzehnjährigen fragte Sharna: »Ich hoffe, Sie erwarten kein Mittagessen, Sir.«

»Nein, aber ich erwarte eine gute Erklärung dafür, warum du schon wieder nicht in die Schule gekommen bist.«

»Wegen meinem Asthma. Wie immer.« Ihre fleischigen Schultern hoben sich, und wie zum Beweis stieß sie ein Husten aus.

»Dann solltest du vielleicht weniger rauchen.« Jonahs Blick fiel auf einen überquellenden Aschenbecher, der neben zwei zum Auftauen herausgelegten Würstchenpackungen auf der Spüle stand.

»Ich habe aufgehört. Rauchen tun nur noch meine Mutter und meine Brüder.«

»Gut für dich. Ist deine Mutter da?« Er sah, wie Sharna zögerte, und wusste, dass er sie in Verlegenheit gebracht hatte.

»Ähm … ihr geht's nicht gut, Sir. Sie hat sich hingelegt.«

»Und Durst hat sie bestimmt auch. Sollen wir ihr den Kaffee bringen? Wir können sie doch nicht so lange warten lassen.« Und bevor sie ihn daran hindern konnte, schnappte er sich einen der Becher, ging zurück in den Flur und öffnete die Tür, die seiner Vermutung nach zum Wohnzimmer führte. Die Luft war ein einziger Nebel aus Zigarettenrauch. In einer Ecke des Raums stand ein riesiger Fernseher mit einem kleinen chinesischen Pferdewagen obendrauf, und über den Bildschirm flimmerte gerade das *Glücksrad*.

»Na, endlich. Wie lange dauert es denn, Wasser aufzusetzen und uns einen Kaffee zu machen? Wer war das an der Tür? Nun mach schon, Junge! Dreh das verdammte Ding!« Die Stimme klang belegt und heiser und gehörte zu einer Frau, die auf dem Rand eines Sofas saß, dessen Plastikbezug unter ihren aufgebrachten Bewegungen knarzte. Sharnas Mutter war eine größere Ausgabe ihrer Tochter – das teigige Gesicht und die breiten Schultern waren die gleichen, genau wie das zottelige, dauergewellte Haar.

»Mrs Powell?«

Sie fuhr herum und sah Jonah mit ungeheurer Feindseligkeit an. »Wer zum Teufel sind Sie?«

»Ich bin Mr Liberty, der Geschichtslehrer Ihrer Tochter, und das hier ist Mrs Lander, eine Kollegin aus der Schule.« Er reichte Sharnas Mutter den Kaffee und setzte sich unaufgefordert neben sie. »Wenn es nicht allzu ungelegen kommt«, sagte er, »würden wir gern wissen, warum Sharna so oft in der Schule fehlt. Wir machen uns große Sorgen um sie. Sehen Sie, jeder Tag, den sie verpasst, bringt ihr Nachteile für Ihre Abschlussprüfung, und das finde ich sehr bedauerlich, in Anbetracht ihrer Fähigkeiten.«

Mrs Powell beugte sich vor und griff nach ihren Zigaretten. Sie öffnete das Päckchen, nahm sich eine Marlboro heraus und suchte in dem Durcheinander auf dem Tisch nach einem Feuerzeug. »Das ist wegen ihrem Asthma. Wie oft soll ich Ihnen das denn noch sagen?« Nachdem sie das Feuerzeug gefunden hatte, zündete sie die Zigarette an und nahm einem tiefen Zug. Dabei fixierte sie Jonah mit mürrischer, herausfordernder Miene. »Außerdem steht's auch in dem Brief von letzter Woche, wo sie krank war.«

»Es hat also nichts hiermit zu tun?« Er nahm einen kleinen Plastikbeutel mit Drahtstiften vom Beistelltisch und stieß mit dem Zeigefinger in einen Haufen weiterer Drahtstifte, die darauf warteten, eingetütet zu werden. »So eine Akkordarbeit dauert ganz schön lange, stimmt's? Da kann man ein weiteres Paar Hände gut brauchen – erleichtert das Ganze ungemein.«

Mrs Powell schleuderte das Feuerzeug auf den Tisch, dass einige Drahtstifte auf den Teppich flogen. »Was reden Sie denn da? Das mache *ich,* und zwar *allein!*« Sie schob sich die Zigarette zwischen die Lippen, zog wütend daran und blies ihm eine Rauchwolke ins Gesicht. »Kommen hierher mit Ihrem gedrechselten Gerede und werfen mir Gott weiß was vor! Und wieso sind Sie eigentlich nicht in der Schule und tun das, wofür Sie bezahlt werden?« Ihre müden Augen in dem faltigen Gesicht funkelten zornig.

Ihr Verhalten ließ Jonah zwar unberührt, beunruhigte jedoch Sharna, die die ganze Zeit über kein Wort gesagt hatte. Nun trat sie vor. »Mum! Brüll ihn nicht so an, sonst kriege ich nur noch mehr Ärger.«

»Halt die Klappe und überlass das mir.«

»Aber, Mum –«

»Entweder du bist still, oder du fliegst raus.«

»Er versucht doch nur zu helfen. Das ist sein Job.«

Mit bewusst ruhiger und gelassener Stimme – im Gegensatz zu Mrs Powells giftigem Gekreische – sagte Jonah: »Ich glaube, wir haben alles Nötige gesagt, Mrs Powell. Sie sind eine viel beschäftigte Frau, und wir haben kein Recht, Ihre kostbare Zeit weiter zu beanspruchen.« Er stand auf. »Sharna, bist du so nett und bringst uns zur Tür?«

Als sie an der Haustür standen und der Fernseher im Wohnzimmer wieder laut aufgedreht war, sagte Sharna: »Entschuldigen Sie bitte, Mr Liberty. Sie flippt manchmal aus.«

Er sah sie freundlich an. »Schon in Ordnung. Aber, Sharna, du kannst selbst wählen. Wenn du in Zukunft deinen Lebensunterhalt damit verdienen willst, Drahtstifte einzutüten wie deine Mutter« – er legte eine bedeutsame Pause ein – »dann soll es mir recht sein. Aber falls auch nur die geringste Chance besteht, dass du mehr vom Leben willst, würde ich mich sehr freuen, dich morgen früh in der Schule zu sehen. Denk darüber nach. Die Entscheidung liegt bei dir. Und nur bei dir. Deine Pflichtschulzeit hast du fast hinter dir, aber niemand hat das Recht, dich zu einer falschen Entscheidung zu zwingen. Ich nicht, deine Mutter nicht, und auch nicht Mrs Lander.«

Das Mädchen legte einen Finger an ihre Unterlippe, schob ihn zwischen ihre Zähne und kaute nervös darauf herum. »Ich … ich werd's mir überlegen, Sir.«

»Bald, hoffe ich.«

Die Tür schloss sich langsam hinter ihnen, und als sie davonfuhren, sagte Barbara Lander: »Verflixter Kriecher! Also stimmt es, was sie über dich sagen. Du warst so glatt wie ein geölter Aal.«

»Findest du?«

»Und ob! In dem Moment, als diese grässliche Frau auf dich losging, verteidigte dich das Mädchen sofort, genau wie du es dir gedacht hattest. Ich hingegen hätte das Ganze in den Sand gesetzt, indem ich der Mutter mit dem Gesetz gedroht und sie damit alle beide gegen mich aufgebracht hätte. Aber du nicht. Du hast das Mädchen geschickt auf deine Seite gezogen. Und wenn morgen früh im Klassenbuch hinter ihrem Namen kein Haken ist, übernehme ich bis zur Zwischenprüfung deine Pausenaufsicht.«

»Die in zwei Wochen ist – wie überaus großzügig von dir. Aber Spaß beiseite, das Schwierigste wird sein, sie in der Schule zu halten. Sie wird eine Menge Unterstützung brauchen, um sich gegen ihre Mutter durchzusetzen. Und wir wollen ja nicht so hohe Wellen schlagen, dass die schweren Geschütze aufgefahren werden. Das wäre vollkommen kontraproduktiv.«

Jonah bremste, um einen Wagen vor ihm einscheren zu lassen. Er kam aus der Straße, wo Jase wohnte, und Jonah war fast versucht, einen Schlenker zu machen und nachzusehen, wie er vorankam – die elfte Klasse war offiziell vom Unterricht befreit, um für ihre Abschlussprüfungen zu lernen. Die erste Geschichtsklausur war für den kommenden Dienstag angesetzt, und Jonah gab am Montag nach der Schule eine letzte Vorbereitungsstunde. Jase hatte gesagt, er würde kommen, aber ob er es wirklich tat?

Während Barbara seine verstaubte Kassettensammlung durchging, die sie offenbar nicht sehr beeindruckte – sie hörte am liebsten Country and Western –, sagte sie: »Eins würde mich interessieren, Jonah. Wo hast du gelernt, so geschickt mit Tyrannen umzugehen?«

Er lächelte ironisch. »Das kommt daher, dass ich ein Feigling bin. Ich mag keine Auseinandersetzungen. Ich entwaffne aggressive Kämpfer lieber, als mich mit ihnen anzulegen.«

Damit, dass er in Mermaid House aufgewachsen war, hatte es selbstverständlich nichts zu tun.

An dem Abend blieb er noch in der Schule, um ein paar Aufsätze zu korrigieren, doch anstatt danach direkt nach Hause zurückzukehren, fuhr er nach Mermaid House. Er machte sich Sorgen um seinen Vater. Seit die wundersame Miss Costello abgereist war, hatte Gabriel trübsinnige Laune. Nur ein Dummkopf käme auf die Idee, dass sich ihr Einfluss lediglich darauf bezogen hatte, ein vernachlässigtes Haus auf Vordermann zu bringen: Jonah wusste, dass es sehr viel weiter gegangen war. Sie war Gabriel Liberty in einer Weise nahe gekommen, wie es nur wenige Menschen je geschafft hatten. So erstaunlich es war, sie hatte ihn glücklich gemacht.

Doch am meisten beunruhigte Jonah, dass sich der berüchtigte Kampfgeist seines Vaters in Luft aufgelöst hatte. Er hatte Caspar am Telefon davon erzählt, doch sein Bruder hatte nur gesagt: »Nun, das musste früher oder später passieren. Er kann schließlich nicht fauchend und beißend in den Sarg wandern – da würden wir den Deckel ja gar nicht draufkriegen.«

»Verdammt noch mal, Caspar, wie kannst du so reden? Er ist unser Vater.«

»Ja, und ein armseliger alter Mann, der keinen vernünftigen Rat annehmen will und der sich, wie ich hinzufügen möchte, einen hämischen Spaß daraus gemacht hat, mich vor dieser Miss Costello zu blamieren.«

Jonah hatte seinen Bruder von der entsetzlichen Vorstellung erlöst, dass sein Vater angeblich plante, zum dritten Mal zu heiraten. Wie nicht anders zu erwarten, war Caspar vor Wut fast explodiert. »Ich dachte, du wärst erleichtert«, wandte Jonah ein.

»Erleichtert, weil er mich so sehr verachtet, dass er mich vor einer völlig Fremden demütigt? Spinnst du? Und wieso kapierst du nie, worum es wirklich geht?«

In der Hoffnung, sich auf ein weniger gefährliches Gebiet zu begeben, wechselte Jonah das Thema. »Und, was machen die Geschäfte?«

Doch erneut tat sich unter ihm der Boden auf. »Was zum

Henker gehen dich meine Geschäfte an?«, fauchte Caspar. »Seit wann interessierst du dich plötzlich dafür, was ich mache?«

»Hey, ich hab doch nur gefragt.«

»Vergiss es! Von mir aus kannst du dir deine dämliche Höflichkeit sonst wohin –«

Jonah hatte das Gespräch beendet, indem er einfach leise den Hörer auflegte. Wenn sein Bruder so schlechte Laune hatte, war jedes Gespräch zwecklos. Während der folgenden Wochen hatte er nichts mehr von Caspar gehört, was vermutlich bedeutete, dass der finanzielle Druck nachgelassen hatte. Der Verkauf von Mermaid House war nicht mehr erwähnt worden – ihr Vater hatte ihnen klar zu verstehen gegeben, dass er nicht im Traum daran dachte –, doch im Stillen fand Jonah noch immer, dass es die beste Lösung wäre.

Es war noch hell, als er in Mermaid House ankam, und Jonah fand seinen Vater im Waffenraum vor, wo er gerade die Glastür des Schranks abschloss. »Verdammte Krähen«, knurrte er und steckte den Schlüssel in seine Tasche. »Sie sind wieder über die Lämmer hergefallen. Mistviecher. Sollte man allesamt abknallen. Was willst du? Und was riecht hier so komisch?«

»Das hier.« Jonah hielt eine Papiertüte hoch. »Indisches Essen zum Mitnehmen. Ich dachte, du magst vielleicht mal was anderes als dein übliches Festmahl.«

Misstrauisch beäugte Gabriel die Tüte. »So, dachtest du.«

»Es muss kurz im Ofen aufgewärmt werden. Soll ich mich darum kümmern?«

»Nur zu.«

Eine Woche war seit Jonahs letztem Besuch vergangen, und als er die Aluminiumbehälter in den Ofen schob, stellte er erleichtert fest, dass sich sein Vater nach wie vor um Ordnung und Sauberkeit bemühte. Es gab zwar keine weiblichen Extras wie Blumen oder Tischdecken, aber die Küche war noch immer hygienisch einwandfrei. »Hast du schon eine Putzfrau gefunden?«, fragte Jonah und beugte sich hinunter, um zwei Teller aus dem Schrank zu nehmen. Dann zog er die Besteckschublade auf. Er wusste, dass Gabriel im Lokalblatt eine Annonce aufgegeben hatte.

»Nein. Hat sich inzwischen wohl in ganz Derbyshire rumgesprochen, dass ich eine Zumutung bin. Whisky?«

»Ja, danke. Aber nur einen kleinen. Ich tue mir ein bisschen Wasser rein.« Trotz des missbilligenden Blicks seines Vaters ging Jonah mit dem Whiskyglas zur Spüle, ließ das kalte Wasser für einen Moment laufen und fügte einen Fingerbreit dazu. Dabei bemerkte er die Postkarten, die auf dem Fensterbrett aufgereiht waren. Er nahm die jüngste hoch und drehte sie um, um nachzusehen, woher sie kam. »Wie ich sehe, sind die Costellos in Whitby«, sagte er mit dem Rücken zu Gabriel. »Bist du da als Junge nicht mal mit deinem Vater gewesen?«

»Wie lange dauert das denn noch mit dem Essen?«

In der Erkenntnis, dass der Versuch, seinem Vater irgendwelche Informationen über die Vergangenheit zu entlocken, ungefähr so ergiebig war wie der, aus einem Stein Blut herauszupressen, stellte Jonah die Karte zurück. »Etwa fünf Minuten, schätze ich.« Er erhob sein Glas. »Prost.«

Beim Essen bemühte sich Jonah, das Gespräch so gut es ging am Laufen zu halten, doch es war mühsam. Sein Vater war noch schweigsamer und mürrischer als sonst. Nur um irgendetwas zu sagen, erzählte Jonah ihm von Sharna und ihrer Mutter.

»Klingt, als verschwendest du da nur deine Zeit«, sagte Gabriel und stocherte desinteressiert auf seinem Teller herum. »Wenn die Leute keine Hilfe wollen, kannst du sie nicht dazu zwingen.«

Jonah sah von seinem Chicken Korma auf. »Du meinst also, man sollte tatenlos zusehen, wie sie sich ein immer tieferes Loch graben, aus dem sie nie wieder herauskommen?«

Gabriel senkte den Blick. »Das habe ich nicht gesagt.«

»Sondern?«

»Man muss warten, bis die Leute bereit sind, Hilfe anzunehmen. Oder bis sie darum bitten. Wer als selbst ernannter Retter der Schwachen hereinplatzt, ohne auf die Gefühle der anderen Rücksicht zu nehmen, landet vor einer Mauer.«

»Manche Menschen wissen nicht, wie man um Hilfe bittet.«

»Stimmt. Aber vielleicht lernen sie es irgendwann.« Sein Vater schob den Teller von sich.

Diese Wendung des Gesprächs hatte Jonah nicht erwartet. Er

holte tief Luft und fragte: »Dad, über wen reden wir hier eigentlich? Über sozial benachteiligte Jugendliche oder ... oder über dich?«

Sobald die Worte heraus waren, wünschte er, er hätte geschwiegen. Gabriel starrte ihn finster an, die buschigen Augenbrauen zusammengezogen, die Lippen so fest zusammengepresst, dass sie fast nicht mehr zu sehen waren. Oh Gott, den Blick kannte Jonah. Tausendmal hatte er ihn gesehen und die Folgen zu spüren bekommen. Warum hatte er nicht den Mund gehalten?

Doch als sein Vater sprach, war seine Stimme alles andere als fest, ja, kaum wiederzuerkennen. Sie zitterte fast so sehr wie die knorrige Hand, die ungeschickt nach dem Whiskyglas griff. »Ich ... ich dachte, das wäre offensichtlich, Jonah.«

Es war Wahnsinn, das Ganze weiterzutreiben, doch in Erinnerung an Miss Costellos Abschiedsworte – über die Schrotflintentechnik und das Stellen von Forderungen – drängte es Jonah, seinen Vater wenigstens ein einziges Mal dazu zu zwingen, ihm gegenüber ehrlich zu sein. »Meinst du damit, was ich vermute? Dass du meine Hilfe möchtest, aber nicht weißt, wie du darum bitten sollst?«

Die Frage löste ein langes, lastendes Schweigen aus, und sie starrten einander über den Tisch hinweg an. Beide Männer schienen wie erstarrt vor Angst. Dann füllten sich zu Jonahs Entsetzen die Augen seines Vaters mit Tränen.

»Dad?« Unsicher stand Jonah auf. Er konnte mit aufgebrachten, betrunkenen Eltern umgehen, die ihn bedrohten, und mit aggressiven Schülern, die ihm die kalte Schulter zeigten. Das war ein Kinderspiel. Aber dies? Sein Vater, der weinte? Großer Gott, was hatte er getan? Langsam ging er um den Tisch herum, und mit jedem Schritt wuchs seine Furcht und Verwirrung. Sein Vater weinte jetzt hemmungslos. Er war in sich zusammengesunken, hielt das Gesicht in den Händen verborgen, und sein Atem kam in lauten, abgehackten Stößen.

Jonah beugte sich vorsichtig zu ihm hinunter, und zum ersten Mal in seinem Leben legte er seinem Vater zögernd die Hand auf die Schulter, in der Erwartung, dass er ihn wegstoßen, ihn anknurren würde: »Fass mich nicht an!«

Doch Gabriel wehrte sich nicht. Er drehte sich zu ihm, lehnte den Kopf an seine Schulter und ließ den Tränen freien Lauf. Ein Strom von Worten kam aus seinem Mund, die Jonah nicht verstand. Doch das war nicht wichtig. Das Verstehen würde später kommen. Jetzt ging es nur darum, seinen Vater zu trösten.

39

Gabriel schreckte aus dem Schlaf. Da war jemand – *etwas* – in seinem Zimmer! Er schoss hoch. Eine dunkle Gestalt kam auf ihn zu.

»Dad, ist alles in Ordnung?«

»Jonah?«

»Ich habe dir eine Tasse Tee gebracht. Wie fühlst du dich? Hast du halbwegs gut geschlafen?«

Der schmerzliche Adrenalinstoß, der durch seine Adern gerauscht war, ebbte ab, und ein Gefühl der Schwere, ähnlich einem Kater, drückte Gabriel zurück in die Kissen. Mit trockenen, brennenden Augen sah er zu, wie Jonah die Vorhänge aufzog und das Sonnenlicht ins Zimmer flutete. Die Helligkeit ließ ihn blinzeln. »Was machst du hier?«, krächzte er. Seine Kehle fühlte sich an wie sandgestrahlt, und seine Stimme klang ganz anders als sonst. Das alles ergab keinen Sinn, und sein Gehirn zwingend, gegen die Lethargie anzukämpfen, die ihn niederdrückte, fragte sich Gabriel, ob jemand ihm Drogen verpasst hatte. Doch wer sollte so etwas tun?

Jonah kam zu ihm und setzte sich aufs Bett. Auf seinem Gesicht lag ein Ausdruck, der ihn irgendwie anders aussehen ließ. Da war etwas in den Augen, und auch um seinen Mund. Etwas seltsam Vertrautes ... Etwas, das Gabriels Herz ins Stolpern brachte und in ihm unerklärlicherweise den Drang weckte zu weinen. Verwirrung überwältigte ihn, und er fühlte sich so schwach wie ein Baby. Er versuchte zu schlucken, doch sein Mund war so ausgedörrt, dass es nicht ging.

Panik überkam ihn, und voller Angst fragte er sich, ob ihm etwas Schreckliches zugestoßen war, während er geschlafen hatte. Er setzte sich auf, sodass er Auge in Auge mit Jonah war. Mit einem tiefen, bebenden Atemzug ergriff er die Hände seines Sohns. »Jonah? Ist etwas mit mir passiert? Sag mir die Wahrheit. Habe ich einen Schlaganfall gehabt? Ich fühle mich so anders. So seltsam. Gar nicht wie sonst. Verstehst du, was ich meine?«

»Dad, beruhige dich, es ist alles in Ordnung.«

Doch Jonahs besorgte Miene gab ihm nur das Gefühl, belogen zu werden. »Die Wahrheit«, befahl er. »Sag mir, warum ich mich so merkwürdig fühle und warum du hier bist.«

»Erinnerst du dich denn nicht an gestern Abend?«

»Was war gestern Abend?«

»Du warst ... du warst ziemlich durcheinander.«

»Tatsächlich? Warum?«

Jonahs Gesicht wurde noch ernster. »Wir haben zusammen zu Abend gegessen, wir haben uns unterhalten, und ... Dad, weißt du das wirklich nicht mehr?«

Plötzlich blinkte in Gabriels Kopf ein Funken Erinnerung auf. »Du hast etwas Indisches zu essen mitgebracht ... Wir haben uns über jemand namens Charlene unterhalten –«

»Sharna. Sie ist eine meiner Schülerinnen.«

Gabriel wischte den Einwurf beiseite. Sein vernebeltes Hirn hatte begonnen, die Puzzleteile zusammenzusetzen, und er wollte es nicht durch unnötige Einzelheiten aufhalten, zumal er ein neues, beunruhigendes Gefühl in sich aufsteigen spürte. Schließlich tauchte es wie ein Wrack an der Oberfläche auf, und er erkannte es als Scham. Gabriel stöhnte, da er sich dunkel erinnerte, dass ihn etwas dazu gebracht hatte, in der Küche die Kontrolle zu verlieren. Entsetzt schloss er die Augen. Wie war es nur dazu gekommen? Er konzentrierte sich und sah sich über den Tisch gebeugt dasitzen, hörte sich schluchzen. Dann erinnerte er sich, wie sein jüngster Sohn ihn im Arm gehalten und später zu Bett gebracht hatte. Und die ganze Zeit über hatte er geheult wie ein Wahnsinniger. Doch obwohl er entsetzliche Scham empfand und nun auch die Gründe dafür kannte, spürte er eine Nähe zu Jonah, für die er keine Erklärung fand.

Gleichzeitig jedoch wusste er, dass er nie mit ihm darüber sprechen konnte. Er würde niemals die richtigen Worte finden. Außerdem bestand die Gefahr, dass er bei dem Versuch erneut die Kontrolle verlor.

Gabriel riss die Augen auf und sagte mit bemüht fester Stimme: »Ich glaube, es wäre das Beste, wenn keiner von uns je wieder über gestern Abend spricht.« Er sah, wie Jonah zögerte. Die Reste seiner Würde lagen in den Händen seines Sohns, und Gabriel hoffte inbrünstig, dass er seiner Bitte folgte. Tu mir diesen kleinen Gefallen, Jonah, drängte er im Stillen.

»Willst du das wirklich?«, fragte Jonah.

»Ja.«

»Aber …«

»Aber was?«

»Meinst du nicht, wir sollten darüber reden, was passiert ist?«

»Nein, meine ich nicht!«

»Schon gut«, sagte Jonah besänftigend. »Wenn du es so willst, soll es mir recht sein.«

Erleichtert sank Gabriel abermals zurück in die weichen Kissen. Er war in Sicherheit. Die Erleichterung war ebenso mächtig wie der Adrenalinstoß zuvor. Jonah reichte ihm den Tee, und als sich ihre Blicke trafen und sein Sohn lächelte, kamen Gabriel plötzlich Zweifel, ob er wirklich in Sicherheit war. Er kannte dieses Lächeln so gut, hatte es geliebt … Eine heiße Welle der Panik überflutete ihn, das Herz pochte dröhnend in seiner Brust, und seine Hände zitterten so sehr, dass er den Becher auf dem Nachttisch abstellen musste. Er wollte etwas sagen, brachte jedoch kein Wort heraus. Überwältigt von dem Verlangen, erneut an der Schulter seines Sohns zu weinen, raffte er seine ganze Kraft zusammen, schwang sich aus dem Bett und stürzte blindlings aus dem Raum.

Taumelnd vor Schwindelgefühlen und voller Angst, dass er sich übergeben musste, schloss er sich im Bad ein und setzte sich auf den Rand der Wanne. Er presste die zu Fäusten geballten Hände vor die Augen und weinte so leise er konnte. Gott im Himmel, warum hatte er fast fünfunddreißig Jahre gebraucht, um zu erkennen, wie sehr Jonah seiner Mutter ähnelte?

40

Die Maisonne hatte die Holzbank aufgewärmt, auf der Archie saß, und das half ihm ein wenig, sich zu entspannen. Er war kein schreckhafter Mensch, aber an diesem Tag lagen seine Nerven blank. Dabei war es verrückt: Schließlich traf er sich nur mit Stella, Herrgott noch mal – der Frau, die er schon sein halbes Leben lang kannte!

Aber vielleicht hatte er sie auch nie wirklich gekannt. Wenn doch, säße er jetzt nicht hier in den Pavilion Gardens von Buxton und wartete auf sie, damit sie auf zivilisierte und freundschaftliche Weise über ihre Scheidung sprechen konnten.

Es hatte sich richtig angefühlt, als er Stella vor einiger Zeit geschrieben hatte, und es war auch in Ordnung gewesen, als sie ihm letzte Woche eine hastige Nachricht schickte, dass sie an dem Tag doch nicht könne und ob ihm der Dienstag danach recht sei. Er hatte ihr zurückgeschrieben, es sei kein Problem.

Aber jetzt war es doch ein Problem. Was würden sie einander sagen? Würden sie sich streiten und sich eine unschöne Szene liefern, die den Anwälten in die Hände spielte?

Die Sonne und die Anspannung brachten ihn ins Schwitzen. Archie knöpfte die Manschetten auf und krempelte die Ärmel hoch. Er war zehn Minuten zu früh und beobachtete, wie die Menschen um ihn herum es sich gut gehen ließen. Auf dem Rasen wurden Picknickdecken ausgebreitet, umringt von Kühltaschen, Socken und Schuhen, und Kleinkinder mit eiskremverschmierten Mündern tobten kreischend und lachend herum, während ihre Mütter sich unterhielten. Hinter den üppigen

Bäumen, unten am Teich, wo die Enten mit Brocken von getrocknetem Brot gefüttert wurden, ratterte die Modelleisenbahn pfeifend über ihre Schmalspurgleise. Im Schatten einer Eiche küsste sich ein junges Paar, hingebungsvoll und weltvergessen.

Archie seufzte. Ach, was war das nur für eine Welt – mal so schön und voller fantastischer Möglichkeiten, und dann wieder restlos verwirrend und beladen mit Schwierigkeiten.

»Archie?«

Er zuckte zusammen. »Stella!« Er stand auf. War sie es wirklich? Die Überraschung musste ihm ins Gesicht geschrieben stehen.

Verlegen betastete sie ihr kurz geschnittenes, nach hinten geföhntes Haar. »Ich muss mich auch erst noch daran gewöhnen«, sagte sie.

Doch die drastische Veränderung ihrer Frisur und Haarfarbe – von Mausgrau zu einem harten Teakbraun – war nicht das Einzige. Sie hatte abgenommen, mindestens sechs oder sieben Kilo. Und seit wann hatte sie so lange Nägel? Es mussten falsche sein, es war ihr nie gelungen, sie wachsen zu lassen. Sie hatte sich immer beklagt, sie seien so brüchig. Auch ihr Schmuck war neu, und sie trug zu viel davon, fand er. Vielleicht waren es Geschenke von dem neuen Mann in ihrem Leben. Unter dem seidigen Überhemd trug sie ein tief ausgeschnittenes Top, und auf ihrem Dekolleté lag ein in der Sonne funkelnder Bernsteinanhänger, den Archie nicht kannte. Die Farbe ihres Lippenstifts war auch neu. Dunkler. Zu rot. Dadurch bekamen ihre Zähne einen Gelbstich. »Du siehst großartig aus«, sagte er.

»Du auch.«

Sie setzten sich, und Archie war überrascht, wie leicht ihr die Lüge über die Lippen kam. Er wusste, dass er alles andere als großartig aussah. Noch an diesem Morgen beim Rasieren waren ihm die ungesunde Blässe seiner Haut und die Falten und Schatten um seine Augen aufgefallen.

»Was macht der Laden?«

Aus Stolz hätte er am liebsten geprahlt, das Geschäft liefe hervorragend, seit sie weg sei, fließe das Geld nur so herein, und er verbringe jeden Abend damit, seine Einnahmen zu zählen und sich zu überlegen, wie er sie ausgeben könne – eine Yacht vielleicht, oder ein zweites Haus. Sofern er überhaupt dazu kam, bei den zahllosen Frauen, die ihn umschwirrten! Oh ja, all die atemberaubenden jungen Frauen, die er gehabt hatte, seit er wieder Single war! Sie rannten ihm förmlich die Tür ein. »Ach, alles wie immer«, sagte er jedoch nur, da dies sicher die Antwort war, die sein vorsichtiger Anwalt von ihm erwartete – »Wenn es so klingt, als ob Ihr Laden floriert, Mr Merryman, wird sie auch davon etwas haben wollen!« »Mal läuft's besser, mal schlechter«, fügte er noch hinzu, um seinen inneren Anwalt zu beruhigen.

»Und wie geht es deiner Mutter?«

»Etwas besser.« Was ganz bestimmt nicht dir zu verdanken ist, hätte er in einem untypischen Anfall von Bosheit am liebsten gesagt. Ach, das hatte doch alles keinen Zweck! Wenn er so weitermachte, würden sie nie etwas erreichen. Was passiert war, war passiert. Verbitterung würde keinem von ihnen weiterhelfen. »Möchtest du ein Eis?«, fragte er, da sein Blick auf ein kleines Kind fiel, das sich in seinem Buggy vorbeugte und vergeblich versuchte, nach dem Eishörnchen seiner Mutter zu greifen.

»Nein, lieber nicht«, sagte sie, strich eine Falte in ihrem Rock glatt und schlug die Beine übereinander, sodass ihre wohlgeformte Wade zur Geltung kam. »Ich bin auf Diät.« Aus ihrem Mund klang es, als sei das »in«, als wäre es im weltgewandten Macclesfield der letzte Schrei.

»Oh. Ganz bestimmt nicht? Nicht einmal ein kleines?«

Stella schüttelte den Kopf. Kein Haar bewegte sich, wie ihm auffiel. »Aber lass dich von mir nicht aufhalten.«

Wie ein Kind nahm er ihre Worte als Herausforderung und marschierte zum nächsten Eisstand. Nachdem er sein Cornetto Erdbeer bekommen hatte, schlenderte er etwas gemächlicher zurück. Komm schon, redete er sich zu, hör auf, den armen, sitzen gelassenen Ehemann zu spielen und entspann dich, sonst ist dieses Treffen pure Zeitverschwendung.

»Was wolltest du denn nun mit mir besprechen?«, fragte sie, als er sich wieder neben sie auf die Bank setzte. Er sah, wie sie zwei goldene Armreifen beiseite schob, um einen Blick auf die Uhr zu werfen. Hätte sie das nicht tun können, während er das

Eis holte? Und wie schaffte sie es, so ungerührt zu sein? Er selbst schwitzte förmlich Blut und Wasser.

Archie befeuchtete seine Lippen und legte mit dem los, was ihm auf dem Herzen lag. »Es fällt mir nicht leicht, Stella, aber ich wollte dir nur sagen, dass ... dass es mir Leid tut.«

Sie sah ihn verständnislos an. »Was tut dir Leid?«

»Dass ich nicht der Ehemann war, den du brauchtest. Ich habe dich enttäuscht, und diese ... diese schreckliche Fremdheit zwischen uns ... Oh, Stella, diese Kälte zwischen uns ist so verdammt schwer zu ertragen, vor allem, weil wir doch mal so glücklich waren!«

Sie starrte ihn noch immer so merkwürdig an, dass er sich fragte, ob er sich unverständlich ausgedrückt hatte. Er öffnete den Mund, um einen neuen Anlauf zu nehmen.

»Ich verstehe nicht«, sagte sie eisig. »Ist das ein hinterhältiger Trick von dir, um mir Schuldgefühle einzuimpfen?«

»Hä?«

»Ich weiß, was los ist, Archie, du klammerst dich an die Vergangenheit. Du versuchst –«

»Das tue ich nicht!«, platzte er heraus. »Ich habe nur versucht dir zu sagen, dass ich dich verstehe. Oder dass ich zumindest glaube, dich zu verstehen. Im Laufe der Jahre haben wir uns beide verändert, ohne dass wir es bemerkten, und –«

Ein helles, jauchzendes Lachen lenkte ihn ab. Er wandte sich um und sah ein kleines Kind, das zappelnd auf dem Rücken lag, während seine Mutter es am Bauch kitzelte. »Wenn wir Kinder gehabt hätten, wäre vielleicht alles anders verlaufen«, sagte er leise.

»Es hat nichts damit zu tun, dass wir keine Kinder haben konnten«, entgegnete sie bestimmt. »Und nicht einmal damit, dass du mir deine Mutter aufgezwungen hast.«

Das tat weh. Er versuchte, etwas zu erwidern, doch seine Stimme versagte.

»Ich komme nicht zurück, Archie. Ich dachte, das hätte ich deutlich genug gesagt. Ich habe ein neues Leben begonnen. Eins, das mich glücklich macht. Glücklicher, als ich seit langem gewesen bin. Ich bin nur gekommen, um sicherzustellen, dass du das begreifst.«

Ihre Härte verletzte ihn, und er spürte, wie er innerlich zusammenschrumpfte. Geschmolzenes Eis tropfte ihm auf den Daumen. »Stella, ich habe dich um das Treffen gebeten, weil ich versuchen wollte, die Situation zwischen uns ein wenig zu entspannen. Um unsere Scheidung etwas weniger schmerzlich zu machen. Ich dachte, es würde uns die Möglichkeit geben, mit einer positiveren Einstellung auseinander zu gehen.«

»Das glaube ich dir nicht. Du hast mich hierher bestellt, um mich mit deiner Vergebungstour zu piesacken und mir Schuldgefühle einzuflößen. Du wolltest schon immer der Gute sein – der selbstgerechte Archie Merryman. Nun, jetzt hast du ja bekommen, was du wolltest. Ich bin die Böse, weil ich dich verlassen habe, und du bist das arme Opfer, das jeder bemitleidet.« Ihre Stimme war beladen mit angestautem Zorn, und sie stieß die Worte aus, als habe sie sie extra für diesen Moment aufbewahrt. Unvermittelt sprang sie auf. »Das ist doch alles zwecklos! Ich wusste, dass es ein Fehler war. Und sieh nur!« Vorwurfsvoll zeigte sie auf seine linke Hand. »Du trägst noch immer unseren Ehering. Du hast überhaupt nichts begriffen.« Ohne ein weiteres Wort machte sie auf dem Absatz kehrt und stürmte davon.

Archie war wie betäubt. Verdattert sah er ihr nach, wie sie mit schwingenden Armen Richtung Oper marschierte und ihr ungewohnt frisierter Kopf zwischen den schlendernden Touristen auf und ab hüpfte. Nur ein einziges Mal machte sie einen kleinen Schlenker, um einem Mann mit einem Kinderwagen auszuweichen. Dann war sie verschwunden.

Wenn dein neues Leben dich so glücklich macht, dachte Archie bei sich, wieso wirkst du dann so verbittert?

Er fuhr verwirrter nach Deaconsbridge zurück, als er losgefahren war. Was hatte sie damit gemeint, dass er immer der Gute sein wollte? Natürlich wollte er, dass die Leute ihn mochten. Wer tat das nicht? Es war doch nur menschlich, mit anderen auskommen zu wollen. Und er glaubte fest daran, dass in jedem etwas Gutes steckte. Zum Beispiel dieser Mr Liberty. Der war nun wirklich alles andere als umgänglich, aber Clara Costello hatte seine Theorie wunderbar bewiesen, denn sie hatte unter der Schale aus mürrischer Grobheit offenbar etwas entdeckt, nach dem zu graben sich lohnte – warum hätte sie sich sonst so um ihn bemüht?

Als er zu Hause ankam und den Wagen abschloss, war sein Selbstmitleid zu seiner Überraschung verschwunden. Stattdessen verspürte er Mitleid mit Stella. Ihre Verbitterung schien so viel größer zu sein als seine!

Als er durch die Hintertür in die Küche trat, sah er, dass seine Mutter es geschafft hatte, ein paar Kartoffeln für das Abendessen zu schälen – ein gutes Zeichen. Er ging weiter zum Wohnzimmer, aus dem die Titelmelodie von *Coronation Street* erklang.

»Hallo, Mum«, sagte er, bemüht, fröhlich und sorglos zu klingen. Er hatte ihr gesagt, was er vorhatte, dass er versuchen wollte, die Dinge zwischen sich und Stella ein wenig zu glätten, und er wollte Bessie das Gefühl geben, die Sache sei gut gelaufen und er habe jetzt alles im Griff. Er bückte sich, um die Zeitung aufzuheben, die neben ihrem Sessel zu Boden geglitten war, und hielt sie ihr hin. Erst als sie sich nicht rührte, um sie ihm abzunehmen, bemerkte er, dass sie einen weiteren Schlaganfall gehabt hatte.

Die Ärztin sagte, er brauche nicht dazubleiben. »Gehen Sie lieber nach Hause und schlafen Sie sich aus«, riet sie ihm.

Doch Archie schüttelte den Kopf. »Ich würde sowieso kein Auge zubekommen.«

Die Ärztin, eine Frau Anfang vierzig mit einem freundlichen, verständnisvollen Lächeln, nickte. »Ich dachte mir schon, dass Sie das sagen würden. Aber versuchen Sie wenigstens, ein bisschen Schlaf abzubekommen. Wir wollen schließlich nicht, dass Sie uns zusammenklappen. Sie sehen zu nett aus, als dass wir auf jemanden wie Sie verzichten könnten.«

Hinter dem zugezogenen Vorhang, der sie von den übrigen Kranken abschirmte, setzte sich Archie zu seiner schlafenden Mutter. Nur war es kein normaler Schlaf. Sie war jetzt in einer Welt, wo er sie nicht erreichen konnte.

Dr. Singh hatte ihn gewarnt, dass ein weiterer Schlaganfall folgen konnte und dass er vermutlich innerhalb eines Jahres nach dem ersten eintreten würde, aber dennoch war Archie nicht darauf gefasst gewesen. »Suchen Sie nicht nach Warnzeichen und Symptomen«, hatte Dr. Singh gesagt. »Das macht Sie nur verrückt, und das wiederum macht Bessie unruhig.«

Archie legte seine Hand auf die seiner Mutter und hoffte, dass sie seine Berührung spüren konnte. Er klammerte sich an den Glauben, sie wisse, dass er da war und sie nicht allein da durchmusste. Mit dem abgewandten Kopf sah sie genauso aus wie immer, wenn sie schlief. Doch die andere Seite ihres Gesichts verriet die Wahrheit. Ihr Mundwinkel stand offen, als warte sie darauf, dass jemand ihr eine Pfeife oder Zigarre hineinschob. Und ihr Augenlid sah aus, als habe jemand einen Faden daran gebunden und es Richtung Wange gezogen. Der Anblick brach ihm das Herz.

Die Hand noch immer auf ihrer, lehnte er sich im Stuhl zurück, neigte den Kopf und schloss die Augen. Er lauschte auf die Geräusche jenseits des Vorhangs. Jemand hustete – ein trockener Reizhusten –, eine andere Patientin murmelte etwas im Schlaf, und draußen im Gang erklangen verschiedene Stimmen. Ein Telefon klingelte, und Schritte eilten quietschend über den gebohnerten Boden.

Dieses letzte Geräusch weckte in Archie eine angenehme Erinnerung an seinen ersten Besuch in Mermaid House und Clara Costellos selbstsichere Schritte, als sie ihn durch die eindrucksvolle Halle zum Wohnzimmer führte.

Während der Schlaf ihn übermannte, fragte er sich, wo sie jetzt wohl sein mochte. Was gäbe er darum, seine Sorgen in Kisten zu packen und einfach wegzufahren!

41

In dieser Nacht träumte Clara, dass sie lief. Ihre Beine trugen sie mühelos durch Felder mit hohem, trockenem, schwankendem Gras. Sie war barfuß, ein warmer Wind wehte ihr durchs Haar – das nicht kurz war wie jetzt, sondern ihren Nacken sanft umspielte –, und in ihren Armen trug sie Ned. Er war leicht wie eine Feder, und sie flogen beinahe dahin. In der Ferne befand sich ein Hügel, und Ned bat sie, ihn bis zur Spitze zu tragen. Ihr Lachen erklang wie Vogelgezwitscher, während sie sicheren Fußes die steile Steigung hinauflief. Je höher sie kam, desto leichter und freier fühlte sie sich. Von oben, wo die Sonne heller und der Wind stärker waren, blickten sie hinunter auf eine kleine Stadt. Es war Deaconsbridge. Sie konnten die Kirche sehen, den geschäftigen Marktplatz, Archies Laden und das Mermaid Café. Ein Stück außerhalb der Stadt, auf der Spitze eines anderen Hügels, war ein Mann, ganz allein, und winkte ihnen zu. Ned, der neben ihr stand, klatschte in die Hände. »Mami, da ist ein Mann, der uns zuwinkt. Ist es Mr Liberty? Will er uns besuchen?« Sie schirmte die Augen gegen das Sonnenlicht ab und sah hinüber. Dann ergriff sie Neds Hand und begann wieder zu laufen, den Hügel hinunter, dass ihre Füße kaum den Boden berührten. »Das ist nicht Mr Liberty!«, rief sie, und der Wind riss ihr die Worte aus dem Mund, »das ist dein Vater.«

Schlagartig wachte sie auf. Ihr Herz raste. Dies war schon das zweite Mal innerhalb kurzer Zeit, dass sie von Todd geträumt hatte.

Hast du TMA nicht bei deinem Austauschjahr in Wilmington kennen gelernt?

Wie unschuldsvoll Guy die Worte getippt hatte, ohne die geringste Ahnung, welche Wirkung sie auf sie haben würden. Und wie schwer es ihr gefallen war, ihm beiläufig zurückzumailen: *Stimmt, ich bin ihm ein paar Mal begegnet, und ja, es ist bestimmt besser, wenn du die Frauen am Fließband nicht in seine Nähe lässt!*

Wie dumm sie gewesen war! Sie hätte von selbst darauf kommen können, dass die Begutachtung der Firmenanlage und die Durchführung des Verkaufs ihm anvertraut werden würden. Schließlich gehörte das zu seinem Aufgabenbereich. Sie fragte sich, ob er sich davor fürchtete, ihr zu begegnen.

Wahrscheinlich nicht. Er wusste ja nicht, dass ihre kurze Affäre Ned hervorgebracht hatte.

Seit sie aus Wilmington zurückgekehrt war, hatte sie seinen Aufstieg innerhalb des Unternehmens anhand von Geschäftsberichten und moralfördernden Hauszeitschriften verfolgt. Außerdem hatte sie diskret jeden transatlantischen Klatschfetzen aufgesogen, der durch die Firma waberte. Doch als sie im vergangenen Jahr unerwartet in der *Financial Times* über ihn las, hatte sie das ein wenig aus dem Gleichgewicht gebracht. Der Artikel berichtete von der Umsatzsteigerung bei Phoenix, nachdem die amerikanische Drogenaufsichtsbehörde für das neu entwickelte Antidepressivum grünes Licht gegeben hatte. Doch das Einzige, was sie interessierte, war das Foto, auf dem der Finanzchef der Firma abgebildet war. Es handelte sich offensichtlich um eine aktuelle Aufnahme, da er eine Brille trug, was er damals noch nicht getan hatte. Beim Betrachten des Bildes waren ihr zwei Gedanken durch den Kopf geschossen. Erstens: die randlose Brille stand Todd. Und zweitens: sie musste Neds Sehfähigkeit prüfen lassen, wenn er älter wurde.

Clara zog die Decke zurecht und drehte sich auf die Seite. Es würde mit Sicherheit noch eine Weile dauern, bis sie wieder einschlief. Sie wünschte, es gäbe jemanden, dem sie sich anvertrauen konnte. Über vier Jahre hatte sie die ganze Geschichte für sich behalten und sich eingeredet, dass sie Todd nie wieder begegnen würde. Es war wohl typisch für ihren Kontrolltick, dass sie überzeugt gewesen war, alles würde so laufen, wie sie es wollte.

Doch nun, da sie wusste, dass Todd bald nach England kommen würde, fragte eine Stimme in ihr, ob es richtig gewesen war, ihm Neds Existenz zu verschweigen.

Obwohl sie nur die besten Absichten gehabt hatte. Sie hatte die Beziehung zu seiner Frau und den beiden Töchtern nicht gefährden wollen, die sich gerade neu entwickelte. Aber wäre es nicht fairer gewesen, ihm die Tatsachen mitzuteilen und ihm die Möglichkeit zur Entscheidung zu geben? Und würde er, wenn er die Sache mit Ned herausbekam, wütend sein, weil sie ihm das Recht verweigert hatte, seinen Sohn kennen zu lernen?

Das machte ihr die größten Sorgen.

Dennoch war ein Teil von ihr überzeugt, es sei besser, Todd auch weiterhin nichts zu sagen – was er nicht kannte, vermisste er auch nicht. Doch was, wenn er entdeckte, dass Clara Costello ihren Job an den Nagel gehängt hatte, um mehr Zeit mit ihrem Sohn zu verbringen? Sie konnte sich das Gespräch schon genau vorstellen. »Sie hat einen Sohn? Wann hat sie geheiratet?« Peinliche Stille. »Oh, sie ist nicht verheiratet? Wie alt ist denn das Kind?«

Würde er, wenn er zwei und zwei zusammengezählt hatte, herausfinden, mit welchen Kollegen sie am engsten befreundet gewesen war, und über sie ihre Spur aufnehmen?

Hier kam erneut die Frage ins Spiel, ob sie sich jemandem anvertrauen sollte oder nicht. Sollte sie ihren Freunden die Wahrheit sagen, damit Guy und David auf der Hut waren und gegebenenfalls logen, was Neds Alter betraf?

Doch es war nicht fair, die beiden mit einem solchen Geheimnis zu belasten.

Nein. Ihre einzige Hoffnung bestand darin, weiterzumachen wie bisher und zu beten, dass Todd nicht nach ihr fragte. Schließlich hatte er es bisher ja auch nicht getan, oder?

Doch am nächsten Morgen war Clara versucht, Louise anzurufen. Sie hatte das Gefühl, verrückt zu werden, wenn sie sich nicht jemandem anvertraute. Das Bedürfnis, gesagt zu bekommen, dass sie das Richtige getan hatte, dass niemand ihr etwas vorwerfen konnte, war so stark, dass sie an nichts anderes denken konnte.

Ironischerweise war es Ned, der dafür sorgte, dass sie standhaft blieb. Solange er bei ihr war, hatte sie keine Gelegenheit, ein solches Telefongespräch zu führen. Nach dem Frühstück und einer ausgedehnten, übermütigen Abwaschsitzung verließen sie den Campingplatz in Pateley Bridge, der während der letzten drei Tage, als sie sich Ripon, Harrogate und Skipton angesehen hatten, ihr Zuhause gewesen war, und machten sich auf den Weg nach Haworth. Dies war in erster Linie Claras Wahl gewesen – sie hatte schon immer mal sehen wollen, wo die Brontë-Schwestern gelebt hatten –, doch es gab dort auch jede Menge Dinge, die für Ned interessant waren, zum Beispiel eine Fahrt mit einer alten Dampflok der Keighley and Worth Valley Railway und ein Besuch im Eureka!, dem Museum für Kinder in Halifax. Vielleicht würden sie sogar nach Leeds fahren, um sich das Arsenal anzusehen. Schließlich sollte bei ihrer Reise neben der Unterhaltung auch die Bildung nicht zu kurz kommen.

Clara hatte befürchtet, dass Ned es leid werden könnte, ständig durch die Gegend zu fahren, aber bisher hatten sie noch keine Langeweile erlebt. Der Trick bestand offenbar darin, eine große Auswahl an Orten parat zu haben, die man besichtigen konnte, dazwischen aber auch immer wieder Faulenzertage einzulegen, damit sie sich ausruhen und ein wenig zu Atem kommen konnten. Das taten sie, wenn sie einen gut ausgestatteten Campingplatz erwischten, der über ein Schwimmbad (vorzugsweise drinnen), einen Spielplatz, einen Trimm-dich-Pfad oder einen Minigolfplatz verfügte. Ein Platz in Northumberland, nicht weit von Bamburgh Castle und Holy Island, hatte sogar eine eigene Kegelbahn gehabt, und sie hatten einen überaus heiteren Nachmittag mit dem Versuch verbracht, sich die Kanonenkugeln, wie Ned sie nannte, nicht auf die Zehen fallen zu lassen.

Kurz nach zwölf erreichten sie den Campingplatz von Haworth. Sie meldeten sich an und schlossen Winnie an die Stromversorgung an. Da sie sich bereits mit Lebensmitteln eingedeckt hatten, frischer Milch, einem Laib Vollkornbrot, Edamer für Ned, Stilton für sie und einer Tüte voller Leckereien – Schokostäbchen, Chips und eine Tafel Trauben-Nuss-Schokolade –, beschlossen sie, zu Mittag zu essen. Es war warm genug, um draußen zu sitzen, und während sie aßen, schaute Ned zu einer Familie hinüber, die ein paar Stellplätze weiter zeltete. Zwei kleine Mädchen lachten über ihren Vater, der mit einem Gummihammer in der Hand wie ein Gorilla herumtanzte. Ihre Mutter sah amüsiert zu, während sie das Gras von einer großen Plastikplane abstreifte.

Clara beobachtete Ned genau. Was ging wohl in seinem Kopf vor, während er diese klassische Familienkonstellation betrachtete? Hatte er manchmal das Gefühl, dass ihm etwas entging?

Natürlich hatte Ned schon früh in seinem jungen Leben gefragt, wo sein Vater war. Die Kinder, mit denen er in der Tagesstätte zusammenkam, hatten alle einen, wenn nicht sogar zwei – es gab eine Menge Stiefväter. Clara hatte sich vor dieser Frage gefürchtet, war jedoch überzeugt gewesen, dass ihr schon etwas einfallen würde, wenn es so weit war. Von dem Moment an, als Ned anfing zu sprechen, hatte ihre Mutter sie gedrängt, ihm eine vernünftige Erklärung zu geben, da es ihrer Ansicht nach nicht fair war, Ned zu belügen. Außerdem machte sie sich Sorgen, Ned könne *ihr* die große Frage stellen, und wollte wissen, was sie ihm sagen sollte.

Für den Bruchteil einer Sekunde war es Clara in den Sinn gekommen, ihm zu sagen, sein Vater sei tot, aber die Folgen einer solchen Lüge wären zu schrecklich gewesen, um sie auch nur in Erwägung zu ziehen. Dasselbe galt für die Antwort, sie wisse nicht, wer sein Vater sei. Letzten Endes hatte sie ihm die Wahrheit gesagt, oder zumindest etwas, das ihr ziemlich nahe kam. Sie hatte ihm erklärt, Erwachsene müssten manchmal schwierige Entscheidungen treffen, und die schwierigste, die sie je habe treffen müssen, sei gewesen, ihn allein großzuziehen, weil sein Vater sehr weit weg lebte und ihm kein richtiger Vater sein konnte. Sie hatte darauf gewartet, dass er nachbohrte, doch es kamen keine weiteren Fragen. Er schien zufrieden mit dem, was er hatte, und wieder einmal schob sie seine Zufriedenheit darauf, dass er wunderbare Großeltern besaß und eine Menge anderer Leute, die ihn ins Herz geschlossen hatten. Allerdings war ihr klar, dass sie nicht mehr lange so leicht davonkommen würde. Je älter er wurde, desto mehr Fragen würde er stellen und desto ehrlicher würde sie ihm gegenüber sein müssen. Das war ihre Pflicht als Mutter. Und sein Recht als Sohn.

Haworth war wunderschön. Dank der verlassenen, unberührten Moore, die es umgaben, war es leicht, die düstere Atmosphäre der Melancholie nachzuvollziehen, die in Emily Brontës Roman *Sturmhöhe* geschildert wurde. Windzerzauste Moore, verlorene Hoffnung, Vernachlässigung und Verfall – es war alles da. Es war eine Pilgerstätte für jeden, der einmal ein gebrochenes Herz gehabt hatte. Der lange Spaziergang nach Top Withens, den Ruinen des Hauses, das Emily angeblich zu *Sturmhöhe* inspiriert hatte, war fast zu viel für Ned, und Clara musste ihn ein kurzes Stück tragen, doch hinterher belohnten sie sich mit einem Besuch in einem hübschen Café an der steilen Hauptstraße von Haworth. Gestärkt von kräftigem Tee, für Ned mit reichlich Milch versetzt, und frischen Scones mit selbst gemachter Himbeermarmelade und dicker, fast butterartiger Sahne, schlossen sie sich einer Führung durch das Pfarrhaus an, in dem die Familie Brontë gelebt hatte. Dann trödelten sie über den dicht bewachsenen Friedhof, wo sie spontan eine Runde Verstecken spielten. Ned war leicht zu finden: Hinter dem moosbesetzten Grabstein, hinter dem er kichernd hockte, lugte stets ein Fuß oder ein Ellbogen hervor. Sie schlenderten gemütlich durch die Souvenirläden und entdeckten ein paar schöne handgefertigte Spielsachen aus Holz. Ned suchte sich einen lustigen kleinen Akrobaten aus, der seinen bunt bemalten Körper schwingen ließ, wenn man die Seiten des Spielzeugs zusammendrückte, und sie vergrößerten ihre Postkartensammlung, wie sie es in jedem Ort taten, den sie besuchten. Außerdem kaufte sich Clara eine Ausgabe von *Sturmhöhe*. Es war Jahre her, seit sie das Buch gelesen hatte, und abgesehen davon, dass es eine perfekte Erinnerung an den Tag war, würde die Lektüre ihr nach so langer Zeit bestimmt Freude machen.

Ned war an dem Abend so erschöpft, dass er früh zu Bett

ging, und während er schlief, begann Clara zu lesen. Nachdem sie das erste Kapitel beendet hatte, legte sie das Buch zur Seite und fischte das Stickset heraus, das sie in Glasgow erstanden hatte. Sie hatte das Sticken noch nie ausprobiert, da sie darin immer eine öde Beschäftigungstherapie für Leute gesehen hatte, die nichts mit sich anzufangen wussten, doch wie sie feststellte, war die gleichförmige Bewegung der Nadel erstaunlich entspannend. Und es machte süchtig: Die stetige Produktion von Reihen säuberlicher Stiche hatte durchaus etwas Reizvolles. Clara betrachtete das, was sie bisher geschafft hatte, und überlegte, welchen Abschnitt des kniffligen Bildes sie sich als Nächstes vornehmen sollte. Schließlich entschied sie sich für die rechte untere Ecke, wo eine matt schimmernde Pflaume aus der Schale mit Früchten gerollt war, die den größten Teil des Bildes einnahm. Sie wählte einen Faden aus, zog ihn auf die Nadel, und während sie den ersten Stich machte, ging ihr durch den Kopf, wie ähnlich sie der Pflaume war: Auch sie war aus der zentralen Schale ihres Lebens gerollt – ihrer Karriere.

Die Entscheidung war ihr nicht leicht gefallen, aber sie musste lächeln, wenn sie daran dachte, wie dramatisch ihr Leben sich verändert hatte. Jetzt saß sie in einem gebrauchten Wohnmobil, umgeben von atemberaubender Landschaft, und verbrachte den Abend mit Sticken, während ihr Sohn schlief. Noch nie hatte sie sich so energiegeladen gefühlt. Die Nähe, die sich zwischen ihr und Ned entwickelt hatte, war unglaublich bereichernd. Doch wer war diese verjüngte Clara Costello, die ihr altes Leben so fröhlich abgestreift hatte? Und wo sah sie sich in den kommenden Monaten, wenn Ned seine sechzehn Jahre harter Schulausbildung beginnen würde? Wollte sie wirklich in das Hamsterrad zurückkehren, das sie hinter sich gelassen hatte, und wieder zu der ausgelaugten Frau werden, in die sie sich sträflicherweise verwandelt hatte? Oder gab es etwas, das sie lieber tun würde?

Sie zog den Faden neu auf. Was wollte sie *überhaupt* tun?

Sie war ziemlich sicher, dass sie ihre Karriere mehr oder weniger dort wieder aufnehmen konnte, wo sie sie unterbrochen hatte, vielleicht nicht bei Phoenix, aber es gab ja noch jede Menge andere pharmazeutische Firmen. Die eigentliche Frage war jedoch: Wollte sie da weitermachen, wo sie aufgehört hatte? Vielleicht war es an der Zeit, eine andere Richtung einzuschlagen und etwas Neues zu tun.

Noch vor nicht allzu langer Zeit wäre sie verärgert und frustriert gewesen, dass sie darauf keine Antwort wusste, doch nun genoss sie es, jeden Tag zu nehmen, wie er kam. Es genügte ihr, dass sie mit dem zufrieden war, was sie jetzt hatte. Und da sie nie verschwenderisch gewesen war, hatte sie genügend zurückgelegt, um sich und Ned eine Weile über Wasser zu halten. Anfang des neuen Jahres würde sie sich wieder einen vernünftig bezahlten Job suchen müssen, aber das war noch Monate hin. Jetzt war erst Mai, und sie hatten noch den ganzen herrlichen Sommer vor sich. Drei wunderbare Monate des In-den-Tag-Hineinlebens. Was war sie für ein Glückspilz!

Erst als sie im Bett lag und gerade das Licht ausgeknipst hatte, wanderten ihre Gedanken dorthin zurück, wo sie morgens gewesen waren.

Todd.

Schlagartig kehrte ihre Unruhe zurück. Die Nacht war warm. Clara hatte mehrere Fenster geöffnet, und so warf sie sich fast eine Stunde lang hin und her und lauschte auf die Geräusche ihrer Nachbarn – Hundegebell, eine zuschlagende Autotür, ein pfeifender Wasserkessel. Es dauerte nicht lange, da verwandelte sich ihre Sorge in einen bohrenden Kopfschmerz, und da sie wusste, dass sie nie vernünftig schlafen würde, wenn sie nicht etwas einnahm, stand sie auf und öffnete das Schrankfach über dem Herd. Da es so hoch war, dass Ned nicht heranreichte, bewahrte sie dort den Verbandskasten und das Röhrchen mit Paracetamol auf. Es war nicht leicht, sich in dem Dämmerlicht zurechtzufinden, zumal sie in dem Fach auch alle wichtigen Dokumente untergebracht hatte: die Versicherungskarte des Wohnmobils, ihr Scheckbuch, die Urkunde ihres Bausparvertrags und eine Mappe mit weiteren Unterlagen. Sie schob einen dicken DIN-A4-Umschlag und ihr Handy beiseite und stieß auf etwas Großes, Unförmiges, das sie nicht einordnen konnte. Plötzlich begriff sie mit einer Woge von Schuldgefühlen, was es war: das Bündel mit Val Libertys Tagebüchern.

Sie stieß ein unterdrücktes Stöhnen aus – wie oft hatte sie

sich gesagt, dass sie auf keinen Fall vergessen durfte, sie zurückzulegen? – und nahm die Tagebücher aus dem Fach. Trotz ihres schlechten Gewissens konnte sie der Anziehung von Vals Eintragungen nicht widerstehen. Sie fand das Paracetamol, schlüpfte wieder unter die Decke, schaltete die Leselampe ein und blätterte durch Vals letztes Tagebuch. Auf der Suche nach etwas Spannendem blieb ihr Blick am letzten Eintrag hängen.

Die Handschrift war deutlich unsicherer als auf den vorhergehenden Seiten. Sie musste gewusst haben, dass sie sterben würde.

Wer immer dies liest (und vermutlich wird es Jonah sein, er ist der Einzige, den so etwas interessieren könnte): Ich habe nur eine Bitte, nämlich dass Gabriel diese Tagebücher bekommt, wenn ich tot bin, und sie liest. Ich weiß, er wird meine Sachen nicht durchsehen (wie er es auch bei Anastasia nicht getan hat), aber er soll wissen, dass ich ihn auf meine Weise geliebt habe. In unserer Ehe blieb so vieles ungesagt – so vieles, das hätte gesagt werden müssen –, dass dies wohl der einzige Weg ist, meine Gefühle einem Mann darzulegen, der seiner Familie und vor allem sich selbst gegenüber zu hart gewesen ist. Er war nicht imstande, seinen Kindern die Liebe und Zuneigung zu geben, die sie brauchten, und zwar schlichtweg deshalb, weil man nicht geben kann, was man nicht besitzt. Ein gebrochenes Herz ist genau das – ein zerbrochenes Gefäß, aus dem die Liebe herausgelaufen ist.

Ich habe mich bemüht, das Leben in Mermaid House zutreffend zu schildern, und auch wenn Gabriel nicht gefällt, was ich geschrieben habe, soll er begreifen, dass er all denen verzeihen muss, die ihn, wie er meint, enttäuscht haben. Vor allem aber muss er sich selbst verzeihen und die Tatsache akzeptieren, dass wir alle immer nur unser Bestes geben können, wie unzureichend es auch sein mag.

In Claras Augen standen Tränen, als sie das Buch zuklappte, nicht so sehr wegen der treffenden Worte, die sie berührten, sondern wegen der vielen leeren Seiten, die folgten.

Sie schaltete das Licht aus. Ihr war klar, dass ihr nichts anderes übrig blieb, als die Tagebücher ihrem rechtmäßigen Besitzer zurückzugeben. Und ebenso wusste sie, dass sie dies persönlich tun musste. Sich zu drücken und sie beispielsweise anonym per Post zu schicken kam nicht in Frage.

Allerdings hatte sie nicht die geringste Idee, wie sie Gabriel erklären sollte, warum sie sie »ausgeliehen« hatte.

42

Es war genau, wie Caspar befürchtet hatte: Die Bank hatte ihm den Teppich unter den Füßen weggezogen. Sie hatte seine Bitte um einen weiteren Aufschub von dreißig Tagen abgelehnt. Und da es niemanden mehr gab, an den er sich wenden konnte, blieb ihm nichts anderes übrig, als seinen Besitz zu verflüssigen.

Voller Verachtung warf er das Schreiben auf den Stapel von Rechnungen auf seinem Schreibtisch und richtete seinen Zorn auf diejenigen, die ihm hätten helfen können.

Auf seinen Steuerberater, der nicht schnell genug gewesen war, um ihn vor dem Bankrott zu bewahren.

Auf seinen rachsüchtigen Vater, weil er so ein elender Geizkragen war und sich geweigert hatte, Mermaid House zu verkaufen.

Auf den blutrünstigen Kerl von der Finanzbehörde, weil er ihn so erbarmungslos gejagt hatte.

Auf die EG-Kommission, weil sie darauf bestanden hatte, die besondere Beziehung zwischen Autoherstellern und -verkäufern zu zerstören und Sonderkonditionen abzuschaffen.

Außerdem gab er den Horden von geldgierigen Cowboys die Schuld, die anständige Geschäfte wie seines ruinierten, indem sie Luxusautos durch die Hintertür ins Land schmuggelten. Es sagte eine Menge über das Kaliber seiner Kunden aus, dass sie ihr Geld jetzt zu diesen windigen Typen trugen, die mit ihren geringen Geschäftskosten, dem schnellen Umsatz, den billigeren Importen und ihren Niedrigpreisen den Markt kaputtmachten.

Keinen Gedanken verschwendeten diese Käufer an die Serviceprobleme, die sie hinterher erwarteten. Oder an die gefälschten Papiere, mit denen diese Wagen oft verkauft wurden. Oder an Leute wie Caspar Liberty, die gezwungen waren, den einen zu berauben, um den anderen zu bezahlen, und am Ende dabei vor die Hunde gingen.

Durch die große Glasscheibe seines Büros, die zum Ausstellungsraum hinausging, sah er, wie ein junger Mann von höchstens fünfundzwanzig Jahren auf einen Jaguar XKR zusteuerte. Es war später Nachmittag, und das Sonnenlicht, das von außen hereinfiel, unterstrich die sanft geschwungenen Linien des Wagens und den schimmernden roten Lack auf vollendete Weise. Der Mann glitt auf den Fahrersitz, legte die eine Hand auf den Schalthebel und strich mit der anderen über das Lenkrad. Mit seinem gut geschnittenen Anzug, dem offenen Hemdkragen, der goldenen Uhr, dem angeberischen Armband, der sonnengebräunten Haut und dem halblangen Haar trug er alle Kennzeichen eines vulgären jungen Neureichen. Mit anderen Worten: ein echter Kunde. Wahrscheinlich ein Fußballer oder Popstar. Von denen gab es in Manchester weiß Gott genügend. Auf jeden Fall war er keiner von den Anorakheinis, den jämmerlichen Versagern, die nur hereinkamen, um gierig etwas zu begaffen, was sie sich nie im Leben leisten konnten.

Caspar wartete darauf, dass einer von den Verkäufern auftauchte. Minuten vergingen, doch nichts geschah. Gerade als er sich anschickte, sich selbst um den Kunden zu kümmern, klingelte das Telefon. Er zögerte, unentschlossen, was er tun sollte. Dann dachte er: Wozu die Mühe? Der Laden war ohnehin im Eimer.

Er setzte sich wieder hin, legte den Kopf auf die Arme und ließ das Telefon klingeln, bis der Anrufer aufgab.

Im Lehrerzimmer der Dick High legte Jonah den Hörer auf. Er hatte seinen Bruder noch nie bei der Arbeit angerufen, aber er hatte sich auch noch nie solche Sorgen um ihren Vater gemacht.

Vier Tage waren vergangen, seit er das Unvorstellbare miterlebt hatte: Gabriel Liberty, der weinte. Seither hatte er jeden Tag in Mermaid House angerufen, in der Absicht, dort weiterzumachen, wo Miss Costello aufgehört hatte, doch sein Vater hatte andere Vorstellungen. »Es wäre mir lieber, wenn du dich nicht in meine Sachen einmischst«, hatte er gesagt und Jonah die Rolle mit Plastikbeuteln für den Mülleimer aus der Hand genommen, den er gerade geleert hatte. »Und was ist überhaupt in dich gefahren? Wieso hast du dir plötzlich in den Kopf gesetzt, mich ständig zu belästigen?«

Er hätte gern gesagt: »Weil ich mir Sorgen um dich mache«, doch er traute sich nicht. Besorgnis zu zeigen war dasselbe, wie Schwäche zu zeigen, und das durfte kein Liberty jemals zulassen.

Das sture Verhalten seines Vaters und sein Drang so zu tun, als habe sein Zusammenbruch am Küchentisch nie stattgefunden, zeigten, dass er fest entschlossen war, das Thema für immer zu begraben. Doch Jonah wusste, dass er den Abend nie vergessen würde, an dem er seinem Vater die Treppe hinaufgeholfen und ihn zu Bett gebracht hatte. Gabriel war fast augenblicklich eingeschlafen, und da Jonah ihn nicht allein lassen wollte, hatte er sich eine Decke geholt und auf einem Sessel neben dem Bett eine ungemütliche Nacht verbracht, in der Annahme, dass der Morgen eine gewisse Offenheit zwischen ihnen bringen würde. Seine Hoffnung war jedoch vergebens gewesen. Am nächsten Tag hatte sein Vater sofort klargemacht, dass die Schotten wieder dicht waren. Doch die Worte passten nicht zu seinen Taten, denn Sekunden später war er aus dem Zimmer geflohen, hatte sich im Bad eingeschlossen und war fast eine ganze Stunde lang dort geblieben.

Jonah war überzeugt, dass sein Vater an einer Depression litt, dass er sich in seiner augenblicklichen Verfassung noch mehr zurückziehen würde und dass seine Gesundheit darunter leiden würde. Mehr als einmal hatte er ihn in der Bibliothek vorgefunden, wo er mit versteinertem Gesicht Anastasias Porträt anstarrte. Immer wieder hatte er versucht, ihn aus dem Haus zu locken, hatte ihm vorgeschlagen, einen Spaziergang zu machen, solange das Wetter warm und trocken war. Doch jeder seiner Versuche rief nur die immer gleiche wortkarge Antwort hervor: »Warum lässt du mich nicht einfach in Ruhe?«

Jonah musste die Tatsachen akzeptieren. Wie seit jeher verstärkte seine Gegenwart das Unbehagen seines Vaters noch. Oder genauer gesagt, seine Gegenwart war die Ursache von Gabriels Schmerz. Er hatte erwogen, Dr. Singh anzurufen, doch wieder einmal hatte ihn der Mut verlassen.

Was Jonah jedoch am meisten beschäftigte und ihn veranlasst hatte, Caspar sogar bei der Arbeit anzurufen, war die Befürchtung, dass der Geisteszustand ihres Vaters sich womöglich so verschlechtern könnte, dass er eines Tages mit einem seiner Gewehre nach draußen ging und nie wieder zurückkam.

Wie allerdings gerade Caspar in dieser Situation helfen konnte, wusste Jonah auch nicht. Wahrscheinlich würde er sich noch erbieten, das Gewehr zu laden. Vielleicht war die Tatsache, dass er sich an seinen Bruder gewandt hatte, nur ein Zeichen dafür, wie groß seine Sorge war. In seiner Verzweiflung erwog er sogar, ob es sinnvoll war, Damson zu kontaktieren.

Er stieß einen tiefen Seufzer aus. Warum war immer er derjenige, der sich um alles kümmern musste? Bei Vals Tod war es genau dasselbe gewesen. Alle hatten erwartet, dass er das Begräbnis organisierte. »Ach, du bist viel geschickter mit diesen langweiligen Sachen«, hatte Damson leichthin erwidert, als er andeutete, sie und Caspar könnten ihm ja ein wenig zur Hand gehen. »Außerdem«, fügte sie hinzu, »würdest du doch sicher nicht wollen, dass ich ein Begräbnis organisiere. Ich würde daraus zwangsläufig eine theatralische Inszenierung machen.« Das hatte Jonah nicht bezweifelt. Nach der Vorstellung seiner Schwester gehörte zu einer Beerdigung vermutlich ein Paar schwarzer Pferde, die einen viktorianischen gläsernen Leichenwagen zogen, gefolgt von einem Trauerzug professioneller Klageweiber.

Als er am Fenster des Lehrerzimmers stand und auf den Schulhof hinunterblickte, sah er eine vertraute Gestalt über den Asphalt schlendern: einen Jungen mit Marylin-Manson-T-Shirt und einer fünf Nummern zu großen Jeans, die ihm auf den Hüften hing. Das Handy am Ohr, schob Jase O'Dowd sich durch den wild schubsenden Haufen von Schülerinnen und Schülern, die nach Hause drängten. Eine davon war Sharna Powell. Viel Zeit war seit Jonahs Besuch im Capstone Close Nr. 23 noch nicht vergangen, aber seither lag Sharnas Anwesenheitsrate bei hundert Prozent.

Jonah warf einen Blick auf die Uhr und sah, dass es bereits vier und damit Zeit für seine Vorbereitungsstunde für die Abschlussprüfung Geschichte war. Erfreut, dass Jase gekommen war, nahm er seine Mappe und machte sich auf den Weg zum Klassenzimmer. Dabei ging ihm durch den Kopf, wie leicht es ihm fiel, seine Schüler zu motivieren, und wie unmöglich dasselbe bei seiner Familie war.

Untermalt vom Klang der Kirchenglocken – es war der Übungsabend für die Glöckner – kochte sich Jonah etwas zu essen. Da es noch hell war, ging er anschließend nach draußen, um im Garten zu arbeiten. Er war genau in der richtigen Stimmung, um sich den alten Geißblattstrauch vorzunehmen.

Während er auf das dichte Gestrüpp einhackte, dachte er daran, wie traurig es war, dass der einzige Mensch, der seinen Vater hatte aufmuntern können, kein Mitglied der Familie war, sondern die gestrenge Miss Costello.

Er trat einen Schritt zurück, betrachtete das, was von dem verstümmelten Strauch übrig geblieben war, und beschloss, ein Feuer zu machen. Inzwischen war es fast dunkel und sehr ruhig – die Glöckner waren nach Hause gegangen –, und da kaum ein Wind ging, bündelte Jonah die Zweige des Geißblatts, trug sie hinunter ans Ende des Gartens und warf sie auf die schwärzlichen Reste eines früheren Feuers. Dann holte er ein paar alte Zeitungen und Streichhölzer aus dem Schuppen. Bald begannen die Zweige zu knacken, erste Flammen flackerten auf, und wenig später stiegen kleine Rauchwolken in den reglosen Nachthimmel. Jonah blickte in die Dunkelheit, hinüber zu der fernen Silhouette der Hügel, die hier und dort mit kleinen Lichtern betupft waren, und wünschte, er könnte die Glücksfee seines Vaters herbeiholen. Er würde sie nach Deaconsbridge zurückschleifen und dafür sorgen, dass sie noch einmal ihren Zauberstab über Mermaid House schwang.

Als er sich in diese Vorstellung versenkte, musste er sich eingestehen, dass sein Wunsch nicht ganz uneigennützig war. Er wollte Miss Costello nicht nur um seines Vaters willen zurück. Seit sie aus Mermaid House abgereist war, hatte er oft an sie gedacht. Er fragte sich, was ihn an ihr angezogen hatte. War es ihre herausfordernde Art gewesen? Oder ihr hellwacher Geist und die Tatsache, dass sie ihm immer einen Schritt voraus zu sein schien? Er lächelte selbstironisch. Oder war es vielleicht nur ihre Haltung gewesen, an jenem Tag im Innenhof? War er genau wie alle anderen Männer, erregt von dem Gedanken an den Körper einer Frau und an die Lust und Erfüllung, die er versprach?

Resigniert stocherte er mit dem verkohlten Ende eines langen Stocks in der Glut. Wozu die Fragerei? Sie würde sowieso nie wiederkommen.

43

Yorkshire lag jetzt hinter ihnen. Sie hatten Haworth früh am Morgen in strahlendem Sonnenschein verlassen, waren die A629 Richtung Halifax gefahren, dann weiter nach Huddersfield und Holmfirth – dem Land von *Last of the Summer Wine* – und schließlich über die Grenze nach Derbyshire. Wenn sie ihr momentanes Tempo beibehielten, würden sie nach Claras Schätzung in weniger als einer Stunde in Deaconsbridge sein. Sie hatte vorgehabt, in Mermaid House anzurufen, um ihren Besuch anzukündigen, doch Ned hatte sie angefleht, es nicht zu tun: Er wollte Mr Liberty so gern überraschen.

Wie nicht anders zu erwarten, war Ned außer sich vor Freude gewesen, als sie ihm sagte, sie würden noch einmal nach Mermaid House fahren – obgleich sie ihm den Grund dafür natürlich verschwiegen hatte. Mit großen, strahlenden Augen war er damit herausgeplatzt, dass genau das sein Wunsch gewesen sei, als er unten in der Höhle seine Münze in das Becken der Meerjungfrau geworfen habe. »Siehst du, Mami«, hatte er gesagt und war vom einen Bein aufs andere gehüpft, »Wünsche werden doch wahr!« Er wäre am liebsten sofort aufgebrochen, doch sie hatte darauf bestanden, dass sie sich erst noch die Dinge ansahen, deretwegen sie nach Haworth und Umgebung gekommen waren. Doch nun war es zu Neds Freude endlich so weit, und sie würden Gabriel Liberty wiedersehen. Seine Aufregung verlieh ihm noch zusätzliche Energie, und Clara wünschte, sie hätte auch nur die Hälfte seiner Vitalität. Während sie sich auf die gewundene Straße konzentrierte, spürte sie, dass sich erneut ein bohrender Kopfschmerz zusammenbraute, und sie fühlte sich ausgelaugt.

Der Grund dafür war Angst – und ihr schlechtes Gewissen: Sie fürchtete sich davor, Gabriel die Sache mit Vals Tagebüchern zu beichten. Sie hoffte nur, dass er ihr verzeihen konnte, was sie getan hatte. Sie wusste nicht, warum, aber seine Vergebung war ihr wichtig.

Gabriel schob die Füße in seine Wanderstiefel, und nach einem kurzen Kampf mit den Schnürsenkeln – seine Finger taten heute wieder besonders weh – hängte er sich eine Flinte über die Schulter und schloss die Tür hinter sich. Er überquerte den Hof, ging an der Vorderseite des Hauses vorbei über die abfallende Wiese mit den längst verblühten Narzissen und auf das Wäldchen zu. Die Rhododendren standen in voller Blüte, leuchtend zinnoberrote Farbkleckse vor dem Hintergrund glänzender, dunkelgrüner Blätter. Er stapfte weiter. Seine Stiefel versanken im nassen Gras. Schafe stoben unter traurigem Geblöke auseinander, wenn sie ihn kommen sahen, und die Sonne schien so warm auf seine Schultern, dass er bereute, die Wachsjacke angezogen zu haben.

Seine Gedanken, die in letzter Zeit häufig um seinen jüngsten Sohn kreisten, wandten sich erneut Jonah zu und der Kälte, mit der er ihn behandelt hatte – und immer noch behandelte. Aber es war zu spät, um den Schaden, den er angerichtet hatte, wieder gutzumachen. Was nutzte es, wenn er Jonah sagte, dass es ihm Leid tat? Es würde nichts ändern, weder die Worte noch die Gesten, weder die Vernachlässigung noch die Grausamkeit, mit der er den Jungen ausgeschlossen und ihm die Schuld an allem gegeben hatte.

Wäre er ein besserer Mann – und ein besserer Vater – gewesen, hätte er erkannt, dass sein jüngster Sohn diese furchtbare Bestrafung nie verdient hatte. Nicht Jonah hatte Anastasia getötet, sondern das Schicksal. Doch in all den Jahren seit damals, als Gabriel mitten in der Nacht nach Hause kam und erfuhr, dass seine Frau tot war, hatte er das Bedürfnis verspürt, jemandem die Schuld daran zu geben. Und er hatte es bereits in jener Nacht getan, als die junge Hebamme ihm Jonah reichte. Er hatte ihr und seinem neugeborenen Sohn den Rücken zugekehrt und war aus dem Zimmer, aus dem Haus gegangen. In der Dunkelheit war er zum Wald hinuntergestolpert und dort geblieben, bis der Morgen mit seinen harten Strahlen den Himmel aufriss. Schließlich war er zum Haus zurückgekehrt, aber er hatte das Neugeborene nicht angesehen, erst nach der Beerdigung und auch dann nur für ein paar Sekunden. Wie hätte er anders handeln können, da er doch in ihm den Grund für den Tod seiner geliebten Frau sah? Es hatte Jahre gedauert, bis er imstande gewesen war, das Kind zu betrachten, ohne sich zu wünschen, es wäre an Anastasias Stelle gestorben.

Über Jahre hinweg war Toleranz das Einzige gewesen, zu dem er sich hatte aufraffen können. Eine dünne Schicht Toleranz, die oft genug aufplatzte und die Verbitterung darunter zum Vorschein brachte, den Drang, seinem Kind zu zeigen, welches Leid es geschaffen hatte. Oh, wie gefühllos er gewesen war!

Und was hatte ihm schließlich die Augen geöffnet?

Der Schock, Anastasias Züge so deutlich in Jonahs Gesicht wiederzufinden. Zu sehen, wie untrennbar die beiden miteinander verbunden waren, hatte ihn zutiefst erschüttert und ihn zum ersten Mal erkennen lassen, was Jonah in Wirklichkeit war: der Sohn seiner Mutter. Er war nicht, wie Gabriel es sich stets eingeredet hatte, ein bösartiger Fremder, der in sein Leben getreten war und es ruiniert hatte.

Er war der Sohn der Frau, die Gabriel geliebt hatte und immer noch liebte.

Jedes Mal, wenn er jetzt seinen Sohn betrachtete, sah er in seinen Zügen Anastasias Gesicht. Sie war in seinen Augen, in seiner Art, den Kopf zu drehen, in der Form seiner Lippen. Gabriels Schuldgefühle waren so quälend, dass er sich manchmal hinsetzen musste und warten, bis der Schmerz nachließ. Doch das Einzige, was er nicht über sich brachte, war, sich Jonah anzuvertrauen. Dazu schämte er sich zu sehr. Er schämte sich zuzugeben, dass er all die Jahre einen so mächtigen und ungerechten Groll gegen ihn gehegt hatte. Das war der Grund, weshalb er Jonah weiterhin von sich stieß. Ihn um sich zu haben machte seine Trauer nur noch schlimmer. Ja, Trauer, denn seit dem schrecklichen Abend, als er zusammengebrochen war, schien es ihm, als zwinge ihn etwas, noch einmal um seine geliebte Anastasia zu trauern.

Tief in sein Unglück versunken, beschleunigte Gabriel seinen Schritt. Vor ihm lag das Wäldchen, in dessen dichtem Schatten der mittlerweile voll belaubten Bäume ein Meer von Glockenblumen schimmerte. Ihre Farbe erhellte die Dunkelheit – jedoch nicht die Dunkelheit, die ihn so niederdrückte. Die würde sich niemals erhellen. Das war *seine* Strafe. Und er hatte sie mehr als verdient. Doch er hatte genug von der Bürde, von der quälenden Gewissheit, dass die Scham und die Schuldgefühle ihn für immer begleiten würden. Es war zu viel für ihn. Er wollte bei Anastasia sein. Er brauchte ihre Vergebung für das, was er getan hatte.

Das Gewicht des Gewehrs drückte auf seine Schulter. Er schob es in eine bequemere Position und betrat den Wald. Sofort umhüllte ihn die wohltuende Kühle des Schattens, den die Bäume spendeten. Er hielt inne und überlegte, an welche Stelle er gehen wollte. Was den Rest betraf, so hatte er sich alles zurechtgelegt und sich darauf vorbereitet, sodass er zumindest dies richtig machen würde.

Der triumphierende Auftritt, den sich Ned erhofft hatte, wurde dadurch zunichte gemacht, dass Gabriel nicht auf ihr Klopfen reagierte.

»Sollen wir reingehen und nachsehen, wo er ist?«, fragte Ned, da er davon ausging, dass die Tür unverschlossen war. Er drückte die Stirn an das Holz und spähte durch den Briefschlitz ins Innere.

Clara drückte versuchsweise auf die Klinke und trat ein, dicht gefolgt von Ned. »Aber nur bis zur Küche«, sagte sie. »Weiter dürfen wir nicht einfach so hineingehen.«

Sie war überrascht zu sehen, dass ihre harte Arbeit nicht vergebens gewesen war. In der Küche hatten sich zwar ein paar neue Papierstapel gebildet – größtenteils Rechnungen und Kontoauszüge –, aber davon abgesehen war der Raum durchaus sauber und aufgeräumt. Sie fragte sich, ob Gabriel wohl inzwischen eine Putzfrau gefunden hatte. Während Ned nach ihm rief, bemerkte sie die Postkarten, die auf der Fensterbank aufgereiht waren. Gerührt, dass er sie aufgehoben hatte, ging sie hinüber, um sie sich anzusehen, und bei jeder wusste sie noch genau, wann und wo sie sie geschrieben hatte.

Da Ned keine Antwort auf seine eifrigen Rufe bekam, gesellte er sich zu ihr an die Spüle. »Meinst du, er ist spazieren gegangen?« Seine Begeisterung verwandelte sich in Enttäuschung.

»Ganz bestimmt sogar. Sollen wir mal schauen, ob wir ihn finden?« Clara hatte seinen ramponierten Landrover im Hof stehen sehen, also konnte er nicht weit sein. Es sei denn, Jonah war mit ihm irgendwohin gefahren.

Sie schlossen die Hintertür und machten sich auf zum Wäldchen, wo sich Gabriel Ned zufolge gern aufhielt. »Er guckt nach, ob es den Dachsen gut geht«, erklärte er Clara.

Es war ein prachtvoller Tag. Die Sonne strahlte vom makellos blauen Himmel herunter, und es duftete süß nach dem Gras unter ihren Füßen. Die Hügel in der Ferne leuchteten golden vom blühenden Ginster. Als sie sich dem Wäldchen näherten, empfing sie ein bezaubernder Anblick: Hunderte von Glockenblumen. Noch nie hatte Clara so viele auf einmal gesehen. Es war atemberaubend, ein magischer Farbteppich. Sie blieb für einen Moment stehen, um das Bild zu genießen. Es war so still hier. So vollkommen.

Hoch oben auf einem der Bäume unterbrach eine Ringeltaube die Stille, als sie mit lautem Geflatter aus dem Wipfel aufstieg. Sie kam auf sie zugeflogen, und Ned, der vor ihr ging, blieb stehen. Er legte den Kopf so weit in den Nacken, um dem Vogel nachzusehen, dass Clara dachte, er würde hintenüberfallen. Sie schloss zu ihm auf, und gemeinsam traten sie aus der sonnigen Helligkeit in das gesprenkelte, schattige Dämmerlicht. Der frische Wiesenduft zertretenen Grases wurde abgelöst von dem erdigen Geruch nach Moos, vermodernder Rinde und verrotteten, feuchten Blättern.

»Meistens geht er hier entlang«, sagte Ned erfahren und zeigte auf einen schmalen Pfad, der sich zwischen dem Baumdickicht hindurchschlängelte.

Sie waren gerade erst ein paar Schritte in das kühle Gehölz gegangen, als Clara stehen blieb. Sie reckte den Hals. Ned sah zu ihr auf. »Was ist?«

»Ich dachte, ich hätte etwas gehört.« Sie lächelte. »Wahrscheinlich war es einer von Mr Libertys Dachsen.«

Doch schon nach wenigen Sekunden hielt sie erneut inne, und diesmal war sie sicher, dass sie sich nichts einbildete. Es war noch jemand im Wald. In Erinnerung an den Vorfall unten am Fluss, als sie zum ersten Mal nach Deaconsbridge gekommen waren, nahm sie Ned fest an die Hand. Das Geräusch wurde lauter, aber sie konnte es nicht einordnen. Es war ein Stöhnen von so kehliger Rauheit, dass es eigentlich nur von einem Tier stammen konnte. Tapfer gingen sie weiter, bis sie zu einer kleinen Lichtung gelangten und den Verursacher des Geräuschs sahen.

Es war Gabriel Liberty. Er lag auf den Knien, über einer umgestürzten Birke zusammengekrümmt, und unter seiner Wachsjacke bebte er heftig.

»Bleib hier, Ned«, befahl Clara. Er gehorchte mit verwirrter, ängstlicher Miene, und sie ging auf Gabriel zu, der sie offenbar nicht bemerkt hatte. Sie streckte die Hand aus und berührte ihn sanft an der Schulter. »Mr Liberty«, sagte sie, »ich bin's, Clara – Miss Costello. Sind Sie verletzt?«

Er erstarrte und wandte sich zu ihr um, das Gesicht von Verzweiflung verzerrt. Fassungslose, tränenüberströmte Augen sahen sie an. Da bemerkte sie die Flinte, die er umklammert hielt. Ihr erster Impuls war zurückzuweichen, so viel Abstand wie nur möglich zwischen sich und die Waffe zu bringen, doch stattdessen löste sie sie vorsichtig aus seinen zitternden Händen und legte sie auf die andere Seite des Baumstamms. Dann ging sie auf dem weichen Kissen aus Blättern in die Knie und schloss ihn in die Arme. Sie drückte ihn an sich und sprach sanft auf ihn ein, als wäre er Ned, bis er sich schließlich mit einem letzten bebenden Schluchzer gegen sie sinken ließ und allmählich ruhiger wurde.

Clara brauchte ihre ganze Kraft, um ihn hochzuziehen und ihn auf den feuchten, moosbedeckten Stamm zu setzen. Als sie ihn aufgerichtet und in einer seiner Jackentaschen ein schmuddeliges Taschentuch gefunden hatte, winkte sie Ned herüber.

»Mr Liberty geht es nicht gut«, sagte sie sachlich. »Setz dich zu uns und hilf mir, ihn zu trösten.«

Als sie sich rechts und links neben ihm niedergelassen hatten, waren die ersten zusammenhängenden Worte, die er arme Mann ausstieß: »Ich – ich ertrage es nicht, dass Sie mich so sehen.«

Clara nahm ihm das Taschentuch aus der Hand und tupfte ihm über die Augen. »Und ich ertrage die Vorstellung nicht, dass Sie all das allein durchmachen. Was ist passiert?«

Er ließ den Kopf sinken. »Es – es ist wegen Jonah …«

»Jonah? Was ist mit ihm?« Alarmiert dachte Clara an ihre letzte Begegnung mit Jonah. Wie anders sein Gesichtsausdruck gewesen war, als er den Schutzpanzer fallen ließ. Und sie dachte an das, was sie jetzt aus Vals Tagebüchern über ihn wusste. »Hatte … hatte er einen Unfall?«

Gabriel sah sie verwirrt an. »Nein«, murmelte er, »es geht um mich. Um das, was ich ihm angetan habe. Schreckliche Dinge. Ich – ich schäme mich so furchtbar. Und es gibt kein Zurück. Das weiß ich.« Seine Stimme brach, und Clara spürte, wie ihn ein Zittern durchlief. Sie ergriff seine Hände und drückte sie fest.

»Es gibt vielleicht keine Möglichkeit, rückwärts zu gehen«, sagte sie, »aber gibt immer die Möglichkeit, vorwärts zu gehen. Meinen Sie, dass Sie es mit meiner Hilfe bis zum Haus schaffen?«

Er sah sie aus rot geränderten Augen an. »Miss Costello, ich bin überzeugt, dass ich mit Ihrer Hilfe beinahe alles schaffen kann.«

Sie küsste ihn auf die stoppelige Wange und half ihm hoch. »Nun, bevor wir es mit der ganzen Welt aufnehmen, versuchen wir's erst mal mit dem kurzen Weg nach Hause, einverstanden?«

44

Nach Claras Ansicht wäre Gabriel jetzt am besten im Bett aufgehoben gewesen, doch er weigerte sich kategorisch, ihr zu gehorchen. So wie er sich auch vehement gegen ihren Vorschlag gewehrt hatte, Jonah oder Dr. Singh anzurufen. Also half sie ihm nur aus seiner schweren Jacke, setzte ihn auf den Lehnstuhl vor dem Aga und schickte Ned nach oben, um eine Decke zu holen – der arme Mann stand unter Schock und zitterte trotz der Wärme des Tages.

Während Ned unterwegs war, hockte sich Clara vor Gabriel und rieb seine Hände. »Wir können jetzt nicht reden«, sagte sie, »jedenfalls nicht richtig, aber heute Abend, wenn Ned im Bett ist, möchte ich, dass Sie mir erzählen, was hier los gewesen ist. Fürs Erste kann ich Sie allerdings mit heißem, süßem Tee und Schokoladenkuchen versorgen, den wir für Sie aus Haworth mitgebracht haben.«

Er sah sie aus blutunterlaufenen Augen an. »Warum sind Sie so gut zu mir? Ich verdiene Ihre Freundlichkeit nicht.«

»Purer Eigennutz. Ich hoffe immer noch, dass es mir gelingt, Sie zu verführen und einen Ehering an meinen Finger zu bekommen.«

Er legte seine Hand auf ihre. »Wie kommt es, dass Sie schon wieder zurück sind? Haben Sie etwas vergessen?«

»Könnte man so sagen«, erwiderte sie ausweichend, »aber darüber reden wir auch lieber später.«

Keuchend vor Anstrengung kam Ned in die Küche gestürmt. »Ist die hier richtig?«

Lächelnd nahm Clara ihm die schwere, löchrige Daunendecke ab. »Wunderbar, Ned. Komm, hilf mir mal, Mr Liberty einzupacken. Wir wollen es ihm doch richtig gemütlich machen.«

Sie setzten sich mit ihren Teebechern und Kuchentellern an den Tisch. Clara überließ Ned das Reden. Auf Gabriels Schoß sitzend und Krümel verstreuend, erzählte er ihm ausgiebig von ihren Reisen: von den Schlössern, die sie gesehen hatten, von den Bergen und Seen und von den Menschen, denen sie begegnet waren. »Wir sind sogar auf einem Bauernhof gewesen«, sagte er stolz, »und da habe ich gelernt, wie man eine Ziege melkt. Und die Hühner habe ich auch gefüttert. Und ich bin auf einem Pony geritten. Dabei musste ich eine Kappe tragen, die mir immer über die Augen gerutscht ist.« Er hielt kurz inne, um Luft zu holen. »Aber nirgends war es so schön wie hier. Wir haben niemanden getroffen, der so nett war wie du, Mr Liberty.«

»Freut mich zu hören.«

Clara schenkte Gabriel Tee nach, erleichtert, dass seine Lebensgeister allmählich zurückzukehren schienen.

Als es für Ned an der Zeit war, schlafen zu gehen, sagte Gabriel, er wolle, dass sie als richtige Gäste bei ihm blieben und die Nacht in Mermaid House verbrachten. Abgesehen von seinem Schlafzimmer war Vals Zimmer das einzige, das Clara aufgeräumt und geputzt hatte, und obwohl ihr die Vorstellung, dort zu schlafen, nicht so recht behagte, bezog sie das Doppelbett für sich und Ned.

Als sie sich zu Ned hinunterbeugte, um ihm einen Gutenachtkuss zu geben, schlang er die Arme um ihren Hals und zog sie zu sich. »Ich bin froh, dass wir wieder hier sind«, sagte er.

»Ich auch.«

Dann fragte er mit ernster Miene: »Geht es Mr Liberty jetzt besser?«

Clara gab ihm einen Kuss und löste seine Hände. »Er wird sich schon wieder erholen. Alles, was er braucht, ist ein bisschen liebevolle Pflege. Er ist wie eine Pflanze, die jemand vergessen hat zu gießen. Und das müssen wir jetzt tun, damit er wieder schön kräftig wird.«

Ned dachte darüber nach. »Wie lange dauert das wohl?«

»Ich weiß es nicht. Das wird sich zeigen.«

»Zwei Tage? Drei?«

Sie küsste ihn erneut, amüsiert, dass er auf subtile Weise mit ihr zu handeln versuchte. »Wie ich schon sagte, das wird sich zeigen.« Ihre Antwort schien ihm zu genügen, denn er bohrte nicht weiter nach. Stattdessen gähnte er und wirkte plötzlich sehr müde. »Schluss für heute«, sagte sie. »Es ist schon spät, und du musst deinen Schlaf bekommen, sonst müssen wir dich auch noch gießen. Genieß die Nacht in einem richtigen Bett. Und wehe, du trittst mich, wenn ich mich nachher neben dich lege.«

Er gähnte erneut, drehte sich auf die Seite und tastete unter dem Kissen nach Mermy. »Mach ich nicht, versprochen«, sagte er schläfrig.

Als Clara das Licht ausschaltete, spürte sie die Anstrengungen des Tages. Müder, als sie seit langem gewesen war, ging sie langsam die Treppe hinunter, wohl wissend, dass noch Stunden vergehen würden, bevor sie ihren schmerzenden Kopf auf ein Kissen legen konnte. Jetzt war es an der Zeit, zu den Ursachen von Gabriels Problemen vorzustoßen. Aufgrund der Lektüre von Vals Tagebüchern war sie ziemlich sicher, dass quälende Schuldgefühle der Hauptgrund waren. Anscheinend waren sie an die Oberfläche gekommen. Die Frage war nur, wodurch?

Sie dachte an den Augenblick, als sie kurz vor dem Wäldchen stehen geblieben war, um die Glockenblumen zu bewundern. Da hatte sie ganz deutlich das Gefühl gehabt, im richtigen Moment am richtigen Ort zu sein. Obwohl sie nicht zu den überdrehten Typen gehörte, die daran glaubten, dass Schicksale durch synchrone Ereignisse gelenkt wurden – dem Zufall im Nachhinein eine Bedeutung zu geben war schließlich keine Kunst –, musste sie doch zugeben, dass sie den Zeitpunkt ihrer Ankunft außergewöhnlich gut gewählt hatte.

Glück hin, Vorhersehung her, die Hauptsache war, dass jemand da gewesen war, als Gabriel Liberty einen Freund brauchte. Dem Himmel sei Dank für Vals Tagebücher! Bei dem Gedanken an die Tagebücher beschloss Clara, sie noch zu behalten, bis sich Gabriel wieder deutlich besser fühlte. In seinem augenblicklichen Zustand konnten sie ihn zu sehr aufregen.

Gabriel wartete in der Küche auf sie. Er war von seinem Lehnstuhl aufgestanden und räumte mit ungeschickten Bewegungen das Geschirr vom Abendessen in die Spülmaschine. Trotz seiner Proteste scheuchte Clara ihn zurück zu seinem Stuhl. »Das mache ich schon.«

»Ich bin doch kein Invalide«, murrte er, und unter seiner Melancholie lugte ein wenig der alte Haudegen durch. Doch er gab nach und setzte sich.

Clara räumte die Sachen weg und schenkte zwei Gläser Whisky ein, wobei sie sich fragte, wer ihn wohl dringender brauchte. Sie war merkwürdig schlapp, ihr Kopf dröhnte, und sie fühlte sich, als hätte sie eine Erkältung in den Knochen. Als sie beide vor dem Aga saßen, fragte sie: »Was hat Sie denn nun so weit getrieben, dass Sie sich umbringen wollten?«

Gabriel zuckte zusammen. Natürlich war ihm klar gewesen, dass diese Frau, die nie ein Blatt vor den Mund nahm, ihre Frage nicht in höfliche Umschreibungen verpacken würde. Und er hatte auch gewusst, dass ihre unverblümte Art genau das war, was er brauchte, und dass sie ihm gleichermaßen Schmerz und Erleichterung bringen würde. Dennoch überkam ihn eine Woge von Selbsthass, als er in so deutlichen Worten zu hören bekam, was er versucht hatte. Wie verzweifelt er gewesen war. Und wie egoistisch – genau wie immer. Wieder einmal hatte er sich selbst an die erste Stelle gesetzt, hatte es seiner Familie überlassen wollen, das Chaos zu beseitigen, das er aus seinem Leben gemacht hatte ... und aus seinem Tod. Was für ein elender Feigling er war!

Er trank einen Schluck von seinem Whisky. »Das Gefühl, versagt zu haben«, erwiderte er schließlich. »Ich war ein lausiger Vater, und mir ist erst jetzt aufgegangen, was für einen Schaden ich angerichtet habe.«

Clara sah ihn über ihr Glas hinweg an. »Wem gegenüber haben Sie Ihrer Meinung nach am meisten versagt?«

»Allen. Aber vor allem gegenüber Jonah. Und ... und Anastasia.«

»Val nicht?«

Er hielt den Blick gesenkt. »Doch, ihr gegenüber auch. Ich habe ihr nie die Anerkennung gegeben, die sie verdient hatte. Sie war eine gute Ehefrau und trotz aller Schwierigkeiten eine gute Mutter.«

Stille senkte sich über den Raum. Ohne Eile, das Schweigen zu brechen, trank Gabriel langsam einen Schluck aus seinem Glas.

»Erzählen Sie mir von Anastasia«, sagte Clara leise. »Sie war Ihre große Liebe, nicht wahr?«

Erneut trank er von seinem Whisky. »Der Ausdruck trifft es nicht einmal annähernd.«

»Wie haben Sie sich kennen gelernt?«

»Bei einer Hochzeit. Und glauben Sie mir, sie war um vieles hübscher als die Braut. Sie war das schönste Mädchen von allen. Das schönste, das ich je gesehen hatte.« Er räusperte sich und rutschte auf seinem Stuhl herum. »Ich war kein grüner Junge mehr, kein Unschuldsengel, aber sie hat mich vom ersten Moment an fasziniert. Sie war so mitfühlend, so warmherzig ... so voller Lebensfreude. Sie hatte die wunderbare Fähigkeit, mir das Gefühl zu geben, etwas Besonderes zu sein. Schmalzig, ich weiß, aber so war es nun mal. Und sie hatte diese Wirkung auch noch, als wir verheiratet waren. Wir konnten auf einer Party sein, getrennt durch einen ganzen Raum voller nervtötender Leute, die mich nicht die Bohne interessierten, und dann trafen sich unsere Blicke, und es war, als wären wir allein.«

»Sie haben Glück, eine so tiefe Liebe erlebt zu haben. Das ist nur wenigen Menschen vergönnt.«

»Es fühlte sich nicht wie Glück an, erst so viel zu haben und es dann weggenommen zu kriegen.« Seine Stimme klang verbittert. »Tut mir Leid, ich versinke schon wieder in Selbstmitleid.«

Clara wischte seine Entschuldigung beiseite. »Haben Sie sich damals gestattet, um Anastasia zu trauern, als sie starb? Und ich meine damit nicht das Entgegennehmen wohl gemeinter Platitüden und die Formalitäten einer Beerdigung. Ich meine, haben Sie sich gestattet zu schreien? Haben Sie dem Schmerz nachgegeben und sich von ihm überwältigen lassen? Waren Sie an dem Punkt, wo es Ihnen egal war, was die anderen dachten?«

An seinem Glas herumfingernd, sagte er: »Sie kennen die Antwort darauf, sonst würden Sie nicht fragen.«

»Aber heute waren sie an dem Punkt, nicht wahr? Heute haben Sie ungehemmt um sie getrauert und um alles, was seither geschehen ist.«

Er nickte. »Und ich weiß, was Sie mich als Nächstes fragen

werden. Sie wollen wissen, was diese schauerliche Seelenentblößung ausgelöst hat, was mich zu der Erkenntnis gebracht hat, dass ich Anastasia enttäuscht habe, ganz zu schweigen von dem, was ich Jonah angetan habe –«

Sie hob die Hand, um ihn zum Schweigen zu bringen. »Verzeihen Sie, wenn ich Haarspalterei betreibe, aber das wussten Sie doch alles längst. Was ich wissen möchte, ist, wieso Sie sich plötzlich wirklich damit auseinander setzen.«

Gabriel schwenkte den Rest seines Whiskys im Glas und kippte ihn dann in einem Schluck hinunter. »Ich sehe, Sie haben mal wieder das Messer gezückt und ersparen mir nichts.«

»Natürlich nicht. Also, was war der Katalysator?«

»Sie, meine Liebe.«

»*Ich*? Wieso das denn?«

Bis zu diesem Moment hatte Gabriel die Antwort auf diese Frage, die ihn seit einer Weile beschäftigte, selbst nicht gewusst. Doch jetzt sah er ganz deutlich, wie sehr diese junge Frau und ihr Sohn dazu beigetragen hatten, ihm die Augen zu öffnen. »Sie und Ned haben mir ein neues Lebensgefühl gegeben«, sagte er schlicht. »Sie haben mir gezeigt, was mir ... was mir alles entgangen ist.« Er schluckte, voller Angst, seine Gefühle könnten ihn erneut überwältigen. Diese plötzliche Ehrlichkeit war schmerzlich. Als hätte sie dies gespürt, griff Clara nach der Flasche Glenmorangie und schenkte ihm nach. Nachdem sie sie wieder abgesetzt hatte, fügte er hinzu: »Kurz gesagt, Sie haben sich um mich gekümmert.«

Oh, es gab so viele Dinge, die er sagen könnte, so viele Wahrheiten, die er jetzt verstand! Dass sie ihn nie verurteilt, ihn nie mit ängstlichem oder verächtlichem Blick betrachtet hatte. Dass sie ihn nicht verabscheut hatte, weil er seine Familie vernachlässigte. Dass sie ihn mit ihren schlagfertigen Entgegnungen zum Schmunzeln gebracht hatte. Dass sie ihn nicht wie einen alten Tattergreis behandelte. All das hätte er sagen können, wenn er nur sicher gewesen wäre, dass er die Worte herausbrachte, ohne wie ein sentimentaler alter Trottel zu wirken.

Wie immer sagte sie genau das Richtige. »Ich hätte mir ja denken können, dass Sie versuchen, mir die Schuld in die Schuhe zu schieben.«

Er brachte ein kleines Lächeln zustande. »Was meinen Sie, wie ich mich dabei fühle, dass wir in dieser ach so politisch korrekten Gesellschaft – die ich, wie Sie wissen, verabscheue – die Rollen getauscht haben und ich sozusagen Dornröschen bin und Sie der Prinz, der mich wachgeküsst hat?«

Sie lachte. »Vielleicht wäre *Die Schöne und das Biest* für Sie eine annehmbarere Analogie. Und für den Fall, dass Sie Zweifel haben: Sie sind das Biest. Aber wie sind Sie denn von der Erkenntnis, dass das Leben doch recht lebenswert sein kann, dazu gekommen, Jonah mit anderen Augen zu sehen?«

»Nachdem Sie und Ned abgereist waren, ist mir bewusst geworden, wie einsam ich bin.«

»Und das haben Sie Jonah gesagt?«

»Nein. Oh, ich wollte schon, aber haben Sie eine Ahnung, wie schwer es ist zuzugeben, dass man einsam ist?«

»Mir gegenüber haben Sie es doch gerade getan.«

»Ja, weil Sie ... weil Sie anders sind. Sie sind eine junge Frau von außergewöhnlichem Charme und Einfühlungsvermögen.«

Sie erhob das Glas zu ihm. »Das Süßholzraspeln haben Sie also noch nicht verlernt, wie ich sehe. Aber zurück zu Jonah. Was hat sich denn zwischen Ihnen beiden verändert?«

»Ich ... ich habe aufgehört, ihm die Schuld am Tod seiner Mutter zu geben.« Bemüht, seine Stimme unter Kontrolle zu halten, erzählte Gabriel ihr von dem Abend, als er in Jonahs Anwesenheit zusammengebrochen war, und von dem Band, das zwischen ihnen entstanden war, das er aber nicht offen anerkennen konnte. »Und all das nur, weil ich plötzlich die Ähnlichkeit zwischen Jonah und seiner Mutter sah.«

»Das ist Ihnen vorher nie aufgefallen?«

»Nein, so absurd es klingt. Jedenfalls nicht bewusst. Ich habe nicht die leiseste Ahnung, was all die Jahre in meinem Hirn los war.« Mit einem tiefen Seufzer des Bedauerns fügte er hinzu: »Aber was ändert das alles? Jonah wird mir nie verzeihen, was ich ihm angetan habe.« Er sah Clara unglücklich an.

Sie erwiderte seinen Blick mit einem Kopfschütteln. »Ich warne Sie, ich werde noch einmal Haarspalterei betreiben. Sie wissen genauso gut wie ich, dass Jonah einer der mitfühlendsten Menschen überhaupt ist und dass er Ihnen sofort und mit Freuden vergeben würde. Wovor Sie Angst haben, ist das Gefühl, das Sie dann überkommt. Dass Sie nämlich diese Liebe und Vergebung schon die ganze Zeit hätten haben können, aber zu dumm und zu stolz waren, um sie anzunehmen.«

»Sie meinen also, dass es noch nicht zu spät ist, um es wieder gutzumachen?«

Clara sah ihn streng an. »Nein. Und je eher Sie es tun, desto besser. Denn dann werden Sie erkennen, dass Jonah eines der vielen Geschenke war, die Anastasia Ihnen hinterlassen hat. Vielleicht sogar das beste.«

»Aber wie wird er reagieren, wenn ich ihm sage, dass ich ihm all die Jahre die Schuld an ihrem Tod gegeben habe?«

»Glauben Sie nicht, dass er das schon immer gewusst hat? Kommen Sie, seien Sie tapfer. Jonah ist ein großer Junge, er kann die Enthüllungen verkraften, mit denen Sie ihn konfrontieren.«

Gabriel brauchte einen Moment, um diese Vorstellung zu verdauen. Um die schwache Hoffnung keimen zu lassen. Schließlich sagte er: »Und was ist mit Caspar und Damson? Was soll ich denen sagen?«

Clara rieb sich die Augen und gähnte. »Wenn es Ihnen nichts ausmacht, würde ich die beiden gern auf morgen verschieben. Jetzt muss ich erst mal ins Bett. Ich bin völlig erschlagen.«

»Ja, natürlich. Die lange Fahrt war sicher anstrengend.«

Beide standen auf. Nachdem sie die Tür abgeschlossen und das Licht ausgeschaltet hatten, hakte Clara sich bei Gabriel unter, und sie gingen gemeinsam die Treppe hinauf. »Könnten Sie sich unter Umständen vorstellen, professionelle Hilfe in Anspruch zu nehmen?«, fragte sie. »Ich meine, jemanden, mit dem Sie über das reden können, was ... Nun ja, die Sache heute war ziemlich knapp, und wenn ich nicht –«

Er drückte ihren Arm. »Sie sind professionell genug für mich, meine Liebe. Und keine Sorge, ich habe meine Lektion gelernt.«

»Und die wäre?«

»Dass man in einer trüben, unglücklichen Stimmung nicht unbedingt in der Lage ist, vernünftige Entscheidungen zu treffen.«

Als sie oben angelangt waren, sagte Clara: »Ich bin zwar nicht so alt wie Sie und habe nicht so viel durchgemacht, aber ich glaube, es gibt keinen Zaubertrick und keine Abkürzung, um mit Trauer und Schuldgefühlen fertig zu werden. Sie müssen sich hindurchpflügen und alles hinnehmen, was Ihnen vor die Füße kommt, ob gut oder schlecht.«

»Das hört sich so an, als sprächen Sie aus Erfahrung.«

»Sie werden es nicht glauben, aber Sie sind nicht der Einzige, der sich mit Selbstvorwürfen herumschlägt. Die meisten Menschen quälen sich von Zeit zu Zeit mit Gewissenskämpfen herum.«

»Sie auch?«

»Oh ja. Ich auch.«

Er begleitete sie bis zu Vals ehemaligem Zimmer, und als sie die Tür öffnete und ein schmaler, sanfter Lichtstreifen über den Teppich und auf das Bett fiel, wo der Grund ihrer persönlichen Selbstvorwürfe lag, fühlte sie sich plötzlich ausgelaugt. Ich bin einfach müde, sagte sie sich entschlossen. Sie musste sich nur mal richtig ausschlafen.

Doch sie schlief unruhig, warf sich in dem breiten, knarzenden Bett herum, mal war ihr heiß, dann wieder kalt, und die ganze Zeit wechselte sie von einem bizarren Traum zum nächsten. Ned, der neben ihr lag, schlief ruhig und fest, ohne etwas von ihrer Unruhe mitzubekommen. Erst als das Morgenlicht durch den Schlitz zwischen den Vorhängen fiel, glitt Clara in einen tieferen, erholsameren Schlaf.

Als sie aufwachte, war das Bett neben ihr leer, und ihr Kopf dröhnte. Obwohl sie klatschnass geschwitzt war, fror sie. Ihre Augen brannten, ihr Hals war trocken, rau und geschwollen, und ihre Brust fühlte sich an wie in einer Schraubzwinge. Sie hatte erst einmal eine richtige Grippe gehabt, aber sie fürchtete, dass ihr eine zweite Auflage bevorstand. Entschlossen, sich vom Gegenteil zu überzeugen und zu beweisen, dass es nur eine Erkältung war, schwang sie sich aus dem Bett. Eine heiße Dusche war alles, was sie brauchte. Und dann einen Tee und ein paar Paracetamol. Als sie auf halbem Weg zur Tür war, kam Ned herein. Er trug die gleichen Sachen wie am Tag zuvor, und ein paar Schritte hinter ihm folgte Gabriel mit einem Frühstückstablett. Er warf ihr einen Blick zu und sagte: »Du lieber

Himmel, was ist denn mit Ihnen los? Sie sehen ja furchtbar aus.«

»Ich fühle mich auch furchtbar«, krächzte sie.

Sofort wurde sie ins Bett zurückgelotst. Die Kissen wurden aufgeschüttelt und die Decke gerade gezogen, während Ned die Vorhänge aufzog, um Licht ins Zimmer zu lassen. Gabriel holte die Tabletten aus dem Bad, und Clara spülte sie mit einem Becher heißen Tee hinunter. Den Toast mit Marmelade, den er ihr so liebevoll zubereitet hatte, konnte sie jedoch nicht essen, und ein paar Minuten später fielen ihr die Augen wieder zu, und sie hörte, wie die Tür leise geschlossen wurde. Der Schlaf sog sie in ein Gewirr aus Albträumen, in denen sie nach Ned suchte, ihn aber nicht fand, und mit Winnie über zahllose Straßen und Hügel fuhr, aber immer wieder an ihrem Ausgangspunkt landete. Sie träumte, sie sei wieder in der Firma, und sie und die Jungs unterhielten sich auf Deutsch, obwohl sie für Französisch sprechende Zwerge arbeiteten, die mit kleinen Angeln in der Hand im Schneidersitz auf ihren Schreibtischen saßen und zu jeder vollen Stunde mit Rod Stewarts altem Song »Do You Think I'm Sexy?« loslegten.

Als Clara wieder aufwachte, musste sie zur Toilette. Zitternd und blinzelnd sah sie auf die Uhr. Du meine Güte! Es war vier Uhr!

Ihren schmerzenden Körper vorwärts zwingend, schleppte sie sich ins Bad. Als sie den Flur überquert hatte – der wie ein Schiffsdeck unter ihr zu schwanken schien – und die Tür hinter sich zuschloss, bekam sie den zweiten Schreck dieses Tages. Mist! Sie hatte ihre Tage bekommen. Und zu allem Elend hatte sie keinen von diesen wunderbaren Helfern mehr da, die es ihr ermöglichten, dennoch nach Herzenslust zu schwimmen, Rad zu fahren und Fallschirm zu springen – die hatte sie bei dem Feuerwerk aus sportlichen Aktivitäten im vergangenen Monat aufgebraucht. Clara stöhnte. Es half nichts, sie würde sich aufraffen und nach Deaconsbridge fahren müssen. Und extrastarke Schmerztabletten brauchte sie auch. Irgendeinen Superhammer, mit dem man ein Rhinozeros lahm legen konnte. Sonst würde sie sich während der nächsten Tage schreiend mit einer Wärmflasche auf dem Bauch über den Boden wälzen. Mit klappernden Zähnen und einem Kopf, der aus pulsierender Watte zu bestehen schien, öffnete sie die Badezimmertür und hätte vor Schreck fast einen Satz nach hinten gemacht. Draußen standen Ned und Gabriel wie ein Empfangskomitee.

»Wir haben ein Geräusch gehört und wollten nach Ihnen sehen«, sagte Gabriel und bemühte sich krampfhaft, an ihrem zerknautschten, spärlichen Aufzug vorbeizuschauen. »Aber ich brauche gar nicht zu fragen, wie Sie sich fühlen. Sie sehen aus, als würden Sie jeden Moment zusammenklappen. Ab ins Bett mit Ihnen.«

Sie schlang die Arme um ihren zitternden Körper. »Äh ... ich muss nach Deaconsbridge, etwas besorgen.«

»Ja, meine Liebe, und ich muss Lucrezia Borgia heiraten. Aber bevor ich die Einladungen verschicke, gehen Sie erst mal zurück ins Bett.«

»Nein, im Ernst. Sie verstehen nicht, ich *muss* in die Stadt.« Doch noch während sie sprach, wurde sie am Arm genommen und ins Zimmer zurückgeführt. Zu schwach, um sich dem festen Griff zu entwinden, lag sie wieder im Bett, bevor sie wusste, wie ihr geschah. Ned setzte sich zu ihr, die Beine neben ihren ausgestreckt. »Mami, bist du sehr krank?«

Sie zwang ihre spröden Lippen zu einem Lächeln. »Nein, nur ein bisschen. Aber mir geht's bald wieder gut. Versprochen.«

Er ließ den Kopf gegen ihre Schulter sinken, sodass sie den Arm um ihn legen konnte. »Ich habe Mr Liberty erzählt, dass wir ihm Wasser geben müssen, damit er wieder groß und stark wird, und er hat gesagt, jetzt ist er an der Reihe und muss dir Wasser geben.«

Wie aufs Stichwort reichte Gabriel ihr den Becher Tee, den er mit heraufgebracht hatte. Dankbar nahm sie ihn entgegen. Dann fiel ihr wieder ein, dass sie diese Besorgungen machen musste. Allerdings war ihr klar, dass sie in ihrem momentanen Zustand größte Mühe haben würde, sich ans Steuer zu setzen, ganz zu schweigen von der Gefahr, in die sie sich und andere bringen würde. Doch die Vorstellung, Gabriel zu bitten, solch persönliche Dinge für sie zu besorgen, erschien ihr noch ungleich gewagter.

Während Ned in der Küche das Damebrett für ein neues Spiel vorbereitete, wand sich Gabriel innerlich bei dem Gedanken an das, worum er gebeten worden war. Obgleich er zweimal verheiratet gewesen war und eine Tochter großgezogen hatte, waren »intime Frauenangelegenheiten« stets ein beiderseits akzeptierter, sorgsam gehüteter Tabubereich gewesen. Ihm war nie etwas darüber gesagt worden, und er hatte auch nie den geringsten Drang verspürt nachzufragen. Und jetzt sollte er einfach in den Drogeriemarkt in der Stadt marschieren und in den Regalen nach ... nach ...

Mit einem Schaudern fuhr er sich durch die Haare. Er konnte das Wort nicht aussprechen, nicht einmal in seinem Kopf. Und was noch schlimmer war, er hatte keine Ahnung, wie die verdammten Dinger überhaupt aussahen.

Aber er musste es tun. Miss Costello – Clara, die so freundlich zu ihm gewesen war – lag oben im Bett und verließ sich auf ihn. Jetzt war nicht der rechte Moment, um zimperlich und peinlich berührt zu sein. Gabriel versuchte sich an das letzte Mal zu erinnern, als er im Drogeriemarkt gewesen war, damals, als er sich den Arm verbrannt hatte und Antibiotika brauchte. Er sah sich im Laden stehen und darauf warten, dass er seine Medikamente bekam. Mit geschlossenen Augen ging er die Sachen in den Regalen durch. Papiertaschentücher. Toilettenpapier. Shampoo. Windeln. Kämme. Bürsten. Make-up. Filme. Regenhauben. Nagelscheren. Bimssteine. Schwämme. Kulturbeutel. Zahnpasta. Halspastillen. Vitamintabletten. Hamamelislotion. Abführmittel.

Ach, es war zwecklos! Er konnte quasi eine Bestandsaufnahme vom gesamten Inventar des Ladens machen, und trotzdem wusste er nicht, wo die verflixten Dinger standen, die Clara haben wollte.

Da er seinen Namen hörte, öffnete er die Augen und wandte sich um. »Was hast du gesagt, Ned?«

»Das Telefon klingelt, Mr Liberty, hörst du das nicht?«

Verwirrt sah er sich um, in Gedanken noch mit den Regalen im Drogeriemarkt beschäftigt. »Stimmt, du hast Recht.« Er stand auf und ging in die Eingangshalle, wo das Telefon stand. Froh über die Ablenkung, nahm er den Hörer ab.

»Hallo, Dad, ich bin's, Jonah. Ich bin gerade auf dem Weg zum Supermarkt und dachte mir, ich frage mal, ob du was brauchst. Als ich das letzte Mal da war, habe ich gesehen, dass die Müsliflocken zur Neige gehen. Möchtest du eine bestimmte Sorte?«

Dem Himmel sei Dank, dass es Jonah gibt, dachte Gabriel fünf Minuten später, als er seinem Sohn erklärt hatte, dass die Costellos wieder bei ihm waren, und – nach einigen Fehlstarts – die Bitte, die ihm aufgetragen worden war, auf ihn abgewälzt hatte.

45

Jonah lächelte noch immer in sich hinein, als er den Supermarkt betrat, in dem eine Menge Feierabendkunden unterwegs waren.

Während er sich durch den Stau von Einkaufswagen schob, überlegte er, was ihn mehr amüsierte: die qualvolle Verlegenheit seines Vaters, als er murmelnd versucht hatte, seine Bestellung aufzugeben, ohne das unaussprechliche T-Wort oder das B-Wort zu benutzen, oder die Tatsache, dass Miss Costello wieder da war, wenn auch geplagt von Grippe und »weiblicher Unpässlichkeit«.

Als er in Mermaid House ankam und neben dem Wohnmobil parkte, dachte er daran, wie er sich erst neulich Abend gewünscht hatte, seine Besitzerin möge nach Deaconsbridge zurückkehren und erneut ihren Zauberstab über seinem Vater schwenken. Erstaunlicherweise war der erste Teil seines Wunsches bereits erfüllt worden. Nun mussten sie sie nur wieder auf die Beine kriegen, damit sie auch den zweiten Teil erledigen konnte. Was die angenehmen Hoffnungen betraf, die er im Stillen für sich selbst hegen mochte, so würde die Zeit schon Klärung bringen.

Jonah öffnete den Kofferraum seines Wagens und nahm zwei Plastiktüten heraus. Die eine enthielt diverse Einkäufe für seinen Vater, die andere alles Nötige, um die reisende Patientin wieder zu Kräften zu bringen.

Sein Vater kam ihm an der Tür entgegen. Er sah besorgt aus. »Hast du alles bekommen?«

»Alles«, versicherte Jonah ihm und trat in die Küche. »Hallo, Ned. Schön, dich wiederzusehen. Wie geht es dir? Hoffentlich hast du dich bei deiner Mutter nicht angesteckt. Du solltest auch vorsichtig sein, Dad.«

Ned kletterte vom Lehnstuhl am Aga, wo er in einem Buch geblättert hatte, und kam zu ihm. »Hast du Medizin mitgebracht, damit es Mami besser geht?«

»Ja, einen ganzen Haufen sogar. Damit ist sie bald wieder gesund genug, um dich durch den Garten zu jagen.« Er gab Gabriel die eine der beiden Tüten. »Willst du sie ihr raufbringen?«

Sein Vater lief rot an. »Äh ... nein, ich wollte gerade etwas zu essen kochen. Mach du es.«

»Einverstanden, aber was hältst du davon, noch einen Moment zu warten und das mit dem Kochen auch mir zu überlassen?«

Erst als er schon auf der Treppe war, fiel ihm auf, dass er seinen Vater gar nicht gefragt hatte, in welchem Zimmer die Patientin lag. Doch ein Husten leitete ihn zu Vals ehemaligem Schlafzimmer. Er klopfte an der Tür, die einen Spalt offen stand. Eine heisere Stimme sagte: »Keine Sorge, ich bin so züchtig, wie ich es nur je gewesen bin, Sie können ruhig reinkommen. Ach, Sie sind's.«

»Sie klingen enttäuscht.«

Clara putzte sich die Nase. »Ich habe nicht genug Kraft, enttäuscht zu sein. Kommen Sie ruhig näher. Ich verspreche, Ihnen nicht ins Gesicht zu niesen. Was haben Sie denn da?«

Er gab ihr die Plastiktüte, stand für einen Moment unbeholfen neben ihr und setzte sich dann auf den Stuhl am Bett. Prompt hatte er das Gefühl eines *Déjà-vu:* Wie oft hatte er auf diesem Stuhl gesessen und mit Val geplaudert, als sie krank gewesen war? »Ich musste ohnehin einkaufen, und Dad hat mich gebeten, ihm ein paar Sachen mitzubringen.«

Trotz ihrer Schwäche lächelte Clara wissend. Jonah sah, wie krank sie war. Ihr Gesicht war gerötet, und unter ihren verquollenen Augen lagen dunkle Ringe. Ihr Atem war flach und mit einem Rasseln unterlegt, das in ihm den Drang weckte, sich zu räuspern. »Ihr armer Vater«, krächzte sie. »Ich habe noch nie jemanden derart vor Verlegenheit im Boden versinken sehen.«

Auch Jonah musste lächeln. »Ich fürchte, so etwas liegt außerhalb seines Einsatzbereichs. In diesem Haushalt waren Frauengeschichten immer tabu. Ihm wäre es garantiert lieber, wenn Sie unter etwas weniger Delikatem litten, einer richtigen, anständigen Krankheit, wie zum Beispiel Beulenpest.« Er senkte den Blick auf die Tüte. »Ich habe mich bemüht, alle Eventualitäten abzudecken, aber falls ich etwas vergessen oder etwas Falsches mitgebracht haben sollte, sagen Sie's einfach, dann fahre ich noch mal rüber. Der Supermarkt hat bis acht Uhr auf.«

Clara kramte in der Tüte, und auf ihrem Gesicht breitete sich Erleichterung aus. »Gute Güte«, sagte sie heiser, »Sie haben ja die halbe Drogerieabteilung mitgebracht. Sie sind ein echter Lebensretter, Master Liberty. Sie haben an alles gedacht. Extrastarke Schmerztabletten und eine Auswahl an weiblichen Hygieneartikeln, mit der frau für jede Lebenslage gerüstet ist. Ich könnte jetzt sogar schwimmen gehen.« Sie hustete, griff nach einem Kleenex und putzte sich die Nase. »Falls mich die Lust überkommen sollte. Stört es Sie, wenn ich kurz verschwinde?«

Er stand hastig auf. »Soll ich Ihnen etwas zu trinken bringen, damit Sie die Tabletten einnehmen können?«

»Ein Tee wäre wunderbar. Aber machen Sie ihn bitte nicht so stark wie ihr Vater. Bei den Mengen, die ich zu mir nehme, möchte ich nicht riskieren, Haare auf der Brust zu kriegen.«

Als er erneut an die Tür klopfte, war sie bereits wieder im Bett. Er bemerkte, dass sie sich die Haare gekämmt und einen angenehmen Duft aufgesprüht hatte. Sie nahm den Teebecher entgegen und sagte: »Vielleicht ist dies der richtige Augenblick, zum Du zu wechseln, so intim, wie diese Begegnung ausfällt. Ich heiße Clara.«

»Ich nenne dich Clara, wenn du aufhörst, mich Master Liberty zu nennen.«

»Einverstanden. Eine Frage – wie kommt's, dass du dich bei einem so prüden Vater derart gut mit weiblichen Bedürfnissen auskennst und so selbstverständlich damit umgehst?«

»Ganz einfach. Meine letzte Freundin hat jeden Monat sehr damit zu kämpfen gehabt. Sie fand Yoga ganz hilfreich. Soll ich dir die Tabletten aus der Packung drücken?«

Clara nickte, ließ sich wieder gegen die Kissen sinken und

trank ihren Tee. Plötzlich sah sie sehr erschöpft aus, als hätte allein das Gespräch sie sämtliche Kraft gekostet. »Du bist wirklich zu gut für diese Welt, Jonah.« Sie seufzte. »Emily war dumm, einen Heiligen wie dich gehen zu lassen.«

Er legte die Tabletten in ihre ausgestreckte Hand. »Woher weißt du, dass sie Emily hieß?«

Ihr Blick wich seinem aus und wanderte zum Fenster, wo die ferne Spitze des Kinder Scout im sanften Abendlicht schimmerte. »Das muss mir dein Vater erzählt haben«, sagte sie. »Woher sollte ich es sonst wissen?«

Es erschien Jonah höchst unwahrscheinlich, dass sein Vater über etwas so Persönliches wie das Liebesleben seines jüngsten Sohns sprach, doch er ließ es dabei bewenden. Clara begann erneut so heftig zu husten, dass ihre Schultern sich zusammenkrampften. Jonah nahm ihr den Becher ab und stellte ihn neben die Kleenexpackung auf den Nachttisch. Aus der Tüte, die jetzt am Fußende des Betts lag, nahm er eine Flasche Hustensaft und studierte die Packungsbeilage. »Ich nehme an, du bist weder schwanger noch Asthmatikerin, oder?«

»Nein, Asthmatikerin bin ich nicht, und schwanger schon gar nicht. Es sei denn, das, was mich plagt, ist ein heftiger Anfall von unbefleckter Empfängnis.«

Er schraubte den Deckel ab, füllte die entsprechende Dosis in den beigelegten Messbecher und gab ihn ihr. »Alle vier Stunden, steht da.« Er sah auf die Uhr. »Die nächste Dosis ist also um elf fällig.«

Sie salutierte schwach. »Jawohl, Herr Doktor.«

»Als Nächstes habe ich Küchendienst. Irgendwelche Wünsche?«

Müde schüttelte sie den Kopf. »Nein, ich habe keinen Hunger.«

»Nicht mal ein gekochtes Ei? Jeder, der krank ist, will doch ein gekochtes Ei.« Er lächelte. »Ich könnte dir auch einen armen Ritter bringen.«

»Danke, aber die Rüstung wäre jetzt zu viel für meine Verdauung.«

Er räumte den restlichen Inhalt der Tüte – Nasenspray, Halspastillen, Vitaminpräparate und extraweiche Taschentücher –

auf die Kommode. Dabei begegneten sich ihre Blicke im Spiegel. Da er annahm, dass Clara wohl genug von seiner Gesellschaft hatte, faltete er die Tüte zusammen und sagte: »Na, dann lasse ich dich jetzt allein. Ruf mich, wenn du doch etwas zu essen willst. Und mach dir keine Sorgen wegen Ned. Dad und ich werden uns gut um ihn kümmern.«

Er war schon an der Tür, als er sie sagen hörte: »Danke für den Tee, Jonah, und ...«

»Ja?«

»Und für alles andere. Du kannst dir einen goldenen Stern geben und dich auf den ersten Platz im Klassenbuch setzen.«

»Nun, nach deinem Einsatz für Dad ist das ja wohl das Geringste, was ich tun kann.«

Ein Hustenanfall schüttelte sie, und als sie wieder zu Atem kam, sagte sie mit müder Stimme: »Du musst mit ihm reden, Jonah. Es gibt etwas, das er dir sagen will, das er dir sagen *muss*. Hilf ihm, den richtigen Moment zu finden. Er hat nicht genug Mut, um es allein zu schaffen.«

Verwirrt ging Jonah nach unten. Aus der Küche erklang die muntere Stimme seines Vaters. Er blieb im Türrahmen stehen und betrachtete das Bild, das sich ihm bot. Gabriel saß vor dem Aga, Ned auf dem Schoß, und las ihm hingebungsvoll eine Geschichte vor, während der Junge gebannt lauschte.

Wie vollkommen die beiden aussahen. Er wagte es kaum, sie zu stören.

Sie kamen zu dem einstimmigen Ergebnis, dass Jonah Omeletts mit Käse und Schinken machen sollte, und dazu Neds Lieblingsgemüse, Mais. Er war ein bemerkenswert fröhlicher und vertrauensvoller kleiner Junge, der offenbar alles so nahm, wie es kam – ein Charakterzug, den er vermutlich von seiner Mutter geerbt hatte, dachte Jonah. Ihm war zwar durchaus daran gelegen, dass sie bald wieder gesund wurde, aber ihre Abwesenheit schien ihn nicht weiter zu stören. Erst als er zu gähnen begann und Gabriel meinte, es sei Zeit für ihn, ins Bett zu gehen, aber er solle diese Nacht lieber nicht bei seiner Mutter schlafen, wurde er unruhig. »Aber wo soll ich denn schlafen? Allein in Winnie? Was ist, wenn ich was Schlimmes träume?«

Jonah kam ihm zu Hilfe. »Du kannst mein altes Zimmer haben, wenn du magst. Es ist direkt neben dem von deiner Mutter. Komm, wir schauen es uns mal an.«

Im trüben Licht der Glühbirne, die von der Stuckrosette an der Decke hing, war der Anblick alles andere als erhebend. Auf dem Doppelbett standen mehrere Kartons, doch als sie weggeräumt waren und das Bett mit einem sauberen Laken, Neds Kissen und einer blau-weiß gestreiften Decke bezogen war, wirkte er ganz zufrieden mit dem Arrangement. Vor allem, als er in einer Kommode am Fußende des Betts eine Sammlung von Jonahs alten Kinderbüchern fand. Da waren *Rupert Bear*-Bücher, die Val ihm zu Weihnachten geschenkt hatte, und ein *Blue Peter*-Sammelalbum. Trotz ihres Alters waren die Bücher in hervorragendem Zustand, denn Jonah war mit seinen Sachen immer sehr sorgsam umgegangen.

»Guckst du, ob ich die Zähne richtig geputzt habe?«, fragte Ned, nachdem er seinen Schlafanzug angezogen hatte und mit der Zahnbürste in der Hand im Bad stand, das Kinn auf Höhe des Waschbeckens. »Mami macht das immer so. Erst bin ich dran, und dann putzt sie sie noch mal, damit sie auch ganz bestimmt sauber sind.«

Nachdem diese Pflicht erledigt war, sagte Ned, er würde gern nachsehen, ob seine Mutter wach war, damit sie ihm einen Gutenachtkuss geben konnte.

»Gut, aber sei ganz leise, falls sie schon schläft.« Jonah wartete vor der Tür auf ihn, da er nicht stören wollte. Sekunden später tauchte Ned enttäuscht wieder auf.

»Sie schläft. Aber ich bin trotzdem aufs Bett geklettert und hab ihr einen Kuss gegeben.«

Sie gingen zu Neds Zimmer zurück, und Jonah war überrascht, als der Junge seine kleine Hand in seine schob und sagte: »Erzählst du mir noch eine Gutenachtgeschichte? Am liebsten eine erfundene. Die mag ich besonders.« Ein gewinnendes Lächeln erschien auf seinem Gesicht.

Es war schwer, ihm zu widerstehen, und so setzte sich Jonah, nachdem Ned unter die Decke gekrabbelt war, auf den Bettrand und begann mit seiner Geschichte. Bald fiel ihm auf, dass er mogelte und Ned eine abgewandelte Version von *Der selbst-*

süchtige Riese erzählte. Da er fand, dass darin für einen Vierjährigen zu viele Todesfälle vorkamen, improvisierte er und gab der Geschichte eine andere Wendung, sodass am Ende alle glücklich waren.

Mit schläfrigem Blick fragte Ned: »Warum mochte der Riese die Kinder nicht, die in seinem Garten spielten?«

»Weil er meinte, sie sind zu laut und machen seinen Garten kaputt.«

»Aber das haben sie nicht getan, oder? Sie haben es schön für ihn gemacht. Die Blumen sind gewachsen, und die Sonne hat geschienen.«

»Und er hatte verdammtes Glück, dass er es gemerkt hat, bevor es zu spät war«, sagte eine schroffe Stimme von der Tür aus. Ned hob den Kopf vom Kissen, und Jonah wandte sich um. Wie lange hatte sein Vater schon dort gestanden? Er kam ins Zimmer. »Kriege ich von meinem Lieblingsgast denn noch einen Gutenachtkuss?«

Jonah klopfte Ned freundschaftlich auf die Schulter. »Ich lasse euch allein. Gute Nacht.«

»Bist du morgen auch hier?«

»Tagsüber bin ich in der Schule, aber vielleicht komme ich euch am Abend besuchen. Schlaf gut.«

Während Jonah darauf wartete, dass sein Vater zu ihm in die Küche kam, beschloss er, Clara beim Wort zu nehmen. *Hilf ihm, den richtigen Moment zu finden.* Nun, vielleicht war der Moment jetzt gekommen.

Doch was, wenn die Folgen so entsetzlich waren wie beim letzten Mal, als er versucht hatte, mit seinem Vater zu reden?

Später, auf dem Heimweg, hielt Jonah plötzlich den Wagen an. Eine ganze Weile lang saß er da und starrte auf seine Hände, die das Lenkrad umklammerten. Dann schaltete er mit einer schnellen, entschlossenen Bewegung den Motor ab und stieg aus. Schwer atmend ging er zu der Steinmauer, neben der er angehalten hatte. Sein Blick wanderte über die dunkle Landschaft, zurück nach Mermaid House. Er sah, dass seine Hände zitterten. Es war der Schock.

Was sich eben zwischen ihm und seinem Vater abgespielt hatte, ging weit über alles hinaus, was er sich je von einem echten Gespräch mit ihm erhofft hatte. Zu hören, wie sein Vater ihn um Vergebung bat, war unerträglich schmerzhaft gewesen. Der Höhepunkt eines Lebens voller Schuldgefühle und Reue. Eines Lebens, in dem er sich immer wieder gefragt hatte, wie es wohl für seinen Vater und seine Geschwister gewesen wäre, wenn es ihn nicht gäbe ... wenn ihre Mutter am Leben geblieben wäre.

»Vergib mir, Jonah. Bitte.«

Er hätte nie gedacht, dass er diese Worte einmal hören würde. Dass sein Vater ihm die Hand auf die Schulter legen und sagen würde, es täte ihm Leid. Mit zugeschnürter Kehle hatte er gemurmelt, es sei schon in Ordnung, da wäre nichts zu vergeben. Es sei alles Vergangenheit.

»Es wird nie Vergangenheit sein«, hatte sein Vater erwidert, »solange ich nicht weiß, dass du mir vergeben hast.«

Sie standen in der Bibliothek, symbolträchtig unter dem Porträt, das Jonah als Kind zahllose Male angefleht hatte: *Mach, dass mein Vater glücklich ist ... Mach, dass er mich wahrnimmt ... Mach, dass Caspar und Damson mich mögen.* Einmal hatte Caspar ihn dabei ertappt, wie er das Bild anstarrte, und ihn grausam verhöhnt. »Du weißt, dass du sie umgebracht hast, oder? Ohne dich wäre sie noch am Leben.«

»Bitte, Jonah«, sagte sein Vater, »ich weiß, dass ich alles falsch gemacht habe, aber das möchte ich jetzt ändern. Dafür ist es doch noch nicht zu spät, oder?«

Mehr als ein Kopfschütteln brachte Jonah nicht zustande, und mit unsicherer Hand nahm er den Whisky, den sein Vater ihm eingeschenkt hatte. Er kippte ihn in einem Zug hinunter, in der Hoffnung, dass die Wärme seine Kehle weit genug lockern würde, damit er sprechen konnte. Es funktionierte. »Es ist in Ordnung, Dad. Wirklich. Ich habe dir nie Vorwürfe gemacht. Ich wusste, dass es einfach an den Umständen lag.«

Da erzählte sein Vater ihm, dass er mit einer seiner Schrotflinten in das Wäldchen gegangen war – genau wie Jonah es befürchtet hatte. »Nein, Jonah«, sagte er und hob die Hand, um seinen Sohn daran zu hindern, ihn zu unterbrechen, »und sieh mich nicht so an. Ich verdiene dein Mitgefühl nicht. Ich bin ein verdammter Idiot gewesen. Ich kann dir nicht versprechen, dass ich über Nacht ein neuer Mensch werde, aber du sollst wissen, dass mir viel an dir liegt. Sehr viel sogar. Noch einen Whisky? Du siehst aus, als könntest du ihn vertragen.«

»Lieber nicht, ich muss noch fahren.«

»Ach so, ja.«

Darauf folgte ein verlegenes Schweigen, bis Jonah schließlich sagte: »Es ist spät. Ich sollte jetzt gehen.«

Sie hatten sich an der Hintertür verabschiedet, nicht mit einer Zurschaustellung neu entdeckten Gefühls, nicht mit einer untypischen herzlichen Umarmung, aber mit einem warmen Händedruck, als wären sie zwei Menschen, die sich gerade kennen gelernt und festgestellt hatten, dass sie einander sympathisch fanden.

Jonah löste sich von der Mauer, stieg wieder in den Wagen und fuhr nach Hause.

46

Am selben Abend saß Archie in der Cross Street mit seinem Essen vor dem Fernseher. Die Nachrichten liefen, doch er hörte nicht zu. Er war zu müde. Seine Kraft reichte gerade noch dazu, sich Stücke von der Huhn-Champignon-Pie abzuschneiden, die er sich auf dem Heimweg geholt hatte.

Es war ein sehr langer Tag gewesen. Die Haushaltsauflösung in Whaley Bridge hatte mehr Kraft und Zeit gekostet, als er angenommen hatte. Er hatte wertvolle Stunden verloren, weil die Angehörigen der Verstorbenen sich nicht einigen konnten, wer was bekommen sollte. All dies hätte geregelt sein sollen, bevor Archie und Samson kamen, doch dem war nicht so. Bald befanden sie sich mitten in einem klassischen Familienkrach, bei dem die drei Schwiegertöchter sich darum stritten, wem die hübsche kleine Reiseuhr aus dem Wohnzimmer versprochen worden war. Als das Ganze eskalierte, zogen sich Archie und Samson in die Küche zurück, um dort die Schränke auszuräumen, und überließen es der auseinander brechenden Familie, die Angelegenheit zu klären. Nicht dass es viel gegeben hätte, worum es sich zu streiten lohnte: das Haus war klein und der Besitz mager. Vielleicht lag dort das Problem – je weniger Knochen es gab, desto heftiger und verbissener wurde darum gekämpft.

Möglicherweise war es auch für manche Leute eine Form, mit der Trauer umzugehen. Dampf abzulassen und sich untereinander zu kabbeln lenkte sie von den eigentlichen Geschehnissen ab. Doch diese Bande war kalt und habgierig gewesen. Ihnen war es nicht um sentimentale Erinnerungsstücke gegangen, sondern nur um das, was ein bisschen Geld einbrachte.

Er und Samson hatten sich dann um den Rest kümmern dürfen, den die Familie offenkundig als Müll betrachtete. Archie empfand es stets als eine Verpflichtung gegenüber dem Menschen, der sein ganzes Leben damit zugebracht hatte, diese Stücke zusammenzutragen, das Bestmögliche damit zu machen. Am meisten berührten ihn immer die Nachttische. In den kleinen Schubladen wurden oft die persönlichsten und herzzerreißendsten Dinge aufbewahrt, und die, die am meisten über die Gedanken und Gewohnheiten des Menschen verrieten. Der heutige Nachttisch hatte die übliche Ansammlung von alten Cremetuben, Päckchen mit Magentabletten, Knöpfen, rostigen Sicherheitsnadeln, verbogenen Haarnadeln und eine Kette aus billigen, bunten Perlen zutage gefördert. Außerdem eine zierliche Armbanduhr, die nicht funktionierte, einen Sparcoupon für Waschmittel (vom Oktober 1988), eine Pinzette, ein Hustenbonbon, das auf einem Umschlag mit Urlaubsfotos in Schwarzweiß eine klebrige Spur hinterlassen hatte, einen bröseligen Badewürfel, dessen Duft verflogen war, eine kleine Schmuckschatulle mit einer Sammlung von Spruchzetteln aus Knallbonbons, unbenutzte Partyhütchen, zwei Plastikpfeifen und einen Schlüsselring. Auch eine kleine Bibel war dabei gewesen, das Papier ganz knittrig vom vielen Blättern.

Archie war gerade noch rechtzeitig fertig geworden, um kurz nach Hause zu sprinten, sich frisch zu machen und ins Krankenhaus zu fahren. Jeden Tag ging er dorthin, in der Hoffnung, bei seiner Mutter ein Zeichen der Besserung zu sehen. Doch ihr Zustand war seit der Einlieferung unverändert: reglos und verloren in einer Welt, in der er sie nicht erreichen konnte.

Dennoch sprach er die ganze Zeit mit ihr, klammerte sich an den Glauben, dass sie zwar nicht imstande war, sich zu bewegen, nicht einmal die Augenlider, aber ihn immer noch hören konnte. Ihm war der Gedanke unerträglich, dass sie womöglich einsam war, dass sie das Gefühl hatte, er habe sie im Stich gelassen. Also hielt er sie auf dem Laufenden über alles, was um sie herum geschah. Er erzählte ihr von der hübschen Krankenschwester, die sich verlobt hatte und auf einer fernen Insel in der Karibik heiraten wollte, und lästerte mit gedämpfter Stimme über ihre Mitpatientinnen – die eingebildete Frau von gegenüber, die sich dauernd über das Essen beschwerte, die Frau, die kreuzworträtselsüchtig war, und die Frau im gewagten Nachthemd, deren Mann regelmäßig verbotenen Fusel für sie hereinschmuggelte. Nur von der Frau im Bett nebenan, die gestorben war, erzählte er ihr nichts. Ihr Platz war schon von einer anderen eingenommen worden, die gestern auf der Station erschienen war, eine ältere Frau mit schlecht sitzendem Gebiss, die Archie ständig unterbrach, während er mit Bessie sprach. Vielleicht war sie einsam und hatte niemanden, mit dem sie reden konnte, doch sie hatte seine Geduld arg strapaziert. »Wie heißen Sie noch gleich?«, hatte sie ihn zum hundertsten Mal gefragt.

»Archie«, erwiderte er, ebenfalls zum hundertsten Mal.

»Ich kannte mal einen Archie. Ein schrecklicher Kerl. Hat mich draußen vor dem Fleischerladen geküsst, wo alle Welt es sehen konnte.« Sie lachte so laut, dass ihr Gebiss im Mund umherwanderte. »Wie heißen Sie noch gleich?«

»Archie.«

»Ich kannte mal einen Archie. Ein schrecklicher Kerl. Hat mich –«

Mit den Nerven am Ende und zugleich voller Schuldgefühle wegen seiner Unhöflichkeit, hatte er den Vorhang um das Bett seiner Mutter zugezogen. Als er auf ihren reglosen Körper hinunterblickte, kam es ihm vor, als hätte ihr jemand die Züge aus dem Gesicht gestohlen. Die ganze Wärme und das Strahlen waren daraus verschwunden. Das wahre Wesen von Bessie Merryman war nicht mehr da.

Wie sehr er sich danach sehnte, dass sie die Augen öffnete und etwas zu ihm sagte! Egal, was. »Archie, sei doch so gut und bring mir eine Tasse Tee, ja?« Oder: »Archie, wo bin ich? Was tue ich hier zwischen all diesen armen alten Frauen?«

Ach, nur noch einmal mit ihr reden zu können, ihr all die Dinge sagen zu können, die sich in ihm stauten! Was gäbe er darum, nur eine einzige Kuriosität aus ihrem kreativen Wortschatz zu hören.

Während er mit der Gabel die letzten Bissen seines Abendessens aufspießte, wurde ihm klar, dass er nie wieder ein Wort von Bessie hören würde, dass sie nur noch Tage oder gar Stunden von ihrem Ende entfernt war.

Als das Telefon erneut klingelte, hätte Caspar den Anrufer am liebsten zu Boden geschlagen. Er hatte das ewige Geklingel satt. Es hatte sich bereits herumgesprochen, dass er am Ende war, und die Geier rotteten sich zusammen. Freunde, wie sie sich nannten, wohlmeinende Freunde, die sich Sorgen machten wegen der Gerüchte, die sie gehört hatten.

Zur Hölle mit ihnen! Die wollten sich doch bloß an seinem Unglück weiden.

Er schenkte sich ein weiteres Glas Wein aus der zweiten Flasche dieses Abends ein, stand taumelnd auf und griff nach dem schnurlosen Telefon. »Wer auch immer da ist, von mir aus könnt ihr mir alle mal im Mondschein begegnen.«

»Mr Liberty?«

»Habe ich mich nicht klar genug ausgedrückt?«

»Mr Liberty, hier ist Roland Hall. Ich weiß nicht, ob Sie sich daran erinnern, aber wir haben schon mal miteinander gesprochen.«

»Und ob ich mich erinnere! Sie sind das arrogante Weichei, das mich nicht mit meiner Schwester sprechen lassen wollte. Was wollen Sie? Hoffen Sie vielleicht, ich wäre genauso blöd wie Damson und würde mich Ihnen anschließen?«

»Nein. Ich rufe an, weil ich glaube, Sie sollten herkommen und sie besuchen.«

Obwohl Caspar ziemlich betrunken war, funktionierte sein Gehirn noch gut genug, um etwas im Tonfall des Mannes wahrzunehmen, das ihm die Nackenhaare zu Berge stehen ließ. »Warum? Was ist los? Und warum sagt Damson mir das nicht selbst?«

Schweigen.

»Damson weiß nicht, dass ich Sie anrufe.«

»Das ist also Ihre Vorgehensweise? Hinter dem Rücken Ihrer Kunden mit Freunden und Verwandten zu kungeln?«

»Mr Liberty, unsere alternative Lebensweise in Rosewood Manor mag Ihnen vielleicht –«

»Hören Sie, großer Meister, mein Geduldsfaden ist schon

verdammt dünn, also sparen Sie sich das Gesülze über Ihre paradiesischen Gefilde und kommen Sie zur Sache.«

Wieder folgte kurzes Schweigen. »Ihre Schwester ist krank, und ich denke, Sie sollten zu ihr kommen.«

Nachdem Caspar mehrere Tassen Espresso getrunken hatte, um wieder einen klaren Kopf zu bekommen, legte er sich ins Bett und verfluchte den Tag, an dem Damson vom Rosewood Manor Healing Centre erfahren hatte. Oh, er wusste ganz genau, was da vor sich ging! Sie hatten ihr irgendeine alberne Diät aus Kohl und Ginseng verabreicht, sie damit krank gemacht, und nun war ihnen das Ganze unheimlich geworden.

Wütend schlug er mit der Faust auf das Kissen, weil er so viel Wein getrunken hatte. Wenn er nicht so besoffen gewesen wäre, hätte er direkt losfahren und Damson nach Hause holen können. Doch so musste er warten, bis keine Gefahr mehr bestand, wegen Trunkenheit am Steuer angehalten zu werden. Er hatte schon sechs Punkte, und das Letzte, was er jetzt noch brauchen konnte, war ein Jahr Fahrverbot.

Sobald es hell war, machte sich Caspar auf den Weg nach Norden. Er hatte zumindest ein paar Stunden geschlafen, und mit einer weiteren Dosis starkem, schwarzem Kaffee im Magen umfasste er das Lenkrad mit wilder Entschlossenheit. Er hatte sich bereits alles zurechtgelegt. Sobald er in Rosewood Manor war, würde er diesem Roland Hall die Meinung geigen, Damson ins Auto packen und so schnell wie möglich von dort verschwinden.

Dann würde er Richtung Süden fahren und irgendwo unterwegs übernachten. Vielleicht in Harrogate, in einem halbwegs vernünftigen Hotel. Er hatte genug Bargeld bei sich, um ein Doppelzimmer für sich und Damson zu bezahlen, doch er musste vorsichtig sein. Kreditkarten waren jetzt tabu. Er hatte noch eine kleine Reserve, von der nicht einmal sein Steuerberater etwas wusste, aber die war für echte Notfälle gedacht. Und dann war da ja auch noch Damson. Sobald sie wusste, in was für einer Klemme er steckte, würde sie ihm unter die Arme greifen, bis er die Lage wieder im Griff hatte.

Es sei denn, diese manipulierenden Esoterikspinner hatten sie komplett leer gesaugt.

Bei diesem Gedanken trat Caspar noch fester aufs Gaspedal, blinkte mit der Lichthupe den Wagen vor sich an und raste Richtung Northumberland.

Clara öffnete die Augen, voller Hoffnung, dass es ihr an diesem Tag besser gehen würde.

Doch es ging ihr nicht besser, sondern schlechter. Ihre Haut war so gerötet und empfindlich, dass sie sich anfühlte, als hätte jemand sie in der Nacht mit einer Käsereibe bearbeitet. Ihre Gelenke schienen sich im Schlaf zusammengezogen zu haben und taten furchtbar weh. Ihr Hals war so wund, dass sie auf einen ganzen Stapel Bibeln geschworen hätte, sie habe mit Glassplittern gegurgelt. Ihre Brust schmerzte von den endlosen Hustenanfällen, und ihr Kopf dröhnte. Außerdem hatte sie quälende Bauchkrämpfe.

Mühsam setzte sie sich auf und griff nach der Kleenexschachtel. Dann trank sie einen Schluck aus dem Wasserglas, das jemand netterweise bereitgestellt hatte, und würgte ein paar Schmerztabletten hinunter.

Von unten klangen Stimmen herauf, eine hohe und eine tiefe. Sie warf einen Blick auf ihre Uhr, die auf dem Nachttisch lag, und sah, dass es halb zehn war. Schluss mit dem Herumhängen, es war Zeit aufzustehen – sie musste zurück ins Land der Lebenden. Sie schlug die Decke zurück und schwang die Beine auf den Boden, fest entschlossen, sich eine belebende Dusche zu gönnen – andererseits waren die Sanitärinstallationen in Mermaid House nichts für schwache Nerven, und so war ein Bad vielleicht angebrachter.

Doch als sie im Badezimmer angekommen war, schaffte sie es nur, aufs Klo zu gehen und sich die Zähne zu putzen. Dann schlurfte sie zurück ins Bett und zog sich die Decke über den Kopf. Mitten im nächsten Hustenanfall klopfte es an die Tür. »Kommen Sie herein, wenn Sie sich trauen«, krächzte sie.

»Wie geht es der Patientin?«, fragte Gabriel.

»Geht es dir besser, Mami?«

Der hoffnungsvolle Ausdruck in den Gesichtern der beiden

brachte sie fast zum Weinen. »Tut mir Leid«, sagte sie, »aber ich glaube, mir geht es sogar noch schlechter.«

»Ich hole Dr. Singh«, sagte Gabriel in solch einem bestimmten Ton, dass sie gar nicht erst versuchte, ihn davon abzubringen. »Wird Zeit, dass dieser neugierige Quälgeist hier mal was Nützliches tut.«

Der Arzt kam am Nachmittag. Doch es war nicht der viel beschimpfte Dr. Singh, sondern ein Vertreter, ein schmalbrüstiger junger Mann mit der Andeutung eines Schnurrbarts auf der Oberlippe und nervösen blauen Augen. Er untersuchte Clara kurz, diagnostizierte eine Grippe, stellte ein Rezept aus und riet ihr, viel Flüssigkeit zu sich zu nehmen.

»Als ob wir darauf nicht schon selbst gekommen wären«, knurrte Gabriel, nachdem er den Arzt hinausbegleitet hatte und Clara ihm berichtete, was er gesagt hatte.

»Tut mir Leid, dass ich Ihnen so zur Last falle«, sagte sie. »Und dass ich nicht schneller wieder gesund bin.«

Er setzte sich mit Ned ans Fußende. »Da kann man nichts machen. Ich bin bloß froh, dass Sie hier bei mir sind und nicht irgendwo auf einem gottverlassenen Campingplatz. Möchten Sie vielleicht etwas essen? Seit gestern haben Sie nichts weiter als einen Teller Tomatensuppe zu sich genommen.«

Clara schüttelte den Kopf, wünschte sich jedoch sofort, sie hätte es nicht getan. Sie schloss die Augen und wartete darauf, dass ihr Gehirn aufhörte, im Schädel zu rotieren, und spürte prompt, wie der Schlaf sie wieder umhüllte. Aus weiter Ferne hörte sie, wie Gabriel sagte: »Beeilung, junger Mann, wir müssen das Rezept für deine Mutter einlösen, bevor die Geschäfte zumachen.«

Mit letzter Kraft sagte sie oder bildete es sich zumindest ein: »Vergiss nicht, dich anzuschnallen, Ned.«

Im Zimmer wurde es still, und der Schlaf übermannte sie. Sie versank in einem Traum, in dem sie unaufhörlich Nägel in den Rumpf eines Schiffes schlug, um gegen das hereindringende Meerwasser zu kämpfen. Wieder und wieder hämmerte sie panisch auf die Nägel ein.

Bäng. Bäng. Bäng.

Tock. Tock. Tock.

Sie tauchte aus dem Traum auf und glitt sofort in den nächsten. Sie träumte von Jonah. Er trug Jeans und ein weites hellblaues Hemd mit aufgekrempelten Ärmeln, und in der Hand hielt er eine große Vase mit Blumen. »Stell sie zu den anderen ins Regal«, sagte sie zu ihm, »aber nicht davon essen. Sonst schrumpfst du.« Er hob eine Augenbraue, legte den Kopf schief und sah sie fragend an. Sie kicherte, als sie daran dachte, wie hinreißend und verführerisch er aussah. »Nun, Master Liberty, ich wette, du hast schon so manches Herz gebrochen mit deinem süßen, romantischen Engelsgesicht.« Das war das Schöne an Träumen, man konnte vollkommen ungehemmt sagen, was einem durch den Kopf ging. Er kam näher, den Kopf noch immer geneigt und, man musste es einfach sagen, noch immer zum Anbeißen.

Langsam breitete sich ein Lächeln auf seinem Gesicht aus. »Hast du dich bei den Medikamenten vergriffen?«, fragte er.

Sie erwiderte das Lächeln, doch dann erschien ihr der Traum irgendwie merkwürdig. Er war zu wirklich. Zu dreidimensional. Sie richtete den Blick auf die Blumen und bemerkte, dass sie sie riechen konnte – dass sie sogar definitiv den Duft von Nelken erkannte. War das möglich? Konnte man im Traum Dinge riechen? Bestimmt nicht. Sie setzte sich auf, zwang ihr träges Hirn zu einem Minimum an Einsatz und stellte fest, dass Jonah sie für ihren Geschmack ein wenig zu aufmerksam beobachtete, als überlege er, ob er sie in die Klapsmühle einliefern solle. »Habe ich gerade etwas Dummes gesagt?«, fragte sie.

»Etwas sehr Dummes. Aber das ist meine Schuld, ich hätte dich nicht stören sollen.«

Sie zog eine Grimasse. »Tut mir Leid. Ich habe dauernd grässliche Träume, die keinen Sinn ergeben. Und ich dachte, ich träume noch, als du reinkamst.«

»Ah, verstehe, das erklärt die Sache mit dem *süßen, romantischen Engelsgesicht*«, zog er sie auf. »Die hier sind übrigens für dich. Wo soll ich sie hinstellen? Und keine Sorge, ich werde sie nicht essen, ich bin nicht hungrig.«

Sie stöhnte. »Ja, nur weiter so. Mach dich ruhig über eine hilflose Frau lustig, die sich nicht wehren kann. Stell sie auf die

Fensterbank, dann weht der Wind den Duft in meine Richtung. Und damit du nicht denkst, ich hätte überhaupt keine Manieren: Danke, sie sind wunderschön.« Clara sah zu, wie er die Vase auf die Fensterbank stellte, und ihr fiel auf, dass er alles mit sorgfältigen, gezielten Bewegungen machte, genau wie gestern, als er die Einkäufe aus der Drogerie auf die Kommode gestellt hatte. An ihm war nichts Hastiges. Während er mit dem Rücken zu ihr am Fenster stand, fragte sie: »Schule für heute zu Ende?«

Er wandte sich um. Die Sonne hinter ihm verlieh seinem Haar einen sanften, kupferfarbenen Schimmer. »Ja. Und für die nächste Woche. Die Hälfte des Schuljahrs ist herum.«

»Du meine Güte, jedes Mal, wenn wir uns begegnen, hast du Ferien.«

»Nicht ganz.« Er trat wieder auf das Bett zu. »Hast du Lust, ein bisschen zu plaudern?«

»Gern.«

Jonah setzte sich auf den Stuhl neben ihr, streckte die Beine aus und strich mit seinen langen Fingern die Falten seiner Jeans glatt. »Wo sind Dad und Ned?«, fragte er.

»Das Letzte, was ich mitbekommen habe, war, dass sie nach Deaconsbridge wollten, um Medikamente für mich zu holen.« Sie sah auf die Uhr. »Das war vor zwei Stunden.«

»Warst du beim Arzt?«

»Ja. Beziehungsweise dein Vater hat einen herzitiert. Ein Junge, der kaum älter war als Ned, hat festgestellt, dass ich die Grippe habe.«

Er lächelte. »Er hat dich sehr gern, nicht?«

»Wer? Der pubertierende Arzt oder mein Sohn?«

»Mein Vater.«

»Du wirst es nicht glauben, aber ich habe den alten Knurrhahn auch ziemlich ins Herz geschlossen.« Clara hustete, einmal, zweimal, dann konnte sie überhaupt nicht wieder aufhören. Ein Taschentuch an den Mund gedrückt, krampfte sie sich keuchend und mit schmerzenden Rippen zusammen, und als sie nach Atem rang, stand Jonah auf und rieb ihr über den Rücken. Sekunden später war der Anfall vorbei, und Clara sank erschöpft in die Kissen. »Entschuldige«, japste sie.

»Kann ich dir irgendetwas bringen?«

»Ein neuer Körper wäre nicht schlecht, der hier will nicht mehr so richtig. Aber eine Portion Hustensaft und ein Tee tun's für den Anfang auch.«

»Dein Wunsch ist mir Befehl. Du übernimmst das mit dem Hustensaft, und ich kümmere mich um den Tee.«

Wenig später kam er mit einem Tablett zurück, auf dem zwei Becher mit Tee, eine geschälte und aufgeschnittene Orange und ein Teller mit Schokoladenkeksen standen. »Vitamin C und eine kleine Energiespritze. Wenn du die Krümel nicht schlucken kannst, leck einfach die Schokolade ab.«

Er machte es sich wieder auf dem Stuhl bequem, und nachdem er Clara überredet hatte, einen Keks zu essen, sagte er: »Ich dachte, es würde dich vielleicht interessieren, dass ich deinem Rat von gestern Abend gefolgt bin.«

Sie tunkte den Keks in ihren Tee. »Ich erinnere mich kaum noch an meinen Namen, ganz zu schweigen davon, was ich gestern Abend gesagt habe. Worum ging es denn?«

»Ich habe Dad dazu gekriegt, mit mir zu reden.«

Sie sah ihn verständnislos an. »Und *ich* habe dir gesagt, dass du das tun sollst?«

»Ja. Du meintest, ich solle ihm helfen, den richtigen Moment zu finden.«

Clara dachte darüber nach. Die Worte klangen irgendwie vertraut, aber sie hätte nicht sagen können, ob sie von ihr stammten. »Wahrscheinlich war ich im Delirium, als ich das sagte. War es denn ein guter Rat?«

Er nickte. »Sogar ein ausgezeichneter. Ich verdanke dir eine ganze Menge.«

Es schien Ewigkeiten her zu sein, seit sie und Ned Gabriel zusammengekrümmt im Wäldchen gefunden hatten, und Clara fragte sich, wie ehrlich er Jonah gegenüber wohl gewesen war. »Er hat in letzter Zeit ziemlich viel zu verdauen gehabt, nicht wahr?«, fragte sie, um Jonah zu einem ausführlicheren Bericht zu animieren.

Er fuhr sich mit der Hand durch das dichte, lockige Haar – eine elegante Bewegung, die vorübergehend ihre Aufmerksamkeit ablenkte. »Das ist noch harmlos ausgedrückt. Ich wünschte nur, er hätte schon vor Jahren den Mund aufgemacht.« Er hob den Kopf und sah ihr in die Augen. »Dad hat mir erzählt, wie du ihn unten im Wäldchen gefunden hast.« Einen langen Augenblick hingen seine Worte und das, worauf sie anspielten, zwischen ihnen. »Ich habe das Gefühl, ihn enttäuscht zu haben«, fuhr er fort. »Dass er so verzweifelt war und –«

»Nicht, Jonah. In dieser Familie hat es schon genug Selbstvorwürfe gegeben. Du hast dein Bestes getan, um jemandem zu helfen, der keine Hilfe wollte. Sei einfach froh, dass ihr beide euch versöhnt habt. Und denk dran, es war nicht deine Schuld, dass er seine Gefühle die ganze Zeit unter Hausarrest gehalten hat.«

Er lächelte sein sanftes, zögerndes Lächeln und bot ihr noch einen Keks an. »Jawohl, Ma'am.«

Sie wehrte ab.

»Wieder müde?«

»Ja.«

»Kann ich noch irgendetwas für dich tun, bevor du wieder in einem deiner halluzinösen Trips verschwindest?«

Sie überlegte. »Ja. Ich bräuchte etwas Frisches zum Anziehen. Nimm Ned mit ins Wohnmobil, wenn er mit deinem Vater zurückkommt, und lass dir von ihm zeigen, wo die Sachen sind. Die Schlüssel sind in meiner Handtasche.«

»Sonst noch was?«

»Hm ... was zu lesen wäre schön. Aber nicht die Ausgabe von *Sturmhöhe*, die im Regal über dem Tisch steht. Wenn ich das versuche, bricht mein Gehirn zusammen. Irgendetwas anderes. Etwas Leichtes, Tröstendes.«

»Einen Liebesroman?«

Erschöpft schloss sie die Augen. »Nein, lieber einen schönen, blutrünstigen Krimi.«

47

Caspars Tag verlief nicht so glatt, wie er es sich vorgestellt hatte. Ein Stau auf der Autobahn hatte seine Reise um anderthalb Stunden verlängert, und jetzt fand er Rosewood Manor nicht. Er war immer wieder im Kreis gefahren, über endlose Straßen, die sich durch windzerzauste Moore wanden und alle gleich aussahen. Es war eine wilde, ungastliche Gegend, schroff und abweisend, mit nur wenigen Häusern, und an manchen Stellen erinnerte sie ihn an Hollow Edge Moor. Als er morgens in Manchester losgefahren war, hatte die Sonne geschienen, doch hier oben, in dieser gottverlassenen Ecke, wo der Regen prasselte und der Wind pfiff, war es nicht schwer, sich die plündernden Barbarenstämme vorzustellen, die die Römer durch den Bau des Hadrian's Wall zurückzuhalten versucht hatten.

Wie, um alles in der Welt, war Damson nur auf die Idee gekommen, sich hier niederzulassen?

Schließlich machte Caspar widerstrebend eine Pause, um in einem Pub zu Mittag zu essen, dessen kupferbeschlagene Tische klebrig vom Bier und mit Brandstellen von Zigaretten übersät waren. Die gepolsterten Hocker waren so schmuddelig, dass er überlegte, ob er sich überhaupt setzen sollte. Seine Bestellung wurde von einer alten Hexe entgegengenommen, die sich mehr dafür interessierte, auf den Breitwandfernseher zu starren, der am Ende des überheizten Raums an der Wand hing, als ihre Gäste zu bedienen. Außer ihm war kaum jemand da, nur ein weißhaariger Mann, der die Nase in seinem Bierglas versenkte, und ein paar Jugendliche, die um einen Billardtisch herumlungerten.

Caspar beschloss, nur so lange zu bleiben, bis er seinen knurrenden Magen besänftigt und einen Hinweis bekommen hatte, wie er zum Rosewood Manor Healing Centre kam.

Wie sich herausstellte, hatte niemand davon gehört, aber man teilte ihm mit, Blydale Village sei gar kein richtiges Dorf. »Nur eine Hand voll Häuser, deren Bewohner sich für was Besseres halten«, sagte die Hexe mit missbilligendem Schniefen, als er ihr zehn Pfund für ein unnatürlich rosarotes, in der Mikrowelle aufgewärmtes Schinkensteak und einen unbeschreiblich kratzigen Brandy gab.

Dass die Römer schon vor Urzeiten den Rückzug angetreten hatten, bedeutete offenbar nicht, dass die Leute von ihrem Stammesdenken abgekommen waren, dachte Caspar bei sich, als er wieder in seinen luxuriösen Maserati stieg. Er wusste, dass es das Vernünftigste wäre, in Rosewood Manor anzurufen und sich den Weg beschreiben zu lassen, aber das hätte er nur über seine Leiche getan. So weit kam es noch, dass er diesen widerlichen Schlappschwanz von Roland Hall anrief und ihn um Hilfe bat!

Entschlossen fuhr er zurück Richtung Blydale. Zehn Minuten später war ihm das Glück hold, und er erblickte die Überreste eines Holzschilds, das er zuvor nicht bemerkt hatte, obwohl er diesen Straßenabschnitt bereits mehrmals auf und ab gefahren war. Er hielt an, stieg aus und stocherte im prasselnden Regen mit dem Fuß in dem hohen, nassen Gras herum. Als er das halb verrottete Holzstück umgedreht hatte, las er die Worte »Rosewood Manor Healing Centre«, die in einer albern verschnörkelten Schrift hineingeschnitzt waren. Halleluja! Endlich kam er der Sache näher.

Zurück im Auto, nahm er die nächste Abzweigung nach links, wie das Schild ursprünglich angezeigt hatte. Die Straße fiel ab und verengte sich, wand sich wieder aufwärts, bis sie schließlich zu einer T-Kreuzung führte. Hier gab es keine hilfreichen Schilder, aber in der Ferne, halb verborgen im nebligen Dickicht eines Nadelwalds, erblickte Caspar ein großes Haus.

Hoffnungsvoll fuhr er weiter. Kurz vor dem Haus versperrte ihm ein Metalltor den Weg. An dem Tor hing ein Schild mit der Aufschrift »Privatgrundstück – Zutritt verboten« in roten Lettern. Links daneben stand ein gemauerter Briefkasten, aber abgesehen von einem starken Gefühl in seinen Eingeweiden gab es nichts, das erkennen ließ, ob er hier Damson finden würde. Hastig sprang er hinaus, stieß das Tor auf und stürzte zurück ins Auto. Dann fuhr er weiter, ohne das Tor hinter sich zu schließen.

Das Haus war genau so, wie er es sich vorgestellt hatte: ein finsterer viktorianischer Kasten. Vermutlich war es früher eine Schule gewesen, wenn nicht sogar ein Erziehungsheim. Es strahlte eindeutig etwas Formelles aus. Ein hässlicher, überdimensionaler Backsteinklotz mit kahlen Fenstern. Voller Unverständnis dachte Caspar an die elegante Wohnung in Bath, die Damson gegen diese abgelegene, herzlose Monstrosität eingetauscht hatte. Was war ihr nur in den Sinn gekommen, als sie vor einem Jahr hierher gezogen war?

Er parkte den Wagen so nah wie möglich an der Eingangstür, lief über den Kies zu dem schützenden Vordach und zog an der altmodischen Metallklingel. Da sich nichts rührte, hämmerte er laut an die Tür und wartete. War es nur Einbildung, oder roch es hier nach dem typischen Schulkohl?

Wie nicht anders zu erwarten, dauerte es eine Weile, bis sich jemand dazu herabließ, die Tür zu öffnen. Eine magere, barfüßige Gestalt mit schimmernder Glatze erschien vor Caspar, legte die Handflächen aneinander und verneigte sich. »Willkommen im Rosewood Manor Healing Centre. Mein Name ist Jed. Wie kann ich Ihnen helfen?« Sein dämliches Gesicht strahlte so beseligt, dass Caspar ihm am liebsten die Faust hineingerammt hätte.

»Heben Sie sich den Quatsch für jemanden auf, der auf so was abfährt. Ich habe einen absolut beschissenen Tag hinter mir und keine Lust, noch mehr Zeit zu verschwenden. Ich bin Damsons Bruder, also bringen Sie mich zu Ihrem Guru, und dann seien Sie so gut und machen sich vom Acker.«

In dem Gesicht des Mannes rührte sich kein Muskel. Er verneigte sich erneut, trat zur Seite, um Caspar hineinzulassen, und schloss dann leise die Tür. Plötzlich fühlte sich Caspar unbehaglich, als sei er in einer fremden, unheimlichen Welt gelandet und sein einziger Fluchtweg nun versperrt.

Er wurde in einen großen Raum geführt, der aussah wie der

Prunksalon irgendeines viktorianischen Fabrikbesitzers. Jetzt, hundert Jahre später, war es darin kalt und erinnerte Caspar an Mermaid House, nur dass er noch schäbiger und ungemütlicher wirkte. Das Oval wurde von einer Gruppe gleichförmiger Stühle beherrscht. Es gab keine Teppiche, und die Wände waren in einem scheußlichen Mintgrün gestrichen, von dem sich die üppigen Stuckverzierungen in einem dunkleren Grünton abhoben. Und dort, wo vorher vermutlich Bilder und Spiegel die Wände verziert hatten, hing jetzt eine Reihe von Pinnbrettern. Das erste war voll mit albernen Mantras:

> Mache die Erneuerung deiner Seele zu deiner wichtigsten Aufgabe.
> Ein verhärtetes Herz ist ein verarmtes Herz.
> Erkenne dich selbst und lebe in Frieden.
> Selbstachtung entsteht aus der Auseinandersetzung mit den eigenen Schwächen.

Nichts weiter als der typische Psychostuss, den jeder New-Age-Hippie heutzutage von sich gab, dachte Caspar. Auf dem nächsten Pinnbrett war eine Reihe von Dienstplänen angebracht. Offenbar gab es für nahezu jede profane Haushaltstätigkeit einen: Kochen, Putzen, Waschen, Einkaufen und sogar Toilettenreinigung. Ihm fiel auf, dass Damsons Name auf keiner der Listen stand. Auf einem anderen Blatt waren weitere Tätigkeiten aufgeführt, vom Käsemachen über Imkerei bis zur Anfertigung von Holzspielzeug und Hängematten.

»Mr Liberty?«

Er wandte sich um. »Ja.«

Caspar erkannte hochwertige Kleidung, wenn er sie sah, und der Mann, der jetzt mit ausgestreckter Hand auf ihn zukam, war etwa im selben Alter und von gleicher Größe wie er selbst und legte offensichtlich Wert auf seine Erscheinung. Er trug eine cremeweiße Baumwollhose, ein gestreiftes Ralph-Lauren-Hemd und einen dunkelblauen Kaschmirpullover um die Schultern, und an seinem Handgelenk befand sich eine goldene Armbanduhr. Mit wachsender Befriedigung erkannte Caspar, dass er den verschlagenen Kopf dieser fragwürdigen Institution vor sich hatte. »Und Sie sind?«

»Roland Hall. Schön, Sie endlich persönlich kennen zu lernen.«

Bemüht, seine Überraschung zu verbergen, ignorierte Caspar die ausgestreckte Hand und setzte eine grimmige Miene auf. Zeit, zur Sache zu kommen. »Damson – wo ist sie?«

»Ja, natürlich, ich verstehe Ihren Drang, sie zu sehen. Doch wie wär's zuerst mit einem kleinen Drink? Wie war Ihre Fahrt? Das Wetter hat Sie sicher ganz schön aufgehalten.«

Die verlogene Darbietung von aalglattem Charme und öliger Gastfreundschaft machte Caspar wütend. »Der einzige Grund für mein Kommen ist das Wohlergehen meiner Schwester, also sparen wir uns den Smalltalk.«

Der Gesichtsausdruck des Mannes blieb ungerührt. »Wie Sie wünschen. Doch ich fühle mich verpflichtet, Sie darauf hinzuweisen, dass Ihre Schwester –«

Caspar erhob die Hand und richtete drohend den Zeigefinger auf das Gesicht seines Gegenübers. »Es interessiert mich nicht, was Sie über Damson zu sagen haben. Alles, was aus Ihrem Mund kommt, ist doch sowieso nur Schrott. Mag ja sein, dass die unterbelichteten Spinner, mit denen Sie es sonst zu tun haben, auf Ihre coole, abgehobene Art reinfallen, aber ich nicht. Ich erkenne einen Geldsauger, wenn ich ihn sehe.«

Er war fast ein wenig enttäuscht, dass Halls Reaktion sich auf ein gleichmütiges Nicken beschränkte. »Ich bringe Sie nach oben«, war alles, was er sagte. Die Selbstbeherrschung dieses Kerls machte einen geradezu verrückt. Er führte Caspar durch die Eingangshalle, wo sich am Fuß der Treppe eine kleine Gruppe versammelt hatte. Sie bestand offenbar zu gleichen Teilen aus Männern und Frauen, und alle drehten sich um und lächelten, als sie Hall auf sich zukommen sahen. In den Augen einiger der Frauen entdeckte Caspar unverhülltes Verlangen, mit dem sie ihrem Anführer nachblickten, der die Treppe hinaufging. Also war es nicht nur die Geldgier, die ihn hierher geführt hatte, sondern auch die Verhätschelung seines gigantischen Egos.

Sie gingen einen langen, schmalen Flur entlang, bis sie an der hintersten Tür ankamen. Sie war alt und mit zahllosen Lackschichten versehen, die an mehreren Stellen aufgeplatzt waren, vor allem rund um die Klinke. Hall klopfte leise. »Damson, ich bin's, Roland. Ich habe jemanden mitgebracht, der dich besuchen will.«

Also hatte das Wiesel ihr nicht einmal gesagt, dass er kam!

Als sie den Raum betraten, war es unmöglich zu sagen, wer von ihnen schockierter war: Damson, als sie Caspar erblickte, oder Caspar, als er sah, was für eine furchtbare Veränderung seine Schwester durchgemacht hatte.

Wie vom Donner gerührt stand er da und starrte die Frau an, die am Erkerfenster saß. Für einen kurzen Moment gelang es ihm beinahe, sich einzureden, das Ganze sei nur ein billiger Trick von Hall. Wo ist meine Schwester?, hätte er am liebsten gebrüllt. Was haben Sie mit ihr angestellt? Wer ist diese klapperdürre Frau mit den ausgemergelten Wangen und dem grässlich kurzen Haar?

Doch was er sagte, war: »Mein Gott, Damson, was haben diese Scharlatane dir angetan?« Dann ging er zu ihr, fiel auf die Knie und ergriff ihre kalten Hände.

Caspar nahm nicht wahr, dass Hall sie verließ, doch als er den Blick zu Damsons blassem Gesicht hob, sah er, dass die Tür zu und sie allein waren.

»Oh, mein liebster Caspar, warum bist du gekommen? Ich wollte nicht, dass du mich so siehst.« Sie strich ihm das Haar aus der Stirn und gab ihm einen zärtlichen Kuss.

Ohne ihre kraftlosen Hände loszulassen, stand er auf und setzte sich auf den Stuhl neben ihr. »Damson, ich verstehe nicht, was los ist! Ich bekam einen Anruf, du seist krank und ich solle dich besuchen kommen. Keine Sekunde habe ich gedacht, dass es etwas Ernstes sein könnte. Hall, dieser selbstgefällige Betrüger, hätte es mir sagen sollen. Warum hast du mich nicht selbst angerufen?«

Sie seufzte. »Es ist nicht so einfach.«

»Bitte versuch nicht, mich abzuwimmeln. Sag mir die Wahrheit. Tu mir den Gefallen und sag, was los ist! Ich meine, Herrgott noch mal, du sitzt im Rollstuhl! Hattest du einen Unfall?«

Sie schüttelte den Kopf. »Nein, Caspar. Die Wahrheit ist, ich werde bald sterben.«

Ihre Worte trafen ihn mit solcher Wucht, dass er nach Luft rang. Sie legte ihm die Hand auf den Unterarm. »Manchmal tut Ehrlichkeit ganz schön weh, was, Liebster?«

»Aber – aber das kann nicht sein! Nicht du. Jeder, aber doch nicht *du*!« Ihm drehte sich alles, und in seinen Ohren dröhnte ein Rauschen.

»Oh, Caspar, wusstest du das denn nicht? Das passiert auch den Besten von uns. Und wer weiß, vielleicht ist das jetzt endlich einmal etwas, das ich richtig mache.«

Er konnte ihre Worte einfach nicht akzeptieren. Sie klang viel zu unbekümmert und obenhin. Aufgebracht erhob er sich und breitete in einer vorwurfsvollen Geste die Arme aus. »Es ist dieser Ort! Sie haben etwas mit dir angestellt. Wenn ich dich hier weghole, geht es dir bald wieder gut. Wahrscheinlich isst du nicht genug. Vielleicht bist du magersüchtig.«

»Bitte setz dich wieder hin und beruhige dich, Caspar. Das ist genau der Grund, weshalb ich dich nicht sehen wollte. Glaubst du nicht, ich wüsste es, wenn ich magersüchtig wäre? Nein, mein Liebster, ich habe Eierstockkrebs, und zwar im letzten Stadium. Der Tumor ist so groß wie eine Faust. Vorsichtig geschätzt, habe ich noch ein paar Wochen zu leben. Obwohl ich persönlich das Gefühl habe, dass es noch weniger ist.«

Er ließ sich auf den Stuhl fallen. »Nein! Das kann nicht sein. Damson, du musst auf mich hören, du musst dagegen ankämpfen, egal, was sie dir hier eingeredet haben«

»Nein, *du* hörst jetzt auf *mich*. Ich bin schon seit einer ganzen Weile krank. Tatsächlich war das sogar der Grund, weshalb ich hierher gekommen bin. Ich habe Roland bei einer Party in Bath kennen gelernt, einen Monat nachdem der Krebs bei mir diagnostiziert worden war. Er erzählte mir von Rosewood Manor, das er gerade gegründet hatte, und je mehr er davon sprach, desto überzeugter war ich, dass dies genau der richtige Rahmen wäre, in dem ich meine restlichen Tage verbringen wollte. Ich brauchte einen Ort, an dem ich mich ausruhen konnte. Wo ich mit mir ins Reine kommen konnte. Und bevor du weiter über Roland herziehst: Als wir uns begegnet sind, wusste er nicht, dass ich krank war. Ich habe es ihm verschwiegen … wie allen anderen auch.« Sie hielt inne und atmete kurz und kraftlos ein. »Verstehst du, Caspar, ich wusste, dass ich nicht den Mut aufbringen würde, eine Chemotherapie durchzustehen – die Übelkeit, die Erschöpfung ... Und ich wollte auch nicht ständig ins Krankenhaus und wie ein Experiment behandelt werden. Also beschloss ich, feige zu sein und der Natur ihren Lauf zu lassen. So ist es am besten.«

Sich an den letzten Strohhalm klammernd, sagte Caspar mit heiserer Stimme: »Aber wenn du es überhaupt nicht mit der konventionellen Medizin versucht hast, woher – woher weißt du, dass sie dir jetzt nicht noch helfen kann?«

Damson schenkte ihm ein schwaches Lächeln. »Roland hat mich vor ein paar Monaten zu einem Arzt geschleppt, als er sah, dass etwas nicht in Ordnung war, dass ich unter Schmerzen litt und ihm nichts davon gesagt hatte. Nachdem ich beim hiesigen Allgemeinarzt war, habe ich auch noch mehrere Spezialisten aufgesucht, und alle haben dasselbe gesagt – der Krebs sei so weit fortgeschritten, dass man nichts mehr dagegen tun könne. In gewisser Weise war ich froh. Es bedeutete, dass ich endlich einmal etwas im Griff hatte. Du weißt ja, wie flatterhaft und unfähig ich immer gewesen bin.« Sie stieß ein kurzes Lachen aus, das spröde und hohl klang.

Zu seinem Entsetzen spürte Caspar, wie ihm die Tränen in die Augen stiegen, und Verzweiflung überkam ihn. »Aber, Damson, du hast nichts im Griff, der Krebs hat *dich* im Griff! Er – er bringt dich um, und das ertrage ich nicht.«

Wieder fiel er auf die Knie, legte den Kopf in ihren Schoß und begann zu weinen.

Oh, großer Gott, er verlor den einzigen Menschen, der ihm je etwas bedeutet hatte.

Damson war die Einzige, die er wirklich geliebt hatte.

48

Normalerweise achtete Gabriel selten darauf, wie die Tage vergingen, doch seit Clara mit Grippe im Bett lag, waren sie ihm überdeutlich bewusst. Jetzt war Samstag, und es war der dritte Tag, an dem sie krank war. Jeden Morgen, wenn er nach ihr sah, hoffte er inständig, sie möge sich besser fühlen, doch sie schien unter seinen Augen dahinzuwelken. Sie so hilflos zu sehen, machte ihm bewusst, dass sie doch nicht unbesiegbar war und dass er sich jetzt ein wenig für ihre Freundlichkeit revanchieren konnte.

Dennoch war er – in mehr als einer Hinsicht – froh, dass es Jonah gab, der ihm half. Seit Donnerstagabend, als er und Jonah miteinander geredet hatten – ernsthaft miteinander geredet hatten –, wusste er, wie treffend Claras Worte gewesen waren: Jonah war in der Tat ein Geschenk von Anastasia, und er hatte seinem Vater sofort vergeben.

Um Clara für das zu danken, was sie in Gang gesetzt hatte, würde Gabriel alles tun. Das hatte er ihr morgens auch gesagt, als er und Ned ihr das Frühstückstablett hinaufbrachten, dekoriert mit einer Zeichnung von Ned und ein paar Blumen aus dem Garten. Jonah hatte ihnen beiden befohlen, am Fußende des Betts zu bleiben, als ob die Bazillen und Viren zu dumm wären, so weit zu wandern, und von dort aus hatte Gabriel ihr für alles gedankt, was sie für ihn getan hatte, und ihr gesagt, falls sie irgendetwas brauche, solle sie es ihm nur sagen.

Lachen durchbrach seine Gedanken, und er wandte sich um und sah aus dem Fenster der Bibliothek. Ned und Jonah spielten im Garten Fußball. Der Junge rannte hinter Jonah her, der auf das Tor aus zwei umgedrehten Blumentöpfen zulief.

Plötzlich bemerkten die beiden ihn und winkten. Gabriel winkte zurück und deutete dann auf seine Uhr, als Zeichen, dass es Zeit für das Mittagessen war.

Und von der Zeit hatte er schon viel zu viel verschwendet, seit er in den Ruhestand gegangen und Val gestorben war – er hatte sie mutwillig verplempert. Aber damit war jetzt Schluss. Den Rest, der ihm noch blieb, würde er gut nutzen. Was hatte Clara noch gesagt, als sie einwilligte, Mermaid House auszumisten? »Ich schenke Ihnen eine Woche von meiner kostbaren Zeit, Mr Liberty.« Sie hatte Recht, die Zeit war kostbar, und er hatte so viel damit vergeudet, in der Vergangenheit zu leben! Er hatte sich von seiner Trauer verschlingen lassen und sie in eine zerstörerische Kraft verwandelt, durch die er beinahe alles verloren hätte.

Doch um wirklich ins Reine zu kommen, gab es noch etwas zu erledigen. Mit Jonah hatte er sich versöhnt, und nun musste er dasselbe mit Caspar und Damson tun.

»Wann hättest du es mir denn gesagt, Damson?« Die Frage lag Caspar seit dem vergangenen Nachmittag auf den Lippen, als seine Schwester ihm gesagt hatte, dass sie sterbenskrank war. Doch erst jetzt hatte er den Mut aufgebracht, sie zu stellen.

Sie lagen zusammen auf ihrem Bett. Damson hatte ihm das Gesicht zugewandt, und die Nachmittagssonne schien durchs Fenster herein. Seit Jahren hatten sie nicht mehr so dagelegen, wie als Kinder, als sie sich auf diese Weise von der Welt abschotteten.

»So weit hatte ich gar nicht gedacht«, sagte sie. »Feigheit, fürchte ich.«

»Du warst nie feige.«

»Doch, Caspar, das waren wir beide.«

Er stützte sich auf seinen Ellbogen und sah zu ihr hinunter.

»Sieh mich nicht so an, Liebster, du weißt genau, dass ich die Wahrheit sage. Hilf mir auf, dann erzähle ich dir, was ich während meiner Zeit hier gelernt habe.«

Caspar stand auf und ging herum zur Seite seiner Schwester.

Er hob ihren zerbrechlichen Körper sachte an, sodass ihre Schultern sich gegen die Kissen stützen konnten. Er musste sich Mühe geben, sich nichts anmerken zu lassen, als er sie berührte, denn es war fast nichts mehr von ihr übrig. Der Krebs hatte ihren Körper ausgehöhlt, bis nur noch ein Schatten der schönen Frau übrig war, die er einst gekannt hatte.

Fassungslos hatte Caspar am vergangenen Abend zugehört, wie sie davon sprach, dass sie ihr nahendes Ende akzeptierte. Sie hatte bereits alles arrangiert. Wenn es so weit war und sie das Gefühl hatte, sie könne Rosewood Manor ihre Pflege nicht länger zumuten, würde sie in ein Hospiz gehen. Sie wollte so wenig Wirbel wie möglich. »Dieses eine Mal werde ich mich benehmen, Caspar. Ich möchte sanft in die Nacht entschwinden.« Er hätte gern noch weiter mit ihr geredet, doch sie war zu erschöpft und schlief ein. Er breitete eine Decke über sie und saß dann in der wachsenden Dunkelheit da und betrachtete das Gesicht, das so viele Männer in ihrem verrückten, extravaganten Leben fasziniert hatte. Stets unkalkulierbar, stets zu allem Unsinn bereit, hatte sie jeden Tag gelebt, wie er kam, so als – als sei es ihr letzter.

Als es dunkel war, machte er sich auf die Suche nach Roland Hall. Es war Abendessenszeit, und die übrigen Hausbewohner saßen im Speisesaal an ihren Futtertrögen. Caspar überkam eine Woge des Zorns, als sah, wie sie sich fröhlich plaudernd den Bauch vollschlugen, während seine Schwester entsetzliche Schmerzen litt.

»Wie geht es ihr?«, fragte Hall, als Caspar ihn schließlich aufgespürt hatte.

Der milde Tonfall des Mannes machte ihn noch wütender, und er fauchte ihn an: »Oh, ihr geht's prima! Fantastisch für eine Frau, die im Sterben liegt! Warum zum Teufel haben Sie mir nichts davon gesagt?«

»Sie müssen mir glauben, wenn ich Ihnen sage, dass es nicht meine Absicht war, aber sie hat mir das Versprechen abgenommen, es nicht zu tun. Ich musste ihren Wunsch respektieren.«

»Und warum haben Sie dann gestern Abend gegen Ihr Versprechen verstoßen und mich angerufen?«

»Ich dachte, es sei an der Zeit.«

Er packte Hall an den Schultern. »Für wen halten Sie sich eigentlich, solche Entscheidungen zu treffen? Für Gott den Allmächtigen?«

Noch immer blieb Hall ungerührt. Seine Ruhe brachte Caspar dazu, ihn loszulassen. Er trat einen Schritt zurück. »Ich werde Sie verklagen. Ich werde Sie bis auf Ihren letzten Penny verklagen. Sie haben meiner Schwester vorsätzlich rechtzeitige ärztliche Hilfe vorenthalten. Sie haben sie mehr oder weniger umgebracht.«

»Ich versichere Ihnen, ich habe nichts dergleichen getan. Ich wollte immer nur das Beste für Damson. Vielleicht sollten wir uns später weiter unterhalten, wenn Sie sich beruhigt haben. Jetzt sind Sie sicher hungrig. Ich lasse ein Tablett für Sie beide nach oben bringen.«

Caspar ging wieder zurück zu Damson. Sie schlief noch immer. Er schaltete das Licht ein und zog die Vorhänge zu, um den Rest der Welt auszusperren. Dann klopfte es an der Tür, und ein rothaariges Mädchen kam mit einem großen Tablett herein. Sie stellte es auf dem niedrigen Tisch vor Damsons Rollstuhl ab und verschwand ohne ein Wort. Caspar nahm die Warmhaltehauben von den Tellern und sah, dass das Essen mit Namensschildern markiert war: Für Damson gab es eine Gemüsesuppe, für ihn pochierten Lachs mit Ofenkartoffel und einem grünen Salat. Offenbar zogen sie alle Register, um ihn zu beeindrucken. Er weckte Damson, und nachdem sie ihre Schläfrigkeit abgeschüttelt und eine Hand voll Tabletten genommen hatte, aßen sie zu Abend. Caspar versuchte, nicht darauf zu achten, wie wenig sie von der Suppe zu sich nahm. Kein Wunder, dass sie so dünn war.

»Du musst über Nacht bleiben«, sagte sie, als sie ihren Teller wegschob. »Ich bitte Roland, dir ein Bett beziehen zu lassen. Gleich nebenan ist ein freies Zimmer.«

»Kann ich nicht hier bei dir schlafen? Wenn's sein muss, reicht mir auch ein Stuhl.«

»Nein, ich würde dich stören. Ich schlafe nachts nicht gut und lese oft, um die Zeit herumzubekommen.«

»Ich könnte dir vorlesen – wie früher.« Die Worte blieben ihm fast im Hals stecken.

Damson schüttelte den Kopf. »Nicht heute. Du musst dich ausruhen.«

Er war zu benommen gewesen, um mit ihr zu streiten. Normalerweise wäre er um keinen Preis bereit gewesen, eine Nacht in Rosewood Manor zu verbringen, doch die Welt drehte sich um eine neue Achse, und alles entglitt ihm. Nichts schien mehr real zu sein.

Als Caspar nun, fast vierundzwanzig Stunden später, wieder bei Damson auf dem Bett saß, erschien ihm die Situation keineswegs realer. Doch da er begriffen hatte, dass er nichts dagegen tun konnte, begann er, sich in das Schicksal zu fügen. Er musste akzeptieren, dass seine Schwester bald tot sein würde. Jetzt hörte er ihr zu.

»Ich weiß, für dich ist Rosewood Manor ein grässlicher Ort voller Leute, die ihr Leben nicht auf die Reihe kriegen«, begann sie, »und du hast sogar Recht. Die Menschen, die hierher kommen, leiden unter allen möglichen Problemen: beruflicher Burnout, gescheiterte Ehe, Missbrauch – oh ja, ich habe herzzerreißende Lebensgeschichten gehört, die sogar dich in die Knie zwingen würden, Caspar. Was Roland hier geschaffen hat, ist eine Oase der –« Sie erhob die Hand. »Nein, bitte unterbrich mich nicht, dazu reicht meine Kraft nicht. Ich wünschte, du könntest Roland als das sehen, was er ist. Er ist der ehrenhafteste und anständigste Mann, der mir je begegnet ist. Er hat mir unendlich geholfen. Er ist kein Betrüger, Caspar. Wirklich nicht. Aber eigentlich wollte ich etwas ganz anderes sagen.« Sie verstummte und schien ihren Gedanken nachzuhängen, die sehr weit von ihm entfernt waren. Langsam kehrte sie zurück. Sie sagte: »Wir müssen über deine Zukunft sprechen, Caspar.«

»Die interessiert mich im Moment nicht, Damson.«

Doch sie schien ihn nicht zu hören. »Wusstest du, dass die Vergangenheit wächst und viel klarer wird, wenn einem nicht mehr viel Zukunft bleibt?« Ohne auf eine Antwort zu warten, fuhr sie fort: »Wir müssen über Mermaid House reden, über Dad und Jonah. Ich möchte, dass du mir etwas versprichst. Es wird nicht einfach sein, aber nimm es als den letzten Wunsch einer sterbenden Frau.«

Caspar schluckte schwer. War ihr nicht bewusst, wie aufwühlend es für ihn war, sie so reden zu hören? Doch als spüre sie seinen Schmerz, berührte sie seine Wange. »Schluss mit dem Verstecken und Weglaufen, Caspar. Das haben wir jetzt hinter uns. Weißt du noch, wie wir immer gesagt haben, ›wir beide gegen den Rest der Welt‹?«

Er nickte heftig, da er sich noch sehr genau an das erste Mal erinnerte, als sie diese Worte gesagt hatte. Es war in der Nacht gewesen, als ihre Mutter gestorben war. Er war leise in Damsons Zimmer gekommen und hatte sich neben ihr Bett gestellt. »Ich kann nicht schlafen«, hatte er geflüstert. Wortlos hatte sie die Decke zurückgeschlagen und ihn darunter kriechen lassen. Sie hielt ihn im Arm und übernahm schon damals die Rolle der Beschützerin. »Jetzt gibt es nur noch dich und mich, Caspar«, sagte sie. »Du und ich gegen den Rest der Welt.« Dann waren sie eingeschlafen, und am nächsten Morgen, als ihr Leben sich auf unwiderrufliche Weise verändert und ihr Vater eine undurchdringliche Mauer um sich aufgebaut hatte, war ihnen klar gewesen, dass sie sich tatsächlich nur noch auf sich selbst verlassen konnten.

»Caspar, hörst du mir zu?«

»Entschuldige, was hast du gesagt?«

»Ich habe gesagt, dass wir uns falsch verhalten haben. Wir hätten uns niemals so abschotten, hätten niemals so grausam zu Jonah und Val sein dürfen. Wir haben sie abscheulich behandelt.«

Caspar spürte, wie sein Körper sich versteifte. Er wollte nicht an Jonah denken oder an Val, die Frau, die es gewagt hatte, ihre Mutter ersetzen zu wollen.

Ein Klopfen ließ sie aufblicken. Die Tür ging auf, und Hall steckte den Kopf herein. »Damson, die Pflegerin ist da. Ist es okay, wenn ich sie raufhole?«

»Natürlich, Roland. Caspar, würdest du mich jetzt bitte allein lassen? Diese Pflegerinnen sind sehr gründlich, und ich möchte nicht, dass du mehr von mir siehst als unbedingt nötig. Wie wär's mit einem Spaziergang? Es ist so schönes Wetter.«

Doch Caspar machte keinen Spaziergang. Er schloss sich in dem Zimmer ein, dass man ihm am Abend zuvor gegeben hatte, und fragte sich, wie Damson das Wetter überhaupt wahrnehmen konnte. Seit seiner Ankunft in Rosewood Manor hatte er von der restlichen Welt nichts mehr mitbekommen. Alle seine Gedanken drehten sich um das entsetzliche Wissen, dass seine geliebte Damson ihn bald verlassen würde.

Jetzt bereute er jedes böse Wort, dass er je über ihre veränderte Lebensweise gesagt hatte. Er hätte sich stärker bemühen sollen zu verstehen, was sie tat, anstatt es zu verurteilen. Er hatte sie als schwach und irregeleitet abgetan und nicht ein einziges Mal innegehalten, um zu fragen, warum sie es tat.

Es schmerzte ihn, dass sie nicht zu ihm gekommen war, als sie von der Krankheit erfahren hatte. Aber noch mehr schmerzte die Tatsache, dass es nun, da sie wieder vereint waren, zu spät war. Mit unangenehmer Klarheit erkannte er, dass die meisten seiner abfälligen Bemerkungen über Rosewood Manor auf Eifersucht beruht hatten. Die Vorstellung, dass seine geliebte Damson lieber mit einem Haufen Außenseiter zusammen war als mit ihm, war ihm unerträglich gewesen.

Er lag auf dem Bett und starrte die Stuckrosette an, verfolgte mit den Augen ihr kreisförmiges Blattmuster. Als kleines Kind hatte er in den Sommermonaten dasselbe getan, wenn es in seinem Zimmer noch hell war und er nicht einschlafen konnte. Er erinnerte sich noch an einen speziellen Abend vor dem Tod ihrer Mutter: Anastasia war hereingekommen, um ihm einen Gutenachtkuss zu geben, bevor sie zu einer Party ging. In ein elegantes, schulterfreies Abendkleid gehüllt – der Stoff war seidig glatt und raschelte, wenn sie sich bewegte –, hatte sie ihn auf die Wange geküsst und ihn mit einer Strähne ihres wundervollen langen Haars spielen lassen. Dann war Dad dazugekommen und hatte ihm auch einen Kuss gegeben. Wie glücklich er sich gefühlt hatte, wie geliebt und geborgen …

Und als Caspar nun in den Schlaf hinüberglitt, war er wieder in seinem alten Bett in Mermaid House, umhüllt von einer Decke aus Liebe … Es erinnerte ihn daran, dass Damson doch nicht der einzige Mensch war, den er wirklich geliebt hatte.

Bevor alles schief gegangen war, hatte er seine Eltern geliebt.

Jonah brachte Clara ihr Abendessen. Sie saß aufrecht im Bett und las, was er als gutes Zeichen nahm.

»Wie fühlst du dich heute, auf einer Skala von eins bis zehn?«, fragte er. Von dort, wo er stand, sah sie ein bisschen besser aus, nicht mehr so gerötet und fieberglühend.

Sie ließ das Buch sinken. »Etwa vier«, sagte sie, »Tendenz fünf.«

»Das ist gut. Dann bist du ja sicher fit genug, um das hier zu essen.« Er stellte ihr das Tablett auf den Schoß. »Rührei mit geräuchertem Lachs und ein Glas frisch gepresster Orangensaft. Ich hoffe, alles ist nach Madames Geschmack.« Mit kunstvollem Schwung schüttelte er eine weiße Serviette aus und reichte sie ihr.

Sie lächelte. »Daran könnte ich mich gewöhnen.«

Er gab ihr Messer und Gabel. »Iss, solange es heiß ist.«

»Jawohl, Herr Lehrer.«

»Sir, wenn ich bitten darf. Hast du Lust auf Gesellschaft, oder möchtest du lieber allein essen?«

»Nein, ein bisschen Gesellschaft wäre nett. Das Haus ist so still, wo sind denn die anderen?«

Jonah rückte den Stuhl an das offene Fenster und setzte sich. »Dad ist mit Ned zum Fluss gegangen. Sie wollen fischen, und zwar mit der modernsten Ausrüstung, die sie finden konnten: einem Plastiksieb und einem Marmeladenglas. Was macht das Buch? Weißt du schon, wer der Mörder ist?«

Clara kaute ihren Bissen zu Ende. »Noch zwei Kapitel, aber ich bin mir ziemlich sicher.«

Er lächelte. »Soll ich dir, wenn sich deine Vermutung bestätigt hat, ein neues holen?«

»Oh ja, gern, wenn es nicht zu viel Mühe macht. Und ich wäre dir dankbar, wenn du mir mein Handy mitbringen könntest. Obwohl ich mich allmählich wirklich zusammenreißen sollte. Ich habe schon ein ganz schlechtes Gewissen, weil du und dein Vater die ganze Zeit Ned bei Laune halten müsst.«

»Das brauchst du nicht. Dad und mir macht es Spaß, uns um ihn zu kümmern. Er ist ein wunderbarer Junge. Ich habe normalerweise ja nur mit ungehobelten Teenagern zu tun, da ist so ein Vierjähriger eine echte Abwechslung.«

»Ich weiß nicht, ob ich es gut finden soll, dass mein Sohn als Abwechslung bezeichnet wird, aber ich hacke nicht weiter drauf rum, wenn du mir von der Schule erzählst, in der du arbeitest. Dein Vater sagt, sie wäre voller Hooligans.«

Zögernd begann Jonah, ein wenig zu berichten, doch als er sah, dass sie ernsthaft interessiert war, erzählte er ausführlich von den Schülern der Dick High, seinem Ärger über einige der Kollegen und seinen Hoffnungen für die Schule. Er erzählte ihr sogar von Jase. »Ich hoffe nur, der Wind wehte aus der richtigen Richtung, als er diese Woche seine erste Geschichtsklausur schrieb. Ihm hat noch nie jemand Mut gemacht, und ich möchte ihm und den anderen beweisen, dass er es kann.«

Sie lächelte. »Du bist ein echter Kreuzritter, wenn du dir mal etwas in den Kopf gesetzt hast, nicht?«

Er dachte an das Gespräch mit seiner Kollegin Barbara Landers und runzelte die Stirn. »So würde ich das nicht sehen. Und bitte halte mich nicht für einen naiven Idealisten. Das bin ich nicht. Ich bin ein entschlossener, hart schuftender Optimist.«

Clara trank ihren Orangensaft und sah ihn nachdenklich an. »Und ich vermute, es ist nicht die Art von Schule, in die du, Caspar und Damson gegangen seid?«

»Nein, nicht unbedingt. Aber es gibt gewisse Parallelen zwischen Dick High und dem ersten Internat, in dem ich gewesen bin. Die Anzahl der demoralisierten Lehrer und der Grad der Schikaniererei waren auf jeden Fall identisch. Ich hasste die Schule und war die meiste Zeit damit beschäftigt, meine Flucht zu planen.«

»Aber deinem Bruder gefiel es?«

Jonah lachte, überrascht über ihre Hellsicht. »Ja, sie hat Caspar zu dem Mann gemacht, der er heute ist. Aber was ist mit dir? Erzähl mir von dem Job, den du aufgegeben hast, um zum fröhlichen Zugvogel zu werden.«

Es war ihr erstes Gespräch, in dem es nicht um seinen Vater ging, und da Jonah neugierig war, mehr über Clara zu erfahren, lauschte er aufmerksam auf ihre heisere Stimme und versuchte, auch das zu hören, was sie nicht aussprach. Als sie fertig war, sagte er mit einem Hauch Ironie: »Und du vermisst das alles nicht? Das Geld, die Macht und den Ruhm einer echten Karrierefrau?«

»Ich würde mich kaum als Karrierefrau bezeichnen, aber es

gibt schon Dinge, die ich vermisse, vor allem den netten Kontakt mit einigen Leuten aus der Firma. David und Guy waren prima Kollegen und Freunde.«

»Es muss schwer gewesen sein, solch eine anspruchsvolle Arbeit mit dem Dasein als allein erziehende Mutter unter einen Hut zu kriegen.«

Clara legte das Besteck ordentlich auf den Teller zurück. Sie fragte sich, warum Jonah sie auf einmal aushorchte. Doch dann wurde ihr bewusst, dass sie überreagierte. Da sie ständig darauf bedacht war, die Identität von Neds Vater geheim zu halten, ließ sie jede Frage misstrauisch werden, die sie möglicherweise dazu bringen konnte, sich zu verplappern. »Ich habe großes Glück gehabt«, sagte sie mit Bedacht. »Meine Eltern waren wundervoll und haben sich immer selbstlos um Ned gekümmert.«

»Und – und was ist mit Neds Vater?«

Sie warf ihm einen scharfen Blick zu. »Nichts.«

»Tut mir Leid«, sagte er hastig. »Ich hatte kein Recht, danach zu fragen.« Er stand auf und nahm ihr das Tablett ab. »Bereit für den Nachtisch?«

»Nein, danke«, erwiderte sie steif. Dann fügte sie hinzu: »Ich bin pappsatt. Das war mehr als genug. Und es war sehr lecker. Vielen Dank.«

»Bist du ganz sicher, dass ich dich nicht mit einem Erdbeerbaiser locken kann, das ich heute Morgen frisch vom Bäcker geholt habe?«

Sie zögerte. »Nun ja ...«

»Gut, also ein Baiser. Tee?«

»Was für eine Frage.«

Während er unten in der Küche war, entspannte sich Clara und blickte durchs Fenster hinaus zum Kinder Scout. Auf einmal packte sie die Lust, dort draußen auf den Hügeln zu sein, den Wind auf der Haut zu spüren und den torfigen Duft des Moors einzuatmen. Sie hatte es satt, im Bett zu liegen und nur zu schlafen oder zu lesen. Deshalb fand sie Jonahs Gesellschaft wohl so angenehm. Es tat ihr Leid, dass sie ihn eben abserviert hatte, obwohl sie ihn doch wirklich mochte. Sie dachte an seine Begeisterung für die Arbeit in der Schule und beneidete ihn darum. Wann hatte sie die zuletzt für ihren Job empfunden?

Er hatte sie an Todds bevorstehenden Besuch in England erinnert, und ihr kam der Gedanke, dass Jonah, der gut zuhören konnte, vielleicht genau der Richtige war, mit dem sie über das Problem sprechen konnte. Er war so weit weg von ihrem Leben zu Hause, dass ihr Geheimnis bei ihm gut aufgehoben wäre. Außerdem würde er nicht nur eine objektive Meinung äußern können, sondern auch seine Ansicht als Mann.

Clara wartete auf seine Rückkehr. Als er wieder hereinkam, sagte sie: »Jonah, hättest du etwas dagegen, wenn ich dich als Briefkastentante missbrauche?«

»Ich bin schon für viel schlimmere Dinge missbraucht worden, das kannst du mir glauben.«

Sie biss in das Baiser, das er ihr mitgebracht hatte. »Mmh ... köstlich«, murmelte sie. Nach einem weiteren Bissen sagte sie: »Was ich dir jetzt anvertraue, darfst du niemandem weitererzählen, das musst du mir versprechen.«

Er lehnte sich an die Fensterbank und zog eine Augenbraue hoch. »Das klingt ja spannend.«

»Versprochen?«

»Ehrenwort.«

»Du hast mich vorhin nach Neds Vater gefragt. Es tut mir Leid, dass ich so kurz angebunden war, aber bei mir zu Hause haben sich die Leute abgewöhnt, mich deswegen auszuhorchen. Ich schieße sofort mit dem Flammenwerfer, wenn mir jemand zu nahe kommt.«

»Soll ich mich dann als unglaublich mutig oder als überaus leichtsinnig betrachten?«

Sie lächelte. »Weder noch.« Dann erzählte sie ihm von ihrer Beziehung zu Todd und den Folgen. Zum Schluss fragte sie: »Was ich jetzt wissen möchte, ist, wie würdest du dich fühlen, wenn du an Todds Stelle wärst und dir ein solches Geheimnis vorenthalten worden wäre?«

Jonah rieb sich das Kinn. Er hatte zwar mehr über Clara erfahren wollen, aber dies ging weit über alles hinaus, was er erwartet hatte. Dennoch ignoriert er seine Überraschung und versuchte sich vorzustellen, wie er sich fühlen würde, wenn Emily, die er geliebt hatte und heiraten wollte, jetzt mit einem Kind auftauchte und verkündete, es sei von ihm. Schock wäre die erste Reaktion. Dann Wut. Ja, er wäre auf jeden Fall wütend, dass ihm etwas so Wichtiges verheimlicht worden war. Doch dann würde er es akzeptieren und sich freuen, Vater zu sein.

Den Blick unverwandt auf Clara gerichtet, sagte er: »Wenn ich an Todds Stelle wäre, würde ich die Wahrheit wissen wollen. Egal, wie kompliziert sie mein Leben machen würde.« Er schob die Hände in die Hosentaschen. »Hilft dir das weiter?«

Sie nickte. »Zu dem Schluss bin ich mittlerweile auch gekommen, aber ich brauchte jemanden, der es mir bestätigt. Danke.«

Später, als sein Vater und Ned von ihrem Angelausflug zurückgekehrt waren, fiel Jonah ein, dass Clara ihn gebeten hatte, ihr das Handy zu bringen. Da er den Schlüssel für das Wohnmobil bereits in der Tasche hatte, ging er direkt dorthin. Während er die Tür aufschloss, dachte er bei sich, dass er Clara, sobald es ihr besser ging, zum Abendessen einladen würde. Er hatte bereits vorgeschlagen, mit ihr und Ned einen Spaziergang zu machen und ihnen ein paar seiner Lieblingsplätze zu zeigen, und sie hatte bereitwillig zugestimmt, aber würde die Vorstellung, mit ihm zu Abend zu essen – nur sie beide – auch so gut ankommen?

Er stieg in das Wohnmobil, und gerade als ihm durch den Kopf ging, wie sehr er einen Abend allein mit Clara genießen würde, fiel ihm auf, dass sie ihm gar nicht gesagt hatte, wo das Handy lag. Er begann in den Regalen und Fächern zu stöbern. Er fand jede Menge Karten und Malbücher, die Ned gehörten, sowie eine Ausgabe von *Sturmhöhe,* aber kein Handy. Schließlich war nur noch ein Schrankfach übrig, oberhalb des Herds. Er öffnete es und spähte hinein. Nachdem er einen Verbandskasten und einen Stapel hellbraune Umschläge beiseite geschoben hatte, entdeckte er das Handy und wollte gerade die Tür wieder zumachen, als sein Blick an etwas hängen blieb. Er sah noch einmal genauer hin, da er dachte, er hätte Halluzinationen.

Doch es waren keine Halluzinationen. Diese Notizbücher würde er überall wiedererkennen. Er hatte Val Hunderte von Malen damit gesehen, ihr gegenüber jedoch so getan, als wisse er nicht, dass sie Tagebuch führte. Seit ihrem Tod hatte er überhaupt nicht mehr daran gedacht. Aber was um alles in der Welt hatten sie hier in Claras Wohnmobil zu suchen?

Er ließ sich auf die Sitzbank sinken, löste das Band und schlug eines der Bücher auf. Er las die erste Seite, dann die zweite und die dritte, blätterte immer weiter und sog jedes schmerzliche Wort auf, das seine Stiefmutter geschrieben hatte. Doch bei jedem Eintrag, den er las, war ihm bewusst, dass Clara ihm zuvorgekommen war.

Daher wusste sie also von Emily!

Wütend knallte Jonah die Notizbücher aufeinander, band sie wieder zusammen und fragte sich, wie Clara zu der Unverschämtheit gekommen war, sie an sich zu nehmen.

49

Als es Clara schließlich wieder besser ging, hatte der Juni den Mai abgelöst, und der Sommer war gekommen. Das Wetter war wunderbar sonnig und warm. Die Ginsterbüsche auf den Hügeln ringsum leuchteten wie gelbe Fackeln, und über den Himmel zogen sich zarte weiße Wolkentupfer. Alles wirkte schärfer, intensiver. Obgleich Claras Temperatur wieder normal war und sich der quälende Husten nur noch gelegentlich und verhalten in Erinnerung brachte, bestand Gabriel darauf, dass sie sich schonte.

Zu ihrer Erheiterung umsorgte er sie weiterhin und forderte sie bei jeder Gelegenheit auf, sich auszuruhen und ihre Kräfte zu stärken. Außerdem hatte er klargestellt, dass sie und Ned auf gar keinen Fall weiterreisen durften, solange sie sich nicht vollkommen erholt hatte. »Und damit wir uns richtig verstehen«, hatte er sie angeherrscht, »ich nehme Ihnen die Schlüssel weg, falls ich irgendwelchen Ungehorsam in den unteren Rängen bemerke, junge Dame. Also benehmen Sie sich und tun Sie, was ich Ihnen sage.«

Nun saß sie mit ihrer Stickarbeit am Erkerfenster in der Bibliothek, wo die Sonne warm hereinschien. Draußen zwitscherten die Vögel, hier und da untermalt vom tieferen Gurren einer Taube. Sonst war kein Laut zu hören. Gabriel war mit Ned nach Deaconsbridge gefahren, um ein paar Briefe zur Post zu bringen und Käse, Schinken und Brot fürs Mittagessen zu kaufen. Sie wusste jedoch, dass sie eine Weile unterwegs sein würden, denn sie hatte mitbekommen, wie Gabriel Ned etwas von einem heimlichen Besuch im Mermaid Café zuflüsterte, wo sie sich ein paar Sticky Buns genehmigen würden. Die beiden waren einfach unzertrennlich.

Was für Abenteuer sie sich für Ned auf dieser Reise ausgemalt haben mochte, einen zweiten Großvater zu adoptieren hatte nicht dazugehört. Doch genau das war geschehen: Ned hatte Gabriel fest in sein kleines Herz geschlossen. Und umgekehrt war er für einen alten Mann, den niemand mochte, zum Freund geworden. Nun, da es Gabriel – genau wie ihr – viel besser ging, fand sie es an der Zeit, ihm Vals Tagebücher zu geben. Sie enthielten die letzte Wahrheit, die er erkennen und akzeptieren musste.

Clara wusste, auch wenn der Tag ihres Abschieds kam, würden sie und Ned stets mit ihm in Kontakt bleiben, denn zwischen ihnen hatte sich ein enges Band gebildet.

Erneut rief sie sich ins Gedächtnis, was sie nach Mermaid House geführt hatte. Letzten Endes war es Mermy gewesen. Wer hätte gedacht, dass dieses kleine Spielzeug, das ihre Eltern ihr einst geschenkt hatten, sie und Ned mit Gabriel zusammenbringen würde?

Sie fragte sich, ob es wohl tatsächlich so etwas wie Schicksal gab.

Und wenn es so war, was mochte es für Ned in der Zukunft bereithalten? Würde Todd in das Leben seines Sohns treten? Es sah ganz danach aus. Von dem Moment an, als sie in Edinburgh Guys E-Mail bekommen hatte, war ihr klar gewesen, dass sich die Ereignisse gegen sie verschworen hatten. Und das Gespräch mit Jonah hatte ihr bestätigt, was sie längst wusste: Todd hatte ein Recht darauf, von Ned zu erfahren.

Doch die Erkenntnis nahm ihr nicht die Angst. Sie fürchtete sich davor, dass ihr die Situation, die unter Kontrolle zu bekommen sie so viel Mühe gekostet hatte, entglitt. Trotz allem, was die Leute über sie dachten, erlebte auch Clara Momente des Selbstzweifels – nicht oft und nicht wegen Kleinigkeiten, aber bei etwas so Wichtigem musste sie Gewissheit haben, dass sie das Richtige tat, und dass es aus den richtigen Gründen geschah. Deshalb hatte sie sich Jonah anvertraut.

Zu ihrer Enttäuschung war Jonah nun schon seit einigen Tagen nicht mehr aufgetaucht. Genau genommen seit dem Tag, als sie mit ihm über Neds Vater gesprochen hatte. Clara vermisste seine Gesellschaft, seine Aufmerksamkeit und seinen ruhigen Sinn für Humor. Es war schön gewesen, mal mit jemand Gleichaltrigem zu sprechen.

Sie ließ die Stickarbeit sinken und sah aus dem Fenster. Was sollte der Unsinn? Ihre Freude über Jonahs Gegenwart ging tiefer. Es hatte ihr gefallen, einen gut aussehenden Mann um sich zu haben – es war schon eine Weile her, seit sie in diesen Genuss gekommen war.

Und Jonah war, wie Louise sich ausdrücken würde, ein echter Hauptgewinn. Er war geduldig und aufmerksam und sensibel, wie man es bei Männern selten fand. Doch darunter spürte Clara einen starken Willen und Kampfgeist. Wie sonst hätte er seine Kindheit überleben sollen, ohne den Verstand zu verlieren? Sie dachte an die Einträge in Vals Tagebuch, an die Prügelei in der Schule, und sie zweifelte nicht daran, dass der ruhige, umgängliche Jonah Liberty bei entsprechender Provokation durchaus handgreiflich werden konnte.

Warum aber war er verschwunden? Es war so ungerecht – jetzt, wo es ihr besser ging und sie nicht mehr aussah wie ein Schluck Wasser in der Kurve, hatte er sich aus dem Staub gemacht.

Sie räumte die Sticksachen weg und griff nach ihrer Ausgabe von *Sturmhöhe*. Vielleicht war es die Geschichte von verzehrender Leidenschaft und unerwiderter Liebe, die in ihr die Sehnsucht nach Jonahs ruhiger, aufgeschlossener Gesellschaft weckte. Mit diesem Gedanken im Hinterkopf beschloss sie, sich auf die Probe zu stellen. Das Spiel hatten Louise und sie manchmal spätabends gespielt, wenn sie schon mehr als nur beschwipst waren. Man musste die Augen schließen, an einen Mann denken, den man kannte, und sich vorstellen, ihn zu küssen. Wenn die Vorstellung einen zum Schaudern und Kreischen brachte, konnte man mit ziemlicher Sicherheit davon ausgehen, dass der Mann etwa so viel Charme und sexuelle Anziehungskraft hatte wie eine Mülltonne. Doch wenn …

Nun, das andere Wenn lag auf der Hand.

Clara lehnte sich im Sessel zurück, schloss die Augen und

entwarf das entsprechende Szenario: ein Hintergrund aus zerklüfteter Moorlandschaft, vor dem sie und Jonah sich zu einem langsamen, tastenden Kuss vereinten. Innerhalb kurzer Zeit jedoch wurde daraus ein hungriges, atemberaubendes Geknutsche, bei dem einem das Blut in den Ohren rauschte und die Knie weich wurden.

Clara riss die Augen auf, peinlich berührt von einer so lustvollen, erotischen Vorstellung.

Langsam ließ Archie die Tür vom Büro des Immobilienmaklers hinter sich zufallen. Er hatte eingewilligt, sein Haus – oder vielmehr Stellas und sein Haus – zu verkaufen. Die Sache war praktisch unter Dach und Fach, und es gab keinen Grund, weshalb die Verträge nicht spätestens in zwei Wochen auf dem Tisch liegen sollten.

Es ging alles so schnell.

Das »Zu verkaufen«-Schild war erst Freitagnachmittag aufgestellt worden, doch am Sonntag hatten bereits drei Paare das Haus besichtigt, und das erste – das im Herbst heiraten wollte –, hatte ihm den vollen Kaufpreis angeboten. Die beiden waren nicht gebunden und, wie der Makler ihm eben erklärt hatte, sichere Kandidaten, da sie ebenso begierig waren zu kaufen wie er zu verkaufen. Nur dass er in Wahrheit gar nicht begierig war zu verkaufen. Es war sein Zuhause, und er trennte sich nur widerstrebend davon.

Archie überquerte den geschäftigen Marktplatz, um sich das anzusehen, was möglicherweise sein neues Zuhause werden könnte, wenn auch nur vorübergehend. Es handelte sich um eine kleine, unmöblierte Wohnung oberhalb von Joe Shelmerdines Antiquariat, die dieser ihm für einen kurzen Zeitraum vermieten würde. »Nichts ist schlimmer, als einen schlechten Mieter am Hals zu haben«, hatte er am Nachmittag zuvor Archie gegenüber bemerkt. Denn Archie konnte die Wohnung noch nicht besichtigen, weil die Teppiche gereinigt wurden. Doch Joe hatte ihm gesagt, er solle am nächsten Tag noch mal vorbeikommen. »Sie ist nicht sehr groß«, warnte er Archie jetzt, als er ihm den Schlüssel gab, »und die Teppiche sind nicht so sauber geworden, wie ich gehofft hatte. Etwas frische Farbe braucht sie auch.«

Man erreichte die Wohnung über einen dunklen Durchgang neben dem Laden, und in dem Dämmerlicht musste Archie einer Mülltonne und einem auf dem Kopf stehenden verrosteten Metallhocker ausweichen. Er steckte den Schlüssel ins Schloss und erklomm die schmale Treppe, entschlossen zu mögen, was er oben vorfand.

Etwas frische Farbe war eine optimistische Untertreibung. Auf den Wänden des Wohnzimmers sah man schmutzige Ränder, wo zuvor Bilder gehangen hatten, und statt der Bilderhaken gab es nur noch Löcher. An einer Wand, die offensichtlich feucht war, bröckelte der Putz ab, und in dem Fenster, das auf den Marktplatz hinausging, waren zwei Scheiben gesprungen.

Aber die Größe war nicht übel, sagte Archie sich, als er in der Mitte des Zimmers stand, und es gab einen funktionsfähigen Kamin, der das Ganze im Winter warm und gemütlich machen würde. Doch der Gedanke an den Winter deprimierte ihn. Er sah vor sich, wie er hier allein Weihnachten feierte.

Die Dielen knarzten, als er in die winzige Küche ging. Sie schien groß genug, um den Herd und den Kühlschrank unterzubringen, die er mitbrachte, doch es war kein Platz für einen Tisch oder das ganze Geschirr und die Gläser, die Stella über die Jahre angesammelt und die sie kaum benutzt hatten. Doch das war kein Problem – sie würde es vermutlich mitnehmen. Und wenn nicht, würde er es verkaufen.

Das Schlafzimmer ging, genau wie die Küche, zum Hinterhof hinaus, den Joe hübsch hergerichtet hatte. Die weiß gestrichenen Backsteinwände waren mit Wein bewachsen, und es gab ein paar erhöhte Blumenbeete und eine Holzbank mit einem Tisch davor. Archie stellte sich vor, wie Joe während eines ruhigen Tages dort saß und genüsslich ein Glas Wein trank.

Im Bad roch es unangenehm, aber die moderne Ausstattung und die Duscharmatur über der Wanne wirkten neu und sauber. Der Gestank kam von den fleckigen Korkfliesen bei der Toilette, und Archie fragte sich, ob Joe wohl etwas dagegen hätte, wenn er sie auswechselte.

Er würde hier wohnen können, beschloss er, als er ins Wohnzimmer zurückkehrte und es sich mit seinen eigenen Möbeln vorstellte, zumindest bis er definitiv wusste, wie es weitergehen sollte. Unterm Strich hatte er im Vergleich zu anderen noch Glück gehabt. Obendrein hatte Shirley sich erboten, ihm beim Nähen der Vorhänge und bei ähnlichen Dingen zu helfen, für die er kein Talent hatte. Sie hatte ihm sogar angeboten, die Renovierungsarbeiten von ihrem Sohn Robbie durchführen zu lassen. »Womit ich natürlich nicht sagen will, dass du das nicht selbst kannst«, sagte sie, »aber die Zeit ist ja bestimmt ziemlich knapp für dich, oder?« Sobald er das Gröbste hinter sich hatte, wollte er sich überlegen, wie er sich für ihre Freundlichkeit bedanken konnte.

Archie trat ans Fenster und sah hinunter auf den betriebsamen Marktplatz. Ein Auto hupte, eine Tür knallte ins Schloss. Am Wochenende hatten die Bewohner der Stadt Blumenkörbe aufgehängt, wie sie es jedes Jahr um diese Zeit taten, und die leuchtenden Farbkleckse verliehen den Schaufenstern noch eine zusätzliche fröhliche Note. Nun, da es Juni war und die ersten Touristen herbeiströmten, wirkte der Ort munter und blühend, doch in wenigen Wochen würde sich der negative Aspekt der vielen Besucher bemerkbar machen: Die Straßen würden verstopft sein, und die Stimmung war angespannter, weil die Leute um die wenigen Parkplätze kämpfen mussten. Archie sah, wie ein staubiger alter Landrover rückwärts in eine Lücke setzte, die gefährlich eng wirkte, doch der Fahrer schien zu wissen, was er tat. Nachdem er das Unmögliche vollbracht hatte, stieg er aus und ging steifbeinig zum nächsten Parkscheinautomaten. Archie erkannte die große, leicht gebeugte Gestalt: Es war der Kommandant aus Mermaid House. Er beobachtete weiter, wie der Mann zum Wagen zurückging, den Zettel auf das Armaturenbrett legte und zur Beifahrerseite herumging, um jemanden aussteigen zu lassen. Es war der kleine Ned, Clara Costellos Sohn.

Nach einem letzten Blick durch die Wohnung schloss Archie die Tür ab und gab den Schlüssel zurück. »Ich nehme sie, Joe«, sagte er. »Einverstanden, wenn ich später noch mal vorbeikomme, um den Papierkram zu erledigen?«

»Wann immer du willst. Übrigens, ich hatte die Fliesen im Bad vergessen. Um die kümmere ich mich noch.«

Draußen erblickte Archie den Kommandanten und Ned erneut. Sie überquerten gerade die Straße und gingen auf das Postamt zu. Da Archie ohnehin Briefmarken brauchte, beschloss er, hinüberzugehen und zu sehen, ob sich Ned an ihn erinnerte. Er holte die beiden ein, gerade als der Kommandant Ned hochhob, damit er ein paar Briefe in den Kasten werfen konnte. Als Ned ihn sah, sagte er: »Guck mal, Mr Liberty, da ist Archie!«

»Welcher Archie?«

Archie lächelte in sich hinein. Es hätte ihn auch gewundert, wenn sich der Kommandant an ihn erinnert hätte. »Hallo, Ned, was machst du denn wieder hier?« Halb zur Seite gewandt, fügte er hinzu: »Archie Merryman, Mr Liberty, Miss Costellos zwielichtiger Lumpensammler.«

»Ah ja, jetzt erinnere ich mich an Sie. Sie sind doch ein paar Mal zum Haus herausgekommen, nicht wahr?«

»Genau.«

»Mami glaubt, wir sind nur hier, um ein paar Briefe einzuwerfen und Brot zu kaufen«, sagte Ned mit wichtiger Miene, »aber wir gehen auch noch ins Café und bestellen Kuchen und Milchshake.« Bei den letzten Worten beugte er sich ein Stück vor, als sei es ein großes Geheimnis.

»Na, du bist mir ja ein Schlingel! Und wie geht es deiner Mutter?«

»Sie hat ganz schlimm Grippe gehabt, und Mr Liberty hat sich um sie gekümmert. Willst du mitkommen und auch ein Stück Kuchen essen?«

Archie lachte. »Das würde ich gern, aber ich muss zurück in den Laden. Richte deiner Mutter ganz herzliche Grüße aus, ja? Und sag ihr, ich hoffe, es geht ihr bald wieder besser.«

Ned nickte, dann fragte er: »Hast du noch mehr Puzzles in deinem Laden? Mami hat mir ein Pfund gegeben, damit ich mir was kaufen kann, und ein Puzzle wäre toll. Das, was du mir geschenkt hast, hat mir gut gefallen.«

»Ja, ich habe in der Tat noch ein paar. Komm doch einfach mal vorbei und schau sie dir an.«

»Können wir, Mr Liberty?« Voller Eifer sah Ned zum Kommandanten auf, der während dieses Austauschs geschwiegen hatte.

»Ich denke, das lässt sich einrichten.«

Neds Kopf drehte sich wieder zu Archie. »Hast du auch was für Mami? Ich möchte ihr gern ein Geschenk mitbringen.«

»Hm, da müsste ich mal nachdenken. Wie wär's, wenn ihr beide zu Shirley ins Café geht, und ich krame in der Zwischenzeit ein bisschen herum und schaue, ob ich etwas für dich finde?«

Während Archie zu Second Best zurückging, überlegte er, was Clara wohl gefallen könnte. Sie hatte viel zu viel Geschmack und Klasse, um etwas aus seinem alten Kramladen zu mögen. Doch dann fiel ihm die Teekanne ein, die Samson am Tag zuvor beinahe heruntergefallen wäre, als er einen Karton von einer Haushaltsauflösung ausräumte. Sie war recht witzig, mit zwei Stummelbeinchen, einem Arm als Henkel und einem zweiten als Tülle. Er hätte ohne weiteres ein Pfund dafür bekommen, aber Neds Pennys waren ihm genug. Archie legte einen Schritt zu. Hoffentlich hatte die Kanne niemand gekauft, während er weg war!

Als er den Laden betrat und Samson dort sitzen sah, die Füße hochgelegt und die Zeitung vor der Nase, war seine Stimmung besser als zuvor. Er war unglücklich gewesen, zum Immobilienmakler gehen und sein Haus an das junge Paar verkaufen zu müssen. Doch jetzt erschien ihm alles gar nicht mehr so schlimm: Immerhin hatte er eine akzeptable Wohnung gefunden, die billig und gleich in der Nähe war. Gut, sie war nichts Besonderes, aber es würde reichen, bis er wusste, wie es weitergehen sollte. Wenn er in letzter Zeit eines gelernt hatte, dann, dass man nie wissen konnte, was einen als Nächstes erwartete.

Eine halbe Stunde später wurden diese Worte auf schmerzliche Weise bestätigt. Das Krankenhaus rief an und teilte ihm mit, dass seine Mutter gerade gestorben war.

50

Da das Haus verlassen war und Clara annahm, dass sie noch eine Weile allein sein würde, beschloss sie, mutig zu sein.

Nun ja, jedenfalls ein bisschen.

Obgleich ihr Handy schon seit Samstag griffbereit lag und sie vorgehabt hatte, ihre Freunde anzurufen, solange sie ans Haus gebunden war, hatte sie sich noch nicht dazu aufgerafft, weil ihr schlicht und einfach der Mut fehlte, den Anstoß für die Kette von Ereignissen zu geben, die sich in Gang setzen würden, sobald sie mit Louise gesprochen hatte.

Doch nun war sie fest entschlossen, die Sache in Angriff zu nehmen.

Den Stier bei den Hörnern zu packen.

Die Ärmel aufzu–

Ach, nun mach schon!, schalt sie sich.

Sie tippte Louises dienstliche Nummer ein und murmelte vor sich hin, jetzt sei Schluss mit der Drückebergerei. Es war Zeit herauszufinden, was Louise über die neuesten Ereignisse bei Phoenix wusste – vor allem, ob die Obergurus aus den Staaten schon angekommen waren. Eigentlich wäre es sinnvoller gewesen, mit einem der Jungs zu sprechen, aber ihr war mehr nach einem guten alten Weiberplausch mit Louise. Doch Louises Anrufbeantworter teilte ihr mit, sie sei während der nächsten zwei Tage nicht im Büro. Clara warf im Geist eine Münze: Guy oder David? Guy gewann. Sie tippte seine Nummer ein und wartete darauf, dass er abnahm.

»Clarabelle!«, rief er aus, als er ihre Stimme hörte. »Wie geht's dir?«

Sie sah ihn vor sich, wie er sich zurücklehnte und die Füße auf den Schreibtisch legte. »Gut. Das heißt, nicht so richtig, ich erhole mich gerade von einem höllischen Grippeanfall.«

»Du Ärmste – aber das erklärt, warum deine Stimme so heiser und sexy klingt. Wo bist du denn jetzt? Timbuktu?«

»Wir sind wieder im Peak District. Es ist eine lange Geschichte, aber erinnerst du dich, dass wir bei einem exzentrischen Kauz in einem Gemäuer namens Mermaid House waren?«

»Ja.«

»Nun, da sind wir jetzt wieder. Er war ganz reizend und hat sich um Ned gekümmert, während ich mich mit Delirium tremens im Bett gewälzt habe.«

»Clarabelle, du schockierst mich! Ich hab dir schon mal gesagt, dein Intimleben ist deine Privatangelegenheit.«

»Guy Morell, das Einzige, was deine zarten Ohren schockieren könnte, wäre, wenn Moira verkünden würde, sie sei schwanger.«

»Oha, scharfzüngig wie eh und je. Was macht Ned? Ist er immer noch so knuffig? Ich hoffe, er vermisst uns.«

»Natürlich tut er das. Er ist gewachsen. Er hat schon zwei Paar Schuhe verschlissen und muss dringend zum Friseur. Meine Mutter würde sagen, das kommt von der vielen frischen Luft.«

»Wahrscheinlich stimmt das auch. Ach, bevor ich's vergesse, du hattest Recht wegen Todd Mason Angel. Die Frauen vom Fließband sind ganz aus dem Häuschen, seit er da ist.«

Claras Hand schloss sich fester um das Handy. »Du hast ja immer gesagt, ich sei eine gute Menschenkennerin.«

»Und was noch schlimmer ist, der Kerl ist richtig nett.«

»Hast du ihn denn kennen gelernt?«

»Tu nicht so überrascht, natürlich haben wir ihn kennen gelernt. David und ich haben ihn auf einen Drink eingeladen. Dabei erfuhren wir, dass er ein begeisterter Squashspieler ist, und bevor wir wussten, wie uns geschah, hat er uns über den Court gejagt, dass uns Hören und Sehen verging. Als Revanche hat David ihn dann zu einem typisch englischen Barbecue bei sich zu Hause eingeladen. Es goss aus Kannen, und der arme Kerl dachte, wir wären übergeschnappt, als wir die Schirme aufklappten und einfach loslegten, als ob nichts wäre.«

Clara war sprachlos. Ihre Freunde trafen sich mit Neds Vater! Das Schicksal mauschelte mal wieder munter vor sich hin.

»Oh, und noch was«, fuhr Guy unbekümmert fort. »Als er mitbekam, dass wir eng mit dir befreundet sind, hat er gesagt, wir sollten dich herzlich von ihm grüßen. Ich muss sagen, Clarabelle, du scheinst uns da einiges verschwiegen zu haben. Wir haben inzwischen den Eindruck, dass du ihn sehr viel besser kennst, als du uns gegenüber erwähnt hast.«

Er lachte, und Clara fragte sich, ob er sie auf die Probe stellte. Doch dann kam ihr ein noch beunruhigenderer Gedanke. »Guy, ist deine Tür zu, oder hört ganz Phoenix mit?«

»Die Tür ist zu, aber ich habe auf Lautsprecher gestellt und sitze mitten in einer Besprechung.« Offenbar hatte er gehört, wie sie nach Luft schnappte. »He, war nur ein Scherz. Was ist los, Clara?«

Sie bemühte sich, gleichmütig zu klingen. »Nichts, du dummer Kerl. Was habt ihr denn sonst noch mit eurem neuen Kumpel gemacht?«

»Nicht viel. In gewisser Weise tut er uns Leid. Er hat offensichtlich Heimweh. Du weißt ja, wie diese Amis sind, nichts geht über das gute, alte Zuhause. Bei dem Barbecue hat er ein paar Fotos rausgeholt und uns seine Frau und seine Töchter gezeigt. Er hat sogar bei ihnen angerufen, während er mit uns zusammen war. Anscheinend ein waschechter Familienmensch. Ziemlich selten, die Sorte.«

Clara hielt es nicht mehr aus. »Guy, bist du sicher, dass die Tür zu ist?«

»Ja, habe ich dir doch gesagt. Was hast du denn nur?«

Sie holte tief Luft und stürzte sich in den Abgrund. »Die Sache ist die: Todd ist Neds Vater.«

Überraschtes Schweigen. Dann sagte Guy: »Gute Güte, Mädel, weiß er das? Ich meine, weiß Todd das mit Ned?«

»Nein. Ich habe ihm nie gesagt, dass ich schwanger war.«

Erneutes Schweigen. »Aber Clara, er hat Bilder von dir und Ned gesehen!«

Nun war es an ihr zu schweigen.

Um die Stille zu überbrücken, sagte Guy: »Es war spät, und wir hatten alle ein bisschen getrunken. Beziehungweise *wir* hatten getrunken, er nicht, er rührt kaum Alkohol an. Oh, Clara, sei nicht böse, aber wir saßen in der Küche, und er hat sich die Fotos angesehen, die bei David und Louise an der Wand hängen, du weißt schon, die Collage, die Louise gemacht hat.«

Clara kannte sie gut. Abgesehen von einer Sammlung alberner Bilder von ihr und der Bande gab es mittendrin ein großes Foto von ihr mit Ned auf dem Schoß – sie hatte den Arm um ihn gelegt, während er die Backen aufblies, um die vier Kerzen seines Geburtstagskuchens auszupusten. »Nur zu, Guy, keine falsche Zurückhaltung. Er hat gefragt, wer der Junge ist, nicht wahr? Und dann hat er die Kerzen gezählt, stimmt's?«

»Ja, genau«, sagte Guy kleinlaut.

»Na, dann war's das ja wohl. Hat er irgendwas gesagt?«

»Das weiß ich nicht mehr. Es war einer von diesen Momenten, wo alle mit irgendwas beschäftigt waren. Moira kochte Kaffee, und David und ich haben mit unserem üblichen Tamtam die Spülmaschine ausgeräumt. Um ehrlich zu sein, haben wir ihn kaum beachtet.«

»Also hat Louise mit ihm gesprochen?«

»Ja.«

»Dann muss ich mit ihr reden.«

»Ich glaube, sie ist auf einer Fortbildung in London. Aber abends ist sie zu Hause.«

»Ich weiß, ich habe es schon in ihrem Büro versucht, bevor ich dich angerufen habe.«

»Na, ich wünschte, sie wäre da gewesen, dann hätte sie jetzt die Abreibung gekriegt.«

Clara fühlte sich schrecklich. »Guy, es tut mir Leid. Es ist nicht deine Schuld, sondern meine.«

»Ich verstehe nicht, warum du es uns nicht gesagt hast.«

»Ich ... ich konnte es nicht. Ich dachte, je weniger Leute davon wissen, desto geringer ist die Gefahr, dass Todd je davon erfährt.«

»Meinst du nicht, er hätte ein Recht, es zu wissen?«

»Komm schon, Guy, du hast selbst gesagt, er sei ein Familienmensch. Ich möchte ihm das nicht kaputtmachen.«

»So wichtig kann es ihm ja nicht gewesen sein, wenn er eine Affäre mit dir hatte.«

»Es war keine Affäre.« Sie erklärte ihm, dass sie anfangs, als sie Todd kennen lernte, gedacht hatte, seine Ehe sei gescheitert.

»Was willst du jetzt tun?«

Clara stieß einen tiefen Seufzer aus. »Ich werde es ihm wohl sagen müssen, aber ich habe Angst vor den Konsequenzen. Ich möchte nichts tun, was seine Ehe gefährdet.«

»Und was ist mit dir?«

»Wie meinst du das?«

»Hast du noch Gefühle für ihn?«

»Was für eine reizende Formulierung, Guy. Falls du wissen willst, ob ich ihn noch liebe, dann lautet die Antwort nein.«

»Bist du sicher? Oder ist das der Grund, weshalb es seither niemanden gegeben hat? Ich kenne Todd zwar kaum, aber ich könnte mir vorstellen, dass es nicht leicht ist, einen gleichwertigen Ersatz zu finden.«

»Bleib bloß bei deinem jetzigen Job, Guy. Als Briefkastentante wärst du ein hoffnungsloser Fall! Du liegst vollkommen falsch. Du, ich muss jetzt auflegen, ich höre ein Auto kommen – wahrscheinlich Ned und Mr Liberty.«

»Okay, aber eine Frage noch: Darf ich es den anderen sagen, damit wir auf der Hut sein können? Und was sollen wir tun, wenn Todd anfängt, uns auszufragen? Wenn er es erraten hat – und das hat er bestimmt –, wird er wahrscheinlich wissen wollen, wo du bist und wie er sich mit dir treffen kann.«

»Sag ihm einfach die Wahrheit, dass ich im Peak District bin, du aber nicht genau weißt, wo. Aber verrate ihm nichts von unserem Gespräch. Spiel den Ahnungslosen.«

»Sprich, die Rolle, die uns Männern am besten liegt, was?« Das spöttische Lachen in Guys Stimme baute Clara ein wenig auf. Sie verabschiedete sich hastig und wartete dann darauf, dass Ned hereingelaufen kam, Gabriel im Gefolge.

Doch Ned stürmte nicht herein, wie sie erwartet hatte, sondern tapste mit gesenktem Kopf in den Raum. Er kam zu ihr, kletterte auf ihren Schoß und sagte: »Ich wollte dir ein Geschenk kaufen, aber als wir zu Archies Laden kamen, war die Tür zu. Seine Mami ist gestorben, und er war nicht da.«

Clara drückte Ned an sich und stand auf, um sich auf die Suche nach Gabriel zu machen, damit er ihr Genaueres berichten konnte.

Er war in der Küche, und während sie das Mittagessen vorbereiteten, erzählte er ihr, wie sie Archie vor dem Postamt getroffen hatten und nach dem Besuch im Mermaid Café zu Second Best gegangen waren, um nach einem Puzzle für Ned zu schauen. »Die Tür war verschlossen«, sagte Gabriel, während er an einem Vollkornbrot herumsäbelte und die ungleichmäßigen Scheiben auf einen Teller legte, »aber da wir wussten, dass er uns erwartete, haben wir geklopft, um ihn auf uns aufmerksam zu machen. Dann kam jemand anders an die Tür, ein Riese von einem Kerl, der kaum ein Wort herausbrachte, und sagte, sie hätten wegen eines Trauerfalls geschlossen. Anscheinend war Archies Mutter gerade gestorben, und er war ins Krankenhaus gefahren.«

Obwohl Clara Bessie Merryman nur einmal getroffen hatte – und Gabriel überhaupt nicht –, war die Stimmung beim Essen gedämpft. Beide gaben zu, dass selbst der leichteste Kontakt mit dem Tod einem vor Augen führte, was wirklich wichtig war.

Es machte Clara auch bewusst, dass sie sich umso besser fühlen würde, je eher sie Todd die Sache mit Ned erzählte. Außerdem fand sie, jetzt, wo Mr Liberty so still und niedergeschlagen war, sei kaum der richtige Moment, ihm Vals Tagebücher zu geben.

Gabriel wiederum dachte an die beiden Briefe, die er morgens mit Ned in Deaconsbridge eingeworfen hatte. Sie waren an Caspar und Damson gerichtet.

Er hatte sie spät am vergangenen Abend geschrieben und darin seine beiden älteren Kinder gebeten, zu ihm zu kommen. Er habe etwas Wichtiges mit ihnen zu besprechen.

An diesem Abend, als Ned fest schlief und auch Gabriel zu Bett gegangen war, rief Clara bei Louise zu Hause an. »Hast du die Neuigkeiten schon gehört?«, fragte sie ohne Umschweife. »Hat Guy Rauchzeichen gegeben?«

»Hat er. Aber ich hatte es mir schon gedacht, Clara.«

»Wirklich?«

»Ja. Jedes Mal, wenn dein Name fiel, merkte ich, dass Todd etwas zu bemüht war, unbeteiligt zu wirken. Als ich dann sein Gesicht sah, nachdem er das Foto von dir und Ned entdeckt hatte, fiel der Groschen, und ich war mir sicher. Er wurde so blass, dass ich dachte, er kippt mir vom Stuhl. Dann hat er sich entschuldigt und ist für eine Ewigkeit ins Bad verschwunden. Vielleicht musste er sich sogar übergeben. Er sah jedenfalls ziemlich grün um die Nase aus, als er wieder in die Küche kam.«

Clara stöhnte. »Und die Jungs sind nicht draufgekommen?«

»Ach, du weißt doch, von allein kommen die nie auf irgendwas.«

»Warum hast du ihnen dann nichts gesagt?«

»Weil ich nicht das elende Plappermaul bin, für das du mich offenbar hältst, meine süße Clara. Du hättest es mir doch sagen können. Ich bin ziemlich verletzt, dass du mir nicht genug vertraut hast.«

»Es tut mir wirklich Leid, aber du weißt ja, sobald man ein Geheimnis verrät, schlägt es Wellen, die man nicht mehr kontrollieren kann. Vergibst du mir?«

»Schon geschehen. Wie geht's denn jetzt weiter? Guy sagt, du willst Todd gegenüber reinen Tisch machen, was Ned betrifft. Stimmt das?«

»Ja. Ich muss.«

»Nicht, dass mich jemand um meine Meinung gefragt hätte, aber ich finde, du hast Recht. Eines Tages hättest du Ned ohnehin die Wahrheit sagen müssen. Da kannst du es genauso gut jetzt über die Bühne bringen. Und nach allem, was ich höre, ist die Übernahme, deretwegen Todd hier ist, so gut wie abgeschlossen, also solltest du zusehen, dass du bald hier auftauchst. Denn ich vermute, du willst es ihm persönlich sagen und nicht am Telefon.«

»Du vermutest richtig.«

»Dann erzähl mir doch mal von dem reizenden Todd Mason Angel. Ich muss sagen, ich bin ganz schön neidisch – er ist wirklich attraktiv. Kein Wunder, dass Ned so ein hübscher Bengel ist. Außerdem verstehe ich jetzt, wieso du die ganze Zeit über keinen anderen Mann angeguckt hast.«

»Jetzt fängst du auch noch an! Damit hat Guy mir heute

Morgen schon in den Ohren gelegen. Und nur zu deiner Information: Ich habe durchaus einen lüsternen Blick auf einen anderen Mann geworfen, und das ist noch gar nicht lange her.« Sofort bedauerte Clara ihre Worte. »Streich das aus dem Protokoll. Das habe ich nie gesagt.«

»Von wegen. Wenn es da oben einen Mann gibt, auf den du scharf bist, will ich alles über ihn wissen. Raus damit!«

Clara wand sich. »Da gibt es absolut nichts zu erzählen.«

»Besten Dank, aber in Anbetracht deiner bisherigen Verheimlichungstaktiken möchte ich mir lieber selbst ein Bild davon machen. Wer ist er und wie heißt er?«

»Louise, das bleibt aber unter uns. Kein Wort zu niemandem, verstanden?«

»Ehrenwort. Und jetzt erzähl. Wie sieht er aus?«

»Hm ... groß, schlank und dunkelhaarig.«

»Oh bitte, verschon mich mit den Klischees!«

»Aber es stimmt. Er *ist* groß, schlank und dunkelhaarig. Er heißt Jonah, ist Lehrer für Geschichte und genauso alt wie ich.« Sie erzählte Louise, wie nett sich Jonah um sie gekümmert hatte, während sie krank gewesen war.

»Heiliges Kanonenrohr, der Mann ist ein Goldstück!«

»Da könntest du Recht haben.«

»Und wo wir gerade bei Rohr sind, ist er gut im Bett?«

»Louise, jetzt hör aber auf!«

»Im Gegenteil, ich fange gerade erst an. Versprich mir, dass du vorsichtig bist. Beim letzten Auswärtsspiel bist du schwanger geworden, und ich möchte nicht, dass sich das wiederholt.«

»Glaub mir, da besteht absolut keine Gefahr. Und ich habe nicht die geringste Ahnung, ob er gut im Bett ist.«

»Was, ihr habt's noch nicht getrieben?«, fragte Louise ungläubig.

Clara lachte. »Nein, haben wir nicht. Er weiß noch nicht mal, dass ich ihn mag.«

»Ist er geistig zurückgeblieben? Oh, ich verstehe, er ist auch verheiratet, stimmt's? Herrgott noch mal, Clara, was ist denn bloß los mit dir?«

»Nur die Ruhe, Louise. Jetzt komm mal wieder auf den Teppich und hör mir zu. Er ist nicht verheiratet, ich mag seine Gesellschaft, und wie die Promis immer sagen, Jonah und ich sind einfach nur gute Freunde.«

»Hm ... und was war dann vorhin mit dem lüsternen Blick?«

Nachdem sie den fatalen Fehler gemacht hatte, sich in dieses Gespräch hineinziehen zu lassen, wusste Clara, dass es sie einige Mühe kosten würde, es zu beenden. So leicht würde Louise nicht lockerlassen. Außerdem wurde ihr durch ihre eigenen Worte bewusst, dass Jonah seit Todd der erste Mann war, der ihr das Gefühl gab, es könne sich lohnen, seinetwegen ein Risiko einzugehen.

Draußen im Flur, direkt vor Claras Tür, stand Gabriel, der nach unten gegangen war, um sich etwas zu trinken zu holen, und dachte über das nach, was er gerade gehört hatte.

Wer hätte das gedacht? Die selbstbewusste Clara hatte eine Schwäche für Jonah.

Sorgsam jedes Knarzen der Dielen vermeidend, schlich Gabriel zurück in sein Schlafzimmer. Na, hoffentlich besaß Jonah genug Verstand zu sehen, was für einen Schatz er da vor der Nase hatte.

Nachdem er Vals Tagebücher zu Ende gelesen hatte, saß Jonah am Küchentisch, starrte auf den letzten Eintrag seiner Stiefmutter und wünschte, ihr Leben wäre glücklicher verlaufen. Sie hatte etwas Besseres verdient als das, was die Familie Liberty ihr gegeben hatte. Sie hatte sich so bemüht, sie zusammenzubringen, alles besser für sie zu machen! Und was hatten sie ihr dafür zurückgegeben?

Nichts als Ärger, Kummer und Verbitterung.

Caspar war immer besonders brutal gewesen. »Glaub ja nicht, du könntest uns mit einem Stück selbst gemachtem Apfelkuchen um den Finger wickeln«, hatte er eines Nachmittags zu ihr gesagt, als sie beim Tee saßen. »Du kannst unsere Mutter niemals ersetzen, also versuch es erst gar nicht.«

Wie Val das ertragen hatte, ohne je aus der Haut zu fahren, war Jonah ein Rätsel. Sie musste manchmal wütend gewesen sein, sehr wütend, aber sie hatte es sich nie anmerken lassen. Nicht ein einziges Mal.

Er schenkte sich den Rest Wein ein und trat an die Hintertür, die zum Garten hinausging. Während er in die Nacht hinausblickte, fragte er sich, was der Grund für seinen eigenen Zorn war, der mit jeder Seite von Vals Tagebüchern wuchs. Es war schon schlimm genug, dass Clara sie gelesen hatte, aber noch mehr ärgerte ihn, dass sie sie vor ihm verborgen hatte. Und vor seinem Vater. Ganz sicher hatte sein Vater keine Ahnung, was sie hinter seinem Rücken getrieben hatte.

Er leerte sein Glas, und da er das Gefühl hatte, dass Clara ihn zum Narren hielt – und womöglich hatte sie noch ein perverses Vergnügen daran, ihn an der Nase herumzuführen –, beschloss er, am nächsten Tag nach Mermaid House zu fahren und sie zur Rede zu stellen.

Er war gespannt, wie sie ihr Verhalten rechtfertigen würde.

51

Während sie im warmen Sonnenschein einen Korb voller Wäsche aufhängte, beglückwünschte sich Clara: An diesem Morgen fühlte sie sich besser als seit Tagen. Sie war so munter, dass sie sogar leise vor sich hin summte, wenn auch etwas schief. Clara hielt jedoch inne, als sie einen Wagen kommen hörte. Das Auto fuhr auf den Innenhof, und sie sah, dass es Jonah war. In Anbetracht dessen, was sie Louise am Abend zuvor am Telefon erzählt hatte, überkam sie bei dem Gedanken, mit ihm zu sprechen, plötzlich Verlegenheit.

Sie sah, wie er die Wagentür schloss und auf sie zukam. Wie so oft trug er Jeans und ein weites Baumwollhemd mit aufgekrempelten Ärmeln. Doch sein Schritt war ungewöhnlich zielstrebig, was irgendwie nicht zu seinem lässigen Aufzug passte und Clara das Gefühl gab, er sei mit einer bestimmten Absicht gekommen. Aber vielleicht hatte er es auch einfach nur eilig.

»Hallo«, sagte sie. »Lange nicht gesehen. Wir haben dich vermisst.«

»Ich hatte zu tun. Wie fühlst du dich?«

Sie hängte das letzte Wäschestück auf – Murphys Gesetz entsprechend war es eine ihrer Unterhosen –, und erwiderte: »Viel besser, dank der guten Pflege, die du und dein Vater –«

»Schön«, unterbrach er sie. »Lust auf einen Spaziergang?«

Dieser ungewohnte, abgehackte Ton passte so gar nicht zu ihm, und ihr kam in den Sinn, dass er vielleicht nervös war. War er womöglich zu derselben Erkenntnis gekommen wie sie? »Keine schlechte Idee. Ich gehe nur schnell rein und hole Ned.«

»Ich dachte, wir könnten allein gehen.«

Clara beugte sich hinunter, um den leeren Wäschekorb aufzuheben, und gestattete sich ein leises Lächeln, in dem ein Hauch von Triumph schwang. Sie würden einen romantischen Spaziergang machen, nur sie beide. »Na gut, von mir aus gern. Sollen wir hineingehen und deinen Vater fragen, ob er bereit ist, sich derweil um Ned zu kümmern?«

So begeistert, wie Gabriel auf den Vorschlag reagierte, wäre Clara jede Wette eingegangen, dass er eingeweiht war. Vielleicht hatte sich Jonah dank ihrer veränderten Beziehung seinem Vater anvertraut.

»Kein Problem«, sagte Gabriel, legte Ned den Arm um die Schultern und zerstrubbelte ihm das Haar. »Geht ihr zwei nur und amüsiert euch. Ned und ich kommen schon zurecht, nicht wahr, mein Junge?« Und dann, an Jonah gewandt: »Aber sei vorsichtig – geh nicht zu weit, sonst wird es zu anstrengend für sie.«

Nachdem Clara ihre Schlappen gegen ein Paar Turnschuhe ausgetauscht hatte, machten sie sich Richtung Osten auf den Weg, quer über die Felder. Sie kletterten über einen hölzernen Zauntritt, der in die Steinmauer eingelassen war, und bald lag Mermaid House weit hinter ihnen. Sie waren allein, umgeben von einem Flickenteppich aus üppigen grünen Hängen. Erfüllt von einer Unbeschwertheit, wie sie sie seit langem nicht mehr empfunden hatte, verspürte Clara Mitleid mit jedem, der keine Gelegenheit hatte, einen so herrlichen Sommertag zu erleben. Es war einer von den »Dankbarkeitstagen«, wie ihre Mutter sie nannte – ein Tag, an dem man dafür dankbar sein sollte, dass man lebte. In der Ferne blökten Schafe, und über sich hörte sie den Ruf eines Vogels, den sie nicht kannte.

»Was war das, Jonah?«, fragte sie.

»Eine Lerche«, erwiderte er gleichgültig. Seine knappe Antwort verwirrte sie. Nun, vielleicht gehörte er zu den Menschen, die ihre Spaziergänge in der Natur lieber ruhig und ungestört genossen.

Sie gingen weiter, eine steile Steigung hinauf, und die Sonne schien warm auf ihren Rücken. Clara bemühte sich, Jonah nicht zu oft anzusehen, doch ihr Blick wurde immer wieder zu seinem Gesicht gezogen, das angespannt wirkte, als sei er tief in Gedanken. Es zeigte keine Spur von einem Lächeln, nichts deutete darauf hin, dass er den Spaziergang genoss. Sie überquerten einen sprudelnden Bach, und ein Stück weiter erblickte Clara eine Ansammlung großer Felsen. Sie öffnete den Mund, um vorzuschlagen, dass sie eine kleine Pause machen sollten, doch bevor sie etwas sagen konnte, meinte Jonah: »Du bist sicher erschöpft. Setzen wir uns.«

Froh, ein wenig verschnaufen zu können, und dankbar für seine intuitive Rücksichtnahme, ließ sie sich auf einem bequem aussehenden Felsen nieder, der groß genug für sie beide war. Doch er blieb stehen, kehrte ihr den Rücken zu und betrachtete, die Hände in die Hosentaschen gestopft, die Aussicht. Ein leichter Wind spielte mit seinem Haar und zupfte an seinem Hemd, und Clara musste sich zusammenreißen, um ihn nicht zu berühren. Plötzlich sehnte sie sich danach, dass er sich umdrehte und sie küsste. »Als ich klein war, bin ich oft allein hierher gekommen«, sagte er und wandte sich langsam zu ihr um. »Bis heute ist es einer meiner Lieblingsplätze, wenn ich in Ruhe nachdenken will.«

Sein Gesichtsausdruck war ernst und verstärkte noch ihr Verlangen, ihn zu berühren. Küss mich, drängte sie ihn im Stillen. Nur ein Kuss, damit ich mich wieder jung und wild fühle. Ein einziger himmlischer, endloser Kuss, und ich belästige dich nie wieder.

»Aber das weißt du ja längst, nicht?«

Sie starrte auf seinen verführerischen Mund, ohne die Worte wahrzunehmen, vollkommen hypnotisiert von dem sanften Schwung seiner Lippen und der Vorstellung, wie sie sich auf ihren anfühlen würden.

»So wie du auch weißt, dass das hier die Stelle ist, wo mein Bruder die Sache mit Emily endgültig ruiniert hat. So wie du alles über meine Familie weißt.«

Plötzlich bemerkte sie, dass die sanfte Weichheit aus seinem Mund verschwunden war, und eine Woge Übelkeit erregender Furcht überrollte sie.

»Jonah, was soll das?« Doch sie wusste, was los war. Wusste es mit beißender, beschämender Klarheit.

Er starrte mit dunklen, harten Augen auf sie hinunter. »Ich rede von Vals Tagebüchern. Ich habe sie im Wohnmobil zwischen deinen Sachen gefunden, als ich nach deinem Handy suchte.«

Leugnen war zwecklos. »Ich – ich wollte sie zurückbringen«, stammelte sie, wusste jedoch, dass dies die Schwere ihres Vergehens nicht milderte. Sie senkte den Blick. Um ein Haar hätte sie sich lächerlich gemacht. Jonah war nicht mit ihr hier hinaufgegangen, um sie leidenschaftlich zu küssen, sondern um ihr die Leviten zu lesen. Oh, wie dumm und töricht sie gewesen war!

»Du gibst also zu, dass du sie genommen hast?« Er stand drohend vor ihr und blendete alles aus, was um sie herum war, die Sonne, die Landschaft – alles, außer seiner siedenden Verachtung.

Sie nickte. »Es tut mir Leid. Das war schrecklich und falsch, ich weiß. Aber ich habe sie gefunden, als ich Vals Sachen aussortierte. Ich fing an zu lesen und war fasziniert von –«

»Du hast sie mitgenommen und gelesen«, unterbrach Jonah sie schneidend, als hätte sie gar nichts gesagt. »Obwohl sie eindeutig privat sind, dachtest du, du hättest das Recht, sie zu lesen. Was Val geschrieben hat, war rein privater Natur. Sie hat nie gewollt, dass eine Fremde sie liest. Noch dazu eine verlogene Fremde. Sie waren für meinen Vater bestimmt. Und für niemanden sonst.« Seine Stimme war kalt und voller Verachtung. Er war von Kopf bis Fuß der unversöhnliche Gegner, den sie sich vorgestellt hatte, falls man ihn nur genug provozierte. Doch er war noch nicht fertig. »Mit welchem Recht hast du das getan?«, bohrte er nach.

»Ich weiß, dass es falsch war«, murmelte sie, »und es tut mir Leid. Aber das war der Grund, weshalb ich nach Mermaid House zurückgekommen bin. Ich hatte vergessen, dass sie noch im Wagen lagen, und als ich sie zu Ende gelesen hatte, als ich Vals letzten Eintrag sah, da wusste ich, dass ich sie deinem Vater geben musste ... Ich habe nur auf den richtigen Augenblick gewartet.«

Er wandte sich ab. »Vielleicht wäre es besser gewesen, wenn du nicht zurückgekommen wärst.«

Sie ließ diese letzte Bemerkung auf sich wirken. Nein, das

konnte sie nicht so stehen lassen, und mit nachlassender Beschämung erwiderte sie: »Wenn ich nicht in dem Moment zurückgekommen wäre, hätte dein Vater das, was er unten im Wäldchen vorhatte, möglicherweise zu Ende gebracht.«

Jonah fuhr herum. »Wenn du auf dieser Schiene argumentierst, könnte ich genauso gut sagen, wenn du gar nicht erst hier aufgetaucht wärst, wäre mein Vater nie so deprimiert gewesen.«

Nun wurde Clara wütend. Wenn sie eines nicht leiden konnte, dann waren es unlogische Argumente. »Oh, jetzt hör aber auf mit deinen selbstgerechten Tiraden, Jonah! Wenn ich nicht gewesen wäre, würdet ihr beide, du und dein Vater, euch noch immer aufführen wie zwei zankende Kinder.« Sie sah, dass sie einen Treffer gelandet hatte. Du liebe Güte, jetzt bebte er vor Zorn.

»Wie kannst du es wagen, das, was mein Vater und ich durchgemacht haben, so herunterzuspielen!«, dröhnte er.

Sie sprang hoch und baute sich vor ihm auf. »Zeit für einen Griff in die Wahrheitskiste! Was ärgert dich denn wirklich so daran, dass ich die Tagebücher gelesen habe, hm? Könnte es vielleicht damit zu tun haben, dass ich mehr über dich weiß als irgendein anderer lebender Mensch? Dass ich deine Schwächen und Stärken kenne? Dass ich Bescheid weiß über deine wiederholten Ausbrüche aus der Schule, weil du so kreuzunglücklich warst? Und darüber, dass du dich nie gegen deinen Bruder wehrtest, weil du tief in deinem Innern Angst vor ihm hast? Oh ja, ich glaube, das ist es, das und noch mehr. Aber soll ich dir sagen, was dich am meisten wurmt? Das Wissen, dass du, wenn du Caspar schon vor Jahren den Marsch geblasen hättest, die Frau geheiratet hättest, die du liebtest, und dann stündest du jetzt mit ihr hier anstatt mit mir, einer ›verlogenen Fremden‹. Womit wir bei der Frage wären, wen du mehr verachtest – mich oder dich selbst?«

Einen Moment lang dachte sie, sie sei zu weit gegangen. Jonahs Gesicht wurde kalkweiß, und seine Augen bekamen einen wilden, drohenden Glanz, der sie zurückweichen ließ. Sein Körper war angespannt vor kaum verhüllter Wut. »Entschuldige«, sagte sie, »das hätte ich nicht –« Doch weiter kam sie nicht. Er trat auf sie zu, zog sie an sich und küsste sie. Zuerst wehrte sie sich, erschrocken über die unvermittelte Grobheit seiner Annäherung, doch dann kehrte das Verlangen zurück, das sie zuvor verspürt hatte, und sie gab sich dem Kuss hin. Und kurz darauf wurde der traumhafte, atemberaubende Kuss, den sie sich ausgemalt hatte, erregende Wirklichkeit. Seine Arme hielten sie fest, und sie umschlang seine Schultern, um unter dem weichen Stoff des Hemds die Wärme und Kraft seines Körpers zu spüren und alles von ihm in sich aufzusaugen.

Dummerweise jedoch war ein Hustenreiz stärker als ihr Verlangen. »Entschuldige«, sagte sie und löste sich aus seiner Umarmung. »Ich hoffe, ich bin nicht mehr ansteckend.«

Jonah wartete, bis ihr Hustenanfall vorbei war, dann legte er die Hände um ihre Taille und zog sie sanft wieder zu sich heran. »Das, was du eben über Emily gesagt hast, stimmt nicht. Ich stehe viel lieber mit dir hier.« Ein zögerndes Lächeln zog über sein Gesicht, aus dem aller Zorn verschwunden war. »Darf ich dich noch mal küssen, diesmal ohne die Angst, dass die Erde bebt? Und danach sollten wir vielleicht miteinander reden.«

52

In Rosewood Manor wurde die Post mit dem Lieferwagen gebracht, meistens gegen zehn Uhr, und nachdem jemand sie den langen Weg vom Kasten am Tor geholt hatte, wurde sie sortiert und in die Fächer in einem speziell dafür angefertigten Regal im Speisesaal gelegt. Damson bekam ihre Post normalerweise von einem der Jünger Roland Halls heraufgebracht, einem zotteligen Ökotypen in Sandalen. An diesem Morgen jedoch beschloss Caspar, selbst in Damsons Fach nachzusehen.

Es war Montag, er war jetzt schon seit über einer Woche in Rosewood Manor, und obwohl das Haus und seine seltsamen Bewohner ihm nach wie vor auf die Nerven gingen, brachten ihn die Abgeschiedenheit und die tägliche Routine dazu, sich auf das Wesentliche zu konzentrieren. Bei Damson zu sein war alles, was jetzt zählte. Der Rest der Welt konnte verrecken, soweit es ihn betraf. Er wusste nicht, wie lange er noch hier bleiben würde, das hing von seiner Schwester ab, doch es war ihm egal. Er war froh, seinen eigenen Problemen entfliehen zu können.

Bei seiner Ankunft war er halb krank vor Sorge wegen des Konkurses gewesen – die Schulden, die Demütigung. Bei seinen anderen Unternehmen, die Pleite gegangen waren, hatte er immer Partner und Hintermänner gehabt, sodass sich der Schaden verteilte. Diesmal hatte er den schwarzen Peter, und es gab niemanden, der ihm da heraushelfen konnte. Doch hier draußen im Niemandsland überkam ihn ein seltsames, unerwartetes Gefühl von Freiheit. Er kam sich vor wie im Exil, geschützt vor dem Tornado, den das Finanzamt und seine Gläubiger ausgelöst hatten, und er fühlte sich auf absurde Weise sicher.

Es war verrückt, und er hatte Damson davon erzählt, so wie er ihr seit seiner Ankunft auch alles andere erzählt hatte. Sie hatte gelächelt, vor allem als er ihr gestand, er habe sein Handy weggeworfen, um ganz sicher zu sein, dass niemand ihn aufspüren könne. Er war in den nächsten Ort gefahren, um sich ein paar Kleidungsstücke zum Wechseln zu kaufen – Hemden, Unterwäsche und Socken, bezahlt von Damson –, und auf dem Rückweg hatte er irgendwo angehalten und das Handy in die Luft geschleudert. Zu hören, wie es gegen eine Steinmauer knallte und in tausend Stücke zersprang, war erstaunlich befriedigend gewesen.

Damson sagte nichts dazu und fragte ihn stattdessen, ob er etwas für sie tun würde. Sie saßen in einer geschützten Ecke im Garten, und die Nachmittagssonne schien vom wolkenlosen Himmel herunter, doch trotz der Wärme brauchte Damson eine Decke über ihre Beine. Hinter einer Mauer erklang das irritierende Geplapper einiger Mitbewohner, die im Gemüsegarten arbeiteten und sich darüber unterhielten, wie man am humansten gegen die Armee von Schnecken vorgehen sollte, die über Nacht ihre biologisch-dynamisch angebauten Pflanzen angefallen hatte. »Was denn?«, fragte er, begierig, sie wieder gesund zu machen, sie so vor sich zu sehen, wie sie früher gewesen war.

»Ich möchte, dass du akzeptierst, dass das, was wir als Kinder und auch später als Erwachsene getan haben, falsch war.« Ihre Stimme war so schwach, dass er sich anstrengen musste, sie zu verstehen. »Wir haben Jonah die Schuld daran gegeben, dass unsere Familie zerbrochen ist, dass wir unsere Mutter verloren haben, und dass Dad so unglücklich war. Aber wir haben beide die Wahrheit gewusst, vom ersten Tag an, als wir ihn beschuldigten.« Sie hielt inne, als müsse sie Luft und Kraft schöpfen. »Wir haben uns an den Zorn geklammert, in der unsinnigen Hoffnung, dass er uns vor dem Schmerz beschützen würde. Dabei hat er uns so viel mehr leiden lassen, Caspar! Hier ist eine kleine Rosewood-Manor-Weisheit, die dich in deinem Zynismus erschauern lassen wird, aber ich möchte, dass du darüber nachdenkst: Mit jeder Minute Zorn, die du erlebst, bringst du dich um sechzig Sekunden Glück.« Wie aus dem Nichts war ein Lächeln auf ihrem Gesicht erschienen, und plötzlich hatte die echte Damson neben ihm gesessen, die bildschöne Zwillingsschwester mit den funkelnden Augen, die ihn stets getröstet und gestärkt hatte und die sein Ein und Alles gewesen war.

Es lag nur ein einziger Brief in Damsons Fach, und Caspar erkannte die Schrift auf dem Umschlag sofort. Den Brief fest umklammert, lief er die Stufen hinauf, ohne die Grüße der Vorbeigehenden zu erwidern. Sein Schutzhafen war bedroht. Egal, was er sich einredete, die Außenwelt war nie vollständig weit weg.

Damson saß in ihrem Rollstuhl am Fenster, als Caspar an die Tür klopfte und eintrat. Sie kämmte ihr kurz geschnittenes Haar. Als er sie gefragt hatte, warum sie es abgeschnitten habe, hatte sie erwidert: »Unter den gegebenen Umständen erschien es mir so weniger frivol. Es gefällt dir nicht, stimmt's?«

»Nein, nicht besonders«, hatte er gesagt. Er mochte Frauen mit langem Haar. Kurzhaarige hatte er nie eines zweiten Blickes gewürdigt.

Als er Damson jetzt ansah, bemerkte er, dass sie heute schwächer wirkte. Er reichte ihr den Brief. Nach kurzem Zögern sagte sie: »Öffne du ihn für mich, Liebster.« Es war fast, als hätte sie damit gerechnet.

»Du scheinst gar nicht überrascht zu sein. Schreibt er dir oft?«

Sie legte den Kamm auf den Tisch neben sich. »Nein, aber den Brief hier habe ich erwartet. Der Kreis schließt sich, so wie es sein sollte. Und genau im richtigen Moment.«

Caspar schlitzte den Umschlag auf. Es war nur ein Blatt darin. Die Schrift war ungleichmäßig, die Zeilen wackelig, und an mehreren Stellen war etwas durchgestrichen.

Damson sank in ihren Stuhl zurück. »Lies ihn mir vor. Bitte.«

»Bist du sicher?«

Sie seufzte tief. »Ja. Und lies ihn schön.«

Bei diesen Worten bemerkte er die Spur eines Lächelns auf ihrem Gesicht. »Ich werde mich bemühen«, sagte er.

Liebe Damson,
die Umstände haben mich in letzter Zeit dazu gezwungen, ausgiebig über die Vergangenheit nachzudenken, und zu meiner Schande muss ich gestehen, es war ein schmerzhafter Prozess, noch verschlimmert durch die Erkenntnis, dass ich dir und Caspar das Leben zur Hölle gemacht habe.

Ich weiß, du wirst diesen Brief vermutlich voller Zynismus lesen, und das kann ich dir kaum verübeln, aber glaub mir, ich möchte dich sehr gern wiedersehen. Caspar auch. Ich habe ihm ebenfalls geschrieben, in der Hoffnung, dass ihr beide bereit seid, einem törichten, selbstsüchtigen alten Mann zu vergeben, der alles falsch gemacht hat. Er würde mir sehr viel bedeuten, wenn du dich melden würdest.

Herzlichst,
dein Vater

Caspar ließ den Brief sinken und sah seine Schwester an. Ihre Augen waren geschlossen, ihr Kopf auf die Lehne zurückgesunken. Er war es gewohnt, dass sie bisweilen ohne Vorwarnung einschlief, aber so reglos hatte er sie noch nie gesehen. Er räusperte sich. »Damson?«

Sie antwortete nicht.

Er beugte sich zu ihr hinüber. »Damson?« Angst überkam ihn. Er streckte den Arm nach ihr aus. Bei seiner Berührung öffnete sie die Augen, und ihn durchflutete eine unendliche Erleichterung, wie er sie noch nie empfunden hatte. Er schluckte seine Angst hinunter.

Sie nahm ihm den Brief aus der Hand und betrachtete ihn, Tränen in den Augen. »Habe ich nicht gesagt, der Kreis schließt sich?«

»Mir wäre es lieber, wenn er es nicht täte und du wieder gesund würdest.«

»Es ist der Weg nach vorn, Caspar. Wenn dir die Zukunft irgendetwas bedeutet, musst du tun, worum er dich bittet.«

»Was ist mit dir?«

Sie drückte den Brief an die Brust. »Das genügt mir für meine Zukunft. Er wird es verstehen.«

Caspar verstand nur eine schreckliche Wahrheit in alldem:

dass eine Zukunft ohne Damson schlimmer sein würde als jede Hölle, die sich sein Vater vorstellen konnte. Er ließ sie schlafen und ging hinunter in den Garten, wo er und Damson sich am Tag zuvor unterhalten hatten. Wieder war es warm und sonnig, und als hingen sie in einer Zeitschleife, hörte er dieselben Leute darüber debattieren, wie man am besten gegen die Schnecken vorging. Als Ideallösung wurden Töpfchen mit selbst gebrautem Bier vorgeschlagen. »Nehmt einen verdammten Spaten«, brüllte er Richtung der Steinmauer, »und zermatscht die dämlichen, hirnlosen Viecher!«

Die Stimmen verstummten.

»Ausnahmsweise bin ich Ihrer Meinung.«

Caspar fuhr herum und sah, dass sich Roland Hall an ihn herangeschlichen hatte.

»Ach, Sie sind's. Was wollen Sie?« Obgleich Damson ihm mehrfach gesagt hatte, Hall sei ein guter, ehrlicher Mensch und habe nie versucht, aus ihrer Freundschaft etwas anderes zu machen oder ihr Geld abzuluchsen, traute Caspar ihm noch immer nicht. Aber wem, außer Damson, hatte er je getraut?

Hall setzte sich. »Ich möchte mit Ihnen über Damson sprechen«, sagte er. »Ihre Schwester hat den Wunsch geäußert, in das hiesige Hospiz umzuziehen, wenn sie das Gefühl hat, die Schmerzen nicht mehr ertragen zu können. Ich glaube, dieser Zeitpunkt ist bald gekommen.«

Caspar hätte am liebsten den zitierten Spaten genommen und Hall in Stücke zerschlagen. Sein widerwärtiges Gesicht zu Brei zerquetscht. »Sie wollen sie loswerden, was?«, knurrte er zornbebend. »Sie wird Ihnen lästig, stimmt's? Haben Sie Schiss, dass der Geruch des Todes Ihnen die Kundschaft verjagt?«

Halls Miene blieb ungerührt. »Sie will es so, Caspar.«

Aufgebracht fuhr sich Caspar mit der Hand durchs Gesicht. »Eins möchte ich gern wissen, Hall: Was zum Teufel haben Sie gemacht, bevor Sie anfingen, armselige Spinner auszunehmen, die sich mehr um die zarten Gefühle von Schnecken sorgen als um sich selbst? Sie sind so verdammt undurchschaubar! Was waren Sie – Ermittler beim MI5?«

»Nein. Ich war Mönch.«

Caspar lachte abfällig. »Mönch? Oh, das ist gut. Und dann

wurde Ihnen das mit dem keuschen Leben wohl zu anstrengend?«

»Mit dem Keuschheitsgelübde hatte ich kein Problem. Was mir Schwierigkeiten bereitete, war das Zusammenleben mit den anderen Mönchen. Es gab keine Möglichkeit, ihnen und ihren festgefügten Vorurteilen über Gut und Böse zu entfliehen.«

»Und was ist hier jetzt anders?«

Hall lehnte sich zurück, stützte die Arme auf und legte die Fingerspitzen aneinander. »Ich will nicht sagen, dass es hier perfekt ist, das ist das Leben in einer Gemeinschaft nie. Sobald man ein paar Menschen zusammentut, fangen sie an, sich über dieses oder jenes zu streiten, so ist nun mal die menschliche Natur. Hier in Rosewood Manor, bei unserem Bemühen, ein liebevolles und selbstständiges Miteinander zu schaffen, legen wir Wert auf Autonomie und unabhängiges Denken. Wir versuchen, einander und uns selbst auf jede nur denkbare Weise zu unterstützen, zum Beispiel indem wir Biogemüse anpflanzen und verkaufen.« Er wies mit dem Kopf Richtung Mauer. »Aber selbst das bietet Anlass zu Debatten. Das bedeutet, wir müssen uns mehr Mühe geben, uns bewusster mit uns selbst auseinander setzen. Und obwohl das unser Ziel ist, wird niemand in Rosewood Manor gezwungen, etwas zu sein, was er nicht ist. Solange niemand anderes darunter leidet, kann jeder hier er selbst sein, ohne Angst, verurteilt zu werden. Deshalb fühlt sich Ihre Schwester hier so wohl.«

Caspar verstand dies als Kritik an seiner Schwester, und das konnte er nicht so stehen lassen. »Damson hat nie vor irgendjemandem oder irgendetwas Angst gehabt.«

Hall sah ihn unverwandt an. »Das stimmt nicht, Caspar, und es wird Zeit, dass Sie das erkennen. Damson hatte schreckliche Angst vor sich selbst und vor dem, was sie ihrem Geist und ihrem Körper antun konnte. Als sie zu uns kam, war sie zerfressen von Angst und Reue. Mit zweiundzwanzig hatte sie schon zwei Abtreibungen hinter sich, und das hat sie sich nie verziehen. Es hat sie fast ihr ganzes Leben verfolgt.«

Caspar sah ihn fassungslos an. »Nein! Das ist unmöglich. Das glaube ich Ihnen nicht. Sie hätte es mir ganz bestimmt erzählt.«

»Sie wollte nicht, dass Sie es je erfahren. Sie hat mir gesagt, Sie würden sie idealisieren, sie als unfehlbar ansehen. Und es brachte sie zur Verzweiflung, dass sie es nicht war und dass sie Sie enttäuscht hatte.«

»Aber das stimmt doch nicht!«, rief Caspar. »Sie hat mich nicht enttäuscht. Sie könnte mich gar nicht enttäuschen. Niemals.«

Halls Stimme blieb ruhig. »Sind Sie sicher? Was war, als sie hierher zog? Hat Sie das nicht geärgert? Haben Sie ihr nicht vorgehalten, sie habe sich mit einem Haufen nichtsnutziger Verlierer eingelassen, die nur darauf aus seien, sich ihr Hab und Gut unter den Nagel zu reißen?«

Caspar hatte den Anstand, sich abzuwenden. Er versuchte Halls Worte zu verarbeiten. Beschämt erkannte er, dass er zu Damsons Problemen beigetragen oder, noch schlimmer, sie zum Teil vielleicht sogar selbst verursacht hatte.

»Wenn Ihre Gedanken sich geklärt haben«, sagte Hall, »werden Sie begreifen, dass Damson den größten Teil ihres Lebens nach etwas gesucht hat, das sie glücklich macht und sie von ihren Schuldgefühlen befreit. Sie hat mir von den vielen unpassenden Männern erzählt, die sie ausgenutzt und missbraucht haben, und die sie, nach ihren eigenen Worten, dazu benutzt hat, sich selbst noch mehr zu bestrafen.«

»Hören Sie auf! Ich will nichts mehr davon hören. Halten Sie den Mund, verstanden?« Caspar presste die Handballen gegen die Augen. Es war zu viel für ihn. Unfähig, etwas zu sagen, stand er auf und ging zurück ins Haus. Er musste zu Damson. Musste sich bei ihr entschuldigen.

Sie saß noch am Fenster, wo er sie eine halbe Stunde zuvor zurückgelassen hatte. Die Sonne schien herein und brachte ihr Haar zum Leuchten, das dieselbe Farbe hatte wie seines. Er erinnerte sich, wie sie es früher während der Schulferien oft gefärbt hatte, zum Entsetzen von ihrem Vater und Val. In einem Sommer hatte sie es nach einem ersten Versuch mit Lackschwarz auf ein leuchtendes Orange umgefärbt. Es war ihr ganz egal gewesen. Sie hatte nur gelacht, es mit einem grünen Seidenschal zusammengebunden und gesagt: »Na, das nenne ich einen Karottenkopf!« Nichts hatte sie aus der Ruhe gebracht.

»Das ist nur eine weitere Erfahrung in meiner Sammlung«, behauptete sie stets.

Doch manche Dinge hatten sie aus der Ruhe gebracht, und davon hatte sie ihm nichts erzählt.

Warum nicht? Die Wahrheit schmerzte. Weil sie selbstlos in ihrer Liebe und Unterstützung für ihn gewesen war, während er wie ein verwöhntes Kind ihre bedingungslose Liebe gierig aufgesogen hatte. Indem er sie auf ein Podest stellte, schränkte er sie in ihren Lebensentscheidungen ein. Er durfte sich verändern und zahllose Fehler begehen, aber sie nicht. Sie war seine Schwester, doch er hatte sie behandelt wie eine Mutter. Und eine Mutter musste schließlich in einer Welt von Chaos und Durcheinander eine Konstante bilden.

Leise durchquerte er den Raum. Es gab so vieles, was er ihr sagen musste. Vor allem jedoch wollte er Damson klar machen, dass sie in seinen Augen immer vollkommen sein würde, was sie auch tat.

Doch als er sich neben sie kniete, den Brief nahm, der noch auf ihrem Schoß lag, und ihn auf den Tisch legte, sah er, dass es zu spät war.

Damson war tot.

Er schloss sie in die Arme und weinte. Weinte, wie er noch nie zuvor geweint hatte. »Oh, Damson«, stöhnte er, »es tut mir so Leid, was ich dir angetan habe. Ich hatte ja keine Ahnung!«

Jonah saß den ganzen Nachmittag wie auf heißen Kohlen. Seine Abschlussklasse schrieb ihre letzte Geschichtsklausur. Sobald die Prüfung begonnen hatte, war er in die Turnhalle geschlüpft und hatte sich die Fragen angesehen, um sich zu vergewissern, dass sie keine unangenehmen Überraschungen für seine Schüler enthielten. Oder für ihn. Doch alles war in Ordnung gewesen. Er hatte die Themen im Unterricht durchgenommen. Beruhigt, dass alles gut laufen würde, solange seine Schüler die Nerven behielten, ging er zum Klassenraum zurück, um der 7B die Vorzüge der Parlamentsreform von 1832 zu vermitteln.

Als alles vorüber war und die Schüler ihre Unterlagen abgegeben hatten, wartete er draußen vor der Turnhalle, um zu sehen, wie sie es überstanden hatten. Ihm begegnete eine Mischung aus Erleichterung, Nervosität und vorsichtigem Optimismus. Und ein Hauch Übermut aus einer unerwarteten Ecke. »Habt ihr die acht wichtigsten Punkte des Vertrags von Versailles zusammenbekommen?«, fragte er die Gruppe.

Jase grinste ihn an. »Klar, Mann, war doch ’n Kinderspiel.«

Jonah lächelte. »Gut gemacht. Auf dem Weg nach Hause?«

»Nö, ich dachte, ich bleib noch ’n bisschen und polier die Kronleuchter. Logisch geh ich jetzt nach Hause. Wollten Sie mich etwa mitnehmen?«

»Das würde ich dir nicht noch mal zumuten, Jase. Ich will ja schließlich nicht dein Image ruinieren.«

»Kleiner Rat von Mann zu Mann, Sir. Sie sollten sich mal ’nen scharfen neuen Flitzer zulegen, sonst ziehen Sie nie ’ne vernünftige Frau an Land.«

»Ich hatte mich schon gewundert, wieso es nicht klappt.«

Auf dem Heimweg fragte sich Jonah, wie Clara wohl auf Jases weisen Rat reagiert hätte. Nach dem, was er über die Zeit wusste, bevor sie ihren Job an den Nagel gehängt hatte, um in einem Wohnmobil durch die Gegend zu fahren, hatte sie selbst mal ein schickes Auto besessen. Und er war seit jeher der Überzeugung, dass ein Auto, ebenso wie Schuhe, eine Menge über seinen Besitzer verriet. Er konnte sich Clara gut vorstellen, wie sie in einem Businesskostüm hinter dem Steuer eines Sportwagens saß, das Handy am Ohr und mit der Lichthupe spielend.

Im Gegensatz dazu verkündete sein rostiger Ford Escort, der nur mit Ach und Krach den nächsten TÜV überstehen würde, laut und deutlich, dass sein Besitzer eine etwas lässigere Lebenseinstellung hatte. Natürlich konnte er sich ein besseres Auto leisten, wenn er wollte, das Geld war nicht das Problem. Aber solange sein jetziges Gefährt ihn zuverlässig von einem Ort zum anderen brachte, war es ihm ziemlich egal, wie es aussah.

Außerdem *hatte* er eine vernünftige Frau an Land gezogen. An diesem Abend war er mit Clara verabredet.

Sein Vater würde auf Ned aufpassen, und anstatt mit Clara in ein Restaurant zu gehen, hatte Jonah angeboten, bei sich im Cottage etwas zu kochen. »Da ich deine Kochkünste ja bereits getestet und genossen habe, gehe ich das Risiko ein«, hatte sie erwidert. Was ihn an der Verabredung am meisten überraschte, war nicht die Tatsache, dass Clara eingewilligt hatte, zu ihm zu kommen, sondern dass seinem Vater offenbar viel an ihrem Vergnügen lag. Jonah hatte eher mit einer muffeligen Reaktion gerechnet, weil er Clara aus Mermaid House entführte, doch anscheinend war das Gegenteil der Fall. »Nein, nein, Jonah, mach dir meinetwegen keine Sorgen, Hauptsache, ihr zwei habt einen schönen Abend. Höchste Zeit, dass du dir mal was gönnst. Ned und ich werden uns bestens amüsieren.«

Jonah wurde stets misstrauisch, wenn er etwas ohne Mühe bekam. Um alles, was ihm im Leben wirklich wichtig gewesen war, hatte er kämpfen müssen.

Es war erst gestern gewesen, dass er sich Clara gegenüber wegen Vals Tagebüchern wie ein Vollidiot verhalten hatte – er hatte wirklich sämtliche Register gezogen –, aber es kam ihm vor, als sei es schon Tage her. Wieder und wieder hatte sie sich bei ihm entschuldigt, und mit jedem Mal, das sie ihn um Verzeihung bat, war er sich noch mehr wie ein Trottel vorgekommen. Er hatte sich sehr bemüht, ihr klarzumachen, warum er so wütend gewesen war.

»Als ich die Bücher las, wurde alles plötzlich wieder so wirklich«, sagte er, die Arme um sie gelegt. »Es war wohl ein Schock, es noch mal durchzumachen.«

Sie blickte ihm offen in die Augen und sagte: »Es tut mir Leid, Jonah. Ehrlich. Es war nicht sensationsgierige Neugier, ich wollte wirklich mehr über euch alle erfahren. Ich wollte verstehen, warum dein Vater sich so abweisend verhielt und warum eure Beziehung so schwierig war. Natürlich war es falsch, es auf diese heimliche Weise zu tun, aber es ist einfach irgendwie passiert. Ich wünschte, ich könnte mich besser entschuldigen. Ich fühle mich scheußlich. Das mit Emily und dir hätte ich nie sagen dürfen.«

»Schon gut, vergiss es. Allerdings muss ich auch zugeben, dass ich vor allem deshalb so wütend geworden bin und mich aufgeführt habe wie ein rasender Gorilla, weil ich nicht wollte, dass du mich für einen feigen Weichling hältst.«

»Ich bin schon von selbst zu dem Schluss gekommen, dass jemand, der freiwillig an einer Schule wie Dick High unterrichtet, auf keinen Fall ein Weichling ist.« Sie küsste ihn und fügte dann hinzu: »Ich habe Glück gehabt, Jonah. Ich hatte eine aus deiner Sicht vermutlich überaus langweilige, stinknormale, aber glückliche Kindheit, und das hat mich zu dem gemacht, was ich bin. Und so, wie deine Kindheit dich vorsichtig und wachsam, aber auch einfühlsam gemacht hat, hat sie in dir vermutlich auch den Willen geweckt, um das zu kämpfen, was dir wichtig ist. Also hör auf, deine Fähigkeiten herunterzuspielen.«

»Wenn das so ist, darf ich dich zum Abendessen einladen?«

»Nur wir beide?«

»Ist das ein Problem?«

»Nur wenn dein Vater sich weigert, den Babysitter zu spielen.«

Hand in Hand waren sie nach Mermaid House zurückgegangen, und wie um das Vorhergegangene zu unterstreichen, hatte Jonah gesagt: »Ich will nicht entwerten, was Val geschrieben hat, aber an der Dick High gibt es eine Menge Kinder, die viel Schlimmeres erlebt haben als sämtliche Mitglieder meiner Familie. Manche von den Kindern überstehen einen Grad an Gewalt, Missbrauch, Erniedrigung und Vernachlässigung, neben dem meine Kindheit wirkt wie eine Episode aus *Die Waltons*. Ich will kein Mitleid von dir.«

Clara war stehen geblieben und hatte ihn mit ihrem strengen und zugleich kecken Blick angesehen. »Keine Sorge, das ist das Letzte, was du von mir bekommst.«

Clara gefiel Church Cottage auf den ersten Blick. Sie verstand, weshalb Jonah es gekauft hatte: Es passte zu ihm, vom behaglichen Schnitt der Räume bis zu dem bunten Stilmix in Dekor und Einrichtung. Sie hatte jede Menge Zeit zu stöbern, da genau in dem Moment, als sie eingetreten war, das Telefon klingelte. »Mach dir meinetwegen keine Gedanken«, hatte sie gesagt. »Geh ruhig dran, ich komme schon allein zurecht.«

Nun stand sie im Wohnzimmer, das zur Straße hinausging, an der sie Winnie geparkt hatte, und betrachtete die kleinen, schlicht gerahmten Bilder, die in die Lücken zwischen den überquellenden Bücherregalen gequetscht waren. Vor dem Fenster stand ein Mahagonischreibtisch mit zwei Stapeln Schulheften und einigen Holzpuzzles. Sie stellte sich vor, wie Jonah sie geduldig zusammensetzte. Rechts und links neben der Kaminöffnung, in der ein Holzofen angeschlossen war, standen zwei abgewetzte Sessel, und der Sims war mit einer sorgfältig arrangierten Sammlung alter Aufziehfiguren dekoriert: ein Seehund mit einem Ball auf der Nasenspitze, ein marschierender Soldat, der die Trommel schlug, ein lachender Polizist und ein stolzierender Dackel mit einem Knochen im Maul. Clara ging hinüber zum größten Regal und ließ den Blick über die Buchrücken wandern. Die meisten waren Geschichtsbücher, dann folgten Biographien, und den Schluss bildeten die gesammelten Werke von P. G. Wodehouse, Oscar Wilde und Evelyn Waugh. Eine interessante Mischung, dieser Jonah, fand sie. Gelehrt mit einem Spritzer Schrulligkeit.

Und keine Trantüte, wenn es um Herzensdinge ging, sagte sie sich, als sie an ihre Umarmung draußen im Moor dachte. Ihr zweiter Kuss war genauso intensiv gewesen wie der erste, aber auf vollkommen andere Weise. Sanft und verhalten, aber mit einer sublimen erotischen Strömung, dass ihr vor Verlangen die Knie weich wurden. Und ihm genauso, wenn sie sich nicht irrte.

Durch die offene Tür hörte sie, wie Jonah das Gespräch beendete. Sekunden später war er bei ihr. »Entschuldige«, sagte er. »Es war ein Nachbar, der mich gebeten hat, sein Haus im Auge zu behalten, während er weg ist.«

»Verlassen sich immer alle auf dich?«

Er zog die Augenbrauen hoch. »Wie meinst du das?«

»He, das war keine Kritik. Ich bekomme nur allmählich den Eindruck, die Leute sehen dich als den Fels in der Brandung, jemand, auf den sie sich in der Stunde der Not stützen können.«

»So wie du?«

Sie lächelte. »*Touché*. Der erste Punkt dieses Abends geht an dich.«

Er lächelte ebenfalls. »Nun, dann können wir ja zum ernsten Teil übergehen. Ich dachte, wir essen draußen, wenn es dir nicht zu kalt ist. Komm mit in die Küche, dann gebe ich dir etwas zu trinken.«

In der Küche duftete es himmlisch, und das sagte sie auch.

»Thailändische Fischplätzchen. Wein?« Fragend hielt er ihr eine Flasche Weißwein hin.

»Gern. Kann ich was helfen?«

Er reichte ihr ein Glas. »Nein, es ist alles fertig. Ich bin ziemlich gut organisiert, dafür, dass ich nur ein Mann bin, was?«

»Nanu, Master Liberty, Sie werden doch nicht etwa Komplimente heischen?«

»Glaub mir, so dumm bin ich nicht.« Er stieß mit seinem Glas gegen ihres. »Prost.«

Sie aßen auf der kleinen Terrasse vor der Küche. Es war noch hell, und direkt über einem hübschen Fliederbaum tanzte ein Schwarm Mücken in der warmen Abendluft. Der Ausblick von ihrem Sitzplatz war fantastisch. »Das ist ja zauberhaft«, sagte sie. »Du hast dir hier ein richtiges Zuhause geschaffen, nicht?«

Er lehnte sich zurück. »Da müsste schon etwas ganz Besonderes kommen, um mich hier wegzulocken. Für Caspar ist es eine Bruchbude, aber mir gefällt's.«

»Wie wohnt Caspar denn?«

»In einer sterilen Wüste. Er hat ein riesiges Loft in Manchester. Sehr exquisit und sehr teuer. Und du? Wie sieht es denn *chez* Costello aus?«

»Oh, schlicht und schnörkellos – vier Zimmer, zwei Bäder, eine Doppelgarage. Nicht sehr fantasievoll, fürchte ich.«

Er lächelte. »Aber rundum praktisch, wie seine Besitzerin?«

»Genau, rundum praktisch. Bei den Anforderungen meines Jobs musste ich etwas kaufen, das pflegeleicht ist und mir Zeit lässt, meine Wochenenden mit Ned zu genießen. Tropfende Regenrinnen zu reparieren war das Letzte, worauf ich Lust hatte. Obwohl du wahrscheinlich genau das Gegenteil bist. Ich wette, nach einer harten Woche in der Schule gibt es für dich keine bessere Entspannungskur, als irgendetwas am Haus zu restaurieren.«

»So ungefähr. Unter uns gesagt, meine Nachbarn nebenan machen immer wieder Andeutungen, dass sie ihr Haus vielleicht verkaufen wollen, und falls es wirklich so weit kommt, hoffe ich, dass ich Vorkaufsrecht erhalte. Dann würde ich die Wand durchbrechen und die beiden Häuser zusammenlegen. Das wäre ein richtiges Traumprojekt für mich.«

»Na, dann auf zukünftige Durchbrüche.« Clara erhob ihr Glas. »Du bist ein Mann mit vielen Talenten, Jonah.«

»Wenn du meinst.«

Sie aßen in friedvollem Schweigen weiter, bis die Kirchturmuhr die halbe Stunde schlug und Jonah fragte: »Clara, ich weiß, es geht mich nichts an, aber hast du schon eine Entscheidung getroffen, was Neds Vater betrifft?«

Sie legte ihr Besteck beiseite. Sie hatte bereits überlegt, an welchem Punkt des Abends sie das Thema, das sie fast den ganzen Tag über beschäftigt hatte, anschneiden und ihm von dem Entschluss erzählen sollte. »Ja. Ich werde nach Hause fahren und mit ihm sprechen, bevor er nach Amerika zurückfliegt.«

»Wann willst du fahren?«

»In ein paar Tagen.«

»Hast du es Dad schon gesagt?«

Sie schüttelte den Kopf. »Nein, noch nicht. Ich habe mich erst heute Nachmittag dazu entschlossen.«

»Er wird dich vermissen.«

»Das geht mir genauso. Er wird mir fehlen.« Beinahe hätte sie hinzugefügt: »Und du auch«, aber sie traute sich nicht. Ihre Flirtfähigkeiten waren zu eingerostet. Stattdessen sagte sie: »Und ich habe keine Ahnung, wie Ned darauf reagiert. Er fühlt sich hier so wohl! Mermaid House ist für ihn ein zweites Zuhause geworden.«

Wieder breitete sich Schweigen zwischen ihnen aus. Schließlich sagte Jonah: »Besteht irgendeine Chance, dass du zurückkommst? Dir bleiben ja noch ein paar Monate, bevor Ned im Herbst zur Schule muss. Du weißt, du bist hier immer willkommen.«

Ihr war klar, wonach er eigentlich fragte, und sie wusste, dass sie ihm gegenüber ehrlich sein musste. »Jeder Tag, wie er kommt, Jonah. Ich will so wenig planen wie möglich. Das habe ich auf dieser Reise gelernt. Nichts entwickelt sich so, wie man es sich vorstellt oder erhofft.«

»Verlange ich zu viel, wenn ich dich bitte, in Kontakt zu bleiben? Nur als Freunde, von mir aus?«

Sie berührte seine Hand, die auf dem Tisch lag. »Ich glaube, ich möchte mehr als das. Aber zuerst muss ich die Angelegenheit mit Todd klären.«

»Ich verstehe.« Jonah drehte ihre Hand um, sodass die Handfläche nach oben zeigte, und legte seine darauf. Entmutigt dachte er, dass dies vielleicht das Ende zwischen ihnen war und nicht der Anfang, wie er gehofft hatte. So, wie sie über diesen Todd sprach, schien er ihr eine Menge zu bedeuten. Schließlich war er der Vater ihres Sohns. Und wer wusste schon, wie dieses Treffen ausgehen würde, nachdem sie ihn mehr als vier Jahre nicht gesehen hatte?

Das schrille Klingeln des Telefons ließ sie beide zusammenzucken. »Das ist bestimmt Dad, der sich vergewissern will, dass ich mich anständig benehme und deinen guten Ruf nicht ruiniere.«

Clara lachte. »Sag ihm, wir wären ganz brav, und obwohl wir uns vor den Augen der Nachbarn in wilder Leidenschaft auf dem Sofa wälzen, hätte ich noch einen Fuß auf dem Boden.«

Schmunzelnd ging Jonah in die Küche zum Telefon, doch das Lächeln verschwand aus seinem Gesicht, als er Caspars gequälte Stimme hörte und das, was er ihm mitteilte.

53

»Wie kann das sein? Es ist gegen die Natur, dass ein Vater sein Kind überlebt.«

Gabriels Stimme war erstickt von Müdigkeit und fassungsloser Trauer. »Drei Frauen! Alle tot! Sag mir, warum. Ich will wissen, warum!« Er donnerte mit der Faust auf den Tisch, so dass ein leerer Kaffeebecher herunterfiel, und legte dann den Kopf auf die Arme. Während Clara die Scherben vom Boden auflas, ging Jonah zu seinem Vater.

Es war eine lange Nacht gewesen, und sie hatten alle wenig geschlafen. Nach Caspars Anruf waren Jonah und Clara sofort nach Mermaid House gefahren, um die Nachricht zu überbringen. Gabriel hatte allein in der Bibliothek gesessen, einen Whisky getrunken und gelesen. »Nanu, Miss Costello, schon zurück?«, hatte er scherzend gesagt und sein Buch zugeklappt. »So früh hatte ich nicht mit Ihnen gerechnet. Haben Jonahs Kochkünste Sie in die Flucht geschlagen?« Doch er musste ihnen angesehen haben, dass etwas passiert war.

Als die Worte heraus waren, blickte Gabriel Jonah an, als begreife er nicht. Innerhalb weniger Sekunden jedoch waren ihm Tränen in die Augen gestiegen, und seine Hände hatten angefangen zu zittern. Er hatte versucht aufzustehen, doch sein Körper versagte ihm den Dienst, und so blieb er zusammengesunken im Sessel sitzen. Clara kochte ihnen Tee, und während sie in der Küche war, zog sich Jonah einen Hocker zu seinem Vater heran, nahm seine zitternden Hände und hielt sie fest in seinen. Gabriel hatte plötzlich alt und verwirrt ausgesehen.

Jetzt, um sechs Uhr morgens, während Ned oben noch friedlich schlief, bereiteten sich Jonah und sein Vater auf die Reise nach Northumberland vor. Beide wussten nicht, was sie dort erwartete. Am Telefon hatte Caspar wie ein gebrochener Mann geklungen, doch wenn sich seine Trauer mittlerweile in Zorn verwandelt hatte, konnte man nicht wissen, was für einen Empfang er ihnen bereiten würde.

Bevor Jonah am Abend zuvor zu Bett gegangen war – er hatte die Nacht in Mermaid House verbracht –, hatte er zwei Telefonate geführt. Das eine mit einem Kollegen von der Schule, um Bescheid zu sagen, dass er ein paar Tage nicht kommen würde, und das andere mit Rosewood Manor, um etwas mehr über den Tod seiner Schwester zu erfahren. Er sprach mit einem hilfsbereiten Mann namens Roland Hall, der ihm versicherte, er würde alles in seiner Macht Stehende tun, um Caspar zu helfen. Er berichtete Jonah von Damsons Krankheit und davon, dass Caspar seiner Schwester während ihrer letzten Tage Gesellschaft geleistet hatte. Außerdem hatte er Jonah eine Wegbeschreibung nach Rosewood Manor durchgegeben.

Ausgerüstet mit dieser Beschreibung und einem Straßenatlas, half Jonah nun seinem Vater auf den Beifahrersitz seines Autos. Zum ersten Mal bedauerte er den Zustand seines alten Escort und hoffte nur, er würde sie heil nach Northumberland bringen.

Gabriel war zu benommen, um sich von Clara zu verabschieden, doch Jonah blieb für einen Moment bei ihr stehen. Obwohl sie nicht darüber gesprochen hatten, wusste er, dass sie und Ned bei seiner Rückkehr nicht mehr in Mermaid House sein würden. »Ich weiß nicht, wann wir wieder da sind«, sagte er, »aber wann willst du fahren?«

»Morgen früh. Ich denke, das ist das Beste. Wenn ihr Caspar mitbringt, wird er über meine Anwesenheit nicht begeistert sein. Wir konnten uns von Anfang an nicht besonders gut leiden.«

»Ich weiß, was du meinst. Aber ich glaube, Caspar braucht jetzt das, was von seiner Familie noch übrig ist.«

»Macht's gut, ihr beiden«, sagte sie und schloss ihn in die Arme.

Jonah drückte sie fest an sich und löste sich dann von ihr.

»Ihr auch. Und wenn du mich anrufen oder mir schreiben willst, weißt du ja, wo du mich findest.«

»Ich melde mich. Und bitte erklär deinem Vater die Sache. Ich habe ein ganz schlechtes Gewissen, weil ich nicht hier sein kann, um zu helfen, aber –«

Jonah brachte sie mit einem zarten Kuss zum Schweigen, umarmte sie sanft, drückte seine Wange an ihre und ging dann zum Wagen.

Clara fuhr mit Ned zum Frühstück ins Mermaid Café. Shirley begrüßte sie, als wären sie alte Freunde, und führte sie zu einem Tisch am Fenster.

Es gab einiges, was Clara Ned erklären musste: warum Gabriel so plötzlich mit Jonah verschwunden war, vor allem aber, warum sie selbst jetzt wegfuhren. Sie verabscheute es, Ned zu belügen, aber sie konnte ihm schließlich nicht die Wahrheit sagen: dass sie nach Hause fuhren, damit sie sich mit seinem Vater treffen konnte.

Stattdessen behauptete sie, sie habe Heimweh und wolle ihre Freunde wiedersehen.

Er hörte ihr zu und kaute derweil an einer Scheibe gebratenem Brot, die er vorsichtig mit Daumen und Zeigefinger an einer Ecke festhielt. »Heißt das, wir fahren für immer nach Hause?«, fragte er schließlich. »Kein Winnie mehr?«

Clara nippte an ihrem Tee. »Nein, überhaupt nicht. Wir haben immer noch zweieinhalb Monate Zeit, bevor wir uns von Winnie trennen müssen.«

Er tunkte das gebratene Brot in sein Eigelb, rührte ein wenig darin herum. »Und dann komme ich in die Schule?«

»Genau.«

»Wird es mir dort gefallen?«

»Ganz bestimmt. Denk nur an all die Geschichten, die du den anderen Kindern erzählen kannst. Sie werden dich schrecklich um deine Abenteuer beneiden.«

Er runzelte die Stirn und zog die Nase kraus, und Clara wusste, dass er unter dem Tisch mit den Beinen schwang. »In St. Chad's hat es mir aber gar nicht gefallen«, gestand er ihr.

»Vielleicht finden wir ja eine andere Schule. Aber vergiss

nicht, du bist jetzt älter, und es wird sich besser anfühlen. Außerdem vermisst du doch sicher Oma und Opa.«

Bei der Erwähnung von Oma und Opa heiterte sich seine Miene auf. »Sind sie schon aus Australien zurück?«

»Nein, sie kommen erst nach Weihnachten heim.«

Wieder Stirnrunzeln.

»Aber keine Sorge. Wenn wir Louise und die Bande besucht haben, gehen wir wieder auf Abenteuersuche.«

»Kommen wir hierher zurück?« Der Wechsel in seinem Gesichtsausdruck war so schnell und so verräterisch, dass Clara nicht wusste, was sie sagen sollte. Wenn sie noch einmal nach Deaconsbridge zurückkamen, bestand die Gefahr, dass sie vielleicht nie wieder weggingen. Es gab so vieles hier, das ihr ans Herz gewachsen war, von der zauberhaften Landschaft über den geschäftigen Marktplatz, so hübsch in seinem Sommerstaat, bis zu den freundlichen Menschen, die hier lebten. Ohne es zu merken, waren sie und Ned ein Teil davon geworden, und *es* war ein Teil von ihnen geworden. Es hatte sie sogar schon auf den Gedanken gebracht, ihr altes Leben aufzugeben und hier ein neues zu beginnen, wo alles in einem ruhigeren Rhythmus verlief und die Menschen herzlicher waren.

Und abgesehen von Deaconsbridge selbst war da auch noch das unwesentliche Detail ihrer Verbindung zur Familie Liberty. Nie würde sie die beschützende Liebe vergessen, mit der Gabriel sie und Ned überschüttet hatte.

Und da war Jonah.

Mit seinem ausgeprägten Sinn für Gerechtigkeit, seinem zurückhaltenden Charme und seiner liebenswürdigen Aufmerksamkeit hatte er das Unmögliche geschafft: Er hatte in ihr die verlockende Frage geweckt, wie es wohl wäre, mit ihm zusammen zu sein. Doch wie sollte das gehen? Wenn sie und Ned wieder in ihr altes Leben zurückkehrten, bliebe ihnen nur eine Beziehung auf Distanz. Und wie lange würde es wohl dauern, bis die kaputtging?

Immerhin war sie sicher, dass sie dann trotzdem Freunde bleiben würden. Und wie sie festgestellt hatte, waren Freunde das Allerwichtigste.

»Sie sehen aus, als wären Sie ganz weit weg. Vielleicht an

einem Strand in den Tropen, wo jemand Sie gefühlvoll mit Sonnenöl einreibt?«

Clara lächelte und reichte Shirley, die an ihren Tisch gekommen war, ihren Teller. »Nein, ganz falsch.«

»Oh. Nun, wie wär's mit einem Teekuchen?«

»Ned? Passt noch was rein?«

Ned kniete sich auf den Sitz, ruckelte mit dem Po auf seinen Fersen hin und her und blies die Backen auf. »Nein danke, ich kann nicht mehr.« Er klopfte sich auf den Bauch.

Shirley zog einen Lutscher aus ihrer Schürzentasche. »Du bist der wohlerzogenste kleine Junge, den ich kenne.« Dann sagte sie in ernsterem Ton zu Clara: »Haben Sie das mit Archies Mutter gehört?«

»Ja. Wie geht es ihm? Die beiden standen sich sehr nahe, nicht?«

»Ich schätze, ihm geht's ziemlich dreckig, aber wie immer lässt er sich nichts anmerken. Genau wie damals, als seine arrogante, habgierige Frau ihn verlassen hat. Es hat Ewigkeiten gedauert, bis er damit rauskam, dass sie abgehauen ist. Wenn Sie mich fragen, sollte er froh sein, dass er sie los ist. Das haben mir auch alle gesagt, als mein Alter mich sitzen gelassen hat. Das Dumme ist nur, dass man es in dem Moment nicht glauben will. Aber eins sage ich Ihnen, sie war eine hochnäsige Ziege, hat immer auf uns herabgeschaut.« Sie hielt inne, um einen Gast vorbeizulassen, dann fuhr sie fort: »Die Beerdigung ist übermorgen. Ich dachte, ich nehme mir eine Stunde frei und gehe hin. Von wegen moralische Unterstützung und so. Wussten Sie, dass er sein Haus verkauft hat? Er zieht an den Marktplatz, in die Wohnung über Joes Buchhandlung. Ich denke, ich werde ihm ein Einweihungsgeschenk besorgen. Irgendetwas Kleines. Nur als Geste. Man muss ja nicht gleich übertreiben.«

Du lieber Himmel, dachte Clara, als Shirley verschwand, um ein Paar mittleren Alters in Shorts und Wanderschuhen zu bedienen, was Shirley so alles über Archie zu erzählen hat! Und wie sie sehr sie ihn mag ... Sie fragte sich, ob Archie wusste, was für eine ergebene Freundin er in Shirley hatte.

Clara zahlte, und sie verließen das Café. Als sie draußen auf der Stufe stand und darauf wartete, dass eine junge Mutter mit

Kinderwagen an ihnen vorbeiging, verspürte sie einen Stich der Trauer: Vermutlich hatten Ned und sie gerade zum letzten Mal im Mermaid Café gegessen. Der Abschied würde ihr wohl noch schwerer fallen, als sie gedacht hatte. »Sollen wir Archie noch einen Besuch abstatten?«, fragte sie in gezwungen fröhlichem Tonfall.

Die Glocke bimmelte, als sie die Tür von Second Best aufstieß. Es war ein heiterer Klang, der vermutlich ganz und gar nicht zu der augenblicklichen Gefühlslage des Ladenbesitzers passte. Da niemand zu sehen war, rief Clara Archies Namen. Sie hörte das Scharren einer Schublade, die geschlossen wurde, und hinter einem Schrank aus Kieferimitat tauchte Archies Kopf auf. »Hallo!«, sagte er. »Was für ein netter Anblick an diesem trüben Morgen.«

»Wie geht es Ihnen, Archie? Ich habe das mit Bessie gehört.«

Er schob die Hände in die Taschen, klimperte mit den Münzen darin und wiegte sich vor und zurück. »Oh. Na ja, nicht so toll. Die Beerdigung ist übermorgen.«

Clara nickte mitfühlend. »Ich weiß, Shirley hat es mir gerade gesagt. Es tut mir so Leid, Archie.« Da er darauf offenbar nichts zu sagen wusste, fuhr sie fort: »Shirley hat mir auch erzählt, dass Sie an den Marktplatz ziehen. Eine ziemliche Veränderung für Sie, nicht wahr?«

»Wahrscheinlich ist es ganz gut so. Wenn schon, denn schon. Trinken Sie einen Tee mit? Ich war gerade dabei, mir einen zu machen.«

Obwohl Clara schon von Shirley reichlich versorgt worden war, stimmte sie zu: »Ja, gern. Vielen Dank.«

Zu Ned gewandt, sagte Archie: »Wühl mal gründlich dort drüben in der Kiste. Mit etwas Glück findest du da vielleicht ein paar Puzzles.«

Clara folgte Archie in den hinteren Teil des Ladens, zu einer winzigen Küche, in der gerade Platz genug für sie beide war. Er füllte den Kessel an der Spüle, wo eine Schüssel voller benutzter Becher darauf wartete, abgewaschen zu werden. »Entschuldigen Sie das Chaos«, sagte er, als er ihren Blick bemerkte. »Es ist jedes Mal dasselbe, sobald ich Samson hier allein lasse ...« Er verstummte. »Moment mal, das klingt wie die Türglocke.«

Als er wenig später wieder zu ihr kam, hatte sie Tee gekocht und die Küche aufgeräumt.

»Also, das war aber nicht nötig.«

Sie lächelte und schlug mit dem Geschirrtuch nach ihm. »Trinken Sie Ihren Tee und halten Sie den Mund, Archie Merryman.«

Sichtlich entspannt lehnte er sich an die Spüle. »Das mag ich so an Ihnen, sie heitern mich immer auf. Was gibt's Neues in Mermaid House? Abgesehen von Ihrer Grippe. Sie sehen aus, als hätten Sie sich wieder gut erholt. Frisch wie der junge Morgen.«

»Sparen Sie sich die Komplimente lieber für Ihre Kunden.«

»Ich sage nur, was ich denke. Ein Blick auf Sie, und mir geht's gleich besser. Hat Mr Liberty Sie gut gepflegt? Ich wette, er hat Sie so terrorisiert, dass Sie gar nicht anders konnten, als gesund zu werden.«

»Ich hab's Ihnen doch schon gesagt, er ist ein Schatz.« Dann erzählte sie ihm von Gabriels Tochter. »Ich glaube, ihr völlig unerwarteter Tod hat ihn schwer getroffen.«

»Oh Gott, der arme Mann. Erst beide Ehefrauen, und nun die Tochter.« Archie senkte den Blick und fischte nach einem Taschentuch. »Ganz schön hart, das Leben, was? Wenn wir das alles vorher wüssten, würden wir den Job gar nicht erst annehmen.«

Clara überkam tiefes Mitgefühl. Was er brauchte, war eine ausgiebige, tröstende Umarmung.

Sie hielt ihn noch in den Armen, als eine kühle Stimme sagte: »Wenn ich störe, kann ich auch später wiederkommen. Oder vielleicht sollte ich es besser ganz lassen.«

Keiner von ihnen hatte die Klingel oder Schritte gehört, und sie sprangen auseinander, was die harmlose Umarmung prompt anrüchig wirken ließ.

»Stella, was – was machst du denn hier?« Archies Stimme bebte vor Schreck. Er fummelte mit seinem Taschentuch herum und schob es dann zurück in die Hosentasche.

»Ich habe vom Tod deiner Mutter erfahren und bin gekommen, um dir mein Beileid auszudrücken.« Die spröde Förmlichkeit ihrer Worte war so hart wie der Blick, mit dem sie

Clara betrachtete und der keinerlei Zweifel darüber ließ, wie sie die Situation interpretierte.

Clara beschloss, sich taktvoll zurückzuziehen. Stella gefiel ihr nicht. Zu viel Make-up. Zu viel Schmuck. Und viel zu arrogant. Shirley hatte Recht gehabt. Sie nahm ihre Tasche und sagte: »Ich lasse Sie jetzt lieber allein, Archie. Gestatten Sie?«, fügte sie hinzu, als Stella keine Anstalten machte, sie vorbeizulassen.

»Und Sie sind –?«

»Clara ist eine Freundin von mir, Stella«, sagte Archie mutig, »aber ich finde, seit du mich verlassen hast, geht es dich nichts mehr an, mit wem ich mich treffe. Danke für dein Beileid. War sonst noch was?«

Gut gemacht, dachte Clara beifällig. Und was noch besser war, die schreckliche Frau verstand die Andeutung und verzog sich so schnell, wie sie aufgetaucht war, wobei sie die Tür derart hinter sich zuknallte, dass die Glocke noch lange bimmelte, nachdem sie gegangen war.

Sie beobachteten durch das Schaufenster, wie Stella die Straße überquerte und zum Marktplatz marschierte, bis sie zwischen den Einkaufenden und Touristen verschwunden war. Archie wirkte nervös. »Meinen Sie, ich war zu hart mit ihr?«

Clara lächelte. »Unter den Umständen haben Sie sich genau richtig verhalten.«

Er lachte. »Und stellen Sie sich vor, jetzt glaubt sie tatsächlich, ihr langweiliger zukünftiger Exmann sei imstande, sich eine so junge Frau wie Sie an Land zu ziehen.« Er lachte so sehr, dass ihm Tränen über die Wange liefen. »Was für ein Witz! Was für ein kolossaler Witz!«

Doch seine Heiterkeit war nicht ungetrübt. Es schwang ein falscher, angestrengter Ton mit, in dem, wie Clara wusste, die Leere seines neuen Lebens widerhallte. Während sie zusah, wie er sich mit dem Handrücken über die Augen wischte, fragte sie ihn: »Archie, sind Sie in letzter Zeit eigentlich mal unter Leute gekommen?«

Er zuckte die Achseln. »Ungefähr so oft wie ein aussätziger Eremit. Wieso?«

»Nun, ich denke, es wäre an der Zeit, etwas dagegen zu unternehmen.«

Er schmunzelte. »Wollen Sie sich etwa mit mir verabreden?«

»Ach herrje! Jetzt haben Sie mich durchschaut.« Sie lächelte. »Eigentlich dachte ich dabei an Shirley. Warum gehen Sie nicht mal mit ihr aus? Ich habe das Gefühl, sie mag Sie sehr gern. Und denken Sie nur an die Vorzüge, die das hätte! Mehr Spiegeleier mit Speck und Bakewell-Kuchen, als Sie je essen könnten.«

Zweifelnd rieb er sich das Kinn. »Glauben Sie, sie würde ja sagen? Ich meine ... nun ja, wir sind seit langem befreundet, aber das ... das wäre etwas anderes.«

»Oh, kommen Sie, Archie, vertrauen Sie mir. Die Frau ist ganz verrückt nach Ihnen.« Clara wusste zwar nicht, ob das wirklich stimmte, aber was machte das schon? Wenn sie ohnehin mit Amors Pfeil und Bogen schoss, konnte sie auch gleich ganze Arbeit machen und direkt ins Schwarze zielen. Außerdem hätte Shirley vorhin nicht so ausgiebig über Archie gesprochen, wenn sie nicht ein bisschen an ihm interessiert wäre.

Sie blieben bei Archie, bis sich Ned drei Kartons mit Puzzles ausgesucht und sie ausgiebig getestet hatte, und Clara erzählte ihm, dass sie am nächsten Tag abreisen würden.

»Das heißt, ich sehe Sie beide heute zum letzten Mal?«

»Wer weiß«, erwiderte sie ausweichend. »Wenn der Wind dreht, könnte es durchaus sein, dass Ned und ich wieder hier einlaufen.«

Zum Abschied umarmte er sie noch einmal. »Sie sind eine regelrechte Mary Poppins, wissen Sie das? Sie haben nicht zufällig eine Reisetasche und einen Schirm mit einem Papageienkopf dabei, oder?«

Clara war schon fast zur Tür hinaus, als ihr, wie sie fand, die zweite großartige Idee des Tages kam. Sie wandte sich noch einmal um. »Ich weiß, es ist ziemlich unverschämt von mir, Archie, aber würden Sie mir vielleicht einen Gefallen tun?«

»Ihnen jederzeit, Herzchen. Immer raus damit.«

Doch als Archie ihnen nachgewinkt und die Tür geschlossen hatte, war er nicht so sicher, ob es ihm gelingen würde, ihre Bitte zu erfüllen.

Im Gegensatz zu Clara Costello war er kein Zauberer.

Bevor sie am nächsten Tag abfuhren, bereitete Clara mit Neds Hilfe Mermaid House für die kommenden Tage vor. Ihr Gefühl sagte ihr, dass Jonah Caspar vorschlagen würde, bei ihrem Vater zu bleiben, während die Beerdigung ihrer Schwester organisiert wurde. Caspar hatte bei dem Telefongespräch mit Jonah am Abend zuvor darauf bestanden, dass Damson auf dem Friedhof in Deaconsbridge begraben werden sollte, wo auch ihre Mutter beerdigt war. Clara hatte noch nie darüber nachgedacht, aber Jonah wohnte direkt neben dem Grab seiner Mutter und seiner Stiefmutter. Eine merkwürdige Vorstellung.

Sie bezog die Betten frisch und bereitete in der Annahme, dass Caspar im Haus übernachten würde, auch das Bett in seinem alten Zimmer vor. Sie putzte das Bad und bemühte sich sogar, das alte Gästebad einsatzfähig zu machen, das seit Jahren nicht mehr benutzt worden war – die massive Eisenwanne wies innen mindestens ein Dutzend Rostflecke auf, und der tropfende Wasserhahn hatte eine hässliche Spur hinterlassen. Sie stellte ein paar Blumen aus dem Garten auf den Küchentisch und hinterließ Gabriel eine Notiz, dass sie im Supermarkt gewesen war und einen Vorrat an Fertiggerichten für sie besorgt hatte. Außerdem versprach sie, sich bald bei ihm zu melden. Zum Schluss fügte sie noch ein Postskriptum an:

Dies ist eine Zeit, in der Sie sicher mit Ihrer Familie allein sein wollen. Aber Sie sollen wissen, dass ich oft an Sie denken werde.

Alles Liebe,
Clara

Sie schrieb noch einen separaten Brief an Jonah, steckte ihn in einen Umschlag und klebte ihn zu. Dies war eindeutig nicht für Gabriels Augen bestimmt.

Dann verschloss sie die Tür, warf den Schlüssel durch den Briefschlitz und kehrte Mermaid House den Rücken zu, wobei sie sich fragte, ob sie es wohl wiedersehen würde. Sie hätte die Frage gern mit Ja beantwortet, doch sie wusste nur zu gut, dass das Leben voller unerwarteter Wirren und Wendungen war.

54

Die Stille im Auto lag wie ein Schleier über ihnen. Ihr Vater schlief auf dem Rücksitz, und Caspar, der neben Jonah auf dem Beifahrersitz saß, hatte den Kopf an die Scheibe gelehnt. Seine Augen waren geschlossen, doch Jonah wusste, dass er nicht schlief.

Noch nie zuvor hatte Jonah bei einem Menschen eine solche Veränderung erlebt. Caspar, der normalerweise ausgesprochen pingelig, ja, nahezu besessen war, was seine Erscheinung betraf, war unrasiert und ungekämmt, seine Kleider waren zerknautscht, und sein Gesicht wirkte eingefallen und zerfurcht vom Schlafmangel. Er war fast nicht wiederzuerkennen. Seine Trauer war so greifbar, dass sie Jonah beinahe mehr schockierte als der Tod ihrer Schwester.

Als sie am Tag zuvor gegen Mittag in Rosewood Manor angekommen waren, hatte Roland Hall sie erwartet. Jonah hatte ihn sofort sympathisch gefunden, dankbar für seine ruhige, besonnene Art, doch sein Vater ließ sich nicht so leicht beeindrucken. Aufgebracht fragte er, was dies für ein Heilungszentrum sei, das zugelassen habe, dass seine Tochter so krank geworden und ohne vernünftige medizinische Versorgung gestorben sei. Darauf erwiderte Roland, Damson habe die Versorgung gewählt, die ihr zusagte, und sie sei regelmäßig von einem hervorragenden Arzt untersucht worden.

Anschließend führte er sie zu Caspar. Er war in Damsons Zimmer und sah die wenigen Dinge durch, die sie nach Rosewood Manor mitgenommen hatte. Roland schloss leise die Tür hinter sich und ließ sie allein. Eine halbe Ewigkeit hatten sie in betretenem Schweigen dagestanden, ratlos, was sie tun sollten. Nichts hatte sie auf diesen Augenblick vorbereitet.

Jonah erblickte neben dem Bett ein gerahmtes Foto und ging darauf zu. Es war ein Bild von Damson und Caspar als Jugendliche. Mit Schlaghosen aus Samt und indischen Baumwollhemden bekleidet, sahen die beiden ungeheuer attraktiv aus, und es war nicht zu übersehen, dass sie Bruder und Schwester waren: Sie hatten dieselbe lange, gerade Nase, die herausfordernd blitzenden Augen und die hohen Wangenknochen, die ihnen etwas Hochmütiges, Erhabenes gaben.

»Bitte rühr es nicht an«, murmelte Caspar von der anderen Seite des Bettes aus, wo er zusammengesunken stand – wie ein alter Mann, der versuchte, sich vor dem Regen zu schützen. In seinen Händen hielt er einen Seidenschal, den er um seine Finger schlang. »Rühr gar nichts an.«

Jonah und Gabriel warfen sich einen Blick zu. »Was können wir tun, um dir zu helfen?«, fragte Gabriel mit rauer Stimme.

Caspar starrte ihn ausdruckslos an. »Nichts. Gar nichts. Ich weiß nicht, warum ihr überhaupt gekommen seid. Ich habe euch nicht darum gebeten.« In seiner Stimme lag keine Grausamkeit, nur schmerzliche Gleichgültigkeit.

»Wir sind hier, weil wir uns Sorgen machen.«

Der ausdruckslose Blick wanderte zu Jonah. »Nun, wie du siehst, kommt eure Sorge zu spät.« In seiner Stimme lag ein leiser Vorwurf.

Gabriel ging langsam auf ihn zu und löste mit seinen derben, alten Händen sanft den Schal aus Caspars Fingern. »Ich weiß, wie du dich fühlst, mein Sohn. Glaub mir, ich weiß es. Ich habe auch jemanden verloren, der mir alles bedeutete. Aber mach nicht denselben Fehler wie ich. Lass dir von anderen helfen.«

Nie hatte Jonah seinen Vater mehr bewundert und geliebt als in diesem Moment. Wie viel Mut musste es ihn gekostet haben, die Vergangenheit beiseite zu schieben und Caspar auf diese Weise die Hand zu reichen?

Caspar hob den Kopf und sah seinem Vater in die Augen, doch seinem Gesicht war nicht anzumerken, wie er reagieren würde. Langsam zog er ein Stück Papier aus der Hosentasche.

»Der Brief, den du ihr geschrieben hast ... Ich ... Ich ...« Er schluckte. »Ich habe ihn ihr gestern Morgen vorgelesen ... Sie sagte, er käme genau zur richtigen Zeit.«

Gabriel schloss die Augen. »Zu spät«, stöhnte er. »Viel zu spät. Ich hätte es schon vor Jahren tun sollen.« Er sank in sich zusammen. Besorgt eilte Jonah zu ihm und manövrierte ihn mit Caspars Hilfe auf den nächsten Stuhl. Gabriel schluchzte unverhohlen. »Mein armes Mädchen«, wimmerte er. »Was habe ich getan?«

»Was haben wir alle getan?«, murmelte Caspar, kalkweiß im Gesicht.

Es war eine Menge zu organisieren gewesen, und da Caspar und Gabriel nicht dazu in der Lage waren, hatte sich Jonah um alles gekümmert. Damsons Leichnam war bereits von einem ortsansässigen Bestattungsinstitut in die Leichenhalle gebracht worden und sollte später für die Beerdigung nach Deaconsbridge überführt werden. Es gab einen Haufen Papierkram und zahllose Telefonate zu erledigen, doch mit Roland Halls Hilfe schaffte Jonah alles. Da Roland an der Beerdigung teilnehmen wollte, erbot er sich, mit Caspars Wagen nach Deaconsbridge zu fahren und für den Rückweg den Zug zu nehmen.

»Vielleicht ist es besser, wenn wir tauschen«, sagte Jonah, da sein Bruder ganz sicher nicht wollte, dass ein Fremder sein teures Auto fuhr. »Caspar möchte vielleicht in seinem eigenen Wagen nach Hause fahren. Das würde allerdings bedeuten, dass Sie sich mit meiner alten Karre begnügen müssen.«

»Wie Sie es für richtig halten.«

Jonah und Roland waren noch lange aufgeblieben und hatten sich bis in die Nacht unterhalten. Jonah war froh, mit jemandem reden zu können, der seine Schwester offenbar besser verstanden hatte als irgendjemand sonst. »Bekommen hier alle solch eine Sonderbehandlung?«, hatte er gefragt, wohl wissend, dass seine Frage einen unangenehmen Beiklang hatte.

Doch Roland ging einfach darüber hinweg. »Damson war für mich jemand Besonderes.«

»Haben Sie sie geliebt?«

»Nicht im körperlichen Sinn, wenn Sie das meinen. Ich habe sie nicht ausgenutzt. Sie brauchte jemanden, der sie so liebte, wie sie war. Mit allen Fehlern und Narben. Wir waren Freunde. Gute Freunde, auf geistiger und seelischer Ebene.« Er wandte den Kopf ab und blickte gedankenversunken in die Ferne. Jonah erkannte, dass dieser Mann, der Damson unter seine Fittiche genommen und ihr bedingungslose Liebe geschenkt hatte, wie sie ihr von niemandem sonst zuteil geworden war, im Stillen ebenfalls um sie trauerte.

Als sie zu Hause ankamen, war Mermaid House verlassen, wie Jonah es erwartet hatte. Doch immerhin gab es tröstende Hinweise auf Claras Gegenwart, wie die frisch bezogenen Betten, die Blumen auf dem Tisch und die beiden Briefe.

Jonah hatte seinem Vater auf dem Weg nach Northumberland gesagt, dass Clara und Ned bei ihrer Rückkehr nicht mehr da sein würden. Er hatte ihm die Gründe dafür erklärt, worauf Gabriel bemerkte: »Sie hat mal zu mir gesagt, die meisten von uns quälen sich von Zeit zu Zeit mit Gewissenskämpfen herum. Offensichtlich wusste sie, wovon sie sprach. Ich hoffe nur, der Vater des Jungen benimmt sich anständig.«

Es war seltsam, wieder zu Hause zu sein. Seltsam, weil es zwar vertraut und einladend wirkte, sich aber nicht mehr wie zu Hause anfühlte. Eigentlich eine absurde Reaktion, dachte Clara, so lange waren sie schließlich nicht weggewesen.

Aber es war schön, Louise und die Bande wiederzusehen. Als sie Louise angerufen hatte, um zu fragen, ob sie und Ned bei ihr und David übenachten könnten, hatte sie prompt zu hören bekommen: »Ach, habt ihr es etwa satt, in einem Wohnmobil eingepfercht zu sein? Hatte ich so etwas nicht vorausgeahnt?«

»Regel Nummer eins für uns Wandervögel: Alle Wasch- und Badevorrichtungen nutzen, die sich unterwegs bieten.«

»Du bist nichts weiter als eine ausgefuchste Schnorrerin«, hatte Louise lachend erwidert.

Nach einer langen, anstrengenden Fahrt waren sie am Abend zuvor bei David und Louise angekommen. Guy und Moira waren auch da gewesen, und sie hatten es sich mit mehreren Flaschen Wein und einer Lieferung vom Chinesen gemütlich gemacht. Ned war auf dem Sofa eingeschlafen, und David hatte ihn nach oben getragen und ins Bett gebracht. »Ganz wie in alten Zeiten«, hatte er gesagt, als er wenig später wieder herunterkam, »nur dass er inzwischen schwerer geworden ist. Wenn er weiter so wächst, muss ich ins Fitnessstudio gehen und meine Muskeln trainieren.«

Nun war es Donnerstagmorgen, und Louise hatte es geschafft, sich den Tag freizunehmen, sodass sie Zeit für einen ausgiebigen Plausch mit Clara hatte. Sie fand zudem einen einfachen, aber todsicheren Weg, Ned bei Laune zu halten. Da er seit März kein Fernsehen mehr gehabt hatte, war er Wachs in ihren Händen, als sie Davids neuestes Spielzeug einschaltete, einen riesigen Breitwandfernseher. Ned saß im Schneidersitz auf dem Boden, eine Rolle Kartoffelchips in der Hand und einen Stapel Videos neben sich, und blickte wie hypnotisiert auf den Bildschirm.

»Ich finde es nicht so toll, wenn du meinen Sohn einer Gehirnwäsche unterziehst«, sagte Clara, als sie sich in die Küche zurückzogen und Louise eine große Kanne mit Kaffee, zwei Becher und einen Krug Milch auf den Tisch stellte.

»Komm, jetzt spiel hier nicht die perfekte Bilderbuchmami«, sagte Louise. »Gönn es mir doch einmal, dass ich dich ganz für mich habe. Und auch wenn ich es gestern Abend schon gesagt habe, ich sag's noch einmal: Du siehst fantastisch aus. Besser, als ich dich seit Jahren erlebt habe. Und die Frisur steht dir auch prima. Damit wirkst du um Jahre jünger.«

»Du hättest mich mal vor zwei Wochen sehen sollen, als ich die Grippe hatte – da sah ich aus wie der Tod auf Urlaub.«

Louise lächelte. »Na, dann erzähl mir mal von dem reizenden Jonah, der dich so liebevoll gepflegt hat. Ich will alles wissen.«

»Das habe ich doch gestern Abend alles schon gesagt.«

»Nein, hast du nicht. Das war nur der offizielle Bericht für die ganze Bande. Jetzt, wo wir allein sind, will ich auch die intimen Details hören, die du verschwiegen hast.«

Clara griff nach der Kaffeekanne, drückte das Sieb hinunter und schenkte ihnen ein. »Da gibt es wirklich nicht viel mehr zu erzählen.«

»Aber du könntest dir vorstellen, dass was Richtiges daraus wird?«

»Ja, ich glaube schon, aber ich bin mir nicht sicher, ob es den Versuch wert ist. Mein Leben ist hier und seins dort. Warum sollte ich wertvolle Zeit und Kraft – ganz zu schweigen von den Gefühlen – in etwas investieren, das keine Zukunft hat?«

Louise gab Milch in ihren Kaffee und rührte ihn um. »Das weißt du doch nicht, jedenfalls nicht mit Sicherheit. Könnte es vielleicht sein, dass du dir alle Wege offen halten willst?«

»Was meinst du damit?«

»Ich meine damit Todd Mason Angel. Vergiss nicht, ich habe ihn kennen gelernt. Er ist unglaublich charmant und eine echte Augenweide – genau dein Typ, würde ich sagen.«

Clara runzelte die Stirn. Sie strich die Sets auf dem Tisch glatt und rückte sie gerade. »Ich gebe zu, er *war* mein Typ«, sagte sie nachdenklich, »deshalb habe ich mich damals ja in ihn verliebt. Aber ich bin ganz sicher nicht mit der abwegigen Vorstellung hierher gekommen, dass wir einfach wie durch Zauberei da weitermachen, wo wir aufgehört haben. So blöd bin ich nicht.«

»Aber wie würdest du reagieren, wenn er dir genau das vorschlagen würde?«

Clara blieb die Antwort erspart, weil das Telefon klingelte. Es war David, der ihnen mitteilte, dass der erste Teil von Claras Plan erfolgreich umgesetzt war.

Todd hatte die Einladung auf einen Drink nach der Arbeit angenommen. Nur dass er sich nicht mit Guy und David treffen würde, wie er dachte.

Ned zuckte mit keiner Wimper, als Clara sagte, sie müsse abends für eine Weile weg. Er war viel zu beschäftigt, um sich Gedanken darüber zu machen, wohin sie ging und was sie vorhatte. Er zeigte Louise sein Malbuch und erzählte ihr alles über Mr Liberty und das wundersame Haus, in dem er wohnte, mit dem Turm und dem Geheimgang in der Bibliothek und den Dachsen im Wäldchen. Clara gab ihm einen Kuss auf den Kopf, lächelte ihrer Freundin dankbar zu und schlüpfte hinaus.

Louise hatte ihr netterweise angeboten, sich ihren BMW auszuleihen, und so fuhr sie mit offenem Verdeck zum Kingfisher Arms, wo Todd Guy und David erwartete.

Es war ein herrlicher Sommerabend, und der Parkplatz vor

dem Pub war fast voll. Obwohl es mitten in der Woche war, hatten offenbar alle beschlossen, das warme Wetter auszunutzen und sich nach draußen zu setzen. Von David wusste Clara, dass Todd einen bronzefarbenen Lexus gemietet hatte. Sie erblickte ihn sofort, und ihr Herz begann zu pochen.

Sie ging hinein und sah sich an der Bar um, jedoch ohne Erfolg. Also bestellte sie ein Mineralwasser und trat damit hinaus in den Garten, wo sie ihre Sonnenbrille aufsetzte und den Blick über die Tische wandern ließ. Sie hakte einen nach dem anderen ab. Dann sah sie ihn. Er saß schräg vor ihr, noch in seiner offiziellen Arbeitskleidung – ein leichter Anzug und ein hellblaues Hemd. Er hatte die Krawatte gelockert und den obersten Hemdknopf geöffnet, und es war nicht zu leugnen, dass er aus der Menge herausstach. Er hatte dieses unbestimmte Etwas, an dem sofort zu erkennen war, dass er aus den Staaten kam. Zum Teil lag es an dem Selbstvertrauen in seiner Haltung, dem hoch erhobenen Kopf, dem gepflegten Haarschnitt und dem festen Kinn. Er sah nach wie vor sehr gut aus. Genau wie sie ihn in Erinnerung hatte. Nur die Brille war neu, doch sie unterstrich seine Züge eher, als dass sie davon ablenkte.

Clara machte sich auf den Weg zu ihm, wobei sie so sehr zitterte, dass sie ihr Wasser verschüttete. Angestrengt bemühte sie sich, ihre Hand und ihre Nerven zu beruhigen. Sie war fast bei ihm, da drehte er sich um. Für einen Moment sah er aus, als habe er ein Gespenst gesehen. Er starrte sie mit offenem Mund an. Dann sprang er fassungslos auf. »Clara?«

Sie schob die Sonnenbrille zurück, wie um ihn zu überzeugen, dass sie es wirklich war, dass er kein Gespenst vor sich hatte. »Hallo, Todd. Darf ich mich zu dir setzen?«

Es gab so viel zu sagen, doch beide wussten nicht, wie sie anfangen sollten, außer mit höflichem Smalltalk.

»Deine Frisur gefällt mir. Steht dir gut.«

»Danke, gleichfalls. Die Brille übrigens auch.«

»Ich habe gehört, du warst unterwegs, auf Reisen.«

»Ja. Mit dem Wohnmobil durchs Land. Wie läuft's mit den Franzosen?«

»Gut. Nächste Woche müssten wir alles über die Bühne haben. Die Aktien werden sicher ... Ach, verdammt, Clara, so wird das nichts. Lass uns richtig reden. Sag mir, wie es dir wirklich geht. Erzähl mir von Ned ... von unserem Sohn.«

Ihr Mund klappte zu. Sie wiederholte die Worte in ihrem Kopf.

Unser Sohn.

Unser Sohn.

Plötzlich hatte sie das Gefühl, jemand hätte sämtliche Kraft aus ihr herausgesogen. Wenn sie nicht gesessen hätte, wäre sie zu Boden gesunken. Die ganze Zeit über war Ned *ihr* Sohn gewesen. Und jetzt sollte sie ihn einfach so mit jemandem teilen?

Zu ihrem Entsetzen fing sie an zu weinen, ohne recht zu wissen, warum. Sie spürte, wie Todd sie in die Arme schloss, und ließ sich gegen ihn sinken. Wie gut er sich immer angefühlt hatte! Wie schön es mit ihm gewesen war!

Durch den Tränenschleier merkte sie, wie er sie hochzog und fortführte. Er ging mit ihr zum Fluss, in den Schatten und die Abgeschiedenheit der Weiden, die ihre eleganten Äste zum Wasser hinunterbeugten.

»Tut mir Leid«, sagte sie schniefend. »Ich hatte keine Ahnung, dass ich so reagieren würde. Es ist nur –«

Er drückte sie an sich. »Was meinst du, wie ich mich fühle? Als ich das mit Ned herausfand, wäre ich fast durchgedreht. Ich war völlig außer mir und wusste nicht, was ich tun sollte. Ich hätte so gern mit deinen Freunden gesprochen, aber es war klar, dass sie nichts von uns wussten. Oh, Clara, warum hast du es mir nicht gesagt?«

Sie richtete sich auf und löste sich von ihm. »Die Antwort darauf weißt du doch. Ich wollte dir nicht alles kaputtmachen. Ich wusste, wie viel dir deine Frau und deine Kinder bedeuteten. An dem Tag, als ich erfuhr, dass ich schwanger war, bist du in mein Büro gekommen und hast mir gesagt, dass du zu Gayle zurückgehst.«

»Oh Gott, da wusstest du es schon?« Er nahm die Brille ab und fuhr sich mit der Hand über die Augen. »Wenn ich das nur geahnt hätte.«

»Es hätte nicht funktioniert, Todd. Ned und ich hätten dir bei dem im Weg gestanden, was du wirklich wolltest. Was du bereits hattest ... Gayle und deine Töchter.«

Sein Blick und sein Schweigen bestätigten ihr, dass sie Recht gehabt hatte. Von Anfang an. Jetzt erhielt sie die Bestätigung. Sie wandte sich ab und sah zu zwei Stockenten hinüber, die sich ein Stück flussabwärts kabbelten. Wieder gefasst, sagte sie: »Lass uns zurückgehen. Ich weiß nicht, wie es mit dir ist, aber ich brauche jetzt eine handfeste Stärkung.«

Ihr Tisch war noch frei, und nachdem Todd zwei Gläser Jack Daniel's geholt hatte, sagte Clara: »Mir ist wichtig, dass du weißt, dass ich nichts von dir erwarte. Ich habe mich entschlossen, Ned zur Welt zu bringen, und ich bin allein für ihn verantwortlich. Ich habe nicht vor, irgendwas von dir zu verlangen.«

»Jetzt warte mal, Clara. Ich höre, was du sagst, aber die Situation hat sich geändert. Ich kann Ned ebenso wenig den Rücken zukehren, wie ich meine beiden Töchter enterben könnte. Habe ich denn gar kein Mitspracherecht, was ihn betrifft?«

Clara spürte, wie sich ihr Magen vor Angst zusammenzog. Wenn Todd im Leben seines Sohns eine Rolle spielen wollte, würde sie Ned gehen lassen müssen. Todd würde ihn für längere Aufenthalte zu sich in die Staaten holen wollen. Und je öfter das geschah, desto wahrscheinlicher war es, dass sich Ned von ihr entfernen würde. Wieder stiegen Tränen in ihr auf, doch sie kämpfte dagegen an und trank einen Schluck von ihrem Whisky. Reiß dich zusammen, sagte sie sich. Sie sah Todd misstrauisch an. »Was hast du vor?«, fragte sie. »Willst du es vielleicht deiner Frau sagen?«

Er senkte den Blick und spielte mit seinem Glas, drehte es langsam zwischen den Fingern. Sie wusste, sie hatte ihn unter der Gürtellinie getroffen, und das mit Absicht. Sie kam sich billig und gemein vor. »Entschuldige«, sagte sie, »das war überflüssig.«

Er stieß den Atem aus. »Die Frage ist durchaus berechtigt, und ich weiß darauf noch keine Antwort. Darüber habe ich schon die ganze Zeit nachgedacht, seit ich mir zusammenreimen konnte, wer der Junge mit dem netten Lächeln auf den Fotos bei deinen Freunden ist.«

Wieder auf festerem Boden, entspannte sich Clara ein wenig und sagte: »Es ist dein Lächeln.«

Er schüttelte den Kopf. »Toll. Wirklich klasse. Meine Töchter sehen aus wie Gayle, aber das Kind, das ich noch nie gesehen habe, schlägt nach mir.«

»Meine Mutter sagt oft, sein Lächeln sei ein Geschenk der Engel.«

»Ach herrje. Und da heißt es immer, wir Amis hätten keinen Sinn für Ironie.«

Sie nippten an ihrem Whisky.

»Du hast also nicht geheiratet?«

»Nein, Todd. Hat wahrscheinlich damit zu tun, dass ich weder die Zeit noch die Kraft hatte, mir einen Kerl zu angeln.«

»Aber du bist allein über die Runden gekommen? Ich meine, finanziell?«

Sie wurde wütend. »Klar bin ich zurechtgekommen! Bin nur so im Geld geschwommen.«

»Entschuldige. Das war ungeschickt und herablassend. Aber es ist doch sicher nicht einfach, allein ein Kind großzuziehen.«

»Das sagen alle, aber es geht schon irgendwie. Mum und Dad sind eine große Hilfe. Meine Freunde auch.«

Als spüre Todd, dass er sich auf dünnem Eis bewegte, wechselte er das Thema. »Was hat dich denn dazu gebracht, Phoenix gegen ein Wohnmobil einzutauschen? Ich hätte nie gedacht, dass du so etwas Ausgefallenes tun würdest.«

Menschen verändern sich, hätte sie am liebsten in einem erneuten Anfall von Feindseligkeit erwidert. »Es war wegen Ned«, sagte sie stattdessen. »Ich wollte mehr Zeit für ihn haben, bevor er im September mit der Schule anfängt. Und wenn nicht jetzt, wann dann?«

»Was für eine Schule hast du denn für ihn ausgesucht?«

Wieder spürte sie, wie sie von besitzergreifender Aggressivität gepackt wurde. »Eine grässliche natürlich.«

Verwirrt sah Todd sie an. »Was ist los, Clara? Ich habe das Gefühl, ich sage immer das Falsche.«

Sie leerte ihr Glas. »Vergiss es. Es liegt an mir. Ich kann damit nicht umgehen. Ich dachte, ich könnte es. Aber die Wahrheit ist, dass ich nicht weiß, ob ich Ned mit dir teilen will. Ich habe alles allein für ihn getan, alle Entscheidungen getroffen, alle Tränen abgewischt, alle Bücher gelesen, alle Nächte durchwacht –«

Mit einer festen Bewegung legte Todd ihr die Hand auf den Arm und brachte sie zum Schweigen. »Du hast all das – und noch vieles mehr – getan, weil du es so wolltest, Clara. Jetzt komm mir bitte nicht mit verletzenden Vorwürfen. Während du das alles getan hast, wusste ich nicht einmal, dass Ned existiert. Also versuch nicht, mir Schuldgefühle einzureden.«

Sie stieß seine Hand weg. »Was hättest du denn getan, wenn du von seiner Existenz gewusst hättest?« Sie sah, dass er sorgfältig überlegte, bevor er antwortete.

»Du bist wütend auf mich, das sehe ich. Und ich kann es dir nicht verübeln. Aber bitte denk nicht, Ned wäre mir gleichgültig. Das ist er nicht. Ich habe keine Ahnung, wie ich die Dinge regeln soll, aber ich verspreche dir, ich tue mein Bestes für ihn. Und das bedeutet nicht, dass ich wie ein FBI-Agent bei dir hereingestürmt komme und ihn dir wegnehme. Du bist seine Mutter, und wie wir alle wissen, sind es die Mütter, die in Bezug auf die Kinder die wichtigen Entscheidungen treffen. Väter sind nur geduldete Mitbewohner, die nicht aufmucken dürfen.« Mit einem leichten Lächeln fügte er hinzu: »Du kannst die Waffen weglegen.«

Sie gab nach und lächelte ebenfalls. »Gut. Wann willst du deinen Sohn denn kennen lernen?«

55

Die Hintertür knallte so heftig ins Schloss, dass die Fensterscheiben klirrten. Caspar verließ das Haus für einen weiteren ausgedehnten Marsch. Seit sie aus Northumberland zurückgekommen waren, war er viel draußen gewesen, immer allein und immer mehrere Stunden am Stück. Es schien, als versuche er, seine Trauer aus sich herauszuwandern. Doch Gabriel wusste aus bitterer Erfahrung, dass das nicht funktionierte.

Am Tag zuvor hatten sie Damson beerdigt. Es war ein anstrengender Tag gewesen, der sie ihre ganze Kraft gekostet hatte.

Zur Beerdigung war eine seltsame Mischung von Leuten erschienen. Jonah und Roland waren Damsons Adressbuch durchgegangen und hatten so viele Leute wie möglich kontaktiert, da sie davon ausgingen, dass Damson, praktisch wie sie war, nur Menschen dort eingetragen hatte, die sie mochte. Die Namen von ihren verflossenen Gatten und Liebhabern waren auffälligerweise nicht darin vermerkt.

Da Gabriel nicht wusste, wie Caspar den Tag verkraften würde, hatte er sich darauf konzentriert, die Leute von seinem Sohn fern zu halten. Ihre Beileidsbekundungen, wie nett sie auch gemeint sein mochten, konnte er jetzt nicht brauchen. Nach der eigentlichen Beerdigung waren sie nach nebenan in Jonahs Haus gegangen, wo ein bescheidenes Büffet mit Sandwiches und Getränken vorbereitet war. Während Jonah und Roland Getränke ausgeschenkt und höflich mit den Gästen geplaudert hatten, hatte sich Gabriel einen Teller mit Sandwiches genommen und war mit Caspar zurück zum Friedhof gegangen. »Dein Bruder hat alles im Griff«, sagte er. »Gönnen wir uns ein bisschen Zeit für uns allein.« Sie setzten sich auf eine Holzbank in die warme Sonne, nur wenige Meter von Damsons Grab entfernt. Die Totengräber hatten ihre Arbeit beendet, und das Loch war jetzt aufgefüllt und mit Blumen dekoriert. Rechts davon war das Grab ihrer Mutter und ein Stück weiter das ihrer Stiefmutter. Gabriel hatte es seit Vals Beerdigung vermieden, hierher zu kommen, und es überraschte ihn, wie gepflegt die Gräber waren. Es gab nur einen, der sich so sorgfältig darum gekümmert haben konnte. Und das war mal wieder typisch für Jonah. Er machte nie irgendwelches Aufhebens, war nie auf Lob und Dank aus. Diesen Zug hatte er ganz eindeutig von seiner Mutter.

»Soll das jetzt etwa helfen?«, fragte Caspar, den Blick auf das Grab seiner Schwester gerichtet.

Gabriel stellte den Teller mit Sandwiches zwischen ihnen auf die Bank und nahm einen verbeulten silbernen Flachmann aus der Jackentasche. Er reichte ihn Caspar. »Kann es dadurch noch schlimmer werden?«

Caspar lockerte seine Krawatte und trank einen Schluck aus der Flasche, dann noch einen. Er wischte sich mit dem Handrücken über den Mund. »Nein. Du hast Recht. Egal, wo ich bin, ich werde immer diesen schrecklichen Verlust spüren.«

»Es ist aber besser, ihn zu akzeptieren, als für den Rest deines Lebens davor wegzulaufen.«

»Hast du das bei Mum getan?«

»Ja, all die Jahre über. Deshalb habe ich euch drei so furchtbar vernachlässigt. Ich habe mich von euch abgewandt, habe euch mit etwas allein gelassen, mit dem ihr nicht zurechtkommen konntet. Erst jetzt habe ich begriffen, welchen Schaden ich durch meinen Egoismus angerichtet habe. Ein gebrochenes Herz ruiniert die Integrität, Caspar, vergiss das nicht. Und ich sage dir das, weil ich jetzt wieder egoistisch bin. Es ist mir ungeheuer wichtig, dass du weißt, warum ich mich so verhalten habe.« Er räusperte sich. »Am meisten bereue ich, dass ich keine Gelegenheit mehr hatte, mich bei Damson zu entschuldigen. Bekomme ich auch noch einen Schluck?«

Caspar gab ihm die Flasche zurück. »Ich glaube, Damson

war dir zuvorgekommen, sie hatte es schon selbst herausgefunden.«

»Tatsächlich?«

»Sie war immer die Klügere von uns beiden. Scharfsinniger, als alle dachten. Eins der letzten Dinge, die sie zu mir gesagt hat, war, dass wir Überlebende sind, keine Opfer.«

Gabriel sann darüber nach. »Nach dem, was Jonah mir erzählt hat, spielte Roland Hall in ihrem letzten Lebensabschnitt eine wichtige Rolle.«

»Soll das heißen, ich nicht?«

Sofort spürte Gabriel, wie sich Caspar neben ihm versteifte. »Nein, natürlich nicht«, sagte er nachdrücklich, um seinen Sohn nicht aufzuregen. Es hatte in jüngster Zeit genügend Ausbrüche von Caspar gegeben, bei denen er gebrüllt und geflucht und mit Dingen um sich geworfen hatte und dann nach draußen gestürmt war, um stundenlang durchs Moor zu marschieren, bis er schließlich erschöpft und wie ausgeleert zurückgekommen war. Genau dasselbe hatte Gabriel nach Anastasias Tod getan. »Ich meine damit nur, dass wir – du, ich und Jonah – nicht die Menschen waren, die sie zu diesem Zeitpunkt brauchte.«

Caspar zog die Augenbraue hoch. »Wie bist du denn zu dieser Weisheit gekommen, Dad? Das sind ja ganz neue Töne.«

Ohne auf den herablassenden Ton einzugehen, trank Gabriel einen Schluck Brandy und sagte: »Vor ein paar Wochen hätte ich mich um ein Haar umgebracht.« Er wartete darauf, dass die Worte bei seinem Sohn einsickerten, und sah die Ungläubigkeit auf seinem Gesicht.

»Du? Aber wieso? Und wie?«

»Ja, ich – ausgerechnet. Weißt du, ich begriff plötzlich, wie sehr ich es hasste, allein zu sein, und auch die Gründe, weshalb ich allein war. Als ich das erkannt hatte, schien mir der Zeitpunkt gekommen, den Abgang zu machen. Und was das Wie betrifft, nun, es war die klassische Variante – ich bin mit einem Gewehr in das Wäldchen gegangen, bereit, mir das Hirn aus dem Kopf zu blasen.«

Caspar starrte ihn schockiert an. »Und dann?«

»Du meinst, was dazwischenkam? Als es so weit war, habe ich es nicht über mich gebracht. Oh, ich hatte es wirklich vor, das kannst du mir glauben! Aber als ich da hockte, das Gewehr unterm Kinn, und mir die Seele aus dem Leib heulte, erschien plötzlich aus dem Nichts ein Engel.« Er sah, wie Caspars Miene einen Ausdruck ungeduldiger Herablassung annahm. »Sie war in der Tat eine Art Engel«, sagte Gabriel, »allerdings ohne Flügel.« Er lächelte. »Es war Miss Costello.«

Caspar sah verwirrt aus. »Aber ich dachte, sie wäre schon vor Wochen abgereist?«

»War sie auch, aber sie ist noch mal zurückgekommen. War es Schicksal oder bloß gutes Timing?« Gabriel zuckte die Achseln. »Wer weiß? Ein Sandwich?«

»Nein.«

»Du musst etwas essen, Caspar.«

»Tu ich auch. Aber nicht heute.«

Ein Klopfen riss Gabriel aus seinen Gedanken. Er erwartete Jonah – es war Wochenende –, aber Jonah klopfte nie zweimal. Er klopfte einmal und kam herein.

Er öffnete die Hintertür und war einen Moment lang verdutzt. Es war Clara Costellos Krempelhändler, Archie Merryman.

Sie beäugten sich vorsichtig.

»Tut mir Leid, das mit Ihrer Tochter –«

»Tut mir Leid, das mit Ihrer Mutter –«, sagten sie gleichzeitig und starrten dann beide hinunter auf ihre Füße, ratlos, was sie als Nächstes sagen sollten. Verlegen standen sie da wie zwei Schuljungen, die sich beieinander entschuldigen sollten, weil sie sich auf dem Schulhof geprügelt hatten.

Archie, eine Plastiktüte in der Hand, hoffte, dass er Claras Erwartungen entsprechen konnte. Sie hatte ihn gebeten, den Kommandanten zu besuchen und ein Auge auf den alten Jungen zu halten. »Er wird in den kommenden Wochen jemanden brauchen, der ihn aufmuntert«, hatte sie gesagt, »und ich wüsste niemanden, der dafür besser geeignet wäre als Sie.« Er selbst fand, er sei der Letzte, der für so etwas geeignet war, aber da sie nun mal gemeint hatte, er sei der Richtige, stand er nun hier.

»Ich habe Ihnen das hier mitgebracht«, sagte er und holte eine Flasche Whisky aus der Tüte. »Nur als Zeichen, dass ich ganz gut weiß, was Sie gerade durchmachen.«

Gabriel starrte die Flasche an. Er dachte an den Brief von Clara, den er bei seiner Rückkehr aus Northumberland vorgefunden hatte, und in dem sie ihn bat, während ihrer Abwesenheit ein Auge auf Archie Merryman zu halten, sofern er sich dazu in der Lage fühlte. »Ich weiß, Sie spielen gern den ungeselligen Griesgram«, hatte sie geschrieben, »aber in Wirklichkeit sind Sie der reizendste Mann der Welt, der keine Sekunde zögern wird, mir diesen kleinen Gefallen zu tun.«

Na, dann würde er ihr mal zeigen, wozu er in der Lage war.

Er nahm die angebotene Flasche und sagte: »Mr Merryman, es ist zwar noch ein bisschen früh, aber was halten Sie von einem kleinen Gläschen vor dem Essen?«

»Bitte nennen Sie mich Archie, und besten Dank, ein Drink wäre jetzt wirklich nicht übel. Vor allem nach der Woche, die ich hinter mir habe. Obwohl Ihre sicher nicht viel besser war.«

»Da haben Sie allerdings Recht. Verdammt Recht.«

»Ausnahmsweise sieht's mal so aus, als ob wir ein ganzes Barbecue ohne Regen hinkriegen würden.«

Clara reichte Guy ein Glas Wein und stimmte ihm geistesabwesend zu.

»Ach, komm schon, Clara«, sagte er, »zieh nicht so ein Gesicht. Es wird prima laufen. Du tust gerade so, als müsste Ned einen Test absolvieren.«

Louise kam vom Tisch herüber, den sie mit Moira gedeckt hatte. »Du machst dir doch nicht etwa immer noch Sorgen?«

»Natürlich mache mir die! Würdest du das nicht tun, wenn dein Sohn zum ersten Mal seinem Vater begegnet?« Obwohl Ned am Ende des Gartens mit David Fussball spielte und sie nicht hören konnte, senkte Clara die Stimme.

»Das Wichtigste ist, dass Ned nicht merkt, was los ist«, sagte Guy, ebenfalls gedämpft. »Für ihn ist Todd nur einer von den vielen Freunden seiner Mutter.«

Clara wusste, dass Guy Recht hatte. Trotzdem wünschte sie, der Tag wäre bereits vorüber. Es hatte so vernünftig geklungen, als Louise und David anboten, Todd mittags zum Barbecue einzuladen, damit er Ned in einer lockeren Umgebung kennen lernen konnte. Doch jetzt bedauerte sie, dass sie sich darauf eingelassen hatte. Was, wenn Todd plötzlich den Drang verspürte, Ned zu verraten, wer er war? Doch ihr gesunder Menschenverstand sagte ihr, dass Todd so etwas niemals tun würde. Er war einer der vernünftigsten Menschen, die sie kannte.

Sie hatten diesen bedeutenden Tag mehrfach am Telefon besprochen und sich sogar am Abend zuvor noch einmal auf einen Drink getroffen. Todd war ebenso wie sie darauf bedacht, Ned keinerlei emotionalen Belastungen auszusetzen. Es half ihr sehr, dass er noch derselbe verständnisvolle Todd war, in den sie sich einst verliebt hatte, und obgleich es paradox erschien, dankte sie oft ihrem Schicksal, dass sie eine Affäre mit einem so rücksichtsvollen Mann gehabt hatte.

Entschlossen, Ned zu schützen, hatte Clara von Anfang an die Regeln festgelegt. Sie hatte Todd erklärt, solange er nicht wisse, ob er seiner Frau von Ned erzählen und eine echte, offene Bindung zu ihm eingehen wolle, dürfe er ihm nicht sagen, wer er sei. Das war hart, aber hier ging es um Neds Gefühle und nicht um ihre oder Todds.

Dennoch verspürte sie auch Mitgefühl für Todd. Sie wusste, dass er vermutlich vor dem schlimmsten Dilemma seines Lebens stand. Doch die kühle, vernünftige und distanzierte Frau in ihr sagte sich, dass dies *sein* Problem war. Sie hatte ihr Gewissen erleichtert, indem sie ihm von Ned erzählte. Was weiter geschah, war seine Sache. Sie konnte nichts tun, um ihm zu helfen.

Sie war eben eine nüchterne Realistin.

Das hatte sie am Abend zuvor auch zu Jonah gesagt. Sie hatte ihn schon mehrmals angerufen, nachdem Louise und David zu Bett gegangen waren und sie sicher sein konnte, mit ihm sprechen zu können, ohne dass Louise sie belauschte. »Dagegen ist ja auch nichts einzuwenden«, hatte er erwidert.

»Habe ich das gesagt?«

»Nein, aber es klang so, als müsstest du dich verteidigen.«

»Meine Güte, du bist aber plötzlich ganz schön direkt.«

Er lachte. »Nur weil ich außerhalb deiner Reichweite bin.«

Nachdem er ihr berichtet hatte, wie es seinem Bruder und seinem Vater ging, sagte er: »Schade, dass du nicht hier bist, es ist eine wunderschöne Nacht.« Er sagte nicht, dass er sie vermisste, aber die Andeutung war da.

»Bist du im Garten?«

»Auf der Terrasse, mit einem Glas Wein und einer Tüte Pistazien.«

»Klingt gut. Beschreib mir die Aussicht.«

»Hm ... es ist dunkel und voller Sterne.«

»Komm schon, das kannst du besser.«

»Erwähnte ich den Mond?«

»Nein.«

»Er ist ganz weiß und sieht aus wie ein abgeschnittener Zehennagel.«

»Hör auf! Du machst alles kaputt. Wo ist deine romantische, galante Seele, Jonah Liberty?«

»Die hockt unterm Tisch und traut sich nicht hervorzukommen.«

»Dann sag ihr, sie soll sich zusammenreißen.«

»Habe ich schon versucht, aber es nutzt nichts. Sie hat gesagt: ›Wozu? Es ist doch niemand da, den ich bezirzen kann.‹«

Es hatte ihr gut getan, mit ihm zu reden, und nicht nur deshalb, weil er sie von Todd ablenkte.

Todd kam auf die Minute pünktlich, wie Clara es vermutet hatte. Ein Blick auf sein Gesicht, als er aus dem Wagen stieg, und sie wusste, dass er genauso aufgeregt war wie sie. Es tröstete sie und nahm ihr ein wenig von ihrer Nervosität.

Was man von ihren Freunden nicht behaupten konnte.

Sie bemühten sich allzu sehr zu zeigen, wie entspannt sie mit der Situation umgingen. Louise und Moira lachten zu laut, als Todd einen Scherz über das Wetter machte, und Guy nahm die Flaschen mit kalifornischem Wein, die Todd mitgebracht hatte, mit solcher Dankbarkeit entgegen, dass man meinen konnte, er habe den Heiligen Gral empfangen.

Während sie noch versuchten, ihre Verlegenheit zu überspielen, erklang ein gellender Jubelschrei vom Ende des Gartens. Sekunden später kam Ned übermütig auf sie zugerannt, das dunkle Haar in der Sonne schimmernd. Er strahlte über das ganze Gesicht. »Mami, Mami, ich hab Onkel David geschlagen – zehn zu fünf!« Atemlos warf er sich gegen ihre Beine und hob die Arme, damit sie ihn hochnahm, wie sie es normalerweise tat. Doch diesmal tat sie es nicht. »Ned«, sagte sie, »das ist ein alter Freund von mir. Er lebt in Amerika, und sein Name ist Todd. Hast du noch genug Luft, um ihm hallo zu sagen?«

Ned sah zu ihm hoch und lächelte voller Selbstvertrauen. »Hallo, Mr Todd. Spielst du gern Fussball?«

Der Augenblick war emotional so aufgeladen, dass plötzlich alle in Geschäftigkeit verfielen – die Kohle für das Barbecue musste angezündet werden, die Salatsoßen waren noch nicht fertig, und sie brauchten eine neue Flasche Wein. Clara beobachtete Todds Gesicht, als er in die Hocke ging, um auf Neds Augenhöhe zu sein. »Hi«, sagte er. »Ich bin eher ein Baseballfan, aber ich versuch's auch mal mit Fussball, wenn du mir zeigst, wie das geht.«

Ned strahlte. »Ich bin richtig gut. Jonah hat es mir beigebracht, als Mami krank war. Er hat mir gezeigt, wie man angreift. Willst du mal sehen?«

Todd sah zu Clara auf, und es gab ihr einen Stich, als sie Trauer und Freude zugleich in seinem Gesicht erblickte. »Hättest du was dagegen?«

Sie lächelte. »Überhaupt nicht.«

Es war die richtige Antwort gewesen, dachte sie abends, als Todd in sein Hotel gefahren war und sie Ned seinen Gutenachtkuss gab.

»Todd war nett«, sagte Ned, kuschelte sich unter die Decke und hielt ihr Mermy hin, damit sie ihr auch einen Kuss gab. »Er redet so lustig! Kommt er uns noch mal besuchen?«

»Das weiß ich nicht. Er hat im Moment sehr viel zu tun, und dann muss er nach Amerika zurück.«

Sie strich ihm das Haar aus der Stirn und wollte gerade aufstehen, als er sagte: »Mami?«

»Ja?«

Er sah sie mit seinem herzerweichendsten Blick an. »Was glaubst du, was Mr Liberty jetzt gerade macht?«

»Wahrscheinlich fragt er sich, was du gerade machst.«

Der Gedanke schien ihm zu gefallen. »Meinst du, das macht er wirklich?«

»Ganz bestimmt. Du bist ein Junge, den man nicht leicht vergisst, Ned.«

»Können wir wieder nach Mermaid House fahren und ihn besuchen?«

Ihr war klar gewesen, dass es nur eine Frage der Zeit sein würde, bis er diese Frage stellte.

»Gefällt es dir hier denn nicht?«

Er zögerte, als wolle er sie nicht verletzen. »Hm ... hier ist es schön, aber ich vermisse Mr Liberty.«

»Nun, das ist keine schlimme Sache. Das bedeutet, dass dir etwas an anderen Menschen liegt, und das ist gut.«

»Es fühlt sich aber nicht gut an. Es fühlt sich ... ganz schrecklich an.« Seine Unterlippe bebte.

»Oh, Ned.« Sie hob ihn aus dem Bett und setzte ihn auf ihren Schoß. Es kam nicht oft vor, dass er weinte, aber wenn er es tat, wusste Clara, dass er einen guten Grund dafür hatte. Sie legte die Arme um ihn und drückte seinen warmen Körper an sich, doch der Kummer hatte ihn übermannt, und er schien untröstlich. Louise, die das Schluchzen gehört hatte, steckte den Kopf zur Tür herein.

»Was ist los?«, fragte sie besorgt.

»Ein Übermaß an guten Zeiten, glaube ich.«

Nach einer Weile gelang es Clara, Ned zu beruhigen, indem sie ihm versprach, dass sie Mr Liberty am nächsten Morgen anrufen würden, sodass Ned mit ihm sprechen konnte. Als sie wieder zu ihren Freunden nach unten ging, spürte sie, dass sie ihr etwas zu sagen hatten. Die Art, wie sie dasaßen, sah verdächtig nach einer Abordnung aus.

Guy klopfte auf den Platz neben sich auf dem Sofa. »Clarabelle, du wirst jetzt ausnahmsweise mal auf den Rat deiner Freunde hören.«

»Und bitte versteh das nicht falsch«, sagte Louise, »aber um ehrlich zu sein, bist du jetzt lange genug hier geblieben.«

»Ja«, stimmte David ihr zu und verteilte Tassen mit Kaffee. »Du kannst deine Sachen packen und verschwinden. Uns reicht's.«

»Und zwar gründlich«, sagte Guy. »Wenn ich noch ein Wort über Neds sagenhaften Freund, Mr Gabriel Liberty, hören muss, drehe ich durch.«

»Und was den wunderbaren Jonah Liberty betrifft«, ergänzte

Moira, »also, ich bitte dich, so perfekt kann doch kein Mann sein.«

»Oh ja«, stöhnte Louise. »Wenn ich noch ein einziges von deinen mitternächtlichen Telefongesprächen belauschen muss, sterbe ich vor Neid.«

Clara starrte sie verständnislos an. »Was soll das? Was habt ihr vor?«

»Mach die Augen auf, Kindchen«, sagte Guy lachend. »Du und Ned, ihr habt die ganze Zeit nur von Deaconsbridge erzählt. Wenn man hört, wie ihr davon schwärmt, könnte man meinen, ihr habt da oben das Paradies gefunden.«

»Aber –«

»Nichts aber«, unterbrach Louise sie mit warnend erhobenem Zeigefinger. »Wenn du nicht hergekommen wärst, um Todd zu sehen, wärst du doch immer noch im Peak District, oder?«

Clara nickte. »Wahrscheinlich.«

»Na also! Was hält dich folglich davon ab, morgen wieder raufzufahren und nach dem Rechten zu sehen?«

»Aber warum sollte ich das tun?«

Niemand antwortete ihr. Sie starrten sie einfach nur an. Sie wusste, dass sie mit dem Rücken zur Wand stand und dass ihre Freunde nicht lockerlassen würden, bis sie erreicht hatten, was sie wollten. Sie beschloss, ihnen ein Stück entgegenzukommen.

»Also gut, ich hab mich selbst schon mit dem Gedanken getragen, das zu tun, aber –«

»Wir haben doch schon gesagt, nichts aber!«

»Aber Louise, wenn Ned und ich tatsächlich noch mal hinfahren, wollen wir vielleicht nicht mehr weg!«

»Entschuldige, vielleicht bin ich ja etwas beschränkt«, sagte David, »aber was wäre daran so schlimm? Du hast einen Ort gefunden, der dir gefällt, wo du Freunde gewonnen hast und wo sogar die Chance besteht, dass du dir endlich einen Mann an Land ziehst. Wo liegt das Problem?«

»Das Problem seid ihr! Was soll ich denn ohne euch machen?«

»Aha, wir sind also nur dazu da, dich zu umsorgen?«

»Guy, hör auf, mir die Worte im Mund herumzudrehen. Ich

meine, wie soll ich überleben, ohne eure Freundschaft in Reichweite zu haben?«

Moira schüttelte den Kopf. »Lahme Ausrede. Die akzeptieren wir nicht, oder?«

»Auf keinen Fall«, stimmte Louise ihr zu. »Du hast uns im März ohne einen weiteren Gedanken hier zurückgelassen. Was ist jetzt anders?«

»Wollt ihr mich etwa loswerden?«

»*Ja!*«, riefen sie unisono.

»Aber das hier *ist* anders«, sagte sie, bemüht, sich nicht von ihrer Begeisterung mitreißen zu lassen. »Was ist, wenn Ned und ich zurückfahren und tatsächlich beschließen, dort zu bleiben?«

David seufzte, als sei sie besonders schwer von Begriff. »Du suchst dir einen Job, Ned eine Schule und euch beiden ein Haus.«

»Und wenn es nicht klappt?«

»Dann kommst du wieder hierher«, sagte Guy. »Aber was wäre schlimmer: zurückzukommen oder zu wissen, dass du zu feige warst, es zu versuchen?«

»Guy Morell, du verschlagener Hund! Du weißt genau, dass ich mir von niemandem sagen lasse, ich sei feige.« Lächelnd schlug sie mit einem Kissen nach ihm. »Allmählich bekomme ich den Eindruck, es wäre wirklich besser, so weit wie nur möglich von euch wegzukommen.«

Louise grinste. »Mir scheint, wir machen Fortschritte. Wir machen sie mürbe.«

»Ach, das habt ihr schon lange geschafft. Aber seid mal für einen Moment ernst. Findet ihr wirklich, ich sollte für den Rest des Sommers rauffahren und sehen, wie sich alles entwickelt?«

»Du brauchst dich doch nur eins zu fragen: Was hast du zu verlieren?«

Louises Frage hallte noch in Clara nach, als sie an dem Abend einschlief. Die einzige Antwort, die ihr darauf einfiel, war, dass sie absolut gar nichts zu verlieren hatte – aber vielleicht eine Menge zu gewinnen.

Da Clara es nun einmal schätzte, wenn alles gut organisiert und jede Eventualität berücksichtigt war, verbrachte sie die folgende Woche mit Planen. Ned verriet sie jedoch nicht, was sie vorhatte.

Es gab einen wichtigen Anruf, den sie erledigen musste. »Ich wollte nur wissen, was ihr dazu sagen würdet, wenn Ned und ich bei eurer Rückkehr aus Australien nicht da wären«, sagte sie zu ihrer Mutter.

Ihre Mutter schwieg für eine Weile. Dann sagte sie: »Egal, was du für eine Entscheidung triffst, du weißt, dass wir sie akzeptieren. Das haben wir immer getan, und es gibt keinen Grund, warum wir es jetzt nicht tun sollten.«

»Du bist die Allerbeste, Mum.«

»Ich weiß.«

»Und so bescheiden.«

»Du musst es ja wissen – wie die Mutter, so die Tochter. Und jetzt erzähl mal, was du vorhast, aber schnell, der Anruf kostet dich bestimmt ein Vermögen.«

Nachdem Clara ihre Pläne dargelegt hatte, wünschte ihre Mutter ihr alles Gute und fragte, ob sie noch mit Ned sprechen könne.

»Ich hole ihn, aber verrat ihm nichts von dem, was ich dir gesagt habe. Es soll eine Überraschung für ihn sein.«

Am Abend, bevor sie mit Ned nach Norden fahren wollte, traf sie sich noch ein letztes Mal mit Todd. Seine Arbeit bei Phoenix war fast beendet, und er wollte zwei Tage später wieder nach Hause fliegen.

Abermals saßen sie im Garten des Kingfisher Arms, doch diesmal fragte Clara ihn nicht nach Einzelheiten über die Zukunft. Dazu hatte sie kein Recht.

»Ich möchte dir dafür danken, dass du so verständnisvoll bist«, sagte er, »und dass ich Ned sehen durfte. Eine Menge Frauen wären nicht so großzügig gewesen wie du. Ich bin dir wirklich sehr dankbar.«

»Aber ich habe so viel mehr, wofür ich dankbar sein kann«, sagte sie. »Ich habe Ned. Er ist mein Ein und Alles.«

»Ich weiß. Und ich sehe auch, wie viel du ihm bedeutest. Er

ist ein wunderbarer Junge, du hast ihn großartig erzogen. Ich bin nur neidisch und beschämt, dass ich nicht zur rechten Zeit für euch beide da war.«

Es gab einen etwas peinlichen Moment, als er das Thema Geld aufbrachte. »Ich würde mich wesentlich besser fühlen, wenn du das hier nehmen würdest, Clara.« Er reichte ihr einen Scheck. Ohne ihn anzusehen, aber in der Gewissheit, dass er großzügig bemessen war, schob sie ihn zurück.

»Und ich würde mich wesentlich schlechter fühlen. Wenn du einen Entschluss gefasst hast, wie es mit Ned weitergehen soll, reden wir über Geld. Vorher nicht.«

»Wie du meinst.« Dann fragte Todd mit etwas verlegener Miene: »Übrigens, was … was hast du in die Geburtsurkunde eintragen lassen?«

Sie lächelte und legte ihre Hände auf seine. »Was denkst du denn? Deinen Namen natürlich.«

Er schluckte. »Du bist immer absolut ehrlich gewesen, Clara. Auch dafür bin ich dir dankbar.«

Sie tauschten Adressen und Telefonnummern, und nachdem sie auf Neds Zukunft angestoßen hatten, überraschte Todd sie mit einer Frage.

»Wer ist eigentlich dieser Jonah, von dem Ned immerzu erzählt hat, als er versuchte, mir Fußball beizubringen?«

Zu ihrer Verärgerung spürte Clara, wie sie rot wurde. »Ein Freund.«

»Ein besonderer Freund?«

»Vielleicht.«

»Ned scheint ihn ziemlich zu mögen. Wie ist er denn so?«

Auf dem Rückweg zu Louise und David verspürte Clara Mitleid mit Todd. Wie kompliziert sein Leben plötzlich geworden war. Er war als glücklich verheirateter, vermutlich relativ sorgloser Mann in England angekommen, und nun kehrte er mit dem Wissen nach Hause zurück, dass er einen Sohn hatte. Und nicht nur das, er musste auch mit einem ungewohnten Gefühl zurechtkommen. Einem, mit dem Clara absolut nicht gerechnet hatte.

Eifersucht.

Bei seinem kurzen Kreuzverhör über Jonah hatte sie ihm deutlich angemerkt, dass ihm die Vorstellung, ein anderer Mann könne eine Beziehung zu Ned aufbauen, zu schaffen machte.

Komisch, dass ihn das bei Guy und David offenbar nicht gestört hatte.

56

Während der letzten Tage hatte das Wetter zwischen kräftigen Regenschauern und kurzen Sonnenperioden gewechselt, doch nun war der Himmel wieder blau, abgesehen von ein paar kleinen weißen Wolkenbällen, die der leichte Westwind mit sich davontrug.

Gabriel stand von dem Spiegel, rückte seine Krawatte zurecht und bewunderte sein neues Jackett. Mit gestrafften Schultern wandte er sich erst nach rechts, dann nach links und fand, dass es wirklich nicht übel saß. Jetzt war er froh, dass er Caspar gebeten hatte, ihm beim Kauf einiger neuer Kleidungsstücke behilflich zu sein, und noch mehr, dass er auf den Rat seines Sohns gehört und statt des Zweireihers den Einreiher genommen hatte. Dann wanderte sein Blick zu seinem Haar. Auch hier hatte Caspar eingegriffen und ihn dazu gedrängt, es wesentlich kürzer schneiden zu lassen, als er es vorgehabt hatte. Widerstrebend musste Gabriel zugeben, dass es so deutlich besser aussah. Er wirkte jünger, distinguiert – mit einem Spritzer flotter Eleganz, wie er fand. Er hob das Kinn, zog die eine Augenbraue hoch wie Roger Moore in den alten James-Bond-Filmen und sagte sich, dass er ein verdammt schmucker Kerl war.

Schmunzelnd wandte er sich vom Spiegel ab und verließ sein Schlafzimmer. Genug der Eitelkeit. Die Zeit drängte, und er hatte noch eine Menge zu tun. Ned und Clara würden bald da sein. Er blieb kurz vor Vals ehemaligem Zimmer stehen und ging dann hinein. Mit Archies Hilfe hatte er es für Clara herausgeputzt. Als er Archie gegenüber erwähnte, er wolle es renovieren lassen, hatte der gemeint: »Da weiß ich genau die richtigen Jungs für Sie.« Wie sich zeigte, hatte Shirley vom Mermaid Café einen Sohn, der zusammen mit einem Freund eine Maler- und Dekorationsfirma aufgemacht hatte und Aufträge suchte. »Ich hoffe, ihr seid billig«, sagte Gabriel zu ihnen, als sie auf ihren Motorrädern kamen, um ihm einen Kostenvoranschlag zu machen. »Nicht dass ihr meint, nur weil ich in einem großen Haus wohne, hätte ich Geld wie Heu.«

Am nächsten Tag waren sie mit einem klapprigen Transporter erschienen, auf dessen Dach eine Leiter befestigt war. Nachdem sie in ihre Overalls geschlüpft waren, stöpselten sie ein großes Radio ein, das irgendeinen Krach von sich gab, den man nie im Leben als Musik bezeichnen konnte, und machten sich an die Arbeit. Sie rissen die alte Blumentapete herunter, die seit über zwanzig Jahren dort hing, und ersetzten sie durch ein fröhliches Gelb, das den ganzen Raum aufheiterte. Robbie, Shirleys Sohn, erklärte Gabriel, es gebe auch passende Bettwäsche zu der Tapete und der Schmuckborte, die sie verwendet hatten, und so bestellte Gabriel sie dazu. »Wenn schon, denn schon«, sagte er und drückte ihnen ein paar zusätzliche Scheine in die Hand. Jonahs früheres Zimmer hatten sie ebenfalls verwandelt und ihm ein frisches, neues Dekor verpasst, das, wie die beiden jungen Männer schworen, genau das Richtige für einen kleinen Jungen sei. Sie hatten schnell und ordentlich gearbeitet, und Gabriel war mit dem Ergebnis so zufrieden, dass er überlegte, sie auch noch auf ein paar andere Zimmer loszulassen. Zum Beispiel sein eigenes.

Shirley war ebenfalls eine große Hilfe gewesen. Seltsam – obwohl er bisher nur im Café mit ihr zu tun gehabt hatte, wenn er sein Mittagessen bestellte, war sie sofort bereit, ihm zu helfen, als er die Party erwähnte, die er geben wollte. »Dann brauchen Sie was zu essen«, hatte sie gesagt. »Soll ich Ihnen dabei helfen?«

»Ich möchte aber nichts Ausgefallenes.«

»Sie meinen, Sie wollen nichts Teures, Sie alter Geizkragen.«

Sie und Archie waren jetzt irgendwo unten. Es war nur eine kleine Party, aber er wusste nicht, wie er das Ganze ohne ihre Hilfe auf die Beine bekommen hätte. Und wahrscheinlich war Archie froh über die Beschäftigung. Er hatte eine ziemlich harte

Zeit hinter sich – erst die Trennung von seiner Frau und dann der Tod seiner Mutter –, und Gabriel freute sich darauf, Clara sagen zu können, dass er mehr als nur ein Auge auf Archie gehalten hatte. Unter dem Vorwand, das Haus weiter entrümpeln zu wollen, hatte er Archie recht oft gesehen, dabei festgestellt, dass er ein netter Mensch war, und zu seiner Freude und leisen Erheiterung bemerkt, dass er und Shirley sehr gut miteinander auskamen. Er wusste aus eigener Erfahrung, dass es nicht klug war, zu viel allein zu sein. Menschen um sich zu haben machte das Leben erträglich.

Und das war auch der Wunsch, den er damals in der Meerjungfrauen-Höhle im Stillen ausgesprochen hatte. Er hatte seine Münze in das Becken geworfen und sich gewünscht, Ned und seine Mutter wiederzusehen. Denn wenn sie bei ihm waren, war das Leben unendlich viel schöner.

Unten angekommen, fand er die Küche verlassen vor. Aus dem Ofen drang ein köstlicher Duft, aber davon abgesehen war weit und breit niemand zu sehen. Genau wie Clara war Shirley eine ordentliche Frau und räumte alles sofort wieder weg, nachdem sie es benutzt hatte. Sie kam jetzt seit etwas mehr als einer Woche nach Mermaid House, um dort für Ordnung zu sorgen, und bisher funktionierte ihr Arrangement gut. Sie hatte nach wie vor ihren Teilzeitjob im Café, aber nachdem Archie die Idee mit Mermaid House gekommen war, sagte sie zu Gabriel: »Wir geben uns beiden eine Probezeit von einem Monat. Mein Vorschlag sieht so aus: Für sechs Pfund die Stunde halte ich Ihren Haushalt im Zaum, wenn Sie dafür Ihre Laune im Zaum halten. Was meinen Sie dazu?«

»Ich meine, dass wir sofort einschlagen sollten, bevor einer von uns es sich anders überlegt.«

Bisher hatte sie ihr Wort gehalten. Die Räume, um die es ging, waren blitzsauber. Gabriel hatte nicht das Geringste auszusetzen.

Das einzige Haar in der Suppe war, dass Dr. Singh nicht sehen konnte, wie hervorragend er sein Leben jetzt im Griff hatte. Shirley hatte ihm berichtet, er sei nach Blackburn gezogen. Oder war es Bury? Wie auch immer, jedenfalls hatte er sich bestimmt schon einen anderen armen Teufel gesucht, in dessen

Angelegenheiten er herumschnüffeln konnte. Obwohl Gabriel natürlich klar war, dass er ohne Dr. Singhs lästige Einmischung vielleicht nie die Freundschaft zu Ned und Clara gefunden hätte. Oder die Versöhnung mit Jonah und Caspar. Mit Caspar stand ihm noch ein Stück Weg bevor, sein ältester Sohn musste erst einmal den Schock über Damsons Tod verarbeiten. Zurzeit fuhr er zwischen Manchester und Mermaid House hin und her, und obwohl es sehr anstrengend war, Caspar um sich zu haben, wollte Gabriel nicht, dass er allein war. Je mehr Zeit sie miteinander verbrachten, desto stärker fiel Gabriel auf, wie ähnlich sie sich waren. Beide konnten Dummköpfe nicht ausstehen, beide waren dickköpfiger als Esel, und beide besaßen ein Temperament, das Asbest zum Schmelzen bringen konnte. Und obgleich Caspars dandyhafte Arroganz und seine Überzeugung, er sei der Nabel der Welt, Gabriel immer auf die Palme bringen würden, schätzte und bewunderte er doch seine Intelligenz. Wenn er sie nur für etwas Konstruktiveres einsetzen würde als bisher!

Fürs Erste nahm Gabriel es als gutes Zeichen, dass Caspar eingewilligt hatte, heute zu der Party zu kommen. Er hatte damit gerechnet, dass sein Sohn die Einladung mit dem Argument, sie sei geschmacklos, abschlagen würde, doch er hatte gesagt, er wolle versuchen, kurz vorbeizuschauen.

Jonah war der Einzige, der nicht wusste, was los war. Er wusste nicht einmal, dass Clara an diesem Nachmittag da sein würde – sie hatten ihm absichtlich erzählt, sie käme erst morgen. Voller Freude über seine kleine Intrige hatte Gabriel Jonah angerufen und ihn gebeten, nach der Schule vorbeizukommen, weil er etwas Wichtiges mit ihm zu besprechen habe. Was zum Teil sogar stimmte – es gab in der Tat einiges, das er an diesem Nachmittag zu sagen hatte. Dinge, die er schon vor langer Zeit hätte sagen und tun sollen.

Es war die Lektüre von Vals Tagebüchern gewesen, die das Ganze ins Rollen gebracht hatte. Jonah hatte sie ihm letzte Woche mit der Bemerkung gegeben, Clara habe sie beim Aufräumen in Vals Zimmer gefunden. Jonahs ängstliche Miene hatte ihm gesagt, dass er nicht der Erste sein würde, der die Tagebücher las. Es war keine leichte Lektüre gewesen, und es hatte ihn traurig gestimmt zu erfahren, dass Val sich in Mermaid House wie eine Außenseiterin gefühlt hatte. Was ihn jedoch am meisten bewegte, war die Entschlossenheit, mit der sie versucht hatte, eine Familie zu verstehen, der, wie sie schrieb, »das Herz herausgerissen worden war«. Oder, wie sie es anschaulicher ausdrückte: »Ich bin als Pflaster in diese Familie geholt worden, doch was sie tatsächlich brauchen, ist eine Aderpresse, um die Flut ihres Unglücks einzudämmen. Ich bezweifle, dass sie je ihren Seelenfrieden finden. Denn merkwürdigerweise scheinen sie ihn gar nicht zu wollen.«

Nachdem Caspar die Blumen auf Damsons Grab zurechtgezupft hatte, erhob er sich. Er schnippte eine Schwebfliege von seinem Ärmel und stand dann reglos da, den Kopf gesenkt, die Augen geschlossen. Jeder, der ihn sah, hätte angenommen, er bete, doch das tat er nicht. Er dachte an Damson als junges Mädchen. Lebendig und schön. Intelligent und witzig. Eigenwillig und leidenschaftlich. Und bisweilen eine gefährliche Gesellschaft. »Ich bin genau wie meine Namensvetterin«, hatte sie jedem erklärt, der ihr begegnete und eine Bemerkung über ihren ausgefallenen Namen machte. »Ich habe eine dunkle und bittersüße Seele.«

Diese Dunkelheit der Seele, von der sie als Teenager oft gesprochen hatte, hatte ihm Angst gemacht. Damson hatte endlos über den Tod gesprochen und darüber, wie es sich wohl anfühlte, wenn man wusste, das Ende war nahe. Um ihren zwanzigsten Geburtstag herum war sie ein paar Mal für mehrere Wochen verschwunden, was Caspar gar nicht gepasst hatte. Es war ihm unerträglich gewesen, nicht zu wissen, wo sie steckte, mit wem sie sich herumtrieb und was sie vorhatte. Selbstsüchtig, wie er war, hatte er sich ausgeschlossen gefühlt. Doch als sie wieder auftauchte, war sie ganz die alte Damson gewesen, bereit für jeden Unsinn und jede Party. Nach dem, was Hall ihm in Rosewood Manor erzählt hatte, war es denkbar, dass dieses Verschwinden mit den Abtreibungen zusammengehangen hatte.

Caspar öffnete die Augen und seufzte. Wie war es möglich, jemandem so nahe zu sein und gleichzeitig so fern?

Ein Blick auf die Uhr sagte ihm, dass er sich bald auf den Weg machen musste. Ihm war zwar nicht nach Gesellschaft, aber er hatte seiner Schwester ein Versprechen gegeben, und er würde sich, verdammt noch mal, anstrengen, es zu halten. Er hatte sie im Stich gelassen, als sie lebte, und jetzt, da sie tot war, würde er nicht noch einmal dasselbe tun. Also auf zur Party.

Er wusste genau, warum sein Vater gerade diesen Tag gewählt hatte, um eine Party zu geben, und vermutlich war es auch langsam Zeit, aber es war eine schrecklich sentimentale und symbolträchtige Geste. Und was für einen Aufstand er darum machte! Neue Kleider. Zum Friseur. Ganz zu schweigen von den beiden Zimmern, die für die zänkische Clara Costello – den Engel aus dem Wäldchen – und ihren Sohn herausgeputzt worden waren, weil sie für den Rest des Sommers dableiben würden. Bizarrerweise schien sein Bruder Gefallen an Miss Costellos spitzzüngigem Charme gefunden zu haben, und noch kurioser war, dass ihr Vater mit Begeisterung den Amor spielte, um die knospende Romanze zum Blühen zu bringen.

»Oh, Damson«, murmelte er leise, »ich wünschte, du wärst hier, um dir diesen Wahnsinn anzusehen.«

Caspar wandte sich um und ging davon, über den Kiesweg und nach draußen auf die Straße, wo sein Wagen vor Jonahs Haus stand.

Inzwischen war er der nicht mehr ganz so stolze Besitzer eines gebrauchten Rover. Der Maserati war verkauft worden, und sein schönes Loft war ebenfalls auf dem Markt. Die Bank, die Gläubiger, die Finanzbeamten, alle stürzten sich gierig auf die Reste, doch er scherte sich nicht darum. Es war vorbei. Ein weiteres Kapitel in seinem Leben war abgeschlossen.

Gut, er hatte einiges einstecken müssen, und seine so genannten Freunde hatten ihn fallen lassen, als habe er die Pest, aber am Ende war er noch lange nicht. Oh nein. Es gehörte schon mehr dazu, um Caspar Liberty kleinzukriegen.

Ironischerweise hatte sein Vater, nachdem er sich vorher so stur geweigert hatte, ihm zu helfen, seine Meinung geändert, als er kürzlich erfuhr, in welcher Bedrängnis er war. Er hatte sich erboten, ihm unter die Arme zu greifen, doch Caspar schlug das Angebot aus. Sein Stolz machte ihn empfindlich für Mitleid. Außerdem hatte Damson ihm ihr hübsches Häuschen in Bath und eine beträchtliche Geldsumme hinterlassen, die sie mit den klug angelegten Abfindungen aus ihren beiden Scheidungen zusammengespart hatte. Caspar wollte dorthin ziehen und ganz von vorn beginnen. Ein neuer Anfang war genau das, was er jetzt brauchte, und dank seiner Schwester war er dazu in der Lage.

Damsons Testament hatte vor allem zwei Punkte herausgestellt: zum einen, dass sie bei klarem Verstand gewesen war, als sie es verfasste, und zum anderen, dass Caspar ihr Haupterbe war, aber ihrer Anweisung folgen musste, Rosewood Manor eine bescheidene jährliche Summe aus einem Treuhandvermögen zukommen zu lassen, das sie für diesen Zweck eingerichtet hatte.

Das machte ihm nichts aus. Auch wenn er Hall und alles, wofür er stand, nicht leiden konnte, würde er immer Damsons Wünsche respektieren.

Seine geliebte Damson. Wie öde seine Welt ohne sie sein würde.

Ned war so aufgeregt, dass er fast aus seinem Sitz sprang. Wenn er nicht angeschnallt gewesen wäre, hätte das auch durchaus passieren können, als Clara einen Schlenker machte, um einem großen Schlagloch auszuweichen. Sie rumpelten weiter, und plötzlich tauchte über der Hügelkuppe Mermaid House auf. Es war ein freudiger Anblick, und ihr Herz begann ein wenig schneller zu schlagen. Während der kommenden Monate würde es ihr neues Zuhause sein.

Vor ihrem Aufbruch frühmorgens hatte Louise gesagt, sie werde nächste Woche heraufkommen, um sich Mermaid House einmal selbst anzusehen.

»Nichts als leere Drohungen, Louise«, hatte Clara erwidert und sie zum Abschied innig umarmt. »Du bist noch nie weiter nördlich gewesen als in den Cotswolds.«

»Ja, aber in diesem Fall bin ich bereit, eine Ausnahme zu machen.«

Guy war dazugekommen, um sich ebenfalls zu verabschieden, und hatte einen Umschlag aus der Jackentasche gezogen. »Für dich, Clarabelle.«

»Was ist das?«

»Eine Wette ist eine Wette«, hatte er lächelnd gesagt. »Mach ihn auf und sieh nach.«

Sie hatte gelacht, als sie den Scheck über zweihundert Pfund sah. Die Wette, dass sie innerhalb eines Monats nach Hause gekrochen käme und darum betteln würde, ihren Job wiederzubekommen, hatte sie vollkommen vergessen.

Diesmal war ihr der Abschied von ihren Freunden schwer gefallen, weil sie tief in ihrem Herzen wusste, dass es ihr mit Deaconsbridge ernst war: Sie wollte dort bleiben und es wirklich schaffen. Abgesehen von dem kurzen Aufenthalt in den Staaten und ihrer Collegezeit hatte sie immer da gelebt, wo sie aufgewachsen war. Sie hatte nie das Bedürfnis verspürt wegzugehen.

Doch jetzt verspürte sie es. Und damit verbunden war die Erkenntnis, dass sie sich die Gelegenheit geben wollte herauszufinden, was sie noch alles konnte. Die Clara Costello, die sie kannte, war – wie ihre Freunde es formulieren würden – clever, unerschütterlich, gnadenlos tüchtig und überaus erfinderisch. Weniger schmeichelhaft und mit den Worten ihres Bruders ausgedrückt, war sie ein regelrechter Feldwebel. »Noch ein paar Jahre, und du wirst ein richtiger alter Drachen«, hatte er vor gar nicht langer Zeit zu ihr gesagt.

Vielleicht stimmte das, vielleicht auch nicht. Aber wenn sie sich diese Chance entgehen ließ, ihre möglichen anderen Fähigkeiten zu entdecken, würde sie es ewig bereuen. Sie hatte den Ausdruck »Aussteiger« nie gemocht, aber unterm Strich war sie vermutlich genau das. Ein einfaches Leben, das es ihr ermöglichte, mehr Zeit mit Ned zu verbringen, war gewiss bereichernder als das hektische Leben, das sie zuvor geführt hatte.

Und wenn es nicht funktionierte? Wer sollte sie und ihre Entscheidung verurteilen? Und gab es wirklich so etwas wie eine falsche Entscheidung? Kritiker gab es zuhauf – Menschen, die zu feige waren, es selbst auszuprobieren. Zu feige, gegen Konventionen zu verstoßen und das Leben in vollen Zügen auszukosten.

Doch sie ging nicht ohne Plan. Und dabei spielte Gabriel Liberty eine zentrale Rolle. Indem er ihr und Ned anbot, für den Rest des Sommers in Mermaid House zu bleiben, gab er ihr den Luxus von Raum und Zeit, um über ihre nächsten Schritte nachzudenken. Bisher hatte Clara nur eine vage Vorstellung von der Zukunft. Sie sah sich hier leben, nachdem sie ihr überteuertes, modernes Haus gegen etwas Altes mit Charakter eingetauscht hatte, und irgendwie würde sie Geld verdienen müssen. Wenn sie ihrer Fantasie freien Lauf ließ, stellte sie sich vor, dass sie ein Bed-and-Breakfast führte. Gut, vielleicht war es illusorisch, dass sie davon leben konnte, aber die Idee war hartnäckig, obwohl der gesunde Menschenverstand drohend mit dem Stock fuchtelte. Sie würde das Ganze gründlich durchdenken müssen, bevor sie es wirklich umsetzte, und vielleicht würde ihr noch etwas anderes einfallen, aber der wichtigste Punkt war, dass sie sich glücklich sah. Und Ned auch.

Und sie wäre die größte Lügnerin der Welt, wenn sie leugnete, dass Jonah in der nächsten Zeit eine Rolle spielen sollte. Nur um zu sehen, ob er in ihr Leben passte. Und sie und Ned in seines.

Sie fuhr auf den Innenhof, und noch bevor sie die Handbremse angezogen hatte, war Ned von seinem Sitz gesprungen. Sie sah ihm nach, wie er über das Kopfsteinpflaster rannte und mit seinen kleinen Fäusten an die Tür hämmerte.

Als Clara kurz darauf die Küche betrat, war diese Küche voller Lärm und Lachen. Archie war da, und Shirley auch. Mit einer Plastikschürze über dem engen schwarzen Kleid zog sie gerade ein Blech mit Rollwürstchen aus dem Ofen, das Gesicht von der Hitze gerötet. Gabriel kam mit Ned auf dem Arm zu ihr und beugte sich hinunter, um ihr einen Kuss auf die Wange zu geben. »Herzlich willkommen. Sie sind spät dran.«

»Na, sieh mal einer an. Wer ist denn dieser gut aussehende, elegante Fremde mit dem flotten Haarschnitt und dem todschicken Sakko? Und wo ist der zerlumpte Mr Liberty, den ich kenne und schätze?«

»Aber Mami, das ist doch Mr Liberty!«

Sie lächelte. »Ich weiß, Ned. Ich ziehe ihn nur auf.«

»Ah, wie ich sehe, sind unsere ersten Ehrengäste eingetroffen.«

Alles wandte sich um. Es war Caspar. Eine Flasche Champagner hochhaltend, sagte er: »Ein kleiner Beitrag zu den Feierlichkeiten.« Er stellte sie auf den Tisch und streckte Clara die Hand entgegen. »Wenn ich mich recht entsinne, haben wir uns einander nie richtig vorgestellt. Caspar Liberty, das schwarze Schaf der Familie.« Er schlug die Hacken zusammen und machte eine elegante Verbeugung.

Clara gab ihm die Hand und sah ihn, wie andere Frauen ihn vermutlich sahen: hübsch, gepflegt, charmant, aber vor allem gefährlich. Für viele Frauen mochte gerade das verlockend sein. Doch für sie hatte er keinerlei Anziehungskraft.

»Wir müssen das Wohnmobil verstecken«, sagte Gabriel ein paar Minuten später, als sich der Wirbel um ihre Ankunft gelegt hatte.

»Ich helfe Ihnen, Ihre Sachen hereinzuholen«, erbot sich Archie.

Sie gingen zusammen nach draußen, und nachdem Clara Winnie außer Sichtweite gebracht hatte, reichte sie Archie Neds Tasche und fragte: »Wie ist es Ihnen in der Zwischenzeit ergangen? Sie sehen viel besser aus, wenn ich das sagen darf.«

»Danke, mir geht's prima, ich fühle mich wieder als Herr der Lage. Und Sie hatten Recht mit Shirley.«

»Tatsächlich?«

Er lächelte schüchtern. »Ich bin in meine Junggesellenwohnung gezogen, wie sie es nennt. Es ist eigentlich sogar ganz bequem. Weniger Ballast am Hals, wenn Sie verstehen, was ich meine. Es war richtig befreiend, den Krempel eines ganzen Lebens loszuwerden. Hätte mir bei meinem Job eigentlich schon längst auffallen müssen. Das Komische dabei ist, ich hätte gar nicht umzuziehen brauchen. Bessie hat mir ihr Haus drüben in Derby hinterlassen, und mit dem Geld aus dem Verkauf – viel mehr, als ich je gedacht habe – hätte ich Stella auszahlen können.«

Clara berührte seinen Arm. »Trotzdem war es bestimmt richtig umzuziehen. Trennen Sie sich von den alten Erinnerungen.«

»Oh, ich bedauere es nicht, dass ich verkauft habe. Es war

das Beste, was ich tun konnte. Jetzt habe ich ein wenig Geld, um das Leben zu genießen. Ich denke darüber nach, mal ein bisschen Urlaub zu nehmen und zu reisen.«

»Gute Idee. Hey, hätten Sie vielleicht Interesse an einem Wohnmobil? Natürlich zum Freundschaftspreis.«

Er lachte. »Oh, das klingt gefährlich. Vielleicht mache ich's dann wie Sie – finde ein hübsches Plätzchen und komme nie wieder zurück.«

Clara wedelte mit dem Zeigefinger. »Nicht gefährlich, Archie. Abenteuerlich. Das Leben in vollen Zügen genießen. Das ist es, was Sie von jetzt an tun müssen. Und stellen Sie sich doch nur mal vor, wie viel Spaß Sie und Shirley in einem Wohnmobil hätten!«

Jonah fragte sich, was sein Vater wohl mit ihm besprechen wollte. Seine Stimme am Telefon hatte ernst geklungen, und er hoffte, dass es keine schlechten Nachrichten gab. Davon hatten sie in letzter Zeit genug gehabt.

Er fuhr auf den Innenhof und parkte neben dem Landrover seines Vaters. Nach einem kurzen Klopfen trat er durch die Hintertür. »Dad!«, rief er. »Ich bin's, Jonah.«

Keine Antwort.

Als er am Waffenraum vorbeiging, stieg ihm Essensgeruch in die Nase. Für das Abendessen seines Vaters war es doch noch ein bisschen zu früh, oder? Er stieß die Küchentür auf und blieb wie angewurzelt stehen. »Clara! Was machst du denn hier? Ich dachte, du kämst erst morgen.«

Sie legte das Geschirrtuch beiseite, mit dem sie ein paar Teller abgetrocknet hatte. »Ich kann ja wieder wegfahren und morgen früh noch mal kommen, wenn dir das lieber ist.«

»Wag es ja nicht!« Er trat auf sie zu und wollte schon die Arme um sie legen und sie küssen, hielt jedoch inne. »Sind wir allein?« Er blickte über die Schulter in den Flur. »Oder besteht die Gefahr, von einem neugierigen Sohn und einem eifersüchtigen Vater überrascht zu werden?«

Sie lächelte. »Wir sind allein. Und du hast volle Erlaubnis, das weidlich auszunutzen.«

Was er auch tat.

Danach sagte er: »Es tut so gut, dich wiederzusehen! Wann hast du deine Pläne denn geändert?«

»Oh, schon vor Tagen.«

»Aber wieso hast du nichts davon gesagt? Wir haben doch gestern Abend noch telefoniert, und –«

»Jetzt wird es spannend, Master Liberty.« Lächelnd nahm sie seine Hände. »Ich glaube, es ist an der Zeit, dass du mit mir kommst. Aber du musst versprechen, die Augen zu schließen.«

Verwirrt tat er, wie ihm geheißen, und ließ sich von ihr nach draußen führen. Er merkte, dass sie den Innenhof überquerten, aber bald verlor er die Orientierung und wusste nicht mehr, wohin sie gingen. »Nicht gucken«, sagte sie, als er gerade verstohlen blinzeln wollte.

Er hörte eine Tür knarzen, und sie sagte ihm, vor ihm seien zwei Stufen. Übertrieben hob er erst den einen, dann den anderen Fuß.

»Jetzt darfst du die Augen aufmachen.«

Sie waren im Bankettsaal. Er war gründlich gereinigt worden und kaum wiederzuerkennen. Überall hingen Kerzen, Ballons und Luftschlangen. Ein langer, schmaler Tisch zog sich durch den Raum, beladen mit Essen. In der Mitte stand ein quadratischer Kuchen, der ... mit kleinen blauen Kerzen dekoriert war.

Und dann dämmerte es ihm. Es war eine Party. Eine Geburtstagsparty.

Sein Vater kam mit einem Glas Champagner auf ihn zu. »Herzlichen Glückwunsch zum Geburtstag, Jonah.«

»Aber ... das ist doch erst in einer Woche.«

Sein Vater schüttelte den Kopf. »Dein Geburtstag ist heute. An diesem Tag bist du geboren, und von nun an wird das der Tag sein, an dem wir dieses Ereignis feiern.«

Nachdem er sich kaum von der Überraschung erholt hatte, dass Clara bereits da war, musste Jonah nun diesen zweiten Schock verkraften. Nichts hätte ihn mehr verblüffen können. Jedem anderen wäre es vielleicht verrückt vorgekommen, das zu akzeptieren, was sein Vater vor vielen Jahren festgelegt hatte, doch es hatte ihm nie etwas ausgemacht. Jede Familie hatte ihre Eigenheiten, ihre besondere Weise, mit schwierigen Situationen umzugehen, und Jonah hatte sich einfach Gabriels Wünschen gebeugt. Doch es bewegte ihn tief, dass sein Vater ihn nun so sehr schätzte, dass er die Regeln änderte. Er nahm das Glas entgegen. »Ich weiß gar nicht, was ich sagen soll«, murmelte er. »Ich bin überwältigt.«

Gabriel wandte sich zu den anderen um. »Nun, wie wäre es, wenn wir das für ihn übernehmen?«

Den Arm um Shirleys Taille gelegt, erhob Archie sein Glas. »Auf Neuanfänge und darauf, die Zeit, die uns bleibt, so gut wie möglich zu nutzen.«

»Hört, hört!«, sagte Shirley und stieß mit ihm an.

»Oder auf Claras Ahnungslosigkeit, dass Jonah in Wirklichkeit schwul ist.«

»*Caspar!*«

»War nur ein Scherz, Dad. Auf dich, Bruder, mögest du immer älter und hässlicher aussehen als ich. Mögen die Himmel stets auf dich regnen und die Sonne ihre Strahlen auf mich scheinen lassen.«

Lächelnd wandte sich Jonah an Clara, die inzwischen Ned auf ihre Hüfte gehoben hatte. Er tauchte gerade einen Finger in ihr Glas. »Hast du auch ein paar Worte der Weisheit parat?«

»Ich glaube, ich schließe mich Archie an. Auf Neuanfänge!«

Sie saßen in der Abenddämmerung auf der Steinbank unter dem Fenster der Bibliothek. Die Luft war warm und windstill, und weit in der Ferne bellte ein Hund. Archie und Shirley waren nach Hause gegangen, Ned lag im Bett, und Gabriel und Caspar räumten in der Küche auf.

Clara lehnte sich an Jonah, und er legte ihr den Arm um die Schulter. »War es ein schöner Geburtstag?«

»Der allerschönste.«

»Obwohl Caspar deine sexuellen Präferenzen in Frage gestellt hat?«

Er lehnte den Kopf zurück und lächelte. »Das habe ich eher als Zeichen gesehen, dass es meinem Bruder wieder besser geht. So ist er mir lieber als das Häufchen Elend, das wir aus Rosewood Manor mitgebracht hatten.«

»Wie großmütig von dir. Ich weiß nicht, ob ich ihm so leicht verzeihen würde.«

»Jetzt mach keinen Heiligen aus mir, ich habe nicht immer so gut über ihn gedacht.« Er nahm Claras Hand, führte sie an die Lippen und küsste sie zärtlich. Nach einer friedvollen Pause sagte er: »Clara, du findest die Frage vielleicht seltsam, aber warum siezt du dich immer noch mit meinem Vater?«

»Weil das zu dem Spiel zwischen uns gehört. Es würde alles verderben, wenn wir damit aufhören würden. Für uns ist es ein Zeichen der Zuneigung. Eine Art Code, den nur wir beide verstehen. Tut mir Leid, wenn du dich dabei ausgeschlossen fühlst.«

»Du brauchst dich nicht zu entschuldigen. Ich finde es nett. Dir ist doch klar, dass es ein seltsames, altmodisches Werben wird, wenn ich versuche, das Herz einer Frau zu gewinnen, die unter dem Dach meines Vaters lebt, oder? Der Himmel möge mir beistehen, falls ich dich nicht pünktlich nach Hause bringe.«

Sie lachte. »Werben – auf diesen Ausdruck kommst auch nur du.«

Er lachte ebenfalls. »Wie würdest du es denn nennen?«

Sie dachte nach. »Hm … nach reiflicher Überlegung denke ich, werben ist schon in Ordnung. Allem äußeren Anschein zum Trotz bin ich eine altmodische Frau, die die Dinge gern in Ruhe angehen möchte.«

»Also genau die richtige Frau für mich.«

»Ich wette, das hast du nicht gedacht, als du mich zum ersten Mal gesehen hast.«

»Stimmt. Wenn ich mich recht entsinne, war es Angst auf den ersten Blick. Ich dachte: Das ist eine Frau, die einen fauchenden Löwen in ein Miezekätzchen verwandeln könnte.«

»Na, das ist doch die beste Grundlage für eine lange und solide Beziehung.«

Lächelnd wandte er sich zu ihr um. »Darf ich um Erlaubnis für einen extrem ausgedehnten und innigen Geburtstagskuss bitten?«

»Erlaubnis erteilt.«

Nachdem sich Gabriel von Caspar verabschiedet hatte, der beschlossen hatte, doch nach Manchester zurückzufahren und nicht über Nacht zu bleiben, stand er in der Dunkelheit am

Fenster der Bibliothek. Mit einem Glas Whisky in der Hand betrachtete er die beiden Silhouetten draußen auf der Bank.

Er erhob das Glas auf sie. »Alles Gute zum Geburtstag, Jonah. Du hast es weiß Gott verdient. Und auf Sie, Miss Clara Costello. Ich habe zwar meine Tochter verloren, aber mir scheint, ich habe Glück und eine Ersatztochter geschenkt bekommen.«

Er wandte sich um und blickte zu Anastasias Bild hinauf, wohl wissend, dass sie lange auf diesen Augenblick gewartet hatte. »Nun haben wir es doch noch geschafft, meine Süße. Es hat eine Weile gedauert, aber ich glaube, wir haben es geschafft.«

Dann erhob er sein Glas noch einmal und sagte: »Auf dich, meine liebste Anastasia. Und auf Val und Damson ... Auf meine ungeschickte, unzureichende Weise habe ich euch alle geliebt.«

Kylie Fitzpatrick

Der neunte Diamant

Roman
448 Seiten, gebunden mit Schutzumschlag
ISBN 3-547-71069-3

London, 1864: Als Junge verkleidet schlägt sich Sarah mit Botengängen für eine Zeitungsredaktion durch. Als ihre verwitwete Freundin Lily eines Tages ein Traueramulett geschenkt bekommt, ahnt niemand, welch todbringendes Geheimnis das Schmuckstück birgt. In der Redaktion kursieren bald die schrecklichen Details einer rätselhaften Mordserie. Unerschrocken macht Sarah sich daran, den Spuren des Amuletts zu folgen. Dabei findet sie etwas, das ihr den Weg in die Unabhängigkeit eröffnet. Hundertfünfzig Jahre später forscht die Geschichtsdozentin Susana über viktorianische Autorinnen. Dabei stößt sie auf Sarahs Schriften und macht eine überwältigende Entdeckung.

Der neue Bestseller der Autorin von »Der geheime Faden«. Kylie Fitzpatrick gelingt ein beeindruckender historischer Roman, in dem Vergangenheit und Gegenwart einander berühren.

Marion von Schröder

Kylie Fitzpatrick

Der neunte Diamant

Roman

448 Seiten, gebunden mit Schutzumschlag

ISBN 3-547-71069-3

London, 1864: Als Junge verkleidet schlägt sich Sarah mit Botengängen für eine Zeitungsredaktion durch. Als ihre verwitwete Freundin Lily eines Tages ein Traueramulett geschenkt bekommt, ahnt niemand, welch todbringendes Geheimnis das Schmuckstück birgt. In der Redaktion kursieren bald die schrecklichen Details einer rätselhaften Mordserie. Unerschrocken macht Sarah sich daran, den Spuren des Amuletts zu folgen. Dabei findet sie etwas, das ihr den Weg in die Unabhängigkeit eröffnet. Hundertfünfzig Jahre später forscht die Geschichtsdozentin Susana über viktorianische Autorinnen. Dabei stößt sie auf Sarahs Schriften und macht eine überwältigende Entdeckung.

Der neue Bestseller der Autorin von »Der geheime Faden«. Kylie Fitzpatrick gelingt ein beeindruckender historischer Roman, in dem Vergangenheit und Gegenwart einander berühren.

Marion von Schröder

Sveva Casati Modignani

Bilder eines Lebens

Roman
480 Seiten, gebunden mit Schutzumschlag
ISBN 3-547-71071-5

Über die Jahrzehnte hat sich im ländlichen Italien wenig geändert, und in einem kleinen Dorf im Piemont bedeutet Liebe nichts und die Familie alles. Doch das Herz einer Frau lässt sich nicht einsperren.
Die Lebensgeschichte ihrer Großmutter und Mutter und das Scheitern ihrer großen Liebe haben Irene zu einer verbitterten Frau werden lassen, die sich in Mailand ganz ihrer Karriere widmet. Als sie wieder von dem Vater ihres Sohnes umworben wird, steht sie vor einer schwierigen Entscheidung. Denn sie kann sich erst für eine gemeinsame Zukunft entscheiden, nachdem sie sich mit der Vergangenheit ihrer Familie versöhnt hat.

Eine dramatische Familiensaga von Italiens großer Bestsellerautorin.

Die Originalausgabe erschien 2001 unter dem Titel
»Precious Time« bei Orion, London

Marion von Schröder ist ein Verlag der Ullstein Buchverlage GmbH

ISBN 3-547-71060-X

Gesetzt aus der Sabon und Giovanni bei LVD GmbH, Berlin
Druck und Bindung: Bercker, Kevelaer
Printed in Germany